Gillian Bradshaw
Die Seidenweberin

Gillian Bradshaw

Die Seidenweberin

Roman

Deutsch von Joachim Pente

ECON Verlag
Düsseldorf · Wien · New York

Titel der englischen Originalausgabe:
The Colour of Power
Originalverlag: Methuen London Ltd., London
Übersetzt von Joachim Pente

Die Deutsche Bibliothek – CIP-Einheitsaufnahme

Bradshaw, Gillian:
Die Seidenweberin: Roman / Gillian Bradshaw.
Dt. von Joachim Pente. – Düsseldorf; Wien; New York: ECON Verl., 1991
Aus dem Engl. übers.
ISBN 3-430-11493-4

Gesetzt aus der Aldus, Linotype
Satz: Lichtsatz Heinrich Fanslau, Düsseldorf
Papier: Papierfabrik Schleipen GmbH, Bad Dürkheim
Druck und Bindearbeiten: Bercker, Graph. Betrieb GmbH, Kevelaer
Printed in Germany
ISBN 3-430-11493-4

Für Nancy
ein einigermassen bewegtes Muster

I

Sie war gerade damit beschäftigt, ein Bild zu weben, das Christus zeigte, wie er den Blinden wieder sehend macht, als der Aufseher kam, um sie zu holen.

Das Bild war eines von sechs, die bei der Kaiserlichen Seidenmanufaktur von Tyros in Auftrag gegeben worden waren und dazu ausersehen, die Vorhänge zu zieren, die für die Privatgemächer des Kaisers höchstselbst bestimmt waren. Die Motive waren in dem Auftrag genau beschrieben worden: sechs Szenen aus dem Evangelium, auszufertigen als Seidentapisserie von den besten Weberinnen der Manufaktur, auf Vorhängen aus purpurfarbener, golddurchwirkter Seide. Philotimos, Aufseher der Seidenmanufaktur Seiner Heiligen Majestät des Kaisers, der gekommen war, die Weberin Demetrias zu seinem Vorgesetzten zu führen, blieb hinter ihr stehen, um das Werk zu betrachten. Die Seidenstickerei war ein kreisförmiges Gewebe von etwa achtzehn Zoll Durchmesser, aufgehängt auf der purpurnen seidenen Kette, die auf den hohen, aufrecht stehenden Webstuhl gespannt war, und nahtlos in den Stoff des Vorhangs selbst eingewoben. Sie bedeckte bereits gut drei Viertel der Mustervorlage, die Philotimos selbst gezeichnet hatte. Demetrias arbeitete seit fast zwei Monaten an diesem Bild und war jetzt bis zur Höhe der Augen des Blinden gelangt. Die Hand des Erlösers, soeben vom Gesicht des Bettlers gehoben, verharrte in der blauen Luft; die zu neuem Leben erwachten Augen würden sie voller Staunen und Verwunderung ansehen.

Demetrias knüpfte die helle safranfarbene Seide fest, die sie für das Gesicht gewählt hatte, und klaubte vorsichtig einen

Goldfaden von dem niedrigen Tisch neben ihr auf. Lächelnd fädelte sie ihn in eine Teppichnadel ein und webte behutsam einen winzigen Strang reinen Goldes in die Mitte des Auges ein, lediglich drei der Tausende von Kettfäden durchwirkend, ehe sie ihn verknüpfte und nach der schon bereitliegenden Nadel mit dem schwarzen Faden griff. Auf dem fertigen Bild würde das Gold kaum zu erkennen sein – und doch würden die Augen glänzen, als wären sie lebendig. Der Aufseher hatte einen Moment lang den Atem angehalten. Er war in der Manufaktur alt geworden, und nichts auf der Erde bereitete ihm soviel Vergnügen wie eine gute Webarbeit. *Jede andere Weberin hätte das ganze Auge golden gemacht, dachte er, und Perlen eingewirkt. Aber Demetrias erreicht mehr Wirkung mit viel weniger Aufwand. Weiß der Himmel, wer das Bild vollenden wird, wenn der Prokurator ihr diesen anderen »dringenden Auftrag« gibt. Vielleicht können wir es liegenlassen, bis der andere Auftrag erledigt ist.*

Demetrias nahm wieder die Nadel mit dem safranfarbenen Faden auf. Selbst wenn sie ihren Aufseher hinter sich spürte, so ließ sie es sich nicht anmerken, und er verharrte still, da es ihm widerstrebte, eine solch feine Arbeit zu stören. An dem Webstuhl daneben vollendete soeben Laodiki, Demetrias' Mutter, fröhlich singend das Glattgewebe des vorherigen Vorhangabschnitts und ließ mit einem musikalischen Klingen den Schlegel auf die Hechel sausen, im Gleichklang mit zwei von den anderen Frauen im Raum. Demetrias sang nicht: Tapisseriesticken erforderte höchste Konzentration. Sie war eine kleine, zierliche Frau, die gerade begann, drall zu werden; ihre hellblaue Tunika spannte sich straff über ihre Brüste, wenn sie sich nach vorn beugte, die Stirn leicht gerunzelt, und die Teppichnadel funkelte in ihrer flinken, geschickten Hand. Es war ein heißer Tag, und die Tunika war an manchen Stellen durchgeschwitzt; das trübe Sonnenlicht, das durch die hohen Fenster der Manufaktur hereinfiel, verlieh ihrem dichten braunen

Haar, das sie im Nacken zusammengerafft hatte, einen goldenen Schimmer und ließ die grünen Augen in ihrem blassen Gesicht lebhaft funkeln. *Eine sehr hübsche Frau,* dachte der Aufseher mit einem unbehaglichen Gefühl. *Ich hoffe, daß nicht das der wirkliche Grund ist, warum der Prokurator sie haben will; jeder weiß, daß sie verheiratet ist, soweit ein Sklave des Staates das sein kann. Nun ja, er hat mich geschickt, sie zu holen, also muß ich sie holen.*

»Demetrias«, sagte er laut. Sie hielt inne, dann steckte sie die Teppichnadel vorsichtig in das Gewebe, wandte sich um, faltete die Hände im Schoß und sah mit fragendem Blick zu ihm auf. Philotimos gefiel die aufmerksame, respektvolle und zugleich offene Art und er fühlte sich noch unbehaglicher. »Seine Eminenz der Prokurator wünscht dich sofort zu sehen.« Er stieß die Worte hastig heraus, um es hinter sich zu bringen.

Ihre Augen weiteten sich, und die gefalteten Hände krampften sich zusammen. Am Webstuhl neben ihr hielt Laodiki abrupt in ihrem Singen und Weben inne und blickte angstvoll herüber. Auch die anderen hörten schlagartig auf zu arbeiten; das rhythmische Klimpern der Schlegel verstummte, und alle Mädchen und Frauen im Raum starrten gebannt auf Demetrias und den Aufseher. Philotimos zuckte zusammen. Die meisten der Weberinnen waren in der Manufaktur aufgewachsen, wie er selbst. Sie alle konnten sich noch gut daran erinnern, wie Demetrias als Sechzehnjährige schon einmal auf ähnliche Weise zu einem anderen Prokurator zitiert worden war. Damals war allen sofort klar gewesen, warum sie zu ihm kommen mußte – aber damals war sie auch noch nicht verheiratet gewesen. Verheiratete Frauen, dachten die Weberinnen, so klar, daß sie es ebenso hätten herausschreien können, verheiratete Frauen sollten nicht angetastet werden dürfen, auch nicht von Prokuratoren. Eine verheiratete Frau zu sich zu rufen ist rücksichtslose Grausamkeit. Es bringt ihr nichts als Kummer und Scherereien.

»Er sagt, er habe einen dringenden Auftrag erhalten«, versuchte Philotimos die Frauen und sich selbst zu beruhigen. Es war ungewöhnlich, das wußte er, und das wußten sie alle, daß ein Prokurator eine bestimmte Weberin wollte, selbst für einen dringenden Auftrag – aber es war nicht unmöglich. Es kam schließlich oft vor, daß ein Kunde eine Tapisserie in einer ganz bestimmten Ausführung wünschte, und wenn der Kunde bedeutend genug war, konnte es durchaus sein, daß der Prokurator persönlich einer seiner besten Weberinnen erklären wollte, wie die Arbeit auszuführen sei.

Demetrias' zusammengeballte Hände lockerten sich ein wenig. Sie schaute auf das zu drei Vierteln fertige Bild auf dem Webstuhl, berührte es sanft, dann seufzte sie und stand auf.

»›Sofort‹, hat er gesagt?« fragte sie ihn mit ihrer ruhigen, gelassenen Stimme, die er immer so anziehend gefunden hatte. *Ihre Stimme vermittelt einen noch getreueren Eindruck von ihr als die sanfte, heitere Anmut ihres Gesichts,* dachte er bei sich. Es war die Stimme von jemandem, der seine Worte genau abwägt, der genau überlegt, wann er sprechen und wann er lieber schweigen soll, und nur das sagt, was nötig ist. Und in der Tat war sie eine Frau, die stets überlegte, bevor sie handelte – *ein großer Vorteil bei einer Weberin,* dachte Philotimos, immer noch durchströmt von der bangen Wärme seiner Sympathie, *wo schon die kleinste Unachtsamkeit zu Fehlern führen kann, die auszubügeln oft die Arbeit eines ganzen Monats erfordert.*

Der Aufseher nickte, und Demetrias schaute erneut auf ihr Werk, und diesmal ließ sie den Blick eine Weile darauf verharren, bevor sie ihren leichten Umhang aus rosafarbener Wolle aufhob, den sie abgelegt hatte, als sie vor dem Webstuhl Platz genommen hatte. Es war eine Stunde vor Mittag, und die Sonne brannte auf die steinernen Straßen hinunter, so daß sie glühten wie ein Backofen, aber Demetrias legte sich sorgfältig ihren Umhang um, zog ihn sich über den Kopf und warf ein

Ende über die Schulter, so daß sie vom Kinn bis zu den Zehen verhüllt war. Philotimos verkniff sich ein Lächeln: Sie nahm sich offenbar vor, den Prokurator nicht auf dumme Gedanken zu bringen – wenn er sie nicht ohnedies schon hatte. Demetrias nickte den anderen Arbeiterinnen zu, verabschiedete sich mit einem knappen Wink von ihrer Mutter und ging rasch hinaus, gefolgt von Philotimos. Als die Tür sich hinter ihnen schloß, setzte das melodische Geklimper der Schlegel wieder ein – aber nicht das Singen.

Die Straße draußen war erfüllt von einem unbeschreiblichen Geruch von verfaulten Schalentieren, Holzasche, Schwefel und abgestandenem Urin – der Gestank der benachbarten Farbstoffabrik, die den berühmten tyrischen Purpur herstellte. Weder Demetrias noch Philotimos ließen irgendwelche Anzeichen von Ekel erkennen. Die Einwohner von Tyros nahmen den Geruch wie selbstverständlich hin; für sie war Purpur fast mehr ein Geruch denn eine Farbe, und Purpur war der Quell von Reichtum und Ruhm, die Farbe der Kaiser, die Farbe der Macht. Er war etwas Heiliges, Erhabenes, etwas, das über den gewöhnlichen Sterblichen stand; ein Gemeiner, der es zu tragen wagte, würde unweigerlich mit dem Tode bestraft werden. Senatoren war es gestattet, einen schmalen senkrechten Längsstreifen auf ihrem Umhang zu tragen; den höchsten Ministern des Staates war ein horizontaler Streifen zugestanden. Nur die Kirche des Herrn und der Kaiser konnten es uneingeschränkt benutzen. Selbst die Imitationen des echten Purpurs, schnell verblassende pflanzliche Farbstoffe, die weit verbreitet und äußerst beliebt waren, wurden vom Gesetz mit Argwohn betrachtet. Mit dem echten Purpur zu arbeiten, so scheußlich er auch stank, konnte nur ein Grund zum Stolz sein.

Demetrias blieb an der Ecke der Fabrik stehen, im vollen Pesthauch des Gestanks, und schaute hinüber zum ägyptischen Hafen, wo die Fischereiflotte der Fabrik die Schalentiere entlud, aus denen der Farbstoff gewonnen wurde. Das Wasser war von einem strahlenden Blau, es glänzte und funkelte unter der Wucht der Augustsonne. Ein Handelsschiff lag am Kai vertäut, still und bewegungslos in der bleiernen Hitze; ein paar Boote lagen auf dem Kiesstrand. Demetrias musterte sie sorgfältig, dann ließ sie den Blick einen Moment lang über das gleißende Wasser schweifen, ehe sie weiterging. Philotimos hatte ihren Blick verfolgt und teilte ihre Erleichterung. Ihr Mann war Purpurfischer, und ein blauweißes Boot befand sich nicht unter denen, die auf dem Strand lagen. *Sein Glück,* dachte Philotimos, *falls der Prokurator doch Unziemliches im Sinn hat. Purpurfischer mögen vielleicht von allen Staatssklaven die sein, die am besten gestellt sind, besser als die meisten Freien, aber ein Staatssklave ist nichts gegen einen kaiserlichen Prokurator, und das Beste, was ein verheirateter Mann sich in solchen Fällen erhoffen kann, ist, nichts davon zu wissen.*

Die Einheimischen und die Arbeiter in der Pupurfabrik mochten gegen den allgegenwärtigen Purpurgestank abgestumpft sein, aber die Prokuratoren, die vom Kaiser dazu bestellt waren, die Manufakturen, die Flotte und die Farbstofffabrik zu überwachen, waren in den seltensten Fällen Einheimische, und das Amtsgebäude des Prokurators stand in respektvoller Entfernung zum Hafen und in sicherem Windschatten. Philotimos und Demetrias bogen nach links in die große Eurychorosstraße ein, die zur Prätorianerpräfektur der Stadt auf der Südwestspitze der felsigen Landzunge führte. Die Straße war nahezu leer, und die Ladenbesitzer begannen, ihre Waren zum Schutz vor der Mittagshitze hereinzuholen und die Körbe mit Pfirsichen und Feigen, die weißen Käse, die Schalen voller Fische in den schattigen Gewölben ihrer Geschäfte aufzustellen. An den öffentlichen Brunnen knieten die Kamele im Staub und käuten ihr Futter wieder; ein paar Esel und Bettler verharrten regungslos im Schatten.

Demetrias und Philotimos gingen schnell, trotz der sengenden Mittagssonne, und die eindrucksvolle Fassade der Präfektur tauchte unerwartet rasch vor ihnen auf, jäh aus einem kleinen öffentlichen Platz am Ende der Straße aufragend. Demetrias blieb stehen und betastete einen Moment den Saum ihres Umhangs. Die wollene Borte war mit einem seidenen Muster aus gewebten Blumen verziert – Enzianveilchen, dunkelblau und grün ineinander verflochten, die Mitte jeder Blüte fein mit Gold durchwirkt. Es war ihre eigene Arbeit, und die zarten seidenen Kringel fühlten sich kühl und vertraut unter ihren heißen Fingern an. Nach einem Moment zuckte sie die Achseln, lächelte verlegen ihren Aufseher an und ließ ihm den Vortritt in den Schatten der Vorhalle, die von Säulen aus rotgeädertem karischem Marmor gesäumt war.

Vor dem Haupteingang hielt Philotimos inne und starrte auf eine neue Statue, die links vom Eingang aufgestellt worden war.

Fast solange er sich zurückerinnern konnte, hatten die Statuen des Kaisers, Theodosius des Zweiten, und seiner Schwester Pulcheria, der regierenden Augusta, rechts und links vom Portal der Präfektur gestanden, beide aus bemaltem Marmor und auf Säulen aus Porphyr ruhend. Bis vor sechs Jahren hatte die Statue von Theodosius' Gemahlin Eudokia neben der ihres Mannes gestanden, aber Eudokia war in Ungnade gefallen, aller ihrer Ehren entkleidet und nach Jerusalem in die Verbannung geschickt worden, und die Leute sprachen offen davon, daß es nur noch eine Frage der Zeit sei, bis auch Pulcherias Standbild verschwinden würde. Die neue Statue stand so dicht neben der von Pulcheria, daß man hätte meinen können, sie warte nur darauf, sie in einem unbemerkten Augenblick zur Seite zu drängen und sich an ihre Stelle zu setzen. Es war die Statue eines Mannes, aus Marmor gehauen; sein steinerner Mantel war mit dem breiten Purpurstreifen des Patrizierstandes verziert. Er trug die Stiefel und den Helm eines Generals, und in der Hand hielt er das Modell einer Burg. Philotimos zögerte einen Moment, dann trat er dicht an die Statue heran und las die Inschrift auf dem Säulenfuß: »Der Rat und das Volk der ruhmreichen Stadt der Tyrer ehren den höchstedlen Nomos, den zweifachen Konsul, den obersten Herrn der Offizien Seiner Heiligen Majestät.« Er runzelte die Stirn. Wurde nicht hier und da gemunkelt, Nomos sei in Ungnade gefallen?

Demetrias war ebenfalls stehengeblieben, um die Inschrift zu studieren – anders als die meisten anderen Weberinnen konnte sie lesen, wenn auch nur langsam –, und auch sie runzelte die Stirn und legte den Kopf zurück, um das Gesicht der Statue anzuschauen. Es war keine besonders gute Arbeit: Die Augen, die aussahen, als wären sie von Kinderhand gemalt, starrten dumpf ins Leere; das steinerne Gesicht spiegelte nichts von der Persönlichkeit des Abgebildeten wider. »Warum gerade Nomos?« fragte sie.

»Ja, warum gerade Nomos?« gab Philotimos die Frage zurück und seufzte. *Ich wünschte, der Kaiser würde sich seine Minister besser auswählen,* dachte er – aber er wagte nicht, diesen Gedanken laut zu äußern. Tyros war fern vom kaiserlichen Hof in Konstantinopel, doch die Fabriken und ihr Personal gehörten den kaiserlichen Offizien und unterstanden ihrer Oberhoheit. Die Arbeiter griffen begierig jeden Klatsch über Ereignisse in der Hauptstadt auf, aber eine Meinung zu diesen Ereignissen zu haben konnte gefährlich werden. Selbst Philotimos war ein Sklave, der dem Staat gehörte, und der Staat konnte Untreue bestrafen. Jeder wußte freilich, daß der Kaiser seine Minister nicht auswählt – daß er, kraß ausgedrückt, unfähig war, überhaupt irgend etwas auszuwählen. Er war ein milder, weicher Mann – so weichherzig, daß er noch nie in seinem Leben das Todesurteil verhängt hatte; er war ein gläubiger Christ, der barmherzig zu den Armen war, der Krieg und Gewalt haßte und den Frieden liebte; er war ein nachdenklicher, kunstsinniger Mensch, Gründer einer Universität und ein großzügiger Gönner und Mäzen; er war ein Mann, der wegen der Reinheit und Tugendhaftigkeit seines Privatlebens hohe Bewunderung genoß. Er hatte alles, was ein Kaiser haben sollte – bis auf die Fähigkeit zum Herrschen. Er war außerstande, die Staatsgeschäfte auszuüben oder öffentliche Krisen zu erkennen, und er würde blind jedes Dokument unterzeichnen, das seine Ratgeber ihm vorlegten. Seit seiner Inthronisierung wurde das Reich jeweils von dem regiert, der den größten Einfluß auf ihn hatte. Eine Zeitlang hatte der »höchstedle« Nomos besonders hoch im Kurs gestanden, aber Nomos war zur Zeit Privatmann – wenngleich das Gerücht ging, daß er nicht wirklich aus dem Dienst geschieden war, sondern lediglich mit dem Kämmerer des Kaisers um einen ranghöheren Posten feilschte. *Ob das der Grund ist, warum er eine neue Statue hat?* fragte sich Philotimos. *Eine bevorstehende Beförderung? Aber warum »höchstedler«? Gewöhnlich dürfen sich nur die Verwandten des Kaisers mit diesem Titel schmücken.*

Philotimos schüttelte den Kopf, schaute Demetrias an und zuckte die Achseln.

Demetrias lächelte und deutete mit einer Kopfbewegung auf die Statue Nomos'. »Vielleicht sollen wir ihm die kurze Purpurtunika weben?« gab sie zu bedenken. Dieses Gewand stand traditionell dem obersten kaiserlichen Minister zu, dem Präfekten der Prätorianer.

»Vielleicht«, sagte Philotimos langsam, darüber nachdenkend. Das würde zusammenpassen. Dem Prokurator würde viel daran gelegen sein, eine gute Tunika für Nomos zu bekommen. Wenn die Gerüchte zutrafen, dann verdankte er Nomos seine Ernennung. Der Prokurator machte keinen Hehl daraus, daß er ein Heide war. Diese Haltung brachte ihm beträchtliches Ansehen bei anderen jungen Männern der Oberklasse ein, die immer noch an der althergebrachten Religion hingen, an die fast niemand ernstlich glaubte. Heide zu sein war indes ein großes Karrierehindernis, ja mehr noch: eine unüberwindbare Hürde auf dem Weg zu höheren Weihen, wenn man nicht gleichzeitig die Protektion eines einflußreichen, wenn möglich christlichen Gönners genoß – und ein solcher war Nomos. »Wir werden sehen«, sagte Philotimos und fügte, als sie die Präfektur betraten, hinzu: »Die Leute sagen, Nomos sei ein Traditionalist; es steht zu erwarten, daß er mythologischen Szenen den Vorzug vor biblischen Motiven gibt.«

»Das wäre mal eine Abwechslung«, bemerkte Demetrias. Ihre Angst – die trockene, würgende Spannung, die sie gepackt hatte, als Philotimos ihr den Grund seines Kommens mitgeteilt hatte – ließ allmählich nach. Der Prokurator würde gewiß einen guten und triftigen Grund haben, warum er nach ihr schickte. »Ich habe seit sechs Jahren keine mythologische Szene mehr gemacht.«

»Seine Heilige Majestät ist sehr fromm«, stimmte Philotimos zu und seufzte. Auch er wurde der Frömmigkeit langsam ein wenig überdrüssig. *Unter Eudokia*, entsann er sich wehmütig, *hatten wir immer wieder etwas anderes zu tun.*

Das Büro des Prokurators befand sich im zweiten Stockwerk des Südflügels der Präfektur. Der Sekretär ließ sie sofort herein. Der Prokurator, Marcus Acilius Heraklas, saß in lässiger Haltung an seinem Schreibtisch und las ein Buch, wobei er den Text leise vor sich hin murmelte. Das Fenster hinter ihm stand offen, um die Brise vom Meer hereinzulassen; es gewährte einen Blick nach Osten zum ägyptischen Hafen. Die Wände waren mit Fresken von Booten und Meerestieren verziert; unter letzteren war die Murex, die Purpurschnecke, am häufigsten vertreten. Heraklas war ein junger Mann Anfang Zwanzig, braunhaarig, dunkeläugig und glattrasiert. Seine Tunika und sein Mantel waren aus erlesenster Seide; die Säume und Schmuckmedaillons waren verschwenderisch mit

Gold verziert. Er war, wie er stolz zu betonen pflegte, einer der Acilii Glabrones, stammte also aus einer der berühmtesten und vornehmsten Senatorenfamilien im ganzen Reich. Er war seit genau zehn Monaten in Tyros, und man rechnete damit, daß er höchstens noch acht weitere bleiben würde. Der Posten eines Prokurators der kaiserlichen Fabriken von Tyros war ein nützlicher Zwischenschritt in der Karriere eines Senators: gute Verwaltungserfahrung, gutes Gehalt, die Möglichkeit, gute Kontakte zu knüpfen, gute Nebenbezüge. Und wie alle kaiserlichen Ämter war der Posten zeitlich strikt begrenzt. Die eigentliche Aufsicht über die Staatsfabriken war den Staatssklaven überlassen.

Philotimos stellte sich neben Demetrias und wartete darauf, daß der Prokurator von seiner Lektüre aufblickte. Das Verhältnis zwischen Prokurator und Fabrikaufseher war gewöhnlich ein formelles: freundliche Herablassung auf der einen Seite, Gehorsam und Ehrerbietung – jedoch nicht Servilität – auf der anderen. Heraklas indes war gleichgültig und hochmütig. Er hatte sich seit Beginn seiner Amtszeit ganze zweimal dazu herabgelassen, die Fabriken aufzusuchen, und überließ den gesamten Papierkram den Fabrikaufsehern und seinem Sekretär – *als ob,* dachte Philotimos gereizt, als der junge Mann endlich mit gelangweiltem Blick von seinem Buch aufschaute, *als ob ich ihm gehörte und nicht dem Kaiser.* Erschreckt ob seines Gedankens, machte er eine tiefe Verneigung. »Die Weberin Demetrias, Eure Eminenz, wie Ihr geheißen habt«, verkündete er.

Demetrias raffte ihren Umhang, um das Gesicht zu verbergen, und verbeugte sich.

»Ah«, sagte Heraklas und legte sein Buch beiseite. Er richtete sich auf und beugte sich über den Schreibtisch. »Sehr gut, Philotimos; du kannst gehen.«

Philotimos durchfuhr ein Schreck: Er hatte damit gerechnet, daß er bei dem Gespräch zugegen bleiben und Demetrias danach wieder zurück zur Fabrik begleiten würde. »Gehen, Eure Eminenz?« fragte er unsicher.

Heraklas bedeutete ihm mit einer beiläufigen Handbewegung, den Raum zu verlassen. »Geh zurück an deine Arbeit. Kümmere dich darum, daß die Frauen ihre Arbeit tun. Ich bin sicher, eh, Demetrias findet alleine zurück. Nun geh!«

Philotimos zögerte immer noch; er spürte, daß Demetrias hinter ihm erstarrt war. *Sauhund,* dachte er, überrascht über seine eigene Heftigkeit. »Ich hatte gehofft, Herr«, sagte er vorsichtig, »Ihr könntet mich gleich mit der Vollmacht für die Materialien ausstatten, die sie für diesen Auftrag benötigen wird.«

»Sie kann dir doch sagen, was sie braucht, oder? Ich weiß nicht, wie ihr eure Webstühle einrüstet oder was ihr für sie braucht. Und nun geh, alter Mann, und laß uns allein. Der Auftrag ist sowohl geheim als auch von großer Dringlichkeit, und du stehst im Weg.«

Philotimos stand einen Moment lang starr und wie angewurzelt da. Demetrias sagte nichts und schaute ihn nicht an. Schließlich machte er eine langsame, steife Verbeugung und verließ den Raum.

Herr über alles, hoffentlich läßt er sie in Ruhe, dachte er, als er langsam zurück durch die Präfektur ging. *Meine beste Weberin – flink, geschickt, mit ausgezeichnetem Fingerspitzengefühl, untrüglichem Gespür für Farbe, macht niemals auch nur den kleinsten Webfehler, liefert stets sauberste Arbeit ab, verliert nie die Geduld, ist immer ausgeglichen und obendrein eine so hübsche junge Frau, wie man keine zweite in der ganzen Stadt findet. Und ich muß sie allein bei diesem jungen Narren von Prokurator lassen, der sich nicht einmal die Mühe gibt, wenigstens so viel übers Weben zu lernen, daß er sein Amt anständig verrichten kann. Herr über alles!*

Er versuchte, sich nicht an das Bild der sechzehnjährigen Demetrias zu erinnern, wie sie sich an ihre Mutter klammerte und herzzerreißend schluchzte, als sie damals zu jenem anderen Prokurator zitiert wurde.

Aber der Prokurator repräsentiert den Staat, sagte er sich unglücklich, *und wir sind Sklaven des Staates, sie wie ich. Wir haben keine Wahl; wir müssen ganz einfach gehorchen und versuchen, das Beste daraus zu machen. Vielleicht ist es ja wirklich so, daß er nichts weiter von ihr will, als ihr den Auftrag zum Weben der kurzen Purpurtunika zu geben, und bloß nicht will, daß darüber geredet wird. Das könnte durchaus sein. Ich hoffe es um ihretwillen.*

Allein mit dem Prokurator, stand Demetrias gesenkten Hauptes da, immer noch den rosafarbenen Umhang hoch haltend, um ihr Gesicht zu verhüllen, und dachte an den anderen Prokurator zurück. Flavius Pamphilos, so hatte er geheißen. Ihre Wangen glühten, und ihre Kehle war wie zugeschnürt. Ihre Tunika war naß von Schweiß und klebte ihr am Rücken; ihre Knie schmerzten vom langen Stillstehen. Pamphilos war älter als dieser Mann gewesen, aber nicht viel. Und er war blasser gewesen – weiße, weiche, feuchte Hände, die sie betasteten, ein heißer, feuchter Mund, kleine, wäßrige Augen, die sie angestarrt, mit gierigen Blicken verschlungen, aber niemals direkt angesehen hatten. *Acht Jahre sind es her, seit er von Tyros fort ist,* dachte sie wütend, *acht lange Jahre. Du bist verheiratet, du hast ein Kind: vergiß es. O lieber Herr Jesus Christus, heiliger Tyrannion von Tyros, heilige Maria Mutter Gottes, macht, daß er mich nicht haben will.*

»Nun . . .«, sagte der Prokurator und ließ seinen Blick über die kleine, formlose Gestalt in rosafarbener Wolle huschen, die da vor ihm stand. »Demetrias, so war doch dein Name, nicht?«

Die Gestalt nickte kaum merklich, und er schaute sie etwas unsicher an, ihren Blick suchend. »Du bist die beste Weberin hier, nicht wahr?«

»Manche sagen das, Euer Ehrwürden«, antwortete sie

behutsam. *Ich werde ihm keinen Vorwand geben, gerade mich auszuwählen.* »Andere ziehen die Rote Maria vor oder Theoktiste oder Porphyria. Wir sind alle geschickte Weberinnen, Herr, aber in unterschiedlichen Stilen. Es ist eine Frage des Geschmacks, Eure Benefizenz.« Sie hielt den Blick fest auf den Boden geheftet.

Er schnaufte leicht gereizt. »Aber du bist doch die, die den Mantel gewebt hat, den Seine Heilige Majestät letztes Jahr als Geschenk an den König der Hunnen gesandt hat, nicht wahr? Und die das Altartuch für die Kirche der Heiligen Jungfrau in Ephesus gewebt hat.«

»Einen Teil des Altartuchs, Eure Exzellenz«, stellte sie bescheiden richtig. »Wir haben zu sechst daran gearbeitet, Herr.«

»Nun gut, aber du bist doch eine der besten Weberinnen in der Stadt?« Seiner Gereiztheit gesellte sich Ungeduld hinzu. *Diese Fabrikweiber sind alle blöd, sobald sie von ihren Webstühlen weg sind*, dachte er. *Warum starrt dieses Geschöpf unverwandt auf die Erde?«*

»Das sagt man, Euer Ehrwürden«, gestand Demetrias widerstrebend. »Bei Seide jedenfalls. Für die Wollweberinnen kann ich nicht sprechen.«

»Was ich will, muß aus Seide gewebt werden«, konstatierte Heraklas. »Und es muß von der besten Weberin in der Stadt gemacht werden. Nun ja, von *einer* der besten Weberinnen in der Stadt. Aber mir gefiel der Stil des Mantels, der an den König der Hunnen gesandt wurde; also fragte ich nach der Arbeiterin, die den gemacht hat.«

Demetrias wagte einen verstohlenen Blick auf den Prokurator. In dem, was er sagte, schienen keine Hintergedanken verborgen zu sein. »Eure Hoheit wünscht einen Spezialauftrag?« fragte sie, einen Stoßseufzer der Erleichterung unterdrückend.

»Wozu sonst hätte ich dich wohl holen lassen?« erwiderte

Heraklas ungehalten. »Ich will, daß du mir einen Mantel machst, einen Purpurmantel, ein *Paludamentum,* das nach Konstantinopel gebracht werden soll. Fünf Fuß und drei Zoll lang, mit einer sieben Zoll breiten Borte rings um den Saum, bestickt mit Motiven von der Wahl des Herakles und der Krönung Alexanders durch Viktoria, und die Schultern mit Gold durchwirkt.«

Demetrias senkte den Kopf. *Wozu sonst hätte er mich wohl holen lassen?* fragte sie sich, und ihre tiefe Erleichterung wich dem Drang, laut aufzulachen. *Warum in aller Welt sollte er auch gerade auf mich verfallen? Wenn er eine Frau haben möchte, dann kann er sich eine von seinen eleganten Kurtisanen kommen lassen; er hat es nicht nötig, auf abgearbeitete junge Mütter aus seiner Fabrik zurückzugreifen. Heilige Maria, geheiligter Tyrannion, habt Dank. Ein* Paludamentum *will er, einen Kaisermantel. Gesäumt mit einer sieben Zoll breiten Tapisserieborte – das braucht Zeit. Die Wahl des Herakles.*

Die Wahl des Herakles. Die Erkenntnis kam plötzlich und traf sie wie ein Schock. Der fromme Kaiser Theodosius gab nur biblische Szenen in Auftrag – und seine Mäntel waren durchweg vier Zoll kürzer. Das *Paludamentum* war nicht für ihn!

Und niemand außer ihm, dem Augustus, durfte einen solchen Mantel tragen. Allein ihn zu besitzen war Hochverrat. Und einen solchen Mantel, einen Mantel aus heiligem Purpur, für einen Usurpator zu machen, selbst unwissentlich und auf Geheiß des Prokurators, war Frevel und Hochverrat.

»Und es muß geheim bleiben«, fuhr Heraklas fort. »Es soll ein . . . Überraschungsgeschenk sein. Ich will nicht, daß jeder, der Tyros besucht, hereinkommt und ihn angafft, und ich will nicht, daß du mit deinen Freundinnen darüber sprichst und die dann auf dem Marktplatz darüber tratschen. Du kannst ihn in einem privaten Raum in der Fabrik machen. Wenn irgend etwas davon nach draußen dringt, werde ich dich bestrafen; behältst du es aber für dich, werde ich dich gut belohnen.«

Demetrias schluckte. Ihre Angst war zurückgekehrt, mit doppelter Stärke. »Mit Verlaub, Eure Eminenz, aber die Fabrik hat keine privaten Räume«, wandte sie hastig ein, in dem verzweifelten Bemühen, irgendeinen guten Grund zu finden, daß sie den Auftrag nicht zu übernehmen brauchte.

»Dann veranlasse, daß einer der Webstühle bei dir zu Hause aufgestellt wird. Du wohnst doch in der Nähe der Fabrik, nehme ich an?«

»Ja, Eure Eminenz, aber ...«

»Aber?«

»Aber ein so großer Webstuhl ... es ist nur eine kleine Kammer, Euer Ehrwürden, und ich habe ein Kind – er würde schmutzig werden, Eure Eminenz, oder beschädigt; ich glaube nicht, daß ich es dort machen könnte.«

»Dann sag Philotimos, er soll dafür sorgen, daß du irgendwo anders einen Raum für dich allein bekommst! Er kann das bestimmt einrichten. Wie lange wirst du brauchen?«

Demetrias fuhr sich mit der Zunge über die trockenen Lippen. *Vielleicht soll Nomos, oder für wen der Mantel sonst ist, den Titel des Augustus ja auch ganz offiziell verliehen bekommen, versuchte sie sich zu beruhigen. Seine Heilige Majestät hat keinen Erben; er wird sich gewiß jemanden auserwählen wollen, der das Amt und den Purpur zunächst mit ihm teilt, um seine Nachfolge anzutreten, wenn er tot ist. Nomos würde sich da geradezu anbieten – vornehme Herkunft, Senatorenrang, Erfahrung im Militärwesen und als Minister. Niemand hätte etwas gegen ihn einzuwenden. Und es wäre durchaus normal, daß sie die Sache geheimhalten wollen, bis sie bereit sind, es im ganzen Reich zu verkünden.*

Oder vielleicht denkt Nomos auch, er könne den Purpur eines Tages legitim tragen, und will, daß der Mantel für ihn bereitliegt, wenn dieser Tag kommt.

Aber angenommen, der Mantel ist nicht rechtmäßig; angenommen, Nomos – oder für wen der Mantel auch ist – plant, die Macht an sich zu reißen? Und angenommen, jemand hegt einen Verdacht und stellt Nachforschungen an, und ich werde dabei ertappt, wie ich heimlich den Mantel webe?

Sie schloß die Augen und versuchte, die Vision von Folter und Tod aus ihren Gedanken zu verbannen.

Wenn es rechtmäßig ist, wird er mir das sagen, wenn ich ihn dazu dränge. Ich soll im geheimen weben; dann kann er mir wohl auch den Grund für die Geheimhaltung nennen. »Eure Eminenz«, sagte sie leise, voller Angst, die Frage zu stellen; aber noch größer war ihre Angst vor dem, was vielleicht geschehen würde, wenn sie sie nicht stellte. »Für wen soll der Mantel sein?«

Der Prokurator starrte die gesichtslose, rosa verhüllte Gestalt verblüfft an, und für einen kurzen Moment beschlich ihn Furcht. Doch er faßte sich rasch wieder. »Für den Kaiser natürlich!« herrschte er sie an. »Denkst du, ich würde mich des Hochverrats schuldig machen? Behandle deine Vorgesetzten mit mehr Respekt, Weib!«

Oder ich lasse dich auspeitschen, vollendete sie im Geiste. Der Prokurator hatte die Macht, einen Staatssklaven auspeitschen zu lassen, wenn dieser ihm gegenüber ungebührliches Verhalten an den Tag legte; für direkten Ungehorsam konnte er ihn sogar brandmarken lassen. Schwindlig vor Furcht nestelte sie am Saum ihres Umhangs; die Blumen fühlten sich glatt und kühl unter ihren Fingern an. Sie rieb den Saum zwischen den Fingern, als wollte sie versuchen, ein wenig von der Kühle auf sich zu übertragen; der heiße, schwere Stoff des Umhangs rutschte von ihrem Haar, und die durch das Fenster hereinstreichende Brise trocknete den Schweiß auf ihrem Nakken. »Bitte, Euer Ehren, ich hatte nicht die Absicht, respektlos zu sein«, sagte sie und schaffte es, ihre Stimme ruhig und gelassen klingen zu lassen. »Aber es ist die falsche Größe für

Seine Geheiligte Majestät, und zudem das falsche Muster. Ich dachte ...« Sie sah, wie erneut Furcht in seinem Gesicht aufblitzte, bevor sein Gesichtsausdruck in den der Wut und Empörung umschlug, und sie hielt inne, verschreckt mit den Augen blinzelnd.

Der Prokurator starrte sie wütend an. Das Weib sah ihm jetzt in die Augen, und er erkannte, daß es keineswegs dumm war. Ein aufgewecktes Ding, gestand er sich widerstrebend ein, jünger, als er gedacht hatte, und sie spekulierte zweifellos darauf, daß der Anblick ihrer grünen Augen ihn milde stimmte. Er hatte erwartet, daß die Weberin den Auftrag annehmen würde, ohne Fragen zu stellen. Daß sie die Mantelgröße des Kaisers kennen würde, hatte er nicht bedacht. Natürlich, er hätte es sich denken können; die Mäntel waren schon immer in Tyros gemacht worden. Wahrscheinlich kannte jeder in der Fabrik die Größe des Kaisers. *Trotzdem,* dachte er, *ist ihr Verhalten unverschämt. Was fällt dem Weib ein, mich so auszufragen? Sie hat widerspruchslos zu tun, was der Staat, den ich repräsentiere, ihr befiehlt. Wenn sie mir gehörte, würde ich sie auspeitschen lassen. Vielleicht sollte ich das auch so machen. Nein, das würde zuviel Aufmerksamkeit auf die Sache lenken, und wir brauchen immer noch höchste Verschwiegenheit.* »Ich sage, er ist für den Kaiser«, sagte er in einem Ton, der keinen Widerspruch zuließ. »Willst du mich der Lüge bezichtigen?«

Demetrias senkte den Blick. Ihr Mund war trocken, und ihre Knie fühlten sich wieder weich an. *Es ist Hochverrat,* dachte sie wie betäubt. *Wenn er keine Angst gehabt hätte, wenn er mir offen gesagt hätte, für wen er ist, dann wäre es vielleicht legal gewesen. Aber mich unverblümt anzulügen ... es muß Verrat sein. O Gott, wenn man mich dabei ertappt, ist es um mich geschehen.*

»Nun?« sagte Heraklas mit schneidender Stimme. »Sprich! Ich werde dir erlauben zu sprechen; ich werde dir sogar erlauben, deine Anschuldigung vor dem Präfekten zu wiederholen, was mehr ist, als wozu ich verpflichtet bin. Aber an deiner Stelle würde ich es mir zweimal überlegen, bevor ich meine Vorgesetzten beschuldige, Mädchen, und den unsterblichen Göttern Ehrfurcht erweisen. Ich habe ein Recht darauf, daß du mir Gehorsam und Respekt erweist, und wenn du mich frech und schamlos herausforderst und mich mit deinen platten und unbegründeten Anschuldigungen beleidigst, dann habe ich ebenfalls das Recht, diesen Gehorsam zu erzwingen, indem ich dich prügeln lasse, daß dir Hören und Sehen vergeht.«

Sie blickte auf und sah ihm in die Augen; als sie seinen lodernden, bohrenden Blick gewahrte, schlug sie die Augen hastig nieder, aus Furcht, er könne es als erneute Anmaßung auffassen, wenn sie ihm offen in die Augen schaute. Seine Ringe mit dem Amtssiegel funkelten an seiner Hand; die Seide seines Mantels raschelte, der schwere Brokat des Saumes schimmerte. Auf der Innenseite des Brokats war der schmale Purpurstreifen, das Abzeichen seines Reichtums und seines Ranges. Ihr Blick blieb einen Moment lang darauf haften, dann ließ sie ihn mutlos auf die Tischplatte sinken. *Ich kann ihn nicht anklagen,* begriff sie mit einem Gefühl von Verzweiflung. *Der Präfekt muß mit ihm unter einer Decke stekken, sonst hätte er sich nicht bereit erklärt, mich mit ihm sprechen zu lassen. Ich habe niemanden, an den ich mich wenden kann; man würde mich ganz einfach bestrafen, und ich müßte den Mantel trotzdem weben. Und wenn ich versuchen würde, mich zu verteidigen, würde niemand mir glauben. Eine Sklavin darf ihren Herrn nicht anklagen. Ich muß ihm gehorchen, ungeachtet der Gefahr, in die ich mich damit begebe; widersetze ich mich, muß ich damit rechnen, daß er mich schwer bestraft.*

Sie verneigte sich langsam. »Es steht mir als Eurer Sklavin nicht an, Euch zu beschuldigen«, sagte sie leise. »Ich werde Eurer Exzellenz gehorchen.«

Heraklas' Lider senkten sich über seine dunklen Augen. »Gut«, sagte er und lehnte sich in seinem Stuhl zurück. *Jetzt hat sie endlich begriffen,* dachte er – *dennoch, es gefällt mir ganz und gar nicht, die Art, wie sie durchschaut hat, was wir vorhaben, und so schnell. Ich werde es in meinem Brief an ihn erwähnen.* »Sprich sofort mit Philotimos; er soll dir einen Raum geben, wo du ungestört arbeiten kannst, und dir die Materialien beschaffen, die du dafür brauchst. Und fang damit an, sobald du kannst.«

Sie stand einen Moment lang regungslos da, den Kopf noch immer gesenkt, die Finger auf dem Saum ihres Umhangs. Sie war das Wagnis eingegangen; jetzt konnte sie nicht mehr zurück, und schon ließ die Angst nach, wurde überschattet von einem anderen Gefühl, einem harten, klumpigen, bitteren Gefühl, das sie kannte und das wahrzuhaben und zu benennen sie sich weigerte. »Soll ich Eurer Exzellenz eine Liste mit den Materialien aufschreiben, die ich benötigen werden, Herr?« fragte sie ruhig. »Dann könnt Ihr eine Vollmacht ...«

»Sprich mit Philotimos darüber«, unterbrach er sie ungeduldig, »und sag ihm, er soll zu mir kommen, wenn er Fragen hat. Wie lange wirst du brauchen?«

Es wird nichts Schriftliches geben, dachte sie, nicht im geringsten überrascht. *Wenn es ans Licht kommt, wird er bestreiten, irgend etwas davon gewußt zu haben. Aber ich werde es nicht bestreiten können. O Gott. Wäre da nicht Ehebruch fast noch das kleinere Übel gewesen?*

Ehebruch hätte sichere Erniedrigung bedeutet, hier und jetzt. Aber wenn ich tue, was er will, und schnell fertig werde und nichts an die Öffentlichkeit dringt, bin ich außer Gefahr. Entweder, das Komplott ist erfolgreich, in welchem Fall ich mir keine Sorgen zu machen brauche; oder es scheitert, und in dem Fall werden sie sich gewiß nicht mit der Sklavin abgeben, die den Mantel gewebt hat, weil sie den Verräter selbst haben werden. Und sie versuchen ja, es geheimzuhalten. Wenn sie ertappt werden, dann sicher erst, wenn die Pläne schon weiter fortgeschritten sind.

»Fünf oder sechs Monate«, sagte sie.

»So lange? Geht das nicht schneller?«

»Sticken ist eine sehr aufwendige Arbeit, Eure Weisheit, und Seide ist ein sehr feines Material. Wir könnten es auf dem Spannwebstuhl machen, mit einem Serienmuster anstelle der Stickereien. Dann könnten wir es in drei Monaten fertig haben.«

Der Prokurator überlegte. »Am Spannwebstuhl muß man zu zweit arbeiten, nicht wahr? Und außerdem ist etwas darauf in Arbeit, und du würdest meine Genehmigung brauchen, um es abzunehmen, nicht wahr? Nein, nein, nicht auf dem Spannwebstuhl. Aber sechs Monate ...«

»Man könnte ein wenig Zeit sparen, wenn Ihr statt eines Bandes zwei Tapisserieeinsatzstücke nähmet, Herr. In dem Fall würde es vielleicht viereinhalb bis fünf Monate dauern, Herr.«

»Zwei Einsatzstücke? Na schön – aber keine kleinen, verstanden? Der Mantel muß so gut sein wie das, was der Kaiser besitzt – schon besitzt, meine ich. Fünf Monate also, aber auf keinen Fall mehr, hörst du? Geh nun – und fang sofort an.«

»Jawohl, Eure Eminenz.« Sie verneigte sich wehrlos und verließ eilig den Raum.

In der Vorhalle blieb sie stehen und schaute erneut zu der Statue von Nomos hinauf. Er lächelte immer noch einschmeichelnd ins Leere, einfältig aus seinen hellblauen Augen starrend. *Ist er für ihn,* fragte sie sich, *oder für jemand anderen?*

Es ist gleich. Wenn er scheitert, wird er sich niemals den Kopf über irgendeine Sklavin zerbrechen, die seinetwegen getötet wurde; warum sollte ich mich also bemühen, mehr über ihn zu wissen als er über mich? O Gott!

Jenes andere Gefühl wogte jetzt in ihr hoch, und sie biß sich auf die Zunge, um es zu unterdrücken. Eine Mischung aus Erniedrigung, Scham und Wut, vertraut seit acht Jahren, und zu nichts anderem nutze, als ihr noch mehr Schmerz zuzufügen. Es gab keine Möglichkeit, dem Auftrag zu entrinnen; das einzige, was ihr jetzt Sicherheit versprach, war, sich unverzüglich ans Werk zu begeben und Stillschweigen zu bewahren. Gegen den Befehl aufzubegehren war sinnlos und – schlimmer noch – gefährlich. Trotzdem spürte sie, wie sie vor Zorn bebte. Sie wollte laut aufschreien; sie wollte in Tränen ausbrechen. Sie fühlte sich von einem unbändigen Haß erfüllt, der sie fast erstickte: auf Nomos, auf Heraklas, am meisten aber auf sich selbst, weil sie sich als Werkzeug benutzen ließ.

Ich muß es schnell machen, sagte sie sich, *so schnell wie möglich; erst dann kann ich wieder frei atmen.* Sie zog sich den Umhang wieder über den Kopf und holte zitternd tief Atem, bevor sie mit schnellem, wütendem Schritt zurück zur Fabrik ging.

Philotimos saß an seinem Schreibtisch im hinteren Bereich der Fabrik, als sie zurückkam. Sie berichtete ihm, daß der Prokurator ihr aufgetragen hatte, einen Mantel als Überraschungsgeschenk für den Kaiser zu weben, und daß niemand diesen Mantel zu Gesicht bekommen dürfe, bevor er fertig wäre. »Er will, daß ich für die Arbeit einen Raum für mich allein bekomme«, fügte sie hinzu.

Er schaute sie einen Moment lang forschend an. Ihre Stimme war wie immer ruhig und gleichmäßig, aber ihr Gesicht verriet mehr; es war sehr bleich, und ihre Züge waren gespannt, beinahe starr. Er verzog das Gesicht zu einer grimmigen Miene. *Dreckskerl,* dachte er wieder, *Sohn des Teufels.* »Wenn es ein privates Geschenk ist, dann wird er doch dafür bezahlen, oder nicht?« fragte er. »Es soll doch nicht etwa auf Staatskosten gehen?«

»Dazu hat er nichts geäußert. Er wollte auch keine schriftliche Genehmigung für den Mantel ausstellen.«

»Er kann ja wohl kaum dem Kaiser ein Geschenk machen und erwarten, daß der Kaiser es selbst bezahlt. Ich gebe dir die Seide und lege ihm gleich morgen die Rechnung dafür vor.« Philotimos holte sein Hauptbuch hervor und schrieb Belastungszettel für Seide und Gold aus, um die Hälfte mehr, als für den Mantel benötigt würde; es bereitete ihm diebisches Vergnügen, zu sehen, wie hoch die Rechnung war. Alles, was an Material übrigblieb, wenn ein Auftrag erledigt war, gehörte nach althergebrachtem Brauch der Weberin, und diese wiederum gab einen Teil davon ihrem Aufseher ab, als Gegenleistung für seine Gefälligkeit. Alle Frauen in der Fabrik verdienten sich auf diese Weise ein kleines Zubrot, indem sie aus den Resten Kleider oder kleine Behänge webten, die sie entweder für sich behielten oder zum Verkauf feilboten. Sogar für Purpur, der auf dem Markt nicht verkauft werden durfte, gab es einen Abnehmer: den Aufseher der Wollfabrik, der ihn mit Gewinn an die Seidenmanufaktur zurückverkaufte. Mit dieser Menge an Seide, die Philotimos veranschlagt hatte, konnte Demetrias ein hübsches Sümmchen verdienen. *Soll Heraklas für seine Launen bezahlen,* dachte Philotimos, *und soll Demetrias diejenige sein, die davon profitiert.*

Obwohl ich bezweifle, daß ihre Angst vor dem Kerl mit Geld aufzuwiegen ist. Was mag wohl passiert sein, nachdem ich rausgegangen bin? Er wird wohl kaum in seinem Büro über sie hergefallen sein – vielleicht gelingt es ihr ja, ihn hinzuhalten, selbst in dem privaten Arbeitsraum, in dem er sie mit Sicherheit aufsuchen wird. Ich werde ihn jedenfalls so unbehaglich wie möglich für ihn machen. »Was diesen privaten Arbeitsraum betrifft, es gibt da einen Schuppen hinter der Farbenfabrik«, sagte er mit einem boshaften Lächeln. »Es stinkt dort natürlich, aber es ist schattig, und du hast genug Platz. Soll ich ihn für dich saubermachen lassen?«

Demetrias schaute ihn überrascht an, und erst jetzt begriff sie, was er dachte. *Aber warum nicht?* dachte sie. *Wenn man von mir verlangt, die Sache geheimzuhalten, dann muß ich es wenigstens versuchen. Soll er in dem Glauben sein, Heraklas stelle mir nach und daß, wenn er nicht kommt, der Gestank von der Farbenfabrik es ist, der ihn abhält.* »Ja«, sagte sie und lächelte zurück. »Danke.«

Philotimos schrieb eine Nachricht an seinen Kollegen in der Farbenfabrik mit der Bitte, den Schuppen für einen zusätzlichen Webstuhl freizumachen, der vorübergehend benötigt werde. Demetrias brachte die Nachricht hinüber zur Fabrik und schaute sich dann den Schuppen an. Es war eine kleine Hütte, gebaut aus ungebeiztem Zedernholz und mit einem strohgedeckten Dach. Sie besaß zwei mit Läden versehene Fenster aus Horn, eine Tür mit einem massiven Vorhängeschloß, und sie war voller Fässer mit Schalen von Wellhornschnecken. In der stickigen Hitze, die im Innern des Schuppens herrschte, war der Gestank des Purpurs so überwältigend, daß man fast glaubte, ihn sehen zu können, und die abgestandene Luft klebte an der Zunge wie schwerer Sirup. Demetrias versuchte, sich Heraklas dabei vorzustellen, wie er sie in dem Schuppen besuchte, malte sich aus, wie der Prokurator sich zwischen den stinkenden Fässern auszog und mit angewidertem, naserümpfendem Blick nach einer Stelle suchte, wo er seine Kleider aufhängen konnte, und sie mußte lachen. Sie fühlte sich jetzt schon wieder ein wenig froher, und sie begann zu planen, wie sie den Webstuhl aufstellen wollte. Mit einem Stück Kreide markierte sie die Maße an der Holzwand. Kurz darauf kamen zwei Arbeiter aus der Farbenfabrik herein, um den Schuppen für sie leerzuräumen, und neckten sie fröhlich wegen des Gestanks. Sie lachte und scherzte zurück. Es waren einfache, rauhe Männer, aber sie waren absolut verläßlich. Sie kannten sie; ihr vor langer Zeit verstorbener Vater war einer von ihnen gewesen, und auch ihr Mann war bei ihnen bekannt und geachtet. Man konnte sich auf ihre Hilfsbereitschaft verlassen und sicher sein, daß sie keine neugierigen Fragen stellten. Als sie mit dem Berechnen der Form der Kette fertig war, war der Schuppen leergeräumt, gekehrt und mit Salzlauge ausgewischt, und die Arbeiter gingen den Webstuhl holen.

Es war Abend, und das Farbenwerk wurde abgeschlossen, als ihre Mutter kam, um sie abzuholen. Demetrias saß im Büro der Fabrik und zeichnete die Entwürfe für die Einsatzstücke: die Wahl des Herakles und die Krönung Alexanders durch Viktoria. Sie drehte die Skizzen hastig um, als Laodiki den Raum betrat.

»Hier steckst du!« sagte Laodiki. Sie blieb im Türrahmen stehen und lächelte sie an. Laodiki war eine rundliche, hübsche, niedliche Frau, und von einer solch heiteren Freundlichkeit, daß selbst ihre Tochter sich nicht erinnern konnte, sie jemals wütend erlebt zu haben. »Liebes, komm nach Hause. Symeon und der Junge müssen schon seit Stunden zurück sein!«

Demetrias nickte, rollte vorsichtig die Entwürfe ein, band sie zusammen mit den Fäden der Seide, aus der sie die Farben ausgewählt hatte, und steckte sie in ihren Gürtel. Wenn sie sich irgend jemandem anvertrauen würde, dann ganz gewiß nicht ihrer Mutter. Laodiki war die letzte Person auf der Welt, die man in ein Geheimnis einweihen konnte. Sie konnte weder lügen noch schweigen. Demetrias lächelte ihr liebevoll zu, und die beiden Frauen machten sich auf den Heimweg.

Wie viele andere der Fabrikarbeiter wohnten Demetrias und Laodiki in einem großen Wohnblock am hinteren Ende des ägyptischen Hafens, und sie gingen gemächlichen Schrittes an der Hafenfront entlang. Die Stadt war nun, da die mörderische Sonne verschwunden war, wieder von Leben erfüllt, und der Hafen war voll von Menschen. Fischweiber boten Miesmuscheln oder Barben neben den Booten feil; Tintenfische und Oktopusse brutzelten über Holzkohlefeuern; Wasser- und Weinverkäufer wanderten in der Menge herum und rasselten mit ihren Trinkbechern. Der Westhimmel war immer noch karmesinrot und zeichnete den Fels der Zitadelle hinter ihnen in tiefem Schwarz, aber die zarten Sommersterne waren bereits im Osten aufgegangen, und der Halbmond stand hoch am Firmament und gewann zusehends an Helligkeit. »Liebes«, sagte Laodiki nach langem Zögern, als sie sich dem Haus näherten, »der Prokurator... er will doch nicht...?«

»Er will, daß ich einen Mantel für ihn webe«, erwiderte Demetrias. »Wenn er mehr will, dann ist es nicht meine Sache, mir darum Gedanken zu machen.«

»So ist es brav«, sagte Laodiki, aber ihre Stimme klang nicht sehr beruhigt. »Glaubst du ... das heißt, mußt du ...?«

Demetrias hüllte sich einen kurzen Moment in Schweigen. »Nein, ich brauche nicht mit ihm zu schlafen«, antwortete sie schließlich.

Laodiki atmete erleichtert auf. »Dem Herrn sei Dank dafür! Nun, dann arbeite brav an seinem Mantel und hoffe, daß der Gestank der Farbenfabrik ihn fernhält. Was wirst du Symeon sagen?«

Demetrias wandte den Kopf und ließ den Blick über die Boote schweifen, die auf dem Kiesstrand lagen. Da lag es: sechzehn Fuß lang, mit einem Lateinsegel, der Rumpf aus Zedernholz blau und weiß gestrichen, der hohe Achtersteven in Form einer Frauengestalt mit einem Vogel in der Hand. Symeons Boot war zurück; Symeon würde jetzt zu Hause sitzen und auf sie warten. »Ich weiß es nicht«, erwiderte sie. »Vielleicht warte ich, bis er mich fragt.«

Langsam gingen sie weiter zu dem Wohnblock.

Es war ein großes Haus, drei Stockwerke hoch und recht komfortabel. Ein öffentlicher Brunnen auf der landwärts gelegenen Seite lieferte sauberes Trinkwasser, und das Abwasser lief in den Hafen und wurde hinaus ins Meer gespült. Demetrias Kammer befand sich im Erdgeschoß, in begünstigter Lage; Laodiki wohnte zwei Stockwerke höher. Sie blieben am Fuß der Treppe stehen und sahen sich an. »Nun«, sagte Laodiki, »er ist ein guter Mann; er wird dich nicht für etwas schlagen, für das du nichts kannst. Gute Nacht, mein Liebes.«

Demetrias küßte sie und wartete einen Moment, während ihre Mutter schnaufend die steilen Stufen hinaufstieg, dann wandte sie sich um und ging in ihre Wohnung.

Diese bestand, wie sie dem Prokurator gesagt hatte, lediglich aus einem Raum, aber es war ein großer Raum, und er konnte mit Zwischenwänden abgeteilt werden. Er enthielt bereits einen Webstuhl, auf dem Demetrias Kleider für die Familie webte. Das Fenster war aus Glas – billigem Glas von minderer Qualität, aber immer noch besser als Horn – und der Bereich darunter war mit Kacheln ausgelegt. Für Wärme sorgte ein aus Ziegeln gemauerter Kamin. Symeon hatte bereits ein Holzkohlefeuer angezündet. Er saß auf der Liege, die zugleich als Bett diente, und flickte im Schein einer doppelflammigen Öllampe eine Stachelschneckenfalle. Ihr Sohn Meletios – von den Eltern zärtlich Meli, »Honig«, genannt – saß auf dem Fußboden und schnitzte mit seinem neuen Messer, das sein Vater ihm einen Monat zuvor geschenkt hatte und das er über alles liebte, an einem Stück Treibholz. Meletios begleitete seinen Vater beim Fischen, seit er vier war. Jetzt, mit fünf Jahren, konnte er bereits schwimmen, eine Schnekkenfalle mit einem Köder versehen, eine Angelschnur auswerfen, die Segel aufgeien, und er konnte das Boot in offenem Wasser steuern, wenn der Wind nicht zu stark war und es nicht auf peinlich exaktes Halten des Kurses ankam. Er war ganz das Kind seines Vaters, so sehr, daß seine Mutter sich manchmal beinahe überflüssig vorkam.

»Du kommst spät«, sagte Symeon, der von seiner Arbeit aufschaute, als die Tür aufging. Er war ein schlanker, sehniger

Mann mit dunkler, sonnengegerbter Haut. Sein Haar war schwarz, selbst in hellem Sonnenlicht, und dicht gelockt; sogar sein kurzgeschorener schwarzer Bart war lockig. Seine braunen Augen muteten seltsam hell im Kontrast zu seinem dunklen Gesicht an.

»Ich habe einen dringenden Auftrag vom Prokurator bekommen«, erklärte Demetrias. »Bis ich damit fertig bin, werde ich wahrscheinlich jeden Abend später kommen.«

»Dieser Hurensohn!« Symeon warf seine Murexfalle in die Ecke und stand auf. »Wenn er die Fabrik ordentlich führen würde, wäre der Auftrag nicht so dringend.« Er ging quer durch den Raum zu seiner Frau, schlang die Arme um sie und küßte sie. »Nun, da kann man wohl nichts machen. Ich habe heute nachmittag eine Barbe gefangen; würdest du sie braten?« Es war unter seiner Würde, selbst zu kochen, egal, wie hungrig er war.

»Wir haben den Delphin wieder gesehen!« verkündete Meletios. Er kam zu ihr und legte den Arm um ihre Hüften; höher kam er noch nicht. Er zog die Nase kraus. »Du riechst nach Purpur«, sagte er vorwurfsvoll.

Demetrias beugte sich hinunter und gab ihm einen Kuß auf den Kopf. Meletios war fast so braun wie sein Vater, aber sein Haar war heller. Im Sonnenlicht hatte es einen bronzenen Schimmer; jetzt, im Lampenschein, wirkte es dunkler. Es war wie das seines Vaters dicht gelockt. »Ihr habt den Delphin gesehen!« rief sie aus und überhörte den Vorwurf, sie röche nach Purpur. Sie warf ihren Umhang auf die Liege und ging zum Feuer, den Jungen im Schlepptau. Symeon hatte die Barbe gleich nach dem Fangen ausgeweidet, und sie lag schon im Kochtopf bereit. Neben dem Feuer stand ein Eimer Wasser, den Meletios vom Brunnen geholt hatte. »Und bist du mit dem Delphin schwimmen gegangen? Du schmeckst nach Salz.«

»Ich habe versucht, zu ihm rüberzuschwimmen«, sagte

Meletios, »aber er wollte mich nicht so nahe an sich heranlassen. Ich will ihn zähmen und auf seinem Rücken reiten, wie Arion in der Geschichte.«

»Dann mußt du ihn füttern.« Demetrias goß Öl in die bronzene Pfanne und stellte sie auf den Bratrost. »Vielleicht kann dein Vater dir etwas vom Köder für ihn abgeben.«

Symeon lachte. »Der Delphin hat heute die Hälfte des Köders gefressen. Ermuntere den Jungen nicht noch, sonst haben wir am Ende keinen Köder mehr zum Fischen, und keinen Fisch für uns *und* den Delphin.«

Demetrias lächelte, schob den Fisch, der jetzt munter in der Pfanne brutzelte, leicht hin und her und wendete ihn. Sie würzte ihn mit Pfeffer und Oregano, ging zum Vorratskorb und nahm getrocknete Datteln, Haselnüsse und ein wenig getrocknete Minze heraus. Sie warf diese in einen Mörser und begann sie zu zerstampfen. »Aber du hast mit dem, was der Delphin an Köder übriggelassen hat, doch wohl mehr als die eine Barbe gefangen?« sagte sie.

Sie brauchte sich nicht umzuschauen, um zu sehen, wie Symeon sich streckte und mit den Achseln zuckte, während er sich behaglich auf der Liege räkelte. »Ich habe fünf Barben und ein paar Tintenfische gefangen. Ich habe sie Daniel gegeben, damit er sie im Hafen verkauft. Gott meint es gut.«

So wie eine Weberin sich ein Zubrot durch den Verkauf von Stoffresten verdienen konnte, durfte ein Purpurfischer alles, was er an Fischen fing, frei verkaufen, sobald er die Schalentiere, aus denen der Purpur gewonnen wurde, an den Staat abgeliefert hatte. Die Fabrik versorgte alle ihre Sklaven großzügig mit Lebensmitteln und ließ sie mietfrei in den Wohnungen leben, die sie besaß. Verglichen mit einem freien Fischer war ein Purpurfischer wohlhabend; er brauchte sich weder um sein Auskommen noch um die Zukunft zu sorgen. Wenn er gute Fänge machte, hatte er genug Geld übrig, um sich diesen oder jenen kleinen zusätzlichen Wunsch zu erfüllen; waren seine Fänge schlecht, brauchte er trotzdem nicht zu darben. Gott meinte es gut.

Aber eine freie Weberin, dachte Demetrias und zerstampfte die Nüsse und Datteln grimmig im Mörser, *eine freie Weberin hätte es nicht nötig, illegale Mäntel gegen ihren Willen zu machen. Und wenn ich frei gewesen wäre, vielleicht hätte ich dann auch nicht mit Flavius Pamphilos zu schlafen brauchen.*

Sie gab ein wenig Honig und Essig in den Mörser, fügte eine Prise Raute hinzu und bestrich sodann den Fisch mit der zähen Masse. Vielleicht. Aber sie hatte immer den Verdacht gehabt, daß die Freien gegen solche Dinge genausowenig gefeit waren wie die Sklaven; daß auch frei geborene Weberinnen, wenn sie arm waren, gezwungen wurden, mit ihren Lohnherren ins Bett zu gehen, und die Demütigung genauso hilflos und ohnmächtig hinnehmen mußten wie Sklavinnen. Sie nahm die Pfanne vom Feuer und trug sie zu dem kleinen Tisch neben der Liege, dann holte sie den Wein, einen Krug Wasser und die Becher. Der abendliche Laib Brot lag schon auf dem Tisch, bereits angebrochen – ihr Mann und ihr Sohn hatten es wieder einmal nicht abwarten können. Symeon brach den größeren Teil von dem, was übriggeblieben war, ab, während sie sich neben ihn auf die Liege setzte, und reichte ihn ihr mit einem breiten Grinsen, so daß seine weißen Zähne im Lampenlicht blitzten. Sie nahm ihn und legte ein wenig von dem Fisch darauf, das Brot geschickt in der Hand drehend, um das Bratenfett aufzufangen. Meletios kletterte auf die Liege zwischen seine Eltern und griff ebenfalls zu.

»Wir haben kein Gemüse«, beschwerte sich Symeon, während er sich und seiner Familie von dem Wein einschenkte.

»Ich hatte keine Zeit, welches zu kaufen«, erwiderte Demetrias, mit vollem Mund kauend. »Ich bin direkt nach Hause gekommen, und ich hatte heute nicht einmal Zeit zum Mittagessen.«

Meletios schnupperte an der Tunika seiner Mutter und rümpfte erneut die Nase. »Du stinkst wirklich nach Purpur.«

Sie lächelte und zerwühlte ihm das Haar. »Ich habe heute in der Farbenfabrik gearbeitet. Du und dein Vater, ihr fangt die Tiere, Meli-Schatz. Da kannst du dich doch wohl kaum über ihren Geruch beklagen.«

»Aber sie riechen nicht so schlimm, wenn wir sie fangen«, protestierte Meli.

»In der Farbenfabrik?« Symeons Hand verharrte am Henkel des Wasserkrugs. »Wieso dort?«

»Ich werde diesen Auftrag dort weben. Der Prokurator will nicht, daß irgend jemand ihn sieht, bevor er fertig ist, und du weißt ja, daß in der Weberei ein ständiges Kommen und Gehen herrscht.« Demetrias schaute ihren Mann nicht an, während sie sprach.

Symeon stöhnte und goß Wasser in den Wein. »Was ist das für ein Auftrag?«

Demetrias nahm ihren Becher und dankte nickend, ohne den Blick von ihrem Fisch zu heben. »Ein Mantel. Der Prokurator will ihn als Überraschungsgeschenk für jemand und versucht, es geheimzuhalten.«

Wieder stöhnte Symeon. »Und für wie lange wirst du abends länger arbeiten müssen?«

»Solange, bis er fertig ist. Ich will zusehen, daß ich es bis Weihnachten schaffe.«

»Puh! Konnte Philotimos diesen Auftrag nicht jemand anderem geben? Jemandem ohne Familie?«

Demetrias schwieg eine Weile. Sie hatte gehofft, daß ihr Mann keine peinlichen Fragen stellen würde – zumindest noch nicht, nicht heute abend, wo sie müde war und selbst wütend wegen der Sache. Gewiß würde er jedoch erfahren, daß es nicht Philotimos war, der ihr den Auftrag zugewiesen hatte, daß sie zur Präfektur zitiert und dort mit dem Prokurator alleingelassen worden war. Die anderen würden sich spätestens am nächsten Morgen das Maul darüber zerreißen, und wenn sie versuchen würde, es vor ihrem Mann zu verheimlichen, würde er sie um so eher verdächtigen. Ihre Kehle fühlte sich plötzlich vor Zorn so zugeschnürt an, daß sie kaum zu schlucken vermochte, und sie saß da und starrte wütend auf den Sprung im Rand ihres Weinbechers. *Ich bin zweifach Sklavin,* dachte sie verbittert, *als Staatssklavin und als Ehefrau. Ich bin als Sklavin geboren, aber warum soll Symeon solche Rechte über mich haben? Wenn er glaubt, daß der Prokurator mit mir schlafen will, empfindet er das mehr als Beleidigung gegen sich als ein Unrecht gegen mich.*

»Der Prokurator hat ausdrücklich darum gebeten, daß ich den Auftrag ausführe«, sagte sie finster. »Er wollte, daß es dieselbe Weberin macht, die auch den Mantel gewebt hat, der letztes Jahr an den König der Hunnen ging. Er hat mich zu sich kommen lassen und mir das selbst gesagt.«

Symeon sah sie einen Moment lang an, dann verdüsterte sich seine Miene, und er wandte den Blick ab. Er sagte nichts mehr darauf und aß schweigend seinen Fisch. Meletios schaute seine Eltern unsicher an; er wußte nicht so recht, worum es ging, aber er spürte sehr wohl die Verärgerung in beiden.

»Geh jetzt schlafen, Meli«, sagte Demetrias, als sie mit dem Essen fertig waren. »Morgen kannst du wieder nach deinem Delphin jagen.«

Meletios machte keine seiner üblichen Einwendungen, sondern ging sofort zu dem Rollbett in der Ecke des Raumes, zog sich aus und legte sich auf die Strohmatratze. Gerade, als er es sich bequem machen wollte, fiel ihm sein Messer ein. Er sprang auf, holte es, steckte es in die Scheide zurück, schob es unter das Kissen und legte sich wieder hin.

Demetrias lächelte und kniete sich neben das Bett. »Paß auf, daß du dich nicht daran schneidest!« mahnte sie ihn. Sie deckte ihn mit seinem leichten Leinenmantel zu.

Er nickte und schaute mit ernstem Gesicht zu ihr auf. »Ist der Prokurator ein böser Mann?«

»Wie kommst du darauf?« erwiderte sie nach einem kurzen Moment betretenen Schweigens.

»Papa ist wütend, daß er mit dir gesprochen hat.«

»Ja, das ist er. Dein Vater will nicht, daß ich abends so lange arbeite. Aber mach dir keine Sorgen, mein Lieber, es ist nicht für lange.«

»Hast du trotzdem Zeit, mir den Mantel mit den Delphinen zu weben?«

»Das weiß ich noch nicht. Wenn nicht, kaufe ich dir ein kleines Boot zum Spielen, ja?«

»Eine Trireme!« rief er, eifrig nickend – das war noch viel besser als ein Mantel. »So eine wie die, die wir an Sankt Tyrannion auf dem Markt gesehen haben!«

»Wir werden sehen«, erwiderte sie. »Und nun schlaf schön, Meli-Schatz.« Sie küßte den Jungen, dann stand sie auf und machte sich an den Abwasch.

Symeon beobachtete sie. Seine Miene war immer noch düster. Sie wußte, daß er mit ihr sprechen würde, sobald sie zusammen im Bett lagen und Meli eingeschlafen war. Er würde mit ihr über den Prokurator sprechen wollen – und er würde mit ihr schlafen wollen. Sie spannte unwillkürlich die Schultern, als wolle sie sich vor seinem Blick schützen. Sie empfand mit plötzlicher Heftigkeit die Festigkeit ihres Körpers, seine Integrität, in die Symeon eindringen würde. Pamphilos hatte in ihr einen Ekel gegen Männer und ihre schweren Hände hinterlassen; in den sechs Jahren ihrer Ehe hatte sich dieser weitgehend gelegt – aber jetzt war er schlagartig zurückgekommen. Sie zog den Abwasch in die Länge, so gut sie konnte. Als sie schließlich fertig war und den Blick auf Symeon wandte, sah sie, daß er sie noch immer musterte, nicht mehr finster, sondern verwirrt und besorgt. Sie schaute hastig weg und nahm den Eimer mit dem Spülicht. »Ich hole etwas Wasser für morgen«, sagte sie und ging zur Tür hinaus.

Draußen war es jetzt kühler, und die Menschenmenge hatte sich zerstreut. Die Sterne funkelten golden über dem schwarzen Wasser des Hafens, das Mondlicht spiegelte sich silbern in den Wellen, und die Fenster von Tyros waren erleuchtet vom Schein der Lampen. Die Wellen leckten mit lautem Zischen über den Kies des Strandes, und ein Windstoß ließ die Blätter der Dattelpalmen beim Brunnen leise rascheln. Aus dem Haus drang gedämpftes Lachen; irgendwo unten am Weg sang jemand ein trauriges Lied zur Laute.

Sie schüttete das schmutzige Wasser über den Weinstock neben der Tür, dann ging sie an der Vorderseite des Hauses entlang zum Brunnen. Das Wasser gurgelte leise in den Eimer; sie hielt ihre heißen Handgelenke unter den kalten Wasserstrahl, fühlte, wie der Schmerz durch ihre angespannten Muskeln zog. Das Wasser bildete in ihren Handflächen kleine Pfützen, die im Mondlicht glänzten, und verrann in kleinen, trägen Bächen zwischen ihren Fingern.

Es sind meine Hände, dachte sie und starrte sie an. *Dennoch kann der Staat – Heraklas – über sie verfügen, ganz wie es ihm beliebt.* Sie krümmte die Finger, beobachtete, wie der Fluß des Wassers sich veränderte. Auch Seide konnte fließen, sich auf ein winziges Krümmen ihres Fingers hin verändern, sich in jedes Muster fügen, das sie wünschte. Sie war im Schatten eines Webstuhls zur Welt gekommen, und ihr erstes Spielzeug waren Spindeln gewesen Sie konnte sich nicht mehr erinnern, wann und wie sie weben gelernt hatte. Schon mit elf Jahren hatte sie am Spannwebstuhl der Manufaktur mithelfen dürfen; mit zwölf hatte sie Glattgewebe anfertigen dürfen; mit sechzehn Muster; und Tapisserie sticken, die schwierigste und heikelste aller Webtechniken, durfte sie bereits im zarten Alter von siebzehn. Die Webstoffe aus Tyros wurden in der ganzen Welt bewundert, und sie war eine der besten Weberinnen der Stadt: Sie hatte nie etwas anderes als Stolz auf ihr Können empfunden. Sie hatte oft ihr Aussehen bedauert, ihr Gesicht, welches soviel ungewollte Aufmerksamkeit auf sich zog, aber sie hatte nicht eine Sekunde im Leben ihre geschickten Hände bedauert. Und sie konnte sie auch jetzt nicht bedauern, obwohl sie ihr Leben in Gefahr gebracht hatten.

Und dennoch, dachte sie, während sie sie anstarrte, *wie kann irgend jemand anderes als ich meine Hände besitzen?* Einen Augenblick lang erschien ihr das ganze Gefüge der Welt – die Fabrik, die Gesetze, die Hierarchien der kaiserlichen Verwaltung – mythisch und unwirklich. Ihre Hände gehörten ihr: Sie allein konnte die Kälte des Wassers oder den Schmerz in ihren Handgelenken fühlen; wie konnte irgend jemand Fremdes sie für sich reklamieren? Dann, ebenso plötzlich, rückten sich die Dimensionen wieder gerade: Das Gefüge der Welt war real, und es war ihr eigenes, verblüfftes Infragestellen, das unwirklich und abwegig schien. Natürlich konnte der Staat sie besitzen, über sie verfügen; jeder war auf die eine oder andere Weise unter seiner Kontrolle, eingewoben in die Struktur der Welt, ein winziger Faden, fest verknüpft und verflochten mit Myriaden anderen. Der Staat hatte sie großgezogen und ausgebildet – und sie hatte so oder so keine andere Wahl, als zu gehorchen.

Der Eimer lief über. Sie schloß den Hahn und trug das Wasser zurück zum Haus. Auf der Türschwelle hielt sie inne. Sie stand einen Moment still da und schaute hinüber zum Hafen, dann stellte sie den Eimer ab und lehnte den Kopf gegen den kühlen Stein des Türpfostens. Ihr war heiß in ihrer Tunika, die von altem Schweiß klebte und nach Purpur stank. Sie dachte an Pamphilos, und das altvertraute, würgende Schamgefühl stieg in ihr hoch; sie dachte an Heraklas, sah seine dunklen Augen vor sich, wie sie sich von ihr abwandten.

Sie hörte, wie hinter ihr im Innern des Wohnblocks eine Tür aufging. Symeon trat schweigend hinter sie und legte behutsam und zögernd eine Hand auf ihre Schulter. Sie wandte sich nicht um.

»Es ist nicht deine Schuld, wenn er mit dir schlafen will«, sagte Symeon leise. »Ich weiß das. Ich bin nicht auf dich wütend.«

Sie schüttelte den Kopf, schmiegte sich noch enger an den Türpfosten.

»Nun los«, sagte er. »Erzähl mir, was geschehen ist.«

»Er will nicht mit mir schlafen«, sagte sie müde. »Du kannst dich beruhigen.«

Er strich ihr das Haar aus dem Nacken; ihre Muskeln waren hart und straff unter seiner Hand – wie die Fallen auf einem Boot unter vollem Segel, dachte er. Die Mischung aus Zärtlichkeit und Reue, die ihm jetzt die Kehle zuschnürte, war vertraut, hatte den Beigeschmack von Resignation. Er wußte, sie würde den Kopf nicht zu ihm umwenden, ihre Augen würden nicht in seine schauen und sanft werden. Sie war eine pflichtgetreue und gehorsame Ehefrau, mitunter sogar eine liebevolle; er hatte kein Recht, auch noch Zärtlichkeit von ihr zu erheischen. »Ich weiß, daß es nicht deine Schuld ist«, wiederholte er. »Mutter Gottes, ich habe lange genug gebraucht, dich zu überzeugen, daß ich es nicht als Schande empfand, dich zu berühren. Ich weiß, daß du diesen Mann niemals wollen würdest, ganz gleich, was er dir auch bieten würde. Sag es mir. Ich gehe zu ihm, wenn du möchtest.«

Jetzt wandte sie doch den Kopf, aber ihr Blick war höhnisch. »Was würdest du denn tun?« fragte sie barsch. »Ihn schlagen? Den Prokurator, Seine Eminenz Marcus Acilius Heraklas? Glaubst du, man würde dich überhaupt zu ihm vorlassen? Und wenn ja, was glaubst du, würden sie danach mit dir machen? Ich will keinen Mann, der sich wegen mir halb zu Tode peitschen läßt.«

»Das würde er nicht wagen«, erwiderte Symeon ebenso barsch. »Ich bin nicht *sein* Sklave, und mein Aufseher hat gottlob immer noch einen gewissen Einfluß in dieser Stadt. Aber ich würde ihn nicht schlagen. Ich würde einfach mit ihm reden – irgendeinen Vorwand würde ich schon finden, um zu ihm vorgelassen zu werden. Ich würde ihm bloß zeigen, daß du einen Mann hast, der glaubt, daß du es wert bist, beschützt zu werden. Das allein dürfte ausreichen, ihn zur Besinnung zu bringen.«

Sie schüttelte heftig den Kopf und wandte sich wieder ab. »Warum sollte ein Prokurator sich Sorgen wegen eines Fabriksklaven machen? Und außerdem, ich habe dir doch gesagt, er will nicht mit mir schlafen. Natürlich werden das alle glauben; das war es ja, wovor ich Angst hatte, als ich zu ihm mußte. Ich gebe zu, es hat mich beunruhigt, es erinnerte mich an . . . an Pamphilos. Aber das war es nicht, was er wollte, ganz und gar nicht.«

Er stand hinter ihr, die Hand noch immer auf ihrer Schulter. »Was wollte er dann?« fragte er unsicher.

»Das sagte ich dir doch. Er wollte, daß ich ihm einen Mantel webe.«

Er kam neben sie, ließ seinen Finger an ihrem Gesicht heruntergleiten, nahm ihr Kinn und drehte ihren Kopf so, daß sie ihn ansehen mußte. »Da stimmt doch was nicht«, sagte er, in ihrem Gesicht lesend. »Demetrias, sag schon, was ist es?«

Sie wandte sich ab. »Ich sagte es doch, er erinnerte mich an Pamphilos, und ich mußte daran denken, wie . . .« Sie verstummte. Symeon hatte sie bei den Schultern gefaßt. Er schüttelte sie weder, noch versuchte er, sie zu küssen. Er stand nur da und schaute sie an. Das Licht das Halbmondes fiel auf sein Gesicht, ließ die Konturen seiner Lippen scharf hervortreten, schwarz und weiß, wie gemeißelt; seine Augen funkelten unter dem dichten schwarzen Haarschopf.

»Na schön«, sagte sie nach einem kurzen Moment des Schweigens, mit einem bitteren Klang in der Stimme. »Der Mantel ist ein *Paludamentum*, ein Kaisermantel. Kaiserlicher

Purpur mit zwei Tapisserieeinsatzstücken, die die Wahl des Herakles und die Krönung Alexanders darstellen sollen. Und Seine Heilige Majestät hat noch nie, solange sich irgend jemand aus der Fabrik erinnern kann, etwas anderes als biblische Szenen in Auftrag gegeben. Zudem ist dieser Mantel vier Zoll zu lang. Aber der Prokurator behauptete steif und fest, er sei für den Kaiser, und als ich es wagte, das in Abrede zu stellen, wurde er wütend und bekam es mit der Angst und schüchterte mich ein. Verstehst du jetzt?«

Der Griff seiner Hände auf ihren Schultern wurde eine Spur fester. »Wir müssen ihn melden«, sagte er nach langem Schweigen.

»Sei nicht albern! Ihn melden? Wem denn?«

»Dem Präfekten. Ihn wegen Hochverrats anzeigen.«

»Der Präfekt steckt mit ihm unter einer Decke. Er bot mir an, meine Anschuldigungen vor dem Präfekt zu wiederholen. Die Leute sagen, er und der Präfekt seien Freunde und verdankten ihre Posten demselben Gönner. Und selbst wenn der Präfekt nicht eingeweiht ist – wenn ich es melden würde und sie würden mir glauben, würden sie mich wahrscheinlich foltern, um sicher zu sein, daß ich alles erzähle, was ich weiß; und wenn sie mir nicht glauben würden, würde der Prokurator mich auspeitschen lassen, weil ich ihn verraten hätte – und ich müßte den Mantel trotzdem weben, weil er es nicht darauf ankommen ließe, daß jemand anderes die gleiche Anschuldigung erhebt. Nein, ich habe keine andere Wahl, als das zu tun, was von mir verlangt wird.«

Symeon schüttelte den Kopf. »Das kannst du nicht machen ... wenn es herauskommt ...«

»Wenn es herauskommt, wenn sie mich dabei erwischen, wie ich den Mantel mache, dann werden sie mich auf die Folterbank zerren und mich strecken, bis mir jeder Knochen aus dem Gelenk gesprungen ist, und mich solange auspeitschen, bis ich keinen Fetzen Haut mehr am Leibe habe, und dann, wenn sie gnädig sind und sicher sind, daß ich nicht mehr weiß als das, was ich gesagt habe, werden sie mich töten. Also darf es nicht herauskommen! Es muß geheim bleiben, strikt und absolut geheim. Und ich muß es schnell machen, damit ich es so rasch wie möglich hinter mich bringe.« Sie stieß sich ungeduldig vom Türpfosten weg und hob den Eimer Wasser auf.

»Du darfst es nicht tun! Das Risiko ist zu groß! Er hat kein Recht, dich in seine erbärmliche kleine Verschwörung hineinzuziehen. Du mußt dich weigern!«

»Wir haben keine andere Wahl!« wiederholte sie heftig und schaute ihn an. »Er ist stärker als wir! Er ist der Herr, und er hat das Recht, Sklaven nach Belieben herumzukommandieren!« Sie wandte sich ab und ging mit raschem Schritt in die Wohnung zurück.

Symeon schaute ihr einen Moment nach, dann wandte er sich um und blickte hinunter zum Hafen. Er konnte die Umrisse seines Bootes ausmachen, eine dunkle Form auf dem dunklen Kies am Rande des schimmernden, mondtrunkenen Meeres. Er verspürte einen plötzlichen, heftigen Drang, zu ihm zu gehen und mit ihm hinauszufahren in jenes funkelnde Feld aus Licht, weg von der finsteren, trügerischen Erde. Aber jedes Boot, das hinausfährt, muß auch wieder zurückkommen, es sei denn, es sinkt, und der Drang verging ebenso rasch, wie er gekommen war. Er setzte sich auf die Türschwelle, barg sein heißes Gesicht in den purpurbefleckten Händen und versuchte zu denken. Es fiel ihm schwer, da sein Geist von Zorn getrübt war.

Sie glauben, sie regieren die Welt, diese Prokuratoren, sagte er hitzig zu sich selbst. *Sie glauben, sie können machen, was sie wollen und uns andere herumkommandieren, wie es ihnen gefällt. Dieser andere, dieser Pamphilos, nahm ihr die Jungfernschaft, als wäre es sein gutes Recht, als hätte ihm jede hübsche Weberin in der Fabrik zum persönlichen Gebrauch zur Verfügung zu stehen. Und ich lebe nun mit einer schönen*

Frau, die es haßt, wenn ein Mann, selbst ihr eigener, sie berührt. Und jetzt kommt dieser Heraklas daher und zieht sie in seine illegalen Machenschaften mit hinein. Ich werde das nicht zulassen. Ich werde ihn daran hindern, und wenn ich mein eigenes Leben dabei aufs Spiel setze.

»Er ist der Herr«, hatte Demetrias gesagt. *Aber nicht mein Herr,* dachte Symeon wütend, *und auch nicht der meiner Frau. Unser Herr und Besitzer ist der Kaiser, der die ganze Welt besitzt; und in dem Moment, wo dieser Prokurator, dieser Acilius Heraklas, sich gegen seinen Herrn empört, sinkt er auf eine niedrigere Stufe als wir. Gott im Himmel, er hat kein Recht, nicht das geringste! Ich werde dafür sorgen, daß er es bitter bereut!*

»Warum sollte ein Prokurator sich Sorgen wegen eines Fabriksklaven machen?« hatte Demetrias verbittert gefragt. *Sie ist eine Frau und gibt nach. So, wie sie jenem anderen nachgegeben hat. Nicht bereitwillig, gewiß nicht, aber schicksalsergeben. Gott soll mich vernichten, wenn ich das gleiche tue, wenn ich willfährig das Haupt senke und sage: »Herr, ich bin Euer Sklave.« Wenn sein Komplott schon so weit gediehen ist, daß er für seinen Gönner heimlich einen Purpurmantel weben läßt, dann muß es noch andere geben, andere Gönner im Hintergrund, die ebenfalls Ränke schmieden, und einer von ihnen würde vielleicht gern mit mir etwas aushandeln. Ich muß nur herausbekommen, für wen der Mantel ist – wenn ich das weiß, werde ich wissen, wen ich ihm entgegenstellen und gegen ihn ausspielen kann. Und sie muß irgendeine Idee haben, für wen er sein soll. Sobald ich es weiß, kann ich zu einem seiner Feinde gehen und eine Schutzzusicherung für sie, für uns, erlangen, und dann wird Heraklas ...*

Er lächelte, als er sich vorstellte, wie Heraklas in Ketten als Verräter durch die Straßen der Stadt geführt würde. Er stand auf, schüttelte sich und ging zurück in die Wohnung.

Das Mondlicht brach sich im Fenster und tauchte den Raum

in ein fahles Licht, hell genug, daß er die Umrisse von Demetrias ausmachen konnte, die bereits regungslos auf der Liege ausgestreckt war, mit dem Rücken zu ihm. Er trat ein paar Schritte näher an sie heran und blickte auf sie hinunter; sie hatte die Augen geschlossen und rührte sich nicht, obwohl er sicher war, daß sie noch nicht schlief. Ihr Haar glänzte schwarz in dem fahlen Lichtschein und fiel in einer dichten, schweren Kaskade über ihren Hals und ihre nackte Schulter. Eine Hand lag zusammengeballt auf dem Kissen dicht vor ihrem Gesicht, als versuche sie, die Schwere der Nacht abzuwehren. Sein Zorn verrauchte schlagartig, und er stand regungslos da und schaute sie an, und wieder war seine Kehle wie zugeschnürt. *Sie sind so mächtig,* dachte er. *Natürlich fürchtet sie sich. Ich auch.*

Er setzte sich auf den Rand der Liege. Sie rührte sich noch immer nicht. Er würde sie nicht stören; er wollte nicht, daß sie sich ihm hingab, um ihm einen Gefallen zu tun. *Wenn du nur Vertrauen zu mir hättest,* dachte er sehnsuchtsvoll. *Wenn wir ihnen zusammen entgegenträten, würden wir sie besiegen, das weiß ich. Wenn, ja wenn nur ...*

Er seufzte, dann streifte er seine Sandalen ab und legte sich schweigend neben sie.

II

Symeon schlief in jener Nacht schlecht. Stundenlang wälzte er sich in ruhelosem Halbschlaf, mit fiebrigem Geist in heilloser, zielloser Suche nach Verschwörern, Dunkelmännern, Thronprätendenten fahndend. Irgendwann glitt er übergangslos in einen kurzen, unruhigen Schlaf. Er wachte wieder auf, schmerzhaft gewahr, daß Demetrias ihm noch immer den Rücken zuwandte. Benommen starrte er auf das Muster, das das Mondlicht auf die Wand und den Boden malte, und lauschte dem Wispern der Wellen draußen auf dem Kiesstrand; er schlief wieder ein und träumte, daß er mit seinem Boot *Prokne* durch die Nacht segelte. Das Steuerruder zerrte unruhig an seiner Hand, wie von schwerer See hin und her gerissen; es war so dunkel, daß er den Rand des Bootes nicht ausmachen konnte, aber die Segel killten in harten Windböen, und von allen Seiten vernahm er das Tosen und Prasseln schwerer Sturzseen. Irgendwie wußte er, daß er das Boot durch eine schmale Rinne steuern mußte, die von schroffen Felsklippen gesäumt war. Er wurde starr vor Angst und Entsetzen und starrte mit weit aufgerissenen Augen in die undurchdringliche Schwärze, die ihn einhüllte. Salzige Gischt peitschte ihm ins Gesicht. Schlagartig erstarb das Tosen der Wellen, und in der plötzlich einkehrenden Stille hörte er Demetrias in Todesangst schreien. Er sprang mit einem lauten Schrei auf, und das Ruder zerbrach; das Boot holte hart über und krachte berstend auf ein Riff. Er stürzte in die rauhe See und wachte auf.

Er stemmte sich mit den Ellenbogen hoch, am ganzen Leibe zitternd. Der Mond war untergegangen; der Raum lag in tiefer Dunkelheit. Seine Hand tastete nach Demetrias; sie war fort. Er fiel zurück, so als wäre er tatsächlich ins Meer gestürzt, dann zwang er sich, still zu liegen. Von draußen drangen die ersten Geräusche des jungen Tages herein: Ein Hahn krähte; Kinder rannten vor dem Fenster vorbei, um Wasser vom Brunnen zu holen; ein Hund bellte, und irgendwo begann ein Händler frisches Brot anzupreisen, die Stimme noch heiser vom Schlaf. Symeon stieß einen langen Seufzer aus: Es war fast Tag, und sie mußte aufgestanden sein, um das Feuer anzuzünden oder Brot zu holen.

»Demetrias?« rief er mit verhaltener Stimme in die Dunkelheit.

Aber es war Meletios, der schlaftrunken antwortete: »Ich glaube, sie ist vor ein paar Minuten hinausgegangen. Ich bin aufgewacht, als die Tür zufiel.«

Symeon legte den Kopf auf den Arm. Noch war das Unheil, wenn es denn hereinbrechen wollte, in weiter Ferne. *Und ich werde uns Schutz verschaffen,* dachte er mit grimmiger Entschlossenheit; *ich werde es nicht zulassen.*

Die Tür ging auf, der Duft frischen Brotes erfüllte den Raum, und Demetrias kam herein, eine Laterne in der Hand. Das gedämpfte Licht ließ ihre helle Haut golden scheinen und verlieh ihrem rosafarbenen Umhang einen warmen Schimmer. Die Brotlaibe auf ihrem Arm dampften noch und dufteten würzig. Symeon fühlte, wie ihm für einen Moment das Herz stehenblieb: Nach dem Traum und der Dunkelheit schien Demetrias so notwendig für ihn wie der Tag, wie das Brot, das sie im Arm hielt. Aber ihr Gesicht war starr und ernst. Mit schnellen, hastigen Bewegungen lud sie das Brot ab, zündete die Lampe an und löschte ihre Laterne, sich mit hektischer Betriebsamkeit gegen ihn abschirmend. Symeon seufzte, reckte sich schläfrig und stand auf.

Nachdem sie gefrühstückt hatten, gab Symeon Meletios ein paar Bronzemünzen. »Geh damit zum Diakon Johann und kaufe etwas Lampenöl und Räucherwerk«, trug er ihm auf.

»Ich hatte in der Nacht einen bösen Traum; ich träumte, ich wäre auf ein Riff gelaufen und untergegangen. Wir treffen uns an der Petrus-Gedenkstätte, sobald ich nach der *Prokne* geschaut habe.«

Meletios nahm mit großen Augen das Geld. Zwar gab es, wie jeder wußte, echte und falsche Träume, aber ein vernünftiger Mensch nahm alle Träume ernst, und nichts konnte ein schlimmeres Omen für einen Fischer sein als ein Traum von Schiffbruch. In diesem Fall war es zweifellos erforderlich, zu beten und sich des Schutzes der Heiligen zu versichern, bevor man das Boot zu Wasser ließ. Der heilige Petrus hatte eine geweihte Stätte direkt an der Hafenfront, wo die Fischer von Tyros zu ihm beten konnten. Meletios nickte eifrig und rannte sogleich los, das Gewünschte zu holen.

Symeon schaute ihm nach, als er das Haus verließ. Auch wenn er beabsichtigte, göttlichen Beistand zu erflehen, war er sicher, daß dieser Traum kein Vorzeichen für einen Schiffbruch im wörtlichen Sinne gewesen war, und der heilige Petrus war in diesem Fall womöglich nicht der geeignetste Heilige. Aber er hatte Meletios nicht unnötig belasten wollen. Er wandte den Blick auf Demetrias. Sie war dabei, sich zum Gehen zu rüsten; ihren Umhang hatte sie bereits umgelegt. »Kommst du mit mir zum Boot?« fragte er leise.

Sie zögerte, zog die Mundwinkel herunter. *Was für einen Sinn hat es, die ganze Sache noch einmal durchzukauen?* fragte sie sich. *Hätte ich es ihm doch gar nicht erst erzählt.*

Aber was würde es nützen, wenn sie sich jetzt weigerte? Außerdem war es ihre Pflicht als Ehefrau, ihrem Mann zu gehorchen. Sie nickte, nahm den Korb mit Symeons und Meletios' Mittagessen sowie den, der ihre eigene Brotzeit enthielt, blies die Lampe aus und ging zusammen mit ihrem Mann zur Tür hinaus.

Am östlichen Horizont zeigte sich ein blasser Streifen rosafarbenen Lichts über den Bergen, obwohl die Sterne über der

Zitadelle im Westen noch funkelten. Die Hafenfront war bereits zu geschäftigem Leben erwacht, und sie gingen schweigend durch das Gedränge. Auf der Höhe des Bootes angelangt, sprang Symeon von der Kaimauer auf den Strand. Demetrias folgte ihm widerstrebend. Hier, abseits des Treibens, war es ruhig; das Meer lag fast glatt; es brach sich in winzigen, halb durchsichtigen Wellen, die mit leisem Zischen zwischen den Kieseln versickerten. Die *Prokne* lag halb im Wasser, halb auf dem Strand; ihr geschnitzter Achtersteven mit der Frauengestalt, die eine Schwalbe emporhielt, ragte aus dem Wasser. Wie die Namen vieler anderer Purpurfischerboote war auch ihr Name einer Gestalt aus dem Tuchgewerbe entlehnt: Prokne, eine berühmte Weberin, die der Sage nach in eine Schwalbe verwandelt worden war. Bei Tageslicht wirkte die Gestalt auf dem Achtersteven starr, ihre Farben grell und übertrieben, aber im blassen Licht des Morgengrauens mutete sie fast lebendig an. Symeon tätschelte zärtlich ihre hölzerne Schulter, als er sein Mittagessen unter der Heckbank verstaute, dann kam er zurück und sprang auf den Strand neben seine Frau.

»Dieser Mantel«, sagte er ruhig, in einem Ton, der fast beiläufig klang, obwohl sie wußte, daß dieser ganze Gang zum Boot einzig den Zweck hatte, zu vermeiden, daß irgend jemand auch nur ein einziges Wort von ihrer Unterhaltung mithören konnte. »Für wen ist er?«

Sie wandte sich ab, umklammerte mit einer Hand das Dollbord des Bootes. »Wie soll ich das wissen?« fragte sie gereizt. »Ich sagte dir doch, er behauptet, er sei für den Kaiser. Es ist kaum anzunehmen, daß er ausgerechnet mir seine Geheimnisse ausplaudert!«

»Aber du mußt doch irgendeine Ahnung haben.«

Sie schaute ihn wütend an. Er stand ruhig neben dem Boot. Im Dämmerlicht des Morgengrauens konnte sie sein Gesicht deutlich erkennen. Es hatte denselben ruhigen, ernsten Ausdruck, den es schon am Abend zuvor gehabt hatte. Sie biß sich auf die Lippe. *Warum muß er es wissen?* fragte sie sich. *Was bringt das? Und warum habe ich ihm überhaupt erst von der Sache erzählt? Weil es meine Pflicht als Ehefrau ist, zu gehorchen und ich es hasse, mich ins Unrecht zu setzen? Aber es ist gefährlich, über diese Sache zu sprechen; es ist schon gefährlich, nur darüber nachzudenken! Es wäre besser gewesen, so zu tun, als glaubte ich, was man mir gesagt hat, und zu sagen, der Mantel wäre für den Kaiser.*

»Ich kann dies oder jenes vermuten«, sagte sie ruhig, »aber ich kann es nicht mit Sicherheit sagen. Was hilft es, wenn du dir den Kopf darüber zerbrichst?«

»Wir müssen Maßnahmen ergreifen, um uns abzusichern«, erwiderte er ernst. »Wir müssen jemand haben, an den wir uns wenden können, wenn irgend etwas schiefläuft. Wenn wir wissen, für wen er ist, wissen wir auch, an wen wir uns halten müssen.«

Sie starrte ihn einen Moment ungläubig an, dann nahm sie die Hand vom Dollbord. »Wir können uns an niemanden wenden!« stieß sie hervor. »*Jeder,* der von dieser Sache weiß, ist gefährlich für uns! Jeder! *Es darf nicht rauskommen!*«

»Und wenn es doch rauskommt?« beharrte er ungeduldig. »Diese Möchtegernverschwörer haben immer irgendwelche Feinde; es gibt immer Spitzel und falsche Freunde. Glaubst du, der Kämmerer Chrysaphios merkt nicht, wenn eine Verschwörung gegen seinen Herrn im Gange ist?«

Demetrias zuckte zusammen und wandte den Blick ab. War Nomos eine führende Macht im Staat gewesen, so war er nichts gegen den Kämmerer Chrysaphios. Hinter vorgehaltener Hand wurde gemunkelt, daß dieser seinen Herrn, den Kaiser, vollkommen beherrschte; daß er die Entehrung und Ausbootung der Frau des Kaisers und den Rücktritt seiner Schwester betrieben hatte; daß er – aus Habsucht oder aus Angst vor einem Rivalen – Hunderte andere, Bischöfe und Adlige, mit

List, Tücke und Korruption vernichtet hatte; daß er mit Hilfe eines Heeres von Spitzeln das Reich allein regierte. Wie alle kaiserlichen Kämmerer war er ein Eunuch, ursprünglich als Sklave aus Persien importiert und allenthalben zutiefst verhaßt. Aber er war auch zutiefst gefürchtet, und keiner der Flüsterer hätte es je gewagt, seine Stimme laut zu erheben.

»Wir brauchen Schutz«, sagte Symeon harsch in das Schweigen hinein. »Wir können nicht einfach warten und hoffen, daß niemand es merkt; wir müssen irgend etwas unternehmen und uns diese ganze Sache so schnell wie möglich vom Halse schaffen!«

»Herr über alles!« Sie starrte ihn wütend an, mit zusammengebissenen Zähnen. »Glaubst du, ich würde mir die Sache nicht gern vom Halse schaffen? Ich kann es aber nicht! Wenn du zu irgendeinem mächtigen Mann rennst und hoffst, daß er uns Schutz gibt, dann bist du auf dem falschen Weg. Er wird uns beide ans Messer liefern, sobald es ihm günstig erscheint. Wir wären ein Nichts für ihn; warum sollte er uns gegenüber sein Wort halten? Und selbst wenn er es täte, wenn er versuchte, uns zu schützen, würde allein die Tatsache, daß er es wüßte, daß er versuchen würde, dem Verrat entgegenzuwirken, das Risiko, daß wir entdeckt werden, verdreifachen! Um Gottes willen, bitte schlag dir die Idee aus dem Kopf!«

»Ich will nicht, daß man dir etwas antut! Erwartest du von mir, daß ich tatenlos zusehe, wie du vernichtet wirst? Wir müssen uns schützen. Und wir sind beileibe nicht so unbedeutend, wie du es darstellst; wir sind nicht hilflos. Mein Aufseher war im Stadtrat ...«

»Aus dem er letztes Jahr hinausgeworfen wurde, einzig aus dem Grund, weil er ein Sklave war!«

»Er genießt noch immer hohes Ansehen in der Stadt! Der Rat könnte uns einen gewissen Schutz gewähren, und das würde er, wenn er ihn darum ersuchte. Und wir könnten Schutz beim Bischof suchen ...«

»Der neue Bischof weiß nicht einmal, wer wir sind; er weiß überhaupt nichts und will auch nichts wissen, was seine Freunde am Hof erzürnen könnte. Der Rat kann uns nicht vor dem Präfekten schützen, und der Prokurator könnte jeden von uns, selbst deinen Aufseher, wegen Ungehorsams auspeitschen lassen. Bitte glaube mir! Wir haben keine Wahl!«

Er starrte sie mit lodernen Augen an, vor Wut bebend. »Du bist in Gefahr, ob wir etwas unternehmen oder nicht«, stieß er hervor, jede einzelne Silbe betonend. »Wir haben die Wahl: Wir können es sklavisch hinnehmen – oder wir können uns zur Wehr setzen.«

Sie senkte den Blick. *Das können wir eben nicht,* dachte sie, und jene altvertraute Mischung aus Scham und Zorn wallte wieder in ihr auf. *Wir müssen es genauso hinnehmen, wie wir hinnehmen müssen, daß wir sind, was wir sind – Sklaven. Beide – die, die es befohlen haben, wie die, die es verhindern würden – sind dieselben Mächte, die Mächte, die die Welt regieren, und beide könnten uns zermalmen, ohne es überhaupt wahrzunehmen. Und das zu bestreiten, ist Torheit, Symeon: pure, verstockte, eigensinnige, blinde Torheit.*

Aber sie sagte dies nicht. »Wenn Nomos derjenige ist, der den Mantel will«, erwiderte sie statt dessen bedächtig, den Blick wieder hebend, »dann denke ich, wird die Gefahr nicht allzugroß sein, wenn das Geheimnis gewahrt bleibt. Er war bis zum letzten Jahr oberster Herr über die Verwaltung. Er war Anführer der Spitzel des Kämmerers, und er kennt sie alle, die Männer und die Methoden.«

Einen Moment lang schwiegen beide. Die Wellen zischten auf dem Kies, und die erste sanfte Brise des Morgens spielte in Demetrias' Haar. Der Lichtstreifen über dem Horizont hinter ihr wurde breiter und heller. »Du glaubst also, es ist Nomos«, sagte Symeon schließlich.

Sie zuckte die Achseln. »Das vermute ich jedenfalls. Ich hörte, daß er sich mit dem Kämmerer überworfen hat. Es heißt, er mag mythologische Szenen – obwohl die Wahl der Motive auch von Heraklas stammen kann. Aber es heißt, er sei verantwortlich sowohl für die Ernennung des Prokurators als auch die des Präfekten. Und es gibt eine neue Statue von ihm in der Präfektur, die ihn als ›Höchstedlen‹ bezeichnet. Wenn tatsächlich er derjenige ist, für den der Mantel bestimmt ist, dann glaube ich nicht, daß er erwischt wird; wenn überhaupt, dann wahrscheinlich erst, wenn es schon zu spät ist. Aber es ist eine reine Vermutung. Sicher bin ich nicht. Sicher bin ich mir nur in einem« – sie fixierte ihn mit einem tiefen, eindringlichen Blick – »nämlich, daß mein bester Schutz darin besteht, es heimlich zu machen – und rasch.«

Symeon senkte den Kopf und verkniff sich die Erwiderung, die ihm auf der Zunge lag. Der beste Schutz sollte in sklavischem Gehorsam gegenüber dem Prokurator liegen? Die Vorstellung erweckte Übelkeit in ihm. Und versprach ein solches Verhalten wirklich wirksamen Schutz? Selbst wenn es zutraf, daß es Nomos war, der den Mantel in Auftrag gegeben hatte – konnten sie sicher sein, daß es nicht herauskam? Der Mann war oberster Herr über die Ministerien gewesen – aber jemand, der lediglich mächtig »gewesen war« und es nun nicht mehr war, konnte ebensogut tot sein. Auch die Kaiserinnen waren mächtig gewesen, und wo waren sie jetzt? Nein, er war weiterhin fest davon überzeugt, daß das einzige, was sie tun konnten, war, Schutz bei irgendeinem mächtigen Feind von Nomos zu suchen, das Komplott aufzudecken und dafür zu sorgen, daß sie möglichst weit weg von den Trümmern sein würden.

Aber er hatte Demetrias nicht davon überzeugen können, und als er in ihr unbewegtes, ernstes Gesicht sah, wußte er, daß ihm dies auch nicht gelingen würde. Weitere Worte würden nur zu weiterem Zorn führen, ein schleichendes Gift zwischen ihnen. Nach langem Schweigen zuckte er die Achseln und sagte langsam: »Nun gut; wie du meinst.«

Sie senkte den Blick und stand unbeweglich da, mit geröteten Wangen. Einen Moment lang glaubte er, sie würde noch etwas sagen, eine Entschuldigung oder ein Wort des Dankes, aber sie brachte nur ein leises, gemurmeltes »Es ist so am besten« heraus. Dann nickte sie, warf den Umhang über ihre Schulter und ging zurück zur Kaimauer. Symeon setzte sich auf den Rand des Bootes und starrte ihr düster nach. Wenn er jemanden finden wollte, den er zum Verbündeten machen konnte, dann würde er es tun müssen, ohne seine Frau davon zu unterrichten.

Als Demetrias die Mauer hinaufklomm und wieder auf die Straße kam, hörte sie, wie jemand laut ihren Namen rief. Sie blieb stehen und schaute zurück. Die kurze, runde Gestalt ihrer Mutter bahnte sich einen Weg durch die Menge zu ihr, ein fröhliches Lächeln im Gesicht. Demetrias zwang sich dazu, das Lächeln zu erwidern, und wartete auf Laodiki.

»Was für eine Freude, Liebes«, rief Laodiki, die letzten paar Schritte bis zu ihrer Tochter im Trab zurücklegend. »Ist es nicht ein schöner Morgen? He, Kind, was machst du für ein saures Gesicht? Was ist passiert?«

Demetrias biß sich auf die Lippe, wütend darüber, daß ihre Laune so offensichtlich war. Sie richtete ihren Umhang und schlug den Weg zur Fabrik ein – langsam, weil Laodiki immer langsam ging und sich nicht zu einem schnelleren Schritt drängen ließ. »Symeon ist wütend, weil der Prokurator mir diesen Privatauftrag gegeben hat«, sagte sie grimmig, »und er will direkt zu Seiner Eminenz Acilius Heraklas gehen und sich beschweren.«

Laodiki lachte. »Mutter Gottes! Aber er glaubt immer, er könne es mit jedem Mann im Reich aufnehmen, nicht wahr? Du hast ihm doch erzählt, daß er sich keine Sorgen zu machen braucht, nicht wahr? Daß du auch ohne seine Beschwerde nicht mit dem Mann zu schlafen brauchst?«

Demetrias nickte heftig. »Er hat eingewilligt, nicht hinzugehen.«

»Dann weiß ich nicht, warum du so wütend bist«, sagte Laodiki mit begütigendem Lächeln.

»Weil es töricht von ihm war, überhaupt mit diesem Gedanken zu spielen! Was hat er sich nur gedacht, was dabei herauskommen würde? Wie kann er bloß so dumm sein, zu glauben, daß der Prokurator sich von einem seiner Arbeiter, einem Sklaven, von irgend etwas abbringen lassen würde?«

»Na hör mal ... wir sind doch eigentlich gar keine Sklaven.«

»Da war Großmutter aber anderer Meinung.«

Demetrias' Großmutter, seit nunmehr neun Jahren tot, war eine frei geborene Gotin gewesen, die in den Kriegen Kaiser Theodosius' des Großen in Gefangenschaft geraten und von irgendeinem längst vergessenen Prokurator für die Fabrik gekauft worden war, angeblich, weil sie so gut spinnen konnte, in Wahrheit aber, weil der Prokurator es auf sie abgesehen hatte. Schön, wild und von tyrannischem Wesen, hatte sie ihre Tochter und ihre Enkelin mit Hochmut und Verachtung behandelt. »Sklavinnen von Geburt und Erziehung«, hatte sie sie genannt und darauf bestanden, von ihnen bedient zu werden, als wäre sie immer noch die stolze Adlige, die sie bei ihrem Volk gewesen war. Demetrias war froh gewesen, als sie starb, wenngleich sie ob ihrer Freude tiefe Scham empfunden hatte.

Laodiki bekreuzigte sich, wie sie es immer tat, wenn von Verstorbenen gesprochen wurde. »Nun ja, du kennst ja deine Großmutter ... sie hat sich doch nie richtig eingelebt in Tyros, und sie hat nie begriffen, wie die Dinge wirklich sind bei den Römern. Es liegen Welten zwischen uns und gewöhnlichen Sklaven, das weißt du genauso wie ich, aber sie, das arme Geschöpf, wollte das nie glauben. Dieser Schock, gekauft und verkauft zu werden, habe ich immer gedacht, es muß schrecklich für sie gewesen sein; sie ist darüber nie hinweggekommen. Aber wir sind doch in Wirklichkeit nur dem Namen nach noch Sklaven. Es gibt eigentlich keinen großen Unterschied zwischen uns und dem Militär: Die Soldaten kriegen ihre Rationen genauso wie wir, und auch nicht viel mehr. Und sie können sich nicht einmal was nebenher verdienen, die armen Teufel. Ich sage dir, so dumm war Symeons Gedanke gar nicht, sich beim Prokurator zu beschweren. Sein Vater war im Stadtrat in dem Jahr, als er starb, und sein Aufseher ...«

»Wurde letztes Jahr hinausgeworfen. Er hat mich daran erinnert. Barak wurde hinausgeworfen, gerade weil er ein Sklave war – und selbst wenn er nicht hinausgeworfen worden wäre, was würde das ändern? Jemand wie Acilius Heraklas würde von ihm nicht einen Deut mehr Notiz nehmen als von Symeon.«

»Ein anderer Prokurator, ein vorsichtigerer Prokurator, würde sich hüten, einen bedeutenden Purpurfischer zu beleidigen, unabhängig davon, ob dieser im Stadtrat wäre oder nicht. Dieser hier ... nun, ich stimme dir zu, es würde nichts nützen, wenn Symeon mit ihm spräche, es würde ihn bloß erzürnen. Aber das hat nichts damit zu tun, daß wir Sklaven sind; er wäre genauso erzürnt, wenn es ein kleiner Händler wäre, der mit demselben Anliegen an ihn heranträte. Es hat keinen Sinn, von den Mächtigen Respekt zu erheischen!«

Demetrias legte ein paar Schritte schweigend zurück. »Ein Händler wäre rechtmäßig verheiratet«, sagte sie schließlich. »Die Sachlage wäre ganz und gar nicht die gleiche. Er könnte ihn wegen Ehebruchs belangen.«

»Du und Symeon, ihr seid verheiratet. Jeder weiß das, und der Bischof hat eurer Ehe seinen Segen gegeben.«

»Das zählt vor dem Gesetz nicht. Sklaven können nicht heiraten, und ihnen gegenüber kann man folglich keinen Ehebruch begehen. Es ist nicht das gleiche. Wir sind ... weniger wert ... als Freigeborene.«

Laodiki schüttelte den Kopf. »Liebes, du solltest niemals auf das hören, was deine Großmutter gesagt hat; das habe ich dir immer gesagt.«

»Wir haben weniger Möglichkeiten, uns zu schützen«, erwiderte Demetrias unbeeindruckt. »Das weißt du. Wir haben keine Rechte, und wir haben niemanden, an den wir uns wenden können, wenn uns Unrecht angetan wird. Und in unserem Herzen vergessen wir das nie. Großmutter schlief mit ihrem Prokurator und mit zwei oder drei anderen nach ihm; ich nahm mir fest vor, daß ich nicht mit Pamphilos schlafen würde – und als der Moment kam, da fügte ich mich ohne Widerrede.«

Laodiki berührte ihren Arm, und als Demetrias aufblickte, sah sie die tiefe Furcht in den Augen ihrer Mutter. »Du hast gesagt, dieses Mal könntest du dich dem entziehen«, flüsterte Laodiki.

Demetrias seufzte. »Ja, das kann ich. Ich kann mich darum herumwinden, mit Heraklas ins Bett zu gehen. Aber ich wünschte« – ihre Stimme bebte unvermittelt vor Zorn – »ich wünschte, ich könnte ihm geradeheraus sagen, er solle sich zum Teufel scheren.«

»Kind!« rief Laodiki, erleichtert und belustigt zugleich. »Du bist genauso närrisch wie Symeon!«

»Nur, daß ich so vernünftig bin, es nicht wirklich zu tun!« erwiderte Demetrias. »Im Gegensatz zu ihm.«

Sie hatten das Tor der Farbenfabrik erreicht, und Demetrias blieb stehen. Sie schaffte es, ihrer Mutter ein Lächeln zuzuwerfen, wenn auch ein leicht säuerliches. »Warte heute abend nicht auf mich«, sagte sie. »Ich richte heute den Webstuhl ein und werde lange arbeiten müssen; geh du nach Hause, wenn die Fabrik schließt.«

Laodiki nickte. »Soll ich auf dem Heimweg mit für dich einkaufen?«

»Ach ja, bitte! Wir hatten gestern abend kein Gemüse, und

Symeon hat gemault. Ich gebe dir das Geld, wenn ich nach Hause komme. Viel Freude!« Sie küßte ihre Mutter auf die Wange und ging in die Farbenfabrik und rüstete sich dafür, den Webstuhl mit dem Gespinst aus Verrat und Tod zu bespannen.

Sie brauchte den ganzen Tag und fast die Hälfte des darauffolgenden, um die Kette aufzuziehen; als sie fertig war, ging sie zur Präfektur und verlangte, den Prokurator zu sprechen.

Sie wurde sofort vorgelassen. Diesmal war Heraklas mit dem Abfassen eines Briefes beschäftigt. Er blickte auf, als Demetrias mit seinem Sekretär eintrat, und nickte knapp, als sie sich verneigte, fuhr aber mit dem Schreiben fort. Der Sekretär verließ den Raum. Demetrias verharrte bei der Tür, die zusammengerollten Entwürfe für die Stickereien mit beiden Händen vor sich haltend.

Heraklas hatte einige Schwierigkeiten mit der Formulierung des Briefes. Sein Gönner hatte offiziell einen wollenen Teppich aus seiner Manufaktur bestellt und privat den Prokurator angewiesen, sich auf diesen zu beziehen, wenn er über den geheimen Auftrag Bericht erstattete. Heraklas sah die Notwendigkeit dieser Vorsichtsmaßregel ein – aber er tat sich schwer damit, das Empfinden für die Bedeutsamkeit dessen, was er dabei tat, aus seinem Text herauszuhalten. Die gewünschte knappe Bestätigung – »Ich habe mit dem Auftrag Eurer Eminenz eine erfahrene Weberin betraut, und das Stück ist bereits in Arbeit« – erschien ihm viel zu schmucklos, zu nichtssagend und banal für das kühne und gefährliche Komplott, für das er seinen eigenen illustren Namen verpfändet hatte. Er hatte mehrere wohlgedrechselte, vieldeutige Botschaften entworfen, voll mit pointierten literarischen Anspielungen – doch beim nochmaligen Durchlesen war ihm die kalte Furcht über den Rücken gelaufen, und er hatte sie hastig vernichtet. *Spitzel*, hatte er sich vor Augen geführt; und er hatte sich mit der Intensität eines Alptraums an das Labyrinth der Gänge und Flure im Großen Palast in Konstantinopel erinnert, an das Rascheln der seidenen Gewänder der Beamten, die sie bevölkerten, allesamt eifrig darauf bedacht, dem Kämmerer Chrysaphios zu gefallen – dem Feind seines Gönners. Jetzt kaute er auf der Spitze seiner Feder und betrachtete seinen jüngsten Entwurf. Förmliche Begrüßung – gut, gut – die besten Wünsche für die Gesundheit seines Gönners, gut – »Was den Teppich betrifft, den Eure Eminenz zu bestellen geruht hat, freue ich mich, Euch mitzuteilen, daß ich eine erfahrene Weberin mit der Arbeit betraut habe und daß diese bereits begonnen hat. Ich hoffe, Eurer Eminenz das fertige Stück noch vor Weihnachten übersenden zu können.«

Eine sehr schmucklose Mitteilung. Und sie sagte nichts über seine Zweifel hinsichtlich der Weberin aus. Er blickte erneut zu ihr auf; sie stand noch immer da, eingehüllt in ihren Umhang, gestaltlos und demutsvoll. War es wirklich nötig, daß er etwas von seinen Befürchtungen erwähnte? Schließlich hatte sie eingewilligt, ihm zu gehorchen – und es warf ein schlechtes Licht auf ihn, wenn er die Sklaven in seiner eigenen Fabrik nicht im Griff hatte. Nun gut, also nichts davon erwähnen. Was konnte er noch gefahrlos hinzufügen?

Nichts. Widerstrebend, immer noch unzufrieden mit dem nüchternen Ton, in dem die Mitteilung gehalten war, fügte er noch eine Grußfloskel hinzu, dann lehnte er sich zurück und wischte seine Feder ab. Mit einem knappen Nicken bedeutete er der Weberin, daß sie nun vortreten könne. »So«, sagte er, »du hast angefangen?«

Sie verneigte sich erneut. »Ich bin bereit, mit der Arbeit zu beginnen, Eure Eminenz. Doch zuvor wollte ich mich vergewissern, ob Eure Hoheit mit den Entwürfen einverstanden ist.«

»Sehr gut!« Er legte die Feder nieder und beugte sich lächelnd über den Tisch. »Sind sie das? Laß mich sehen!«

Sie streifte die seidene Schlaufe vom Ende der Rolle und hielt sie ihm hin. Er ergriff sie ungeduldig und entrollte sie.

Demetrias trat einen Schritt zurück und faltete die Hände. Trotz allem, es hatte ihr Spaß gemacht, die Motive zu entwerfen. Gewöhnlich oblag diese Aufgabe Philotimos oder einem der anderen Aufseher, und ihre Pflicht bestand lediglich darin, nach ihren Entwürfen zu weben. Allenfalls durfte sie die Farben aussuchen. Diesmal jedoch hatte sie die Muster ganz allein entworfen – gewiß, einige Entwürfe von Philotimos hatten dabei Pate gestanden, aber gezeichnet hatte sie sie ganz allein. Alexander würde in voller Rüstung zu sehen sein, mit dem Schwert in der Hand über der hingestreckten Gestalt des Königs stehend, den er besiegt hatte; über ihn beugte sich die geflügelte, in Roben gekleidete Viktoria und setzte ihm den Lorbeerkranz aufs Haupt. Der Held Herakles stand aufrecht da, mit geschulterter Keule, das Löwenfell nach hinten über die Schulter geworfen; die süßen Schmeicheleien und den ebenen Pfad verschmähend, den das Laster ihm anbot, schickte er sich an, die Hand der Tugend zu ergreifen und dem steilen, bergigen Pfad zu folgen, auf den sie deutete.

Heraklas strich das Pergament mit einem Lächeln glatt. »Ja... sehr gut... und diese Motive werden sich genau gegenüberliegen? Eins in jeder Ecke der Vorderseite des Mantels?«

»Nicht ganz in der Ecke, Herr. Ich dachte mir, es würde Euch vielleicht gefallen, wenn ich an der unteren Kante einen Saum mit Bienen entlanglaufen ließe, Herr, in Gold, Herr, und ein goldenes Schnörkelmuster, ein ganz schmales, an den Seiten. Ich habe es mit eingezeichnet, unter den Bildern.«

»Ja, ich sehe es. Und das Gold auf den Schultern?«

»Ich dachte mir, Herr, daß dafür ein schlichtes Kreismuster am besten geeignet wäre, eingerahmt von einer Schnörkelverzierung. Ich habe es auf der Rückseite des Bildes von Herakles aufgezeichnet, Herr.«

»Ja . . . ja, das würde sich sehr gut machen.« Er warf einen kurzen Blick darauf, dann drehte er das Pergament wieder um und musterte die Entwürfe für die Tapisseriestickereien. »Und das wird auch in etwa die Größe der fertigen Bilder sein?« Jedes Bild war etwa einen Fuß hoch.

»Ja, Herr. Wenn sie Eure Billigung finden, sind dies die Bilder, die ich als Vorlage für die Stickerei nehmen werde. Was die Farben betrifft, Herr, ich habe die Muster hier . . .« Demetrias trat einen Schritt vor und hielt ihm den Strang Fäden hin. »Das Gold natürlich; das hier ist das Purpur für den Mantel selbst . . .« Sie zog einen Faden aus dem Strang und legte ihn auf das Bild. Seidig schimmernd lag er auf dem blassen Gelb des Pergaments: der berühmte, zweifach gefärbte tyrische Purpur, kostbarer als Gold. »Alexanders Rüstung wird wiederum aus Gold sein, aber für seinen Mantel nehme ich dieses Scharlachrot hier, und für sein Haar dieses Safrangelb . . .« Faden um Faden zog sie aus dem Bündel und legte sie auf das Pergament: Schwarz vom Gallapfel, Kermesrot, Krapprot, hellen und dunklen Safran, Färberginster und Indigo, doppelt gefärbtes Grün und Walnußbraun. In ihrem Geist war das Bild schon fertig gewebt, und sie lächelte es versonnen an, sah, wie die Hänge des Berges grün und braun gesprenkelt vor Herakles aufragten und wie das weiße Gewand Viktorias blau aufloderte, gekräuselt vom Schlag ihrer mächtigen Schwingen.

Heraklas schaute die Seide und die Zeichnungen an und lächelte erneut, selbstzufrieden diesmal. *Der Mantel wird prachtvoll sein, dachte er glücklich; er wird sehr angetan sein. Und der Alexander, der triumphierend über einem in Purpur gekleideten König steht – wie passend!*

Es war jedoch das Herakles-Motiv, zu dem er sich äußerte. »Ich hielt diese Szene für ein passendes Geschenk von mir«, sagte er und zeigte darauf. »Ein Herakles von Heraklas!« Er schnaubte belustigt.

»Es wird den Beschenkten gewiß stets daran erinnern, von

wem er dieses fürstliche Geschenk erhielt«, pflichtete ihm Demetrias schmeichlerisch bei. *Er ist sehr angetan,* dachte sie nicht ohne Stolz.

Heraklas nickte gönnerhaft. »Ein fürstliches Geschenk«, wiederholte er. *Und zu einem fürstlichen Preis,* dachte er mürrisch bei sich: Philotimos hatte ihm die Rechnung geschickt. *Aber es ist sein Geld wert. Jetzt wird er sich an mich erinnern, wenn er an der Macht ist. Es war unnötig, daß ich mir Gedanken wegen der Weberin gemacht habe; sie wird ihre Sache gut machen. Hübsches Ding, übrigens. Wo mag sie wohl diese Gesichtsfarbe her haben – sieht man ziemlich selten hier in Tyros. Wahrscheinlich ein Schuß gotisches Blut.*

Er warf ihr ein leutseliges Lächeln zu. »Und du hast einen Platz für dich allein, wo du arbeiten kannst?«

»Ja, Eure Exzellenz.« Sie begann, die Seidenfäden aufzuklauben. Das Licht vom Fenster spielte in ihrem Haar, und ihre Augen waren halb verschleiert von den langen Wimpern. Ihr Gesichtsausdruck war ausgeglichen und zufrieden: Sie hatte Arbeit vor sich. »Ein Schuppen an der Farbenfabrik. Die Tür läßt sich abschließen, Herr, oder von innen verriegeln: Es besteht keine Gefahr, daß Fremde hereinkommen und den Mantel sehen, bevor er fertig ist. Philotimos hat den Webstuhl dort aufstellen lassen, und ich habe ihn bereits bespannt; ich wollte nur noch die Einwilligung Eurer Eminenz abwarten, bevor ich mit dem Weben beginne.«

»Ausgezeichnet!« Er packte ihr Handgelenk und drückte es auf seinen Schreibtisch. Sie blickte ihn überrascht an. Sie versuchte nicht, ihm ihre Hand zu entwinden, aber ihr Blick wurde lodernd und hart. Er lächelte erneut, ein träges Lächeln diesmal. Der Gedanke, wie es sein würde, wenn er den fertigen Mantel an seinen Gönner schicken würde, erfüllte ihn mit freudiger Erregung, aber die Vorstellung, noch fünf lange Monate warten zu müssen, bis es endlich soweit war, war ernüchternd. *Aber du, meine Liebe, könntest mir helfen, die*

Zeit bis dahin auf angenehme Weise zu vertreiben, denke ich. »Dann kannst du sofort anfangen«, sagte er. »Du hast doch niemandem erzählt, was du da machst, oder?«

»Keiner Menschenseele«, antwortete sie sofort. *Und ich wünschte, es wäre so,* dachte sie, *und ich hätte auch Symeon nichts davon erzählen sollen. Aber es sieht so aus, als hätte er sich jetzt damit abgefunden. Warum hält dieser Kerl meinen Arm fest? Will er mich lediglich einschüchtern, oder will er am Ende doch ...?*

»Du bist ein braves Mädchen«, sagte Heraklas und ließ seine Hand an ihrem Arm hinaufgleiten. Sie bekam eine Gänsehaut. Sie zuckte zusammen und zog ihre Hand ein Stück zurück. Er ließ es zu, hielt aber ihre Hand weiter fest. Ein amüsiertes Lächeln spielte um seinen Mund.

»Mein Mann hat schon Verdacht geschöpft, Herr«, sagte sie hastig. Vielleicht würde das schon reichen, um ihn zur Besinnung zu bringen. »Er kann sehr eifersüchtig sein, Herr; es gefällt ihm nicht, daß ich für diese Arbeit ausgewählt worden bin.«

Heraklas zog die Augenbrauen hoch und blies die Luft durch die Nase aus. Es klang halb wie ein Schnauben, halb wie ein Seufzen. »Dein Mann?« sagte er. »Komm, Mädchen, Sklavinnen haben keine Männer.«

»Vielleicht nicht nach dem Gesetz, Herr, aber es gibt auch ein Gewohnheitsrecht, und mein Mann kann genauso eifersüchtig sein wie jeder Freigeborene.«

Er lachte und gab ihre Hand frei. »Wenn dein eifersüchtiger Ehemann dich schlägt, dann komm zu mir. Wollen doch mal sehen, ob er dich dann auch noch schlägt, he? Hier, nimm deine Seide.«

Sie zögerte einen Moment, dann klaubte sie rasch die Fäden auf und bündelte sie zusammen. Heraklas saß auf seinem Stuhl und sah ihr dabei zu, immer noch vor Belustigung grinsend. Sie hielt erneut inne, dann hob sie die Entwürfe auf.

Wieder packte er sie beim Handgelenk, und diesmal zog er sie zu sich heran und küßte sie, mit der anderen Hand über ihre Hüfte streichend.

Einen Moment lang stand sie wie erstarrt, von dem alten Schamgefühl gepackt. Dann fuhr sie ruckartig zurück. *Nein,* dachte sie, *es reicht, wenn ich den Mantel webe; ich muß nicht auch das noch machen.*

Heraklas lachte erneut und packte ihr anderes Handgelenk. »Beim Apoll, Mädchen, du brauchst nicht gleich in Panik zu geraten! Ich tu' dir schon nicht weh.« Er zog sie wieder zu sich heran, so daß sie sich vor ihn auf den Schreibtisch setzen mußte, und faßte sie unters Kinn. »Du bist ein hübsches Ding, wußtest du das? Mach dir keine Sorgen wegen deines eifersüchtigen Mannes. Mit Sklaven werde ich schon fertig. Wo hast du diese schönen grünen Augen her?«

Sie brachte kein Wort heraus; ihre Kehle war vor Zorn und Scham wie zugeschnürt. *Nein,* sagte sie sich wieder, *das brauche ich mir nicht gefallen zu lassen.* »Eure Exzellenz«, preßte sie mit zitternder Stimme hervor, »laßt mich gehen, bitte!«

Er schlug ihr sanft unter das Kinn. »Ich sagte doch, ich tu' dir nichts. Hab keine Angst. Du arbeitest in der Farbenfabrik, nicht wahr? Kein angenehmer Ort für so ein süßes Ding. Ich denke, ich lasse dir den Webstuhl woandershin bringen, wo du es schöner hast ... ich könnte dir einen Raum in der Stadt besorgen, wo ...«

»Denkt an die guten Sitten, Eure Exzellenz«, sagte sie, immer noch im Flüsterton, aber mit einer unüberhörbaren Schärfe im Ton; das griechische Wort für »Sitte« lautete *Nomos.* »Ihr kennt doch die Redensart ›Die Sitte ist König‹. Und Ihr findet doch auch, daß es so sein sollte, nicht wahr? Glaubt Ihr, daß der Mantel Nomos gefallen wird?«

Er ließ sie los, als hätte er sich an ihr verbrannt. Sie sprang vom Schreibtisch, raffte hastig die Entwürfe zusammen und wich zurück in sichere Entfernung.

»Wer hat dir das gesagt?« zischte Heraklas und sprang von seinem Stuhl auf. »Wer hat geredet?« Ihm war vor Schreck übel geworden. Wenn eine Fabriksklavin es wußte, dann wußten es alle. Sie würden ihn verhaften; er würde sterben. Es war ihm niemals in den Sinn gekommen, daß sein politischer Werdegang und seine politischen Verpflichtungen bestimmten Leuten gegenüber Gegenstand des Fabrikklatsches sein könnten und daß sogar Sklaven logisch denken können.

Demetrias senkte betreten den Kopf, und obwohl ihr das Herz bis zum Halse schlug, hätte sie am liebsten laut losgelacht. »Da der Mantel eindeutig nicht für Seine Heilige Majestät gedacht ist, Herr, nahm ich an, daß er nur für Euren eigenen Gönner bestimmt sein kann«, sagte sie ruhig. »Wir wissen in der Fabrik doch, wem wir Eure Gegenwart hier verdanken, Herr. Es tut mir leid, wenn ich etwas Falsches gesagt habe.«

»Ich habe dir doch gesagt, der Mantel ist für den Kaiser!« stieß Heraklas mit tonloser Stimme hervor. »Nomos ... er hat einen Teppich bestellt. Einen Teppich, keinen Mantel.«

Sie schaute auf und sah ihn an; sein gelangweilter, selbstzufriedener Gesichtsausdruck war verschwunden, und er erinnerte sie an einen verängstigten Jungen. Sie fühlte, wie ihr die Röte des Triumphs ins Gesicht schoß. *Gut*, dachte sie. *Er weiß jetzt, daß er mich nicht in sein hochverräterisches Komplott hineinziehen und mich dann zu seinem Vergnügen ins Bett zerren kann. Gut, ich bin zwar ein Werkzeug, aber Werkzeuge, die für gefährliche Arbeiten benutzt werden, müssen behutsam und mit Respekt behandelt werden, sonst können sie sich leicht gegen ihren Benutzer wenden und ihn verletzen.* »Wenn Ihr so wollt, Herr«, erwiderte sie ruhig. »Wie ich bereits sagte, es steht mir als Eurer Sklavin nicht an, Euch zu beschuldigen. Ich bin mir meiner Lage bewußt, Herr – so wie Ihr Euch hoffentlich Eurer bewußt seid.«

Er schluckte heftig, dann setzte er sich wieder an seinen Schreibtisch und starrte sie unsicher an. »Du hast also ...«

»Ich habe niemandem auch nur ein Sterbenswörtchen davon gesagt, Herr.«

Er wischte sich nervös die schweißfeuchte Hand am Oberschenkel ab. »Der Mantel ist für den Kaiser. Das habe ich dir schon einmal gesagt.«

Sie lächelte. »Wie töricht von mir, das zu vergessen, Herr. Ich werde sofort mit der Arbeit am Mantel des Kaisers beginnen.«

Sie machte eine tiefe Verbeugung und verließ den Raum.

Heraklas saß mehrere Minuten lang regungslos an seinem Schreibtisch. Ihn fröstelte, trotz der Wärme, die von draußen hereinkam. Durch das offene Fenster drangen von Ferne die kummervollen Rufe eines Straßenhändlers; die Meeresbrise ließ die Papiere auf seinem Schreibtisch leise rascheln. Selbst in dieser Entfernung vom Hafen roch die Luft immer noch leicht nach Purpur. *Ich hasse diese stinkende Stadt,* dachte er wütend. *Ich bin froh, wenn ich hier wieder wegkomme.*

Aber wird es für mich dann noch ein Leben geben?

Er erschauerte, als er an seine einzige Begegnung mit dem Kämmerer Chrysaphios zurückdachte. Sie hatte unmittelbar vor seiner Audienz beim Kaiser und seiner offiziellen Ernennung zum Prokurator stattgefunden. Der Eunuch hatte ihn in einem verschwenderisch ausgestatteten Amtszimmer im Herzen des Kaiserpalasts empfangen und ihn über das korrekte Protokoll belehrt. Chrysaphios war unerwartet jung und hübsch gewesen – mit weichen, leicht weibisch anmutenden Zügen, wie bei Eunuchen üblich, aber unbestreitbar elegant. Von den goldenen Zehen seiner Sandalen bis zu seinem sauber gestutzten goldfarbenen Haarschopf war er die Verkörperung von Grazie, Haltung und gutem Geschmack. Er hatte an seinem Schreibtisch gesessen und herablassend gelächelt, als Heraklas hereingekommen war und sich bis zum Boden vor ihm verbeugt hatte. Heraklas hatte ein paar Bemerkungen bezüglich des berühmten Namens seiner Familie gemacht und geäußert, daß er den Wunsch hege, »in die Fußstapfen meiner illustren Vorfahren zu treten«, worauf Chrysaphios ein Lächeln hinter einer wohlgeformten, manikürierten Hand verborgen hatte. Als Chrysaphios ihn nach der Audienz um seinen Lohn für das Arrangieren derselben gebeten hatte (ein Pfund Gold hatte der Kerl verlangt! erinnerte sich Heraklas mit Empörung), hatte er beiläufig auf die zahlreichen »Indiskretionen« von Heraklas' Vater hingewiesen und Heraklas durch die Blume zu verstehen gegeben, daß es ihm ein leichtes sei, eine ganze Anzahl junger Männer zu nennen, die dieselben »illustren Vorfahren« teilten.

Dieser elende Sklave! dachte Heraklas. *Seine Vorfahren haben für die Perser Latrinen geschrubbt, und er selbst ist auf dem Konstantinsmarkt an den Meistbietenden verkauft worden, und diese Kreatur führt jetzt die Staatsgeschäfte und läßt mich, einen Acilius, einen Nachfahren von hundert Konsuln, vor sich katzbuckeln!*

Er gab nicht gerne zu, nicht einmal vor sich selbst, daß er sich vor dem Eunuchen fürchtete, daß das Ausmaß der Kenntnisse, die der Kämmerer über ihn besaß, ihn erschreckt hatte und daß die Vorstellung, wie diese arroganten und verächtlich dreinblickenden Augen seine Berichte über die Manufakturen von Tyros studierten, ihm größtes Unbehagen bereitete. Besonders, wenn eine Weberin, eine bloße Sklavin, mit solcher Leichtigkeit nicht nur ein geplantes Komplott durchschaute, sondern auch gleich noch seinen Anführer erriet.

Er klatschte in die Hände, und sein Sekretär kam herein. »Schicke einen Läufer zum Büro des Präfekten hinüber«, befahl er. »Sag ihm, es sei etwas passiert, und frag ihn, ob ich ihn gleich heute morgen noch sprechen kann.«

Eine halbe Stunde später erschien der Präfekt Marcellus Philippos, Gouverneur von Syria Phoenice, persönlich im Büro des Prokurators.

Es war nicht etwa so, daß er kommen mußte, wenn er gerufen wurde: Er war von höherem Rang als Heraklas und hätte, statt selbst zu kommen, den Prokurator zu sich zitieren können – aber das hätte ihn mehr Zeit gekostet als dieser informelle Besuch, und Zeit war kostbar. Philippos war älter als Heraklas, ein korpulenter Mann Anfang der Dreißiger mit dichtem, borstigem schwarzem Haar und einem ständigen dunklen Bartschatten; seine Familie war, obgleich weniger alt als die Acilii, noch mächtiger als diese – und hatte niemals Umstände gemacht. »Nun, was ist?« kam er direkt zur Sache, kaum daß sich die Tür hinter ihm geschlossen hatte.

Heraklas, der aufgestanden war, um ihm die Hand zu schütteln, setzte sich wieder hin und blickte nervös auf das Pergament auf seinem Schreibtisch. »Es ist . . . es ist diese Angelegenheit«, sagte er zögernd. »Ich habe alles Nötige veranlaßt, aber . . .«

»Aber?« fragte Philippos ungeduldig. Er mochte Heraklas nicht. *Ein schwacher, unzuverlässiger Mann,* dachte er, den nervösen Gesichtsausdruck des Prokurators mit zynischem Blick taxierend. *Er bekommt weiche Knie, jetzt, wo er in der Sache mit drinhängt. Er hat bloß mitgemacht, weil er weiß, daß er es ohne die Protektion Seiner Exzellenz in der Regierung niemals zu etwas bringen wird, und weil der Kämmerer seine Eitelkeit verletzt hat. Er wird in Staatsangelegenheiten niemals mehr als ein Dillettant sein. Eitelkeit allein ist nicht genug für eine politische Karriere: Man braucht Ehrgeiz dafür, und man muß bereit sein, hart dafür zu arbeiten. Selbst wenn er ein orthodoxer Anhänger des wahren Glaubens wäre und nicht diesem albernen Heidenkult huldigte, würde er es niemals zu einem wichtigen Posten bringen. Nun, ich muß um unserer Sache willen mit ihm auskommen: Ich werde das sagen, was nötig ist, um ihn zu beruhigen.*

»Ich glaube, die Weberin hat etwas gemerkt«, gestand Heraklas kleinlaut und machte eine zerknirschte Miene. »Meint Ihr, wir sollten trotzdem weitermachen?«

Philippos starrte ihn ungläubig an. »Die Weberin hat was gemerkt? Was hat sie gemerkt? Und wie?« *Ich wette zehn zu eins, daß sie jung und hübsch ist,* dachte er grimmig, *und daß er ihr alles ausgeplaudert hat, um ihr zu zeigen, wie wichtig er ist. Dieser Idiot!*

Heraklas machte eine hilflose Geste mit den Händen. »Sie kannte die Mantelgröße des Kaisers, und sie wußte, wer mein Gönner ist, und sie hat mich gefragt, ob ich glaubte, daß ihm der Mantel gefallen wird. Ich wußte nicht, was ich darauf antworten sollte.«

»Habt Ihr ihr nicht gesagt, sie soll es geheimhalten?«

»Natürlich hab' ich das! Und ich habe ihr gedroht und ihr klargemacht, daß es keinen Zweck hätte, wenn sie sich an Euch wenden würde. Und natürlich habe ich es abgestritten; ich habe ihr gesagt, der Mantel sei für den Kaiser. Aber ich hätte nie gedacht, daß sie überhaupt darauf kommen würde.«

Philippos zuckte die Achseln. Einen kurzen Moment lang war er beunruhigt gewesen, aber wie es schien, gab es keinen Grund zur Sorge. »Nun, wenn sie sich über ihre Situation im klaren ist, macht es nichts, wenn sie was weiß. Wenn sie ertappt wird, wird sie von uns bestraft und von den Behörden gefoltert, und wenn sie schlau genug ist, um uns anhand einer Kleidergröße und ein paar Brocken, die sie in der Fabrik aufgeschnappt hat, auf die Schliche zu kommen, dann ist sie auch schlau genug, um zu begreifen, daß es besser für sie ist, wenn sie den Mund hält. Wenn sie nicht darauf gekommen wäre, für wen der Mantel ist, dann wäre es irgendein anderer, der ihr die Frage gestellt hätte. Sie bedeutet jedenfalls keine zusätzliche Gefahr für uns.«

»Aber ... aber wie konnte sie wissen, daß er für Seine Exzellenz ist?«

»Es wird Euch doch wohl nicht überraschen, daß Eure Fabrikarbeiter wissen, wem Ihr Euren Posten zu verdanken habt, oder? Mein lieber Herr Prokurator, Ihr erwartet doch von Euren Haussklaven, daß sie alles über Eure häuslichen Angelegenheiten wissen; dann müßt Ihr auch damit rechnen, daß Staatssklaven alles über die Fabrik wissen. Sie klatschen miteinander – sie kriegen alles heraus, entdecken jedes Geheimnis, das nicht verschlüsselt und in einer Truhe eingeschlossen ist. Deshalb solltet Ihr Euch an die Vorsichtsmaßregeln halten, die Seine Exzellenz empfohlen hat. Ihr habt Euch doch an sie gehalten, nicht wahr?«

Heraklas äugte erneut zu dem Brief auf seinem Schreibtisch. »O ja, gewiß. Aber ... aber es ist gefährlich, nicht wahr? Ich dachte ...«

Du hast gedacht, du bräuchtest dir selbst die Finger nicht schmutzig zu machen und niemand könnte dir irgend etwas anhängen, selbst wenn der Rest von uns geschnappt würde, dachte Philippos voller Verachtung. *Und nun, sieh da, mußt du feststellen, daß selbst ein Sklave erkennen kann, wenn ein Acilius sich strafbar macht.* »Natürlich besteht eine gewisse Gefahr«, sagte er ruhig. »Aber wenn wir vorsichtig sind und vor allem rasch handeln, ist das Risiko minimal. Das Wichtigste ist, Ruhe zu bewahren und uns stets vor Augen zu halten, wofür wir das alles tun.« Heraklas sah noch immer nicht überzeugt aus, und der Präfekt fuhr fort, leise, aber eindringlich. »Ihr wißt ebenso gut wie ich, daß keiner von uns beiden sich ohne Seine Exzellenz irgend etwas erhoffen kann. Diese goldene Schlange Chrysaphios hält den Palast im Würgegriff, und diese nichtswürdige Null, die den Purpur trägt, wird sich niemals von ihm freimachen; Chrysaphios schirmt ihn so gut ab, daß niemand auch nur die Chance hat, zu ihm vorzudringen, um sich zu beschweren. Chrysaphios hat sich jetzt mit Seiner Exzellenz entzweit; Ihr wißt, was das bedeutet – für ihn und für uns alle, die wir durch ihn aufgestiegen sind. Wo wir bisher stets mit Unterstützung und Protektion rechnen konnten, sehen wir uns jetzt mit Gehässigkeit und Mißachtung konfrontiert; neue, schikanöse Steuern, Forderungen nach

Bestechungsgeld, Ärger bei den Gerichten, ungerechte Requirierungen – all die netten kleinen Gemeinheiten, mit denen der Kämmerer seinen Feinden das Leben schwermacht.

Und« – Philippos' Ton wurde noch grimmiger, obwohl seine Stimme noch immer kaum lauter als ein Flüstern war – »bedenkt, was dieser persische Sklave aus unserem noblen, alten Reich gemacht hat! Er kann den Generälen nicht trauen und wagt es nicht, ihnen Macht und Männer zu geben. Deshalb müssen wir tatenlos hier sitzen und unseren unglücklichen Provinzen immer neue Steuerlasten aufbürden, um für einen schändlichen Frieden mit den Hunnen zu bezahlen! Wir haben ihnen die ganze Diözese Thrakien gegeben, sie ihnen gleichsam auf einem goldenen Tablett überreicht! Und diese Vandalenpiraten schwärmen von Afrika bis hinauf nach Griechenland aus, und wir tun nichts dagegen! Nein, der Kämmerer kann keinem Mann von Rang trauen, und er hat sich gegen den besten Mann in seiner Regierung gewandt, gegen den einzigen, der die Flut hätte eindämmen können! Warum sollte also unser Gönner – ein Mann, der es verdient gehabt hätte, in einem Goldenen Zeitalter geboren zu werden, einem Zeitalter, in dem Rom groß war – nicht das Recht und die Pflicht haben, dem Taugenichts und seinem Sklaven die Macht zu entreißen, die sie mißbraucht haben? Und warum sollte ihm das nicht gelingen? Er weiß sogar noch besser als Chrysaphios, wie die Staatsmaschinerie funktioniert, wie man eine Sache wie diese sicher über die Bühne bringt. Und wenn er erst den Purpur trägt, was können wir, seine Freunde und Helfer, uns dann nicht alles erhoffen? Er ist ein großer Mann und loyal gegenüber denen, die ihm treu ergeben sind.«

Heraklas hatte die gleichen Gefühle selbst oft genug zum Ausdruck gebracht, und seine Zweifel wurden durch Philippos' Worte weggewischt. Er nickte heftig. »Ihr habt recht!« rief er aus. »Wir können nur gewinnen, und wir haben allen Grund zu der Hoffnung, daß unsere Sache erfolgreich ausgeht . . .«

Es war bereits dunkel, als Demetrias aus ihrem Schuppen nach Hause zurückkehrte. Sie war erschöpft, ihr Rücken und ihre Arme schmerzten von den Hunderten kleinen Handgriffen und Einstellungen, die sie beim Einrichten des Webstuhls noch hatte vornehmen müssen, aber sie lächelte zufrieden. Als sie in ihre Wohnung kam, saß ihre Familie bereits beim Essen. Ihre Mutter hatte eine Fischsuppe gekocht, und sie brauchte nichts weiter zu tun, als sich zu den anderen an den Tisch zu setzen.

»Du schaust zufrieden aus«, sagte Laodiki, während sie von ihrem Platz auf der Liege herüberkam und ihrer Tochter eine Schale Suppe reichte.

Demetrias nickte. »Ich war heute noch einmal beim Prokurator, um ihm die Entwürfe vorzulegen. Er bot mir an, mir einen Raum in der Stadt zu beschaffen, wo ich ungestört arbeiten kann.«

Laodiki sah sie erschrocken an, doch als sie Demetrias' Lächeln sah, atmete sie auf, und das Entsetzen in ihrem Blick wich gespannter Erwartung. »Und du hast es geschafft, das Angebot abzulehnen.«

Demetrias lachte. »Ich habe ihn überzeugt, daß ich schlechterdings nirgendwo anders arbeiten könnte als in der Farbenfabrik. Er war gar nicht begeistert.«

Laodiki kicherte vergnügt. »Das hast du fein gemacht!« Sie strahlte Symeon an, aber der machte bloß ein düsteres Gesicht und löffelte schweigend seine Suppe.

»Was hat er wirklich gewollt?« fragte Symeon, als er und Demetrias im Bett lagen, Meletios eingeschlafen war und Laodiki längst in ihre eigene Wohnung gegangen war.

Demetrias stützte sich auf die Ellenbogen und sah ihn an. Er war nicht mehr als ein Schatten und zwei funkelnde Augen in der Dunkelheit. *Das wird ihn zufriedenstellen,* dachte sie glücklich. *Nicht nur, daß ich Heraklas klargemacht habe, daß er nicht mit mir schlafen kann, jetzt weiß ich auch, daß das ganze Komplott so sicher ist wie nur etwas.* »Er hat mir genau das angeboten, was ich meiner Mutter erzählt habe«, antwortete sie im Flüsterton. »Einen Raum für mich allein in der Stadt. Und ja, natürlich war der eigentliche Grund der, den du dir denken kannst. Als er sich nicht abwimmeln ließ, fragte ich ihn, ob er glaube, daß Nomos der Mantel gefallen würde. Er bekam einen gewaltigen Schreck. Es ist Nomos. Er hat es so gut wie zugegeben.« Sie lächelte, als sie sich an seinen entsetzten Blick erinnerte. Irgendwie milderte seine Angst ein wenig ihr eigenes Gefühl. Ausgleichende Gerechtigkeit. Die Arbeit blieb zwar nach wie vor gefährlich, und sie würde sich mächtig anstrengen müssen, um sie rechtzeitig fertigzustellen, aber Gefahr und harte Arbeit waren etwas, womit sie klarkommen konnte. Besonders, wenn das Endergebnis schön sein würde. *Und es wird schön werden,* dachte sie und malte sich den fertigen Mantel zum wiederholten Male im Geiste aus. *Es wird das Beste sein, was ich je gemacht habe.*

»Er hat es zugegeben?« wiederholte Symeon stockend.

»Er wollte wissen, wer es mir gesagt hat. Du siehst also, hinter dem Plan steckt wirklich der Mann, der die größte Aussicht auf Erfolg hat. Das Risiko dürfte nicht allzugroß sein – wenn ich das Ding nur schnell fertig kriege!«

Symeon stöhnte und stützte nachdenklich das Kinn auf die Hände. »Was werden sie tun?« fragte er nach längerem Schweigen. »Werden sie den Kaiser ... töten?« Die Frage machte ihm angst, noch während er sie stellte. Sie rückte eine Möglichkeit in den Bereich des Realen, die bis jetzt nur ein vager Alptraum gewesen war, weit entrückt wie ein Erdbeben, das in einer fernen Stadt rumorte.

Demetrias drehte sich zu ihm herum und starrte ihn an. Ihr kurzes Glücksgefühl war mit einem Schlag verflogen. »Wie soll ich das wissen?« zischte sie wütend. »Wenn er so blöd wäre, das ausgerechnet mir zu erzählen, dann hätte ich wirklich Grund, mir Sorgen zu machen.«

»Aber ...« begann Symeon, dann hielt er inne, immer noch erschrocken und verwirrt über seine eigene Frage. Würden sie – Nomos, Heraklas, der Präfekt und ihre Freunde – den Kaiser töten? Den *Kaiser,* der den heiligen Purpur seit seiner Geburt trug, der bei seiner Taufe als Augustus begrüßt und bejubelt wurde, in dessen Namen die Welt regiert wurde, solange er, Symeon, denken konnte; der Sohn des Arcadius, der Enkel Theodosius' des Großen, der Erbe Konstantins – und, vor allem anderen, der von Gott auserwählte Statthalter Christi auf Erden! Kein Kaiser war je eines gewaltsamen Todes gestorben. Symeon hegte keine persönlichen Gefühle für Theodosius den Zweiten, der für ihn lediglich eine Statue in der Präfektur war und ein Name, der über amtlichen Verlautbarungen prangte, und ihm war vage bewußt, daß Theodosius nicht gut regierte – aber es erschien ihm nahezu wie ein Frevel gegen die Natur selbst, daß der heilige Augustus um des Machthungers ein paar ehrgeiziger Männer willen getötet werden sollte. Und diese Frau, die da neben ihm lag, deren Wärme er in der Dunkelheit spüren konnte, die er liebte: Sie war in diesen abscheulichen, widernatürlichen Plan mit hineingezogen worden, dieses Komplott gegen alle bestehende Ordnung, und gezwungen worden, seinen Zwecken zu dienen. Einen Moment lang fürchtete er sich davor, sie zu berühren.

Demetrias ließ den Kopf in das Kissen sinken. Sie hatte es den ganzen Tag über geschafft, das Ungeheuerliche dessen, in das sie verstrickt war, zu verdrängen; nun hatte Symeon sie wieder daran erinnert. »Ich glaube nicht, daß sie ihn töten werden«, flüsterte sie unsicher, mehr zu sich als zu ihrem Mann. »Ich glaube eher, daß sie ihn bloß dazu zwingen werden, sich von seinem Kämmerer zu trennen und Nomos als Mitinhaber des Thrones zu akzeptieren. Ihn töten ... das wäre zu ungeheuerlich. Niemand würde ihn töten wollen; niemand würde einem Usurpator folgen, der die kaiserliche Dynastie vernichtet hätte.«

Aber niemand könnte einer theodosianischen Dynastie trauen, die frei wäre und ihm feindlich gegenüberstände, dachte Symeon grimmig. *Sie wäre ein gar zu mächtiger und gefährlicher Gegner. Und gewiß würde nicht einmal ein so milder Kaiser wie Theodosius es Nomos verzeihen, den Purpur an sich gerissen zu haben: Nomos würde ihn töten müssen, schon um seiner eigenen Sicherheit willen. Aber wenn der Kaiser ermordet würde, dann würde sein Mörder sich mit Sicherheit einer Opposition gegenübersehen, wenn er versuchen würde, die Purpurwürde für sich zu fordern. Es würden wahrscheinlich noch andere den Thron für sich beanspruchen, und es käme zum Bürgerkrieg.* Er zwang sich, still zu liegen, aber seine Furcht wurde immer größer: Im Geist sah er die Statue in der Vorhalle der Präfektur vor sich liegen, in tausend Stücke zerschmettert, die Scherben mit Blut besudelt; sah er die Präfektur selbst in sich zusammenstürzen und in Trümmer fallen. Was so schrecklich begann, konnte nicht friedlich enden: Mord mußte zum Bürgerkrieg führen, zu Einfällen der Barbaren, zu Seuchen, Hungersnot und Tod. »Herr über alles!« stieß er tonlos hervor. »Wir können doch nicht einfach ...« Er vollendete den Satz nicht.

»Können doch nicht einfach was?« fragte Demetrias.

»Können doch nicht einfach hier sitzen und tatenlos zusehen, wie diese Leute ... den Kaiser ... umbringen ... Wir müssen das verhindern!«

»Wir können nichts tun!« flüsterte sie zurück. »Die Mächtigen machen immer alles unter sich aus, und gewöhnliche Sterbliche wie wir nehmen das Ergebnis stets hin. Der einzige Unterschied ist diesmal, daß wir zufällig ein Zipfelchen von ihrem Geheimnis vorher wissen. Was sie am Ende wirklich tun werden ... ich kann mir nicht vorstellen, daß sie den Kaiser umbringen ... Vielleicht den Kämmerer, ja. Und der ist bei allen verhaßt. Und wir haben sowieso keine andere Wahl.«

Sie schmiegte den Kopf in ihr Kissen, schloß die Augen und versuchte, ruhig zu atmen. In der Dunkelheit hinter ihren Lidern sah sie den Webstuhl, den sie heute eingerichtet hatte, und dahinter eine riesige, drohend aufragende Wand aus Wasser, die im Begriff war, auf sie herniederzustürzen. Sie verbannte das Bild aus ihrem Geist. Sie konnte es sich nicht leisten, über die Risiken nachzudenken. Sie brauchte Ruhe; sie hatte eine Menge Arbeit vor sich. *Und der Mantel wird wunderschön werden*, tröstete sie sich.

Symeon lag ebenfalls still. Er kaute an seinen Knöcheln und versuchte, nicht an die schrecklichen Folgen zu denken. *Ich werde es verhindern, irgendwie*, schwor er sich. *Ich werde herausfinden, wem ich mich anvertrauen kann, und dann werde ich mir von ihm oder ihnen eine Schutzzusicherung geben lassen, und sobald ich die habe, werde ich die ganze Geschichte auffliegen lassen. Sonst werden wir mit Sicherheit die Dummen sein, ganz gleich, ob das Komplott erfolgreich ist oder nicht.*

Ein paar Wochen später saß Symeon in einer Hafentaverne und diskutierte mit Philotimos über Politik. Die Taverne war ein schlichtes Gebäude mit zwei Stockwerken; im oberen konnte man essen, im unteren wurden Getränke serviert. Die Taverne lag am östlichen Ende des ägyptischen Hafens und hieß Isis. Ihr Boden war aus nacktem Zement, die weiß verputzten Wände waren in grellen Farben mit Krokodilen und Ibissen bemalt, aber sie war sauber, hatte guten Wein und war ein beliebter Treffpunkt der Bessergestellten unter den Fabrikarbeitern – besonders die Aufseher kehrten dort abends gern zu einem letzten Trunk ein, bevor sie nach Hause gingen. Es war früher Abend, und die Taverne war gerammelt voll.

»Du glaubst also«, fragte Symeon Philotimos fröhlich, »daß Nomos an der Reihe ist für die kurze Purpurtunika?«

Philotimos schaute stirnrunzelnd in seinen Kelch mit

gestrecktem ägyptischem Weißwein. Symeon tauchte in letzter Zeit ziemlich oft in der Taverne auf und legte ein ungewöhnliches Interesse für Politik an den Tag. *Natürlich, seine Frau muß jetzt immer lange arbeiten, und da hat er natürlich allen Grund, abends noch einen trinken zu gehen,* dachte Philotimos. Trotzdem, Symeons plötzlich erwachtes Interesse an Politik war ihm irgendwie nicht geheuer.

»Wo hast du deinen Sohn gelassen?« fragte er, Symeons Frage geflissentlich übergehend.

»Der ist zu Hause bei seiner Großmutter«, antwortete Symeon unbekümmert. »Sag, wer, glaubst du, wird unser nächster Prätorianer-Präfekt? Nomos?«

Philotimos überlegte sorgfältig, setzte zu einer Antwort an – und überlegte es sich anders. »Weiß der Himmel!« rief er und verdrehte die Augen himmelwärts.

»Ich wette, Chrysaphios weiß es auch«, warf sein Kollege Daniel, der Aufseher der Wollfabrik, ein, der die Diskussion aufgeschnappt hatte und sich jetzt neugierig zu ihnen gesellte. Er war jünger als Philotimos, und ihm fehlte die fast schon übertriebene Vorsicht seines Kollegen aus der Seidenmanufaktur. Er liebte nichts mehr als politischen Klatsch, und er war berüchtigt dafür, daß er nicht nur stets schon alles haarklein wußte, sondern es auch noch bereitwillig ausplauderte. Philotimos' Miene verdüsterte sich, aber Symeon begrüßte ihn mit einem breiten Lächeln und rückte ein Stück zur Seite, damit er sich zu ihnen setzen konnte. »Nomos ist aus dem Rennen«, verkündete Daniel, während er rittlings auf der Bank Platz nahm. »Er hatte einen Streit mit dem höchst illustren Kämmerer Chrysaphios, und ihr wißt, was das bedeutet. Ich setze mein Geld auf Anatolios.«

»Jeder erzählt, daß Nomos Krach mit Chrysaphios gehabt hat«, knurrte Symeon gereizt, »aber keiner scheint irgendwas Genaueres zu wissen. Ich bin nicht so sicher, ob da überhaupt was dran ist.«

»Oh, und ob da was dran ist! Erst vorgestern hat es mir mein Freund Agathon von der Präfektur erzählt – er ist Schreiber im Büro des Steuereinschätzers, und er erfuhr es vom Sekretär des Präfekten, und der wiederum weiß es aus einem Brief, den Nomos selbst an seinen Herrn gesandt hat. Der neue Präfekt Philippos wurde nämlich von Nomos ernannt, mußt du wissen. Das ist auch der Grund, weshalb eine Statue von Nomos in der Präfektur aufgestellt worden ist – hast du sie gesehen? Sie steht gleich neben der von Pulcheria, und die Inschrift nennt ihn den ›höchstedlen Nomos‹. Nun, in besagtem Brief stand jedenfalls, daß Nomos bei Chrysaphios in Ungnade gefallen ist, nachdem Chrysaphios einen Streit mit Nomos' Freund Zeno gehabt hat.«

»Welchen Grund hatte Zeno für einen Streit mit Chrysaphios?« fragte Symeon stirnrunzelnd. »Er verdankt Chrysaphios doch seine ganze Karriere. Wenn Chrysaphios nicht gewesen wäre, dann wäre er noch immer Räuber in den isaurischen Bergen!«

»Pst!« zischte Philotimos entsetzt. »Ist das eine Art, vom obersten Heerführer des Kaisers zu sprechen?«

Symeon zuckte die Achseln. Daniel grinste und begann, seine Geschichte genüßlich vor ihnen auszubreiten. Es war wirklich eine heiße Geschichte, und er war sichtlich stolz. »Zeno hat einen Freund namens Rufus, der mit einer Edelfrau verlobt war, einer reichen Erbin. Da sandte der König der Hunnen dem Kaiser eine Botschaft: Sein römischer Sekretär wollte offenbar eine reiche Frau heiraten, und der Kaiser sollte ihm eine beschaffen. Nun, König Attilas Wunsch ist Chrysaphios Befehl« – »Pst!« zischte Philotimos erneut – »und Chrysaphios sah sich um und fand – nun, ihr könnt es euch schon denken – richtig geraten: eben jene reiche Erbin, mit der Zenos Freund verlobt war, und versprach Attila, sie so bald wie möglich zu ihm zu schicken. Die Frau mochte sich nun freilich gar nicht mit der Idee anfreunden, die Frau des Sekretärs eines

Hunnen zu werden, und verschwand auf ihr Landgut in Phrygien und igelte sich dort auf ihrer stärksten Festung ein. ›Nun, mein lieber Freund Zeno‹, sagte Chrysaphios, ›geh und hol sie zurück.‹ Zeno ritt daraufhin mit einem Trupp der kaiserlichen Garde zu ihrem Landgut, holte sie raus – und verheiratete sie mit seinem Freund Rufus. Ihr könnt euch denken, daß Chrysaphios vor Wut fast platzte. Die Hochzeit konnte er nicht mehr verhindern, aber er ließ den gesamten Besitz der Frau zugunsten der Krone beschlagnahmen, und Rufus fand sich unversehens statt mit einer reichen Frau mit einer armen verheiratet. Zeno war natürlich wütend und ging zu Chrysaphios, um sich zu beschweren; Chrysaphios ließ ihn rauswerfen und empfahl ihm dringend, die Befehle seines Herrn künftig zu respektieren. Zeno schwor daraufhin, er wolle nichts mehr zu tun haben mit ›Eunuchen, die nichts Besseres zu tun haben, als die Stiefel von stinkenden, fellgekleideten Barbaren zu lecken‹. Nomos versuchte, ihn zu besänftigen, machte ihm deutlich, daß er einen von Chrysaphios' Plänen durchkreuzt hatte, und brachte ihn schließlich dazu, daß er sich bereit erklärte, sich bei Chrysaphios zu entschuldigen, wenn Chrysaphios höflich nach ihm schicken würde. Hochzufrieden mit seiner erfolgreichen Vermittlung ging Nomos daraufhin zu Chrysaphios und berichtete ihm, wie die Dinge mit Zeno standen. Statt ihm dankbar zu sein, griff Chrysaphios Nomos an, beschimpfte ihn als einen ›herrenlosen Hund‹ und warnte ihn davor, ›diesen isaurischen Banditen‹ weiter zu unterstützen, wenn er jemals wieder ein Amt haben wolle. Nomos war zutiefst gekränkt und rauschte beleidigt von dannen, nicht ohne patzig zu erwidern, er würde unterstützen, wen er wolle.«

»Pst!« zischte Philotimos erneut, erschrocken selbst noch über die Wiedergabe solch unerhörter Reden. »Ich bin sicher, Daniel, daß nichts dran ist an solch einer ... ungehörigen Geschichte.«

Daniel grinste, nahm einen kräftigen Schluck von seinem Wein und zwinkerte Symeon zu. »Nun, so stand es jedenfalls in dem Brief, den der Sekretär des Präfekten gesehen hat.«

»Sind Nomos und Zeno gut befreundet?« fragte Symeon interessiert. »Ich könnte mir denken, daß sie zusammen so mächtig sind, daß nicht einmal Chrysaphios sich trauen würde, sich mit ihnen anzulegen. Immerhin kontrolliert Zeno das Heer, und Nomos kann sich auf die Heiligen Offizien stützen.«

»Aber Chrysaphios kontrolliert den Kaiser«, wandte Daniel ein, »und wer immer den Kaiser kontrolliert, kann neue Minister und neue Heerführer ernennen, wann und sooft er will. Aber gute Generäle sind Mangelware, und Chrysaphios läßt Zeno im Amt, jedenfalls im Moment noch.«

Die nächstliegende Lösung für Nomos wäre also, dachte Symeon mit Befriedigung, *sich den Kaiser vom Halse zu schaffen.*

Er seufzte. Es war schwieriger, als er gedacht hatte, einen Feind von Nomos zu finden, mit dem er sich verbünden konnte. In Tyros gab es mit Sicherheit niemanden, an den er sich mit der Bitte um Schutz wenden konnte, und eine solch brisante Bitte einem Brief anzuvertrauen und diesen an irgend jemanden zu schicken, der tausend Meilen weit weg in Konstantinopel saß, erschien ihm geradezu selbstmörderisch. Und Demetrias machte alles noch schwieriger. Sie arbeitete jetzt eifrig an dem Mantel, und es schien ihr auch noch Spaß zu machen. *Die Arbeit schlägt sie ganz in ihren Bann,* dachte er. *Weiß Gott, sie liebt sie weit mehr, als sie mich je geliebt hat.*

»Welche anderen Generäle gibt es noch?« fragte Symeon Daniel. »Was ist zum Beispiel mit Aspar? Könnte Chrysaphios ihn nicht anstelle von Zeno ernennen?«

Der Aufseher zuckte die Achseln. »Ihm traut Chrysaphios am allerwenigsten von allen Generälen. Glaubst du, ein Mann wie Aspar wäre gewillt, seine Befehle von Chrysaphios entgegenzunehmen? Er ist der Augusta Pulcheria noch immer treu ergeben.«

Philotimos nickte heftig, alle Zurückhaltung vergessend. »Wenn wir Aspar als obersten Heerführer hätten«, sagte er, und seine Stimme bekam einen wehmütigen Klang, »dann bräuchten wir nicht das Land nach immer neuen Bestechungsgeldern für die Hunnen zu durchstöbern. Er würde unsere Armeen in Marsch setzen und die Barbaren besiegen. Und wenn Kyros von Panopolis wieder Präfekt der Prätorianer wäre – ah, dann!« Er nippte an seinem Wein, behielt ihn einen Moment im Mund und genoß ihn zusammen mit der Erinnerung an Kyros von Panopolis. »Er bestellte einst einen Teppich – zwanzig mal fünfzehn Fuß, reine Seide, mit den Geliebten des Zeus als Motiv; er hatte die Entwürfe selbst ausgewählt, und der Teppich war vorzüglich – ich kann mit Worten gar nicht beschreiben, wie prachtvoll er aussah, als er fertig war. Es war ein Geschenk für die Kaiserin Eudokia. Das war eine Frau, sag' ich euch, die verstand es, eine Augusta zu sein! Ich bin sicher, daß sie nie etwas getan hat, das ihrer Stellung unwürdig war, und daß die Verdächtigungen gegen sie . . .« Er hielt inne, bevor er sagen konnte »reine Erfindung waren« und starrte traurig in seinen Weinkelch. Es war Chrysaphios gewesen, der ihre Verstoßung wegen des Verdachts auf Ehebruch erwirkt hatte, und es wäre tollkühn, Chrysaphios der Lüge zu bezichtigen.

Symeon interessierte sich weder für den Expräfekten der Prätorianer und jetzigen Bischof Kyros von Panopolis noch für die Exkaiserin Eudokia: Beide waren inzwischen zu weit von den Schalthebeln der Macht entfernt, als daß sie ihm gegen Nomos und Zeno von Nutzen hätten sein können. Anders lagen die Dinge freilich bei General Aspar. Es stimmte zwar, daß er kein Amt mehr innegehabt hatte, seit seine Gönnerin Pulcheria vor acht Jahren zur Abdankung gezwungen worden war, aber er war immer noch eine Macht, mit der man rechnen mußte. Obgleich er mit den Königsfamilien der barbarischen Goten und Halani verwandt war, war er in Konstantinopel geboren. Er besaß riesige Güter in Asien und im Osten – einige davon in der Gegend von Tyros. Er war Oberbefehlshaber in Italien, Afrika, Thrakien und im Osten gewesen; und wenngleich er auch nicht immer siegreich gewesen war, hatte er sich zumindest hohen Respekt bei den Feinden der Römer erworben. Abgesehen davon, daß er immer noch der Loyalität eines großen Teils der regulären Truppen gewiß sein konnte, verfügte er über ein kleines Privatheer, das er immer noch auf eigene Kosten unterhielt. Und er hatte allen Grund, seinem Nachfolger Zeno schaden zu wollen, und sei es nur, um sein altes Amt zurückzubekommen.

»Wenn Chrysaphios sich mit Zeno überworfen hat«, wandte Symeon zögernd ein, »setzt er Aspar vielleicht am Ende doch wieder in Amt und Würden. Er könnte wahrscheinlich einen Handel mit ihm abschließen!«

Daniel schüttelte skeptisch den Kopf. »Selbst wenn Chrysaphios bereit wäre zu verhandeln, glaube ich nicht, daß Aspar sich darauf einlassen würde. Er soll sehr stolz sein.«

»Aber dem Hause Theodosius treu ergeben«, gab Symeon zu bedenken. »Er wäre bestimmt bereit, dem Kaiser zu dienen, wenn auch nicht Chrysaphios.«

»Das stimmt«, sagte Daniel. »Ich weiß nicht ... vielleicht hast du recht.« Er hielt inne, trank einen Schluck Wein und fügte hinzu: »Sein Bevollmächtigter wird Tyros in ein paar Monaten besuchen; vielleicht hören wir dann etwas Genaueres.«

Symeon hielt den Atem an. »Aspars Bevollmächtigter? Wo hast du das gehört?«

»Auch wieder von Agathon. Es gibt da wohl einige Streitfragen wegen der Steuern auf den Besitztümern des Generals oben in den Bergen, und der Bevollmächtigte und der Gutsverwalter haben an Agathons Steuereinschätzer geschrieben. Der

Bevollmächtigte hat angekündigt, er werde Ende Oktober hier erscheinen und die Angelegenheit mit dem Präfekten regeln. Warum erfreut dich diese Nachricht so?«

»Es würde mich einfach freuen, wenn Aspar wieder in sein Amt eingesetzt würde.« Symeon leerte seinen Kelch mit einem tiefen Zug. »Gute Gesundheit! Ich denke, meine Frau wird jetzt zu Hause sein; ich habe Hunger auf mein Abendessen.«

»Hat deine Frau es geschafft, den Prokurator abzuwimmeln?« fragte Daniel, bevor Symeon sich erheben konnte.

Symeon zuckte die Achseln. »Ich denke schon.«

Philotimos schnaufte lachend. »Sie hat mir erzählt, er hätte ihr vorgeschlagen, den Webstuhl in einen Raum in der Stadt bringen zu lassen, aber sie hätte es geschafft, ihn davon zu überzeugen, daß das das Gewebe in Mitleidenschaft ziehen würde. Er ist letzte Woche einmal bei ihr aufgekreuzt, angeblich, um zu sehen, wie weit das Werk gediehen sei. Ich bat die Burschen in der Farbenfabrik, eine der Küpen während seines Besuchs auszuscheuern, und der Herr Prokurator Heraklas kam schon nach einer Minute wieder raus, mit grünem Gesicht, und hielt sich sein Riechfläschchen unter die Nase.« Er grinste schadenfroh.

Symeon grinste zurück und sagte: »Danke.«

Philotimos lächelte und hob abwehrend die Hände.

»Sie ist ein feines Mädchen, deine Frau«, sagte Daniel mit einer Spur von Wehmut in der Stimme. Er hatte sie einst selbst heiraten wollen. »Es gibt genug Frauen, die sich in einem solchen Fall nicht groß zieren würden und widerstandslos mit dem Prokurator ins Bett gehen würden. Demetrias ist sowohl hübsch als auch züchtig – du kannst dich wirklich glücklich schätzen.«

»Ja, das kann ich«, stimmte ihm Symeon nach einem kurzen Zögern zu. »Nun, gute Gesundheit!«

Ich kann mich also glücklich schätzen, dachte Symeon, als

er zu seiner Wohnung zurückging. *Ja, das kann ich wohl. Oh, Demetrias!*

Er verspürte den altvertrauten Stich, als er an den Tag zurückdachte, an dem er sich in sie verliebt hatte. Es war wenige Wochen nach dem Verschwinden seines Vaters und seines jüngeren Bruders gewesen; sie waren mit ihrem Boot in einen Sturm geraten und nicht mehr zurückgekommen. Er hatte einen langen Spaziergang ins Landesinnere unternommen, da er allein und weit weg vom Meer sein wollte. Siebzehn war er damals gewesen. Er hatte länger gebraucht als erwartet, bis er die Stadt hinter sich gelassen hatte, und als er endlich das freie, unbewohnte Land erreicht hatte, war er müde und erschöpft gewesen. Wütend und mutlos hatte er sich auf den Rückweg gemacht. Als er über den Dammweg kam, der von der auf dem Festland gelegenen Altstadt von Tyros hinüber zur Zitadelle und zu den Häfen führte, sah er ein Mädchen auf der Kaimauer sitzen und hinunter ins Wasser starren. Er erkannte in ihr eine der Weberinnen wieder, die Tochter von Demetrios, dem Farbenarbeiter. Sein erster Impuls war, ihr aus dem Weg zu gehen, so wie er zur Zeit jedem aus dem Weg gegangen wäre, den er kannte. Aber die Art, wie sie da saß und auf das Wasser starrte, erweckte seine Aufmerksamkeit. Statt die Straße zu überqueren und an ihr vorbeizugehen, blieb er neben ihr stehen und folgte neugierig ihrem starrenden Blick. Das Meer war ruhig an jenem Tag, fast glatt. Die Wellen schwappten leise gegen die aufgeschichteten Steine des Damms, blaugrün und klar. Ein paar kleine Fische schimmerten silbern durch das Wasser, und ein rot und braun gefleckter Krake klammerte sich an einen von grünen Algen überzogenen Felsen.

»Wohin guckst du?« fragte er, und das Mädchen deutete mit einem stummen Lächeln auf den Kraken. Er schaute ihn erneut an: Er vermochte nichts Außergewöhnliches an ihm zu entdecken.

»Was für eine Farbe hat er?« fragte ihn das Mädchen, und er wandte den Blick von dem Kraken ab und sah sie an. Ihr Blick blieb auf den Kraken geheftet; ihr honigfarbenes Haar war im Nacken zu einem dicken Zopf geflochten, und in ihrem stillen Gesicht spiegelte sich flimmernd das leise Spiel der Wellen. Sie war fünfzehn, und plötzlich wurde ihm bewußt, daß sie schön war.

»Ich weiß nicht. Rot«, sagte er verlegen, und er fühlte sich von einem plötzlichen, quälenden Anfall von Einsamkeit gepackt. Noch einen Monat vorher hätte er sich über ein so hübsches Mädchen mit seinem Bruder unterhalten.

Sie nickte ungeduldig. »Aber was für ein Rot? Kermes? Buccina? Krapp? Alaun? Henna? Ich soll ein Muster mit Kraken in einen Teppich weben, und ich versuche zu entscheiden, welchen Farbton ich benutzen soll.« Sie hob einen losen Kiesel von der Mauer auf und warf ihn nach dem Kraken; der Kiesel fiel ins Wasser und versank.

»Ach so.« Symeon starrte wieder auf den Kraken. »Ich weiß es nicht.«

»Keine der Farben ist die richtige.« Sie wandte den Blick von dem Kraken ab, stand auf, klopfte den Staub von ihrem Mantel, dann hielt sie inne und blickte erneut in das Wasser. »Sie haben nie dieselbe Farbe wie die Welt. Du wirst niemals eine Seide finden, die die Farbe des Meeres hat.«

Er blickte auf das Meer, sah, wie das Licht auf die durchsichtige Oberfläche fiel und erst blau, dann grün, dann dunkelgrün wurde, um sich schließlich in der unendlichen Tiefe des Wassers zu verlieren. »Es ist grundlos«, sagte er grimmig. Die Leiche seines Vaters war nie gefunden worden; sie war verschwunden in dieser Unendlichkeit, ohne eine Spur zu hinterlassen.

Sie machte keine Äußerung zu seinem Vater; kein Wort des Mitleids, keine schmerzvollen Erinnerungen. Vielleicht hatte sie vergessen, wessen Sohn er war; vielleicht war sie auch schlicht zu sehr gefangen von ihrem Problem mit den Farben. Aber ihr Schweigen hatte etwas Tröstliches. »Ja«, pflichtete sie ihm leise bei, »es ist grundlos, wie der Himmel. Und Teppiche sind flach. Nun, dann werde ich eben versuchen, statt dessen die Wirkung des Kontrasts herauszuarbeiten.« Und sie starrte noch einen Moment lang auf das Wasser und ließ das Bild des rotbraunen Kraken auf dem grünen Stein auf sich einwirken. Ihre Gestalt vor dem Hintergrund des Wassers erschien ihm plötzlich vollkommen, so präzise in ihrer konzentrierten Stille wie ein Vogel, der sich gegen den Wind im Gleichgewicht hält. Sie stand da, menschlich und anmutig, und die trügerische Farbe des Meeres löste sich in einen Kontrast aus Seidengespinsten auf.

»Wie heißt du?« fragte er.

»Demetrias«, antwortete sie abwesend; und er ging mit ihr zurück zum ägyptischen Hafen und erzählte ihr von seinem Boot und von den Farben der Fische, die er fing. Sie schien aufmerksam zuzuhören, obwohl er viel später zu dem Schluß kam, daß sie wahrscheinlich die ganze Zeit lang über Farben nachgedacht hatte. Er stellte an jenem Abend fest, daß er sich genau daran erinnern konnte, wie sie gestanden hatte, was sie gesagt hatte und in welchem Ton sie es gesagt hatte – und vor allem an die Ruhe ihres Gesichts. Er hatte sich schon früher in hübsche Mädchen verliebt; er verliebte sich auch danach noch in ein paar andere – aber die Erinnerung an diese Ruhe ließ ihn nicht mehr los. Nach jener ersten Begegnung kam ihm der Gedanke – ein Gedanke, der sich mit jeder erneuten Begegnung verfestigte –, daß der Mann, dem es gelingen würde, zum Zentrum, zum Brennpunkt dieser Ruhe zu werden, alles haben würde, was die Liebe einer Frau einem Manne geben konnte.

Er dachte darüber nach, wie sie in letzter Zeit gewesen war, wie sie mit träumerischem, geistesabwesendem Blick in der Wohnung umhergegangen war, völlig gefangengenommen, aufgesogen von dem Mantel, der in jenem Schuppen in der Farbenfabrik unter ihren Händen Gestalt annahm. Als er nach ihrer Heirat hatte feststellen müssen, daß sie seine Leidenschaft lediglich mit pflichtbewußter Duldung erwiderte, hatte er zuerst geglaubt, daß ihre Ruhe von Pamphilos zerstört worden war oder vielleicht sogar niemals existiert hatte. Aber dann hatte er die gleiche Ruhe wiedergesehen, viele Male seither, und immer hatte sie dem einen oder anderen ihrer Arbeitsstücke gegolten. Niemals ihm.

Sie hatte ihm einmal gesagt, kurz nach Meletios' Geburt, daß sie ihn geheiratet hätte, weil sie der ewigen Nachstellungen von Prokuratoren und Aufsehern überdrüssig gewesen sei. »Und du warst der Mann, gegen den ich die geringste Abneigung hatte«, hatte sie hinzugefügt. Sie hatte es in lustigem Ton gesagt und geglaubt, sie mache ihm damit ein Kompliment. *Vielleicht hat sie das wirklich als Kompliment gemeint*, dachte er jetzt. *Sie hätte Daniel heiraten können oder ein halbes Dutzend andere – Bewerber hatte sie genug. Aber sie hat sich für mich entschieden, hat mir zu verstehen gegeben, daß, wenn ich sie fragen würde, sie ja sagen würde. Also habe ich nicht lange gezögert und sie gefragt, und jetzt bin ich ein Mann, der sich »glücklich schätzen« kann. Und ich bereue es nicht; Gott bewahre, daß ich je eine andere als sie zur Frau haben möchte. Aber bloß derjenige zu sein, gegen den sie die wenigste Abneigung hat ...*

Ich habe keinen Grund, mich zu beklagen. Oh, gewiß, ich will noch ein zweites Kind, und sie nicht – noch nicht jedenfalls; sie benutzt Schwamme und Arzneien und was nicht alles, um es zu verhindern – aber sie sagt es mir. Ich könnte es ihr sogar verbieten, wenn ich unbedingt wollte; ich habe wirklich keinen Grund, mich zu beklagen. Die Bibel befiehlt mir, sie zu lieben, doch ihr befiehlt sie nur, gehorsam zu sein. Und gehorsam ist sie fürwahr. Niemand kann ihr nachsagen, sie sei pflichtvergessen, sie vernachlässige irgendeine ihrer

Obliegenheiten. Und sie ist nicht dazu verpflichtet, mich zu lieben, bloß weil ich sie liebe.

Er schüttelte den Kopf und betrat das Haus. Durch die geschlossene Tür ihrer Kammer konnte er hören, wie sie Meletios nach dem Delphin fragte, und er konnte den Duft des Tintenfisches riechen, der auf dem Holzkohlenfeuer schmorte.

Aber ist sie nicht glücklich mit mir? fragte er sich und hielt inne, die Hand auf der Türklinke. *So glücklich, wie sie es mit jedem Mann wäre? Sie hegt keine Abneigung gegen mich, und sie mag das Kind. Vielleicht, mit der Zeit ... wenn uns Zeit bleibt, wenn sie nicht beim Weben dieses Mantels erwischt und gefoltert wird. O Gott, was würde ich bloß machen, wenn ...*

Aspars Abgesandter wird im Oktober hierherkommen. Das ist noch eine lange Zeit, aber es lohnt sich, so lange zu warten: Die gefährlichste Zeit für sie dürften ohnehin die letzten zwei Monate sein, wenn der Mantel und das Komplott sich der Vollendung nähern, wenn deutlich wird, daß der Mantel nicht für den Kaiser sein kann, wenn der Kreis der Verschwörer größer wird. Oktober. Ich werde den Mann aufsuchen, sobald er eintrifft – und Acilius Heraklas wird lernen, daß ich, auch wenn ich bloß ein Sklave bin, nicht zulassen werde, daß er meine Frau als Werkzeug mißbraucht.

III

Man schrieb den 26. Oktober, als Flavius Marcianus, der Bevollmächtigte von General Aspar, in Tyros eintraf. Er kam mit Aspars Verwalter und seiner eigenen Eskorte geradewegs von den Gütern des Generals in den syrischen Bergen geritten und hatte zwei Tage für die lange Reise gebraucht. Es war bereits spät am Nachmittag, als er die Stadt erreichte, und so begab er sich auf direktem Wege zu dem Haus, das Aspar zusammen mit den Weinbergen im Gebirge erworben hatte. Das Haus befand sich in der Altstadt, jenem betriebsamen Teil der Stadt auf dem Festland, der der felsigen Landzunge der Zitadelle direkt gegenüberlag. Es war ein schönes Haus, wenn auch mit der Zeit recht baufällig geworden: Der Putz war an einigen Stellen abgebröckelt, und die Kacheln rings um den Springbrunnen und auf dem Fußboden wiesen zahlreiche Sprünge auf; einige der Fenster waren zerbrochen, die Farbe war verblichen, und die Zimmer rochen muffig und nach Schimmel. Der Diener, der für seine Instandhaltung verantwortlich war, zitterte vor Angst, als er Marcianus und den Verwalter ins Speisezimmer führte.

Der Verwalter, ein Sklave, der wie das Haus zusammen mit den Landgütern in den Besitz Aspars gelangt war, warf einen zornigen Blick auf den Diener und schaute Marcianus mit unglücklicher Miene an. »Ich bitte um Entschuldigung, Herr; im Namen des gesamten Personals bitte ich um Entschuldigung«, sagte er. »In dem Haus hat niemand mehr gewohnt, seit der alte Herr verstarb – Gott hab' ihn selig. Ich habe jedoch diesem Dummkopf Anweisung gegeben, das Haus für Euer Ehren zu säubern und in Ordnung zu bringen . . .«

»Oh, Herr!« krähte der Diener händeringend dazwischen. »Euer Bote traf erst gestern ein! Ich habe getan, was ich konnte, Herr, aber wir sind nur zu dritt ...«

»Schon gut«, beruhigte ihn Marcianus. »Es ist schon in Ordnung so. Ich verstehe, daß es den Aufwand nicht lohnt, das Haus für einen Herrn in Stand zu halten, der in Konstantinopel wohnt, beruhige dich. Meine Männer sind an weit Schlimmeres gewöhnt. Ist genug Platz für alle die Pferde vorhanden?«

Der Verwalter und der Diener schauten einander mit vorwurfsvollem Blick an. »Wie viele Pferde sind es denn?« fragte der Diener nach einem Moment des Zögerns.

»125 Pferde und zwanzig Maultiere«, sagte Marcianus lächelnd. »Und hundert Mann.«

Der Diener machte ein bestürztes Gesicht. Der Verwalter warf ihm einen wütenden Blick zu, so als wolle er sagen: »Ich habe dich gewarnt!«

»Wenn sie nicht alle hier untergebracht werden können, dann schau, ob sie nicht woanders Quartier finden«, schlug Marcianus vor. »Vielleicht in irgendeinem Gasthof hier in der Nähe oder als zahlende Gäste bei anderen Herren, die seiner Exzellenz dem General wohlgesonnen sind.«

»Sehr wohl, Herr ... ich werde sehen, was sich machen läßt, Herr«, antwortete der Diener und wich unter hastigen Verbeugungen Richtung Ausgang zurück. An der Tür hielt er zögernd inne und fragte: »Wünschen Eure Eminenz etwas Wein, damit Ihr Euch den Staub von der Reise aus der Kehle spülen könnt?«

»Sehr gern«, sagte Marcianus und nickte. »Und schau, daß du auch für meine Männer welchen mitbringst.« Er setzte sich auf die Liege und begann, seinen Schwertgurt zu lösen.

»Ich verstehe nicht, warum Ihr für einen Besuch in Tyros hundert Reiter mitnehmen mußtet«, sagte der Verwalter und setzte sich auf die Liege gegenüber, den Stapel Dokumente, den er während des ganzen Ritts wie ein Kleinod gehütet hatte, mit beiden Händen auf dem Schoß festhaltend. Normalerweise hätte er es stolz abgelehnt, in Gegenwart des Bevollmächtigten seines Herrn zu sitzen, aber er war lange Ritte nicht gewöhnt, und ihm tat jeder Knochen im Leibe weh.

Marcianus wischte den Einwand weg und legte sein Schwert vor sich auf den Eßtisch. Er nahm die lederne Mütze ab, die er während des Ritts getragen hatte, und massierte sich die Schläfen. Er war sechzig, aber die Reise schien ihn nicht im geringsten mitgenommen zu haben. Er war ein untersetzter, massiger, muskulöser Mann; sein glattes graues Haar fiel ihm in wirren Strähnen in die Stirn, feucht von Schweiß, aber sein energisches, gebieterisches Gesicht war so wach wie immer. »Banditen«, sagte er lakonisch. »Ich befürchtete, daß wir auf dem Weg durch den Taurus womöglich auf Isaurer stoßen würden.«

»Die Isaurer kommen nie so weit nach Süden«, sagte der Verwalter. »Ihr hättet Eure Männer getrost auf dem Gut zurücklassen können.«

Marcianus lachte leise in sich hinein. »Mein lieber Freund, es ist besser, Truppen mitzunehmen und sie nicht zu brauchen, als sie nicht mitzunehmen und dann feststellen zu müssen, daß man sie braucht. Abgesehen davon, was sollten sie auf dem Gut anfangen?«

Der Verwalter senkte demutsvoll den Kopf. Im Grunde war er, wie er sich selbst eingestehen mußte, froh darüber, daß die Soldaten sich nicht unbeaufsichtigt auf *seinem* Anwesen herumtrieben. (Er betrachtete die Güter gewissermaßen als sein Eigentum; der frühere Besitzer hatte den größten Teil seiner Zeit in Tyros verbracht, und Aspar hatte sich noch nie auf den Gütern sehen lassen.) Er mochte Soldaten nicht, und Marcianus' Leute, obgleich zugegebenermaßen sehr diszipliniert, erschienen ihm als ein furchterregender Haufen von Wilden. Es waren allesamt riesige, blondhaarige Kerle mit zottigen

Bärten, gepanzert und bis an die Zähne bewaffnet; während des ganzen Marsches von den Bergen hatten sie entweder laut gotische und thrakische Lieder gegrölt oder schallend über irgendwelche unverständlichen Witze gelacht und die Landbevölkerung durch ihr bloßes Erscheinungsbild in Angst und Schrecken versetzt. Aber was noch schlimmer war: Die meisten von ihnen waren ganz offensichtlich arische Ketzer. Wenn sie an einer Kirche vorüberkamen, bekreuzigten sie sich nicht, und sie galoppierten an Priestern und sogar an Mönchen vorbei, ohne auch nur zu nicken, und ließen die heiligen Männer hustend in einer Staubwolke zurück. Der Verwalter war entsetzt über sie. Marcianus selbst freilich, das mußte der Verwalter stillschweigend anerkennen, war ein durchaus akzeptabler Herr. Er war zwar – leider – ein Ausländer, ein Thrakier zumal, und ein Soldat, aber er war ein Herr von Stand, ein Senator und ein orthodoxer Christ. Leider hatte er jedoch die beunruhigende Eigenschaft, erraten zu können, was man dachte.

Der Diener kam zurück mit einer Flasche verdünnten Weines und zwei silbernen Kelchen. Er verbeugte sich und schenkte erst Marcianus, dann dem Verwalter ein, wobei er seinem Vorgesetzten einen flehenden Blick zuwarf. Der Verwalter nahm einen Schluck. Es war ein Rotwein von seinem eigenen Gut, und er erkannte den Jahrgang; er rann durch seine Kehle, fruchtig und herb, und spülte den Geschmack des Staubs fort. Er nickte und lächelte den Diener an. Der Diener, sichtlich erleichtert, zog sich zurück, um Unterkünfte für die Männer zu besorgen.

Wie in aller Welt sollen wir die bloß alle unterbringen und versorgen? fragte sich der Verwalter. *Hundert Reiter! Selbst wenn sie auf dem Heuboden schlafen, müssen wir mindestens noch immer zwanzig von ihnen irgendwo zur Miete einquartieren. Und die vielen Pferde, großer Gott, wo sollen wir bloß mit all den Pferden hin?*

»Seid guten Mutes!« sagte Marcianus und lächelte ihn pfiffig an. »Wahrscheinlich können wir unser Geschäft mit dem Präfekten schon morgen erledigen. Rechnen wir noch einen Tag hinzu, zum Ausruhen für die Pferde, und für den Fall, daß noch irgendwelche Fragen auftauchen, die geklärt werden müssen, und dann seid Ihr uns wieder los. Und macht Euch keine Sorgen wegen der Rechnungen für die Unterbringung der Soldaten; die können wir schon bezahlen.« Er leerte seinen Kelch und schenkte sich einen neuen ein. »Und wo wir schon einmal hier sind«, fügte er hinzu, »können die Männer ein paar Reparaturen am Haus vornehmen. Ich werde gleich die entsprechenden Anweisungen geben. Ja, Paulus, was gibt's?« – die Frage war an seinen Sekretär gerichtet, der soeben hereingekommen war.

»Verzeiht die Störung, Eure Eminenz, aber da ist ein Bursche, der um ein Gespräch mit Euch ersucht«, sagte der Sekretär. »Wie lange werden wir bleiben, Herr, und was soll ich ihm sagen, wann Ihr bereit wärt, ihn zu empfangen?«

Marcianus gähnte und rieb sich das Gesicht. »Ein Mann?« fragte er. »Was für ein Mann? Kommt er vom Präfekten?«

Paulus zuckte die Achseln. »Nein. Ich habe ihn danach gefragt. Nein, Herr, ich würde sagen, er ist ein Händler, ein wohlhabender dem Aussehen nach. Er wollte weder seinen Namen noch sein Anliegen nennen; er sagte lediglich, er glaube, es wäre für Euch von Interesse. Soll ich ihm ausrichten, Ihr wäret zu beschäftigt, um jemanden zu empfangen?«

Marcianus schüttelte den Kopf. »Nein, sag ihm, ich will ihn jetzt gleich sehen, und schick ihn rein. Und falls noch jemand kommen sollte, Paulus, ich habe vor, nur einen oder zwei Tage zu bleiben; also sag ihnen, sie sollen morgen abend oder übermorgen früh kommen.«

Paulus verbeugte sich und Marcianus sagte mit einem Lächeln, an den Verwalter gewandt: »Wenn er uns neue Fenster oder Kacheln liefern will, dann ist er willkommen!«

Nach ein paar Minuten kam der Sekretär zurück, begleitet von Symeon. Paulus verneigte sich und zog sich zurück.

Symeon hatte nicht damit gerechnet, noch an diesem Abend zu Aspars Abgesandtem vorgelassen zu werden. Er hatte seine besten Kleider angezogen, um die Untergebenen zu beeindrucken und eine möglichst frühe Audienz bei dem großen Mann zu erlangen, aber daß er direkt vorgelassen würde, darauf war er nicht gefaßt gewesen, und er fühlte sich entsprechend unsicher und unvorbereitet. Der Anblick der Soldaten, die draußen auf dem Hof tranken, hatte ihm noch Mut gemacht, aber der kurze Gang durch die düsteren Flure des großen, knarrenden, verstaubten Hauses hatte ihm Zeit genug gegeben, um sich in Furcht hineinzusteigern. Er ließ den Blick unsicher durch das Speisezimmer schweifen, verzweifelt bemüht, sich auf die Dinge im Raum zu konzentrieren, um seine Furcht in Schach zu halten: ein abgetretener Teppich von einheimischer Machart in Dunkelrot und schmutzigem Gold; ein schräg über die Wand laufender Riß im Putz; ein verstaubtes, düsteres Gemälde von einer Jagdszene; der Zedernholztisch mit dem Schwert und den Kelchen darauf; die beiden Männer. Er verneigte sich tief vor beiden.

Marcianus seinerseits musterte Symeon mit der raschen Auffassungsgabe, mit der er jeden studierte, der mit ihm zu tun hatte. Der Eindruck, den er erhielt, war der eines energischen jungen Mannes von gewissem Wohlstand. Symeon hatte sich den Bart gestutzt, als er erfuhr, daß Aspars Abgesandter eingetroffen war, und er hatte sein Haar gekämmt und sich die Purpurflecken von den Fingern geschrubbt. Er trug den Mantel, den Demetrias ihm zur Hochzeit geschenkt hatte: scharlachrot gefärbte Wolle, die Säume verziert mit einem Muster aus blauen Schwalben und auf den Schultern zwei runde Seidenstickereien, die ein blau-weißes Boot auf grünem Meer darstellten. Seine Verbeugung war respektvoll, aber keineswegs unterwürfig, und er verharrte einen Moment zögernd, unschlüssig, an wen von den beiden Männern er das Wort richten sollte.

Ein wohlhabender Händler? dachte Marcianus. *Vielleicht. Einer mit einem Geschäft und ein paar Untergebenen. Er betrachtet mich als einen, der weit über ihm steht, aber er erwartet, empfangen und gehört zu werden. Dunkel wie ein Ägypter – arbeitet viel im Freien. Ein Maurermeister vielleicht? Oder Pferdezüchter? Kräftig gebauter Kerl – würde einen guten Soldaten abgeben. Aber seiner Kleidung nach zu urteilen hat er Geld. Der Mantel hat mindestens den dreifachen Jahressold eines Soldaten gekostet. Aber er hat große Angst – hat sich zwar gut im Griff, aber er hat Angst. Warum?*

»Eure Eminenz?« fragte Symeon, an Marcianus gewandt.

Marcianus lächelte und lehnte sich ein wenig vor. »Ich bin Flavius Marcianus, *Domesticus* des edlen und hochberühmten Aspar. Was führt Euch zu mir, mein Freund?«

Symeon starrte Marcianus an. Plötzlich wurde ihm siedendheiß bewußt, daß dies als unverschämt und unhöflich betrachtet werden würde, und er senkte hastig den Blick und starrte auf die Tischplatte. »Eure Eminenz«, wiederholte er langsam. »Ich . . . ich komme in einer sehr ernsten Angelegenheit, über die Ihr meiner Meinung nach informiert werden solltet. Ich wollte Euch nicht gleich nach Eurer Ankunft behelligen, da Ihr noch müde von Eurer Reise sein würdet, ich wollte lediglich einen Termin für einen Unterredung . . .«

»Wenn ich mich zu müde fühlte, um Euch jetzt sofort zu empfangen, dann hätte ich meinen Sekretär angewiesen, Euch einen späteren Termin zu geben«, sagte Marcianus nachsichtig. »Also, mein Freund, was führt Euch zu mir?« *Und es ist für den Mann etwas Ungewohntes, solche Angst zu haben. Also doch kein bloßer Maurer oder Fenstermacher. Was dann?*

Symeon warf einen unsicheren Blick auf den Verwalter. »Eure Hoheit, ich habe da eine Information, eine – politische Information von lebenswichtiger Bedeutung. Ist dieser Herr . . . ?«

Marcianus sah ihn einen Moment lang ruhig an, mit einem Finger langsam auf die Tischplatte klopfend. *Ein Denunziant,* dachte er mit einem leichten Anflug von Enttäuschung. *Schade, dafür hätte ich ihn eigentlich nicht gehalten. Aber sei's drum, so, wie die Dinge nun einmal liegen, muß ich mir Informationen da holen, wo ich sie kriegen kann. Besonders, wenn sie von »lebenswichtiger« Bedeutung* sind. »Was für eine Art von Information?« fragte er.

Symeon errötete leicht und schluckte. Er hatte plötzlich das Gefühl, daß es töricht von ihm gewesen war, hierherzukommen. Aber jetzt konnte er nicht mehr zurück; dazu war es zu spät. »Ein Geheimnis, dessen Aufdeckung die Verschwörer mit allen Mitteln, auch mit dem des Mordes, zu verhindern suchen würden«, sagte er leise, »und das von großer Bedeutung für den Staat sein könnte – und von großer Wichtigkeit für Euren Gönner, den höchst erlauchten Aspar. Und mir wäre es lieber, wenn ich mit Eurer Eminenz unter vier Augen sprechen könnte.«

Marcianus starrte ihn erneut einen Moment an, dann schaute er zum Verwalter hinüber. »Herr«, sagte er höflich, »bitte laßt uns einen Moment allein – und sagt Paulus, daß ich nicht gestört werden möchte.«

Der Verwalter erhob sich, verbeugte sich ein wenig wacklig, und verließ mit einem mißbilligenden Blick auf Symeon den Raum.

Marcianus stand auf, nahm seinen Schwertgürtel vom Tisch und zog das Schwert aus seiner Scheide. Symeon trat einen Schritt zurück, aber Marcianus legte das Schwert bloß zurück auf den Tisch, ließ aber eine Hand auf dem Griff liegen. »So«, sagte er ruhig, »jetzt sind wir unter uns. Aber ich muß Euch von vornherein warnen: Ich bin ein treuer Diener Seiner Heiligen Majestät, des Kaisers Theodosius, und solltet Ihr die Absicht haben, mich zum Verrat gegen den Kaiser anzustiften, dann ist's um Euch geschehen.«

Symeon holte Luft. »Ich will im Gegenteil ein Komplott gegen den Kaiser verhindern«, platzte er unverblümt heraus. »Das ist einer der Gründe, weshalb ich zu Euch gekommen bin.«

Marcianus' Augen verengten sich, und er setzte sich hin, das gezückte Schwert auf dem Tisch lassend. Er verzog keine Miene, aber er spürte, wie ein kühler Schauer der Erregung ihm über den Rücken rieselte. Eine Verschwörung gegen den Kaiser – von einem Feind Aspars!

Es könnte ein Täuschungsmanöver sein, sagte eine warnende Stimme in ihm. *Aber es klingt ganz so* – »So sprecht schon«, forderte er Symeon auf, immer noch in ruhigem Ton. »Wie ist Euer Name?«

Wieder zögerte Symeon. Auch wenn er sich vor den möglichen Folgen von Nomos' Verrat fürchtete, galt doch seine erste Sorge immer noch dem Wohl und der Sicherheit seiner Familie. Er war entschlossen, nichts preiszugeben, nicht einmal seinen Namen, ehe er nicht die feste Zusage hatte, daß Demetrias nichts geschehen würde – am besten in Form eines Eids, und diesen am besten schriftlich, damit er etwas in der Hand hatte, falls sein Verbündeter ihn verraten sollte. »Bevor ich rede, Herr, brauche ich Zusicherungen von Eurer Seite«, sagte er mit ruhiger, aber fester Stimme.

»Braucht Ihr Schutz?« fragte Marcianus. »Oder Geld?« Noch während er dies fragte, gab er sich die Antwort im stillen selbst: *Schutz. Der Mann hat Angst – und er sieht nicht wie jemand aus, der die Absicht hat, um Geld zu bitten.*

»Schutz«, antwortete Symeon und fügte hastig hinzu: »Aber nicht für mich – das heißt, nicht nur für mich. Da ist noch eine andere Person, Herr, die in die Verschwörung verstrickt ist, gegen ihren Willen verstrickt ist. Ich muß Eure feste Zusicherung haben, daß Ihr dieser Person Schutz gewährt.«

»Sagt mir, worum es geht, und ich werde sehen, ob es mir möglich ist, diese Person zu beschützen.«

Symeon schüttelte den Kopf. »Ich kann es nicht riskieren, diese Person ... Personen, genauer gesagt ... durch das, was ich zu sagen habe, in Gefahr zu bringen. Ihre – unsere – Sicherheit hat für mich absoluten Vorrang. Erst müßt Ihr mir schwören, daß uns kein Leid geschehen wird.«

Marcianus lehnte sich in seinem Stuhl zurück. »Ich lege nicht leichtfertig Schwüre ab«, sagte er in scharfem Ton. »Wie kann ich irgend etwas versprechen, wenn ich nicht weiß, wer dieser Freund von Euch ist oder was er getan hat?«

Er schwört also nicht leichtfertig, dachte Symeon und musterte das kräftige, ihn argwöhnisch taxierende Gesicht des Abgesandten. *Gut.* »Die Person, um die es geht, hat nichts weiter getan, als denen zu gehorchen, die sie ... die Macht über sie haben. Und dieser Gehorsam wurde ihr aufgezwungen, bei Androhung von Strafe. Das kann ich beim Heiligen Geist beschwören.«

»Und könnt Ihr auch schwören, daß es in meiner Macht stehen würde, Euch zu beschützen?«

»Ihr habt Truppen«, sagte Symeon lakonisch. »Ihr könntet es also.«

Marcianus seufzte und musterte Symeon. *Ich habe Truppen, ja – aber sie gegen Leute einzusetzen, die »Macht haben«, wäre sehr kompliziert. Wenn der Bursche jedoch die Wahrheit sagt und es ist wirklich eine Verschwörung gegen den Kaiser im Gange, dann wäre es die Sache durchaus wert. Der Mann scheint ehrlich zu sein; ich mag es, wie er, geradeheraus, ohne Umschweife – aber es ist eine schwerwiegende Forderung, die er da an mich stellt, zu verlangen, daß ich mich festlege, bevor ich weiß, worauf ich mich einlasse.*

»Wenn Euer Gönner weiß, was ich Euch zu sagen habe«, sagte Symeon bedächtig, als das Schweigen sich hinzog, »dann kann er eine Verschwörung gegen den Kaiser verhindern. Herr, ich will nicht, daß dieses Komplott erfolgreich endet, ich will, daß Ihr es verhindert. Aber ich kann erst reden, wenn ich sicher bin, daß ich damit nicht jemanden in Gefahr bringe, den zu behüten oberstes Gebot für mich ist.«

Marcianus schaute Symeon abermals lange an. Dann nickte er. *Klingt einleuchtend und scheint mir annehmbar.* »Ich schwöre beim Heiligen Geist«, sagte er langsam und feierlich, »und beim Haupte von Kaiser Theodosius Augustus, daß, wenn das, was Ihr sagt, wahr ist und so es in meiner Macht steht, ich Euch und Eurem Freund Schutz gewähren werde. Genügt Euch das, oder wünscht Ihr es schriftlich?«

Symeon atmete auf: Er hatte mehr bekommen, als er sich hatte erhoffen dürfen. Die Bedingungen des Eids waren die strengsten, die überhaupt denkbar waren. Einen Schwur beim Heiligen Geist und beim Haupte des Kaisers zu brechen, war sowohl Gotteslästerung als auch Hochverrat. Dennoch sagte er in leisem, aber bestimmten Ton: »Ich hätte es lieber schriftlich, Herr.«

Marcianus nickte, stand auf, schaute herum und kramte in dem Packen Dokumente, den der Verwalter zurückgelassen hatte, bis er Pergament und Feder fand. Er schrieb ein paar Zeilen und reichte Symeon das Pergament mit einem spöttischen Blick.

Symeon nahm es und las es sorgfältig durch: »Ich, Flavius Marcianus von Thrakien, schwöre hiermit feierlich beim Heiligen Geist und beim Haupte von Kaiser Theodosius Augustus« – freie Zeile – »und« – freie Zeile – »vor der Rache oder der Arglist ihrer Feinde zu beschützen, soweit dies in meiner Macht steht.«

»Die Namen tragen wir ein, wenn Ihr den Zeitpunkt für gekommen haltet«, sagte Marcianus trocken. »Und es versteht sich von selbst, daß mein Schwur ungültig wird, wenn sich herausstellen sollte, daß das, was Ihr sagt, unwahr ist. Wenn es aber wahr ist – nun, Ihr könnt meine Männer fragen, sie werden es bestätigen, daß ich ein Mann bin, der zu seinem Wort steht. Seid Ihr jetzt zufrieden?«

»Ja, Herr«, antwortete Symeon. Mehr konnte er wirklich nicht verlangen.

»Dann redet.«

Symeon zögerte noch immer; er starrte auf den abgewetzten Teppich und sammelte seine Gedanken. »Herr«, begann er schließlich, »meine Frau ist Weberin in der kaiserlichen Seidenmanufaktur. Sie versteht ihr Handwerk sehr gut und wird oft mit wichtigen Aufträgen für den Hof betraut.« Marcianus warf erneut einen Blick auf Symeons Mantel und revidierte mit einem Schmunzeln seine ursprüngliche Einschätzung, der Mann sei wohlhabend. »Im August wurde sie zum Prokurator Marcus Acilius Heraklas zitiert. Er befahl ihr, einen Mantel zu weben, einen Purpurmantel, für den Kaiser, wie er sagte. Meine Frau wußte aufgrund ihrer Erfahrung sofort, daß der Mantel keinesfalls für den Kaiser sein konnte.« Symeon zögerte, fuhr sich mit der Zunge über die Lippen und fragte sich, ob Marcianus Demetrias womöglich der Mittäterschaft beschuldigen würde.

»Aber der Prokurator Heraklas bestand darauf, daß sie ihn trotzdem webte«, sagte Marcianus.

»Herr, sie mußte sich bereit erklären, den Mantel zu weben. Sie ist eine Staatssklavin, und der Präfekt ist dem Prokurator freundschaftlich gewogen: Es gab niemanden, an den sie sich um Hilfe hätte wenden können. Was blieb ihr also übrig? Er machte ihr klar, daß er sie wegen Ungehorsams auspeitschen lassen würde, wenn sie sich seinem Befehl nicht fügte.«

Marcianus nickte verständnisvoll. »Ich sehe ein, daß sie keine Wahl hatte, als zu gehorchen; habt keine Angst. Warum glaubte sie nicht, daß der Mantel für den Kaiser sein sollte?«

»Sie sagt, es sei die falsche Größe«, antwortete Symeon sofort, »und die falsche Art von Muster. Außerdem bestand der Prokurator darauf, daß sie den Mantel unter strikter Geheimhaltung webte, und er weigerte sich sogar, eine schriftliche Vollmacht für die Materialien zu unterzeichnen; sie wußte sofort, daß er etwas Ungesetzliches im Schilde führte. Doch als sie ihre Bedenken vorbrachte, bedrohte er sie.«

»Und für wen, glaubt sie, ist der Mantel nun wirklich?«

Symeon stieß ein leises Schnauben aus. »Das ist keine Frage von ›glauben‹ oder ›nicht glauben‹: Sie *weiß*, für wen er ist. Nachdem sie mit der Arbeit angefangen hatte, sagte sie es dem Prokurator auf den Kopf zu, und er gab zu, daß er für Nomos ist.« Er holte tief Luft und versuchte zu überlegen, wie er fortfahren sollte, aber er konnte es nicht. Was er gesagt hatte, erschien ihm nun, da es endlich heraus war, so gut wie nichts. Er fühlte sich verwirrt und lächerlich und starrte in stummer Wut auf den Teppich.

»Und nun wollt Ihr Schutz für Eure Frau«, sagte Marcianus nach langem Schweigen.

Symeon blickte auf und sah, daß das Gesicht des Beamten, wiewohl immer noch erstarrt in seinem ernsten Ausdruck, gleichwohl zu glühen schien vor innerer Erregung, die so intensiv war, daß sie jedes Haar zu durchdringen schien. Er empfand eine ungeheure Erleichterung: Das, was er gesagt hatte, so wenig es auch war, schien Marcianus offenbar ausreichend. »Ja, Herr«, flüsterte er. »Wenn sie mit dem verdammten Ding erwischt wird, foltern die sie zu Tode.«

»Möglich«, sagte Marcianus. »Ja.« Er hielt inne, starrte Symeon an, ohne ihn wahrzunehmen, das Gesicht starr und vor innerer Erregung lodernd. Er hatte davon gehört, daß Nomos und Zeno sich mit ihrem ehemaligen Gönner überworfen hatten, aber die Nachricht war seinem Gönner und ihm selbst wertlos erschienen. Chrysaphios' Freunde waren jetzt seine Feinde, aber Chrysaphios selbst blieb weiterhin an der Macht, und wer immer zum obersten Heerführer ernannt würde und wer immer zum Prinzipal der Offizien, würde keine Gefahr für den Kämmerer darstellen. Aspar und das Heer würden machtlos bleiben, und das Gold des Reiches würde weiterhin dafür vergeudet werden, um von den Hunnen einen Frieden zu erkaufen, der eigentlich mit dem Schwert hätte erzwungen werden sollen. Aber nun gab es vielleicht doch Hoffnung. »Heraklas – er ist aus Bithynien, nicht wahr?« fragte Marcianus. »Ein Zweig der Acilii besitzt dort Ländereien. Ich glaube gehört zu haben, daß einer von ihnen ein Anhänger von Nomos ist und durch dessen Vermittlung irgendeinen Posten im Osten zugeschanzt bekommen hat. Und der Präfekt Philippos ist aus Konstantinopel und ebenfalls ein Freund von Nomos, der ein Verwandter seiner Frau ist. Ja. Nun, mein Freund, es sieht ganz so aus, als müßte ich meinen Schwur halten. Gebt mir das Pergament, damit ich den Namen Eurer Frau einsetzen kann.«

Symeon reichte ihm das Pergament, und Marcianus nahm seine Feder und tauchte sie in die Tinte. »Wie heißt Eure Frau?« fragte er.

»Demetrias, Herr.«

»Demetrias. Und wie lautet Euer Name?«

»Symeon, Herr. Purpurfischer. Wir haben auch noch einen kleinen Sohn, Herr.«

»Der Sohn fällt selbstredend mit unter den Schwur.« Marcianus reichte Symeon das Pergament zurück. Er saß ruhig da, aber in seinem Innern brodelte es, und er konnte sich nur mit größter Selbstbeherrschung zur Ruhe zwingen. *Nomos plant einen Umsturz!* dachte er mit stillem Jubel. *Und ich verwette mein Schwert darauf, daß Zeno mit in der Sache drinsteckt – und wenn wir ihn überführen können, dann sind wir wieder an der Macht – und können endlich diese dreimal verfluchten Hunnen aufs Haupt schlagen, die mein Volk abgeschlachtet haben. Bitte, lieber Gott, mach, daß wir sie kriegen!*

Er schaute Symeon mit einem verwegenen Grinsen an. »Setzt Euch«, befahl er. »Trinkt einen Schluck Wein, und laßt uns besprechen, wie wir vorgehen sollen.«

Symeon setzte sich auf die Liege, auf der vorher der Verwalter gesessen hatte. Marcianus reichte ihm den Kelch des Verwalters, der noch halb voll war, und lachte grimmig. »Ihr habt gut daran getan, zu mir zu kommen«, sagte er. »Ihr seid ein Staatssklave? Der Kaiser kann sich glücklich schätzen, solch treue Staatssklaven zu haben.«

Symeon erwiderte das Lächeln mit wachsamer Distanz. Er nippte an dem Wein und studierte seinen neu gewonnenen Verbündeten. *Ich glaube, ich kann ihm vertrauen,* entschied er. *Er ist ein offener, aufrichtig wirkender Mann; er würde nicht leichtfertig schwören, aber wenn er einmal schwört, dann steht er zu seinem Schwur.* Er fühlte sich von einem Gefühl tiefer Erleichterung durchströmt. Die Gefahr war vorbei; nun konnte das Unheil doch noch abgewendet werden. »Was werdet Ihr tun?« fragte er.

»Ich werde noch heute abend einen Brief an Seine Erlauchtheit General Aspar schreiben und ihn mit meinem schnellsten Kurier zu ihm senden. Aber ich glaube, daß wir darüber hinaus nichts tun können – noch nicht.« Marcianus lächelte erneut. »Der Mantel auf einem Webstuhl in Tyros, zusammen mit der Behauptung einer Weberin, der Prokurator hätte zugegeben, daß er für Nomos sei, ist eine Sache. Der fertige Mantel, vom Prokurator von Tyros an Nomos gesandt, zusammen mit Briefen von ihm selbst und vom Präfekten, ist eine völlig andere Sache. Es würde ausreichen, um Nomos verhaften zu lassen – und wahrscheinlich seine Freunde gleich mit ihm. Eure Frau muß den Mantel erst fertigstellen.«

Symeon sprang auf; das eben gewonnene Gefühl von Vertrauen und die noch bange Erleichterung schlugen blitzartig in Zorn um. »Sie riskiert ihr Leben in jeder Sekunde, in der sie weiter an dem verdammten Ding arbeitet!« protestierte er.

»Wir wollen mit dem verfluchten Mantel nichts mehr zu schaffen haben – nicht einen Tag länger!«

Marcianus hob beschwichtigend die Hand. »Ich werde irgendeinen Vorwand finden, um mit meinen Männern in der Gegend zu bleiben, bis er fertig ist. Wenn Eure Frau in unmittelbare Gefahr geraten sollte, werde ich sofort einschreiten. Und ich werde versuchen, dafür Sorge zu tragen, daß sie nicht bedroht wird. Seht Ihr nicht ein, daß es immens schwierig sein wird, sie aus der Sache herauszuhalten, wenn wir etwas unternehmen, solange der Mantel noch in ihrer Hand ist?«

Symeon zögerte einen Moment, dann nickte er widerstrebend und setzte sich wieder hin. Es war also doch noch nicht alles vorüber.

»Gut«, sagte Marcianus und lachte kurz und bellend. »Wann ist er fertig?«

»Um die Weihnachtszeit herum, Herr. Vielleicht auch schon ein wenig früher. Sie arbeitet sehr eifrig daran.«

»Weihnachten – nun, bis dahin kann ich hierbleiben.« Wieder grinste er. »Das eine oder andere Problem gibt es immer mit dem Präfekten zu erörtern, dazu noch ein paar ›langwierige‹ Verhandlungen über den Kauf oder Verkauf von Häusern oder Ländereien in der Provinz – nun, ich denke, es dürfte nicht allzu schwierig sein, meinen Aufenthalt hier noch ein wenig in die Länge zu ziehen. Weiß Eure Frau von diesem Besuch?«

»Nein, Herr«, antwortete Symeon. »Ich wollte sie nicht unnötig beunruhigen. Sie hat große Angst vor dem Prokurator, und sie hat nur eines im Sinn: den Mantel so schnell wie möglich fertigzukriegen und dann nichts mehr mit der Sache zu tun zu haben.«

»Gut. Dann belaßt alles so, wie es ist, und erzählt niemandem von Eurem Besuch bei mir. Ihr habt meine Schutzzusage; bewahrt das Pergament gut auf und kommt nur zu mir, wenn Ihr bedroht werdet. Wenn der Präfekt klug ist, läßt er dieses

Haus beschatten. Mein Gönner genießt kein besonderes Vertrauen bei denen, die gegenwärtig an der Macht sind.«

Symeon nickte, erhob sich, trank seinen Wein aus und stellte den Kelch auf den Tisch zurück.

»Den könnt Ihr behalten«, sagte Marcianus, auf den Kelch deutend. »Als Zeichen meines Wohlwollens.«

Symeon musterte den Kelch, dann schüttelte er den Kopf. »Ich will nicht erklären müssen, wie ich zu ihm gekommen bin, Herr. Ich hoffe, Ihr . . .«

»Ihr könnt mir vertrauen«, sagte Marcianus lächelnd, als Symeon stockte. »Viel Glück – und denkt daran: zu niemandem ein Wort.«

Als Symeon gegangen war, blieb Marcianus noch eine Weile in dem leeren Raum sitzen und dachte über seinen Besucher nach. *Ein ehrlicher, aufrichtiger Kerl,* entschied er, *loyal gegenüber dem Kaiser und seiner eigenen Familie, mit einem guten Gespür dafür ausgestattet, wie er beiden am besten dienen kann, und mit der nötigen Tatkraft, auch danach zu handeln. Er muß lange und sorgfältig nachgedacht haben, bevor er sich dazu entschied, zu mir zu kommen. Obwohl er darauf brannte, etwas zu unternehmen, hat er die Geduld aufgebracht, solange zu warten, bis er einen geeigneten Verbündeten ausgemacht hatte. Und es geht ihm nicht um Geld, sonst hätte er den Kelch mitgenommen. Nun, er mag vielleicht nicht gerade reich sein, aber Purpurfischer sind auch keine armen Leute, wie ich gehört habe. Es ist unwahrscheinlich, daß er sich dazu bringen läßt, mich gegen ein Bestechungsgeld zu verraten. Und er ist auch nicht besonders empfänglich für Drohungen, sonst hätte er sich erst gar nicht hierhergetraut. Doch, ein guter Mann, und einer, auf den ich bauen kann. Auch wenn er mir klar zu verstehen gegeben hat, daß seine Loyalität zuallererst ihm selbst, seiner Frau und seiner Familie gilt. Aber kann ich ihm das verdenken?*

Marcianus seufzte und drehte den Silberkelch in den Händen; seine Augen starrten auf das schimmernde Metall, aber er nahm den Kelch gar nicht wahr. Auch er hatte einst eine Frau und einen Sohn gehabt. Er dachte an die Zeit zurück, als er in Symeons Alter gewesen war: Er war frisch verheiratet gewesen, stolzer Vater eines kleinen Jungen, ein junger Offizier, der kurz zuvor in den Stab von Aspars Vater Ardaburius aufgenommen worden war. Ja, auch er hätte damals seine Frau und sein Kind über jeden Kaiser gestellt; wahrscheinlich würde er das auch heute noch, wenn sie noch am Leben wären. Aber sie waren tot, und jener eifrige, dünkelhaft glückliche junge Offizier war mit ihnen gestorben. Die Tochter, die ihm geblieben war, hatte diesen herben Verlust niemals aufwiegen können. Aspars ruhiger, ergrauter Bevollmächtigter und Stellvertreter hatte sich mit anderen Loyalitäten begnügen müssen. Er hatte seine Untertaneneide gegenüber Aspar und dem kaiserlichen Hause zu erfüllen und zu wahren, und er hatte seine ganze private Treue gegenüber seinem Heimatland Thrakien – eine Provinz, die schon, als er noch ein Junge war, von feindlichen Einfällen erschüttert worden war, aber damals immer noch stark, immer noch wehrhaft, immer noch römisch gewesen war. Jetzt hielten die Hunnen eine Hälfte besetzt, und die andere Hälfte lag entvölkert und in Trümmern, durchquert nur noch von den Gesandtschaften, die Gold zu König Attila brachten, der das Land zerstört hatte. Was zählten seine Familie – der Sohn, der im Kampf gegen die Hunnen gefallen war, die Frau, die aus Gram über den Tod des Sohnes und den Tod ihrer eigenen Familie gestorben war – was zählten irgendwelche privaten Loyalitäten und Bindungen angesichts dieser großen Verheerung?

Lieber Gott, Herr des Universums, betete er stumm, wobei er die Augen schloß und den Kelch absetzte, *gib, daß diese Sache glücklich ausgeht: daß den Verschwörern das Handwerk gelegt wird, dem Kaiser nichts zustößt und daß mein General den Oberbefehl über die Armeen zurückerhält. Führe uns noch einmal nach Thrakien, und dieses Mal, Herr, schenke uns den Sieg; lange genug schon haben wir an der bitteren Niederlage und dem noch schlimmeren Frieden gelitten.*

Er seufzte erneut, dann stand er auf und ging zu seinem Sekretär, um alles Nötige für den verlängerten Aufenthalt in Tyros in die Wege zu leiten.

In der dritten Novemberwoche erhielt der Prokurator Heraklas einen Brief aus Konstantinopel. Als er das Siegel erkannte, schickte er gleich nach dem Präfekten, der sofort die Sitzung des Stadtrats, der er als Beobachter beiwohnte, verließ und sich zu ihm begab.

Als Philippos das Büro betrat, saß Heraklas an seinem Schreibtisch und las den Brief. Ein Ausdruck der Besorgnis lag in seinem Gesicht. Er blickte hastig auf. »Oh, da seid Ihr ja schon!« rief er aus und legte den Brief auf den Tisch. Dann, an seinen Sekretär gewandt: »Laß uns allein und sorge dafür, daß wir ungestört bleiben.«

Sobald die Tür ins Schloß gefallen war, ging Philippos rasch um den Tisch herum und spähte über Heraklas' Schulter auf den Brief. »Ist er von *ihm*?« fragte er in scharfem Ton.

»Natürlich«, antwortete Heraklas gereizt. »Meint Ihr, ich hätte Euch gebeten zu kommen, wenn es irgendeine alberne Order über Purpur oder dergleichen wäre? Er trug das persönliche Siegel – aber es ist keine gute Nachricht. Lest selbst.«

Philippos nahm den Brief und las ihn. Er war an ihn und Heraklas gemeinsam adressiert – Nomos sandte verräterische Korrespondenz niemals direkt an Philippos, der wußte, daß sein Sekretär den Mund nicht halten konnte. Zudem war er in unverfänglichem Ton gehalten, trug keine Unterschrift, nannte keine Namen und war versiegelt mit einem besonderen, vertraulichen Siegel, das, falls erforderlich, zerstört werden konnte: Nomos verstand es trefflich, eine Intrige zu führen.

An meine hochgeschätzten Freunde in Tyros! Seid gegrüßt! Das Geschäft, über das wir diskutiert haben, ist in einer heiklen Lage. Unser verschwenderischer Freund hat, nachdem er den ersten Teil einer neuen Geldanlage im Norden abgeschlossen hat, begonnen, daheim nach neuen Mitteln zu seiner Finanzierung Ausschau zu halten und dabei aus dem einen oder anderen Grund Einblick in einige meiner Angelegenheiten genommen. Ich kann Euch versichern, meine Freunde, daß ich und die Meinigen wissen, wie wir uns zu verhalten haben, aber inzwischen ist natürlich eine ganze Anzahl von Händlern in unser Geschäft mit verwickelt, und ich fürchte, daß sie nicht alle so verschwiegen sind, wie ich es mir wünschen würde. Ich bin sehr besorgt, daß unser extravaganter Freund bald in der Lage sein könnte, sich in das Geschäft einzumischen. Ich habe die Möglichkeit erkundet, ihn mit einer Krise in seinen Angelegenheiten im Norden abzulenken, aber ich kann mich nicht auf meine dortigen Kontaktpersonen verlassen, die nur Geld verschlingen und keine Gegenleistung dafür erbringen. Es ist eine sehr prekäre Situation für uns, und es wäre wünschenswert, daß wir unser Geschäft so schnell wie möglich zum Abschluß bringen. Außerdem habe ich gehört, daß ein Verbündeter eines alten gotischen Bekannten von uns unerwartet den Entschluß gefaßt hat, für eine Weile in Tyros zu bleiben. Sein Aufenthalt dort mag rein zufälliger Natur sein und braucht nicht im Zusammenhang mit unserem Geschäft zu stehen, aber er ist ein Mann, der bekannt ist für seinen Scharfsinn, und ich traue ihm nicht. Wenn wir nicht alles verlieren wollen, müssen wir handeln. Ich bitte Euch daher, mir die Ware, um die ich gebeten habe, in aller gebührenden Eile zuzusenden.

Nun war es an Philippos, sorgenvoll die Stirn zu runzeln. Mit »Geschäft« war die Verschwörung gemeint; unser »verschwenderischer« oder »extravaganter Freund« war der Kämmerer Chrysaphios; und die »Geldanlage im Norden« war eine Anspielung auf seine Verträge mit den Hunnen. »Die Ware« schließlich war der Purpurmantel, in dem Nomos vor dem Heer und dem Senat aufzutreten gedachte, sobald der Kaiser gestürzt war.

»Aber wer soll dieser ›Verbündete eines alten gotischen Bekannten‹ sein?« fragte Heraklas.

»Flavius Marcianus«, sagte Philippos mürrisch, »Aspars *Domesticus*. Das hättet Ihr eigentlich wissen müssen – ich habe mich im Laufe dieses Monats oft genug über ihn beklagt. Aber ich glaube, Seine Exzellenz ist in diesem Punkt auf einer falschen Fährte – Marcianus versucht, im Auftrag seines Gönners einige Staatsdomänen zu erwerben, aber die Rechtslage ist höllisch verzwickt, und der Mann ist verständlicherweise entschlossen, soviel wie möglich für seinen Auftraggeber herauszuschlagen. Er ist ein kluger, scharfsinniger Bursche, da gebe ich Seiner Exzellenz recht, aber ich glaube nicht, daß er irgend etwas über unser Unternehmen weiß. Trotzdem, die Sache gefällt mir nicht.«

»Mir auch nicht«, pflichtete ihm Heraklas lebhaft bei. »Welchen Grund könnte Chrysaphios haben, bei Seiner Eminenz herumzuschnüffeln? Hat irgend jemand schon etwas ausgeplaudert?« Er versuchte, nicht an den geringschätzigen, wissenden Blick des Kämmerers zu denken; versuchte, das beklemmende Bild, wie diese durchdringenden Augen Meldungen über Nomos und seine »Geschäfte« in Tyros studierten, aus seinem Geist zu verscheuchen.

»Das geht aus dem Brief nicht hervor«, versetzte Philippos. »Es klingt eher so, als hätte sich der Kerl bloß nach Ländereien umgesehen, die er konfiszieren kann, um einen neuen Vertrag mit den Hunnen bezahlen zu können. Er hat sich mit Seiner Exzellenz entzweit; Seine Exzellenz ist reich; er kann es sich erlauben, Seine Exzellenz auszurauben. Das gleiche Schicksal hat auch schon viele andere ereilt.« Er faltete den Brief zusammen und legte ihn zurück auf den Tisch. »Wann können wir ihm den Mantel schicken?«

Heraklas hob die Hände in einer hilflosen Geste. »Das letzte Mal, als ich mich erkundigte, sagte die Weberin, sie würde ihn in der Woche vor Weihnachten fertig haben. Wir könnten versuchen, sie zu größerer Eile anzutreiben – aber als ich jüngst vorbeischaute, schien noch eine Menge zu tun.«

»Nun, dann laßt Eure Weberin rufen und sagt ihr, sie solle sich gefälligst sputen! Diese Leute können immer schneller arbeiten, wenn sie nur wollen.«

Heraklas' Miene blieb skeptisch. »Sie ist ein stures Weib. Und vergeßt nicht, sie weiß, für wen der Mantel ist. Ich fürchte, daß sie reden könnte, wenn ich sie unter Druck setze.«

»Dann setzt sie halt nicht unter Druck! Bestecht sie! Versucht, dafür zu sorgen, daß der Mantel bis Ende Dezember in Konstantinopel ist. Wenn er in zwei Wochen fertig ist und wir ihn per Eilkurier schicken, könnte Seine Exzellenz ihn Anfang Januar haben.«

»Gut, ich lasse sie rufen«, sagte Heraklas, »aber zwei Wochen – ich glaube nicht, daß das möglich ist.«

Philippos sah ihn mit unverhüllter Verachtung an. *Stümper,* dachte er erneut. *Wenn wir auffliegen sollten, wird sein erster Gedanke sein, seine eigene Haut zu retten: Er wird uns allesamt ans Messer liefern. Er hat kein Format; wenn schon die erstbeste hergelaufene Weberin es schafft, die Wahrheit aus ihm herauszukriegen, dann dürfte das für Chrysaphios' Schergen ein Kinderspiel sein. Und ich verwette mein Vermögen darauf, daß sie jung und hübsch ist und er ihr alle unsere Geheimnisse ausgeplaudert hat, um sich wichtig zu machen und sie so ins Bett zu kriegen.* »Man sollte meinen, Ihr könntet mit einer Sklavin besser fertig werden«, bemerkte er höhnisch.

Heraklas' dunkle Augen funkelten, aber er sagte nur: »Wenn Ihr so gut mit Sklaven umgehen könnt, dann könnt Ihr ja selbst mit ihr reden.«

Meint er etwa, daß er mich damit einschüchtern kann? fragte sich Philippos. *Daß ich mich vor irgendeiner hergelaufenen Fabriksklavin verstecken werde?* »Es wird mir ein Vergnügen sein, mit ihr zu sprechen«, erwiderte er. »Sagt Eurem Sekretär, er soll sofort nach ihr schicken.«

Bis der Sekretär einen Laufburschen zur Fabrik geschickt hatte, der Laufbursche Philotimos erreicht hatte, Philotimos Demetrias Bescheid gegeben hatte und Demetrias die Strecke bis zur Präfektur zurückgelegt hatte, verging mehr als eine halbe Stunde. Heraklas arbeitete – nach ein paar lahmen, erfolglosen Versuchen, eine Unterhaltung mit Philippos in Gang zu bringen – ostentativ an seinem Schreibtisch. Philippos starrte mürrisch aus dem Fenster und machte sich Gedanken über seinen Gönner. *Der beste Mann unseres Zeitalters,* dachte er: *von vornehmer Herkunft, bester Erziehung, weise, tapfer, tugendhaft, tausendmal mehr dazu geeignet, das Reich zu lenken als dieser erbärmliche Nichtsnutz, der jetzt den Purpur trägt. Er braucht den Mantel. Er muß in ihm vor den Senat und das Volk treten, sobald sie gehört haben, daß Theodosius tot ist.*

Philippos war von Nomos persönlich über dessen genauen Plan informiert worden. Er erinnerte sich lebhaft daran, wie sein Gönner ihn in eine geheime Kammer seines Hauses in Konstantinopel geführt und ihm die geheimen Briefe und Pläne gezeigt hatte. *»Ich habe bisher noch mit niemandem darüber gesprochen«, hatte er gesagt und ihn dabei mit diesem eigentümlichen, warmen Lächeln angesehen, das Pilippos immer so an ihm geliebt hatte. »Aber dir, mein lieber Marcellus, dir kann ich vertrauen. Und du sollst sicher sein, daß die Sache gut geplant ist und erfolgreich ausgehen wird.« Und dann hatte er alles bis ins kleinste Detail vor ihm ausgebreitet. Es gebe da, so hatte Nomos ihm anvertraut, zwei junge Männer, die zu Unrecht vom Kämmerer aus der kaiserlichen Garde entlassen und dann von den Handlangern des Kämmerers in den Ruin getrieben worden seien: Sie hätten sich bereit erklärt, gegen eine Summe Geldes und die Zusicherung, unbehelligt entkommen zu können, den Kaiser bei einem seiner täglichen Ausritte im Park des Palastes zu töten. Nomos' Freund Zeno sei Befehlshaber der Palastwache. Er habe die*

Aufgabe, allmählich und behutsam Männer auszuwählen, auf die er vertrauen könne, und es so einzurichten, daß sie alle am selben Tag Wachdienst hätten. Den Attentätern werde Gelegenheit gegeben, die allgemeine Verwirrung nach der Bluttat zur Flucht zu nutzen, und niemand werde sie jemals fangen oder mit Nomos in Verbindung bringen.

Sobald die Stadt erführe, daß der Kaiser tot sei, werde unvermeidlich eine Panik ausbrechen – und inmitten dieser Panik werde er, Nomos, erscheinen, angetan mit dem Purpurmantel, und behaupten, der sterbende Kaiser hätte ihn ihm zusenden lassen. Zenos Männer würden dies bestätigen, und Nomos würde zum Augustus ausgerufen werden. Seine erste Amtshandlung würde darin bestehen, den Kämmerer Chrysaphios hinrichten zu lassen. Ach, wenn ich doch nur dabeisein könnte! dachte Philippos inbrünstig. *Ich kann es regelrecht vor mir sehen: das Volk, das sich im Hippodrom und auf dem Augusteion drängt; die Senatoren, wie sie aufgeregt im Senat herumlaufen; das Konsistorium, aufgelöst und in heller Panik im Palast umherirrend; die Palastwache kurz vor der Meuterei – und dann tritt er auf, in die majestätische Pracht des Purpurmantels gehüllt. Alle Augen sind auf ihn gerichtet, als er Einzug in den Senat hält; ein Raunen geht durch den Saal, ein ungläubiges, erstauntes Flüstern und Tuscheln, als sie wider alle Erwartung einen Kaiser erblicken, noch dazu einen, der des Reiches würdig ist. Er nimmt seinen Platz auf der Rednertribüne ein – er spricht. Alles lauscht in andächtigem Schweigen. Und dann erhebt sich ein wahrer Orkan – »Lang lebe Nomos Augustus! Möge seine Herrschaft ewig währen!« Sie würden ihm zujubeln; sie mußten ihm zujubeln, wenn er im vollen Ornat eines Kaisers vor ihnen erschien.*

Aber wenn er gekleidet wie irgendein beliebiger Edelmann vor ihnen erscheint oder in einem Mantel, der von Theodosius' Leiche gestohlen wurde, dann geben die Idioten das Dia-

dem womöglich irgendeinem anderen. Er muß den Mantel haben. Und dieser Schwachkopf Heraklas ist dabei, den Plan durch seine Blödheit zu verpfuschen.

Der Sekretär führte Demetrias herein und verschwand wieder mit einer Verbeugung.

Demetrias stand reglos da, mit dem Rücken zur Tür, den Umhang fest vor der Brust gerafft – nicht so sehr zum Schutz, sondern weil sie fror. Sie fröstelte und war erschöpft. Der Schuppen bei der Farbenfabrik war ungeheizt, und die Novembertage waren kalt; trotz der drei Kittel, die sie trug, drang ihr die feuchte Kälte in die Knochen. Sie hatte den Aufseher der Farbenfabrik gebeten, er möge eine Kohlenpfanne für sie aufstellen, aber er hatte ihre Bitte mit der Begründung abgelehnt, die frischen Farben auf der Seide könnten womöglich Schaden durch den Rauch nehmen. Sie hatte Tag für Tag bis in den späten Abend hinein gearbeitet, seit sie den Auftrag erhalten hatte, und sie schlief seitdem schlecht, ständig geplagt von Alpträumen, in denen sie entdeckt wurde. Der Druck, das Ding fertigzukriegen und es endlich loszuwerden, schien mit jedem Tag größer zu werden; sie nahm sich kaum noch Zeit zum Essen, zum Besuch der öffentlichen Bäder, zum Ausruhen. Die Stickereien waren mittlerweile fertig, und die glänzende Fläche aus Purpur und Gold wuchs rasch den Webstuhl empor – aber im selben Maße, wie das Werk seiner Vollendung entgegenging, nutzte sich ihre schöpferische Erregung vom Anfang ab und schwand ihre Konzentration. Die Kälte, die Anstrengung, die Erschöpfung, all dies zusammen führte dazu, daß ihr ständig Webfehler unterliefen, so daß sie immer wieder gezwungen war, bereits fertige Abschnitte wieder aufzulösen und neu zu weben. Sie sah blaß und ungewaschen aus, und ihre Augen lagen tief in den Höhlen.

Jung, wie ich's mir gedacht habe, dachte Philippos mit bitterem Triumph, *und ja, sie ist hübsch, wenn auch ein wenig abgearbeitet und verhärmt.* Er warf einen Blick hinüber zu

Heraklas. Der Prokurator nickte und machte eine Geste, die sagen sollte: »Bedient Euch.«

»Nun, Weib«, sagte Philippos barsch. »Weißt du, wer ich bin?«

Sie blinzelte. »Nein, Herr«, antwortete sie mit leiser, demütiger Stimme. »Verzeiht mir meine Unwissenheit.«

»Ich bin Marcellus Philippos, Präfekt von Syria Phoenice. Wie ich höre, bist du von meinem Kollegen Heraklas mit einem Sonderauftrag betraut worden. Es betrübt mich zu hören, daß die Arbeit noch nicht fertig ist.«

Demetrias senkte den Blick zu Boden. *Möge Gott sie verfaulen lassen,* dachte sie müde. *Sie und den verdammten Mantel. Was soll ich dazu sagen? Haben diese Schwachköpfe denn keine Vorstellung davon, wie lange es dauert, eine Tapisseriestickerei in feinem Seidengewebe zu machen?* »Euer Ehren«, sagte sie mit ruhiger Stimme, »ich habe Tag für Tag von früh bis spät an diesem Auftrag gearbeitet, seit ich ihn erhalten habe. Ich habe mir kaum Zeit zum Essen oder zum Schlafen genommen. Wenn ich noch mehr Stunden daran arbeite, dann versichere ich Euch, werde ich nur um so mehr Fehler machen, und das Ergebnis wird sein, daß es noch länger dauert, bis der Mantel fertig ist.«

Philippos starrte sie ungläubig an. »Wann hast du diesen Auftrag erhalten?«

»Am zehnten des Monats August, Eure Exzellenz.«

»Dann arbeitest du also schon seit dreieinhalb Monaten daran. Das scheint mir mehr als ausreichend Zeit für eine versierte Weberin zu sein, um einen Mantel fertigzustellen, zumal, wenn sie, wie du behauptest, von früh bis spät daran arbeitet.«

Sie seufzte. »Eure Exzellenz, als Seine Eminenz, der Prokurator, mir diesen Auftrag erteilte, sagte ich ihm, ich würde sechs Monate brauchen. Dadurch, daß ich einige Änderungen am Entwurf vornahm, konnte ich die Zeit auf viereinhalb bis fünf Monate verkürzen. Ich sage jetzt, daß ich ihn in vier Wochen fertig haben könnte, was immer noch unterhalb der Frist liegt, die ich für mich veranschlagt habe. Eure Exzellenz, Tapisseriestickerei ist eine knifflige Arbeit, die ihre Zeit erfordert; nicht einmal der Herrgott selbst kann sie beschleunigen.«

»Tapisserie?« fragte Philippos mit einem bestürzten Blick auf Heraklas.

Demetrias starrte zu Boden und wiederholte die Anweisungen, die mit der Beharrlichkeit und Regelmäßigkeit von fließendem Wasser durch ihre Träume rannen: »Zwei Tapisserieeinsatzstücke, die die Wahl des Herakles und die Krönung Alexanders durch Viktoria darstellen; eine Goldborte und ein Schnörkelmuster an den Säumen, und die Schultern mit Gold durchwirkt; das Ganze fünf Fuß und drei Zoll lang.«

»Nun, wie sollte ich ahnen, daß es plötzlich so dringend werden würde?« verteidigte sich Heraklas. »Wir wollten, daß es prachtvoll aussieht, und das wird es auch.«

»Das hättet Ihr Euch doch denken können!« rief Philippos erregt. »Ihr mußtet Euch doch darüber im klaren sein, daß die Zeit drängt, daß wir den Mantel so schnell wie möglich fertig haben mußten! Das weiß doch jeder Narr, daß Tapisserien viel Zeit erfordern! Ihr hättet ein schlichtes, schnell zu webendes Muster nehmen müssen, dann wäre der Mantel innerhalb von ein paar Wochen fertig gewesen!« Er wandte sich wieder Demetrias zu. »Laß die Tapisserien weg.«

Sie blickte auf und errötete heftig. *Soll der Herrgott sie doch verfaulen lassen,* hatte sie noch einen Moment vorher gedacht – aber der Gedanke, daß die wunderbare Arbeit wieder zerstört werden sollte, erschien ihr jetzt unerträglich. Ihre Viktoria war lebendig; herrlich anzuschauen, wie sie auf ihren langen Schwingen in der klaren, strahlenden Luft schwebte; der Berg vor Herakles glitzerte vom Regen. Die Stickerei weglassen? Das Bild würde sterben, und es würde sie anschreien, während es starb. »Aber ich habe die Tapisserien schon vollendet, Herr«, schrie sie, vor Erregung stotternd. »Ihr könnt sie nicht weglassen, Herr! Ich brauche jetzt nur noch das Glattgewebe zu machen. Ich werde den Mantel viel schneller fertigbekommen, wenn ich das vollende, was ich angefangen habe, als wenn ich jetzt noch einmal ganz von vorn beginne!«

Er sah sie überrascht an. »Du hast die Stickereien schon fertig, sagst du? Wieviel mußt du noch machen?«

»Etwa die Hälfte des Glattgewebes, Herr. Wenn Eure Exzellenz es sehr eilig hat, könnte ich das Muster an den Schultern weglassen. Das kann man immer noch nachträglich aufstikken. Das Schnörkelmuster an der vorderen Borte muß jetzt als nächstes gewebt werden; ich habe es bereits längsseits der Tapisseriestickerei eingefügt – aber das ist kein großer Aufwand mehr, ich habe es bis auf ein paar Zoll an beiden Enden fertig, und es geht ziemlich rasch. Wenn wir das Muster an den Schultern fortlassen, verkürzt sich das Ganze um zehn Tage.«

Mein Gott, da hat dieser Kerl eine Weberin, die ihr Handwerk beherrscht wie keine zweite, dachte Philippos wütend. *Mehr Tüchtigkeit und Können kann man wahrhaftig nicht verlangen. Und dieser Schwachkopf Heraklas kriegt es trotzdem nicht hin, einen gescheiten Mantel zu bestellen! Es war ein Fehler, daß wir ihn überhaupt in dieses Komplott einbezogen haben; wir wären besser gefahren, wenn wir irgendwo illegalen Purpur gekauft und den Mantel heimlich hätten anfertigen lassen.* »Du könntest ihn also in ... zweieinhalb Wochen fertighaben, wenn du dieses Muster wegläßt?« fragte er die Weberin in barschem Ton.

»Ja, Eure Eminenz. Falls ich nicht ... Ich bin sehr müde, Herr. Ich arbeite, so hart ich kann, Herr, und ich fühle mich arg mitgenommen. Ich mache mehr Fehler als gewöhnlich. Gleichwohl: nicht mehr als drei Wochen.«

»Wenn du ihn in zweieinhalb Wochen fertigbekommst«,

sagte Philippos, »kriegst du ein Goldstück für jeden Arbeitstag. Wenn du diese Frist überschreitest, ziehe ich dir ein Goldstück ab für jeden Tag, den du länger brauchst; schaffst du es aber, vor dieser Frist fertig zu werden, werde ich die Summe verdoppeln. Geh nun und schau, daß du vorankommst – und sag deinem Aufseher, er soll dir Glühwein bringen lassen; du siehst ganz elend aus vor Erschöpfung.«

Demetrias verneigte sich und ging hinaus. Philippos warf erneut einen verächtlichen Blick auf Heraklas. »Tapisserien!« rief er kopfschüttelnd aus. »Heilige Mutter Gottes!«

»Ich wollte doch nur, daß er besonders prachtvoll wird«, wiederholte Heraklas kleinlaut.

Philippos ächzte. »Ihr wolltet damit bezwecken, daß Seine Exzellenz sich beim Anblick des Mantels Eurer erinnert – die Wahl des Herakles! Das wolltet Ihr – das und eine gute Chance, die hübsche kleine Weberin ins Bett zu kriegen.«

»Ich war nicht mit ihr im Bett!« versetzte Heraklas beleidigt. »Ich habe ihr lediglich den Auftrag gegeben, den Mantel zu weben.«

»Nun, sie hat bessere Arbeit geleistet, als Ihr es verdient; zwei Tapisserieeinsatzstücke und ein halber Mantel in dreieinhalb Monaten, das ist mehr, als man erwarten kann. Tapisserien! Großer Gott!«

Als Demetrias die Präfektur verließ, fühlte sie sich so wohl wie schon lange nicht mehr. Einen Moment lang hatte sie geglaubt, der Zorn des Präfekten gelte ihr, aber dann hatte sie rasch begriffen, daß der eigentliche Adressat seiner Wut Heraklas war. Und aus der Art, wie die beiden Männer miteinander umgingen, war ihr klar geworden, daß Heraklas ein eher unbedeutendes Glied der Verschwörung war. *Er wird nicht die Belohnung bekommen, die er sich erhofft hat,* dachte sie und genoß das warme Wohlbehagen der Schadenfreude, das der Gedanke in ihr auslöste. *Er hat seinen Teil des Plans nicht so gut durchgeführt, wie er es hätte sollen: Er hat sich als Trottel und als Versager erwiesen und wird leer ausgehen, selbst wenn der Plan gelingt. Das hat er nun davon, daß er mich zum Mitmachen gezwungen hat!* Sie rief sich erneut das zornige Gesicht des Präfekten in Erinnerung, als er den Prokurator abgekanzelt hatte. Bestimmt war er nicht der einzige, der wütend auf Heraklas war; irgendwo im fernen Konstantinopel würden bald andere, die noch weit wichtiger und bedeutender als der Präfekt waren, ganz ähnliche Gesichter machen. Sie rief sich noch einmal die betretene, schuldbewußte Miene des Prokurators in Erinnerung, seine trotzig-kleinlaute Erwiderung, und mußte lächeln.

Aber ihre Schadenfreude verging rasch wieder. Sie hatte keinen Grund zum Lächeln. Sie mußte zusehen, daß sie mit dem Mantel fertig wurde. Sie boten ihr große Summen Geldes an, um sie zum noch schnelleren Arbeiten anzuspornen. Das zeigte, daß die Verschwörer befürchteten, daß das lange Warten ihren Plan gefährdet hatte. Und wenn schon die Verschwörer – allesamt mächtige Männer, die vor der Macht des Gesetzes weitgehend gefeit waren – Angst hatten, um wieviel mehr mußte dann sie Grund haben, sich zu fürchten? *O Gott,* sandte sie ein stummes Stoßgebet zum Himmel, *ich bin so müde. Wie soll ich es bloß schaffen, den Mantel rechtzeitig fertigzukriegen?*

Als sie die Hälfte des Weges von der Präfektur zur Fabrik zurückgelegt hatte, setzte Regen ein, ein feiner, kühler Nieselregen, den der Wind vom Meer herübertrieb. Sie zog ihre Kapuze noch ein wenig tiefer ins Gesicht und stapfte weiter. Sie mußte sich zuerst bei Philotimos zurückmelden – aber als sie die Farbenfabrik verlassen hatte, hatte er sich gerade dort im Büro aufgehalten und Seide bestellt. Es würde also nicht nötig sein, den Umweg über die Manufaktur zu machen, und sie würde gleich wieder mit der Arbeit weitermachen können.

An der Ecke der Farbenfabrik blieb sie stehen und warf einen Blick auf das Meer: Es war von einem stumpfen, bleiernen Grau, übersprenkelt von weißen Gischtkronen. Symeons Boot lag auf dem Strand unter einer Persenning – das Meer war zu aufgewühlt, um hinauszufahren. Wahrscheinlich war er mit Meletios im Bootshaus und flickte Netze, zusammen mit den anderen Fischern, während sie in gemütlicher Runde um ein wärmendes Kohlenbecken saßen und plauderten und Geschichten zum besten gaben. Demetrias stand einen Moment lang still da und starrte den Strand hinauf, dann wandte sie den Blick zurück auf das quadratische, scheunenartige Gebäude der Seidenmanufaktur an der Ecke des Hafens. Sie wußte, dort würde es jetzt behaglich warm sein – Philotimos ließ bei kaltem Wetter stets Kohlenbecken aufstellen, damit den Weberinnen die Finger nicht steif wurden. Der Rauch von der Holzkohle konnte zum hohen Dach des Gebäudes aufsteigen, ohne daß die Gefahr bestand, daß er die empfindlichen Seidenstoffe schwärzte. Auch die Weberinnen würden jetzt miteinander schwatzen und sich Geschichten erzählen oder miteinander singen, während sie an ihren Webstühlen arbeiteten. Die Rote Maria würde die Tapisserie von Christus, der den Blinden sehend macht, längst vollendet haben – die Vorhänge mußten inzwischen abgeschickt sein. Demetrias fühlte, wie ihre Augen feucht wurden. *Ich bin wie Eva, verstoßen aus meinem kleinen Paradies. Aber ich schwöre bei Gott, es war nicht um meiner Sünde willen.*

Sei nicht so eine wehleidige Närrin, ermahnte sie sich streng. *Es dauert ja nur noch zwei oder drei Wochen, dann ist es vorbei. Ja, ich hasse diesen Schuppen, die Kälte, die Stille, die Einsamkeit – aber in zwei oder drei Wochen ist die Sache ausgestanden, und alles wird wieder so sein wie früher.*

Sie gab sich einen Ruck und stapfte weiter durch den Regen, der Farbenfabrik entgegen.

Philotimos war noch immer im Büro. Er stritt sich gerade

mit seinem Kollegen Eugenios wegen einer Partie roter Seide, die offenbar nicht zu seiner Zufriedenheit geraten war. »Aber es ist ein völlig falscher Farbton!« schimpfte er, als Demetrias zur Tür hereinkam. »Es sieht aus wie ... wie eingetrocknetes Blut! Du hast es zu lange trocknen lassen – ah, Demetrias, da bist du ja! Wie war es?«

»Er will, daß ich noch schneller arbeite«, sagte Demetrias. »Ich soll das Muster an den Schultern weglassen und versuchen, in zweieinhalb Wochen fertig zu sein.«

»Zweieinhalb Wochen? Schaffst du das denn?«

»Ich denke schon.« Sie hatte alles gesagt, was sie zu sagen hatte, aber sie verharrte noch einen Moment und starrte ihren Aufseher mit freudlosem Blick an. Sosehr es sie auch drängte, endlich fertig zu werden mit dem Mantel, rebellierte alles in ihr gegen den Gedanken, jetzt wieder in den kalten Schuppen zurückzukehren, wieder allein zu sein mit der Stille, dem Purpurgestank und der stets gegenwärtigen Gefahr, doch noch entdeckt zu werden.

»Du siehst nicht gut aus«, sagte Philotimos mit sorgenvoll gerunzelter Stirn.

»Ich friere«, sagte sie. »Ach, übrigens, der Präfekt war da. Er sagte, du sollst mir etwas Glühwein geben.«

»Der Präfekt?« fragte Philotimos verblüfft und zog die Stirn noch krauser. »Was wollte der denn?«

»Ich weiß es nicht«, antwortete sie müde. »Aber ich hätte gern den Wein.«

»Natürlich ...« Philotimos erhob sich und nahm ihre Hand. »Mein liebes Mädchen, du bist ja völlig durchgefroren! Deine Finger müssen ja ganz taub sein – so kannst du doch nicht weben! Eugenios, können wir ein Kohlenbecken in den Schuppen stellen?«

Eugenios machte eine skeptische Miene. »In so einen kleinen Raum? Der Purpur ist noch frisch und hat sich noch nicht richtig gesetzt – er könnte von dem Qualm braun werden.«

»Mein lieber Freund, aber nicht in der kurzen Zeit von zweieinhalb Wochen! Im Gegenteil, die Wärme würde den Trocknungsprozeß sogar eher noch beschleunigen. Außerdem muß Demetrias ihre Finger geschmeidig halten, wenn sie anständig weben will, oder? Komm schon, hab dich nicht so – die Kosten für die Holzkohle übernimmt selbstverständlich die Seidenmanufaktur.«

»Na schön, na schön, meinetwegen!« sagte Eugenios mit dem gönnerhaften Habitus von jemandem, der sich zu einer großartigen Konzession bereitgefunden hat, obwohl in Wahrheit sein Haupteinwand die Kosten für die Holzkohle gewesen waren.

»Und du gibst deinen Männern doch zwei- oder dreimal am Tag Glühwein, nicht wahr?« fuhr Philotimos fort. »Kannst du Demetrias nicht welchen abgeben, wenn sie ihre Ration kriegen?«

»Sie hätte bloß danach zu fragen brauchen«, erwiderte Eugenios beleidigt, so als wäre er getadelt worden, weil er nicht selbst daran gedacht hatte.

»Ich wußte doch, daß du ein braver Kerl bist!« rief Philotimos mit gekünstelter Herzlichkeit. »Komm, Demetrias, laß uns mal schauen, wo wir dein Kohlenbecken aufstellen können.« Als sie außer Hörweite waren, zeterte er: »Dieser elende Geizkragen – stellt sich an wegen einem Becher Wein und ein bißchen Holzkohle! Als hätte er nicht massenweise davon! Und verpfuscht auch noch die Farben! Gott gebe mir Geduld mit dem Kerl!«

Demetrias gab keinen Kommentar zu seiner Tirade. Philotimos und Eugenios zankten sich schon so lange, wie sie denken konnte. Am Schuppen angekommen, schloß sie die Tür auf, und sie gingen hinein. Der Webstuhl stand in der hinteren Ecke. Philotimos, mit seiner üblichen Begeisterung für feine Arbeit, strebte als erstes neugierig zu dem Webstuhl, um das Werk zu begutachten. Demetrias setzte sich auf ihre Bank und schob ihre kalten Hände unter die Achseln, zu erschöpft, um ihn zurückzuhalten. Nach einem Moment warf sie einen Blick hinüber zu Philotimos und sah, daß er immer noch auf den halbfertigen Mantel starrte und daß seine Stirn jetzt tief gerunzelt war. Er kniete nieder und begann, den Mantel mit der Hand auszumessen. Demetrias schaute zu, zu müde, um zu sprechen oder sich zu beunruhigen. Sie hatte die Tür stets verriegelt, während sie an dem Mantel arbeitete, und sie sorgfältig zugesperrt, wenn sie nach Hause ging. Bis zu diesem Augenblick hatte niemand außer ihr und Heraklas den Mantel zu Gesicht bekommen; niemand hatte Verdacht schöpfen können. *Aber macht es wirklich etwas aus, wenn Philotimos Bescheid weiß?* dachte sie. *Irgendwann hätte er ihn ohnehin gesehen. Und er wird mich bestimmt nicht verraten.*

Philotimos war mit seinem Ausmessen fertig; er blieb noch einen Moment stehen und starrte die Tapisseriestickereien an. Dann wandte er sich zu Demetrias um. In seinem Gesicht spiegelten sich Entsetzen und Mitgefühl.

»Meine Liebe«, sagte er mit leiser, belegter Stimme, »du hättest mich einweihen sollen.«

»Ich wollte nicht, daß es irgend jemand erfuhr«, erwiderte sie ruhig. »Je weniger davon wissen, desto besser. Ich will nur eins: Ihn so rasch wie möglich fertigkriegen und abliefern.«

Philotimos schüttelte den Kopf. »Du begreifst nicht. Da ... da war letzte Woche so ein Herr hier, der Fragen gestellt hat. Zuerst dachte ich, er wäre bloß irgend so ein hoher Herr, der sich einfach mal die Manufaktur anschauen wollte; also führte ich ihn herum. Ob das alle Weberinnen seien, fragte er mich, oder gebe es noch andere, die woanders arbeiteten? Normalerweise nicht, sagte ich; aber im Moment hätte ich eine Frau in der Farbenfabrik, die an einem Sonderauftrag für den Prokurator arbeite; es solle ein Überraschungsgeschenk für den Kaiser werden. Da wurde er plötzlich ganz hellhörig, und ich fing an zu bereuen, daß ich überhaupt was gesagt hatte.

Später erfuhr ich, daß er die Arbeiter nach dir ausgefragt hat, daß er deinen Namen wissen wollte und um was für einen Auftrag es sich handele. Meine Liebe, irgend jemand hat erraten, was es ist, und dieser Jemand wird mit Sicherheit etwas unternehmen.«

Demetrias rührte sich nicht, noch sagte sie etwas. Sie saß da wie erstarrt, in ihren Mantel gehüllt, die Arme um ihren Körper geschlungen, und starrte Philotimos mit weit aufgerissenen Augen an. *Kein Wunder, daß sie es so eilig hatten,* dachte sie. *Sie wußten bereits, daß uns irgend jemand verdächtigt.*

»Der Präfekt war heute morgen da?« fragte Philotimos nach langem Schweigen. »Steckt er mit dahinter?«

Sie nickte. Sie fühlte sich, als wäre sie zu einem Eisblock erstarrt. Die Furcht, die jede Sekunde hinter ihr gelauert hatte, während sie an dem Mantel arbeitete, jetzt war sie zum Raubtier geworden und auf sie gesprungen; aber sie konnte nichts fühlen als diese schreckliche Kälte.

»Wir haben niemanden, an den wir uns wenden können.«

»Nein.«

»Dann müssen wir ihn sofort fertigkriegen.« Philotimos starrte auf den Webstuhl und wiederholte heftig: »Sofort. In einer Woche, wenn möglich.«

Demetrias schüttelte den Kopf, wollte etwas erwidern, aber sie bekam kein Wort heraus. Sie barg das Gesicht in ihrem Umhang und begann zu schluchzen, tapfer gegen die Tränen ankämpfend.

»Du allein schaffst es nicht, ich weiß«, sagte Philotimos in begütigendem, väterlichem Ton. »Mein liebes Mädchen, du mußt dich ja fast zu Tode geschuftet haben, wenn ich sehe, wieviel du in so kurzer Zeit geschafft hast. Ich werde dir helfen. Du gehst heute abend nach Hause, wenn die anderen Arbeiter Feierabend haben, und ruhst dich erst einmal richtig aus. Ich besorge ein paar Lampen und arbeite bis Mitternacht daran – es ist gutes Glattgewebe, und das kann ich so gut wie jeder andere. Dann finden wir irgendeinen, der von Mitternacht bis zum Morgengrauen weitermacht, und morgen früh kommst du und machst deine normale Tagesschicht. Der Mann, der die Erkundigungen eingeholt hat, muß die Auskunft bekommen haben, daß es mindestens noch sechs Wochen dauern wird. Er hat noch nichts unternommen. Vielleicht muß er erst einem anderen Bericht erstatten oder irgendeine Vollmacht einholen, bevor er etwas unternimmt. Vielleicht will er auch abwarten, bis der Mantel fertig ist. Wie auch immer – wenn er vier Wochen früher fertig wird, als er erwartet, bist du außer Gefahr. Wir werden behaupten, es sei kein Purpur gewesen – wir werden sagen, er war rot, und es war ein Mantel für den Prokurator oder einen Freund von ihm. Er ist nie in den Büchern in der Präfektur aufgetaucht, und meine Unterlagen kann ich abändern. Kein Mensch wird irgend etwas beweisen können, und du hast nicht das geringste mehr zu befürchten.«

Demetrias schüttelte den Kopf. »Und wenn sie dich foltern?«

»Warum sollten sie mich foltern? Du hast einen roten Mantel für den Prokurator gewebt – sicher, nicht ganz sauber, immerhin ein Mißbrauch von Staatsgeldern, aber nichts besonders Ernstes. Die Unterlagen werden alle in Ordnung sein. Ich bin ein Sklave mit großer Erfahrung und von unzweifelhafter Loyalität. Niemand hat mich je auch nur ein Wort gegen meine Herren sagen hören. Und, meine Liebe« – er legte die Hand auf ihre Schulter, kniete sich vor die Bank und sah ihr tief und ernst in die Augen – »sollten sie uns tatsächlich auf die Folterbank spannen, dann würden wir beide dasselbe aussagen. Wenn sich nichts beweisen läßt, werden sie uns rasch wieder gehen lassen.«

Demetrias legte unvermittelt die Hände auf ihr Gesicht. Die Kälte war verschwunden, und ihr Gesicht fühlte sich heiß und geschwollen an, wie im Fieber. »Ich wünschte, du hättest nichts damit zu tun«, flüsterte sie. »Bitte, zieh nicht auch noch andere mit hinein. Ich will nicht, daß noch jemand leiden muß.«

Philotimos zögerte, hin und her gerissen zwischen der Furcht um Demetrias und der Angst, noch andere seiner Weberinnen in Gefahr zu bringen, dann nickte er. »Nun gut. Aber da ich es nun einmal weiß, werde ich jedenfalls meinen Teil beisteuern, bis Mitternacht. Ich bin ausgeruht und kann zügig arbeiten, und du siehst zu, daß du dich ordentlich ausruhst. Wir könnten es in zehn Tagen schaffen.«

Demetrias mußte plötzlich lachen; der Impuls war so heftig, daß sie die Hand vor den Mund halten mußte, um nicht laut herauszuplatzen. »Der Präfekt hat mir ein Goldstück pro Tag versprochen, wenn ich es in zweieinhalb Wochen schaffe, den Mantel fertigzukriegen, und das Doppelte, wenn ich früher fertig werde«, berichtete sie Philotimos. »Willst du das Geld haben?«

»Ich nehme ein paar Stücke«, antwortete er lächelnd. »Den Rest behältst du. So, jetzt will ich erst einmal dafür sorgen, daß sie dir das Kohlenbecken bringen. Und du fängst jetzt besser gleich an.«

Philotimos kam am späten Nachmittag zurück, bewaffnet mit einem Lampenständer und einem Korb mit seinem Abendessen, etwas Wein und drei Lampen. Er stellte den Lampenständer neben dem Webstuhl auf und entzündete die Lampen an dem Kohlenbecken, das, gleich nachdem er sich von Demetrias getrennt hatte, in den Schuppen gebracht worden war. Die Wärme und das Licht verliehen dem schmucklosen Schuppen beinahe etwas Behagliches. Die Hitze, die dem Kohlenbecken entströmte, hatte die feuchten Wände ausgetrocknet, und ein würziger Hauch von Zedernholz überlagerte ein wenig den Gestank des Purpurs; die Farben auf dem Webstuhl leuchteten warm im Schein der Lampen. Philotimos setzte sich auf die Bank, und Demetrias zeigte ihm die Anordnung der Litzen für die Schnörkelbordüre. Männliche Weber waren nichts Ungewöhnliches in einigen Teilen des Reichs – in den Leinenmanufakturen und in Ägypten waren sie sogar die Regel. In Tyros freilich waren männliche Wollweber etwas gänzlich Unbekanntes, ja Undenkbares; allenfalls in der Seidenweberei arbeitete gelegentlich der eine oder andere Mann – aber die Aufseher, die fast ausschließlich Männer waren, mußten natürlich mit einem Webstuhl umgehen können. Philotimos hatte das Weberhandwerk von seinem Vater gelernt, der sein Vorgänger als Aufseher gewesen war, und von seiner Mutter, die in der Manufaktur gearbeitet hatte, und er half regelmäßig mit aus, wenn dringende Aufträge zu erledigen waren. Die meisten Frauen jedoch behaupteten immer noch steif und fest, daß Männer zum Weben nichts taugten, allenfalls für simple Grobarbeiten.

»Ich werde schon zurechtkommen«, sagte Philotimos mit einem Lächeln zu Demetrias. »Geh du nach Hause und schlaf dich aus.«

Es war ein seltsames Gefühl für Demetrias, nach Hause zu gehen, obwohl es noch hell war. Als sie in die Wohnung kam, war niemand da: Symeon und Meletios waren noch im Bootshaus. Demetrias setzte sich auf die Liege. Es war nichts zu essen im Haus, das Zimmer war seit Wochen nicht mehr geputzt worden, und das Feuer war kalt. Seit Ende August besorgte Laodiki den gesamten Haushalt für die Familie. Demetrias wußte, daß sie das Feuer anzünden mußte, aber sie konnte sich nicht von der Liege aufraffen. Wieder malte sie sich aus, wie Symeon und Meletios zusammen im Bootshaus beschäftigt waren, und diesmal packte sie die Sehnsucht nicht nach der Wärme und Behaglichkeit, sondern nach ihnen. Bei den wenigen Gelegenheiten, da sie sie gesehen hatte, morgens vor der Arbeit und spät abends vor dem Schlafengehen, hatte sie während der letzten Wochen kaum einmal ein Wort mit ihnen gesprochen. Meletios war in der letzten Zeit zunehmend aggressiv und patzig gegen sie geworden; er fühlte sich zurückgestoßen und vernachlässigt. Müde und erschöpft wie sie war, hatte sie gereizt darauf reagiert, und jetzt, da sie darüber nachdachte, wurde ihr bewußt, daß sie während der ganzen letzten Zeit ständig wütend auf ihn gewesen war. Symeon war immer mürrischer geworden, hatte sich mehr und mehr von ihr abgekapselt. Jetzt sehnte sie sich danach, ihr Kind in den Armen zu wiegen; sie empfand sogar den Wunsch, ihren Mann zu spüren und fest an sich zu drücken.

Sie lehnte sich auf die Seite und schloß die Augen. Hinter den Lidern sah sie den Webstuhl vor sich, den halbfertigen Mantel, und dräuend dahinter, wie schon so oft, eine Wand aus wütender, bleigrau und weiß sich auftürmender See. Sie schlug die Augen nicht auf: Sie hatte sich an diese Alpträume gewöhnt. Manchmal kauerte ein Löwe hinter dem Webstuhl, zum Sprung geduckt; manchmal stand sie mit ihrem Webstuhl auf einer hohen, schmalen Mauer, verzweifelt bemüht, das Gleichgewicht zu halten; einmal hatte sie ein Tuch aus lebenden Schlangen gewebt, die nach ihren Händen geschnappt hatten, bis sie blutig und schwarz waren. Jetzt, schon halb im Schlaf, sah sie Philotimos, wie er im Lampenschein vor dem Webstuhl stand und an dem Mantel arbeitete. Wie gütig er ist, dachte sie mit einem Gefühl von Staunen; wie gütig Mutter ist, meine ganze Arbeit neben ihrer eigenen mit zu erledigen. Wie gütig ...

Sie schlief tief und fest, als Symeon und Meletios eine halbe Stunde später zurückkamen; eingehüllt in ihren Umhang, lag sie da in dem kalten, düsteren, schmutzigen Zimmer. Symeon starrte einen Moment lang auf sie hinunter, dann wandte er sich um und schichtete etwas Reisig im Kamin auf. Meletios setzte sich auf die Liege zu seiner Mutter. Er versuchte nicht, sie aufzuwecken. Immer wenn er sich bei seinem Vater beklagt hatte, seine Mutter sei böse auf ihn, und dabei habe er ihr doch gar nichts getan, hatte er zur Antwort bekommen: »Mama ist müde, weil sie so hart an dem Mantel arbeiten muß.« Und wenn Mama schlief, konnte das nur bedeuten, daß sie danach nicht so böse auf ihn sein würde.

Symeon entfachte das Feuer und zündete dann mit einem Stück Reisig die Lampen an. Das goldene, warme Licht durchflutete den Raum. Demetrias' Gesicht schien blasser denn je. Ihr Haar war dunkel von Schmutz. Ihre Haut war trübe und schmutzig, ihre Augen waren gerötet und von dunklen Ringen umrandet, und sie schlief mit den flachen, kaum hörbaren Atemzügen eines Menschen, der vollkommen erschöpft ist. Meletios betrachtete sie mit einem Ausdruck bangen Kummers im Gesicht, einem Ausdruck, wie man ihn nur bei Kindern sehen kann, die nicht wissen, warum ihre Eltern wütend sind. Symeon strich ihm durch das Haar, und der Junge blickte zu ihm auf.

»Es ist schon alles in Ordnung«, flüsterte Symeon zerstreut. Er schüttelte Demetrias sanft an der Schulter, und nach einem kurzen Moment bewegte sie sich und schlug die Augen auf. Sie sah Meletios, und ein Lächeln trat in ihre Augen. Sie setzte sich auf und legte einen Arm um ihn. Meletios warf sich sofort auf ihren Schoß, schlang die Arme um ihren Hals und gab ihr einen feuchten Kuß, der nach Teer und Farbe schmeckte. Sie lächelte erneut und schaute zu Symeon auf; das Lächeln wurde sanfter, schloß auch ihn mit ein. Sie streckte den anderen Arm nach ihm aus. Symeon setzte sich neben sie, einen erstaunten Ausdruck im Gesicht, und einen Moment lang saßen sie eng aneinandergeschmiegt auf der Liege, drei Menschen in dem kalten, schmutzigen Raum.

»Du bist früh zurück heute«, sagte Symeon nach einer Weile.

Sie nickte. »Philotimos hilft mir, den Mantel fertigzumachen. Ich bin heute auf die Präfektur zitiert worden, und man sagte mir, er müsse in zweieinhalb Wochen fertig sein; wir einigten uns darauf, das Muster zu vereinfachen. Als ich dann in die Farbenfabrik zurückkam, erbot sich Philotimos, mir zu helfen, und er will jetzt jeden Tag jeweils bis Mitternacht daran arbeiten, bis er fertig ist.« Sie hielt inne, um den Moment zu genießen: die Wärme, Symeons Arm um ihren Rücken, Meletios auf ihrem Schoß, und all das, während der Mantel für sie gewebt wurde. »Wir könnten in zehn Tagen fertig sein«, sagte sie. »Nur noch zehn Tage, stellt euch vor!« Sie verdrängte hastig den Gedanken an den »hohen Herrn«, der sich nach dem Mantel erkundigt hatte, der ihren Namen kannte und der, einem dunklen, unheimlichen Schatten gleich, irgendwo im Hinterhalt lauerte, um im rechten Moment zuzupacken.

Symeon starrte sie an, und ein breites Lächeln trat auf sein Gesicht. »So bald schon?« Er drückte sie. »Gott sei Dank!«

»Ist das vor Weihnachten?« fragte Meletios hoffnungsvoll.

»Weit vor Weihnachten«, antwortete Demetrias lächelnd. »Wir können das ganze Fest so verbringen, wie wir wollen. Und Geld werden wir auch haben. Der Präfekt hat mir 36 *Solidi* versprochen, wenn ich es noch vor Ablauf der zweieinhalb Wochen schaffe. Wenigstens glaube ich, daß er *Solidi* gemeint hat. Er sagte ›Goldstücke‹. Nun, wie auch immer – ein paar davon kriegt jedenfalls Philotimos dafür, daß er mir mitgeholfen hat, aber der ganze Rest ist für uns.«

»Wahrscheinlich meinte er *Tremisses*«, bemerkte Symeon. Ein *Tremissis* war ein Drittel von einem *Solidus*.

»Gewöhnlich meinen die Leute *Solidi*, wenn sie von ›Goldstücken‹ sprechen«, wandte Demetrias ein. »Aber was es nun letztlich auch ist, es ist auf jeden Fall eine Menge Gold.«

Meletios setzte sich auf und begann in freudiger Erregung auf dem Bett auf und ab zu hüpfen. »Kaufst du mir dann die Trireme?«

Demetrias lachte. »Wenn du sie noch haben willst. Es scheint mir fast so, als freust du dich darüber, daß ich so lange an dem Mantel arbeiten mußte!«

Er schüttelte heftig den Kopf. »Ich hasse diesen Mantel!« rief er aus. »Ich will nicht, daß du noch mal so einen machen mußt!«

»Ich auch nicht«, sagte sie mitfühlend.

»Du mußt einen Tag frei bekommen, wenn du fertig bist«, sagte Symeon. »Philotimos wird ihn dir bestimmt geben. Wenn das Wetter dann schön ist, können wir mit der *Prokne* rausfahren, vielleicht die Küste runter bis nach Ptolemais ...«

»Warum sollte ich wohl nach Ptolemais wollen?« fragte Demetrias lächelnd. Sie wurde leicht seekrank, und ihre Abneigung, Symeon auf seinen Ausfahrten zu begleiten, war seit jeher Gegenstand von Neckereien zwischen ihnen.

»Es ist eine schöne Stadt«, sagte Symeon. »Es wäre mal eine Abwechslung, so ein Ausflug in eine andere Umgebung.«

Sie lachte. »Ich weiß schon, was ich mache, wenn ich fertig bin«, sagte sie. »Ich gehe zu den Badehäusern von Eudoxia und lasse mich verwöhnen. Erst nehme ich ein Dampfbad, dann ein Tauchbad, dann drei heiße Bäder und ein kaltes, und dann lasse ich mich massieren, mit Myrrhenöl, und zum Schluß spüle ich meine Haare mit Ysop. Und dann können wir, wenn du willst, nach Ptolemais fahren – aber nur, wenn die See ruhig ist.«

Er stellte sie sich vor, nackt und wohlig gerötet dem Bad entsteigend, nach Myrrhe und Ysop duftend, und er fühlte, wie ihm heiß um die Lenden wurde. »Selbst bei ruhiger See würdest du wieder nach Salzwasser riechen, bis wir in Ptolemais angekommen wären«, sagte er.

»Um so besser. Dann könnte ich gleich noch mal ein Bad nehmen.«

»Wir können doch jetzt gleich ins Bad gehen«, schlug Meletios vor und begann wieder erwartungsvoll auf und ab zu hüpfen. »Papa hat gesagt, wir müßten uns waschen; wir haben den ganzen Tag Baraks Boot angestrichen, im Bootshaus. Ich hab' auch mitgeholfen.«

»Ich muß das Abendessen machen«, sagte Demetrias. »Falls Mutter es nicht schon fertig hat.«

»Wir können doch im Isis zu Abend essen«, schlug Symeon vor, sich von Meletios' Begeisterung anstecken lassend. »Deine Mutter kann auch mitkommen. Komm, wir sagen ihr Bescheid.«

Zehn Tage! dachte er froh, als er mit seiner Frau und seinem Sohn zur Tür hinausging. *Zehn Tage noch, und wir sind im sicheren Hafen. Danach kann der Sturm wüten, wie er will.*

Als Marcianus sich am nächsten Morgen zum Frühstück niederließ, überreichte ihm sein Sekretär einen Brief. Darin stand in unbeholfener, ungeübter Handschrift geschrieben:

> An Flavius Marcianus vom Purpurfischer Symeon. Seid gegrüst, vererter Herr! Der Mantel, über den wir gesprochen haben, wirt in 10 Tagen färtig sein wenn nichts dazwischenkomt. Meine frau sagt der Prefäkt hat sie gestern rufen lassen und gesagt, das sie sich beeilen soll. Er wollte das sie ein einfacheres muster macht, damit es schneller geht und hat ihr Geld angeboten, wenn sie schnell färtig wird. Ich danke Euer Ehren für Euren Schutz und hoffe das die Information für Euch von wert ist. Ich werde Euer Ehren berichten was geschiet wenn der Mantel färtig ist.

Marcianus sah den Sekretär mit forschendem Blick an. »Wann kam dieser Brief an?« fragte er.

»Heute morgen, noch vor dem Morgengrauen«, antwortete der Sekretär Paulus. Er war voll in den Plan eingeweiht worden; dem Rest der Gruppe hatte man erzählt, Marcianus sei ein günstiges Angebot zum Kauf von Land vorgelegt worden.

»Wer hat ihn gebracht?«

»Der Fischer persönlich, Herr. Petrus und Plinta hatten Wache, und ich habe ein paar von den anderen Männern rausgeschickt, um nachzusehen, ob draußen die Luft rein war. Es hat ihn niemand beobachtet, als er kam. Ich habe dem Mann gesagt, er soll vorsichtig sein, wenn er das nächste Mal hierherkommt, und ich habe ihm gesagt, daß der Präfekt das Haus überwachen läßt.«

»Warum hast du mich nicht wecken lassen?«

Der Sekretär lächelte verlegen. »Es war noch sehr früh, Eure Exzellenz, und ich wollte Euch nicht stören. Der Bursche erhob keine Einwände, als ich ihm sagte, er solle seine Nachricht für Euch aufschreiben – obwohl ich glaube, daß ihm diese ungewohnte Tätigkeit ziemlich schwer fiel. Er zerbrach zwei Federn.«

»Dann ist es um so bewundernswerter, daß er überhaupt so gut schreiben kann«, versetzte Marcianus scharf. Er mochte Symeon, und der geringschätzige Ton, in dem der Sekretär von ihm sprach, machte ihn wütend. »Wenn der Mann das nächste Mal kommt, weckst du mich, egal, wie früh es ist«, befahl er. »Er begibt sich in nicht unbeträchtliche Gefahr, und wir haben bis jetzt noch nichts für ihn getan: Dann soll er wenigstens sicher sein können, daß ich jederzeit für ihn zu sprechen bin; das ist das mindeste, was er verlangen kann.«

Der Sekretär nickte betreten. »Ich werde mich künftig danach richten, Herr.« Und Marcianus wußte, daß er das auch wirklich tun würde; er hatte ihm noch nie irgend etwas zweimal sagen müssen. Wenngleich, wie Marcianus deutlich spürte, er seine eigene Meinung hatte über Fischer, die andere denunzierten. Nun, Paulus entstammte einer vornehmen Familie, hatte eine gute Erziehung genossen und war mittellos: Daß er einem ungebildeten, aber wohlhabenden Staatssklaven ein gewisses Maß an Verachtung entgegenbrachte, war nur verständlich. Es hatte nichts zu bedeuten. Paulus war ein Thrakier, wie sein Herr, und wie dieser hegte er die Hoffnung, daß dieses Komplott eine Möglichkeit zur Rückeroberung seiner Heimat eröffnen würde. Wenn Symeon ihnen dazu verhelfen konnte, dann würde Paulus mehr als bereit sein, höflich zu ihm zu sein. »Werdet Ihr ihm eine Antwort senden?« fragte er.

»Ich glaube nicht. Das könnte die Aufmerksamkeit des Präfekten auf ihn lenken und ihn in Gefahr bringen. Dieser Handlanger von Chrysaphios, der letzte Woche abgereist ist, dieser Spitzel – er ist doch nicht zurückgekommen, oder?«

»Ich habe die Nachricht bekommen, daß er in Berytus ein Postpferd genommen hat und nach Norden geritten ist, Herr.«

»Gut. Er will also zurück nach Konstantinopel, wie wir vermutet hatten. Nun, in Anbetracht dieses neuen Termins für die Fertigstellung des Mantels dürften unser Fischer und seine Familie außer Gefahr sein, bis Chrysaphios' Freund zurückkommt und die Schlacht beginnt.« Marcianus tippte mit nachdenklich gerunzelter Stirn auf den Brief auf dem Frühstückstisch und sagte dann: »Paulus, arrangiere einen Termin mit dem Präfekten für mich, in elf Tagen, vormittags. Und verdopple die Spähposten an der Präfektur – aber diskret, hörst du?«

»Sehr wohl, Herr«, erwiderte Paulus. Er verbeugte sich und ging hinaus.

»Unbezahlbar, der Mann!« murmelte Marcianus, als sich die Tür hinter Paulus geschlossen hatte. Dann widmete er sich seinem Haferbrei, während er Symeons Brief noch einmal durchlas.

Am späten Nachmittag des ersten Tages im Dezember vollendete Demetrias ihre Arbeit an dem Mantel. Sie schoß das Schiffchen durch das letzte Webfach, hieb den Einschußfaden mit Hechel und Schlegel fest, verknotete den purpurnen Seidenfaden und lehnte sich zurück, um ihr Werk zu begutachten. Fünf Fuß drei Zoll lang, zwei Tapisseriestickereien, und mit Gold durchwirkt. Sie ließ eine Hand sanft über die Seide gleiten, prüfte die Glätte, während ihre Augen nach Fehlern im Gewebe fahndeten. Es gab keine. Die beiden vertikalen Webkanten waren bereits ausgeglättet und getrimmt; das einzige, was jetzt noch zu tun blieb, war das Abnehmen vom Webstuhl, das Abknüpfen und das Trimmen der oberen und unteren Kante. Sie stieß einen langen Seufzer aus, reckte und streckte sich, um ihre vom stundenlangen Sitzen schmerzenden Muskeln zu lockern, dann löste sie die Spannung auf der Kette und kniete sich hin, um mit dem Abnehmen zu beginnen.

Fertig, dachte sie, während sie die ersten Fäden verknüpfte. *Endlich fertig. Und Heraklas wird im Frühling davongehen, und Philippos ebenfalls, und was immer aus ihnen wird, es hat nichts mehr mit mir zu tun. Fertig. Ich fahre morgen mit Symeon und Meli nach Ptolemais, wenn das Wetter schön ist. Fertig! Gott und allen Heiligen sei's gedankt. Was werde ich bloß anfangen mit all der vielen freien Zeit?*

Sie lächelte, während sie mit flinken Fingern die Fäden verknotete. Als Philotimos nach zwei Stunden kam, war der größte Teil der unteren Kante bereits fertig.

Demetrias stand auf, ein strahlendes Lächeln im Gesicht. Philotimos sah erst sie an, dann den Mantel, dann trat er vor und küßte sie herzlich. »Du bist ein Schatz!« rief er überschwenglich; dann, ein wenig verlegen ob seiner Begeisterung, fügte er hinzu: »Du kannst ihn ihnen morgen früh übergeben.«

Demetrias nickte, immer noch das selige, fast entrückte Lächeln im Gesicht. »Ich mache noch die untere Kante fertig, wenn du nichts dagegen hast«, sagte sie.

»Nur zu, meine Liebe! Ich fange schon mal oben an.«

Demetrias war um halb sieben mit dem Abknüpfen der

Unterkante fertig und ging nach Hause: Philotimos verknotete den letzten Faden der Oberkante um acht. Er trimmte die Kanten mit einer Schere, dann schüttelte er den Mantel aus: Der Purpur bauschte sich und schimmerte satt im Lampenlicht. Er faltete den Mantel sorgfältig, dann schaute er auf den leeren Webstuhl mit seinem Kranz von schlaff herunterhängenden Purpurfäden. Erst langsam, dann immer schneller, gleich ganze Bündel auf einmal packend, riß er alle Fäden vom Webstuhl ab und warf sie in die Kohlenpfanne. Die Seide schrumpfte zu kleinen schwarzen Klumpen, einen beißenden Gestank absondernd, und verwandelte sich in eine Schicht aus grauer Asche. Philotimos schürte die Glut noch einmal kräftig durch, dann schüttete er Sand darauf, um sie zu ersticken. Er legte den zusammengefalteten Mantel in seinen Korb auf sein unangetastet gebliebenes Abendessen, schloß den Schuppen sorgfältig ab und ging nach Hause. Morgen würde der Mantel in den Händen des Präfekten sein, und nichts in seiner Fabrik würde darauf hindeuten, daß er jemals existiert hatte.

IV

Der Prokurator Heraklas und der Präfekt Philippos waren beide im Büro am nächsten Morgen, als Demetrias hereingelassen wurde. Die beiden Männer standen vor dem Schreibtisch über eine Landkarte gebeugt und diskutierten leise miteinander; beide blickten mit ernstem, wütendem Gesicht auf, als die Weberin hereinkam. Sie verbeugte sich, trat wortlos an Heraklas' Schreibtisch, stellte einen zugedeckten Weidenkorb darauf und ging zurück zur Tür. Heraklas schaute Philippos an, dann lüftete er ungläubig das Tuch. Schweigend starrte er in den Korb. Er warf einen kurzen Blick zum Fenster, dann zur Tür, dann zog er langsam, fast schwerfällig, den schimmernden Mantel aus dem Korb und breitete ihn auf dem Schreibtisch aus. Die zwei Männer starrten in wortlosem Staunen auf ihn herab. Nach einer Weile streckte Heraklas zögernd die Hand aus und berührte ihn mit andächtiger Sanftheit. Nach einer weiteren Weile begann Philippos zu lächeln.

Er wandte sich zu Demetrias um. »Du bist früher fertig geworden«, bemerkte er.

»Mein Aufseher hat mir geholfen, Herr«, erwiderte sie mit ruhiger Stimme.

Er musterte sie einen Moment lang argwöhnisch. Sie sah jetzt nicht mehr krank aus; ihre Wangen waren rot, ihre Augen leuchteten, und ihr Haar schimmerte in der Morgensonne. Sie stand da mit gefalteten Händen, aber schon mit einem Fuß zur Tür gewandt. *Ich hätte Heraklas es nicht verübeln können, wenn er mit ihr ins Bett gegangen wäre,* dachte Philippos. *Aber sie ist sichtlich froh, daß sie mit dem Mantel und mit uns fertig ist und kann es kaum noch erwarten, daß sie endlich gehen kann.* »Dein Aufseher ist verschwiegen, hoffe ich?« fragte er.

Sie senkte den Kopf. »Es gibt keinen verschwiegeneren oder vertrauenswürdigeren Menschen in Tyros.«

»Sehr gut«, rief er anerkennend: Ihre Stimme klang überzeugend. Er starrte erneut auf den Mantel, strich mit seinen dicken Fingern über die Stickereien.

»Er ist schön«, sagte Heraklas in ehrfurchtsvollem Ton.

Philippos nickte. »Ich kann ihn förmlich darin sehen«, sagte er leise. »Er wird ihm trefflich stehen.« Er wandte den Blick wieder auf Demetrias, dann griff er in seinen Beutel und zählte 36 Gold-*Solidi* auf den Tisch. Er zögerte einen Moment – dann zählte er vier weitere ab und legte sie dazu. Mit einem Lächeln schob er ihr den kleinen Stapel zu. »Als Dank für deinen Fleiß und deine Schnelligkeit«, sagte er. »Du darfst gehen.«

Demetrias nahm das Gold, machte eine rasche Verbeugung und eilte hinaus.

In der Vorhalle der Präfektur blieb sie zögernd stehen. Sie blickte rasch nach links und nach rechts – dann streckte sie der Statue des Nomos die Zunge raus, raffte ihre Röcke und rannte lachend die Straße hinunter.

Flavius Marcianus, der am anderen Ende der Vorhalle stand, schaute ihr lächelnd nach. »Da läuft die Frau unseres Fischers«, sagte er zu Paulus. »Und ich glaube, ich kann jetzt verstehen, warum ihm soviel daran liegt, daß ihr nichts geschieht.«

»Eine großartige junge Frau«, pflichtete ihm Paulus gewichtig bei, »von bewundernswerter politischer Gesinnung.«

Marcianus lachte. »Aber ihren Korb hat sie hiergelassen. Unsere Leute überwachen alle Ausgänge?«

»Ihnen würde nicht einmal ein Dattelkern entgehen, der von einem Schreiber aus einem Fenster gespuckt wird«, erwiderte Paulus mit Befriedigung, »und schon gar nicht jemand, der einen Mantel bei sich trägt.«

Es war die Antwort, die Marcianus erwartet hatte, und er nickte selbstgefällig. »Nun denn . . . ist es Zeit für meine Verabredung mit dem Präfekten?«

»Euer Ehren wird überpünktlich sein.«

»Gut.« Marcianus schlenderte gemächlich zum Eingang der Präfektur. Auch er blieb vor der Statue des Nomos stehen. *Die Festung, die er da in der Hand hält,* dachte er grimmig, *soll wohl an seine Verdienste bei der Befestigung der Donaugrenze erinnern. Als ob die Mauern irgend jemanden aufgehalten hätten!*

Sein Gefühl von Zufriedenheit verflog schlagartig, und er stand still da und gab sich einen Moment lang der siedenden Woge von Bitterkeit und Haß hin, die in ihm hochbrandete. Die Donaugrenze war längst überrannt und aufgegeben, der Norden Thrakiens war dem Hunnenreich einverleibt, und die neue Grenze war ein Niemandsland, fünf Tagesritte breit. Die großen Städte Thrakiens lagen in Trümmern, ihre zerschmetterten Wälle standen inmitten einer Wildnis aus wucherndem Unkraut, bewohnt nur noch von jenen, die zu schwach waren, um in die Sklaverei geführt zu werden, und zu krank und gebrechlich, um zu fliehen. Marcianus erinnerte sich an eine Reise, die er vor nicht allzu langer Zeit nach Sardica, seiner einst stolzen Heimatstadt, unternommen hatte. Sardica hatte den Hunnen erbitterten Widerstand geleistet und war dafür grausam bestraft worden: Die meisten Häuser in der Stadt waren bis auf die Grundmauern geschleift worden, und Marcianus hatte die halbverhungerten Bettler bitten müssen, ihm die Stelle zu zeigen, an der sich die Straße befunden hatte, in der er aufgewachsen war. Von dem Haus – dem großen, weitläufigen, gemütlichen Haus, in dem sein Bruder mit seiner großen Familie gelebt hatte – hatte nur noch eine Mauer gestanden, und der Kastanienbaum, die Zierde des Hofes, war gefällt worden, wahrscheinlich, um als Brennholz zu dienen. Die Bettler mußten gefroren haben in ihren dachlosen Ruinen.

Er war nach Sardica gekommen, um die Gebeine seiner Toten zu bestatten. Aber die Stadt war übersät von Gebeinen, und sie lagen wahllos verstreut: im Schutt der zerstörten Häuser, in der geschändeten, halb verkohlten Kirche, verstreut bis weit vor die Stadtmauern. Er durchsuchte einen ganzen Tag lang die Trümmer des Hauses, in der Hoffnung, vielleicht irgendein Zeichen, irgendeinen Hinweis an einem der Skelette zu entdecken, einen Ring vielleicht oder eine Spange, anhand derer er es hätte identifizieren können – aber es war vergebens. Sein Bruder war wahrscheinlich gar nicht im Hause gewesen, sondern hatte sicherlich beim Kampf um die Stadtmauern den Tod gefunden. Und was die Frauen und Kinder betraf, so vermochte niemand zu sagen, ob sie überhaupt tot waren oder ob sie womöglich noch irgendwo lebten, als Sklaven der Hunnen. Und Marcianus' heißgeliebter und einziger Sohn, der Sardicas Garnison befehligt hatte – gewiß befand auch er sich unter den Gefallenen an der Stadtmauer. In der Nähe des Tores, wenn er so lange noch gelebt hatte, seine Stadt bis zum letzten Atemzug verteidigend. Die Leichen an der Stadtmauer waren allesamt bis auf die Haut geplündert worden, bevor die Hunnen sie der Verwesung hatten anheimfallen lassen: Es bestand keine Hoffnung, daß er dort irgendeinen Ring oder ein vertrautes Stück von einer Rüstung fand, die ihm als Anhaltspunkt für die Identität von einem dieser unzähligen, unkrautüberwucherten Schädel hätte dienen können. Marcianus hatte für eine Messe in der zertrümmerten Kirche gespendet, den Bettlern Geld gegeben und war wieder zurück nach Süden geritten, mit leeren Händen.

Nein, die Mauern, Nomos' Mauern, hatten niemanden aufgehalten. Das hätten nur Soldaten vermocht, aber es waren keine Truppen nach Sardica entsandt worden.

Aber ich werde dich auch zerstört und ruiniert sehen, Nomos! dachte Marcianus grimmig, zu dem sanften, leeren Gesicht der Statue hinaufstarrend. *Dich und deine verfluchten Verträge mit den Hunnen, und deine steinernen Wälle! Du und Chrysaphios, ihr werdet beide bezahlen!*

»Euer Ehren?« fragte Paulus, der neben ihm wartete.

Marcianus schüttelte den Kopf und riß seinen Blick von der Statue los. Leidenschaft war etwas, das man nicht nach außen dringen lassen durfte. Er durfte keinesfalls zulassen, daß seine Gefühle ihn übermannten, sein Handeln beeinflußten, seinen Blick verschleierten. Er blickte wieder auf, und diesmal bemerkte er die andere Statue, die, die Nomos verdrängen zu wollen schien. Die Augusta Pulcheria hielt ein Kreuz, keine Festung, aber ihr ehrliches, offenes Gesicht zeigte einen Ausdruck von praktischer Klugheit. Sie war gegen den Vertrag mit den Hunnen gewesen, erinnerte sich Marcianus; sie hatte kämpfen wollen. Die Enkelin von Theodosius dem Großen und die einzige Angehörige jenes Hauses, die Mumm in den Knochen hatte. Er lächelte sie an und tätschelte ihren Fuß; sie schien ihn mit einem Ausdruck der Mißbilligung anzustarren, als wolle sie ihn mahnen, voranzumachen. »Nichts«, sagte Marcianus zu Paulus. »Lauf voraus und kündige mich dem Präfekten an.«

Der Präfekt Philippos empfing Marcianus gleich darauf, und er schien nur wenig außer Atem zu sein. Aber Marcianus bemerkte den zugedeckten Weidenkorb neben dem Schreibtisch, noch bevor er den Präfekten ansah, und er mußte sich zusammennehmen, um sich seine Erregung nicht anmerken zu lassen. Es war noch zu früh, um etwas zu unternehmen. Er mußte abwarten, bis sich die Verschwörer so schwer belastet hatten, daß sie keine Chance mehr hatten, sich herauszureden. Solange er wußte, wo der Mantel sich befand, konnte er sich damit begnügen, geduldig zu warten.

»Seid gegrüßt, Eure Eminenz«, sagte er höflich und nahm

auf dem Stuhl gegenüber von Philippos Platz. »Ich hoffe, es geht Euch gut?«

»Sehr gut, sehr gut – und Eurer Exzellenz?« erwiderte Philippos und fragte, ohne die Antwort abzuwarten: »Nun, hat Euer vornehmer Gönner sich entschieden? Wird er die Ländereien kaufen? – Ich nehme doch an, daß das der Grund Eures Kommens ist.«

Marcianus lächelte freundlich. »Ja, deshalb bin ich gekommen. Aber leider hat mein Gönner geschrieben, daß er sich die Anzahlung zur Zeit nicht leisten kann. Wenn es möglich wäre, sie auf ein paar Monate zu verteilen ...«

Philippos spreizte die Hände. »Da kann ich leider nichts machen. Es sind nicht meine Ländereien. Ich hätte gedacht, ein Mann von seinem Reichtum ...«

»Er hat noch andere Verpflichtungen«, erwiderte Marcianus. »Er hat andere Güter, die unterhalten werden müssen, und er muß die Gehälter seiner Lehnsmänner und Verwalter zahlen. Nun, wenn Ihr hinsichtlich der Anzahlung nichts machen könnt, dann muß ich die Sache wohl auf sich beruhen lassen – vorerst jedenfalls. Vielleicht sieht die Situation in einem Monat schon wieder ganz anders aus – kann ich dann wieder Kontakt mit Euch aufnehmen?«

Ein verstohlenes, erregtes Lächeln legte sich auf Philippos' Züge, doch er unterdrückte es rasch wieder, noch ehe es sich ganz gezeigt hatte. »Ich fürchte, nein«, antwortete er leise. »Ich reise in wenigen Tagen nach Konstantinopel.«

»Was? Ich dachte, Eure Dienstzeit dauert bis zum Frühling!« Marcianus vermied es geflissentlich, auf den Weidenkorb zu schauen.

»Das stimmt – aber ich habe schlechte Nachrichten von daheim bekommen. Meine Mutter ist erkrankt, und ich muß sofort zu ihr.«

»Eure Mutter? Oh, da müßt Ihr in der Tat heimreisen. Ich hoffe für Euch, daß sich Eure Reise als überflüssig erweisen wird – ich meine, daß Eure Mutter schon wieder genesen ist, wenn Ihr ankommt.«

»Ein freundlicher Wunsch, Euer Ehren.« Philippos erhob sich und streckte ihm die Hand hin. »Nun denn, wenn wir die Angelegenheit mit dem Landkauf nicht lösen können ...«

»Dann bleibt mir nichts weiter, als Euch beste Gesundheit und eine gute Reise zu wünschen.« Marcianus lächelte und schüttelte Philippos fest die Hand. »Vielen Dank für Eure Unterstützung; bestimmt habe ich Eure Geduld auf eine harte Probe gestellt.«

»Ganz und gar nicht«, gab Philippos zurück. »Alles Gute!«

Marcianus und Paulus warteten vor der Präfektur, während einer ihrer Diener ihre Pferde holte. »Er hatte ihn in seinem Büro«, flüsterte Marcianus in freudiger Erregung. »Und er muß zu der Überzeugung gelangt sein, daß es zu gefährlich ist, wenn er ihn einem Kurier anvertraut, sonst hätte er sich nicht die Geschichte mit seiner kranken Mutter ausgedacht: Er hat vor, ihn selbst nach Konstantinopel zu bringen!«

»Soll ich die Posten von der Präfektur abziehen?« fragte Paulus grinsend.

»Nein. Ich könnte mich geirrt haben. Aber zieh die Posten von der Seidenmanufaktur zurück und sorge dafür, daß wir Philippos ständig im Auge behalten. Schick Reiter hinauf zur Straße nach Konstantinopel, und ich schreibe Aspar einen Brief und gebe ihm den Rat, am dortigen Ende ebenfalls Wachtposten aufzustellen. Wir schnappen ihn, wenn er den Mantel Nomos übergibt; damit schlagen wir gleich zwei Fliegen mit einer Klappe.«

»Folgen wir ihm, wenn er nach Norden reitet?«

»Ja – in sicherem Abstand. Einen halben Tagesritt hinter ihm. Oder –« Marcianus stockte, runzelte die Stirn und sagte dann: »Ich glaube, du solltest besser noch eine Zeitlang hier in Tyros bleiben, mit ein paar von den Männern. Bloß um sicherzustellen, daß es keine Repressalien gegen unseren Fischer und seine Familie gibt.«

Paulus machte ein langes Gesicht. »Was könnte ihnen denn jetzt noch passieren?«

Marcianus zuckte die Achseln. »Chrysaphios' Handlanger ist noch nicht zurück. Ich glaube zwar nicht, daß noch groß was passiert, wenn er tatsächlich zurückkommen sollte – aber ich schwor beim Heiligen Geist, daß ich diesen Fischer und seine Familie beschützen werde. Ich schreibe dem Burschen einen Brief, wenn wir nach Hause kommen, in dem ich ihm erkläre, was wir vorhaben, und ihm sage, daß er sich an dich halten soll. Ich weiß, du wärst liebend gern dabei, wenn wir die Kerle hochnehmen – aber ich muß meinen Schwur einhalten.«

Paulus stieß einen Seufzer aus. »Jawohl, Herr«, brummte er mürrisch und warf einen wütenden Blick auf die Pferdeknechte, die in diesem Moment mit den Pferden um die Ecke bogen.

Als Symeon am Nachmittag des darauffolgenden Tages nach der Arbeit mit Meletios aus dem Bootshaus kam, erwartete ihn eine schmächtige, graue Gestalt, die vor der Hafenmauer kauerte. Der Himmel hatte sich am Abend zuvor zugezogen, und die Hafenfront war jetzt kalt und ungemütlich und bis auf die einsame Gestalt menschenleer. Symeon bemerkte die Gestalt und verharrte, unsicher starrend. Der Mann löste sich von der Mauer und kam mit schnellen Schritten auf ihn zu. Ein paar Schritte vor ihm blieb er abrupt stehen. »Ihr seid Symeon?« fragte er. Sein Gesicht kam Symeon vage bekannt vor.

Symeon reckte die Schultern hoch. »Ja«, sagte er nur schlicht und ruhig, als wäre die Situation eine ganz normale, obwohl ihm das Herz bis zum Halse schlug. »Was wollt Ihr?«

»Von Flavius Marcianus«, erwiderte der andere und hielt Symeon einen Brief hin; und in diesem Moment fiel Symeon ein, wo er den Mann gesehen hatte: unter Marcianus' Dienern in dem Haus in der Altstadt. Nicht, wie er einen Wimpernschlag lang geglaubt hatte, in der Präfektur.

Er nahm den Brief. Sofort ging der Diener weiter, ohne ihn noch einmal anzuschauen, als hätten sie nicht miteinander gesprochen. Meletios starrte ihm verdutzt nach.

»Wer ist das?« wollte er wissen.

Symeon schüttelte den Kopf. »Nichts Wichtiges, Meli. Nichts, worüber du dich sorgen mußt. Es geht bloß um ... um die Überholung der *Prokne*, du weißt schon. Geh du schon mal vor, ja? Ich schaue mal nach, was los ist, und komme dann gleich nach. Es dauert nicht lange.«

Meletios, obgleich noch immer ein wenig verwirrt, zuckte die Achseln und rannte los, die Hafenfront hinunter. Der Wind blies ihm heftig entgegen, und er sprang in die Luft und breitete die Arme aus, so daß sein Mantel sich blähte wie ein Segel, und so stürmte er halb rennend, halb fliegend, dem Haus entgegen.

Symeon schaute ihm einen Moment lächelnd nach, dann schaute er sich mit spähendem Blick um: Die Straße war leer. Um ganz sicherzugehen, daß ihn niemand beobachtete, sprang er von der Hafenmauer und setzte sich in den Kies an ihrem Fuß, bevor er den Brief öffnete.

Die Wörter leise mitmurmelnd, las er:

Von Flavius Marcianus an den Purpurfischer Symeon. Seid gegrüßt! Ich kann mit Bestimmtheit sagen, daß die Sache, an der Eure Frau gearbeitet hat, sich in den Händen des Präfekten befindet, der damit morgen nach Konstantinopel aufzubrechen gedenkt. Ich werde ihm folgen, um mich zu vergewissern, daß der Gegenstand, um den es geht, seinen Empfänger sicher erreicht, bevor wir eingreifen. Ich werde die meisten meiner

Männer mitnehmen, lasse jedoch meinen Sekretär Paulus, den Ihr ja bereits kennengelernt habt, zurück. Ein Agent des Kämmerers wurde jüngst in Tyros gesehen; er verließ die Stadt vor drei Wochen wieder und reiste nach Konstantinopel. Ich weiß nicht, was er herausgefunden hat – wenn überhaupt, aber ich glaube, daß er noch einmal nach Tyros zurückkommen wird. Wenn der Mantel nicht in den Akten der Präfektur aufgelistet ist und sich überhaupt nicht in Tyros befindet, wird, selbst wenn er noch einmal nach Tyros zurückkehren sollte, weder Euch noch Eurem Weib irgendwelche Gefahr drohen. Gleichwohl würde ich Euch raten, daß Ihr Euch zusammen mit Eurer Frau noch einmal vergewissert, daß keinerlei Beweismaterial zurückgeblieben ist, etwa in der Fabrik. Sollten wider Erwarten irgendwelche Probleme auftauchen, so hat Paulus genug Soldaten zur Hand, um im Notfall einzugreifen, und Ihr könnt ihm genauso vertrauen, wie Ihr mir vertrauen würdet. Ich hoffe, Euch wiederzusehen, wenn dies alles vorbei ist, um Euch zu danken, wie ich es jetzt nicht kann. Vernichtet diesen Brief, sobald Ihr ihn gelesen habt.

Symeon lächelte und schaute hinaus auf das graue, aufgewühlte Meer. *Ein guter Verbündeter, dieser Marcianus. Wenngleich Demetrias vermutlich recht hatte: Wir wären genauso sicher ohne ihn. Alles ist glattgegangen. Trotzdem: Er wird dafür sorgen, daß der Staat keinen Schaden nimmt und daß die Verschwörer bekommen, was sie verdient haben.* Er zerknüllte den Brief, erwog einen Moment lang, ihn ins Meer zu werfen, entschied dann aber, daß es sicherer sein würde, ihn zu verbrennen, als zu riskieren, daß er beim nächsten Sturm wieder an Land gespült würde. Er stopfte ihn in seinen Gürtel, sprang mit einem Satz die Mauer hinauf und ging nach Hause.

Die Stube war warm und hell und roch nach Linsen und Zwiebeln. Demetrias saß mit Meletios auf der Liege und zeigte ihm die Buchstaben des Alphabets; sie hob lächelnd den Blick, als Symeon hereinkam. Er grinste zurück und ging zum

Feuer, um sich die Hände zu wärmen. Während Demetrias ihre Unterrichtsstunde mit Meletios zu Ende brachte, warf Symeon den Brief in die Glut und beobachtete zufrieden, wie er zu Asche zusammenschrumpfte. Die kleine Rauchwolke, die von ihm aufstieg, war von seinem breiten Rücken verdeckt, der Gestank von verbranntem Leder war überlagert vom Essensgeruch, und die zwei auf der Liege merkten nichts.

»Du bist sicher, daß nichts in der Fabrik ist, das irgend jemanden auf die Spur des Mantels bringen könnte?« fragte er später an jenem Abend leise seine Frau, als Meletios schlief und sie eng aneinandergeschmiegt unter ihren Decken lagen.

Sie schüttelte den Kopf und legte den Kopf an seine Schulter. »Philotimos hat sofort die Bücher geändert, als er merkte, was es in Wirklichkeit war«, sagte sie fröhlich. »Wir behaupten, der Mantel war rot, eine private Auftragsarbeit für den Prokurator. Selbst wenn jetzt noch jemand Verdacht schöpfen sollte, es ist zu spät, um noch Ärger zu machen. Es ist vorbei, und wir sind in Sicherheit.«

Er küßte sie aufs Haar. »Gott sei's gedankt. Was wirst du mit all dem Geld machen?«

Sie stützte sich mit dem Ellenbogen auf. »Nun, zehn *Solidi* habe ich Philotimos gegeben, als Lohn für seine Mithilfe. Und heute habe ich zum Dank an den Herrn eine anonyme Spende in der Kathedrale gemacht. Drei *Solidi*. Vier haben wir gestern in Ptolemais ausgegeben. Den Verdienst von vier Monaten, an einem Tag!«

»Ich fand, daß du dir diese Ohrringe redlich verdient hattest!« flüsterte er glücklich zurück. Er hatte sie in einem Schmuckladen in Ptolemais entdeckt: Gold und Lapislazuli. Er hatte Demetrias in den Laden gezogen und sie gedrängt, sie anzuprobieren: Das Gold, rötlich und gelb schimmernd, stach herrlich gegen die sanfte, schneeige Weiße ihres Halses ab, und das Blau der Steine bildete einen reizvollen Kontrast zu ihren Augen. Er hatte sie gedrängt, sie zu kaufen. Das war nach dem Mittagessen in der größten Taverne der Stadt gewesen, und von dem Wechselgeld hatten sie Meletios seine Modelltrireme gekauft.

Als sie danach zum Hafen zurückgegangen waren, hatte er stolz registriert, wie alle Bürger von Ptolemais ihnen neugierig nachgeschaut hatten: die schöne, elegant gekleidete Frau; der gesunde, rotwangige kleine Junge, der mit leuchtenden Augen sein neues Spielzeug bewunderte. Er hatte gespürt, wie seine Schritte leicht und federnd wurden, und er war mit hoch erhobenem Haupt ausgeschritten, wie der Herrscher einer Stadt. Sie gehören mir, hätte er am liebsten laut ausgerufen, es sind meine Frau, mein Sohn; sie sind es wert, mit Zähnen und Klauen verteidigt zu werden, und ich habe sie verteidigt.

Sie zuckte lächelnd die Achseln. »Geld genug war ja da ... bleiben noch 23 *Solidi* – plus weiteren neun, die ich beim Rückverkauf der überschüssigen Seide an die Wollmanufaktur erlöst habe ...«

»War das nicht gefährlich?« fragte Symeon, erneut alarmiert. »Es war Purpurseide.«

Sie schüttelte den Kopf und lachte. »Ich hatte noch die ganze Purpurseide vom letzten Auftrag, du weißt schon, die Vorhänge für den Palast. Und Philotimos hatte eine Partie roter Seide von der Färberei, mit der er nicht zufrieden war: Er gab mir was davon ab. Er hatte ohnehin nicht vor, sie zu verwenden. Also habe ich einen Teil der purpurnen Seide vernichtet und den Rest und eine Menge von der roten Seide zurückverkauft: Daniels Eintragungen werden exakt mit denen von Philotimos übereinstimmen. Zusätzlich zu den neun *Solidi* habe ich noch etwas Wolle bekommen – aus Phrygien, erste Qualität. Wir haben jetzt Safran, Orseilleblau und Grün: Damit kann ich Meli ein paar schöne Delphine machen.«

»Gewinn für uns alle.« Symeon küßte sie wieder, und sie erwiderte den Kuß fast herzlich, ohne ihre übliche pflichtschuldig-zurückhaltende Resignation. »Jetzt sind wir also außer Gefahr und um 32 *Solidi* reicher. Was fangen wir mit all dem vielen Geld an? Wie wär's, wenn du dir eine Sklavin kaufen würdest, die die Hausarbeit für dich erledigt?«

»Pff.« Demetrias schüttelte den Kopf. »Was sollen wir mit einer Sklavin, mit unserem einen Zimmer? Wo würde sie schlafen? Nein, wir brauchen keine Sklavin. Aber« – sie richtete sich auf – »wenn wir das Geld mit dem zusammenlegen, was wir schon gespart haben, dann könnten wir uns eine größere Wohnung nehmen. Es wäre doch schön, wenn wir mehr Platz hätten.«

Symeon sah sie beglückt an. Ihre Augen leuchteten in der Dunkelheit, und ihre weiße Haut schimmerte blaß; ihr Bein ruhte an seinem, weich und warm, sanft an seinen Schenkel geschmiegt. *Wenn wir mehr Platz hätten, könnten wir uns ein zweites Kind leisten,* dachte er. »Das ist eine gute Idee!« sagte er laut. »Wir sehen uns mal um.« Er legte die Arme um sie und zog sie an sich.

Sie ließ es willig geschehen. *Er ist ein guter Mann,* dachte sie zärtlich. *Ich könnte mir keinen besseren wünschen. Er hört mir zu, und er ist meistens einer Meinung mit mir; er ist stets freundlich und schlägt mich nie. Ich habe eine gute Wahl getroffen, ich kann mich wirklich glücklich schätzen. Ich habe alles, was man sich wünschen kann: einen guten Ehemann, ein gesundes Kind, satt zu essen, ein behagliches Heim, einen schönen Beruf, ein bißchen Geld auf der hohen Kante und allen Grund, optimistisch in die Zukunft zu blicken. Das Leben ist eigentlich doch sehr schön.* Sie schloß die Augen, strich Symeon durch das Haar. *Sehr schön.* Halb überrascht über sich selbst, drängte sie sich an ihn und erwiderte seine Zärtlichkeiten.

Der Präfekt Philippos brach am nächsten Morgen auf. Marcianus' Späher beobachteten, wie seine Sklaven seine private

Kutsche und zwei Karren mit Gepäck beluden; wie seine bewaffneten Begleiter, zwölf an der Zahl, ihre Pferde bestiegen; wie der Präfekt selbst aus der Residenz kam und in die Kutsche stieg. Philippos selbst trug einen Weidenkorb bei sich. Die Kutscher riefen, die Räder knirschten, die Rüstungen klirrten; der Zug setzte sich in Bewegung und rollte rumpelnd und knarrend durch die Straßen des morgendlichen Tyros Richtung Norden.

Als Marcianus dies gemeldet wurde, lächelte er und ließ die letzten Vorbereitungen für seine eigene Abreise treffen. Zur Mittagsstunde ritt auch er zur Stadt hinaus, begleitet von fünfzig seiner Männer und einem Troß von zwanzig beladenen Maultieren. Dreißig von den hundert Mann, die ihn nach Tyros begleitet hatten, waren bereits nach Norden aufgebrochen, mit verschiedenen Aufträgen, und zwanzig waren in dem großen baufälligen Haus in der Altstadt zurückgeblieben, unter dem Befehl eines mißvergnügten Paulus, um weiterhin die Präfektur im Auge zu behalten und um etwaige Repressionen gegen Symeon und Demetrias zu verhüten.

Zur selben Stunde, da Marcianus aufbrach, war Demetrias in der Weberei und arbeitete an einem Altartuch, das der Kaiser als Geschenk für den Bischof von Antiochia in Auftrag gegeben hatte. Ihr Abschnitt sollte Moses und den brennenden Busch darstellen, und sie wählte die Farben mit gewohnt sicherem Gespür: Kermesrot, Safrangelb, Karmesinrot, leuchtendes Gold. Schon jetzt kam ihr die Zeit, die sie in dem Schuppen verbracht hatte, nur noch wie ein böser Traum aus der Vergangenheit vor: Allein das Geld, das sie dabei verdient hatte, erinnerte sie daran, daß es kein Traum, sondern Wirklichkeit gewesen war.

Und dann, zehn Tage vor dem Christfest, wurde sie erneut zum Prokurator gerufen.

Es war früher Nachmittag, als der Bote von der Präfektur kam und Philotimos ausrichtete, er und die Weberin sollten sich unverzüglich beim Prokurator einfinden. Philotimos erwiderte nur, er werde selbstverständlich sofort kommen, und machte sich sofort auf, um Demetrias zu holen. Sie blickte auf, als seine Schritte hinter ihr verstummten, und wandte sich zu ihm um mit jenem verschwörerischen Lächeln, mit dem sie sich jetzt immer begrüßten. Ihr Lächeln erstarb jedoch schlagartig, als sie seinen angstvollen Gesichtsausdruck gewahrte.

»Seine Eminenz der Prokurator wünscht uns sofort zu sehen«, sagte Philotimos.

Demetrias verharrte einen Moment lang wie erstarrt. Die anderen Weberinnen hielten in ihrer Arbeit inne und starrten sie an. Sie alle konnten darin nichts anderes sehen als einen neuerlichen Annäherungsversuch des Prokurators, nachdem sein erster vom Gestank des Purpurs abgewehrt worden war. Demetrias konnte ihren Zorn förmlich spüren, ihr Mitgefühl, ihre Bereitschaft, sie in ihrer Abwehr zu bekräftigen. *Oh, diese Närrinnen,* dachte sie, erzürnt ob dieser unerwarteten Wiederkehr eines Alptraums, den sie schon ein für allemal überwunden geglaubt hatte. *Sie hätten es merken müssen!*

Vielleicht ist es besser, daß sie es nicht gemerkt haben. Sie steckte ihre Tapisserienadel in den zollbreiten Gewebestreifen, der den Webstuhl zierte, erhob sich, raffte ihren Umhang ein wenig fester vor der Brust und ging mit Philotimos hinaus.

Es war wieder ein grauer, stürmischer Tag. Die Wellen brandeten wuchtig gegen die Hafenmauer und brachen sich zu weißen Gischtschauern, die der Wind fortfegte. Symeons Boot lag nicht auf dem Strand; es bekam einen neuen Anstrich im Bootshaus. Seit zwei Wochen schon war kein Fischer mehr hinausgefahren. Philotimos und Demetrias gingen schweigend nebeneinander her. Als die Präfektur vor ihnen auftauchte, blieb Philotimos stehen.

»Denk dran, meine Liebe«, sagte er leise. »Es war ein roter Mantel.«

Sie wußte, er sagte das nicht, weil er Angst hatte, sie könne es vergessen haben, sondern zu seiner eigenen Beruhigung. Sie lächelte ihn an und nickte. »Mit Kermes gefärbt«, sagte sie, froh darüber, die ganze Beschreibung noch einmal durchgehen zu können, »mit zwei Tappisserieeinsätzen – die wir nur beschreiben werden, wenn wir müssen.«

»Und wenn wir es müssen?«

»Dann sagen wir, es seien mythologische Szenen erotischer Natur – und wenn wir gefragt werden, was für Szenen, dann sagen wir, Leda und der Schwan und Europa mit dem Stier.«

»Aber ich glaube nicht, daß sie es so genau wissen wollen«, sagte Philotimos. »Ich hoffe es nicht. Das würde es für den Prokurator schwerer machen, einen echten Mantel aufzutreiben, der dieser Beschreibung entspricht. Doch selbst wenn er keine roten Mäntel mit Tapisserieeinsätzen hat und selbst wenn er sich eine völlig andere Geschichte ausgedacht hat, dürfte uns eigentlich keine Gefahr drohen. Dann können wir immer noch sagen, er hätte das bloß gesagt, weil er nicht zugeben möchte, daß er Seide vom Staat für seinen privaten Gebrauch gestohlen hat und Staatssklaven für seine persönlichen Zwecke hat arbeiten lassen.« Aber seine Miene strafte seinen zur Schau gestellten Optimismus Lügen.

»Es wird schon gutgehen«, flüsterte Demetrias und ergriff seine Hand.

Er sah sie an, dann nickte er, und zum ersten Mal lächelte er zaghaft. »Du hast recht. Uns kann eigentlich nichts passieren.«

Das Vorzimmer des Prokurators, ein Büro, in dem gewöhnlich Heraklas' stets übellauniger und überarbeiteter Sekretär saß, war voll von Soldaten, als sie hereinkamen. Es schienen Dutzende zu sein, großgewachsene Männer, die Kettenhemden über ihren Hosen trugen, angetan mit der roten und weißen Uniform von einem der kaiserlichen Ministerien. Überall waren Speere und Schwerter, und grimmige, bärtige Gesichter wandten sich ihnen zu, mit blauen Augen, die sie mit strengen, inquisitorischen Blicken musterten. Philotimos zuckte zusammen und hielt auf der Türschwelle inne. Er hatte sich schon immer vor Soldaten gefürchtet, und kaiserliche Gardisten waren die schlimmsten von allen; sie waren bekannt dafür, daß sie Zivilisten gern schlugen, außer, man bestach sie, doch wenn sie betrunken oder schlecht gelaunt waren, nützte auch das häufig nichts.

»Wer seid ihr?« herrschte einer der Soldaten sie in barschem Ton an. Demetrias, die hinter Philotimos verharrte, erkannte den Akzent sofort: Es waren Goten. Ein rascher Blick durch den Raum zeigte ihr, daß es in Wirklichkeit nur vier waren, und daß Heraklas' Sekretär an der rückwärtigen Wand gekauert stand und genauso nervös und ängstlich dreinblickte wie Philotimos. Sie suchte seinen Blick und nickte verstohlen.

»Das ... das ist der Aufseher der Seidenmanufaktur«, stammelte der Sekretär mit belegter Stimme, »und die Frau hinter ihm ist die Weberin.«

Der Soldat schaute erst ihn an, dann Philotimos, der sich hastig verbeugte. Demetrias hüllte das Gesicht in ihren Umhang und verbeugte sich ebenfalls. Der Soldat knurrte: »Er erwartet euch schon. Geht hinein.«

In Heraklas' Büro waren zwei weitere Soldaten. Einer von ihnen war ebenfalls ein Gote, ein riesiger Kerl, der noch hünenhafter war als seine Kameraden draußen; der andere war ein kleiner, krummbeiniger Mann in einem schmutzigen Fellmantel, dessen schrecklich mißgestaltetes Gesicht mit Dutzenden von Narben übersät war. Statt eines Schwerts trug er einen Dolch und einen schlaufenförmig zusammengelegten Lederriemen, der offenbar als Peitsche diente, und auf seinem Rücken hingen ein Bogen und ein mit Pfeilen gefüllter Köcher. Demetrias starrte ihn einen kurzen Moment lang mit einer Mischung aus Faszination und blankem Entsetzen an: ein Hunne! Sie hatte ihr ganzes Leben lang von den Hunnen gehört; ihre Stadt zahlte wie alle Städte seit jeher in regelmäßigen Abständen Unsummen für den Frieden mit den Hunnen; sie hatte einen Mantel gewebt, der dem König der Hunnen als Geschenk übersandt worden war – aber sie hatte noch nie einen von ihnen leibhaftig zu Gesicht bekommen. Sie sahen – zumindest dieser hier – Zoll für Zoll genauso scheußlich und furchterregend aus, wie man sie ihr immer geschildert hatte. Der Hunne bemerkte ihren starrenden Blick und grinste sie an: Die Narben verzerrten sich um seine gebleckten Zähne zu einer abstoßenden Grimasse, und sie wandte hastig den Blick ab.

Heraklas stand am Fenster, mit kläglicher Miene auf einen kleinen, schlanken, geschmeidigen Mann hinabschauend, der an seinem Schreibtisch saß und mit scharfen, wütenden Bewegungen in einem Stapel Papieren herumblätterte. Seine Finger strotzten von glitzernden Ringen, und sein Mantel und seine Tunika waren so reich mit Gold verziert, daß er aussah wie ein wandelndes Juweliergeschäft. Als die Tür hinter Philotimos und Demetrias ins Schloß fiel, schaute er auf und musterte sie aus kleinen, brutalen, blutunterlaufenen Augen.

»Dein Name war Philotimos, nicht wahr?« fragte er, ohne sich vorzustellen oder Heraklas die Chance zu geben, etwas zu sagen. »Ich erinnere mich an dich; du hast mir die Manufaktur gezeigt. Und das ist also die Frau, die an dem Spezialauftrag gearbeitet hat?«

Demetrias verbeugte sich, das Gesicht in den Falten ihres Mantels verbergend. »Hmmm«, sagte Philotimos, »welcher Spezialauftrag war das, Herr?«

Der Mann starrte ihn wütend an. »Ich habe letzten Monat deine Manufaktur besichtigt, und du sagtest mir, eine deiner Weberinnen arbeite an einem Mantel, den der Prokurator für den Kaiser in Auftrag gegeben hätte, und da es ein Überraschungsgeschenk werden solle, arbeite sie in der Farbenfabrik statt in der Weberei. Ist das die Frau?«

»Ja, Herr«, sagte Philotimos in demütigem Tonfall. »Ich erinnere mich an Euer Ehren, wenngleich ich befürchte, mich nicht mehr Eures Namens und Eures Ranges zu entsinnen – Herr« – er wandte sich dem Prokurator zu – »ist dieser Herr der Amtsnachfolger Eurer Eminenz?«

Heraklas machte eine noch kläglichere Miene und drehte nervös an einem Ring. Er schüttelte den Kopf. »Nein ... dies ist der edle und hochberühmte Eulogios, ein ... ein *Princeps* der *Agentes in rebus.*« Die *Agentes in rebus,* offiziell Kuriere, wurden oft für kaiserliche Spitzeldienste verwendet, und *Princeps* war ihr höchster Rang. »Beantworte lediglich die Fragen des Mannes«, raunte Heraklas. »Es ... es gibt da ein ... Mißverständnis mit den Heiligen Offizien.«

Eulogios räusperte sich. »Oh!« sagte Philotimos in einem Ton, der so echt überrascht klang, daß Demetrias ihren Mantel noch ein Stück höher vors Gesicht zog, um ihr Grinsen zu verbergen. Obwohl sie immer noch nervös war, begann sie die Situation lustig zu finden.

Der Fremde richtete den Blick auf Demetrias. »Der Prokurator sagt mir, der Mantel sei Anfang des Monats fertig geworden«, sagte er wütend.

Sie nickte. »Das stimmt, Euer Ehren. Ich gab ihn Seiner Eminenz Acilius Heraklas. Ich arbeite jetzt wieder in der Manufaktur.«

»Was war das für ein Auftrag?« fragte er, und seine Stimme nahm einen drohenden Klang an.

Demetrias senkte den Blick und scharrte verlegen mit den Füßen. »Herr«, sagte sie, an Heraklas gewandt, »soll ich seine Fragen beantworten?«

Heraklas biß sich auf den Finger. »Das sagte ich doch schon! Er hat volle Amtsgewalt hier; er hat den Rang eines amtierenden Prinzipals der Offizien.« Demetrias wandte den Blick wieder auf den Agenten Eulogios. Der Prinzipal der Offizien war Herr über alle kaiserlichen Ministerien und Manufakturen, allein dem Kaiser unterstellt; mit einem solchen Ehrentitel ausgestattet, war seine Autorität größer als die von irgend jemand anderem in Tyros. Er konnte, so es ihm beliebte, jede Fabrik in der Stadt schließen und alle Arbeiter hinrichten lassen. *Wenn ein gewöhnlicher Agent, selbst wenn er Princeps ist, mit einem solchen Rang ausgestattet wird,* dachte Demetrias, *dann muß in der Tat jemand in Konstantinopel einen gehörigen Schreck bekommen haben.* Die Situation erschien ihr mit einem Schlag gar nicht mehr so spaßig.

Philotimos räusperte sich. »Euer Ehren«, sagte er, »ich glaube, ich weiß jetzt, warum Ihr gekommen seid. Hmmm ... es ist schwierig für uns, für Staatssklaven, die unter dem Befehl des Prokurators stehen, frei zu sprechen. Können wir auf Euren Schutz rechnen, wenn wir es tun?«

Eulogios sah ihn aus verengten Augenschlitzen an. »Ich pflege Verbrechern keinen Schutz zu bieten«, stellte er schneidend fest. »Du kannst wählen: Entweder du sprichst hier – oder auf der Streckbank.«

Eine Minute lang herrschte Schweigen. Philotimos schluckte heftig, die Hände hart ineinander verschränkt. Er blickte unsicher auf Demetrias; ihr Gesicht war zu maskenhafter Ruhe erstarrt. *Sie wird nicht zusammenbrechen,* dachte er, neue Sicherheit schöpfend. *Und warum sollte ich es? Dieser Agent kann nicht das geringste wissen.*

Philotimos schluckte erneut, dann sagte er mit ruhiger, bedächtiger Stimme: »Herr, Seine Eminenz Acilius Heraklas hat einen Mantel bestellt, privat und zu seinem persönlichen Gebrauch. Er war aus Seide, gefärbt mit Kermes, und mit zwei Tapisserieeinsatzstücken versehen. Demetrias hat ihn vor zwei Wochen fertiggestellt und ihn Seiner Eminenz übergeben. Das ist alles, was ich weiß.«

Eulogios starrte ihn an, und sein grimmiger, wilder Gesichtsausdruck wich langsam dem von tiefer Verblüffung. »Mit Kermes gefärbt?« fragte er nach einer langen Pause des Schweigens. »Aber . . . aber das ist doch ein roter Farbstoff, nicht wahr?«

Philotimos nickte. »Jawohl, Euer Ehren. Ein hochfeines Scharlachrot, so kostbar wie Purpur.«

»Du hast doch zuerst gesagt, der Prokurator hätte diesen Mantel für den Kaiser bestellt!« schrie Eulogios, vor Zorn plötzlich ganz weiß im Gesicht. Er sprang auf, die kleinen Augen weiß gerändert und wie die eines Tieres starrend. »Ein Kaisermantel ist nicht rot, er ist purpurn – was für ein Spiel versuchst du hier mit mir zu spielen?«

Philotimos wand sich erschrocken unter dem rasenden Blick des Agenten. »Euer . . . Euer Ehren, was ich eben gesagt habe . . . Seine Eminenz der Prokurator gab mir Anweisung, einen roten Mantel von meiner besten Weberin anfertigen zu lassen, ich schwöre es! Aber was sollte ich Euch denn anderes sagen, als Ihr die Manufaktur besuchtet? Dies ist eine Fabrik des Kaisers, und wir sind nicht befugt, unsere Zeit und die Arbeitskraft unserer besten Weberinnen auf Privataufträge zu verschwenden! Hätte ich Seine Eminenz des Mißbrauchs öffentlicher Gelder für private Zwecke bezichtigen sollen? Aber er hat für die Seide bezahlt, Herr. Ich habe alles in meinen Rechnungsbüchern in der Manufaktur, Herr, und ich könnte Euch die Abrechnungen sofort zeigen, wenn . . .«

Heraklas starrte entzückt und verblüfft auf den Aufseher. Eulogios lief dunkelrot an. »Du Sohn einer Hure!« brüllte er Philotimos wutentbrannt an.

Es lag etwas Künstliches, etwas Aufgesetztes in der Wildheit seiner Raserei. *Er bringt sich absichtlich selbst in Rage,* dachte Demetrias mit Entsetzen. *Er will uns einschüchtern, uns Furcht einflößen – Philotimos, mir und Heraklas ebenfalls. Und er ist in der Tat furchteinflößend.* Der Agent war um den Tisch herumgesprungen und hatte Philotimos beim Kragen gepackt; er war kleiner als der alte Aufseher, und unter anderen Umständen hätte er komisch gewirkt, wie er da mit rotem Gesicht an dem alten Mann hochstarrte und ihn schüttelte. Aber seine Heftigkeit machte Demetrias angst. »Der Mantel war purpurn, du dreckiger Lügner!« schrie Eulogios. »Er war purpurn, und du weißt das! Hund! Stinkender, räudiger Bastard! Weshalb sonst war es ein Geheimnis?«

Philotimos duckte sich, versuchte zurückzuweichen, aber Eulogios ließ nicht locker. Mit beiden Händen zerrte und zog er am Kragen des alten Mannes, ihn gleichzeitig schüttelnd und würgend. Die beiden Soldaten kamen näher, mit unbeweglicher Miene den alten Mann fixierend, bereit, sich beim leisesten Anzeichen von Gegenwehr auf ihn zu stürzen.

Demetrias stürzte nach vorn und fiel dem Agenten in den Arm. »Herr!« schrie sie. »Herr, bitte, wir versuchen doch nur, Euch die Wahrheit zu sagen!«

Eulogios stieß sie rüde beiseite, ohne sie anzuschauen. »Dann sprich die Wahrheit!« herrschte er Philotimos an und ließ ihn mit einem Ruck los. »Er war purpurn, nicht wahr?«

»Herr«, sagte Philotimos, am ganzen Leibe zitternd und seine Kehle betastend, »warum hätten wir es geheimhalten sollen, wenn er purpurn gewesen wäre? Es ist unsere Aufgabe, Purpurmäntel für den Kaiser zu machen; es ist nicht unsere Aufgabe, rote Mäntel für den Prokurator zu machen.«

Eulogios' Hand schnellte blitzschnell vor und schlug ihm klatschend ins Gesicht. »Es war geheim, weil der Mantel nicht für den Kaiser war! Elender Lügner! Wenn du glaubst, du könntest dich mit deinen Lügen herauswinden, dann irrst du dich! Ich werde die Wahrheit herauskriegen, und wenn ich dir die Haut vom Leibe ziehen lassen muß! Und dir auch!« Er fuhr zu Demetrias herum. »Ich lasse dir die Haut in Streifen vom Rücken ziehen und dir deine hübschen Arme aus den Schultern reißen, wenn du nicht redest!«

Philotimos schluckte mehrere Male und starrte mit vor Entsetzen weit aufgerissenen Augen auf den Agenten. Wider ihren Willen begann Demetrias zu zittern. »Herr«, stieß sie hastig hervor, »wir sagen Euch alles, was wir wissen. Es war ein roter Mantel, und der Prokurator hat ihn selbst an sich genommen.«

Eulogios sprang mit einem Satz vor und packte ihre Schultern. »Du verlogene Hure!« schrie er, ihr Gesicht mit einem Schauer von Speicheltröpfchen übersprühend. »Er war purpurn, nicht wahr? Er war purpurn! Du weißt, daß er purpurn war!«

»Er war rot!« schrie sie zurück, und er schlug sie. Sie hob die Hände, um ihr Gesicht zu schützen, und er schlug sie erneut. Die Kapuze ihres Umhangs rutschte ihr vom Kopf, und sie konnte fühlen, wie ihre Haare sich auf einer Seite lösten und über ihren Hals fielen. Die Schläge selbst taten nicht weh; sie brannten ein wenig, waren aber kraftlos und ungezielt. Die Soldaten kamen noch einen Schritt näher; der Gote grinste. *Das können andere auch, sich künstlich in einen Gefühlsausbruch hineinsteigern,* dachte sie plötzlich und ließ den Tränen, die sie gewöhnlich unterdrückte, freien Lauf. Es fiel ihr leicht; sie empfand es sogar als eine Befreiung. Sie erschlaffte unter Eulogios' Händen und schrie mit tränenerstickter Stimme: »Ich weiß nicht, warum Ihr unbedingt wollt, daß er purpurn war, Herr, aber ich schwöre Euch, daß er es nicht war. Er war rot!«

»Du verfluchte Hure!« schrie er, erneut auf sie eindringend. »Welche Farbe ...«

Sie stöhnte laut auf und sank vornüber auf die Knie, von unkontrolliertem Schluchzen geschüttelt. Der Agent hielt inne, denn um ein Haar hätte er das Gleichgewicht verloren. Ihm war klar, daß er aus einer Frau in diesem Zustand keine Antwort würde herausholen können: Er hatte den Bogen überspannt. Er ließ angewidert von ihr ab, und sie verharrte zitternd auf den Knien, den Umhang vor das Gesicht haltend, um ihre Tränen zu verbergen. Sie spürte vage, daß Philotimos sie erstaunt anstarrte, aber sie wagte nicht, ihn anzublicken oder an etwas anderes zu denken als an ihre Angst vor der Folter: Die Tränen würden weniger wirkungsvoll sein, wenn sie nicht echt waren. Eulogios schüttelte sich und kehrte seine – nun schon deutlich abgeschwächte – Wut gegen Heraklas. »Wo ist er?« knurrte er. »Was habt Ihr damit gemacht?«

»Ich . . . ich habe ihn einem Freund von mir geschenkt«, stammelte Heraklas. »Ich . . . ich habe ihn dem Präfekten, Philippos, als Abschiedsgeschenk gegeben.« Seine Fassung ein wenig wiedererlangend, fügte er hinzu: »Worauf wollt Ihr hinaus? Wenn Ihr mich irgendeines Vergehens beschuldigen wollt, dann verlange ich einen fairen Prozeß.«

Eulogios spie ihn an, dann marschierte er wieder zu Philotimos. »Ich will deine Rechnungsbücher sehen«, schnarrte er. »Und zwar jetzt gleich. Du kannst mich sofort zur Fabrik führen. Und was Euch betrifft . . .« Er warf Heraklas einen verächtlichen Blick zu. »Verlaßt ja nicht dieses Büro oder versucht, mit irgend jemandem Kontakt aufzunehmen, bevor ich wiederkomme. Ich lasse ein paar meiner Männer hier, und wenn Ihr auch nur einen Fuß vor die Tür setzt, nehme ich Euch fest wegen Behinderung der Justiz. Wenn Ihr angeklagt werdet, könnt Ihr sicher sein, daß Ihr ein vorschriftsmäßiges Verfahren bekommt – und die volle Strafe, die das Gesetz erlaubt!« Er packte Philotimos beim Ohr und zerrte den alten Mann brutal zur Tür. Philotimos war so verängstigt, daß er kaum verstand, wohin der Agent ihn zu gehen aufforderte, und sein Ohr wurde so verdreht, daß es zu bluten begann. Demetrias rannte hinter ihnen her und fiel Eulogios abermals in den Arm.

»Bitte, Herr!« schrie sie. »Wir kommen freiwillig, Ihr braucht uns nicht . . .«

Er drehte sich blitzschnell um und schlug sie erneut, diesmal so hart, daß sie zurücktaumelte. »Halt den Mund! Du hast nur dann zu reden, wenn ich dich dazu auffordere!« brüllte er sie an. »Und halt deine dreckigen Sklavenhände bei dir!«

Demetrias ließ sich fallen und verharrte, auf Hände und Knie gekauert, weinend am Boden. Eulogios stampfte wütend auf und ließ Philotimos los. Er stand einen Moment unschlüssig da, schwankend, ob er der Frau aufhelfen sollte, die er gerade niedergeschlagen hatte, oder ob er weitergehen sollte. Demetrias kam gerade noch schnell genug auf die Beine, um zu verhindern, daß der Gote sie packte und hochzerrte. Mit zitternden Händen zog sie sich die Kapuze wieder über das Gesicht. Philotimos stand schwer atmend gegen die Wand gelehnt; sie suchte und fand seinen Blick. Die Kapuze verhüllte ihr Gesicht gegen die Blicke der anderen, und sie sandte dem alten Mann ein beruhigendes Lächeln zu. Philotimos war einen Moment lang verblüfft und verwirrt, dann begriff er. Er gab sich einen Ruck, straffte sich und machte eine Verbeugung gegen den Agenten, der daraufhin an ihm vorbei zur Tür ging und diesmal darauf verzichtete, die Hand gegen den alten Mann zu erheben. Im Büro des Sekretärs befahl er zwei der Gardisten, Heraklas zu bewachen – der lange Gote und der Hunne begleiteten ihn zur Weberei.

Am Schreibtisch des Aufsehers angekommen, überprüfte der Agent die Bücher, zuerst hitzig und ungeduldig, dann, als er nichts fand, ein zweites Mal, sorgfältiger diesmal, aber er konnte keinen Fehler entdecken. Philotimos hatte die ganze Seite seines Hauptbuchs neu geschrieben und alle Eintragungen mit den laufenden Abrechnungen über Seidenstoffe, die von der Fabrik angekauft wurden, in Übereinstimmung gebracht. Aus allen Eintragungen ging eindeutig hervor, daß es sich bei dem Mantel um einen Spezialauftrag für den Prokurator Heraklas handelte und daß dafür ausschließlich rote, mit Kermes gefärbte Seide verwendet worden war. Eulogios starrte Philotimos und Demetrias wütend an. »Ruf die anderen Arbeiterinnen her, und zwar alle«, herrschte er den Aufseher an.

Philotimos läutete dienstfertig die Glocke, und als die Arbeiterinnen mit fragenden Blicken zu ihm herüberschauten, bedeutete er ihnen zu kommen. Eulogios ließ seinen Blick verächtlich über die 39 Frauen und Mädchen und die drei Jungen schweifen, die sich vor dem Schreibtisch ihres Aufsehers versammelten. »Sind das alle?« fragte er.

»Wir haben noch ein Nebengebäude mit zwölf Spinnerinnen«, sagte Philotimos, »und 103 weitere Frauen, die für uns daheim spinnen, gegen Stücklohn. Ich kann sie alle rufen lassen, wenn Eure Hoheit es wünscht, aber es wird eine gewisse Zeit dauern ...«

»Ruf die zwölf, auf die anderen kann ich verzichten«, befahl Eulogios. Philotimos nickte einem der Jungen zu, der sogleich losrannte, die Seidenspinnerinnen zu holen.

»Nun«, begann Eulogios, als die gesamte Belegschaft schließlich vor ihm versammelt war. »Mein Herr, der höchst illustre Chrysaphios, Oberster Kämmerer Seiner Heiligen Majestät, unseres Herrn und Kaisers Theodosius Augustus, hat mich beauftragt, Nachforschungen bezüglich einer vermuteten Verschwörung gegen unseren heiligen Gebieter anzustellen. Ich habe Grund zu der Vermutung, daß hier, in dieser Manufaktur, ein Purpurmantel für einen Usurpator angefertigt wurde – angefertigt mit dem Wissen eures Aufsehers von dieser Frau hier. Ich biete ein Pfund Goldes dem, der mir die Wahrheit über diese beiden sagt.«

Bestürztes Schweigen trat ein. Die Arbeiterinnen starrten mit ungläubigen Augen auf Philotimos und Demetrias. Sie hatten den Mantel nicht gesehen – gleichwohl war Demetrias sich schmerzhaft bewußt, daß sie alle geglaubt und geahnt hatten, daß er für den Kaiser war. Aber die Arbeiterinnen waren zusammen aufgewachsen, hatten ihr ganzes Leben miteinander verbracht: Es war undenkbar, daß irgendeine von ihnen etwas anderes tun würde, als eine aus ihren Reihen zu beschützen, auch wenn man ihnen ein Pfund Goldes bot. Keine antwortete, und Eulogios' Gesicht lief erneut rot an. Nach einer Weile begann eine der Frauen zu weinen. Demetrias erkannte das laute, angstvolle Schluchzen sofort: Es war ihre Mutter.

»Was soll das Geheul?« fauchte Eulogios wütend. »Was plärrst du da herum, Weib?«

»Oh, Herr!« heulte Laodiki. »Meine Demetrias würde so etwas niemals tun! Oh, Herr, es ist alles die Schuld von diesem Prokurator!«

»Komm her, Weib!« befahl Eulogios mit schneidender Stimme, und als Laodiki vor ihn trat, das Gesicht rot und tränenüberströmt, zischte er: »Was ist die Schuld von diesem Prokurator?«

»Ihr habt vorhin dieses schreckliche Wort gesagt, Herr!« sagte Laodiki mit tränenerstickter Stimme. »Glaubt es nicht, Herr! Der Prokurator hatte keinen Verrat im Sinn, als er Demetrias hieß, diesen Spezialauftrag auszuführen! Das einzige, was ihn interessierte, war, sie ins Bett zu kriegen, Herr, und wenn er etwas anderes behauptet, dann nur, weil sie sich geweigert hat, Herr. Sie ist eine gute Ehefrau, meine Tochter, jawohl, das ist sie, und sie achtet ihren Mann hoch!«

Eulogios starrte erst sie an, dann die anderen Weberinnen, die allesamt beipflichtend nickten. »Lügnerinnen!« schrie er; dann an Laodiki gewandt: »Welche Farbe hatte der Mantel?«

Einen Moment lang herrschte verblüfftes Schweigen. »Ich habe ihn nie gesehen, Herr!« sagte Laodiki. »Aber ich bin sicher, daß er die Farbe hatte, die meine Demetrias Euch genannt hat.«

»Er war rot, Herr!« schrie Demetrias verzweifelt dazwischen.

Eulogios fuhr herum und schlug sie erneut: Diesmal lag sein ganzes Gewicht hinter dem Schlag, und obwohl er blind ausgeholt hatte, traf er Demetrias voll ins Gesicht. Ihre Lippe platzte auf, und sie taumelte zurück, den Agenten wachsam im Auge behaltend. »Wirst du den Mund halten!« Eulogios spie nach ihr – dann sah er ihre Augen und hielt inne. Sie hatte schon einmal geweint und vor ihm auf den Knien gelegen; er hatte erwartet, daß sie auch jetzt wieder in Tränen ausbrechen würde. Aber ihre Augen waren trocken, klar und wach und fixierten ihn. Sie taxierte ihn, wurde ihm schlagartig bewußt, bereit, den Kurs zu wählen, der ihr am besten geeignet schien, ihn loszuwerden.

Sofort senkte sie wieder den Kopf, zog die Kapuze über ihr Gesicht und begann zu weinen, aber erneut war es ihr gelungen, ihn aus dem Konzept zu bringen. *Sie hat es absichtlich gemacht,* dachte er erstaunt. *Oder doch nicht? Bestimmt weint sie jetzt wieder. Wo war ich doch gleich?* – Er zögerte. *Richtig, bei dem Mantel, bei der Farbe des Mantels.*

Wieder schrie er die Arbeiterinnen an: »Welche Farbe hatte er?«

»Es steht doch bestimmt im Rechnungsbuch, Herr«, rief einer der Jungen. »Wir haben den Mantel doch nicht gesehen, Herr. Demetrias hat ihn in der Farbenfabrik gewebt.«

»Es war eine Menge roter Seide übrig«, warf eine Frau ein. »Ich erinnere mich, daß Demetrias sie an die Wollweberei verkauft hat, Herr. Ihr könntet das doch bei Daniel nachprüfen, dem Aufseher der Wollweberei, Herr.«

»Verfaulen sollt ihr, verdammtes Lügnerpack, alle miteinander!« fluchte Eulogios und spie auf das Rechnungsbuch. Er stierte erneut mit wütendem Blick auf die Arbeiterinnen, dann fuhr er zu Philotimos herum. »Bring mich zur Wollweberei!«

Daniels Eintragungen stimmten natürlich exakt mit denen von Philotimos überein. Der Agent bedachte den Aufseher der

Wollweberei mit einem deftigen Fluch, dann befahl er Philotimos und Demetrias, ihn zur Färberei zu führen.

Niemand in der Färberei konnte sich erinnern, welche Farbe der Mantel gehabt hatte. Demetrias war sicher, daß Eugenios, der Aufseher, es wußte, aber der deckte seinen alten Feind Philotimos ohne Zögern. »Ich habe ihn wirklich nicht gesehen«, versicherte er Eulogios, ohne mit der Wimper zu zucken. »Aber warum sollte Philotimos Eure Hoheit anlügen? Hat Eure Hoheit schon die Rechnungsbücher überprüft?«

»Hast du ihm eine Partie roter, mit Kermes gefärbter Seide gegeben?« fragte Eulogios.

»Ich habe ihm haufenweise Partien roter Seide gegeben«, erwiderte Eugenios treuherzig. »Wir färben und lagern Seide von jeder Farbe hier.«

»Hast du die Rechnung dafür?«

Eugenios zuckte die Achseln und holte seine Bücher hervor. »Aber diese spezielle Partie werdet Ihr dort nicht finden«, sagte er. »Sie wird nach dem Färben versponnen, so daß die Maßeinheiten, die Philotimos verwendet, sich nie ganz exakt mit denen decken, die ich verwende.«

Eulogios inspizierte die Bücher, fluchte, inspizierte den Schuppen, trat wütend gegen den Webstuhl, fluchte und bugsierte Philotimos und Demetrias zurück zur Präfektur.

Als Eulogios mit derselben wütenden Miene zurückkehrte, mit der er das Büro verlassen hatte, atmete Heraklas erleichtert auf. Eulogios knallte die Tür hinter sich zu und schnarrte: »Ich werde Euch anzeigen wegen Mißbrauchs von Staatssklaven zum Zwecke der persönlichen Bereicherung. Und ich will den Mantel sehen.«

»Es tut mir sehr leid, daß ich solche Aufregung verursacht habe«, sagte Heraklas, fast schon wieder so leutselig wie immer. »Ich bin sicher, wenn Ihr nach Konstantinopel reist und meinem Freund Philippos sagt, was Ihr wollt, wird es ihm ein Vergnügen sein, Euch den Mantel zu zeigen.«

»Er ist nach Konstantinopel abgereist? Wann? Und wieso ist er jetzt schon abgereist, wo er noch vier oder fünf Monate seines Dienstes abzuleisten hat?«

»Seine Mutter ist plötzlich erkrankt, Eure Hoheit. Er ist vor zwei Wochen aufgebrochen – ja, exakt vor zwei Wochen.«

»Wieso war der Mantel vier Wochen früher fertig, als man mir gesagt hat?«

Heraklas setzte ein überlegenes Lächeln auf. »Ich hatte beschlossen, ihn Philippos zum Geschenk zu machen, Euer Ehren«, sagte er wichtigtuerisch, »und ich wollte, daß er ihn bekommt, bevor er abreist. Wir mußten den ursprünglichen Entwurf ein wenig abändern, aber wir schafften es, ihn rechtzeitig fertigzukriegen. Er war sehr angetan von dem Mantel. Es war ein herrliches Stück – rot wie loderndes Feuer.«

Eulogios kaute auf seiner Unterlippe. »Nun denn«, sagte er nach einer Weile, »nun denn.« Er ließ sich schwer auf Heraklas' Schreibtisch sinken. Seine Wut war verraucht, und plötzlich sah er nur noch wie ein ziemlich lächerlicher kleiner Mann aus, der zu protzig gekleidet war. »Es scheint, als hätte ich mich geirrt«, sagte er nach einem erneuten Moment des Schweigens. »Ich werde morgen nach Konstantinopel zurückkehren.«

Es ist ausgestanden, dachte Demetrias und ließ sich gegen den Türrahmen sinken, vor Erleichterung zitternd. *Er hat das mit dem Foltern nicht ernst gemeint; er hat das bloß gesagt, um uns einzuschüchtern. Er ist überzeugt.*

Heraklas lächelte, heftig nickend. »Ich bedaure zutiefst, der Anlaß für dieses Mißverständnis gewesen zu sein«, sagte er geziert. »Und ich werde den pekuniären Schaden, den ich dem Staat zugefügt habe, selbstverständlich wiedergutmachen.«

Eulogios sandte ihm erneut einen grimmigen Blick zu. »Ihr habt allen Grund, Euch zu entschuldigen – und Eurer Glücksgöttin zu danken. Nun denn, ich reise morgen ab . . .« Er blieb sitzen und begann erneut auf seiner Unterlippe zu kauen. Als er zum ersten Mal von dem Mantel Wind bekommen hatte, war er sicher gewesen, daß, wenn es ihm gelänge, seiner habhaft zu werden, er einen sicheren Beweis für einen Hochverrat in der Hand haben würde, mit dem er sich bei seinem Herrn beliebt machen könnte. Er war in größter Hast von Tyros nach Konstantinopel geritten, hatte fast tausend Meilen in zwei Wochen zurückgelegt, um Chrysaphios um die Befugnis zu bitten, den Fall selbst in die Hand zu nehmen. Und er hatte bekommen, was er wollte: einen Ehrenrang, der dem seines Vorgesetzten, des Prinzipals der Offizien, gleichkam – ebenbürtig dem Rang des dritthöchsten Ministers des Staates. Und wenn er jetzt in die Hauptstadt zurückkehrte, würde er nichts weiter vorzuweisen haben als den banalen Fehltritt eines eitlen und übereifrigen jungen Prokurators. »Nun denn . . .«, wiederholte er und rieb sich das Gesicht, und ein leiser Schauder durchrieselte ihn, als der letzte Rest seines Zorns aus ihm wich und ihn mit jener schmerzenden Leere zurückließ, die er immer empfand, wenn nach einem Zornesausbruch die Spannung von ihm abfiel. »Ich habe mich geirrt«, wiederholte er düster, dann, verteidigend: »Aber es ist besser, durch Übereifer einen Fehler zu machen, als durch Selbstzufriedenheit die Sicherheit unseres Herrn und Kaisers zu gefährden.«

»Natürlich«, sagte Heraklas. »Wer wollte das bezweifeln.«

Eulogios schüttelte den Kopf. Chrysaphios würde es nicht bezweifeln – aber er würde auch nicht dankbar sein, würde seinen übereifrigen Diener auch nicht befördern. *Ich werde ihm zeigen müssen, daß ich die Angelegenheit so gründlich, wie ich konnte, untersucht habe,* dachte er, *daß es nicht meine Schuld ist, daß ich mich geirrt habe.* »Ich möchte irgend etwas mitnehmen, womit ich Seine Erlauchtheit überzeugen kann, daß das Mißverständnis aufgeklärt ist«, sagte er zu Heraklas. »Irgendwelche Papiere . . . oder vielleicht ein Geschenk . . .«

Sein Blick fiel auf die Weberin, die am Türrahmen lehnte. Demetrias hatte die Augen niedergeschlagen und den Kopf leicht gesenkt, wie es sich in Gegenwart ihrer Vorgesetzten geziemte, aber um ihren Mund spielte ein leises Lächeln, und sie befingerte zufrieden den gemusterten Saum ihres Umhangs. *Die Frau fühlt sich sicher,* dachte er, und seine Wut flackerte wieder in ihm auf. *Sie hat mich zum Narren gehalten, hat ihre Heulerei bewußt gespielt, um mich lächerlich zu machen. Aber sie soll sich nicht zu früh freuen!* »Ihr könnt mir die Weberin verkaufen«, sagte er.

»Was?« stieß Heraklas hervor. Demetrias zuckte hoch, starrte ihn an, schüttelte den Kopf, wie als habe sie sich verhört.

»Ihr könnt mir die Weberin verkaufen!« wiederholte Eulogios wütend. »Ich habe mich doch wohl klar ausgedrückt! Sie ist doch eine Sklavin, oder? Ich will sie kaufen.«

Heraklas sah sie an: Sie sah ihn an, mit funkelnden Augen. Eine ihrer Wangen begann dunkel anzulaufen von den Schlägen des Agenten, aber es entstellte sie nicht, sondern verlieh ihr bloß etwas Zerbrechliches, Verletzliches, obwohl sie in diesem Moment noch nicht erschreckt war, nur überrascht und ungläubig. *Und sie ist gar nicht so zerbrechlich,* dachte der Prokurator und erinnerte sich mit einem jäh aufflackernden Gefühl von Zorn, wie sie seine Annäherungsversuche abgewehrt hatte. *Sie ist ein gerissenes kleines Luder, und es geschähe ihr nur recht, wenn ich sie dieser wilden Bestie Eulogios zum Fraß vorwerfen würde. Aber was würde sie ihm alles erzählen, wenn er sie nach Konstantinopel mitnähme? Nein, das Risiko kann ich nicht eingehen.* »Gewiß, sie ist eine Sklavin, aber sie gehört nicht mir, sondern dem Staat«, beschied er Eulogios höflich lächelnd. »Ich kann keine Staatssklavin verkaufen. Das wäre etwa so, als ... als verkaufte ich einen Soldaten aus den Legionen. Wenn Eure Eminenz eine Weberin wünscht, dann kann ich Euch ein privates Etablissement empfehlen, welches ...«

»Ich will nicht *irgendeine* Weberin, ich will diese!« fauchte Eulogios. »Und ich werde Euch die Erlaubnis erteilen, sie zu verkaufen. Warum sollte das nicht gehen?« Er begann, sich mehr und mehr für seine Idee zu erwärmen. »Sie ist eine tüchtige Arbeiterin, ein angemessenes Geschenk für eine Person von Rang, und gleichzeitig gebe ich meinem Gönner damit die Gelegenheit, sie selbst auszufragen und sich die Gewißheit zu verschaffen, daß unsere Verdächtigungen unbegründet waren. Jawohl, setzt mir sofort einen Kaufvertrag auf.«

Da, endlich, begriff Demetrias. Die Erkenntnis traf sie wie ein Keulenschlag. Sie hatte das Gefühl, als hätte ein Riese sie gepackt und ihr Innerstes nach außen gestülpt, wie einen Fisch, den man ausweidet. »Nein!« schrie sie entsetzt. »Nein! Das könnt Ihr nicht tun!«

Eulogios warf ihr einen finsteren Blick zu. »Weib, ich habe dir schon zweimal gesagt, du sollst den Mund halten!« sagte er. Er machte sich nicht einmal die Mühe, seine Stimme zu heben. »Noch ein Wort, und ich lasse dich knebeln.«

»Setzt einen Kaufvertrag für sie auf. Ich werde sie dem höchst illustren Chrysaphios, dem Kämmerer Seiner Heiligen Majestät, zum Geschenk machen. Ich zahle Euch den Normalpreis für eine ausgebildete Arbeiterin: sechzig *Solidi.*«

Heraklas räusperte sich unsicher, schaute Eulogios einen Moment lang unglücklich an, dann zuckte er die Achseln. »Wie Ihr wünscht. Ich werde meinen Sekretär sofort anweisen, den Vertrag aufzusetzen. Wir brauchen jedoch Eure schriftliche Genehmigung: Ich bin nicht befugt, die Arbeiterinnen zu verkaufen.«

»Aber ich habe Mann und Kind!« schrie Demetrias. »Das könnt Ihr nicht tun!« Sie rannte zu Heraklas. »Das könnt Ihr nicht tun!« rief sie in beschwörendem Ton. »Das könnt Ihr nicht tun!«

Heraklas wich mit angewidertem Gesichtsausdruck vor ihr zurück. Eulogios gab seinen Wachen einen Wink.

»Mutter Gottes!« kreischte Demetrias. »Ihr habt kein Recht dazu!« Sie raffte mit einer hastigen Bewegung Heraklas' Papiere vom Schreibtisch und warf sie auf den Boden. »Ihr habt kein Recht, mich zu verkaufen!«

Die beiden Wachtposten eilten herbei; der Gote packte sie grinsend bei den Armen. »Nein!« schrie sie und versuchte, sich seinem Griff zu entwinden.

»Knebelt dieses Weib!« befahl Eulogios.

Demetrias kreischte erneut auf und wand sich mit der Kraft der Verzweiflung, so daß der Gote ins Taumeln geriet und gegen die Tischkante stieß; sein Griff lockerte sich für einen kurzen Moment, und Demetrias schaffte es, einen Arm freizubekommen. Sofort drehte ihr der Gote den anderen Arm auf den Rücken, und sie schrie erneut auf, diesmal vor Schmerzen. Der Hunne stopfte ihr einen Lappen in den Mund und begann, ihn mit einer der Lederschlaufen von seinem Gürtel festzuschnüren.

»Nein!« schrie Philotimos und versuchte, ihn von Demetrias wegzureißen. »Nein, bitte, das könnt Ihr nicht machen ...«

»Werft den Mann hinaus!« befahl Eulogios. »Und sperrt das Weib irgendwo ein, bis wir morgen abreisen. Ich habe genug von ihren Raubtierszenen – schickt mir den Kaufvertrag heute abend, Heraklas, und ich werde dem Staat sein Geld bezahlen.« Er ging zur Tür. Auf der Schwelle hielt er inne und wandte sich zu den beiden Soldaten um. »Berich, Chelchal ...« Die beiden Männer, die noch immer dabei waren, den Knebel zu befestigen, hielten inne und blickten auf. »Denkt daran, die Frau ist ein Geschenk für Seine Erlauchtheit. Daß sie mir ja nicht zu Schaden kommt!«

Er ging hinaus und überließ es seinen Dienern, Philotimos aus dem Büro zu prügeln, Demetrias die Hände zu fesseln und sie hinauszuzerren.

Als alle fort waren, setzte sich Heraklas an seinen Schreibtisch und legte seine zitternden Hände mit den Innenflächen auf das blankpolierte Holz. *Eine Raubtierszene, in der Tat,* dachte er. *Beim Apoll, ich bin froh, daß es vorbei ist! Nun, es ist immer noch besser ausgegangen, als ich befürchten mußte. Sicher, die Sklaven wollten mit ihrer fein ausgedachten Geschichte nur ihre eigene Haut retten – aber wahrscheinlich hätte ich mich auch so herauswinden können. Mich, einen Acilius, hätten sie nicht foltern können, und wenn sie die beiden gefoltert hätten, dann hätte ich ihre Aussagen einfach als Gefälligkeit gegenüber ihren Peinigern abgetan. Philippos wird jetzt einigen Ärger kriegen, aber das ist sein Problem – und er sollte es eigentlich schaffen, sie so lange hinzuhalten, bis der Kaiser gestürzt ist und Nomos seinen Platz eingenommen hat. Ja, es ist besser gelaufen, als ich befürchten mußte, nachdem dieser Eulogios hier aufkreuzte und sich wie ein Wilder aufführte. Schade nur um die Frau. Nun, vielleicht läßt sich ja da was machen, wenn Nomos erst den Purpur trägt. Vielleicht kann ich dafür sorgen, daß sie nach Tyros zurückgebracht und wieder in die Weberei gesteckt wird – und vielleicht sogar ihrem eifersüchtigen Ehemann zurückgegeben wird, falls er bis dahin nicht schon wieder eine Neue gefunden hat. Vielleicht könnte dabei sogar ein Lohn für mich herausspringen; schließlich ist sie mir etwas schuldig, wenn ich sie zurückhole.*

Nachdem er eine halbe Stunde lang im Büro von Heraklas' Sekretär gesessen und versucht hatte, sein Nasenbluten zu stillen, ging Philotimos zurück in Heraklas' Büro und versuchte, den Prokurator davon abzubringen, Demetrias zu verkaufen. »Denkt Euch irgend etwas aus, irgendeinen Grund, warum Ihr den Kaufvertrag nicht sofort aufsetzen könnt«, drängte er Heraklas. »Der Herr hat es eilig, jeder kann das sehen. Wenn Ihr es nur ein wenig hinauszögern könnt . . .«

Aber Heraklas wischte seinen Einwand unwirsch beiseite.

»Er hat die Befugnis, es zu fordern, und ich kann es ihm nicht verweigern. Ich würde mich verdächtig machen, wenn ich es täte.«

»Aber Ihr habt das alles zu verantworten!« erwiderte Philotimos, seine sonstige Vorsicht vergessend. »Ihr und Euer verräterisches Komplott seid an alledem schuld; warum soll gerade sie dafür büßen?«

»Willst du mir drohen?« brauste Heraklas auf. »Du weißt sehr wohl, daß du dich und die Frau mit beschuldigst, wenn du mich beschuldigst. Und jetzt hinaus mit dir, ehe ich dich vor die Tür setzen lasse. Du solltest dich schämen, in solch einem Zustand vor mich zu treten, über und über mit Blut beschmiert!«

»O mein Gebieter, habt doch Erbarmen!« flehte Philotimos, und in seiner Verzweiflung warf er sich vor dem Prokurator auf die Knie und umklammerte seine Beine. »Sie hat einen Mann und ein Kind! Um Jesu willen, Herr, verkauft sie nicht an diesen ... diesen Teufel von Agenten!«

»Glaubst du, es macht mir Freude, sie zu verkaufen?« fragte Heraklas, wieder ein wenig milder gestimmt. »Außerdem macht es mich einigermaßen nervös, wenn ich daran denke, was sie in Konstantinopel sagen könnte. Aber ich kann nichts dagegen tun. Eulogios hat die Macht, den Verkauf zu autorisieren, und er hat seine Macht benutzt. Und im übrigen: Sklavinnen haben keine *Ehemänner*, wie du weißt – und was das Kind anbelangt, es ist doch kein Säugling mehr, oder? Sein Vater wird eben allein für es sorgen müssen. Und nun geh, alter Mann. Ich brauche Ruhe nach all der Aufregung – und du siehst auch so aus, als bräuchtest du ein wenig Ruhe.«

Philotimos ging hinaus. Draußen dämmerte es; der Wind, der vom Meer her blies, zerrte an den Dattelpalmen auf dem Platz vor der Präfektur. Als er den Hafen erreichte, sah er die weißen Schaumkronen, die bis zum Horizont das düstergraue Wasser sprenkelten. Philotimos ging langsam die

Hafenfront entlang. *»Gebieter« habe ich diesen Schweinehund genannt*, dachte er, *und er hat es als selbstverständlich hingenommen. Wir besitzen nicht einmal das, von dem wir dachten, es gehöre nur uns. Ich hätte nie gedacht, daß uns jemand verkaufen könnte. Oh, Demetrias, mein armes, liebes Mädchen! Gott stehe mir bei; ich muß es Symeon beibringen.*

Symeon war in der Wohnung, als Philotimos klopfte. Er öffnete die Tür mit fröhlichem Gesicht – und erstarrte, als er den alten Mann sah.

»Herr im Himmel!« stieß er entsetzt hervor. »Was ist dir denn zugestoßen?«

Philotimos versuchte zu sprechen, dann schüttelte er den Kopf und begann zu weinen.

»Komm rein«, sagte Symeon. Meletios war zur Tür gekommen und starrte Philotimos ebenfalls entgeistert an; sein Vater schob ihn sanft beiseite und half Philotimos herein. Er führte den alten Mann zur Liege. »Nun sag schon, was ist passiert? Hast du dich verletzt? Soll ich einen Arzt rufen?«

»Er ist ganz voll Blut!« flüsterte Meletios ehrfürchtig.

Philotimos hob abwehrend die Hand. »Ich bin nicht verletzt«, sagte er, »ich hatte bloß ein bißchen Nasenbluten. Aber Demetrias ...« Er konnte nicht weitersprechen.

»Demetrias?« fragte Symeon alarmiert. »Mein Gott. Was ist passiert?« Philotimos begann erneut zu weinen. »Was ist passiert?« schrie Symeon. »Um Himmels willen, sag mir, was passiert ist!«

Philotimos schüttelte den Kopf. »Der Prokurator ... da war ein Agent aus Konstantinopel ...«

»Hat es was mit dem Mantel zu tun?«

Meletios verstand nicht, worum es ging. Er verstand nur eines: daß ein Erwachsener, ein mächtiger Erwachsener, in Tränen aufgelöst war und daß irgend etwas seiner Mutter zugestoßen war. Er begann vor Angst zu schluchzen und klammerte sich an das Bein seines Vaters; der stand über Philotimos gebeugt und achtete nicht auf das Heulen des Jungen. »Ein Agent ist wegen des Mantels aus Konstantinopel gekommen«, sagte er grimmig. »Er hat den Prokurator des Verrats bezichtigt. Was ist mit Demetrias?«

Philotimos schüttelte wieder den Kopf und schluchzte lauter. »Wir schafften es, ihn zu überzeugen, daß der Mantel rot war!« jammerte er. »Ich hatte alles so schön zurechtgebogen ... die Bücher, die Belege, alles hieb- und stichfest, und er glaubte es! Aber dann ... dann wollte er sie plötzlich kaufen, um seinem Gönner zu beweisen, daß er alles getan hatte, was in seiner Macht stand. Er wollte nicht mit leeren Händen nach Konstantinopel zurückkehren. Und der Prokurator hat sie ihm tatsächlich verkauft.«

»Das kann er doch nicht! Er kann keine Staatssklavin verkaufen!«

Philotimos brach erneut in Schluchzen aus. »Das dachte ich auch. Aber der Agent hatte die Befugnis, den Verkauf zu genehmigen, und das hat er getan.«

Meletios wimmerte und schrie. Er wußte noch immer nicht genau, was eigentlich passiert war, aber er begriff, daß es etwas Schreckliches sein mußte. »Ich will zu meiner Mama!« kreischte er. »Was ist mit meiner Mama passiert? Wo ist sie?« Er griff nach Philotimos' Arm. »Wo ist sie?«

»Ich habe alles versucht, um Heraklas davon abzubringen, dem Verkauf zuzustimmen!« sagte Philotimos, den Jungen ignorierend. »Er hätte es hinauszögern können; er hätte sich querstellen, irgendwelche Ausflüchte erfinden können. Es konnte doch jeder sehen, daß der Agent es eilig hatte, nach Konstantinopel zurückzukehren. Aber der Prokurator ...«

»Den Prokurator soll der Teufel holen«, sagte Symeon in ruhigem, fast gelassenem Ton, einem Ton, in dem gleichermaßen Drohung und Zuversicht mitschwangen, und Meli hörte abrupt zu weinen auf und schaute den Vater hoffnungsvoll an.

»Mit dem Prokurator werde ich schon fertig. Meli, laß Philotimos los – ich werde dir deine Mutter zurückbringen.«

»Nein, tu das nicht!« stieß Philotimos atemlos hervor. »Tu es nicht; er wird dich auspeitschen lassen, er wird dich erst gar nicht an sich heranlassen, das schwöre ich dir; und wenn der Agent erfährt, daß wir ihn reingelegt haben und daß der Mantel doch purpurn war, dann wird alles nur noch viel schlimmer – für uns alle. Er ist ein Teufel, dieser Agent, ein Ungeheuer.«

»Ich gehe nicht zum Prokurator, keine Angst«, sagte Symeon. »Ich gehe zu jemand anderem, und ich möchte, daß du mitkommst und ihm von dem Agenten erzählst. Komm, dir kann ich vertrauen. Meli, mein Schatz . . .«

»Ich möchte mit; ich möchte Mama sehen!«

»Wir gehen nicht zu Mama; wir gehen zu einem Mann, der uns helfen kann, sie zurückzuholen. Ich bring' sie zurück, Meli. Du gehst jetzt brav hoch zu Oma . . .«

»Ich will mitkommen!« protestierte der Junge weinend und starrte seinen Vater an. »Ich will helfen!«

Symeon zögerte; er verstand den Protest nur allzugut. Als seine eigene Mutter auf dem Sterbebett gelegen hatte, war er zu einer Tante geschickt worden. Er konnte sich noch genau daran erinnern, wie die Frauen miteinander geflüstert und getuschelt hatten: »Eine schwere Geburt . . .«; ». . . sie hat zu viel Blut verloren . . .«; »nein, sie ist zu schwach zum Schreien . . .«; ». . . ja, das Kind ist jetzt tot . . .« Sie waren ständig bei ihr aus und ein gegangen, in seinem eigenen Haus, aber er hatte sie nicht sehen dürfen, hatte ihr nicht einmal Lebewohl sagen dürfen. Tief in seinem Innern glaubte er noch immer, sooft er sich auch klargemacht hatte, wie absurd das war, daß er vielleicht irgendeinen Weg gefunden hätte, sie zu retten, wenn man ihn nur zu ihr gelassen hätte. Und er war damals zwölf gewesen, mehr als doppelt so alt wie Meli.

»Na schön!« Symeon nahm seinen Sohn bei der Hand.

»Kommt mit und sieh selbst.« Mit diesen Worten ging er zur Tür hinaus, gefolgt von dem verblüfften Philotimos.

Das große Haus in der Altstadt war ruhig; die Hälfte der Männer war zur Beschattung der Präfektur eingeteilt, die andere Hälfte saß beim Essen. Zwei der Soldaten nahmen ihre Mahlzeit jedoch im Torhaus ein, und sie geleiteten Symeon zum Speiseraum. Meletios hatte Angst in dem großen, dunklen, knarrenden Haus und klammerte sich fest an die Hand des Vaters. Symeon nahm den Jungen auf den Arm, und er beruhigte sich ein wenig. Den Kopf an die Schulter des Vaters gelehnt, starrte er mit stummem, angstvollem Blick in die Dunkelheit.

Der Speiseraum war so düster, wie Symeon ihn in Erinnerung hatte; lediglich zwei Leuchter, die in den hinteren Ecken aufgestellt waren, spendeten spärliches Licht. Paulus, der Sekretär, saß allein an dem schweren Eichentisch. Er hatte seinen Teller eben erst beiseite geschoben, und der silberne Kelch war noch halb gefüllt. Paulus warf einen mißtrauischen Blick auf Philotimos, dann sah er Symeon in gespannter Erwartung an. Die Spitzel hatten die Ankunft eines kaiserlichen Agenten gemeldet, und er hatte bereits damit gerechnet, daß an diesem Abend noch Ärger irgendwelcher Art auf ihn zukommen würde. Er hatte fast darauf gehofft, daß endlich irgend etwas passieren würde, was sein langes, unbefriedigendes Verweilen in Tyros rechtfertigen könnte. Nun schien es, daß das Warten sich gelohnt hatte.

»Sie haben meine Frau geholt«, kam Symeon sofort zur Sache. »Ich will sie wiederhaben.«

Paulus lächelte säuerlich. *Wenigstens schleicht der Kerl nicht erst lange um den heißen Brei herum.* »Wen meint Ihr mit ›sie‹?« fragte er.

»Das ist ein Agent aus Konstantinopel – Philotimos war dabei, er hat alles selbst miterlebt. Philotimos, erzähl ihm, was passiert ist.«

Verwirrt, ohne jede Vorstellung, wer dieser Paulus war, außer daß Symeon sich von ihm Hilfe erhoffte, lieferte Philotimos eine stockende, stark verkürzte Version des Geschehens, wobei er immer wieder betonte, daß der Mantel rot und für den Prokurator bestimmt gewesen sei.

»Eulogios«, sagte Paulus nachdenklich, als Philotimos fertig war. »Ja – er ist einer von Chrysaphios' Handlangern. Erhofft sich zweifellos, Herr der Offizien an Nomos' Stelle zu werden. Nun ja. Wir hatten schon damit gerechnet, daß er mit gewissen Befugnissen zurückkehren würde – aber ich muß gestehen, *das* hatte ich nicht erwartet. Amtierender Prinzipal der Offizien! Daß Chrysaphios ihm gleich soviel Amtsgewalt verleihen würde, das hätte ich nie und nimmer geglaubt. Das erschwert die Sache natürlich beträchtlich.«

»Ich will meine Frau wiederhaben«, wiederholte Symeon ungerührt. »Euer Herr schwor beim Heiligen Geist, daß er alles tun würde, um sie zu beschützen.«

»Marcianus ist nicht mein *Herr«*, versetzte Paulus scharf. »Er ist mein Dienstherr. Ich habe keinen anderen *Herrn* als den Kaiser!«

»Nun, auch ich habe keinen anderen Herrn als den Kaiser«, erwiderte Symeon ungeduldig. »Das macht uns gewissermaßen zu Gleichgestellten. Was gedenkt Ihr hinsichtlich meiner Frau zu unternehmen? Euer *Dienstherr* hat Euch doch gewiß aufgetragen, sie zu beschützen.«

»Das ist der einzige Grund, warum ich noch in Tyros bin«, erwiderte Paulus kühl. »Wieviel Zeit haben wir?«

»Der Agent hat gesagt, daß er morgen nach Konstantinopel zurückkehren will«, sagte Philotimos.

»Morgen?« fragte Paulus und sah Philotimos erstaunt an. »Seid Ihr sicher?«

»Morgen früh«, betätigte Philotimos. »Er schien es sehr eilig zu haben.«

Paulus nickte und wandte den Blick wieder auf Symeon,

dessen Miene nichts als schiere Ungeduld ausdrückte. *Tut er nur so begriffsstutzig, oder begreift er wirklich nicht?* fragte sich Paulus. *Bis morgen früh ist die Zeit einfach zu kurz, um einen Vorwand zum Einschreiten zu finden – und außerdem habe ich nicht genug Leute, um Gewalt anzuwenden – jedenfalls nicht gegen einen amtierenden Prinzipal der Offizien.* »Das erschwert die Sache natürlich ungemein«, sagte er grimmig.

»Was werdet Ihr tun?«

Paulus schüttelt den Kopf. *Dieser Narr!* »Ich glaube nicht, daß ich bis morgen früh noch etwas unternehmen kann.«

Symeon ließ Meletios sanft zu Boden gleiten; er trat vor und lehnte sich über den Eßtisch. »Ich habe Eurem *Dienstherrn* Marcianus Informationen gegeben, von denen Menschenleben abhängen. Er schwor beim Heiligen Geist und beim Haupte des Kaisers, daß er uns beschützen würde. Ich bin gekommen, um diesen Schutz einzufordern. Wollt Ihr mir sagen, Ihr könnt ihn mir nicht geben? Wollt Ihr ...« Symeons anfangs ruhige Stimme begann mit jedem Wort erregter zu klingen; Paulus hob beschwichtigend die Hand.

»Ich sage nichts dergleichen. Mein Dienstherr ist ein ehrenwerter Mann, und er hat mich ausdrücklich beauftragt, dafür Sorge zu tragen, daß dieser Schwur eingehalten wird. Aber er hat niemals geschworen, Unmögliches zu tun, und es ist unmöglich, Eure Frau noch vor morgen früh zu befreien. Denkt doch einmal nach! Wenn wir eine Woche oder wenigstens einen oder zwei Tage Zeit hätten, dann könnten wir sie herausschmuggeln, oder wir könnten Druck auf den Prokurator ausüben oder sie meinetwegen auch dem Agenten abkaufen. Aber so wie die Dinge liegen ... wir wissen ja nicht einmal, wo sie sie festhalten! Gut, das kann ich herausbringen – aber bis es soweit ist, haben wir längst Mitternacht. Es ist einfach zu spät, um eine Befreiungsaktion zu organisieren. Und vergeßt nicht, Eulogios übt hier Amtsgewalt aus; er hat sechs eigene Leute mitgebracht und kann zusätzlich den Einsatz der Präfekturgarde anfordern. Ich verfüge über zwanzig Mann. Glaubt Ihr vielleicht, daß ich damit die Präfektur stürmen kann? Und wenn ich es täte, was, glaubt Ihr, würde das Euch oder Eurer Frau nützen? Sie bliebe trotzdem gesetzlich das Eigentum des Agenten.«

»Ihr habt genug Soldaten«, beharrte Symeon. »Ihr könntet sie mit Gewalt herausholen, wenn Ihr sie nicht freikaufen könnt, und Ihr könntet sie hier sicher versteckt halten, bis Ihr die Angelegenheit in Konstantinopel geregelt habt. Und dann könntet Ihr dafür sorgen, daß der Verkauf rückgängig gemacht wird.«

Paulus schüttelte unwillig den Kopf. »Wenn ich versuchen würde, die Präfektur im Sturm zu nehmen, würden wir uns dem Feind verraten und Gefahr laufen, daß alle unsere Pläne zunichte werden – es gäbe keinen Ort mehr, wo sich noch irgendeiner von uns verstecken könnte. Davon ganz abgesehen, glaube ich nicht einmal, daß wir es überhaupt schaffen würden. Nein, es ist ganz und gar unmöglich. Wenn Ihr wollt, werde ich versuchen, Eulogios zu folgen, wenn er abreist, und nach einer Gelegenheit Ausschau halten, Eure Frau zu befreien. Aber ich warne Euch schon jetzt: Macht Euch keine allzu großen Hoffnungen; Eulogios kann das Postsystem benutzen, ich nicht. Er wird also viel geschwinder vorankommen als wir.«

Symeon hieb mit der Faust auf den Tisch. »Ich will meine Frau zurückhaben!« schrie er. »Dieser Teufel von Agent hält sie irgendwo eingesperrt, und ich will, daß sie befreit wird, und zwar sofort! Versucht nicht, mir weiszumachen, daß das unmöglich ist; Ihr habt die verdammte *Pflicht*, es möglich zu *machen!*«

Paulus warf ihm einen kühlen Blick zu, dann wandte er sich an Philotimos. »Ich will Euch nicht fragen, ob Eure Geschichte vollkommen der Wahrheit entsprach«, sagte er, jedes Wort betonend. »Ich will bloß von Euch wissen, ob Eulogios sie geglaubt hat.«

Philotimos starrte ihn verwirrt an und errötete. *Symeon hat ihm von dem Mantel erzählt. Das also war die »Information, von der Menschenleben abhängen.« Kein Wunder, daß jemand anfängt, Nachforschungen hier in Tyros anzustellen; irgend jemand, den Symeon eingeweiht hat, hat etwas durchsickern lassen. O Gott, dieser Narr, dieser dreimal verfluchte Narr!* »Eulogios hat es geglaubt«, antwortete er mit einer Ruhe, die der Verzweiflung entsprang. »Hätte er's nicht, dann lägen Demetrias und ich jetzt beide auf der Streckbank.«

Paulus wandte den Blick wieder auf Symeon. »Wenn der Agent glaubt, daß kein Verrat vorlag, wird er Eure Frau auch nicht foltern lassen. Wenn er die Absicht hat, sie seinem Gönner Chrysaphios zum Geschenk zu machen, wird er aufpassen, daß ihr kein Haar gekrümmt wird. Sie ist so sicher aufgehoben, wie sie es nur sein kann. Der beste Weg, sie zurückzubekommen, ist, sie erst einmal ziehen zu lassen und sodann meinen Dienstherrn und seinen Gönner über die Geschehnisse zu unterrichten. Sie werden alles Menschenmögliche tun, um sie von Chrysaphios zurückzuholen und sie Euch so bald wie möglich zurückzugeben.«

»Ich soll zulassen, daß sie sie nach Konstantinopel schleppen?« schrie Symeon. »Gefesselt und geknebelt und in einen Käfig eingesperrt und am Ende Chrysaphios und seinen sauberen Freunden auf Gedeih und Verderb ausgeliefert? Nein, nein und nochmals nein! Ich will, daß Ihr sie jetzt gleich zurückholt!«

Meletios begann wieder zu weinen und klammerte sich an das Bein seines Vaters; Symeon stieß ihn unwirsch beiseite. Paulus verzog angewidert das Gesicht. Er konnte Kinder nicht ausstehen, schon gar nicht, wenn sie weinten.

»Ich setze das Leben von zwanzig Männern aufs Spiel, wenn ich Eulogios angreife«, sagte Paulus und hob seine Stimme, um Meletios' Weinen zu übertönen. »Und das Eurer Frau ebenfalls! Wenn Eulogios glaubt, daß der Mantel rot war, ist sie nicht in Gefahr; wenn ich offen eingreife, um sie zu beschützen, weiß er sofort, daß die Geschichte gelogen war, und wird, falls unser Befreiungsversuch scheitert, versuchen, die Wahrheit aus ihr herauszupressen. Wollt Ihr das riskieren?«

»Ihr werdet also gar nichts unternehmen«, sagte Symeon. »Ihr werdet nach Konstantinopel aufbrechen und uns vergessen.«

»Ich werde tun, was ich kann!« schrie Paulus, der sich jetzt keine Mühe mehr gab, seine Wut zu verbergen. »Ich werde Marcianus Bericht erstatten! Ich werde Eulogios selbst folgen, solange wir mit ihm Schritt halten können! Das ist das Äußerste, was ich tun kann!«

»Zum Teufel mit Euch!« schrie Symeon. »Meine Frau ...«

Er hielt inne. Seine Frau hatte vorausgesagt, daß es so kommen würde. ›An wen auch immer du dich wenden wirst, er wird dich verraten, sobald er den Moment für gekommen hält.‹ Das waren ihre Worte gewesen. *Und auch ich habe sie verraten,* dachte er unwillkürlich. *Ich habe sie getäuscht und ihre Geheimnisse preisgegeben, und jetzt sitzt sie gefesselt und geknebelt in irgendeinem Kerker und wird in die Gefangenschaft verschleppt, tausend Meilen weit von hier, und ich bin schuld daran.* Symeon schlug die Hand vors Gesicht. »Meine Frau ...« wiederholte er. Seine Schultern begannen zu zucken. »Sie haben sie mir genommen ...« Meletios lag neben ihm auf dem Boden und schluchzte herzzerreißend.

»Ich werde tun, was ich kann«, wiederholte Paulus kalt. »Ich schlage vor, Ihr schafft jetzt Euer Kind nach Hause und versucht, Geduld zu bewahren und in Ruhe abzuwarten. Es kann ein paar Monate dauern, aber es bestehen gute Aussichten, daß Ihr sie am Ende zurückbekommt. Solltet Ihr freilich so töricht sein, loszurennen und jedem auf die Nase zu binden, was geschehen ist, dann übernehme ich keine Verantwortung für die Folgen: Einem Narren kann nicht einmal Gott selbst helfen.«

Symeon sagte nichts. Er wandte sich wie betäubt von dem Tisch weg und hob Meletios auf. Der kleine Junge schlang die Arme um den Hals seines Vaters, bitterlich schluchzend. Symeon taumelte blind aus dem Raum, aus dem Haus und hinaus auf die dunklen Straßen der Altstadt. Er ging bis zum Ende des Dammwegs, der die Altstadt mit dem Felsen verband, dann ließ er sich am Wegesrand nieder, am ganzen Leibe zitternd. Die bleiche Sichel des Mondes tauchte kurz zwischen den Wolkenfetzen auf und warf ihr milchiges Licht auf die weißgefleckte See, die leere Straße, die im Dunkel kauernde Häusermasse der Stadt Tyros. *Meine Frau sitzt im Kerker,* dachte Symeon, *morgen werden sie sie fortschleppen, und die Männer, auf die ich vertraute, sind morsches, verfaultes Holz.*

Philotimos, der ihm gefolgt war, blieb neben ihm stehen und blickte vorwurfsvoll auf ihn hinunter. »Du hast ihm von dem Mantel erzählt.«

Symeon nickte und sah zu Boden.

»Aber ... wer ist dieser Mann?«

»Er ist der Sekretär von Aspars Bevollmächtigtem«, sagte Symeon müde. »Der Bevollmächtigte selbst, Marcianus, ist auf dem Weg nach Konstantinopel, einen halben Tagesritt hinter Philippos. Er will zuschlagen, wenn Nomos den Mantel in Empfang nimmt. Er versprach mir seinen Schutz.«

»Du warst ein Narr!« schimpfte Philotimos. »Es ist doch klar: Wenn du einem dieser Intriganten was erzählst, dauert es nicht lange, bis ein anderer es auch auf irgendeine Weise erfährt. Herr über alles! Glaubst du vielleicht, auch nur einer von denen schert sich um Versprechungen, die er einem Sklaven gegeben hat?«

Nichts anderes hatte ihm Demetrias auch gesagt. Symeon kroch in sich zusammen und wurde rot vor Scham. »Er hat es beim Heiligen Geist geschworen!« rief er, um wenigstens einen kläglichen Versuch zu machen, sich zu rechtfertigen. »Er hat es mir schriftlich gegeben!«

»Ja, und wenn ihn das Gewissen plagt, gründet er eben eine Kirche und weiht sie dem Heiligen Geist – das ist noch immer einfacher, als sein Wort zu halten. Wenn du doch nur den Mund gehalten hättest!«

»Aber er hat es mir schriftlich gegeben!« wiederholte Symeon störrisch. »Und er hat beim Heiligen Geist geschworen – das ist Gotteslästerung – und beim Haupte des Kaisers – das ist Verrat, wenn er sein Wort bricht. Er *muß* es halten!«

Philotimos schüttelte den Kopf. »Wir sehen sie nie wieder.«

Meletios' Schluchzen wurde noch lauter.

»Ich werde ihn dazu zwingen, sein Wort zu halten!« preßte Symeon mit zusammengebissenen Zähnen hervor. »Ich werde seinem Herrn Aspar mein Dokument präsentieren; ich werde Gerechtigkeit verlangen.«

»Wie willst du das machen? Sie sind in Konstantinopel.«

»Dann fahre ich eben auch nach Konstantinopel«, erklärte Symeon.

»Wie willst du das anstellen? Es sind tausend Meilen, sagt man. Du hast nicht das Geld für so eine weite Reise.«

»Aber ich habe ein Boot«, erwiderte Symeon. »Und es ist ein gutes Boot. Ich kann tagsüber an der Küste entlangsegeln und nachts oder bei schlechtem Wetter an Land gehen. Wir haben über vierzig *Solidi* gespart – und ich könnte während der Fahrt mit einer Angel fischen und den Fang verkaufen. Das zusammen müßte reichen, um die Kosten für die Hin- und Rückfahrt zu bestreiten.«

Philotimos war sprachlos. Meletios hob den Kopf. »Ist Mama in Konstantinopel?«

»Sie bringen sie dorthin«, antwortete Symeon.

»Und wir fahren auch dahin?«

»Ich fahre dorthin. Du bleibst bei Oma.«

Meli schlang die Arme fest um seinen Hals. »Ich will nicht bei Oma bleiben! Ich will mit dir fahren!«

»Bei Oma bist du sicherer aufgehoben.«

Meletios schüttelte heftig den Kopf. »Ich will aber nicht sicher aufgehoben sein!« protestierte er. »Ich will mit dir zu Mama fahren und ihnen sagen, sie sollen sie uns zurückgeben. Ich will nicht alleine bleiben. Bitte, Papa, nimm mich mit! Ich helfe dir auch beim Segeln. Du weißt doch, daß ich das schon kann. Ich kann steuern, wenn du angelst. Ich verspreche dir auch, ich werde ganz brav sein!«

Symeon schaute hinunter in das Gesicht seines Sohnes. Das einzige, was er in der Dunkelheit sehen konnte, war ein leuchtendes Augenpaar und eine Reihe weiß schimmernder Zähne. Er küßte den Jungen auf die Stirn. »Du hast recht, Meli. Du gehörst zu Papa. Wir segeln los, sobald der Wind günstig ist, und holen deine Mama.«

»Du bist verrückt«, stellte Philotimos fest.

»Ich kann ein Boot segeln«, sagte Symeon trotzig, »selbst wenn es Winter ist. Und schon viele Boote haben diese Reise gemacht – sogar kleinere.«

»Du kannst wegen Diebstahls belangt werden, wenn du dich einfach so aus dem Staub machst!«

»Die *Prokne* ist mein Eigentum – sie ist schon seit Jahren abbezahlt.«

»Und du? Wessen Eigentum bist du? Du bist mehr wert als das Boot, und du bist Eigentum des Staates. Heraklas könnte dich auspeitschen lassen wegen Ausreißens.«

Symeon sah ihn wütend an. »Ich kann dieses ewige Gerede von wegen, wir seien Sklaven, nicht mehr hören«, knurrte er böse. »Es mag ja dem Gesetz nach so sein, aber in der Realität sieht es doch ganz anders aus. Ich bin Purpurfischer, und wenn mein Aufseher was dagegen hat, daß ich meiner Frau hinterherfahre, dann kann er mir das sagen, wenn ich zurückkomme. Ich habe jedenfalls nicht die Absicht, ihm in den Hintern zu kriechen, oder diesem eiskalten Schweinehund Paulus, oder Marcianus, und schon gar nicht diesem Hurensohn Heraklas, der über kurz oder lang sowieso wegen Hochverrats festgenommen und einen Kopf kürzer gemacht wird, wenn es nach mir geht. Ich segle nach Konstantinopel und hole meine Frau zurück, und das ist mein letztes Wort.«

»Ich werde dir etwas Geld leihen«, sagte Philotimos, der plötzlich ein tiefes Gefühl von Befreiung empfand. Es war Illusion, reine Illusion, gewiß: Symeon war genausosehr Sklave wie er selbst – aber seine störrische Weigerung, es einzugestehen, schuf eine Freiheit, die tiefer war als die Gesetze der Sklaverei. Gegen seine eigene bessere Einsicht war Philotimos überzeugt: Symeon konnte mit seinem Fischerboot den weiten Weg nach Konstantinopel segeln, den großen General Aspar zwingen, das Versprechen seines Bevollmächtigten einzuhalten, seine Frau aus den Händen des allmächtigen Kämmerers Chrysaphios befreien und zurücksegeln, um Vergeltung an Acilius Heraklas zu üben. Es ist der helle Wahnsinn, dachte Philotimos, aber sein Herz war mit einem Mal ganz leicht. »Ich habe 58 *Solidi* gespart«, sagte er zu Symeon. »Du kannst sie alle haben.«

V

Demetrias verbrachte die Nacht in der Altstadt, eingesperrt in einer karg eingerichteten Schlafkammer der örtlichen Poststation. Sie schlief nicht; sie sann fieberhaft nach einer Möglichkeit zu fliehen. Sie hatte das sichere Gefühl, daß sie außer Gefahr sein würde, wenn ihr die Flucht glückte und sie sich irgendwo verstecken könnte: Der Agent würde nicht mehr als einen Tag dafür aufwenden, sie zu suchen, und der Prokurator würde heilfroh sein, sie nicht nach Konstantinopel gehenlassen zu müssen. Aber die Läden an den Fenstern waren fest verriegelt, ihre Angeln waren neu und fest, und das Schloß an der Tür sah nicht so aus, als ließe es sich von Frauenhand aufbrechen. Und an die Tür zu hämmern war zwecklos: Es rief allenfalls Eulogios' Wachtposten auf den Plan, die ohnehin, wie sie instinktiv spürte, nur auf einen willkommenen Vorwand zu warten schienen, sie zu schlagen – und womöglich gar zu vergewaltigen. Sie wollte ihnen keine Gelegenheit dazu liefern und fügte sich also.

Früh am Morgen kamen die zwei Lieblings-Gefolgsmänner von Eulogios – Berich, der lange Gote, und Chelchal, der Hunne. »Wir brechen jetzt auf«, sagte Chelchal, das narbenentstellte Gesicht zu einem schaurigen Grinsen verzerrt. »Komm!«

Demetrias folgte ihm mit gesenktem Kopf. Sie sann verzweifelt nach einem Ausweg, einem Trick, einem Vorwand, den Aufbruch hinauszuzögern, aber sie fand keinen. Auf dem Hof der Poststation wartete eine vierrädrige Kutsche; die Pferde waren bereits angeschirrt, der Kutscher saß auf dem Bock. Demetrias blieb stehen, außerstande, auch nur einen Schritt weiter auf die Kutsche zuzugehen. Sofort sprangen die beiden Soldaten zu ihr, packten sie bei den Armen und stießen sie vorwärts. Jede Hoffnung auf Flucht war aussichtlos: Sie würde sich fügen müssen, wie sie sich schon so oft gefügt hatte, und darauf hoffen, daß sich irgendwann vielleicht eine bessere Gelegenheit ergab. Aber sie konnte es nicht; bei dem Gedanken, sich willenlos in ihre eigene Gefangenschaft zu schicken, wallte ein würgender, heißer, unbezähmbarer Haß in ihr auf, und sie warf sich mit aller Kraft zurück und schrie: »Nein!« Das Wort erschien ihr für einen Moment so fest und real wie ihr eigenes Fleisch, geformt aus ihrer eigenen Substanz; und es erfüllte sie mit einem ungeheuren Gefühl von Erleichterung. Es war sinnlos, sich zu wehren, aber sie wehrte sich trotzdem nach Kräften, zerrte, trat, biß, schrie. Die Wächter mußten sie mit Gewalt zu Boden zwingen, sie fesseln und abermals knebeln, ehe sie sie in die Kutsche verfrachten konnten.

Eulogios' Diener saß bereits in dem Gefährt, als sie brutal auf die nackten Planken des Bodens gestoßen wurde; er zog seine Füße hoch und warf ihr einen verächtlichen Blick zu. Die anderen hatten inzwischen alle ihre Pferde bestiegen. Die Tür der Kutsche schloß sich; der Kutscher schrie, und das Gefährt setzte sich mit einem Ruck in Bewegung, rollte hinaus auf die Straße und gewann rasch an Fahrt. Demetrias war nicht einmal ein letzter Blick auf ihre Stadt vergönnt. Als sie den Kopf drehte und nach oben schaute, sah sie nur die Sitzbank, die lederne Verkleidung der Tür und ganz oben, durch das offene Fenster, einen blauen, wolkenlosen Himmel. Sie schloß die Augen und biß hart auf den Knebel, um die Tränen zurückzuhalten.

Die Kutsche war ungefedert und schlingerte heftig, während die Pferde im leichten Galopp dahinstürmten. Jedes Loch und jeder Stein auf dem Weg ließen das Gefährt und seine unglückliche Insassin hart durchschütteln. Es war schlimmer als ein Boot bei stürmischem Wetter; schon nach weniger als einer Meile war Demetrias der Drang zu weinen gründlich vergangen, und sie mußte ihre ganze Willenskraft darauf konzentrieren, gegen die wachsende Übelkeit anzukämpfen. Eine knappe Meile später hielt sie es nicht mehr aus und übergab sich. Der Knebel hielt den größten Teil des Erbrochenen in ihrem Mund; es drang ihr in die Nase und in die Luftröhre. Sie hustete und würgte und rang verzweifelt nach Luft.

Es dauerte eine weitere Meile, bis der Diener ihren Zustand bemerkte und mit angeekelter Miene den Knebel mit dem Messer aus seinem Gürtel losschnitt. Zu dem Zeitpunkt war sie kaum noch bei Bewußtsein und nahm ihre Umgebung nur noch wie durch einen grauen Schleier wahr. So spürte sie nicht, wie er sie das erste Mal trat; erst beim dritten Mal lichtete sich der Schleier vor ihren Augen, und sie hörte, wie er durch das Fenster nach draußen zu Eulogios schrie: »Sie hat meine Kutsche vollgekotzt! Es stinkt entsetzlich! Mir dreht sich der Magen um! Sie muß es wegwischen!«

Eulogios war offenbar einverstanden, denn wenig später hielt die Kutsche an, die Tür wurde geöffnet, und sie wurde nach draußen gezerrt und auf das Gras am Wegesrand gelegt. Sie setzte sich auf, immer noch nach Atem ringend. Sie befanden sich an einer Brücke, die über einen kleinen Bach führte. Die Umgebung war ihr fremd.

»Du kannst die Kutsche saubermachen«, befahl Eulogios, der direkt neben ihr stand. »Und dich auch. Aber beeil dich.«

Die Wächter banden sie los, und sie kam schwankend hoch. Die ganze Gruppe stand um die Kutsche versammelt und betrachtete sie mit angewiderten Mienen. Erschöpft und elend, wie sie war, hatte sie keinen Zorn mehr in sich, den sie ihren Blicken hätte entgegensetzen können. Sie rupfte ein paar Büschel Gras aus und begann den Boden der Kutsche zu säubern.

Als sie das Erbrochene weggewischt und die Planken mit Hilfe ihres Umhangs mit Wasser aus dem Bach abgespült hatte, ging sie ein Stück stromabwärts hinter einen Busch, um sich das Gesicht zu waschen und ihre verschmutzte Tunika zu säubern. Als sie sah, daß ihr Versuch, das Erbrochene mit einem angefeuchteten Zipfel ihres Umhangs abzutupfen, erfolglos war, zog sie die wollene Tunika aus und kniete sich, in ihrem leinenen Unterkleid vor Kälte zitternd, ans Ufer und spülte das Kleid in dem kalten Wasser des Baches aus. Sie war gerade dabei, es auszuwringen, als Berich, der Gote, hinter dem Busch hervortrat, stehenblieb und sie anstarrte. »Du hast versucht zu fliehen«, sagte er mit Triumph in der Stimme.

Sie wandte den Blick stromaufwärts, wo die anderen am Wegesrand standen und sich unterhielten. Keiner von ihnen beobachtete sie, aber dazu gab es auch keine Veranlassung. Der Bachlauf war mühelos zu überblicken, und das Gelände ringsherum war offen. Es bestand nicht die geringste Chance, unbemerkt zu entwischen. »Ihr wißt, daß das hier gar nicht gehen würde«, erwiderte sie erschöpft. Sie stand auf und begann, sich die Tunika über den Kopf zu ziehen.

»Du hast versucht zu fliehen, du Lügnerin!« schrie der Gote, aus irgendeinem unerfindlichen Grund plötzlich außer sich vor Wut. »Du hast nichts anderes im Sinn, seit der Herr dich gekauft hat!« Er riß ihr die Tunika vom Kopf herunter und schlug ihr mit der flachen Hand ins Gesicht. Sie glitt auf der glitschigen Uferböschung aus und fiel hin, mit dem halben Körper im Wasser landend. Berich zerrte sie heraus und schlug sie erneut, diesmal so hart, daß ihr wieder schwarz vor den Augen wurde. Er stieß sie rückwärts gegen den Busch, zog ihr Unterkleid hoch und stieß ihr das Knie zwischen die Schenkel; dann begann er, seinen Gürtel abzuschnallen. Einen Augenblick lang hatte sie das Gefühl, außerhalb ihrer selbst zu stehen und die Szene als unbeteiligter Zuschauer zu beobachten: eine junge Frau, die halb ohnmächtig unter einem Busch am Ufer eines Baches lag, das nackte Hinterteil in den Matsch gepreßt, über ihr ein gepanzerter Mann, der sich anschickte, sie zu vergewaltigen. *Warum?* fragte sie sich verwirrt. *Warum tut er das?* Es war kaum vorstellbar, daß er irgendeine besondere Begierde nach dieser beschmutzten, mit blauen Flecken übersäten Kreatur verspürte. Wollte er sich an ihr rächen für die Scherereien, die sie verursacht hatte? Oder lief vielleicht irgendeine perverse Wette zwischen ihm und seinen Kumpanen, wer es als erster schaffen würde, die Frau zu kriegen, die sie alle bewachten? Oder war der Grund noch banaler: daß sie einfach da war, nicht nobel, keine Jungfrau, eine Sklavin – und somit verfügbar und benutzbar, niemandem gehörend und damit jedem. *Aber das bin ich nicht,* dachte sie, während er seine Hosen herunterzog und sich schnaufend und rotgesichtig über sie beugte. *Ich gehöre nicht jedem, und ganz gewiß nicht ihm.* Sie stieß einen gellenden Schrei aus und zog mit einem heftigen Ruck ihre Knie hoch; das linke traf Berich mit voller Wucht zwischen den Beinen. Er jaulte vor Schmerz auf und wurde weiß im Gesicht; sie rollte sich blitzschnell zur Seite, raffte ihre Tunika und ihren Umhang auf und rannte zurück zur Kutsche.

Die anderen Wächter fanden den Vorfall sehr lustig. Eulogios indessen war vor allem ungehalten wegen der Verzögerung, und als Berich ein paar Minuten später wieder auftauchte, immer noch sehr blaß und ein wenig gekrümmt gehend, fuhr sein Herr ihn an, was ihm einfiele, eine Sklavin zu mißhandeln, die er, Eulogios, Chrysaphios zum Geschenk machen wolle, und drohte, der nächste, der es wagen würde, sein Eigentum zu mißbrauchen, werde ausgepeitscht. Berich ließ den Rüffel mit trotziger Miene über sich ergehen und stapfte sodann zu seinem Pferd. Offenbar fühlte er sich außerstande zu reiten; denn er band das Tier an der Kutsche fest und stieg auf den Bock und setzte sich neben den Kutscher. Wenig später setzte sich die Gruppe wieder in Marsch. Erschöpft, durchnäßt, am ganzen Körper von Schmerzen gepeinigt, saß Demetrias tropfend und zitternd neben dem angewidert die Nase rümpfenden Diener. *Ich bin tot,* dachte sie verwundert. *Ich fühle nichts, und ich erkenne mich selbst nicht wieder. Das bin nicht ich; ich bin in Tyros gestorben, und was Eulogios mitgenommen hat, ist nur ein Geist.*

Hinter dem Fenster flogen die Meilen rasch vorbei.

Symeon war in der Poststation eingetroffen, kurz nachdem Demetrias sie verlassen hatte. Er hatte die ganze Nacht damit zugebracht, herauszufinden, wo seine Frau festgehalten wurde – ohne Erfolg. Er hatte Meletios dazu überredet, zu Hause bei seiner Großmutter zu bleiben, und war als erstes zur Präfektur gegangen. Die Dienstboten und Sklaven waren jedoch zu dem Zeitpunkt, als er dort eintraf, bereits im Bett, und die Nachtwächter verwehrten ihm den Zugang. Als er sich gleich am Morgen zu den Stallungen der Präfektur aufmachte, mußte er entdecken, daß der Agent Eulogios die Nacht in der Poststation in der Altstadt verbracht hatte. Die Stallknechte des Präfekten erinnerten sich noch genau an Demetrias vom Vortag her: Sie hatten eine Kutsche für sie holen müssen, weil sie sich gegen ihre Bewacher gewehrt hatte und sich geweigert hatte, hinter dem Pferd des Agenten zu laufen. Symeon rannte, so schnell seine Füße ihn trugen, zur Altstadt, in der verzweifelten Hoffnung, Demetrias wenigstens noch zu sehen – aber als er die Poststation erreichte, waren Eulogios und sein Gefolge schon abgereist.

»Ja, er hatte eine Frau bei sich«, erklärte einer der Stallburschen auf Symeons verzweifelte Fragen hin. »Eine hübsche war's, eine Sklavin, die er sich gerade gekauft hatte. So eine würd' ich mir auch gern leisten können, wenn du mich fragst! Aber sie schien alles andere als erpicht darauf, mit ihm zu gehen, und er mußte sie fesseln lassen und mit Gewalt in die Kutsche verfrachten. Er nahm eine vierrädrige. Ich verstehe nicht, wieso er nicht eine von den zweirädrigen genommen hat; er selbst fuhr gar nicht in der Kutsche, und für die Frau und seinen Diener hätte doch genausogut eine zweirädrige gereicht. Aber nein, es mußte eine vierrädrige sein, mit Verdeck und vier Zugpferden – und dann hat er auch noch das beste Pferd im Stall für sich zum Reiten genommen, und für seine Leute auch noch je eins. Elf Pferde insgesamt, stell dir vor! Und wenn du gesehen hättest, in was für einem Höllentempo die losgejagt sind! Ich wette, bis zur nächsten Poststation sind die Pferde hinüber, und die Kutsche auch. Weiß der Himmel, was wir machen sollen, wenn hier heute noch ein Kurier durchkommen sollte; wir haben nicht *ein* frisches Pferd mehr im Stall.«

»Die Frau – hattest du den Eindruck, daß es ihr gut ging?« fragte Symeon bange.

Der Stallknecht zuckte die Achseln. »Wie gesagt, sie wollte nicht mit. Als sie das erste Mal versuchten, sie in die Kutsche zu setzen, hat sie gekreischt wie eine Furie, und sie mußten sie fesseln und knebeln. Sie war nicht besonders glücklich darüber, wie du dir vorstellen kannst. Aber wenn du fragst, ob es ihr gutging – nun, sie sah nicht so aus, als ob ihr was fehlte. Wie ich schon sagte, eine wie die würde ich mir auch gerne kaufen, wenn ich könnte. Warum fragst du?«

Symeon warf ihm einen zornigen Blick zu. »Sie ist meine Frau«, erwiderte er kurz angebunden.

»Mutter Gottes!« ächzte der Stallknecht und machte ein betroffenes Gesicht. »Tut mir leid ... das wußte ich nicht ...«

Symeon schüttelte den Kopf. »Sie ist eine *Staatssklavin*«, sagte er wütend. »Dieses Schwein von Agent hatte kein *Recht*, sie zu kaufen.«

»Puh!« sagte der Stallknecht, tief erschüttert. Wie alle Stallknechte und Tiersanitäter, die beim staatlichen Postsystem angestellt waren, war er selbst ein Staatssklave. Ihm war noch nie der Gedanke gekommen, daß er oder einer seiner Kollegen verkauft werden könnten. Er sah Symeon mit jener Mischung aus Ehrfurcht und Mitleid an, mit der man die Leidtragenden einer großen Katastrophe anschaut. »Nun«, sagte er nach einem Moment des Zögerns, »ich glaube nicht, daß sie ... ihr weh getan haben. Sie war über Nacht in der Gaststube der Poststation eingesperrt. Aber warte mal, ich kann nachfragen, wie sie sie behandelt haben.«

Der Stallknecht verschwand und kehrte wenig später zurück. »Die Zimmermagd sagt, sie ist sicher, daß sie nicht vergewaltigt worden ist, und sie hat auf das Geheiß des Agenten zu essen und zu trinken bekommen, und sogar ein Bad, aber sie hat alles abgelehnt. Mach dir nicht zu große Sorgen, ihr wird's schon gutgehen. Sie wird gut behandelt. Aber daß sie sie einfach gekauft haben, eine Staatssklavin, das ist wirklich ein starkes Stück! Tja, Leute wie wir müssen halt vor den Mächtigen kuschen; gegen einen *Princeps* kommst du nicht an. Am besten, du gehst nach Hause und trinkst dir einen. Du wirst schon irgendwann darüber hinwegkommen.«

Symeon gab keine Antwort und machte sich auf den Weg zum ägyptischen Hafen. Das Wetter hatte sich endlich gebessert, und die Sonne lächelte herab auf ein Meer von sattem Indigo. Von Südosten her wehte eine sanfte Brise. *Bestes Segelwetter,* dachte Symeon – *aber* die Prokne *ist noch nicht fertig angestrichen; ich kann noch nicht auslaufen. Ein paar Tage wird's noch dauern, aber dann – vorausgesetzt, das Wetter hält – fahren wir los. Ich werde nicht vor den Mächtigen kuschen, nicht, wenn es um Demetrias geht.*

Ein Purpurfischer mußte ein Areal von beträchtlicher Ausdehnung befahren, um seine Fallen zu überprüfen. Er brauchte ein Boot, das leicht, schnell und wendig war und das sich gut gegen den Wind lavieren ließ. Die *Prokne* besaß alle diese Eigenschaften, und Symeon war zu Recht stolz auf sie, so sehr, daß seine Kollegen ihn gelegentlich mit der Frage hänselten, ob seine Demetrias nicht eifersüchtig sei. Die *Prokne* war aus Zedernholz gebaut; ihre Planken waren über dem Spantenwerk so fest ineinander verschwalbt wie die Platten der teuersten Schränke. Der Anstrich, der gerade erneuert wurde, war unten blau und oben weiß; der Lack war mit geschmolzenem Bienenwachs vermengt und wurde nach dem Auftragen eingebrannt, so daß auch die feinsten Fugen in der Beplankung fest versiegelt waren. Der geschnitzte Achtersteven war rosafarben, schwarz, weiß und grün. Die Takelage bestand aus einem Lateinsegel aus grobem Leinen und Hanf, das an einer Besanrute über den einzigen Mast geführt wurde. Bei Vorwindkurs konnte zusätzlich ein Focksegel gesetzt werden. Gesteuert wurde das Boot mit einem Ruder, das über einen Drehzapfen am Heck geführt wurde; ein weiteres Steuerruder konnte bei Flaute als Ruderriemen benutzt werden. Ein Handelsschiff wäre niemals im Dezember zu einer langen Fahrt ausgelaufen – aber ein Handelsschiff benötigte auch einen tiefen Hafen bei schlechtem Wetter und war von seiner Takelung her nicht für einen Kreuzkurs geeignet. Die *Prokne* konnte problemlos auf jeden flachen Sandstrand laufen und lief in der Kreuz fast ebenso schnell wie auf Vorwindkurs.

Er sagte seinem Aufseher und seinen Kollegen, daß er ein paar Wochen für sich allein arbeiten wolle, und es gab keinen unter ihnen, der nicht größtes Verständnis dafür gehabt hätte, nach allem, was er hatte durchmachen müssen. Sobald die Farbe trocken war, begann er, die *Prokne* für die große Fahrt zu rüsten. Als erstes nahmen er und Meletios die großen Becken aus dem Rumpf des Bootes, die zum Transport des Fanges dienten, und setzten einen erhöhten Boden und ein faltbares Schutzdach ein. »Wir müssen während der Reise an Bord schlafen«, erklärte Symeon Meletios. »Wir werden in fremde Städte kommen, wo uns niemand kennt; wir könnten ausgeraubt werden.«

Meletios nickte ernst. »Ich nehme mein Messer mit«, sagte er, »und wenn jemand versucht, uns zu berauben, ersteche ich ihn!«

Sie verstauten alle ihre warmen Kleider auf dem Boot, in einer stabilen, wasserdichten Holztruhe, die sie eigens für diesen Zweck kauften. Demetrias' Kleider brachten sie ebenfalls an Bord. »Sie wird sie auf dem Heimweg brauchen«, sagte Symeon zu seinem Sohn – und er fand, daß der Anblick der vertrauten Kleider, die er seine Frau so oft hatte tragen sehen, etwas Tröstliches hatte. *Wenn wir die Kleider schon mitbringen,* dachte er voller Zuversicht, *dann müssen wir sie auch finden, damit sie sie anziehen kann.* Des weiteren packten sie ein Kohlenbecken und etwas Holzkohle ein, die sie zum Schutz gegen Spritzwasser in Wachstuch wickelten. Als eiserne Nahrungsration nahmen sie gesalzenen Fisch, Zwieback, Käse und getrocknete Datteln mit. Für den Fall, daß unvorhergesehene Reparaturen auf sie zukamen, deckten sie sich mit Segeltuch, Tauen, einer Axt und mehreren Holzbrettern ein. Sie brachten ein Netz und einige Angelschnüre an Bord – und Symeon brachte eine furchterregend aussehende Harpune mit, die er noch nie benutzt hatte und von der er hoffte, daß er sie auch niemals zu benutzen brauchte, aber die, so hoffte er, ihre abschreckende Wirkung auf etwaige Räuber nicht verfehlen würde. Das Geld – seine und Philotimos' Ersparnisse – nähte er in einen Gürtel aus Segeltuch ein, den er sich unter seine Tunika schnallte. Die Vorbereitungen nahmen alles in allem fünf Tage in Anspruch – und das Wetter hielt.

Fünf Tage vor Weihnachten, im Morgengrauen eines kalten, klaren Tages, half Philotimos Symeon, die *Prokne* in das Wasser des ägyptischen Hafens zu ziehen. Die kleinen Brandungswellen leckten mit leisem Zischen über den Kies des Strandes, und das Wasser, das um ihre Beine schwappte, war kalt und klar wie Eis. Laodiki, die als einzige neben Philotimos in den Plan eingeweiht war, schaute mit bangem Blick vom

Ufer aus zu. Meletios stand am Heck, beide Steuerruder fest in der Hand, und starrte sie an, bleich vor Erregung. Symeon sprang ins Boot und bedeutete Philotimos, zurück an Land zu gehen; der alte Mann stolperte den Strand hinauf, und Symeon nahm Meletios' Platz am Heck ein und manövrierte das Schiff mit Hilfe der Ruder vorsichtig in tieferes Wasser. Philotimos und Laodiki waren klein wie Puppen, als er aufsprang, eines der Ruder klarmachte und das andere Meletios übergab, damit dieser Kurs hielt, während er das Segel setzte. Der Wind blies jetzt fast genau aus westlicher Richtung, und ein Zittern lief durch den Rumpf der *Prokne*, als sich das Segel blähte. Meli stemmte sich hart gegen das Ruder, während sein Vater das Takelwerk festmachte. Philotimos und Laodiki beobachteten vom Ufer aus, wie Symeon erneut den Platz seines Sohnes am Ruder übernahm und Meletios aufstand, sich an den Mast stellte und ihnen zuwinkte. Die kleinen klaren Wellen rollten plätschernd den Strand hinauf; die Luft roch nach Purpur, nach dem Rauch der morgendlichen Holzkohlenfeuer und nach Meer. Die zwei standen immer noch da und schauten, als die *Prokne* einem herabstoßenden Vogel gleich die Landspitze von Tyros umrundete und Kurs nach Norden nahm. Immer kleiner wurde das blaue Segel, bis es schließlich vom Dunkelblau des Meeres aufgesogen wurde und verschwand.

Um dieselbe Stunde, da Symeon in Tyros in See stach, wartete Demetrias fast vierhundert Meilen entfernt darauf, daß die Pferde für die nächste Etappe der Reise eingeschirrt wurden.

Eulogios und seine Begleiter hatten die Nacht in einer Poststation ein paar Meilen östlich der Stadt Tarsos in der Provinz Cilicia verbracht, und der Agent stritt sich gerade mit den Stallknechten der Station wegen der Pferde und der Straßen. Sein Gefolge stand wartend um das Feuer, das in einer Ecke des Stallhofs brannte und dessen süßlicher, beißender Rauch sich mit dem Geruch von Dung und Pferden vermengte. Es war ein kalter Morgen, und den Pferden und Männern schlug der Atem als weißer Dampf aus den Mündern. Die Dächer der Stationsgebäude glitzerten von Rauhreif. Jenseits der Stallungen konnte Demetrias die Hänge des Taurusgebirges sehen, weiß von frisch gefallenem Schnee. Obwohl gut zwanzig Meilen entfernt, waren sie so deutlich zu erkennen, als ragten sie unmittelbar hinter den Dächern auf.

Eulogios hatte inzwischen die Geduld mit den Stallknechten verloren; er schrie sie an und versetzte dem am nächsten bei ihm Stehenden eine schallende Ohrfeige. »Du Hurensohn!« brüllte er. »Ich hatte dir doch ausdrücklich eingeschärft, daß die Kutsche abfahrbereit auf dem Hof stehen soll, sobald ich mit dem Frühstück fertig bin! Und was sehe ich? Du hast sie noch nicht einmal aus dem Stall geholt!«

Eulogios' Gefolge ließ der Ausbruch seines Herrn kalt. Dergleichen Szenen spielten sich bei jeder Poststation ab: Entweder waren die Stallknechte zu langsam, oder die Pferde waren nicht gut genug, oder die Achse der Kutsche quietschte. An einer Poststation in der Nähe von Antiochia hatten sie bei der Ankunft feststellen müssen, daß alle frischen Pferde von einem anderen Reisenden mitgenommen worden waren, woraufhin Eulogios den Stationsvorsteher hatte auspeitschen lassen, weil sie warten mußten.

Jetzt kam der Stationsvorsteher aus dem Gasthof herbeigeeilt, und Eulogios hörte auf, den Stallburschen zu ohrfeigen, und stürzte sich auf ihn. »Wie sind die Bedingungen in den Bergen?« fuhr er den Mann an.

Der Stationsvorsteher sah ihn verdutzt an und deutete auf die weißen Bergkuppen. »Wie Euer Ehren sehen kann, hat es geschneit«, sagte er höflich. »Wenn wir auf den Vorgebirgen Schnee in dieser Menge sehen, dann wissen wir aus Erfahrung, daß er an den Toren von Cilicia mindestens drei Fuß hoch liegt. Niemand kann diesen Weg vor dem nächsten Frühling benutzen, Eure Exzellenz.«

Eulogios stieß eine Verwünschung gegen ihn aus. Der Stationsvorsteher trat unbehaglich von einem Bein auf das andere und gab zu erwägen, daß der westliche Paß über den Taurus durch das Isaura-Tal möglicherweise frei sei.

»Willst du, daß wir ermordet werden?« fuhr Eulogios ihn an. »Indem du uns mitten durch Isaurien schickst? In den Bergen dort wimmelt es nur so von Räubern, wie du sehr wohl weißt! Du dreckiger Hund, geh mir aus dem Weg!« Er wandte sich um und begann erneut, die Stallknechte anzubrüllen. Der schnellste Weg nach Konstantinopel führte quer durch das Taurusgebirge und über die anatolische Hochebene. Über diese Route war er auf dem Hinweg gekommen – doch schon da hatten sich seine Pferde ihren Weg mühsam über eisglatte Pfade suchen müssen. Und jetzt lag tiefer Schnee, und er hatte eine Kutsche: Er würde den Weg an der Küste entlang nehmen müssen, mindestens bis Attaleia, was seine Reise um hundert Meilen verlängerte. Er versetzte einem anderen Stallknecht ebenfalls eine Ohrfeige und stapfte sodann wütend in den Gasthof, um die Dienstmagd auszuschimpfen, die seine Kleider ausgebürstet hatte.

Demetrias stand derweil ruhig neben dem Feuer auf dem Stallhof und schaute zu, wie die nervösen Stallknechte die Sattelgurte der Reitpferde zurechtzurrten und das Geschirr und die Achsen an der Kutsche überprüften. Sie hatte sich dagegen gewehrt, Tyros verlassen zu müssen, aber es war sinnlos, sich jetzt noch aufzulehnen. Es war auch damals sinnlos gewesen, sich zu wehren, gestand sie sich bitter ein – sie hatte keine Hoffnung gehabt, fliehen zu können, und der einzige Gewinn, den sie davon gehabt hatte, waren ein paar blaue Flecken gewesen und der magere Trost, daß sie sich nicht so einfach, ohne die geringste Gegenwehr, hatte wegschleppen lassen. Aber es hatte ihr gutgetan, sich zu wehren, zu kämpfen. Das war viel besser gewesen, als ruhig dazustehen, wie jetzt, und sich in teilnahmsloser, erschöpfter Resignation ihrem Schicksal zu ergeben. Doch niemand konnte sich immer wieder aufs neue aufraffen und kämpfen, nicht, wenn seine Niederlage von vornherein feststand.

Der erste Tag war der schlimmste gewesen. Die Übelkeit, die Schläge, der Versuch, sie zu vergewaltigen, hatten sie bis ins Innerste erschüttert und ihr alle Kraft geraubt. An jenem letzten Abend in Tyros hatte sie den Entschluß gefaßt, den Versuch zu fliehen während der ersten paar Tage zu unternehmen, bevor sie sich zu weit von der Stadt entfernt hätten, aber sie unternahm keinen solchen Versuch. Sie hatte nicht mit der Tüchtigkeit und der Effizienz der kaiserlichen Poststationen gerechnet. Sie wechselten am ersten Tag fünfmal die Pferde und erreichten noch vor Einbruch der Nacht die Poststation von Byblos, siebzig Meilen hinter Tyros und weiter, als Demetrias jemals in ihrem Leben gekommen war. Sie kannte niemanden in der Stadt; sie besaß weder Geld noch Nahrung und nicht einmal ein Kleidungsstück, das sie dafür hätte eintauschen können, und ihr war klar, daß, selbst wenn ihr die Flucht glückte, sie mindestens drei, wenn nicht vier Tage brauchen würde, bis sie Tyros zu Fuß erreichte. Die Gardisten sperrten sie in den Lagerraum der Poststation und ließen sie dort zurück, und sie war so niedergeschlagen, hoffnungslos und erschöpft, daß sie nichts anderes mehr tun konnte, als sich hinzulegen und auf der Stelle einzuschlafen. Als sie aufwachte, fühlte sie sich elend und zerschlagen von den Qualen des Vortags; der Kopf tat ihr weh, und ihre Augen waren dick geschwollen; sie war außerstande, den Gardisten Widerstand zu leisten, als sie kamen, um sie in die Kutsche zu stecken. Und am nächsten Abend waren sie bereits doppelt so weit von Tyros entfernt. Die Welt war um so vieles größer, als sie sich je vorgestellt hatte. Die Straße führte an der Küstenebene entlang; Dörfer tauchten auf und versanken wieder am Horizont, während die Kutsche dahinflog, holpernd und schlingernd, Meile um Meile. Sie kamen an Palmenwäldern und Olivenhainen vorbei, an Weingärten und Weizenfeldern, die abgeerntet und kahl dem Winter entgegenharrten. Schaf- und Viehherden weideten auf dem dichten, feuchten Gras. Manchmal, wenn sie eine Hügelkuppe überquerten, konnte sie zu ihrer Linken das Meer sehen, glatt und von strahlendem, gleißendem Blau, gesäumt von kleinen Fischerdörfern; ein Teil der Boote war auf den Strand gezogen, andere waren draußen und sprenkelten den Horizont mit den bunten Farbtupfern ihrer Segel. Dort waren Menschen, die arbeiteten, aßen und tranken, liebten und haßten, Kinder aufzogen und alt wurden; sie aber huschte daran vorüber wie ein unruhiger Geist, abgeschnitten von ihrem eigenen Platz im Leben, entwurzelt und hilflos, dahingezogen auf einem endlosen Pfad.

Inzwischen, sechs Tagesreisen von Tyros entfernt, hatten sie den Küstenzipfel umrundet, hatten Syrien hinter sich gelassen und waren in die Landmasse von Asien hineingestoßen, und die Seidenmanufaktur erschien Demetrias so unendlich fern, als läge sie in einer anderen Welt. *Es ist, als wenn ich tot wäre,* dachte Demetrias. *Ich habe alles zurückgelassen – Haus und Heimat, Mann und Kind, die Arbeit, auf die ich so stolz war, alle, die ich kannte, und all das, was ich zu sein glaubte; ich bin nur noch eine Erinnerung, dahinwandelnd am Rande der Vergessenheit.*

Die Pferde wurden vor die Kutsche gespannt. Einer von Eulogios' Gefolgsleuten kam grinsend zu ihr. Es war Chelchal, der Hunne. Mit seinem verformten Kopf, seinem zernarbten Gesicht und seinen krummen Beinen erschien er ihr als das gemeinste und widerwärtigste Wesen, das sie je gesehen hatte. Sein Umhang aus schmutzigbraunen Murmeltierfellen war übersät von Fliegen, und er stank bestialisch nach saurer Milch und Pferdemist. Anfangs hatte sie sich vor ihm mehr gefürchtet als vor allen anderen, aber er war der einzige aus der Gruppe, der sie nicht geschlagen hatte, und sie gab sich jetzt keine Mühe, ihm auszuweichen. »Du jetzt in Kutsche«, sagte er fröhlich zu ihr, in seinem plumpen, schwer verständlichen Griechisch. »Wir schnell fahren, erreichen heute abend Seleucia.«

Sie senkte den Kopf und ging langsam zur Kutsche; Chelchal half ihr beim Einsteigen. Eulogios' Diener saß bereits an seinem Platz; er rümpfte die Nase und wandte den Kopf ab. Er machte keinen Hehl daraus, daß es ihm zuwider war, die Kutsche mit einer »stinkenden Purpurarbeiterin«, wie er sie mehrfach nannte, zu teilen. Chelchal tätschelte ihr die Hand. »Du wollen Frühstück?« fragte er sie.

Sie schüttelte den Kopf. Das Schaukeln und Schlingern der Kutsche bereitete ihr immer noch Übelkeit, und sie wollte lieber nichts zu sich nehmen.

»Aber du essen!« erklärte Chelchal besorgt. »Du krank werden, wenn nicht essen; vielleicht sterben.«

»Ich will nach Hause«, erwiderte sie matt. »Ich kann hier nichts essen.«

Er schüttelte bedauernd den Kopf. »Du nicht nach Hause.« Er spreizte die Hände und zuckte die Achseln. »Du nicht können. Du essen Frühstück.«

»Ich habe einen Mann und ein Kind in Tyros!« stieß sie traurig hervor – *als wenn,* dachte sie verbittert, *das irgendeinen von denen interessierte, was oder wer ich bin.*

Er nickte und klopfte sich auf die Brust. »Ich auch haben Frau und zwei Kinder bei meinem Volk, den Acatziri. Kommen König Attila und machen Krieg. Töten viele, viele Krieger und erobern die Acatziri. Dann er geben meine Frau und Kinder andere Mann. So. Ich trotzdem essen Frühstück. Ein toter Mann nicht gut für nichts. Ich Brot bringen und du essen.« Er ging zurück in den Gasthof und kam wenig später zurück mit einem dampfenden, warmen Sesamkuchen in seiner schwieligen, schmutzigen Hand. »So«, sagte er und grinste sie fröhlich an, »du das essen. Ist gut.«

Sie nahm den Sesamkuchen, und Chelchal nickte zufrieden

und stieg auf sein Pferd. Die Kutsche ruckte an, rumpelte durch das Hoftor und auf die Straße.

Von diesem Augenblick an schien Chelchal sich vorgenommen zu haben, sich um sie zu kümmern: Jedesmal, wenn sie hielten, kam er zu ihr, bot ihr Wein und Wasser an, Brot oder frischen Käse und sprach mit ihr in einer freundlichen, herzlichen Art, die sich auf tröstliche, wohltuende Weise abhob von der Feindseligkeit und Verachtung, die ihr von seiten der anderen entgegenschlugen. Er war ein gesprächiger Mann, und obwohl Griechisch nur seine dritte Sprache war, nach Hunnisch und Gotisch, und er es kaum beherrschte, schaffte er es mit einiger Mühe, Demetrias von sich zu erzählen. Er war ein Edelmann aus dem osthunnischen Stamme der Acatziri. Die Form seines Kopfs – oben spitz und vorne zusammengequetscht – war nicht natürlich, sondern, wie seine Narben, eine absichtliche Deformation, die an allen Knaben seines Stammes im Säuglingsalter vorgenommen wurde. »Den Babys nicht weh tun«, versicherte er Demetrias fröhlich. »Mein Sohn Säugling gewesen und Kopf festgebunden, und weinen überhaupt nicht, o nein, nicht weinen! Er essen und essen und essen! Werden großes starkes Kind. Sechs Jahre alt, als ich ihn zuletzt sehen; vielleicht jetzt ist neun Jahre alt. Wenn zwölf oder dreizehn, er gehen hinaus und töten Wolf oder Eber oder vielleicht Löwe. Dann er ist richtiger Krieger und kriegen seine Narben.« Der Hunne grinste stolz, dann wurde seine Miene plötzlich düster. »Oder vielleicht nicht. Vielleicht sein Herr ihn behalten zu Hause als Sklave.«

In einer Poststation in der Nähe von Aspendus erzählte er ihr, wie er Eulogios' Gefolgsmann geworden war. Sie hatten angehalten, um die Pferde zu wechseln, aber der Agent war wieder unzufrieden mit den zur Verfügung gestellten Tieren; er verbrachte einige Zeit damit, den Stationsvorsteher zusammenzustauchen und andere Pferde zu verlangen. Demetrias blieb in der Kutsche sitzen, und Chelchal kam zu ihr, lehnte sich gegen die Tür und erzählte. In Tyros hatte jeder so von den Hunnen gesprochen, als wären sie ein einziges Volk, aber sie erfuhr, daß sie in Wirklichkeit aus vielen verschiedenen Stämmen bestanden, von denen jeder seine eigenen Sitten und Bräuche und seine angestammten Weidegründe für die Herden hatte. Der berühmte König Attila hatte von seinem Vater die Herrschaft über eine Konförderation aus verschiedenen Stämmen geerbt, aber er hatte sein Einflußgebiet durch ständige Eroberungszüge ausgebaut. Chelchals Stamm war einer der letzten gewesen, die ihre Unabhängigkeit bewahrt hatten. Vor drei Jahren hatte der König ihr Territorium erobert, die Herden vertrieben, Frauen, Kinder und Sklaven verschleppt und Hütten und Karren verbrannt, bis die Führer der Acatziri sich unterworfen und ihm Gehorsam geschworen hatten. Chelchals Familie war bei einem der Raubzüge des Königs verschleppt und einem von Attilas Kriegern als Sklaven geschenkt worden, als Belohnung für seine Dienste; es hatte keine Hoffnung bestanden, daß sie mit Eintritt des Friedens wieder in die Freiheit entlassen werden würden. Als sein Volk die Waffen gestreckt hatte, hatte Chelchal sich geweigert, sich mit den anderen zu ergeben. Statt dessen war er nach Norden aufgebrochen und eine Zeitlang in den Königtümern des Nordens umhergezogen, auf der Suche nach irgendeinem Feind des »Königs der Hunnen«, dem er sich anschließen konnte. Aber es hatte nirgendwo eine nennenswerte Widerstandsbewegung gegeben, und so hatte er es schließlich aufgegeben und war nach Konstantinopel gegangen, in der Hoffnung, daß er dort wenigstens fern von seinem Feind sein würde. Aber auch dort hatte er nur unter großen Schwierigkeiten bleiben können.

»König Attila sehr, sehr großer König«, erklärte er Demetrias. »Er erobern die Acatziri, die Amilzuri, die Itimari – all die tapferen Hunnenvölker, sie alle jetzt dienen König Attila. Und er erobern alle die Goten und die Halani und die Gepiden und die Herulen – alle die Völker nördlich der Donau, bis zu den Ephthaliten im Osten und bis zu den Franken im Westen. Sehr großes Königreich! So groß wie Reich der Griechen und Reich der Römer zusammen. Und König Attila viel größerer König als König Theodosius von den griechischen Römern und König Valentinian von den Weströmern. König Theodosius wollen nicht gegen ihn kämpfen. Zahlen ihm statt dessen viel, viel Gold. Und Attila wollen mehr als Gold. Sagen zu König Theodosius: ›Gib mir alle meine Entlaufenen.‹ Sagen, ich sein entlaufen, weil er regieren jetzt mein Volk, du verstehen. Sagen, alle Hunnen seine Sklaven, sonst nur Entlaufene oder Flüchtlinge. Dann ich und viele andere Hunnen wie ich Feinde von König Attila, wir alle gehen zu König Theodosius und sagen: ›Laß uns hierbleiben, und wir kämpfen für dich gegen König Attila.‹ Aber König Theodosius wollen nicht kämpfen. Die meisten Männer er schicken zurück zu König Attila, zusammen mit viel Gold. Aber Chrysaphios ist kluger Mann. Als viele Krieger werden fortgeschickt, er sagen zu Attila: ›All die anderen Entlaufenen tot; wütende Griechen sie töten alle.‹ Und er geben König Attila Geschenke, damit König Attila ihm glauben und machen keinen Krieg gegen Griechen. Also ich versprechen zu dienen Chrysaphios, und Chrysaphios sagen zu mir: ›Dieses Jahr du dienen meinem Diener Eulogios; dann wir sehen weiter.‹ Wenn ich gut dienen, ich kann bleiben bei den Griechen; wenn dienen schlecht, er mich zu Attila zurückschicken. Aber er mich nicht zurückschicken. Ich tapferer Krieger, zu gut, um zurückzuschicken.«

»Was würde Attila mit dir machen, wenn er dich kriegte?« fragte Demetrias.

Chelchal spie aus. »König Attila nicht töten tapfere Hunnen. Er wollen mehr Männer. Er muß herrschen über die anderen Völker von seinem Reich – die Goten, Halani und Gepiden. Sind viele, viele Goten und nicht viele Hunnen. König Attila brauchen mehr Hunnenkrieger, und er brauchen das Geld von den Griechen, um zu halten Goten ruhig. Nein, ich keine Angst, daß Attila mich töten. Aber ich nicht dienen Attila. Er geben meine Frau und Kinder anderem Mann.« Chelchal spie erneut aus, dann setzte er wieder sein übliches Grinsen auf.

Demetrias schwieg einen Moment. »Ich habe einmal einen Mantel gewebt, der für König Attila bestimmt war«, sagte sie schließlich. Sie konnte sich lebhaft daran erinnern: purpurne und weiße Seide mit einem Muster fliegender Vögel; zwei Tapisserieeinsätze, die die Könige der Hebräer, David und Salomon, auf ihrem Thron sitzend darstellten. Sie hatte sieben Monate dafür gebraucht. »Damit hat wohl alles angefangen«, sagte sie traurig. »Der Prokurator sah ihn und wollte, daß ich einen für ihn mache.«

Chelchal nickte, immer noch grinsend. »Herr Eulogios dich kaufen, damit du machen schöne Mäntel. Dieser Berich, er sagen, du Hure, aber Berich dummer Gote, nicht kennen Unterschied von Hure und Nonne.« Chelchal lachte. »Dummer Gote sie alle vergewaltigen, hah! Ich ihm sagen, du gutes Mädchen, machen schöne Mäntel.« Er klopfte auf seinen Murmeltierumhang, dann steckte er die Hand durch das Fenster der Kutsche und befühlte den Saum von Demetrias' Umhang. »Du das machen?«

Demetrias zuckte erschrocken zurück. Aber der Hunne schien mehr interessiert an dem Umhang als an ihr. »Das war einfach«, sagte sie. »Das ist bloß ein schlichtes Muster. Für die Fabrik habe ich Tapisseriestickereien gemacht – Bilder im Stoff.«

»Du sehr klug. Ich sehen solche Mäntel – bei reichen Männern. Die Hunnen und Goten können nicht machen solche Mäntel. Können nicht machen Schwerter, Messer und Kochtöpfe; Griechen machen viel besser. Wenn ich reicher Mann, ich kaufen viele griechische Sklaven, zu machen Dinge, und Hunnen und Goten, zu kämpfen – genau wie Chrysaphios.

Hunnen und Goten tapfere Männer, aber können nicht gut machen Dinge. Aber bist du Griechin, alle Tyrer Griechen? Du haben Augen wie die Goten.«

Sie hatte dies schon von anderen gehört und wandte ihre grünen gotischen Augen von ihm ab. »Meine Großmutter war eine Gotin«, sagte sie kurz angebunden.

»Sie auch Sklavin? Oder frei Geborene?«

»Sie hat immer gesagt, sie sei von edler Herkunft; aber ob das stimmt, weiß ich nicht. Sie wurde gefangengenommen und versklavt von den Römern während der Kriege, als die Goten nach Thrakien kamen, und die Fabrik kaufte sie, weil sie so gut spinnen konnte.«

»Nicht weben Mäntel?«

»Nein.« Sie schaute ihn wieder an und lächelte. Es war für sie seinerzeit ein gewaltiger Trost gewesen, daß ihre Großmutter nicht gut genug im Weben gewesen war, um an den Seidenwebstühlen zu arbeiten. »Nein, sie wurde nie an die Webstühle herangelassen. Das einzige, was sie weben konnte, waren Karomuster, und die nur schlecht.«

Chelchal lachte. »Wie alle Goten! Dein Mann ein kluger Mann?«

Zum ersten Mal, seit sie von Tyros fort waren, versuchte sie, sich Symeon vorzustellen. Sie war sich von Anfang an bewußt gewesen, daß, sobald sie von der Stadt weg sein würde, nichts als tiefe Leere in ihr zurückbleiben würde; sie hatte immer und immer wieder mit all ihrer Kraft gegen die Trennung von ihrem Mann und ihrem Kind aufbegehrt, hatte geschrien, geweint, gefleht, sie hatte sich ausgemalt, wie Meletios weinte und ein wenig Trost bei Symeon und ihrer Mutter fand. Aber jenen Teil der Leere in ihr, der schlicht »mein Mann« hieß, hatte sie verschwommen gelassen: ein feines Netz aus zerbrochenen Verpflichtungen, ein fallengelassenes Muster, eine Abwesenheit, ein Mangel neben ihr, wenn sie schlief. Und selbst in Tyros hatte sie, wenn sie an ihn gedacht hatte, ihn in erster Linie als »ihren Ehemann« gesehen, als einen Mann, der sich dadurch definierte, was er für sie war, nicht durch das, was er für und in sich selbst war. *Ist er klug?* fragte sie sich jetzt. *Ist er gescheit? Kann er was?* Und sie sah ihn vor sich, wie er mit geschickter Hand eine Purpurschnekkenfalle reparierte; wie er prüfend auf das Meer blickte, um zu sehen, ob der Wind umschlug; wie er ihr tief in die Augen schaute, im Mondlicht vor der Tür, während er spürte, daß sie versuchte, ihn zu belügen. Sie war nicht vorbereitet auf die Heftigkeit des Schmerzes, der sie zusammen mit dem Bild traf; es war, als hätte jemand ihr ein Loch ins Herz geschnitten.

Sie beantwortete Chelchals Frage nicht. Nach einem Moment tätschelte er ihr die Hand, dann ging er zu seinem Pferd zurück. Eulogios hatte sein Palaver mit den Stallknechten beendet, die Pferde waren gesattelt, und die Gruppe war zum Aufbruch gerüstet.

Ich liebe Symeon, dachte Demetrias erstaunt, als die Kutsche anruckte. *Heilige Mutter Gottes, ich will ihn,* ihn *und keinen anderen: sein Gesicht, seine Augen, seinen Körper; sein Leben und meines sollen vereint sein, solange wir existieren. Warum? Ich war nicht in ihn verliebt, als ich ihn geheiratet habe. Oder doch? Mir war immer klar, daß ich ihn mehr mochte als jeden anderen, aber ich habe nie gewußt, warum. Ich sagte, es läge daran, daß er freundlich zu mir sein würde und mich nicht schlagen würde, daß ein Purpurfischer eine gute Partie wäre, respektabel genug, um andere Bewerber aus dem Feld zu schlagen; daß ich nicht arm sein würde. Aber da waren auch noch andere Männer, die freundlich und wohlhabend und angesehen waren, die ich genausogut hätte heiraten können, aber nicht geheiratet habe. Er mußte es sein, immer er und kein anderer. Und sechs Jahre bin ich nun schon mit ihm verheiratet; sechs verlorene Jahre, während denen ich auf einem Schatz gesessen und trotzdem in Armut gelebt habe; sechs Jahre, in denen ich hätte glücklich sein können und es nicht war. Alles, was ich mir nur hätte wünschen können, habe ich in den Händen gehalten und habe es nicht gesehen; erst jetzt, wo es zu spät ist, wo ich es für immer verloren habe, sehe ich es. O Symeon, mein Leben; mein liebster Meletios, wie in Gottes Namen konnte ich nur so blind und töricht sein?*

Eulogios' Diener rümpfte mißbilligend die Nase und wandte sich angewidert ab. Die neue Sklavin seines Herrn weinte. *Was für ein lästiges Geschöpf,* dachte er, *macht nichts als Ärger, seit er sie gekauft hat. Erst kreischt sie herum und wehrt und sträubt sich wie ein störrischer Esel, dann kotzt sie die Kutsche voll, und jetzt heult sie auch noch. Ich bin froh, wenn wir endlich in Konstantinopel sind und sie zu den gewöhnlichen Sklaven gesteckt wird. Sie hätten mir wirklich den Gefallen tun können, sie draußen reiten zu lassen.*

Eulogios und seine Gruppe folgten der Südküste Asiens bis Attaleia; dort wandten sie sich landeinwärts und überquerten die Berge an einer Stelle, wo sie kaum mehr als Hügel in der Lücke zwischen Lycien und Isaurien waren. Trotzdem gerieten sie an einer Stelle in tiefen Schnee, und die Insassen der Kutsche mußten aussteigen und zu Fuß weitergehen, weil das Gefährt sonst steckengeblieben wäre. Demetrias hatte noch nie in ihrem Leben Schnee gesehen. Sie starrte mit staunenden Augen auf die weiße Landschaft, als sie aus der Kutsche kletterte. Kein Laut kam von den Berghängen. Selbst das Seufzen des Windes in den Fichten war durch den Schnee gedämpft. Ihre Füße, die lediglich mit Sandalen bekleidet waren, fühlten sich kalt an und wurden rasch taub, und die Kälte drang durch ihren Umhang.

»Mach voran!« schrie Eulogios ungeduldig und zügelte sein Pferd neben ihr. »Hilf gefälligst mit, du Schlampe! Du, Kutscher, beweg dich!«

Demetrias folgte dem Beispiel des Dieners und brach Zweige von den schneebeladenen Bäumen ab und stopfte sie unter die Räder der Kutsche, immer wenn diese in eine Furche rutschte und steckenzubleiben drohte. Nach kurzer Zeit schwitzte sie und zitterte gleichzeitig vor Kälte und taumelte vor Erschöpfung. Sie hatte nicht viel gegessen, seit sie Tyros verlassen hatten, und von dem Wasser, das sie an einer der Stationen bekommen hatte, hatte sie Durchfall bekommen, sehr zum Leidwesen des Dieners.

»Komm«, vernahm sie plötzlich die Stimme Chelchals neben sich. »Aufsteigen; du reiten mit mir.«

Sofort hielt auch Berich, der Gote, sein Pferd neben ihr an. »Sie kann mit mir reiten!« rief er Chelchal wütend zu.

Demetrias dachte einen kurzen Moment über Chelchals Angebot nach – dann schüttelte sie den Kopf. »Ich gehe zu Fuß«, sagte sie und stemmte sich gegen die Kutsche, während sie ihren zerzausten Fichtenzweig erneut unter das Hinterrad schob. Chelchal sagte etwas zu Berich in einer Sprache, von der sie annahm, daß es Gotisch war; Berich schien beleidigt und schrie etwas zurück, woraufhin Chelchal ihn auslachte. Berich spornte sein Pferd an und ritt wütend zur Spitze des Zuges. »Du reiten mit mir«, wiederholte Chelchal.

Demetrias schüttelte den Kopf. Sie mochte Chelchal, aber jetzt zu ihm aufs Pferd zu steigen würde bedeuten, etwas zu akzeptieren, das mehr war als bloße Freundlichkeit – und dieses Etwas, obwohl noch undefiniert, war unannehmbar. »Ich kann zu Fuß gehen«, erwiderte sie verbissen. »Der Schnee wird gewiß nicht mehr lange so tief sein.«

Der Schnee war nur noch drei Meilen so tief; es dauerte nicht lange, bis sie wieder in die Kutsche steigen konnte, und von da an ging es abwärts in Richtung auf die Stadt Colossae. Für Demetrias freilich waren diese drei Meilen mehr als genug. Als sie endlich wieder in der Kutsche saß, stellte sie fest, daß ihre Glieder unkontrolliert zitterten. Sie raffte ihren vom Schnee durchnäßten Umhang fest um ihren Körper und rollte sich in ihrer Ecke zusammen; hinter ihren geschlossenen Lidern schien die Welt hin und her zu torkeln. Als die Reisegruppe schließlich anhielt, um für die Nacht einzukehren, mußte der Diener sie mehrmals anschreien, bevor sie aus ihrer tiefen Betäubung erwachte. Sie nickte matt, begann sich zu erheben, um die Tür zu öffnen – und dann fing die Welt um sie herum an, sich im Kreise zu drehen, und wurde erst schwarz, dann wieder grau. Ihr war, als hätte sich ihr verkümmertes, zusammengeschrumpftes Bewußtsein von ihrem durchgefrorenen, erschöpften Körper losgelöst; sie sah, wie sie in der Ecke der Kutsche lag und der Diener mit der flachen Hand auf sie einschlug, aber sie verfolgte es ohne jede Teilnahme, so als gehörte ihr Körper einer Fremden. Nach einem Moment ging der Diener weg, und Eulogios kam selbst und brüllte sie an, sie solle aufstehen. Sie reagierte nicht: Es war leichter, in die wohltuende Schwärze zurückzusinken, als aufzustehen und mitzugehen.

»Du verdammte kleine Hure!« brüllte Eulogios. »Steh sofort auf und komm aus der Kutsche!« Sie rührte sich nicht. Eulogios wandte den Blick mit einer wütenden, ruckartigen Kopfbewegung auf seine Gefolgsleute. »Holt sie raus!« Berich, der Gote, schickte sich an, die Tür zu öffnen; Chelchal trat ihm in den Weg.

»Nicht gut, Herr«, sagte er zu Eulogios. »Sie jetzt krank.« Er öffnete die Tür selbst und fing Demetrias auf, die ihm fast entgegenfiel.

»Krank?« Eulogios runzelte die Stirn und trat näher, um einen Blick auf Demetrias zu werfen. Chelchal mußte sie festhalten, damit sie nicht umkippte.

»Was denken?« fragte der Hunne. »Sie nicht essen, übel sein von Fahrt in Kutsche, trinken schlechtes Wasser; dann Ihr sie lassen im Schnee laufen. Sie krankes Mädchen jetzt. Und wenn Ihr sie geben Berich und er sie weiter schlagen, dann sie noch kränker und vielleicht sterben.«

Demetrias hob den Kopf und schaute überrascht auf. *Ich mag vielleicht erschöpft sein und geschwächt,* dachte sie, *aber sterben? Nein, soweit ist es noch nicht – wenigstens glaube ich das nicht.* Chelchals stinkender Murmeltierfellmantel schmiegte sich warm und weich gegen ihre Wange. Eulogios' Gesicht war verschwommen, als sähe sie es durch eine beschlagene Scheibe; sie starrte es an. *Er würde vor Wut platzen, wenn ich sterbe,* dachte sie mit einem bösartigen Triumphgefühl. *Das wäre eine Lehre für ihn – da bezahlt er soviel Geld für mich und schleppt mich so weit, und dann sterbe ich, bevor wir Konstantinopel erreichen. Aber ich will nicht sterben. Ich bin ein dummes Geschöpf, ich habe alles verloren – aber ich will nicht sterben. Die Welt ist zu schön, um so einfach aus dem Leben zu scheiden. So krank bin ich doch nicht – oder doch?*

Chelchal sah ihren fragenden Blick und zwinkerte verstohlen. Sie war zu erschöpft, um zu lächeln, aber sie spürte eine Woge der Erleichterung.

»Nun, dann schaff sie in einen warmen Raum«, befahl Eulogios Chelchal gereizt, »und sorg dafür, daß man sich um sie kümmert. Erkundige dich, ob sie einen Arzt hier haben oder zumindest jemanden, der sich mit Kräutern auskennt, und laß sie behandeln. Und tu ihr ja nichts! Sie hat mich sechzig *Solidi* gekostet, und das war noch ein überaus günstiger Preis, sehr niedrig für eine Arbeiterin mit ihren Fähigkeiten.«

»Ich sie nicht anrühren«, sagte Chelchal und zog sie sanft hoch. »Sie gutes Mädchen.«

Auf dem Weg in den Gasthof der Poststation fiel sie erneut in Ohnmacht, und er mußte sie tragen. Im Gasthof angekommen, ließ er sich vom Stationsvorsteher eine Kammer mit einem Kohlenbecken zeigen, trug sie hinein und gab einer der Mägde den Auftrag, sie auszuziehen und ins Bett zu legen, während er selbst sich auf die Suche nach einer Kräuterheilerin machte. Er fand schließlich eine muntere junge Hebamme, die Unterkühlung und Erschöpfung diagnostizierte. Sie machte Demetrias heiße Umschläge um die Füße und flößte ihr eine Kräutertinktur gegen Ruhr in einem Trank aus heißer Gerstenbrühe und Honig ein. Als sie am drauffolgenden Morgen Colossae verließen, hatte Demetrias Fieber, konnte aber aus eigener Kraft in die Kutsche steigen. Die Strecke war weniger unwegsam an jenem Tag, Eulogios drosselte seine Hast ein wenig, und niemand schlug sie an dem Tag; am Abend fühlte sie sich schon wieder viel besser.

»Wenn wir kommen nach Konstantinopel, du wieder ganz gesund«, versicherte Chelchal ihr am nächsten Morgen mit aufmunterndem Blick. »Noch fünf Tage vielleicht, dann wir erreichen Konstantinopel; dort ausruhen.« Er tätschelte ihre Hand, die auf dem Rahmen des Kutschenfensters lag. Die Kutsche fuhr, während er sprach, aber nur im Schrittempo. Chelchal ritt direkt neben dem Fenster. Er saß zurückgelehnt im Sattel, ein Bein hochgezogen und lässig unter das andere geschoben, wie ein Mann, der es sich in einer Taverne bequem macht. Sein Sattel unterschied sich von denen der anderen Reiter: Er war größer und bestand ganz aus Holz; die Vorderseite und die hohe Rückenlehne waren mit Intarsien aus silbernen Schuppen verziert. Er benutzte nie einen anderen, und sie vermutete, daß er hunnischen Ursprungs und sein Eigentum war. Er schien sich darin wohler zu fühlen als irgendwo sonst, sie hatte bemerkt, daß er beim Reiten sogar schlafen konnte. Sie lächelte ihn an, und er hörte auf zu grinsen und sah sie einen Moment nachdenklich an. Dann sagte er: »Was denken? Wenn wir erreichen Konstantinopel, Herr Eulogios dich Chrysaphios geben. Ich fragen Chrysaphios, ob wir können heiraten?«

»Was?« fragte Demetrias und zog ihre Hand zurück.

»Du gutes Mädchen, klug und hübsch. Und tapfer – du dich wehren gegen diesen Berich wie ein echter Krieger, hah! Ich wollen neue Frau, vielleicht neue Kinder. Wir heiraten?« Er schlug sich auf die Brust. »Ich frei geboren, guter Krieger, tapfer. Bald ich sprechen Griechisch gut, und ich werden Christ wie du. Chrysaphios und Eulogios, sie mir zahlen gutes Geld. Ich schlagen dich nicht. Ich guter Ehemann. Ja?«

O Gott, dachte sie, *jetzt verliere ich den einzigen Menschen, von dem ich dachte, daß er ein Freund sei. Ich hätte wissen müssen, daß es ein Irrtum ist, von einem Mann nichts weiter als schlichte Freundlichkeit zu erwarten.* »Ich ... ich bin schon verheiratet«, sagte sie leise, ein wenig stotternd. »Ich kann dich nicht heiraten.«

»Dein Mann in Tyros. Weit weg, für immer.«

Demetrias biß sich auf die Lippen und blinzelte den Hunnen mit gequälter Miene an. Es war ein seltsames Gefühl, zu hören, wie Chelchal seine Fähigkeiten und Vorzüge aufzählte, und festzustellen, daß es die gleichen waren, die sie einst dazu bewogen hatten, sich für Symeon zu entscheiden. Gewiß, Chelchal war abstoßend und häßlich und stank – aber ein Soldat im Dienste des kaiserlichen Kämmerers war, nüchtern gesehen, eine weit bessere Partie als ein Purpurfischer in Tyros. Das bezweifelte sie nicht, genausowenig wie sie bezweifelte, daß Chelchal gut zu ihr sein würde; es war unbestreitbar, daß er – tapferer Krieger oder nicht – von Natur aus ein freundliches Wesen hatte. Aber der Gedanke, ihn zu heiraten, war unerträglich.

»Es tut mir leid«, sagte sie leise, wohl wissend, daß sie ihn verletzte. »Ich ... mein Mann ...«

»Macht nichts!« sagte Chelchal. »Noch zu früh, ja? Erst zwei Wochen her. Zu früh. Ich warten, ist gut!« Er grinste breit, gab seinem Pferd einen Klaps auf die Flanke und trabte nach vorn, um hinter Eulogios zu reiten.

Demetrias saß einen Moment lang still da, dann hob sie die Hand und befühlte ihre Ohrringe. Es waren die goldenen, die Symeon in Ptolemais für sie ausgesucht hatte. Man hatte sie ihr gelassen. Sie erinnerte sich daran, wie sein Blick auf ihr geruht hatte, als sie sie angelegt hatte, an den Stolz in seinem Gesicht. Sie ließ die Hände zurück in den Schoß sinken, ballte sie zu Fäusten und kämpfte gegen die Tränen an. *Erst zwei Wochen. Mir kommt es vor, als wäre es in einem anderen Leben gewesen. Alles vorbei, für immer vorbei. Aber ich werde mich nicht eines solchen Verrats schuldig machen, daß ich jetzt ein neues Leben mit Chelchal anfange.* Sie schaute aus dem Fenster. Der Hunne ritt ein Stück weiter vorn, immer noch in derselben bequemen Haltung in seinem Sattel lehnend; die silbernen Schuppen funkelten um seinen schmutzigen Fellmantel. Vor ihm saß der Agent steif und ungeduldig auf seinem Reittier, nach vorn gebeugt, als könne er die vor ihm liegenden Meilen dadurch abkürzen. In fünf Tagen würden diese Meilen bewältigt sein, und sie würden in Konstantinopel einreiten und sich auf direktem Wege zum Kämmerer des Kaisers begeben. Was dann?

Ich werde die gleichen Lügen noch einmal erzählen, dachte Demetrias. *Und dann ... wer weiß, was dann kommt. Entweder hat Nomos Erfolg mit seinem Komplott – oder er scheitert und reißt mich mit in seinen Untergang. Aber ich muß versuchen, fest daran zu glauben, daß ich am Leben bleibe, und solange ich lebe, werde ich versuchen, wieder nach Hause zu kommen. Ich werde still und demütig meinen Dienst verrichten; ich werde soviel Geld sparen, wie ich irgend kann, und hoffen, daß sich mir irgendwie, durch Bestechung oder Glück oder Zufall, eines Tages die Chance bietet, freizukommen und nach Tyros zurückzukehren. Ich muß ganz fest darauf hoffen. Ich habe sonst nichts, wofür es sich zu leben lohnte, und ich glaube nicht, daß ich dieses neue Leben ohne irgendeine Hoffnung durchstehen kann.*

Das Wetter nördlich des Taurus war windig und kalt, aber der Himmel, unter dem sie dahinzogen, war blau und blank wie

Emaille. Südlich des Taurus jedoch stieß derselbe heftige Wind schwarze, regenschwere Wolken vor sich her und jagte sie über eine graue, aufgewühlte See. Symeon betrachtete sie mit düsterem Blick. *Vier Tage hält dieses Wetter jetzt schon an, und noch immer ist kein Ende in Sicht. Gott weiß, wie lange es noch dauert, bis wir endlich weitersegeln können.*

Er und Meletios hatten in den ersten Tagen ihrer Reise ausgezeichnete Fahrt gemacht. Mit einem steifen Wind im Rükken waren sie nach Norden gesegelt und hatten schon nach drei Tagen die Landspitze von Laodikäa, die 150 Meilen von Tyros entfernt lag, umrundet. Aber dann war das Wetter binnen weniger Stunden umgeschlagen. Die kräftige Brise von Südosten war erst abgeflaut und dann nach Westen umgesprungen, heftigen Regen und schwere See mit sich bringend. Symeon hatte den ersten Hafen angelaufen, der in Sicht kam: ein kleines Fischerdorf etwa dreißig Meilen südlich der Mündung des Orontes-Flusses. Die Bewohner staunten nicht schlecht, als das fremde, elegante Boot auf ihren schlammigen Strand glitt, und scharten sich neugierig um Symeon und Meletios und bestürmten sie mit Fragen.

Symeon erzählte ihnen, sie wollten den Orontes hinauf nach Antioch, wo sie Geschäfte zu erledigen hätten – er befürchtete, daß die Einheimischen, wenn sie erführen, daß er eine viel längere Reise vorhatte – und dementsprechend mehr Geld mit sich führte –, in Versuchung kommen könnten, ihn auszurauben und umzubringen. Arm genug sahen sie wahrlich aus, um auf solche Gedanken kommen zu können; sie selbst besaßen nur winzige, schäbige Segeljollen und trugen abgewetzte Kleider aus grobem, schlichtestem Wollstoff. Sie erwiesen sich jedoch als sehr freundlich. Fremde aus Tyros waren ein seltenes Wunder, das es gebührend zu bestaunen und auszukosten galt: Keiner der Dorfbewohner war jemals weiter als dreißig Meilen aus dem Dorf herausgekommen. Symeon und Meletios sahen sich alsbald als Gäste des Dorfvorstehers, eines wohlhabenden Bauern, der Brot und Öl an die Fischer verkaufte und der in der Vorhalle seines Hauses eine Art Taverne führte. Symeon ließ die Kundschaft in der Taverne beträchtlich anschwellen, indem er an einem der Tische Platz nahm und den Dorfbewohnern das Neueste aus dem Süden berichtete. Sie waren ebenso unwissend wie arm: Keiner von ihnen konnte lesen, und keiner von ihnen konnte Griechisch, und alles, was er ihnen erzählte, war neu für sie. Meletios hörte schweigend und schmollend zu. Symeon beherrschte die syrische Sprache fast ebensogut wie die griechische, aber Meli fühlte sich, obwohl er die Sprache sein ganzes Leben lang gehört hatte und das meiste verstand, nicht sicher genug in ihr, um sich an der Unterhaltung zu beteiligen. Zu Hause hatten sie immer Griechisch gesprochen.

Doch als die Tage sich hinzogen und der Wind die *Prokne* am Strand festhielt, kühlte sich die anfängliche Begeisterung der Dörfler merklich ab. Der Dorfvorsteher hatte eine Tochter, ein hübsches, dunkeläugiges Mädchen von sechzehn Jahren. Die Stellung ihres Vaters und ihr gutes Aussehen machten sie zur begehrtesten Frau im Dorf – und sie brachte den beiden Fremden erheblich mehr Aufmerksamkeit entgegen, als es den Dorfbewohnern schicklich vorkam. Sie vernachlässigte ihre Pflichten im Haus und hing ständig an Symeons Ellenbogen, lachte, schwatzte, las ihm jeden Wunsch von den Lippen ab. Mehrere der jüngeren Männer des Dorfes schienen ganz und gar nicht erfreut darüber, und der Vater des Mädchens war auch nicht glücklich. Symeon fühlte sich zunehmend von feindseligen Blicken angestarrt, wenn er erschien, und er ertappte mehrere der Einheimischen dabei, wie sie die *Prokne* mit Blicken beäugten, die mehr ausdrückten als bewundernde Neugier. *Als ob ich ein schmutziges, von Flöhen gebissenes Bauernmädchen wollte, das halb so alt ist wie ich!* dachte Symeon angewidert. *Selbst wenn ich unverheiratet wäre und sie nicht die Tochter meines Gastgebers wäre, würde ich sie nicht anfassen. Aber wenn wir nicht innerhalb der nächsten paar Tage hier wegkommen, gibt es Ärger wegen der kleinen Schlampe. Christus und heiliger Petrus, schickt mir einen guten Ostwind!*

Aber der Wind blies hartnäckig weiter von Westen her, die Wellen brandeten gegen den ungeschützten Strand, und es regnete in Strömen. Es war später Nachmittag. Von seinem Platz unter dem palmenwedelgedeckten Dach der Vorhalle aus konnte er die Boote der Dörfler auf dem schlammigen Strand liegen sehen; in dem verblassenden, trüben Licht der Dämmerung sahen sie noch trostloser aus als sonst. Die *Prokne* lag auf der Seite, eingehüllt in ihre Segeltuchplane. Symeon seufzte tief und kratzte sich an einem der Flohbisse, die ihm seine allgegenwärtigen Bettgenossen in überreichem Maße zugefügt hatten.

Als Meletios, der neben dem Feuer spielte, das die Vorhalle wärmte, das Seufzen seines Vaters hörte, stand er auf und kam zu ihm. Er drückte sich an Symeons Knie und schmiegte den Kopf an seinen Arm. »Wann springt der Wind um?« fragte er.

»Sobald Gott es so will«, antwortete Symeon. Als er den gelangweilten und traurigen Gesichtsausdruck seines Sohnes gewahrte, fügte er hinzu: »Sag mal, wie wär's, wenn wir mal wieder ein bißchen Lesen und Schreiben üben würden?«

Meletios schien nicht gerade begeistert von der Idee, aber er holte ein Brett und ein verkohltes Holzscheit von dem Haufen neben dem Feuer und gab sie seinem Vater. Symeon malte Buchstaben auf das Brett und forderte Meletios auf, sie zu benennen. Während sie damit beschäftigt waren, kam Mariam, die Tochter ihres Gastgebers, herein. Sie stemmte die Hände in die Hüften und schnalzte mit der Zunge.

»Was für ein kluger Junge!« rief sie. »Noch so klein und kennt schon alle Buchstaben wie ein richtiger Schriftgelehrter!«

»So gut noch nicht«, erwiderte Symeon kurz angebunden; die Anwesenheit des Mädchens bereitete ihm Unbehagen. Er schrieb »Prokne« auf das Brett, und Meletios betrachtete das Wort stirnrunzelnd. Mariam kniete sich neben ihn und starrte ebenfalls einen Moment lang auf die Buchstaben, ehe sie den Blick seitwärts wandte und Symeon anlächelte. Sie trug einen Krug Wein und einige Tonbecher bei sich – es war die Zeit, zu der sich die Männer des Dorfes zu ihrem abendlichen Trunk einfanden.

»Sag, mein kleiner Prinz«, sagte sie zu Meletios. »Was heißt das?«

Meletios zog eine Flunsch; er konnte es immer noch nicht ausstehen, wenn man Syrisch mit ihm redete. Er buchstabierte das Wort, dann starrte er es wütend an. Er konnte hier und da schon einmal eine Silbe lesen, aber ein ganzes Wort war noch zu schwer für ihn. »Pro . . .« begann er. »Provinz?«

»Nein«, sagte Symeon geduldig. »Das ist ein Kappa, Meli. Kappa, Ny, Eta. Was bedeutet das zusammen?«

Meli formte erneut jeden einzelnen Laut stumm mit den Lippen; dann hellte sich seine Miene plötzlich auf. »Prokne!« rief er. »Es heißt Prokne!«

Zwei der Dorfbewohner betraten in diesem Moment die Vorhalle, ein Vater und sein erwachsener Sohn. Die Miene des letzteren verdunkelte sich, als er Mariam neben dem Besucher hocken sah. Er setzte sich an den anderen Tisch und starrte wütend zu ihr herüber. Sie beachtete ihn nicht. »Was bedeutet das?« fragte sie Symeon und blickte lächelnd zu ihm auf.

Er zuckte die Achseln und legte das Brett nieder. »Es ist der Name des Boots. Solltest du nicht besser . . .?« Er deutete in die Richtung der Neuankömmlinge.

Mariam stand auf, langsam und mit offensichtlichem Widerwillen. Sie stellte den Weinkrug auf Symeons Tisch und ging weg, um Wasser zu holen. Der junge Dorfbewohner wandte seinen mürrischen Blick jetzt auf Symeon. Sein Vater hüstelte unbehaglich. »Warum heißt das Boot *Prokne?*« erkundigte er sich höflich.

»Die meisten Purpurfischerboote in Tyros sind nach Weberinnen benannt«, antwortete Symeon, froh, ein unverfängliches Gesprächsthema gefunden zu haben. »Da gab es schon eine *Penelope,* eine *Arachne,* eine *Omphale* – sie alle waren berühmte Weberinnen. Das erste Boot meines Vaters hieß *Prokne;* also taufte ich meins auf den gleichen Namen.«

Mariam kam zurück mit dem Krug Wasser und weiteren Bechern. Sie stellte einen davon vor Symeon und schenkte ihn zur Hälfte mit dem schweren Rotwein ihres Vaters voll, obwohl er nicht darum gebeten hatte. Die Miene des jungen Fischers verdüsterte sich noch mehr. Mariam füllte Symeons Becher mit Wasser auf, dann wandte sie sich mit betont widerwilligem Gesichtsausdruck den anderen Gästen zu und bediente sie. Ein weiterer Gast erschien, aber sie ignorierte ihn und setzte sich auf die Bank neben Symeon. Sie nahm das Brett wieder auf und starrte die Buchstaben an, als würden sich die krakeligen Holzkohlezeichen durch bloßes Hinschauen in Laute verwandeln. »Was hat diese Prokne denn gemacht?« fragte sie.

Symeon warf dem neuen Gast einen hilflosen Blick zu. Der Mann starrte grimmig zurück, dann ging er quer durch die Vorhalle und bediente sich selbst mit einem Becher Wein. »Sie wurde in eine Schwalbe verwandelt«, sagte Symeon in resigniertem Ton.

»Ein schneller Vogel, und der flinkste von allen«, warf der ältere Fischer rasch ein. »Ein guter Name für ein Boot wie Eures.«

»Das fand ich auch.«

»Das ist eine schreckliche Geschichte«, sagte Meletios plötzlich und in sauberem Syrisch. »Ich hasse sie.«

Mariam lachte und klatschte in die Hände. »Du kannst ja unsere Sprache!«

Meli schaute sie wütend an. »Ich mag Griechisch lieber. Meine Mama spricht immer Griechisch.«

Der junge Fischer lachte, aber Mariam schien nicht beleidigt zu sein. »Wieso ist es eine schreckliche Geschichte?« wollte sie wissen. »Ich finde, in eine Schwalbe verwandelt zu werden ist doch was Schönes; viel besser jedenfalls als in eine Schlange oder in einen Fisch.«

Symeon nahm einen Schluck von seinem Wein. Wenn er die Geschichte erzählte, würde das Mädchen wenigstens für eine Weile den Mund halten. »Schrecklich war das, was ihr vorher passierte«, sagte er. »Es war so: Es war einmal ein König mit Namen Pandion, der hatte zwei Töchter, Prokne und Philomela. Philomela war begabt in Musik, aber Prokne konnte so wunderschön weben wie keine zweite im ganzen Land.«

Symeons Stimme hatte den typischen Tonfall des Geschichtenerzählers angenommen. Die anderen Gäste verstummten und schauten ihn erwartungsvoll an. Sogar der junge Fischer lauschte gespannt. Eine neue Geschichte war eine seltene Kostbarkeit, und Eifersucht und Groll konnten warten, bis die Geschichte zu Ende erzählt war.

»All dies trug sich vor langer Zeit zu«, fuhr Symeon fort, »in der Zeit vor König Alexander. Ich weiß nicht genau, wann es war; ich weiß nur, daß es in den Tagen der alten Götter war, als noch viele seltsame Dinge geschahen.« Er zögerte: Die meisten der Dorfbewohner waren Heiden, die Ba'al und Astarte verehrten, wie es ihre Vorfahren schon vor Jahrhunderten getan hatten. Sein Gastgeber und dessen Familie schienen die einzigen Christen zu sein. Aber die anderen nahmen die Anspielung ohne Murren hin: Die Zeiten hatten sich in der Tat geändert, seit die alten Götter die Erde unangefochten regiert hatten. »Zu jener Zeit gab es noch einen anderen König namens Tereus, der in Thrakien regierte.«

»War er ein Hunne?« fragte der alte Fischer.

»Ich vermute es«, antwortete Symeon. »Mit Sicherheit war

er ein Barbar. Aber woher er auch stammte, er wurde mächtig und machte seinen Nachbarn Angst. Um sich zu schützen, trug Pandion Tereus die Hand seiner Tochter Philomela an.«

»Er muß ein Hunne gewesen sein«, warf der junge Fischer ein. »Unsere Könige erkaufen sich noch heute Frieden von ihnen mit Gold und indem sie ihnen Edelfrauen zum Weibe anbieten. Wir haben drei Zusatzsteuern in den letzten drei Jahren auferlegt bekommen, um das alles zu bezahlen.«

Von den anderen kam zustimmendes Gemurmel. »Er sollte Philo ... Philomila heiraten?« fragte Mariam. »Nicht die andere?«

Symeon nickte. »Ganz recht. Philomela war die ältere Tochter. Nun, Pandion war ein mächtiger König und wertvoller Bündnispartner, und Tereus nahm das Angebot an und segelte gen Süden nach Athen, wo Pandion seinen Hof hatte. Aber obwohl er eingewilligt hatte, die ältere Tochter zu heiraten, fiel sein Blick auf die jüngere, Prokne, und er war sofort verzaubert von ihrer Anmut und ihrer Schönheit. Aber er ließ sich nichts anmerken und heiratete Philomela mit großem Pomp. Er nahm sie mit nach Thrakien, und sie lebten dort ein Jahr lang ruhig und in Frieden miteinander. Doch Tereus konnte Prokne nicht vergessen und begehrte sie noch immer, und seine Frau wurde ihm mehr und mehr verhaßt.«

»Ein Jahr nach der Hochzeit wurde Philomela schwanger, und Tereus fand sie weniger begehrenswert denn je. Und so kam es, daß er schließlich, ohne seiner Frau ein Wort zu sagen, erneut in See stach und nach Athen segelte.«

»Sein Schwiegervater und seine Schwägerin waren erfreut, ihn zu sehen, und erkundigten sich neugierig nach seiner Frau. Er sagte ihnen, es gehe ihr gut, aber sie erwarte ein Kind; und sie ließe darum bitten, daß ihre Schwester Prokne zu ihr käme, um ihr bei der Niederkunft beizustehen. Die beiden Schwestern hatten füreinander stets große Zuneigung gehegt, und Prokne erklärte sich sofort freudig bereit, dem

Wunsch der Schwester zu entsprechen. Ihr Vater argwöhnte nichts Böses und sah keinen Grund, warum er sie nicht mit ihrem Schwager schicken sollte, damit sie der Geburt seines Enkelkindes beiwohnen könne, und erteilte ihr bereitwillig die Erlaubnis, Tereus nach Thrakien zu begleiten. Und so segelte das arme Mädchen denn fort nach Norden – und sah die Heimat nie wieder.«

Symeon hielt einen Moment inne, denn plötzlich stand das Bild Demetrias' vor ihm, wie sie nach Norden verschleppt wurde, hilflos der Gnade von Fremden ausgeliefert. *Aber sie wurde nicht aus Wollust verschleppt,* machte er sich Mut, *und ich werde sie zurückholen.* Er schüttelte den Kopf, um das Bild zu vertreiben, und fuhr fort: »Als sie in Thrakien gelandet waren, nahm Tereus Prokne und seine Gefolgsleute und begann nach Norden zu reiten, auf seine Hauptstadt zu, die im Inland lag. Doch nachdem sie ein Stück Weges geritten waren, schickte er den Großteil seines Gefolges voraus und führte Prokne mit der Erklärung, sie würden Rast machen, zu einer einsamen Hütte im Wald. Sobald sie im Innern der Hütte waren, schloß er die Tür ab und befahl ihr, sich zu entkleiden und ihm zu Willen zu sein.«

»Sie versuchte, so zu tun, als begreife sie nicht; sie flehte ihn an, sie und seine Frau nicht zu entehren, und als dies alles nichts fruchtete, weigerte sie sich rundweg. Ihre Weigerung erregte jedoch nur seinen Zorn, und er packte sie und nahm sie mit Gewalt in jener Hütte dort im Wald, und niemand außer einigen wenigen seiner Getreuen konnte ihre Schreie hören. Als er seine schreckliche Tat vollendet hatte und von ihr abließ, schleuderte sie ihm entgegen: ›Du hast uns alle entehrt, dich selbst, mich und meine Schwester. Wer wird noch einem König vertrauen, der ein solches Verbrechen begangen hat?‹ ›Niemand wird davon erfahren‹, erwiderte er. ›Ich werde es allen sagen‹, versetzte sie, ›jeder soll es erfahren.‹ ›Du wirst niemandem etwas sagen‹, sagte er da, sprach's, zückte seinen

Dolch, packte sie erneut und schnitt ihr die Zunge heraus. Dann ließ er sie in der Hütte zurück und ritt davon.«

»Im nächsten Dorf trug er einer alten Frau auf, ihr zu essen zu geben und für sie zu sorgen, aber er sagte der Alten, die Frau in der Hütte sei eine griechische Sklavin, die er erworben habe und die versucht habe zu fliehen, und sie müsse nun als Gefangene in der Hütte bleiben und dort arbeiten. Er ritt zurück zu seiner Stadt und zu seiner Frau, und er erzählte Philomela nichts von dem, was geschehen war. An König Pandion sandte er eine Botschaft, in der er ihm mitteilte, daß Prokne während der Reise erkrankt und gestorben sei. Der alte König trauerte um seine Tochter, aber Philomela erfuhr nichts von alldem. Kurz nach Tereus' Rückkehr gebar sie einen Sohn, dem sein Vater den Namen Itys gab, und auch wenn sie nicht glücklich war dort unter den Barbaren, so hatte sie als Mutter und Königin doch wenigstens genügend Pflichten und Aufgaben, die sie voll in Anspruch nahmen.«

»Prokne blieb in der Hütte im Wald zurück, und die alte Frau versorgte sie mit Nahrung, hielt aber die Tür stets verschlossen. Prokne konnte niemandem sagen, wer sie war und was ihr zugestoßen war. Ich vermute, dies alles trug sich zu einer Zeit zu, als noch niemand etwas von Schrift wußte; wie dem auch sei, sie konnte jedenfalls auch niemandem schreiben. Das einzige, was ihr gestattet wurde, war ihre geliebte Weberei – die alte Frau hatte ihr sofort einen Webstuhl beschafft, da sie dachte, dies würde dem König gewiß gefallen. Aber der König hatte kein Interesse mehr an ihr. So saß Prokne denn an ihrem Webstuhl und webte; sie webte einen Wandteppich, und es war das schönste Webstück, das man je in jenem Lande gesehen hatte, und die alte Frau bewunderte es mehr mit jedem Tag, den es seiner Vollendung entgegenwuchs. Prokne brauchte mehr als zwei Jahre, bis sie das Werk vollendet hatte, und als es endlich fertig war, konnte die alte Frau den Gedanken, daß es in der Hütte liegen sollte, ohne daß der König es sähe, nicht ertragen: Sie brachte den Teppich in die Stadt des Königs und ließ ihn dortselbst auf dem Marktplatz aufhängen, auf daß jeder ihn bewundern könne. Und nach einer Weile blickte die Königin aus dem Fenster ihres Palasts und sah die Menge auf dem Marktplatz und kam selbst heraus, um zu sehen, was dieses Ding wohl sei, das die Leute so neugierig anstarrten.«

Symeon nahm erneut einen Schluck von seinem Wein; seine Zuhörer harrten in gespanntem Schweigen. »Als Philomela den Wandteppich sah, da wußte sie sofort, wer ihn gewebt hatte – mehr noch: Sie wußte alles, was geschehen war, weil es alles auf dem Teppich abgebildet war. Da waren Athen und der Palast ihres Vaters; da waren Tereus und sein Schiff – und Prokne, die an Deck stieg; da waren der Wald in Thrakien und die Hütte, und noch einmal Tereus, diesmal mit seinem Messer in der Faust. Sie begriff alles – als einzige in der Menge. Sie sagte kein Wort, drehte sich bloß um und rannte zurück in den Palast; doch bald darauf schickte sie nach der alten Frau und bat sie, sie zu der Weberin zu führen, die den wunderschönen Teppich gefertigt habe. Die alte Frau sah keinen Grund, ihrer Königin diese Bitte abzuschlagen, und so kam es, daß die beiden Schwestern bald wieder vereint waren und sich weinend in den Armen lagen.«

»Aber Philomela wußte nicht, wie sie es bewerkstelligen sollte, ihre Schwester und sich selbst zu retten. Ihr Gemahl war immer noch König, und sie war nur sein ausländisches Eheweib und ohne jede Macht. Sie kehrte nach Hause zurück und grübelte über die Dinge, die geschehen waren. Gut möglich, daß sie darüber verrückt wurde.«

»Ich hasse das, was jetzt kommt«, erklärte Meletios. Er drückte sich an das Bein seines Vaters und hielt sich die Ohren zu. Symeon lächelte und legte den Arm um ihn.

»Jedenfalls verhielt sie sich wie eine Verrückte«, fuhr Symeon mit seiner Erzählung fort. »Sie wartete, bis ein großes Fest bei den Thrakern abgehalten wurde, und dann nahm sie den Sohn, den sie Tereus geboren hatte, Itys, der inzwischen drei Jahre alt war, und schnitt ihm mit dem Dolch ihres Gemahls die Kehle durch.« Die Dorfbewohner keuchten entsetzt auf. »Danach schnitt sie den Körper des Jungen in Stücke, briet ihn – mit Ausnahme des Kopfes, den sie beiseite schaffte – und setzte ihn ihrem Gemahl zum Festmahl vor. Er verzehrte das Fleisch und pries es ob seiner Zartheit und seines vorzüglichen Geschmacks in höchsten Tönen. ›Willst du wissen, was für ein Tier du heute abend gegessen hast?‹ fragte sie ihn mit einem hinterlistigen Lächeln; und als er bejahte, brachte sie den Kopf auf einem silbernen Tablett herein, verborgen unter einem Deckel. ›Eine wilde Bestie‹, sagte sie, ›grimmiger als jeder Wolf – wie ihr Vater.‹ Und mit diesen Worten enthüllte sie den Kopf.«

»Tereus begriff, was sie getan hatte. Er sprang mit einem schrecklichen Schrei des Entsetzens vom Tisch auf und sank ohnmächtig zu Boden. Als er zu sich kam, suchte er nach seiner Frau, aber sie war verschwunden. Er nahm sein Schwert, rief seine Leute zusammen und machte sich an die Verfolgung. Philomela hatte ihre Flucht gut vorbereitet: Pferde und Proviant hatten bereitgestanden, und sie ritt geradewegs zu der Hütte im Wald und holte ihre Schwester Prokne. Die beiden Frauen ritten die ganze Nacht hindurch, aber als der Morgen graute und sie sich umschauten, sahen sie Tereus und seine Truppen dicht hinter sich herangesprengt kommen, mit gezückten Schwertern. Da hob Philomela flehend die Hände zum Himmel und sandte ein Stoßgebet zu den Göttern, daß sie sie und ihre Schwester vor den Händen ihres Gemahls bewahren mögen.«

»Und die Götter erhörten sie. Als Tereus die zwei erschöpften Pferde einholte, fand er keine Frauen auf ihnen vor, sondern nur zwei fremdartige Vögel, die von den Sätteln aufflogen; und als er sein Schwert gegen sie erhob, da fiel es ihm aus der Hand, denn seine Arme waren zu Schwingen geworden und er verwandelte sich wie sie in einen Vogel. So ward aus ihm ein Wiedehopf, und aus Philomela, welche die Musik liebte, eine Nachtigall. Sie denkt noch immer an das Kind, das sie einst gemordet hat und ruft immer nach ihm: Itys, Itys, so ruft sie mit klagender Stimme; ihr könnt sie rufen hören, wenn ihr darauf lauscht. Prokne aber wurde zu einer Schwalbe, dem schnellsten und behendesten aller Vögel, der jeder Gefahr entfliehen kann, und im Herbst verläßt sie den kalten Norden, wo sie gefangenhalten wurde, und fliegt gen Süden, in ihre Heimat.«

»So, Meli, nun bin ich fertig mit meiner Geschichte. Du kannst die Hände wieder von den Ohren wegnehmen.«

Meletios nahm die Hände von den Ohren. »Das ist eine schreckliche Geschichte«, sagte er, diesmal auf Griechisch.

Symeon lächelte. Er erinnerte sich nur zu gut daran, daß er das gleiche gedacht hatte, als sein Vater sie ihm zum ersten Mal erzählt hatte. »Nun, ich glaube ohnehin nicht, daß sie wahr ist«, sagte er zu Meli. »Also würde ich mir keine schlimmen Gedanken darüber machen.«

»Wenn sie wahr wäre«, meldete sich Mariam leise zu Wort, »dann würde ich sehr gern einmal den Teppich sehen.«

»Selbst wenn sie wahr wäre, könntest du ihn nicht sehen«, warf der junge Fischer barsch ein. »Wenn dies alles sich noch vor der Zeit von König Alexander zugetragen hat, dann wäre er inzwischen längst zu Staub zerfallen.«

»Meine Mutter macht auch Wandteppiche«, sagte Meli. »Sie hat letztes Jahr einen gemacht, den sie in einem Geschäft auf dem Marktplatz aufgehängt haben, damit jeder ihn sehen konnte, bevor er weggeschickt wurde.«

»Deine Mutter muß sehr geschickt und tüchtig sein«, sagte Mariam voller Bewunderung. Sie streckte die Hand aus und berührte den Saum von Meletios' Mantel, in den Demetrias ein Muster aus fliegenden Vögeln gewebt hatte, hellblau auf einem Untergrund aus weicher gelber Wolle. Für Demetrias war es ein einfaches Muster gewesen, rasch anzufertigen aus den einfacheren, billigeren Materialien, passend zu einem Kind. Er war mittlerweile schon aus ihm herausgewachsen, der Nachfolger mit dem Delphinmuster war längst überfällig. Aber Mariam berührte ihn fast ehrfürchtig. Ihr eigener Mantel war wie die der anderen Dörfler aus schlichtestem, graubraunem Wollstoff, ungefärbt, von grobem Gewebe und mehrfach lieblos ausgebessert. »Wie hat er ausgesehen, jener schöne Teppich?« fragte sie.

Meletios zögerte. »Ich kann mich nicht mehr an alles erinnern«, gestand er, »nur an den Teil, den meine Mutter gewebt hat. Es war ein Altartuch; viele Frauen haben daran gearbeitet. Mama hat die Heilige Jungfrau gemacht, wie sie mit dem heiligen Johannes auf einem Schiff nach Ephesos fährt. Es war ein Handelsschiff mit weißen Segeln und einem Achtersteven, der die Form einer Taube hatte, und die Heilige Jungfrau hielt sich am Mast fest. Sie war sehr hübsch, ganz in Blau und um den Kopf herum golden. Ephesos war vor dem Schiff, und es war gelb und weiß, und in der Mitte war eine große Kirche mit einer Kuppel. Das Meer war oben ganz blau und grün, mit Fischen drin, und nach unten wurde es immer dunkler, und auf dem Grund war eine Purpurschnecke, die war ganz in Purpur. Alle bemerkten die Purpurschnecke und zeigten auf sie. Die war da, damit die Leute, die den Teppich kriegen sollten, gleich wußten, daß er aus Tyros war.«

Mariam lauschte Meletios' Beschreibung mit halb geschlossenen Augen und einem hungrigen Ausdruck im Gesicht. »Ich wollte, ich hätte ihn sehen können«, sagte sie. »Wenn wir doch hier bloß auch so schöne Dinge machen könnten!« Sie wandte sich an Symeon. »Wie wird man Weberin in Tyros? Bestimmt muß man das schon lernen, wenn man noch ganz klein ist.«

»Dazu muß man geboren sein«, erklärte Symeon.

Das Mädchen nickte; es schien nicht überrascht.

»Und zum Purpurfischer muß man wohl auch geboren sein, was?« fragte der junge Fischer mißmutig. »Wir haben die Murex nämlich auch hier vor unserer Küste, müßt Ihr wissen; ich habe ihre Schalen schon oft am Strand gefunden. Aber unsereins würde ja ausgepeitscht oder getötet werden, wenn wir mit Purpur handelten.«

Symeon zuckte die Achseln. »Die Purpurschnecke ist heilig; sie gehört allein dem Kaiser. Ich würde auch ausgepeitscht oder getötet, wenn ich meinen Fang irgend jemand anderem als der kaiserlichen Färberei geben würde.«

»Macht der Purpur Eure Zunft ebenfalls zu etwas Heiligem?« fragte der junge Dorfbewohner in gereiztem Ton. »Zu etwas Besserem, als wir es sind?«

»Wir sind keine Zunft, wir sind Staatssklaven«, erwiderte Symeon geduldig. »Wir haben die Genehmigung, mit Purpur zu handeln, weil wir ebenso wie er dem Kaiser gehören. Das ist der Unterschied.«

»Sklaven?« fragte Mariam ungläubig und musterte seine Kleidung, die doch um so vieles feiner war als das Zeug, das die Dorfbewohner trugen.

»*Staats*sklaven«, sagte er mürrisch. »Das ist etwas anderes als gewöhnliche Sklaven.«

Sie schüttelte den Kopf und sagte ruhig: »Selbst gewöhnliche Sklaven haben es noch gut, verglichen mit uns.«

Ohne daß er es eigentlich gewollt hätte, malte Symeon sich aus, wie es wohl sein mußte, wenn man sein Leben in diesem Dorf fristete. Tyros war eine große Stadt; in den Häfen legten ständig Schiffe von nah und fern an, Geschichtenerzähler und Balladensänger fanden auf dem Marktplatz stets ein interessiertes Publikum und ein gutes Auskommen. Zu den Festen gab es Wagenrennen im Hippodrom, und in den Theatern wurden volkstümliche Stücke aufgeführt; es gab kirchliche Prozessionen mit Musik und Tanz und farbenprächtige Umzüge mit Trompeten und Reden. Von alldem gab es hier nichts –

nur dieselben Gesichter, jahraus, jahrein, und die stets wiederkehrenden, eintönigen, freudlosen Pflichten des Alltags. In Tyros gab es immer ausreichend Nahrung: Selbst wenn die eigene Ernte schlecht ausfiel, konnte die Stadt immer noch Korn einführen, und die Rationen für die Staatssklaven blieben stets von gleicher Menge und Qualität, ganz gleich, wie die Lage auf dem Lande war. Wenn jedoch hier die Ernte schlecht war, mußten selbst die Wohlhabenden darben. Und gab es Überschüsse, dann gingen alle Einnahmen, die daraus erzielt wurden, sogleich wieder weg, um damit die drückenden Steuerlasten zu bezahlen. Und Mariam war jung und sehnte sich nach etwas anderem, etwas Schönem – nach einer Welt aus einer Geschichte, nach einem Wandteppichbild. Wahrscheinlich hatte sie noch nie einen Teppich oder ein Bild gesehen. Wahrscheinlich beneidete sie sogar Prokne, die, obgleich eingesperrt in ihre Hütte, wenigstens in der Lage gewesen war, etwas Schönes aus ihren Erinnerungen heraus zu schaffen. Er schämte sich plötzlich dafür, daß er sie anfangs so verachtet hatte. War es denn nicht verständlich, daß sie ihm auf Schritt und Tritt gefolgt war, beseelt von dem Wunsch, mehr zu erfahren von der Welt draußen? Vielleicht hegte sie gar insgeheim die Hoffnung, daß er sie mitnehmen würde, wenn er wieder fortging. *Wahrscheinlich könnte ich sie für zehn Solidi ihrem Vater abkaufen* dachte er, *und sie wären wahrscheinlich beide froh, wenn ich ein solches Angebot machen würde.* Er stellte sich plötzlich vor, wie es sein würde, wenn er das Mädchen tatsächlich kaufte, es nach Tyros mitnahm und Demetrias präsentierte – »Ich weiß, du hast gesagt, du willst keine Sklavin, aber sie war so versessen darauf, aus dem Dorf herauszukommen, in dem sie geboren ist, daß ich es nicht übers Herz brachte, sie dort zurückzulassen.« Ob Demetrias dafür Verständnis gehabt hätte? Vielleicht. Zumindest konnte sie Menschen verstehen, die gerne schöne Teppiche sehen wollten. Aber Demetrias war nicht in Tyros; sie war auf dem Weg nach Konstantinopel, und er konnte dieses fremde Mädchen nicht kaufen und es auf eine so weite Reise mitnehmen.

Er seufzte und kratzte sich am Bart, dann blickte er hinaus zum Strand, dorthin, wo die *Prokne* lag, und konnte sie nur noch als eine dunkle Silhouette vor dem dunklen Meer ausmachen; die Vorhalle wurde nur vom roten Schein des Feuers erhellt. Er stand auf. »Es ist spät geworden«, sagte er zu den anderen Gästen, dem feindseligen Blick des jungen Mannes ausweichend. »Meli, es wird Zeit, daß du ins Bett kommst.« Er nahm Meli bei der Hand und führte ihn ins Haus. Der Junge erhob keinen Protest. *Wieder eine Nacht in diesem trostlosen Nest,* dachte Symeon unglücklich. *Vielleicht schlägt morgen ja das Wetter um. Hoffentlich. Vielleicht ist das Mädchen ja bloß hungrig nach etwas anderem, aber wenn sie mich weiter so anhimmelt, hetzt sie mir noch die ganze Meute auf den Hals. Es wird Zeit, daß wir hier wegkommen.*

Der Regen hörte in der Nacht auf, und der neue Tag kündigte sich mit einem blutrot gleißendem Horizont an. Ein frischer Südostwind fegte rasch die letzten dunklen Wolken vom Himmel. Symeon war bereits am Strand, bevor es richtig hell wurde, und machte die *Prokne* klar. Während er damit beschäftigt war, kam sein Wirt vom Haus zum Strand herunter.

»Ihr werdet doch nicht heute abfahren wollen«, sagte er stirnrunzelnd zu Symeon. »Das schöne Wetter wird nicht lange anhalten; es wird bald Sturm geben.«

Symeon zuckte die Achseln und ließ den Blick prüfend über den karmesinroten Horizont schweifen. »Es kann gut sein, daß es heute nachmittag einen Sturm gibt«, erwiderte er, »aber bis dahin können wir schon ein gutes Stück bis zur Orontesmündung gekommen sein, und wenn wir Glück haben und das Wetter noch ein bißchen länger anhält, können wir es sogar bis zum Fluß schaffen. Wir wären jedenfalls dumm, wenn wir das gute Wetter nicht ausnutzen würden, nach dem langen Regen.«

Der Dorfbewohner biß sich auf die Lippe. »Wie Ihr meint«, sagte er. Nach kurzem Zögern fügte er hinzu: »Es war meinem Haus eine Ehre, Euch zu beherbergen.«

»Ich danke Euch für Eure Großzügigkeit«, gab Symeon förmlich zurück. Der Ältere nickte, zögerte erneut einen Moment, und sagte dann: »Meine Tochter ... eh, ich hoffe, sie hat Euch nicht allzu –«

»Eure Tochter ist ein junges Mädchen, das begierig darauf ist, mehr von der großen Welt zu erfahren«, kam ihm Symeon rasch zuvor. »Ihre Neugier stört mich nicht im geringsten.«

Sein Gastgeber nickte erleichtert. »Ich hatte gehofft, daß Ihr es so sehen würdet. Ja, genauso ist es. Sie sagte gestern abend zu mir, daß sie mit Euch gehen will, wenn Ihr abreist, aber das ist alles Unfug, kindliche Schwärmerei, und das habe ich ihr auch gesagt. Sie hat es Euch gegenüber doch nicht erwähnt? Nein, sie ist ein braves Mädchen; sie würde so etwas Verrücktes niemals tun, sosehr die Vorstellung sie auch reizen mag. Sie ist ein anständiges Mädchen, und sie wird eine gute Mitgift bekommen. Sie soll einmal den Sohn eines Freundes von mir heiraten, einen feinen, arbeitsamen und tüchtigen Burschen, der einen gut geführten Hof ein paar Meilen von hier entfernt erben wird. In ein paar Jahren wird sie sich dort eingerichtet haben und mehrere Kinder haben, und dann wird sie nur noch lachen über die Dummheiten, die sie einmal gesagt hat.«

Symeon schwieg einen Moment. Mariam würde einen Bauern aus der nächsten Umgebung des Dorfes heiraten – nicht den hitzköpfigen jungen Fischer aus der Taverne. Sie würde einen Hausstand gründen, Kinder kriegen, vergessen. Das Alter und das tägliche Einerlei eines kargen, bäuerlichen Lebens würden mit der Zeit jenes rohe, kindliche Sehnen in ihr abtöten. Vielleicht würde sie sogar ganz glücklich sein. Warum erschien ihm das als etwas so Schreckliches?

Ich muß weg von hier, dachte er. *Ich fange an, Mitleid mit dem Mädchen zu bekommen. Und ich will sie nicht, obwohl sie hübsch ist und obwohl sie mich dauert. Ich ... ich will ...* das Bild seiner Frau schob sich vor sein inneres Auge, ihr ruhiges Gesicht vor dem Hintergrund des Meeres, halb lächelnd, zur Seite gewandt. Das Bild verwandelte sich: Er sah, wie Demetrias gefesselt und geknebelt in eine Kutsche gestoßen wurde, und die plötzliche Aufwallung von Mitgefühl für Mariam verebbte jäh.

»Ich wünsche Eurer Tochter alles Gute und ein glückliches Leben«, sagte er zu seinem Gastgeber. »Könntet Ihr mir helfen, das Boot zu Wasser zu lassen? Ich möchte lossegeln, solange das Wetter gut ist.«

Der Mann half ihm, die *Prokne* ins Wasser zu schieben, und Symeon sicherte das Boot mit einem Anker am Heck und ging zurück zum Haus, um Meletios abzuholen. Mariam war bereits auf und machte Essen für sie. Ihre Augen waren rot und geschwollen, aber sie sagte nichts. Symeon bedankte sich bei ihr, dankte ihrem Wirt noch einmal für die Gastfreundschaft, zahlte seine Zeche und ging zurück zur *Prokne*. Meletios hüpfte freudig erregt auf und ab und winkte zum Ufer, als sein Vater das Boot hinaus in den Hafen ruderte; dann half er Symeon, das Segel zu hissen. Es füllte sich mit Wind, und die *Prokne* glitt aus dem Hafen, in den blutroten Sonnenaufgang hinein. *Weit werden wir heute wohl nicht kommen,* dachte Symeon mit einem skeptischen Blick zum Himmel, *aber trostloser als hier kann es im nächsten Dorf auch nicht sein.*

Eulogios und sein Gefolge erreichten Konstantinopel am zweiten Januar. Sie hatten zweitausend Meilen in zweieinhalb Wochen zurückgelegt. Die letzte Etappe der Reise ging per Schiff über das Marmarameer – eine Wasserstraße, die klein genug war, daß sogar ziemlich große Schiffe sie im Winter befahren konnten mit der Gewißheit, einen sicheren Hafen zu finden, wenn das Wetter umschlug. Sie erreichten den Bosporus am Abend, von Cyzicus kommend, und liefen, da der Wind stärker wurde, den ersten von Konstantinopels Häfen an, zu dem sie kamen, einen tiefen Doppelhafen, der gewöhnlich den ägyptischen Getreideschiffen vorbehalten war, die die Stadt mit Weizen versorgten. Sofort nachdem das Schiff angelegt hatte, sandte Eulogios seinen Diener in die Stadt, um Sklaven, Pferde und eine Sänfte aus seinem Stadthaus zu holen, und als das Gepäck entladen war und die Gruppe den Zoll passiert hatte, der sie mit gebührendem Respekt abfertigte, waren Eulogios' Bedienstete bereits zur Stelle und warteten auf die Anweisungen ihres Herrn. Demetrias wurde in die Sänfte gepackt – seit ihrem Schwächeanfall hielt man es für besser, ihr größere Strapazen zu ersparen – und von zwei stämmigen Trägern durch ein Gewirr von Straßen getragen. Sie schenkte dem Treiben der Stadt keine Beachtung. Sie war auf der langen Reise durch so viele Städte gekommen, daß selbst Konstantinopel, das neue Rom, die Hauptstadt der Welt, kein Interesse mehr in ihr zu wecken vermochte. Das einzig Besondere an Konstantinopel, so empfand sie zu diesem Zeitpunkt, war die Tatsache, daß es ihr Ziel war und die mörderischen Strapazen des Reisens jetzt endlich ein Ende gefunden hatten.

Die Dunkelheit war bereits angebrochen, als sie an Eulogios' Haus ankamen. Die Sänfte bewegte sich schaukelnd durch ein großes eisernes Tor und eine schwarze Einfahrt und wurde sanft auf einem von Fackeln hell erleuchteten Hof abgesetzt. Demetrias richtete sich auf und stieg aus. Ihre Beine waren noch immer ein wenig wacklig von der Schiffsreise, und sie mußte sich einen Moment an der Sänfte festhalten. Sie schaute sich um. Der rote Schein der Fackeln fiel auf die dunklen Fontänen des Springbrunnens, der in der Mitte des Hofes stand, und warf bizarre Schatten durch die Blätter des Lorbeerbaums, der neben dem Brunnen stand. Die gegenüberliegende Seite des Hofs war voll von Menschen – eine verschwommene

Masse von Gesichtern unter einer Hauswand, deren Fenster im Schein der Fackeln wie Edelsteine glänzten. Eulogios war bereits vom Pferd gestiegen und sprach mit einem der Fremden. Als er mit seinen Anweisungen fertig war, hielt er nach Demetrias Ausschau und bedeutete ihr mit einer knappen Kopfbewegung, zu ihm zu kommen. Sie ging zu ihm und blieb stehen, immer noch leicht schwankend: Chelchal trat neben sie und nahm ihren Arm.

»Das ist eine Seidenweberin, die ich der Fabrik in Tyros abgekauft habe«, erklärte Eulogios den Fremden, die, so vermutete Demetrias, seine Haussklaven waren. »Sie ist ein Geschenk für den ruhmreichen und erlauchten Chrysaphios. Sie ist auf der Reise krank geworden; ich will, daß sie gebadet wird und bis morgen früh in einem Zustand ist, daß ich sie präsentieren kann.«

Eulogios' Sklaven schauten auf Demetrias. Ihre Augen hatten sich jetzt an das Licht gewöhnt, und sie konnte sie erkennen: saubere, gutgekleidete, wohlgenährte, ansehnliche Menschen, die sie sichtlich bestürzt anstarrten. Ihr wurde plötzlich bewußt, wie sie aussah – sie stand gebeugt da, auf Chelchals Arm gestützt, ihre Tunika und ihr Umhang dreckig und stinkend von der Reise, das Haar lose und wirr auf die Schultern herabhängend, das Gesicht ungewaschen und bleich. Sie straffte sich, ließ Chelchal los und versuchte, ihren Umhang zu raffen.

Der Mann, mit dem Eulogios hauptsächlich gesprochen hatte, nickte einer ältlichen Frau zu, die sofort vortrat und Demetrias beim Arm nahm.

»Hier entlang, Kind«, murmelte sie, einen unsicheren Blick auf ihren Herrn werfend. »Großer Gott, du mußt ja eine schlimme Reise hinter dir haben!«

Sie führte Demetrias in den hinteren Teil des Hauses. Die anderen weiblichen Sklaven Eulogios' folgten ihnen auf dem Fuße – es schien eine riesige Anzahl zu sein: Demetrias zählte sie und kam auf sechzehn. Sobald sie außer Sicht- und Hörweite ihres Herrn waren, begannen sie aufgeregt zu plappern und sie mit Fragen über ihre Person, Tyros und die Reise zu bestürmen. Sie hatte Mühe, all die vielen Fragen zu beantworten, aber ihre Gegenwart und ihre mitfühlende, herzliche Art hatten etwas ungeheuer Tröstliches. Die schreckliche Reise war vorbei, und hier war sie unter Frauen, die genauso waren wie ihre Kameradinnen in der Weberei: Sie war heil und wohlbehalten angekommen.

Die alte Frau brachte sie in den Arbeitsraum der Frauen im Erdgeschoß des Hinterhauses. Es war ein großer Raum, der von einem Lampenständer mit fünf Lampen erhellt wurde. Zwei Kohlenpfannen spendeten behagliche Wärme. In einer Ecke waren ein Korb mit Wolle und einige Hecheln und Spindeln, in der anderen Ecke stand ein Webstuhl mit einfachem Wollgewebe; dazwischen standen ein paar Gestelle, auf denen Stoffe zum Trocknen hingen. Wie die Sklavinnen vermittelte der Raum ihr ein Gefühl von Wärme und Heimeligkeit. Die alte Frau brachte einen großen Waschzuber von der Art, wie er gewöhnlich zum Waschen von Kleidern benutzt wurde, und stellte ihn in die Mitte des Raumes. »Das Badehaus ist dem Herrn vorbehalten«, erklärte sie mit einem entschuldigenden Achselzucken. »Aber der Raum hier ist sauber und warm, und er wird nur von uns Frauen benutzt; die Männer kommen hier nicht rein. Jetzt nimmst du erst einmal ein schönes Bad, und dann holen wir dir etwas zum Essen, und danach ruhst du dich aus.« Demetrias nickte nur. Sie sehnte sich danach, endlich wieder einmal richtig sauber zu sein und Kleider auf der Haut zu spüren, die nicht vor Dreck stanken. Sie wäre schon glücklich gewesen, wenn sie sich in einer Schüssel hätte waschen können.

Eulogios' Sklavinnen überschlugen sich geradezu, um es ihr behaglich zu machen. Mit bewundernden Blicken betrachteten sie ihre Kleider, als sie sich zum Baden auszog – Demetrias bemerkte, daß ihre Kleider zwar allesamt recht farbenfroh waren, aber aus einfachstem, grobem Wollstoff gewebt waren – und schimpften, es sei eine Schande, daß ein so feiner Stoff so schmutzig habe werden müssen. Eines der Mädchen holte einen weiteren Waschzuber und weichte Tunika und Umhang ein. Ein anderes brachte Duftöl für Demetrias, und ein weiteres wärmte ein Handtuch für sie vor dem Kohlenbecken auf. Ihre Fürsorge ging so weit, daß sie sich darum stritten, in welchem Bett sie in der Nacht schlafen sollte. Ihre Freundlichkeit rührte Demetrias fast zu Tränen.

Als sie wenig später frisch gebadet und in das wärmende Handtuch gehüllt am Tisch saß und eine Schüssel Linsensuppe und ein Stück frisches Kümmelbrot verzehrte, kam Eulogios in den Raum, gefolgt von Chelchal.

Sofort standen die Sklavinnen auf, und ihr Gesichtsausdruck des Mitgefühls und der Neugier verwandelte sich schlagartig in einen der Angst. Demütig verbeugten sie sich vor ihrem Herrn. Eulogios maß Demetrias mit einem kritischen Blick. Von der grauen, verdreckten, ramponierten Kreatur, die noch vor wenigen Stunden aus der Sänfte gewankt war, war nichts mehr zu sehen, wie er mit Genugtuung feststellte. Die Frau, die da vor ihm saß, sah immer noch müde aus, aber ihr Gesicht war von einer frischen, rosigen Farbe, und ihr sauber gewaschenes Haar schimmerte im Lampenlicht. Sie saß sehr gerade, die nackten Füße um die Beine des Schemels geschlungen, den Kopf leicht zurückgelehnt, einen bestürzten, wachsamen Ausdruck im Gesicht. Sie hatte das Handtuch wie einen Umhang um den Körper geschlungen, so daß ein Zipfel über der linken Schulter lag, und es zuwege gebracht, selbst damit noch ein Bild von Anmut zu vermitteln. *Anständig gekleidet*, dachte er, *wird sie ein durchaus angemessenes Geschenk für seine Erlauchtheit abgeben.* »Na, das sieht ja schon erheblich besser aus«, sagte er zu seinen Sklavinnen. »Was ist mit ihren Kleidern?«

»Wir haben sie gewaschen, Herr«, antwortete die alte Frau beflissen.

»Gut. Hängt sie zum Trocknen ans Feuer. Sie sind von guter Qualität, und ich will, daß sie sie morgen anzieht, wenn ich Seine Erlauchtheit aufsuche.« Er musterte Demetrias erneut, dann warf er den Kopf zurück. »Steh auf und nimm das Handtuch ab«, befahl er. »Ich habe mir dich noch gar nicht richtig angeschaut.«

Demetrias fühlte, wie ihr das Blut in den Kopf schoß. Es schien ihr plötzlich, daß das, was er jetzt von ihr verlangte, mehr war als alles, was er sich schon von ihr genommen hatte. Sie sollte sich nackt vor ihn hinstellen – und vor Chelchal! – und sich von ihm begutachten und betätscheln lassen wie ein Pferd oder ein Stück Vieh auf dem Markt. *Als er mich fesseln ließ, da war ich wenigstens noch eine Frau und kein Tier,* dachte sie. Sie blieb sitzen, wo sie war, und raffte das Handtuch noch ein wenig fester um den Körper.

Eulogios wartete einen Moment, dann lief auch er rot an. Er erinnerte sich, wie diese Frau schon einmal versucht hatte, ihn in Verlegenheit zu bringen und zu provozieren, damals, in der Seidenmanufaktur. »Ich sagte, du sollst aufstehen und das Handtuch abnehmen, elende Schlampe!« brüllte er. »Du verfluchtes kleines Miststück, tu, was ich dir sage, oder ich lasse dich windelweich prügeln! Du hast mir nichts als Scherereien gemacht, seit ich dich gekauft habe!«

»Warum habt Ihr mich dann gekauft?« schrie Demetrias zurück. Sie war überrascht über sich selbst, aber ihr Zorn war so groß, daß ihre Überraschung sofort wieder verflog. Sie zog das Handtuch noch fester um sich, stand auf und starrte Eulogios mit flammendem Blick quer über den Tisch an. »Ihr habt kein Recht, mir vorzuwerfen, daß ich Euch Scherereien mache!« schrie sie ihn an. »Ihr habt mich schlagen und fesseln lassen, Ihr habt mich angeschrien und beschimpft seit dem Tag, an dem Ihr mich zum ersten Mal gesehen habt, Ihr habt mich mit Gewalt von meinem Heim und meinem Mann und meinem kleinen Sohn weggerissen und tausend Meilen weit verschleppt – habe ich Euch etwa darum gebeten, daß Ihr Euch meinetwegen solche ›Scherereien‹ macht? Der Himmel selbst möge darüber richten! Was auch immer die Gesetze sagen mögen, es ist ungerecht, was Ihr mir angetan habt, und wenn Gott der ist, als den wir ihn bezeichnen, der Herr über alles, dann werdet Ihr dafür büßen! Glaubt Ihr, Gott interessiert es, daß Ihr ein Agent und ein Freund des kaiserlichen Kämmerers seid? Er sieht, was Ihr tut, und für ihn gibt es keinen Unterschied zwischen Sklaven und Freien oder Männern und Frauen: Er wird Euch dafür bestrafen, Ihr Sohn eines Teufels, genauso, als hättet Ihr es dem Kaiser selbst angetan!«

Eulogios war fassungslos. Er war kreidebleich geworden und starrte sie mit offenem Mund an. Die Frauen blickten entsetzt. Chelchal sah sie erstaunt an.

»W-wie kannst du es wagen, in diesem Ton mit mir zu sprechen, in meinem eigenen Haus!« brachte Eulogios schließlich mit erstickter Stimme heraus.

»Ihr könnt mich ja wegen Ungehorsams auspeitschen lassen!« stieß Demetrias hervor. »Dazu seid Ihr dem Gesetz nach berechtigt. Aber Ihr könnt mich nicht wegen Lügens auspeitschen lassen, weil Ihr genau wißt, daß das, was ich gesagt habe, die Wahrheit ist. Ich habe es satt, mich von Euch beschimpfen und anbrüllen zu lassen – also gebt jetzt entweder den Befehl, mich auszupeitschen, oder laßt mich in Frieden!«

Eulogios klappte den Mund mehrere Male auf und wieder zu, wie ein Fisch auf dem Trockenen, der nach Luft schnappt, lief puterrot an, stampfte mit dem Fuß auf – und stolzierte aus dem Raum. Demetrias setzte sich langsam wieder hin, immer noch vor Wut bebend. Eine der Frauen stieß einen schrillen Jubelschrei aus, und wie auf ein Kommando begannen alle aufgeregt durcheinanderzuschnattern.

»Ob er mich auspeitschen läßt?« fragte Demetrias nach einer Minute, als wieder Ruhe eingekehrt war. Sie fürchtete sich vor der Antwort.

Die Frauen lachten. »Das kann er nicht!« rief eine von ihnen. »Er will dich morgen Chrysaphios übergeben – und er kann ihm wohl schlecht eine Sklavin schenken, die gerade ausgepeitscht worden ist. Oh, das war besser als ein Fest! Ich wünschte, du würdest bei uns bleiben!«

Chelchal ging grinsend und kopfschüttelnd in das Quartier für die Gefolgsleute im Hinterhaus zurück. Er war bei Eulogios gewesen und hatte dem Agenten gesagt, daß er Demetrias heiraten wolle; er hatte ihn gebeten, sein Anliegen am nächsten Morgen ihrem Gönner vorzutragen. Eulogios hatte keine Einwände gegen diesen Plan gehabt und dem Hunnen vorgeschlagen, er solle ihm bei der Begutachtung der Frau Gesellschaft leisten. »Man soll schließlich keine Katze im Sack kaufen«, hatte er grinsend gesagt. Chelchal war froh, daß er mitgegangen war. Er hatte keinen Respekt vor den Wutausbrüchen seines Herrn, und er hatte die Szene mit der gleichen Schadenfreude genossen wie die Sklavinnen.

Die anderen Gefolgsleute lagen schon auf ihren Schlafmatten in dem langen Saal, den sie miteinander teilten, als Chelchal hereinkam. »Und?« fragte Berich. Er fragte es auf Gotisch – sie sprachen stets Gotisch untereinander – und er war in Chelchals Plan eingeweiht: Die beiden wußten immer alles vom anderen. *Wie Knaben in der Schule*, dachte Chelchal traurig, *folgen wir dem Herrn, stoßen Sklaven und Gesinde herum, und wir huren und kämpfen wie junge Krieger, die stolz sind auf ihre ersten Narben. Ich bin dafür zu alt; ich will eine Frau und ein eigenes Haus.*

»Er wird morgen mit Chrysaphios darüber reden«, sagte er zu Berich und nahm seine Schlafmatte von ihrem Platz an der Wand. Sein Gotisch war weit besser als sein Griechisch.

Berich schnaubte. »Ich begreife nicht, wieso du die kleine Hure heiraten willst. Sie ist hübsch, das gebe ich zu, und ich hätte nichts dagegen, sie mal zu vernaschen – aber heiraten? Wozu?«

Chelchal, der seine Matte aufknotete, hielt inne und sah Berich grinsend an. »Sie ist keine Hure, du Hurenbock von einem Goten«, sagte er fröhlich. »Du müßtest das eigentlich wissen. Du hast dich schon einmal an sie rangemacht und dir dabei einen Tritt in die Eier eingefangen.«

Die anderen Männer lachten; Berich zog eine Flunsch. »Sie ist ein kleines Luder«, sagte er. »Sie will, daß man sie vorher fesselt.«

Chelchal schüttelte den Kopf und entrollte seine Matte. »Du bist noch jung und hast noch nie was anderes gehabt als Huren, und deshalb glaubst du, daß es nichts anderes gibt. Ich sag' dir, wenn ein Mann älter wird, dann will er eine eigene Frau, eine, die nicht jedem gehört, der Geld hat. Die hier ist treu, das hab' ich gesehen. Sie ist hübsch, und sie hat Mut.« Er lachte. »Beim Schwert des Himmels, du hättest sehen müssen, wie sie den Herrn angeschrien hat! Er befahl ihr, sich auszuziehen, und sie nannte ihn einen Sohn des Teufels. Der alte Bastard wurde bloß rot und fing an zu stottern und ergriff die Flucht. Wenn sie einen Sohn mit nur halb soviel Mumm in den Knochen hat wie seine Mutter, dann wird aus ihm einmal ein Krieger, über den noch die nächste Generation Heldenlieder singt!«

Die anderen lachten; Eulogios war bei all seinen Sklaven und Gefolgsleuten unbeliebt. Aber Berich war noch immer wütend; die Art und Weise, wie Demetrias ihn in die Schranken gewiesen hatte, hatte ihn zutiefst in seinem Stolz gekränkt. »Du hattest doch schon einmal eine Frau«, stieß er gereizt hervor. »War die treu?«

Chelchal hörte schlagartig auf zu grinsen. Seine Frau Kreka war ein Vorbild an Treue gewesen. Sie war ganz anders als

Demetrias gewesen: scheu, dunkel, mit schlehenfarbenen Augen. Sie hatte niemals ein Wort mit einem anderen Mann gesprochen, und in der Öffentlichkeit hatte sie sich stets mit demütig gesenktem Blick bewegt. Aber sie hatte ihn geliebt. Ihre Hütten und Wagen waren stets blitzsauber gewesen, und ihr waren keine Mühen zu groß gewesen, um ihn stets mit den feinsten Speisen und Getränken zu verwöhnen, die es in den Lagern aufzutreiben gab. Und im Bett war sie ausgelassener und wilder gewesen als jede Hure. Sie war freilich nicht stark, keine Kämpfernatur. Sie würde unglücklich sein bei ihrem neuen Besitzer, aber sie würde ihm genauso klaglos und stumm gehorchen, wie sie ihm, Chelchal, gehorcht hatte; nur die Lust und der Spaß würden nicht mehr dasein, würden für immer in ihr abgestorben sein. *Lieber tapfer sein,* dachte er, *lieber sich wehren und kämpfend untergehen. Aber habe ich gekämpft? Götter und Geister, Gott der Christen, gebt mir eine Chance, gegen meine Feinde zu kämpfen! Nur eine Chance, bevor ich sterbe!*

»Sprich nicht von meiner Frau!« sagte er zu Berich; seine Stimme war leise, aber der drohende Unterton war nicht zu überhören. »Sie war eine gute Frau, und eines Tages werde ich sie rächen. Und wenn irgend jemand etwas anderes von ihr denkt, dann werde ich ihm das Maul stopfen.«

Berich blieb still. Bei all seiner Gutmütigkeit war Chelchal bekannt als gefährlicher Kämpfer. Er war ein Mann, mit dem man sich besser nicht anlegte. Der Hunne wartete einen Moment, ließ seinen Blick durch die Runde schweifen, dann seufzte er und legte sich auf seine Schlafmatte. Sie waren alle müde nach der langen Reise, und er wollte seine Ruhe.

VI.

Eulogios sandte gleich am nächsten Morgen einen Boten zum Büro des Kämmerers im Großen Palast. Er war gerade dabei, sein Frühstück zu beenden, als der Bote mit der Nachricht zurückkehrte, Chrysaphios wolle ihn gegen zehn Uhr empfangen, sofort nach seiner allmorgendlichen Besprechung mit dem Kaiser. Eulogios hatte nichts anderes erwartet; trotzdem war er so aufgeregt, daß der Honigkuchen, den er gerade im Mund hatte, sich in einen Kloß verwandelte und er Mühe hatte, ihn herunterzuschlucken. Er hatte sich mit seiner Rückkehr so sehr beeilt, um dem Kämmerer seinen Eifer zu demonstrieren, aber jetzt würde er kleinlaut zugeben müssen, daß sein Eifer unangebracht gewesen war – und Chrysaphios haßte es, wenn man Fehler machte.

Gewiß, er brachte Chrysaphios ein ansehnliches Geschenk mit – aber der Gedanke an dieses Geschenk war alles andere als dazu angetan, seine Befürchtungen zu zerstreuen. Denn eins war inzwischen klar: Die Weberin entsprach beileibe nicht dem, was man sich unter einer demutvollen Sklavin und sittsamen Frau vorstellte. Sie hatte ihn in Tyros absichtlich und wohlüberlegt in die Enge getrieben, und jetzt hatte sie ihn vor seinen eigenen Sklaven zum Narren gemacht. Er verzog das Gesicht und biß sich auf die Lippe, als er an die Szene vom Abend zuvor dachte. Und das schlimmste war: Er hatte sie noch immer nicht richtig begutachtet. Angenommen, sie hatte eine riesige Narbe oder einen Leberfleck oder irgendeinen anderen Makel. Chrysaphios würde zutiefst beleidigt sein – und das mit Recht –, wenn er ihm eine verunstaltete Sklavin präsentierte. Natürlich hätte er sie mit Gewalt entkleiden lassen können – aber nach dem, was sie sich ihm gegenüber herausgenommen hatte, wäre das als eine so milde Strafe erschienen, daß er sein Gesicht verloren hätte, wenn er das befohlen hätte, und auspeitschen lassen konnte er sie schlechterdings auch nicht, wenn er die Absicht hatte, sie Chrysaphios zum Geschenk zu machen. Wenn.

Ich behalte sie auch nicht in meinem Haus, dachte er wütend. *Ich will mich nicht zum Gespött meiner Sklaven machen.*

Doch unter dem Zorn, tief in seinem Innern, verspürte er ein Unbehagen, das ihre Worte in ihm erweckt hatten. Die Kirche sagte in der Tat, daß vor Gott alle Menschen gleich waren, und predigte, daß man seinen Nächsten lieben sollte, auch wenn sie sich selbst nicht immer an dieses Gebot hielt. Bedenke, sagte sie den Sklavenbesitzern, auch du hast einen Herrn im Himmel, und »nach welchem Maß auch immer du mißt, du wirst an dir selbst gemessen werden«. So sehr Eulogios Schwäche und Sanftmut auch verdammte, er war als Christ getauft und erzogen worden, und er wußte, daß er ein schlechter Herr war. Er hatte nicht die Absicht, sich zu ändern. Er wünschte sich nur eines: daß er die verdammte Sklavin in Tyros gelassen hätte.

Nun, wenn sie aufsässig gegen Seine Durchlaucht ist, sagte er sich, *dann behaupte ich einfach, ich hätte das nicht gewußt; bei mir hätte sie sich anständig aufgeführt. Und eigentlich denke ich auch, daß sie das getan hätte, wenn sie nicht vor Müdigkeit von Sinnen gewesen wäre. Keine Sklavin, die bei Verstand ist, würde ihren Herrn einen »Sohn des Teufels« nennen.*

Er klatschte in die Hände und schickte nach seiner alten Haushälterin Arete; sie kam, wie sie es alle taten, hurtig und mit demütig gesenktem Haupt. »Ich suche heute morgen Seine Durchlaucht auf«, sagte er zu ihr. »Ich will doch hoffen, daß die Weberin ausgeruht und wieder bei Sinnen ist?«

Arete verbeugte sich. »Ja, Herr. Sie ... sie erinnert sich kaum noch an das, was gestern abend vorgefallen ist, aber sie befürchtet, daß sie sich vielleicht ungebührlich Eurer Exzellenz gegenüber benommen hat und bereut dies bitter; sie sagt, allein ihre schreckliche Müdigkeit sei schuld daran, daß sie sich zu solcher Bosheit habe hinreißen lassen.« Demetrias hatte natürlich nichts dergleichen gesagt, aber Arete war durch jahrelange Praxis zu einer Meisterin in der Kunst der Besänftigung ihres Herrn geworden, einer Kunst, die bei einem Herrn wie Eulogios bisweilen lebenswichtig war.

Eulogios glaubte kein Wort davon, aber er akzeptierte ihre Darstellung, da sie seinem Wunschdenken entgegenkam. »Sie ist ...« Er zögerte einen Moment, unsicher, wie er es formulieren sollte, ohne allzusehr an seine Schmach zu erinnern. »Sie ist doch ohne Makel, nicht wahr?« fragte er schließlich unverblümt.

»Oh, Herr, sie ist ein liebreizendes Geschöpf; ich kann mir niemanden denken, der sie nicht gern besäße. Wir haben auch ihre Kleider getrocknet, wie Eure Weisheit es befohlen haben; sie sieht aus wie eine feine Dame. Sie ist wahrlich eine Kostbarkeit – sie kann so schöne Dinge weben!«

»Gut!« sagte Eulogios erleichtert. »Such irgendwas Hübsches, das sie sich um den Hals hängen kann, und dann setze sie in die Sänfte und sag Stephanos, er soll mein bestes Pferd satteln.«

Wenig später machte Eulogios sich auf den Weg zum Großen Palast. Er trug sein prunkvollstes Gewand und ritt auf einem prächtigen schwarzen Hengst. Zwei seiner Gefolgsmänner ritten vor ihm her, und zwei weitere folgten der Sänfte mit Demetrias. Chelchal hatte er an die Spitze des Zuges beordert. Einen Hunnen in seinen Diensten zu haben war ein Zeichen von allerhöchstem Prestige und beeindruckte den Pöbel mehr als aller goldene Flitterkram – obwohl es schade war, dachte er, daß Chelchal sich nicht dazu bekehren ließ, sich zu waschen.

Sie ritten vom Haus, das im dritten Bezirk der Stadt lag, zur Mittleren Straße, der Hauptstraße, und bogen in sie ein.

Demetrias zog den Vorhang der Sänfte ein wenig zurück, um die Stadt zu sehen. Die Mittlere Straße war flankiert von Säulenhallen aus weißem Marmor, deren Dächer mit Bronzestatuen verziert waren. Wenig später erreichten sie einen großen, ovalen Marktplatz, der ebenfalls von leuchtend weißen Kolonnaden gesäumt war. In seinem Zentrum erhob sich eine riesige Säule aus Porphyr, auf deren Spitze eine weitere golden schimmernde Statue thronte. Bronzene Löwen lagen um einen Springbrunnen herum; zur Rechten des Brunnens stand ein bronzener Elefant mit erhobenem Rüssel; zur Linken sah sie ein riesiges goldenes Kreuz und eine Reihe von Fabeltieren. Die Läden hinter den Säulen funkelten von Silber, und in der Luft hing der Duft von Parfüm. Der Marktplatz war voll von Menschen, einer dichten Masse aus Farben und Geräuschen und Bewegung, durch die sich ihr Zug langsam einen Weg bahnte. Gleich hinter dem Marktplatz kamen sie auf eine weitere säulengesäumte Allee, die noch prachtvoller war als die erste. Demetrias zog den Vorhang noch ein Stück weiter auf, um einen besseren Blick zu haben: Sie bewegten sich durch einen riesigen Triumphbogen auf einen weiteren Marktplatz zu. Zur Linken erhob sich die hohe Basilika einer Kirche, zur Rechten ragten die aufeinandergetürmten Bögen eines Stadions oder Hippodroms auf. Die Sänfte bewegte sich langsam durch den Triumphbogen auf den Marktplatz, auf der gegenüberliegenden Seite erblickte Demetrias eine schroff aufragende, bedrohlich aussehende Mauer, und in ihrer Mitte ein Torhaus mit einem Dach aus vergoldeter Bronze. Dahinter, so vermutete sie, lag der Palast.

Sie ließ den Vorhang zurückgleiten und lehnte sich zurück. Ihr war übel. *Was soll ich in einem Palast?* fragte sie sich. *Was soll ich in so einer Stadt? O Heilige Mutter Gottes, mach, daß ich wieder zurück nach Tyros komme, zurück in die Manufak-*

tur zu den Leuten, die mich kennen, zurück in mein Haus und in Symeons Arme!

Aber es gab keine Straße in jener prachtvollen Stadt, die sie wieder nach Hause führen würde.

Vielleicht dauert es gar nicht so lange, bis ich mir das Geld für die Freiheit verdient habe. Man wird mich gewiß als Weberin einsetzen, und ich müßte eigentlich in der Lage sein, mir nebenher etwas zu verdienen, so wie ich es in Tyros getan habe. Ich könnte sogar viel mehr nebenher machen als vorher, weil ich keinen Mann und kein Kind zu versorgen brauche. Wieviel müßte ich mir wohl zusammensparen? Sechzig Solidi? Wahrscheinlich mehr, falls sich mein neuer Herr nicht als ein großzügiger Mann erweisen sollte. Hundert vielleicht? Das müßte ausreichen, um mir die Freiheit zu erkaufen. Aber dafür werde ich einige Zeit brauchen. Zehn Jahre? Fünfzehn? Oder noch mehr? O Gott! Bis dahin hat Symeon wahrscheinlich schon längst eine andere geheiratet. Und Meli wird schon ein erwachsener Mann sein.

Sie biß die Zähne zusammen und versuchte, sich zu beruhigen. *Symeon wird auf mich warten, wenn er weiß, daß ich vorhabe, zu ihm zurückzukehren,* sagte sie sich. *Er liebt mich. Und ich werde einen Weg finden, meine Freiheit wiederzuerlangen. Wenigstens ist Chrysaphios ein Eunuch, so daß ich mich nicht auch noch mit dem Problem herumzuschlagen brauche, daß er mit mir schlafen will!*

Die Sänfte hielt vor dem bronzenen Tor an. Sie hörte, wie Eulogios etwas zu den Wachtposten sagte, und gleich darauf ging es weiter. Langsam bewegte sich die Sänfte vorwärts, sanft schwankend im Rhythmus der Schritte ihrer Träger. Wenig später blieben die Träger stehen, und die Sänfte wurde abgesetzt. Eulogios gab seinen Begleitern ein paar Befehle; einen Moment lang herrschte Stille, und dann sagte seine Stimme aus nächster Nähe: »Steig aus!« Sie zog den Vorhang zurück und stieg aus der Sänfte.

Der Große Palast von Konstantinopel war nicht ein einzelnes Gebäude, sondern eine riesige Ansammlung von Palästen, Kapellen und Kasernen, Bankethallen und Gefängnissen, Gärten und Terrassen – allesamt umschlossen von einer hohen Mauer, die entlang der Küste am Südostzipfel der Halbinsel verlief, auf der die Stadt lag. Die Hauptresidenz des Kaisers und die wichtigsten Staatsämter befanden sich in dem Gebäude, das Magnaura-Palast genannt wurde, auf der Nordostseite des Palastkomplexes. Und dorthin führte Eulogios Demetrias, nachdem er die Sänfte, die Pferde und seine Gefolgsleute an der Kaserne neben dem Bronzetor zurückgelassen hatte, mit dem Befehl, dort auf ihn zu warten.

Chrysaphios hatte sein Büro im Zentrum des Palastes, zwischen den Staatsämtern und den Privatgemächern des Kaisers. Kein Bittsteller, kein Bote konnte zum Kaiser vordringen – und kein kaiserlicher Erlaß nach draußen gelangen –, ohne das wachsame Auge des Kämmerers zu passieren. Und es war offenkundig, daß Chrysaphios von seiner Position perfekt Gebrauch machte: Er hatte es verstanden, Distanz zwischen sich und der Welt zu schaffen. Eulogios und Demetrias gingen durch einen langen Gang, der von den Staatsministerien flankiert war, und kamen schließlich in einen kleinen, stickigen Warteraum. Dort saßen etwa ein Dutzend Männer, ihrer Kleidung nach alle von höchstem Rang. Eulogios ging an ihnen vorbei in einen weiteren kleinen Raum, der ein Büro beherbergte. Vier Schreiber arbeiteten dort: Zwei von ihnen saßen mit dem Rücken zu ihnen und waren eifrig damit beschäftigt, Dokumente abzuschreiben, ein anderer blätterte einen Stapel Akten durch, und der vierte saß an einem Schreibtisch, mit dem Gesicht zum Warteraum, und schrieb einen Brief ab. Der letztere schaute mit forschendem Blick zu ihnen auf.

»Eulogios, ein *Princeps* der *Agentes in rebus*«, sagte der Agent in einem leisen, ehrerbietigen Ton, wie jemand, der sich in einer Kirche befand.

»Ah«, sagte der Sekretär mit gelangweilt klingender Stimme. Er schaute in ein dickes Buch, das am Rande seines Schreibtisches lag. »Ja, Seine Durchlaucht erwartet Euch. Er ist gerade von einer Besprechung mit Seiner Heiligen Majestät zurück – Ihr könnt hineingehen.« Er zeigte mit seiner Feder auf eine Tür hinter seinem Rücken, dann wandte er sich wieder seinem Brief zu.

Eulogios ging zu der Tür, warf Demetrias einen strengen Blick zu, dann öffnete er sie und ging hinein. Sie folgte ihm stumm, mit gesenktem Haupt.

Das erste, was ihr ins Auge fiel, war der Teppich. Er war aus Seide, eine Arbeit von erlesenster Feinheit, und stellte die Geliebten des Zeus dar. Sie selbst hatte nicht an ihm gearbeitet, aber sie hatte gesehen, wie er gemacht wurde, in Tyros, und sie wußte, daß er nicht für den Mann gemacht worden war, dessen Büro er jetzt schmückte. Sie hob den Kopf und starrte überrascht. Es lag etwas Ungutes, etwas entschieden Beunruhigendes und zugleich Beängstigendes in der Vorstellung, daß der Kämmerer des Kaisers sich dazu herabließ, Teppiche von der Kaiserin zu klauen, die er selbst mit List und Tücke in Ungnade gestürzt hatte.

Der Rest des Büros und sein Besitzer waren von derselben Art wie der Teppich: luxuriös, geschmackvoll, erlesen. Die Fresken der Ilias an den Wänden wechselten sich ab mit Paneelen aus vergoldetem Holz, die mit Bildern von Heiligen geschmückt waren. Zwei goldene Lampenständer, in der Form von knospenden Bäumen gegossen, flankierten einen zweiten Eingang auf der gegenüberliebenden Seite des Raumes; ihre halb geöffneten Blüten waren aus Edelsteinen. Der andere Eingang hatte keine Tür, sondern war mit einem purpurnen Vorhang verhängt. Obwohl es Tag war und der Raum hell erleuchtet von dem Licht, das durch zwei hohe Fenster auf beiden Seiten hereinflutete, brannte auf jedem der beiden Lampenständer eine Öllampe, die den Raum mit dem Duft von

Myrrhe erfüllte. In der Mitte des Raumes stand ein Schreibtisch aus poliertem Zitronenbaumholz, und an diesem saß, das Kinn auf eine zierliche, gepflegte Hand gestützt und sinnend ins Nichts starrend, Chrysaphios, der Kämmerer des Kaisers. Nichts an seinem Gesichtsausdruck ließ erkennen, ob er das Eintreten seines Untergebenen überhaupt wahrnahm. Er war jünger, als Demetrias erwartet hatte, mit Bestimmtheit unter Vierzig – wenngleich das Alter eines Eunuchen schwer zu schätzen war. Sein Haar war immer noch von einem dunklen Gold und glänzte wie ein polierter Helm, und sein schmales, feingeschnittenes Gesicht war bar jeder Falte. Er trug den mit einem Purpurstreifen verzierten weißen Mantel eines Patriziers über einer Tunika, die ganz aus Gold zu sein schien. Er wirkte wie eine Statue im Schaufenster eines Juweliers, und er schien kaum zu atmen. Eulogios zog die Tür leise hinter sich zu und verharrte in ehrerbietigem Schweigen in respektvoller Distanz vor dem Schreibtisch.

»Eulogios«, sagte Chrysaphios nach einer Weile und nahm das Kinn von der Hand. Er hatte eine einschmeichelnde, affektierte Altstimme, in der ein Akzent von großem Reichtum und Kultur mitschwang. »Also.« Er legte die Hände mit den Handflächen nach unten auf seinen Schreibtisch und musterte den Agenten mit einem spöttischen Gesichtsausdruck. Sein Blick schweifte kurz zu Demetrias und kehrte wieder zu seinem Untergebenen zurück. »Ich erfuhr von Eurem Boten, daß Ihr in Tyros eine Enttäuschung erlebt habt. Was habt Ihr mir jetzt gebracht?«

Eulogios machte eine tiefe Verbeugung, bevor er antwortete. »Es trifft zu, Eure Erlauchtheit, daß meine Befürchtungen hinsichtlich der Situation in Tyros gänzlich überflüssig waren. Ich hatte erwartet, Verrat zu entdecken; ich fand lediglich einen lüsternen und eitlen jungen Prokurator, der sich heimlich auf Kosten des Staates einen Mantel für seinen persönlichen Gebrauch anfertigen ließ. Ich untersuchte die Sache so sorgfältig, wie ich konnte, und es freut mich, daß mein Verdacht unbegründet war. Auch wenn ich darüber enttäuscht bin, daß alle meine Mühen und Anstrengungen umsonst waren, kann ich natürlich nicht umhin, tiefe Freude darüber zu empfinden, daß unsere Befürchtungen um unseren heiligen und geliebten Augustus grundlos waren.« Eulogios hielt inne. Chrysaphios forderte ihn mit einer knappen, ungeduldigen Geste auf, zur Sache zu kommen. Eulogios holte erneut tief Atem und fuhr fort. »Um Eure Erlauchtheit von der Sicherheit unseres geheiligten Kaisers – welche, wie ich weiß, Euer vornehmstes Anliegen ist – zu überzeugen, habe ich Euch die Weberin mitgebracht, deren Hände den besagten Mantel gewebt haben, auf welchen sich unser Argwohn gründete. Bitte erlaubt mir, daß ich sie Eurer Durchlaucht zum Geschenk mache. Sie galt als die beste Weberin in ganz Tyros, und ich bin zuversichtlich, daß sie, sobald Ihr Euch durch eine Befragung ihrer Person davon überzeugt habt, daß an der Geschichte nichts dran ist, Eurem Haus ebenso zur Zierde gereichen wird, wie ihr meisterliches Geschick so lange Zeit dem Staat zur Zierde gereicht hat.«

Chrysaphios schloß einen Moment die Augen, dann schlug er sie wieder auf und musterte Eulogios mit einem Ausdruck gequälter Ironie. Eulogios hatte sich diese Rede während der Reise zurechtgelegt und war sehr stolz auf sie; entsprechend enttäuscht war er jetzt von Chrysaphios' Reaktion. Der Kämmerer wandte den Blick nun wieder auf Demetrias, und diesmal hob er einen Finger und winkte sie zu sich. Sie trat langsam vor, mit gesenktem Haupt. Vor dem Schreibtisch blieb sie stehen und verneigte sich bis zum Boden. Dann erhob sie sich wieder und verharrte mit gesenktem Blick vor dem Kämmerer. Chrysaphios hob das goldene Halsband, das ihr die Haushälterin am Morgen umgelegt hatte, ein wenig an, dann faßte er sie beim Kinn, hob ihren Kopf und drehte ihn erst nach links, dann nach rechts, und studierte eingehend ihr Gesicht.

Seine dunklen, abschätzig blickenden Augen waren nur einen Fuß von ihren entfernt. Demetrias bemühte sich, so unbeteiligt wie möglich dreinzuschauen. Sie fühlte sich wie eine Maus, die von einer Katze inspiziert wird.

Chrysaphios ließ seine Hand wieder fallen, als wäre die Anstrengung, sie hoch zu halten, zu groß für ihn. »Wo ist der Mantel?« fragte er Eulogios.

Jetzt kam der unangenehme Teil der Unterredung, vor dem Eulogios sich schon die ganze Zeit gefürchtet hatte. »Ich muß zu meinem Leidwesen gestehen, Eure Durchlaucht, daß ich ihn nicht habe. Der Prokurator Heraklas machte ihn seinem Kollegen, dem Präfekten Philippos, zum Geschenk, und dieser verließ Tyros zu Beginn des letzten Monats, als ihn die Nachricht ereilte, daß seine Mutter erkrankt sei. Ich werde ihn noch auffordern, ihn mir zu zeigen, aber ich nahm Einsicht in die Belege und sprach mit den Sklaven in der Manufaktur, und alle sagten übereinstimmend aus, daß der Mantel in der Tat rot und für den Prokurator bestimmt gewesen sei.«

Chrysaphios lächelte mild. »Sklaven sagen alles aus«, bemerkte er, »und die meisten Sklaven fühlen sich verpflichtet, ihresgleichen zu decken.«

Er betonte das Wort *meisten* so schwach, daß es eines feinen Gehörs bedurfte, um es herauszuhören, aber dieses winzige Heben der Stimme und das milde Lächeln, das es begleitete, verrieten Demetrias mehr als die Worte selbst. Die *meisten* Sklaven fühlten sich ihresgleichen verpflichtet. Aber manche Sklaven verrieten ihre Kameraden, schwärzten sie bei ihren Herren wegen der geringsten Kleinigkeit an, um sich ihre Gunst zu erwerben. Chrysaphios war ein solcher Sklave gewesen, wußte Demetrias plötzlich mit einer irrationalen Gewißheit; er hatte seine Mitsklaven denunziert, bei Herren, bei Vorgesetzten, beim Kaiser selbst, und nun saß er, mit Gold behangen, im Machtzentrum des Staates und lenkte und verteilte die Gunst des Kaisers mit schlaffer, gezierter Hand. Das

Unbehagen, das sie beim Anblick des Teppichs beschlichen hatte, vervierfachte sich.

»Habt Ihr mit Flavius Marcianus gesprochen?« fuhr Chrysaphios fort.

Eulogios zuckte zusammen. »Nein, Eure Durchlaucht. Er war bereits abgereist, als ich in Tyros eintraf. Soweit ich weiß, ist er zu den Gütern seines Gönners in den Bergen zurückgekehrt.«

Chrysaphios klopfte mit der Hand auf die Tischplatte. »Ihr habt den Mantel nicht«, sagte er nach langem Schweigen. »Ihr habt diesen famosen Mantel nicht einmal gesehen, und was sein Aussehen anbetrifft, verlaßt Ihr Euch auf die Aussagen von Sklaven. Ihr habt Marcianus nicht gesehen, obwohl ich Euch besonders eindringlich gemahnt habe, ihm auf den Zahn zu fühlen. Es scheint, mein lieber Eulogios, daß Ihr in dieser Sache versagt habt.«

Eulogios scharrte mit den Füßen wie ein unartiges Kind.

Chrysaphios setzte sich aufrecht und ballte die Hände auf der Tischplatte. »Wann hat Marcianus Tyros verlassen?« fragte er mit schneidender Stimme. »Warum ist er dort so lange geblieben?«

»Er ... er hatte dort geschäftlich zu tun, glaube ich. Es war reiner Zufall, daß er die ganze Zeit dort war. Sein Gönner hat Besitzungen ganz in der Nähe – und es ging wohl um den Erwerb von ein paar Ländereien, soweit ich weiß ...«

»Ich hasse Zufälle«, versetzte Chrysaphios kühl. »Und ganz besonders hasse ich Zufälle, die mit diesem speziellen Herrn zusammenhängen. Marcianus ist genauso gefährlich wie sein Gönner – vielleicht sogar noch gefährlicher. Aspar ist Soldat durch und durch, mit soviel Feingefühl wie ein Schlachtermesser; Marcianus ist ... aus anderem Holz.« Er schlug mit der flachen Hand auf den Tisch. »Uns kommen Gerüchte zu Ohren, daß in Tyros irgend etwas von Nomos geplant wird, irgendeine krumme Sache, der wir auf den Grund gehen müssen. Ihr fahrt nach Tyros und findet heraus, daß Nomos' Busenfreund Acilius Heraklas unter strikter Geheimhaltung einen Mantel weben läßt, während gleichzeitig Aspars Günstling und rechte Hand Marcianus wie ein Geier über der Stadt kreist. Statt zu handeln, vergeudet Ihr vier Wochen damit, hierherzukommen, um mich zu fragen, was Ihr tun sollt ...«

»Ich hatte ja nicht die Befugnis, einzuschreiten!« protestierte Eulogios. »Der Präfekt ist ja auch ein Freund von Nomos; ich hätte bloß mein Leben in Gefahr gebracht, wenn ich mich an ihn um Hilfe gewandt hätte! Und sie sagten mir, der Mantel würde nicht vor Ablauf von sechs Wochen fertig werden.«

»So, das sagten sie!« schnarrte Chrysaphios höhnisch. »Wer denn? Die Sklaven in der Fabrik sagten es Euch! Dieselben Sklaven, denen Ihr blind geglaubt habt, als sie Euch sagten, der Mantel sei rot! Und – Wunder über Wunder – der Mantel, von dem sie sagten, er würde in sechs Wochen fertig, wird schon nach zwei Wochen fertig, und Nomos' Freund Philippos hat eine Mutter, die just zum rechten Zeitpunkt krank wird, und ganz zufällig reist er von Tyros ab und nimmt den Mantel mit! Und was noch wundersamer ist: Marcianus verläßt Tyros ebenfalls – zur gleichen Zeit? Ja, war es zur gleichen Zeit?«

»Ich weiß es nicht«, stammelte Eulogios mit entsetzensbleichem Gesicht. »Aber ich habe die Bücher überprüft und ...«

»Mit einem Stück Pergament und einer kleinen Feder lassen sich die wundersamsten Dinge machen, mein Freund!« Chrysaphios atmete zischend aus und schaute Eulogios aus verengten Augen an. »Nun«, sagte er nach einem Moment, »wenigstens habt Ihr mir eine Weberin mitgebracht – um mich zu beruhigen.« Er wandte den Blick auf Demetrias. »Und? Wirst du mich beruhigen, hübsche Weberin? Welche

Farbe hatte der Mantel, den du für Acilius Heraklas gemacht hast?«

»Er war rot, Herr«, antwortete Demetrias ruhig, »gefärbt mit Kermes, Herr, und mit zwei Tapisserieeinsatzstücken.«

»Er war rot!« säuselte Chrysaphios höhnisch. »Wie beruhigend!« Seine Hand schnellte plötzlich vor, und mit einer Kraft, die sie ihm nicht zugetraut hätte, packte er erneut ihr Kinn. »Nun, vielleicht war er es ja wirklich. Es soll ja bisweilen Zufälle geben: Prokuratoren, die wegen einer hübschen Seidenweberin und wegen ihres Hangs zu feinen Kleidern mit dem Gesetz in Konflikt geraten; Mütter, die plötzlich erkranken; ein Marcianus, der wichtige Geschäfte in Tyros zu erledigen hat. Aber, Eulogios« – und er schüttelte Demetrias' Kopf hin und her – »ich muß das nicht alles glauben, nur weil ein paar Sklaven es behaupten. Man muß schon ein wenig Druck auf sie ausüben und sehen, ob sie dann immer noch bei ihrer Geschichte bleiben.« Er kniff ihr mit den Fingerspitzen in die Wangen, bis sie vor Schmerz aufstöhnte. Demetrias hielt sich die schmerzende Wange, wandte den Blick von Chrysaphios auf die Tischplatte und dachte angestrengt nach. Folter. Er wollte sie foltern lassen. Ihre Hände waren schweißnaß, und ihr war schwindelig vor Angst, aber ihr Verstand arbeitete fieberhaft. Es mußte einen Ausweg geben. Sollte sie ihm die Wahrheit sagen? Doch er würde nicht glauben, daß sie ihm die ganze Wahrheit erzählte; er würde sie trotzdem foltern lassen, und wahrscheinlich würde er auch Philotimos foltern lassen. Aber es mußte einen Ausweg geben!

Eulogios hustete. »Natürlich, Eure Durchlaucht, Ihr habt vollkommen recht. Aber der, eh, der Hunne, den Ihr mir geliehen habt, will die Frau heiraten und bat mich, Euch dieses sein Anliegen heute morgen vorzutragen. Er ist ein wertvoller Mann – wir haben so wenige Hunnen in unseren Diensten. Ich würde ihn nicht gern verlieren – was, eh, soll ich ihm hinsichtlich der Frau ausrichten?«

Demetrias sah ihn verblüfft an. Hatte sie recht gehört? Ihr würde die Folter erspart bleiben, wenn sie Chelchal heiratete? *Besser das, als gefoltert werden!* dachte sie, von plötzlicher Hoffnung erfüllt – aber ein anderer Teil von ihr stieß einen stummen Schmerzensschrei aus.

»Chelchal will sie heiraten, schau her!« rief Chrysaphios höhnisch und sandte Demetrias erneut einen spöttischen Blick. »Schön, schön. Er ist in der Tat ein nützlicher Mann – aber ich glaube, wir kommen trotzdem nicht umhin, der Frau zuerst ein paar Fragen zu stellen. Ich werde den Männern, die dafür verantwortlich sind, sagen, sie sollen sie nicht allzuschwer beschädigen. Ein Mann, der sich auf diese Kunst versteht, kennt Methoden, jemanden zu verhören, die keine ... Entstellungen hervorrufen. Das könnt Ihr Chelchal ausrichten. Nun, Weberin? Welche Farbe hatte der Mantel?«

Demetrias schrie.

Es war ein schriller, markerschütternder Schrei, und noch während sie ihn ausstieß, wunderte sie sich über sich selbst, daß sie so laut zu schreien vermochte: Der Schrei schnitt durch den Palast wie ein Messer durch Seide. Chrysaphios sprang auf, einen erschreckten Ausdruck in den Augen, und wich einen Schritt zurück. Eulogios kam nach vorn geeilt, packte Demetrias' Arm, riß sie zu sich herum und gab ihr ein paar Ohrfeigen. Sie hielt den anderen Arm hoch, um die Schläge abzuwehren, und schrie unverwandt weiter.

»Schafft sie hier raus!« brüllte Chrysaphios. Er rannte zur Tür seines Büros und schrie nach seinen Sekretären. Demetrias stand geduckt, den Arm vor das Gesicht haltend, und kreischte, so laut sie konnte. Die Sekretäre stürmten in den Raum; Demetrias duckte sich, riß sich von Eulogios los und klammerte sich an den Schreibtisch. Sie zögerten einen Moment, dann drangen sie auf sie ein, packten sie mit derber Entschlossenheit und versuchten, sie aus dem Raum zu zerren. Sie wehrte sich nach Kräften, krallte sich verzweifelt am

Tisch fest und trat nach ihnen, dabei unverwandt aus Leibeskräften schreiend.

»Chrysaphios!« kam plötzlich von draußen eine fremde Stimme. »Was in aller Welt geht hier vor?«

Die Sekretäre ließen jäh von ihr ab und starrten erschreckt auf die Rückseite des Raumes. Demetrias preßte die Hände vors Gesicht, um ihre eigenen Schreie zu ersticken, und wandte den Blick ebenfalls dorthin.

Der Mann, der dort im Türrahmen stand und den purpurnen Vorhang mit einer Hand zur Seite hielt, war Ende Vierzig, grauhaarig, schlank und dunkeläugig, und sein sanftes Gesicht hatte einen verwunderten und besorgten Ausdruck. Sein Purpurmantel berührte den Vorhang. Er war wunderbar, von einer Farbe so schön wie das Leben selbst, kraftvoll, pulsierend, unvergleichlich. Demetrias kannte diesen Mantel. Sie hatte seinen gemusterten Saum gewebt und war sehr stolz darauf gewesen.

Sie reagierte, bevor einer der anderen dazu kam. Sie ließ den Schreibtisch los, stürzte an den Sekretären vorbei und warf sich vor die Füße des Kaisers. »Allererhabenste Majestät!« schrie sie. »Um Gottes will, o Herr und Kaiser, edler und geheiligter Augustus, ich bin ein unschuldiges Weib! Laßt nicht zu, daß sie mich foltern!«

Kaiser Theodosius schaute verdutzt auf die junge Frau hinunter, die sich ihm da vor die Füße geworfen hatte, und sah dann verwirrt seinen Kämmerer Chrysaphios an.

Chrysaphios zögerte nur einen kurzen Moment, bevor er sich ebenfalls bis zum Boden verneigte; dann erhob er sich graziös und streckte die Hände zu einer beschwichtigenden Geste empor. »Herr«, sagte er mit einer sanften, einschmeichelnden Stimme, aus der jeder Spott gewichen war, »die junge Frau befindet sich in einem Irrtum. Ich bitte Euch, regt Euch nicht auf; ich werde Euch alles erklären. Es tut mir leid, daß Eure Heiligkeit bei ihrem Gebet gestört wurde.«

Theodosius schien beruhigt. Er wandte den Blick auf die junge Frau zu seinen Fußen und beugte sich zu ihr hinunter. »Na siehst du«, sagte er in begütigendem Ton. »Sie werden dich nicht foltern. Du kannst aufstehen, Mädchen.«

Demetrias kam auf die Knie und schaute in sein Gesicht. Es war freundlich und immer noch ein wenig besorgt. Sie wischte sich die Tränen von den Wangen und atmete tief auf, noch am ganzen Leibe zitternd. *Ich bin in Sicherheit – zumindest für den Augenblick.* Theodosius reichte ihr die Hand, um ihr aufzuhelfen – sie bemerkte, daß seine Finger mit Tinte befleckt waren. Sie nahm die Hand zögernd und stand auf. Erst jetzt fiel ihr auf, daß der Kaiser ein kleiner Mann war, kaum größer als sie selbst. Eigentlich hätte sie das nicht überraschen dürfen, schließlich kannte sie seine Maße. Seine Standbilder waren ihr immer so riesig erschienen.

»Herr«, sagte sie hastig, bevor Chrysaphios ihr zuvorkommen konnte, »sie waren im Begriff, mich foltern zu lassen. Ich bin sicher, daß sie es einzig aus Liebe zu Eurer Heiligen Majestät tun wollten, aber ich schwöre bei allem, was mir heilig ist, daß ich eine treu ergebene Sklavin Eurer Majestät bin und niemals ein Verbrechen gegen Euch begehen wollte.« Sie sah, wie die Besorgtheit im Gesicht des Kaisers wuchs, und fuhr rasch fort: »Ich war Weberin in Eurer Manufaktur in Tyros, Herr. Euer Kämmerer glaubt, daß ich einen Mantel für irgendeinen Mann gewebt habe, der ein Komplott gegen Eure Majestät plant. Herr, ich bin nur eine Sklavin und webe, was Eure Diener, die Prokuratoren, mir auftragen – ich weiß nichts über irgendwelche Verschwörungen. Ich weiß nur, daß man mich von meinem Heim und meiner Familie weggerissen hat, hierher gebracht hat und mir gedroht hat, mich zu foltern, wenn ich nicht Verbrechen gestehe, von denen ich nichts weiß. Ich bitte Eure Heilige Majestät inständig, mir zu glauben.«

Theodosius runzelte die Stirn und schaute seinen Kämmerer an.

Chrysaphios senkte verlegen den Blick, sichtlich aus der Fassung gebracht. »Mein Herr und Kaiser«, sagte er, »es stimmt, wir haben ihr mit Folter gedroht. Ich hoffe, Eure Majestät kennt mich besser, als daß sie glauben würde, ich würde sie tatsächlich foltern, wenn sie wirklich unschuldig ist. Es trifft zu, daß ich Grund zu dem Verdacht habe, daß ein Mantel, den diese Frau in Eurer Manufaktur in Tyros gewebt hat, für ein übles Komplott gegen Euch, meinen verehrten und geliebten Herrn, mißbraucht werden soll; ich drohte ihr lediglich mit der Folter, da ich hoffte, so vielleicht mehr zu erfahren. Wenn es Euch erzürnt, Herr, bin ich untröstlich – doch was ich gesagt habe, habe ich einzig aus Sorge um Euer Wohlergehen und Eure Sicherheit gesagt.«

Theodosius schien beruhigt. »Natürlich glaube ich Euch, daß Ihr dem armen Mädchen niemals ein Leid zugefügt hättet«, sagte er zu Chrysaphios. »Ihr wißt, wie sehr ich Gewalt verabscheue.«

»Ich verabscheue sie selbst«, beeilte sich Chrysaphios zu beteuern, »aber manchmal, wenn es um Eure Sicherheit geht ...«

»Oh, Ihr braucht mir nicht zu beteuern, wie sehr Ihr mir ergeben seid, mein Freund; ich glaube Euch, daß Ihr mich liebt«, sagte der Kaiser mit einem gütigen Lächeln. »Dennoch ... mußtet Ihr dem armen Mädchen solche Angst einjagen? Sag mir, Mädchen, was ist an dieser Geschichte dran? Niemand hat die Absicht, dir weh zu tun.«

Sie zögerte. Wenn sie zugab, daß der Mantel purpurn gewesen war, würde sie das gesamte Räderwerk der Staatsmacht in Gang setzen, und Chrysaphios' Schergen würden unerbittlich nachforschen, mit allen Mitteln, die ihnen zu Gebote standen. Sie selbst mochte vielleicht der Folter entgehen, aber andere nicht – zumal, weil sie schon einmal gelogen hatten. Chrysaphios würde seinem Herrn irgend etwas erzählen: Der Kaiser würde niemals etwas erfahren, von dem der Kämmerer nicht wollte, daß er es erführe, soviel stand fest. Philotimos, Eugenios aus der Färberei, wahrscheinlich viele andere Weberinnen, ihre Mutter eingeschlossen: Sie alle würden auf die Streckbank gezerrt werden. Andererseits, wenn das Komplott aufgedeckt würde, dann würden sie Heraklas festnehmen, und wenn sie ihn festnahmen, dann würde sowieso alles herauskommen.

Aber Heraklas konnte auch entkommen, und sie würden sich wahrscheinlich nicht mit Weberinnen abgeben, mit bloßen Sklavinnen, selbst wenn sie den Prokurator hatten, solange sie Nomos selbst hatten. Nein, der einzig sichere Kurs war, darauf zu beharren, daß der Mantel rot gewesen sei.

Aber sie brachte es nicht über sich, es zu sagen, nicht jetzt. Der Kaiser als Statue in der Vorhalle der Präfektur war eine Sache; der lebendige Mann, der da vor ihr stand und sie so freundlich lächelnd ansah, war eine andere Sache. Der Gedanke, sich zu Nomos' Komplizin zu machen, erschien ihr schier unerträglich. Sie kannte Nomos nicht und wußte nichts von ihm, aber Heraklas, seinen Anhänger, haßte sie von ganzem Herzen.

Indes, Chrysaphios und Eulogios waren genauso schlimm. Und solange dieser sanfte, freundliche Mann den Purpur trug, würde Chrysaphios herrschen.

Demetrias biß sich auf die Lippe. »Herr«, sagte sie, als das Schweigen immer lastender wurde, »wie könnte ich Euren Kämmerer beschuldigen?«

»Chrysaphios beschuldigen?« fragte der Kaiser. »Nun, du brauchst es nicht als Anschuldigung zu sehen, wenn du sagen willst, daß er dich irrtümlich bestraft hat. Jeder kann Fehler machen, und wir alle verzeihen gern, wenn es ein Fehler ist, der aus Liebe geschieht. Ich weiß, daß Chrysaphios das Fundament meiner Herrschaft und das Glück meiner teuren Untertanen ist, und ich achte ihn so hoch, wie er es verdient. Du brauchst keine Angst zu haben, wenn du sagst, er sei falsch unterrichtet gewesen. Aber dein Zögern ehrt dich, liebes Kind, und ich mag dich deshalb nur um so mehr.«

Es war hoffnungslos. »Herr«, sagte Demetrias mit bedrückter Stimme, gegen die Tränen ankämpfend, »Euer höchst erhabener Kämmerer wurde durch die Umstände irregeleitet. Der Prokurator Heraklas ließ mich in der Tat einen Mantel weben, gesetzwidrig und unter strikter Geheimhaltung, aber der Mantel war rot. Der Prokurator wollte nichts weiter als ein feines Stück tyrischer Webkunst für seinen persönlichen Gebrauch ... und ... und er wollte mit mir schlafen.«

»Was höre ich da?« fragte der Kaiser, und erneut sah er verwundert und besorgt aus.

»Er wollte, daß ich an einem geheimen Ort arbeite, Herr, damit er mich dort aufsuchen konnte. Es gelang mir, ihn abzuweisen, aber da ich in aller Abgeschiedenheit arbeitete, bekam keiner der anderen in der Fabrik den Mantel je zu Gesicht, und weil der Prokurator den Mantel für seinen privaten Gebrauch anfertigen ließ, tauchte er nicht in den Auftragsbüchern auf. Deshalb dachten Eure Diener, daß eine Verschwörung hinter der Sache stecken müsse.«

Ein strahlendes Lächeln erhellte Theodosius' Gesicht. »Na bitte!« sagte er triumphierend zu Chrysaphios. »Da klärt sich doch alles auf, nicht wahr? Ich konnte einfach nicht glauben, daß irgend jemand eine Verschwörung gegen mich planen sollte!«

Chrysaphios verbeugte sich. »Eure Heilige Majestät ist ein guter Mensch, ein lebender Heiliger – ich hoffe, Ihr verzeiht mir, wenn ich meine Meinung sage! –, aber Eure unerschöpfliche Güte hindert Euch manchmal daran, die Dinge klar zu sehen. Ihr möchtet nur zu gern glauben, daß alle Menschen ebenso tugendhaft sind wie Ihr selbst, und ich weiß nur zu gut, wie sehr es Eure edle Seele schmerzt, wenn Ihr seht, wie niederträchtig und undankbar sie zuweilen sind. Aber es gibt nun einmal böse Menschen auf dieser Welt, die die Güte Eurer Heiligen Majestät nicht ertragen können und die nicht einmal davor zurückschrecken würden, ihre habgierige Hand nach dem heiligen Purpur selbst auszustrecken. Ich habe nicht vermocht, den Mantel zu finden, den diese Frau hier gewebt hat, und ich bin zutiefst beunruhigt. Ich gebe nicht der Weberin die Schuld; sie ist nur eine Sklavin und hat die Pflicht, ihren Vorgesetzten zu gehorchen, aber was ist, wenn sie nur aus Furcht spricht? Was ist, wenn man ihr mit einer fürchterlichen Strafe gedroht hat, wenn sie es wagen sollte, irgendein schreckliches Geheimnis zu verraten? Ich finde, es ist notwendig – nicht, sie zu foltern, wohlgemerkt! –, aber sie eingehender zu der Sache zu verhören.«

Theodosius runzelte wieder besorgt die Stirn.

»Herr, Euer Agent Eulogios war in Tyros«, warf Demetrias hastig ein. »Er war in der Manufaktur und in der Färberei, wo ich den Mantel gewebt habe, und er war in der Wollfabrik, wo ich die übriggebliebene Seide in Kauf gegeben habe, und er hat in allen dreien die Rechnungen überprüft. Er tat das sehr gründlich und sorgfältig, und er fand nichts, aus dem hervorgegangen wäre, daß der Mantel purpurn war – absolut nichts. Er hat den Mantel nur deshalb nicht gesehen, weil der Prokurator ihn seinem Freund, dem Präfekten, als Abschiedsgeschenk überreicht hat. Ansonsten hätte er ihn natürlich gefunden. Was soll ich denn noch sagen, um Euch zu überzeugen? Es gibt kein Komplott und keine Verschwörung!«

»Ich kann nur hoffen, daß es so ist, wie du sagst«, sagte Chrysaphios, ohne sie anzusehen, »aber ich kann solange nicht sicher sein, wie ich den Mantel nicht selbst gesehen habe.«

Theodosius lächelte. »Ihr seid zu ängstlich und zu mißtrauisch, mein Freund«, sagte er in begütigendem Ton zu seinem Kämmerer. »Gewiß, es gibt böse Menschen, und es ist Eure Christenpflicht, für sie zu beten; aber wenn Ihr den Mantel nirgends gefunden habt, warum solltet Ihr dann Schlimmes annehmen? Weshalb sollten wir glauben, daß alles, was wir nicht wissen, schlecht ist? Wenn dieser Agent« – er warf einen flüchtigen Blick auf Eulogios – »bereits in Tyros war und alles untersucht hat, was könnt Ihr dann noch mehr dadurch erfahren, daß Ihr eine unglückliche junge Frau in Angst und Schrekken versetzt? Sie scheint mir zudem eine Frau von einiger Charakterstärke zu sein, wenn sie sich ihrem Prokurator widersetzt hat, als er sie zu einer Sünde verleiten wollte. Ich kann nicht glauben, daß sie einem Verrat Vorschub leisten würde. Dieser Prokurator hat sein Amt schwer mißbraucht; ich hoffe, er ist für sein Verhalten gerügt worden.«

»Ich habe ihm einen strengen Verweis erteilt«, erklärte Eulogios, der diese günstige Gelegenheit, die Aufmerksamkeit des Kaisers auf sich zu lenken, nicht ungenutzt verstreichen lassen wollte. »Und ich habe ihn eindringlich gemahnt, das Eigentum Eurer Heiligen Majestät in Zukunft zu respektieren, wenn er jemals wieder ein Amt innehaben wolle. Er war tief zerknirscht, erstattete dem Staat den Schaden, den er ihm zugefügt hatte, und gelobte, niemals wieder Euer Mißfallen auf sich zu ziehen.«

»Sehr gut!« rief der Kaiser erfreut. »Dann ist ja alles, wie es sein sollte. Gott sei gepriesen!«

»Wenn Eure Heilige Majestät zufrieden ist, dann bin ich auch zufrieden«, sagte Chrysaphios und verbeugte sich erneut. »Und ich bin in der Tat jetzt beruhigt. Auch ich kann, nun, da ich diese Frau vor Euch sehe, nicht glauben, daß sie in irgendeiner Form in verräterische Umtriebe verstrickt sein könnte, und ich bin sicher, daß sie nicht dazu fähig sein würde, Euch in Euer edles Antlitz zu lügen.« Theodosius strahlte. »Erlaubt mir, mein verehrter Herr«, fuhr der Kämmerer lächelnd fort, »daß ich sie Euch zum Geschenk mache.«

»Zum Geschenk?« fragte der Kaiser mit verwundertem Gesichtsausdruck. »Gehört sie Euch? Ich dachte, sie wäre eine Staatssklavin.«

Chrysaphios lächelte erneut. »Mein Günstling Eulogios hier nutzte die Amtsvollmacht, die ich ihm verliehen hatte, um die Frau dem Staat abzukaufen; er schenkte sie mir, da er dachte, daß ich sie, sobald ich mich erst durch ein Verhör ihrer Person davon überzeugt hätte, daß Euch keine Gefahr droht, behalten könnte – wie ich hörte, ist sie eine Weberin von außerordentlichen Fähigkeiten, und sie ist gewiß eine Zierde für das vornehmste Haus. Aber es wäre mir eine große Freude, wenn Eure Heilige Majestät sie nähme. Dann könntet Ihr vollkommen sicher sein, daß es ihr gutgeht und an nichts fehlt; Ihr könntet sie entweder in Eurem Palast unterbringen oder sie jemand anderem schenken oder sie vielleicht sogar freilassen. Ich weiß, daß Euer nobler Geist sonst keine Ruhe hätte und sich unablässig mit dem Gedanken quälen würde, ob sie auch sicher und wohlbehalten ist, und wenn Ihr unglücklich seid, dann bin ich, Euer treuer Diener, es auch.«

Der Kaiser lächelte glückselig und sandte Demetrias einen entzückten Blick. »Wie gut Ihr mich doch kennt, mein Freund!« rief er. »O ja, ich hätte mich um sie gesorgt. Und Euer Angebot ist Eurer würdig, großmütig und liebevoll. Ich danke Euch für Euer kostbares Geschenk.« Er nahm Demetrias' Hand. »Ich kann mich fürwahr glücklich schätzen, einen so klugen Ratgeber zu haben, und einen, der mir so ergeben ist«, sagte er, mehr zu ihr als zu seinem Kämmerer. »Sag, Mädchen, wie heißt du?«

»Demetrias, Herr«, stammelte sie und sah Chrysaphios verwirrt an. Sie traute seinem plötzlichen Sinneswandel nicht.

»Demetrias! Ein Name, der geweiht und geadelt ist durch die heilige Märtyrerin! Ein vortrefflicher Name! Komm, Demetrias, ich bringe dich jetzt in meine Gemächer, wo du dich von deinem Schrecken erholen kannst. Chrysaphios – teilt es allen mit, die davon berührt sind.«

»Selbstverständlich, Herr.« Chrysaphios verneigte sich, und der Kaiser geleitete Demetrias hinaus.

Der Kämmerer wartete, bis sie fort waren, dann klatschte er in die Hände und bedeutete den anderen im Raum mit einer knappen Geste, hinauszugehen. Die Sekretäre kamen seiner Aufforderung sofort nach, aber Eulogios zögerte, augenscheinlich beunruhigt. Chrysaphios setzte sich an seinen Schreibtisch und stierte düster vor sich hin.

»Erhabener«, sagte Eulogios nach einigem Zögern. »Also – was wird jetzt? Glaubt Ihr wirklich, daß die Frau die Wahrheit gesagt hat?«

Chrysaphios hob abrupt den Blick und sah den Agenten verächtlich an. »Ich glaube, ihr war klar, daß sie nichts zu befürchten hatte, wenn sie die Wahrheit sprach, weil der Kaiser niemals zulassen wird, daß sie gefoltert wird. Warum sollte sie also nicht die Wahrheit gesagt haben? Und wenn sie gelogen hat, dann können wir daran jetzt auch nichts ändern. Wir können nicht an sie heran. Er ist überaus empfänglich für Schönheit, und sie entspricht exakt dem Typ von Frau, der ihm besonders zusagt. Warum konnte sie auch nicht alt und fett sein? Dann wäre er bestimmt nicht so erpicht darauf gewesen, sie anzuhören.«

Eulogios scharrte verlegen mit den Füßen. »Eure Erlauchtheit wird gewiß verstehen können, daß ich Euch keine Sklavin schenken würde, die alt und fett ist.«

Chrysaphios schnaufte verächtlich. »Was sollte ich wohl mit hübschen Frauen anfangen? Ich mag keine hübschen Frauen. Sie verleiten Männer zu unberechenbaren Handlungen. Und Frauen, die außerdem auch noch klug sind, gehören am besten erwürgt: Sie sind zu gefährlich, als daß man sie am Leben lassen dürfte.« Seine Augen funkelten, während er Eulogios fixierte. »Wie diese Weberin. Ihr hättet mich warnen müssen, daß sie klug ist. Sie hatte die ganze Situation perfekt im Griff von dem Moment an, als sie mit ihrem Geschrei anfing.«

»Glaubt Ihr nicht, daß sie bloß fürchterliche Angst hatte?«

fragte Eulogios, der sich mit Unbehagen an die Worte erinnerte, die sie ihm am Abend zuvor an den Kopf geworfen hatte. Die Strafe Gottes würde ihn treffen, genauso, als hätte er sich am Kaiser selbst versündigt. Und nun sah es ganz so aus, als würde dieses Weib eine Konkubine des Kaisers werden und der Kaiser selbst die göttliche Rache vollstrecken.

»Angst? Natürlich hatte sie Angst. Aber sie wußte, was sie tat, und sie tat es mit voller Absicht. Habt Ihr nicht gesehen, wie sie sich an den Schreibtisch klammerte? Sie wollte damit auf sich aufmerksam machen, weil sie ganz genau wußte, daß es sinnlos sein würde zu schreien, wenn sie erst im Kerker säße. Wahrscheinlich hoffte sie, daß der Kaiser kommen würde, aber sie hätte sich wahrscheinlich auch mit einem der Männer zufriedengegeben, die draußen im Vorzimmer warteten – sie sind allesamt mächtig genug, um sie zu beschützen und mir Schwierigkeiten zu machen. Und sie ließ wirkungsvoll ihre Tränen fließen und gab sich alle Mühe, um vor dem Kaiser als armes, verfolgtes Weib dazustehen, das mutig seine Keuschheit verteidigt. Und habt Ihr bemerkt, wie geschickt sie vorgefühlt hat, wie er wohl reagieren würde, wenn sie mich direkt angriffe? O ja, da habt Ihr ein gefährliches kleines Biest in den Palast gebracht, eins, das nichts lieber täte, als uns beide zu vernichten, wenn es könnte. Zum Glück wird er sie in ein paar Tagen wieder fortschicken.«

»Meint Ihr?« rief Eulogios, und ein Stein fiel ihm vom Herzen. »Aber warum?«

»Weil er – wahrscheinlich noch vor dem heutigen Abend – im Gebet sein Gewissen erforschen wird und dabei entdecken wird, daß er mit dem kleinen Luder schlafen will. Und fromm, wie er ist, betrachtet er sich immer noch als einen verheirateten Mann, auch wenn er von seiner treulosen Frau getrennt ist – Gott sei's gedankt! Eudokia war schlauer als ein Dutzend kleine Weberinnen, und schöner dazu. Er wird also zähneknirschend der Versuchung widerstehen und sie entweder freilassen oder sie irgend jemand anderem schenken – wahrscheinlich das letztere, und vorzugsweise irgendeiner gottesfürchtigen und wohlhabenden Witwe, die sie gut behandelt und darauf aufpaßt, daß ihr nur ja keiner zu nahe kommt. Fromm, wie er ist, kann er es nicht ertragen, wenn andere Männer Frauen kriegen, die er selbst gern haben würde. Wenn es nach mir ginge« – seine Stimme sank zu einem Flüstern –, »würde ich das Weibsstück bis aufs Blut foltern lassen und es dann König Attila als Geschenk senden. Und damit das klar ist: Was ich jetzt gesagt habe, bleibt unter uns, oder Ihr werdet bedauern, daß Ihr geboren seid.«

Eulogios schluckte. »Natürlich ... ich bin Euer ergebener Diener, Eure erhabenste Durchlaucht.«

»Ihr seid ein ungeschickter Narr, der diese ganze Sache von Anfang an verpfuscht hat!« fauchte Chrysaphios. »Hinaus mit Euch! Und wenn ich Euch noch einmal brauchen sollte – was ich bezweifle! –, werde ich nach Euch schicken.«

Eulogios ging hinaus. Chrysaphios saß allein in seinem Büro und betrachtete das verschwommene Spiegelbild seines Gesichts auf der blankpolierten Oberfläche der Tischplatte. Die Schwäche des Kaisers für Schönheit war für ihn immer von Vorteil gewesen. Sie verstärkte Theodosius' Zuneigung zu ihm, ohne sein zartfühlendes kaiserliches Gewissen zu verletzen. Er hatte diese Schwäche seinerzeit geschickt ausgenutzt, als er jene andere kluge und schöne Frau, Eudokia, gegen die häßliche, aber mächtige Pulcheria aufgehetzt hatte – um sodann Eudokia in Ungnade zu bringen, mit dem Ergebnis, daß er allein über Theodosius und das Reich regierte. Er hatte erreicht, wovon er immer geträumt hatte, seit er neun Jahre alt war, seit jenem Tag, als der persische Herr, von dem er geglaubt hatte, daß er ihn, Chrysaphios, liebe, der mit ihm geschlafen hatte, seit er sieben war, der ihn hatte kastrieren lassen, »damit du schön bleibst«, ihn plötzlich an die Römer verkauft hatte. Damals hatte er sich geschworen, daß ihn niemals wieder jemand verraten würde. Er, Chrysaphios, wollte mächtig genug sein, um sie zuerst zu verraten.

Aber die Dinge waren so kompliziert geworden, nun, da keine Macht mehr übriggeblieben war, die er noch hätte an sich reißen können. Er war sich seiner Macht über Theodosius sicher – aber selbst eine kleine Seidenweberin aus einer Staatsmanufaktur war in der Lage, an seinem Schutzschild vorbeizuschlüpfen und gegen seinen Willen zum Kaiser vorzudringen. Das wurmte ihn, aber darüber hinaus fand er es auch äußerst beunruhigend. Manchmal glaubte er, daß er seinen Kaiser aufrichtig liebte, und er haßte Liebe: Liebe war Schwäche, Ausgeliefertsein, Benutztwerden; Mächtige sollten nicht lieben. Aber was er jetzt empfand, hatte eine beänstigende Ähnlichkeit mit Eifersucht.

Er seufzte und starrte ins Nichts. *Sie ist bald wieder weg,* beruhigte er sich. *Und ich habe durch sie nichts von meinem Einfluß eingebüßt. Er wird nie und nimmer mit ihr schlafen – ich glaube nicht, daß er überhaupt jemals mit irgendeiner Frau geschlafen hat, außer mit Eudokia, und selbst die habe ich vergraulen können. Und vielleicht habe ich ja noch einmal eine Chance, mit der Weberin abzurechnen, wenn er sie erst wieder weggeschickt hat. Es besteht wirklich kein Grund zur Beunruhigung.*

Aber seine Niedergeschlagenheit und sein Unbehagen wollten nicht weichen. Sein von den Gedanken an Liebe unangenehm berührter Geist fand auch keine Linderung in den trübsinnigen Grübeleien über die Lage des Staates. Sein Geschick im Intrigieren nützte ihm gegen die Hunnen nichts. König Attila forderte immer mehr als Gegenleistung für den Frieden, das Volk und der Senat murrten immer lauter unter den erdrückenden Steuerlasten, und seine Verbündeten waren unzuverlässig, verweigerten ihm den Gehorsam oder lagen mit ihm in Hader. *Es war ein Fehler, Nomos zu kränken,* gestand er sich schweigend ein, *aber ich konnte die Verach-*

tung in seinen Augen sehen, und ich wollte nicht zulassen, daß er mich verrät. Trotzdem war es ein Fehler. Und es war auch ein Fehler, Zeno seine Unbotmäßigkeit nicht nachzusehen. Aber ich kann niemandem trauen, und die meisten von denen, denen ich doch traue, sind unfähig, wie Eulogios.

Unwillkürlich mußte er an das Schicksal eines seiner Vorgänger denken, Eutropios, der Kämmerer unter Theodosius' Vater Arcadius gewesen war. Auch er war zu seiner Zeit auf dem Gipfel der Macht gewesen, hatte den Kaiser beherrscht, den Staat regiert und war der erste und bisher einzige Eunuch gewesen, der je das Amt eines römischen Konsuls erlangt hatte. Und er war jämmerlich zugrunde gegangen, verraten von allen, die er neben sich an die Macht gebracht hatte; man hatte ihn heimlich und in aller Stille enthauptet, nachdem man ihm zuvor Immunität zugesagt hatte. Bei dem Gedanken rieb Chrysaphios sich unbehaglich den Hals und kämpfte gegen die Vision an, wie dieser von einem Beil durchtrennt wurde und sein Gesicht mit glasigen Augen von der Speerspitze eines gemeinen Soldaten herabstarrte.

Dazu wird es nicht kommen, sagte er sich trotzig. *Ich bin stärker als Eutropios. Ich habe nicht seinen Fehler wiederholt und meine Macht mit anderen geteilt; niemand kann es mit mir aufnehmen. Und was Nomos angeht, so bin ich auf der Hut. Ich lasse ihn beobachten, und wenn er vorhat, etwas gegen mich zu unternehmen, dann werde ich das rechtzeitig wissen. Und das ganze Reich wird hinter mir stehen, wenn sie erst sehen, daß ich doch noch mit Attila fertig werde.*

Bei dem Gedanken mußte er lachen. Er hatte einen von Attilas gotischen Untergebenen dazu gedungen, den König der Hunnen gegen eine Belohnung von fünfzig Pfund Gold umzubringen. Attila hatte keinen designierten Nachfolger, und sein Reich, das sich aus vielen verschiedenen Völkerschaften zusammensetzte, würde nach seinem Tod zerfallen. Dann würde er, Chrysaphios, ein Held sein, der Retter des Römischen Reiches. Was macht es, verglichen damit, schon aus, daß er sich von einer schlauen Seidenweberin hatte ausmanövrieren lassen, von einer Sklavin, die er einmal gesehen hatte und dann nie mehr?

Er klatschte in die Hände und wies seinen Sekretär an, den vornehmsten der Edelleute, die sich in seinem Vorzimmer drängten, hereinzulassen.

Demetrias schlief bis tief in den Vormittag hinein; als sie gegen zehn Uhr aufwachte, hatte sie einen trockenen Mund, ihr Kopf brummte, und sie fühlte sich unausgeschlafen. Sie blieb eine Weile still liegen und starrte den Saum ihres Kissens an. Graues Licht fiel von draußen auf das feine Leinen, und das Geräusch von Regen war zu hören.

Sie setzte sich auf und schaute sich um. Sie befand sich in einer kleinen, sauberen Kammer unter der Dachtraufe des Palasts; es war ein feines Zimmer mit einem wollenen Teppich und einem hohen Fenster aus gutem Glas. Sie erinnerte sich dunkel daran, wie sie am Abend zuvor hier hereingeführt worden war, nachdem sie vorher endlos lange Treppen hinaufgestiegen war. Sie erinnerte sich daran, wie ihr Blick als erstes auf die rot und purpurn gestreifte Bettdecke gefallen war, die im Licht der Lampe schimmerte. Sie war sehr müde gewesen. Der Kaiser hatte nicht viel mit ihr gesprochen, nachdem er sie in den Palast gebracht hatte; er hatte sie einem der rangälteren Kammerdiener anvertraut, einem Eunuchen, der sie an einen jüngeren Kammerdiener weitergereicht hatte; der wiederum hatte sie dem Verwalter der Palastwebstühle vorgestellt, einem sehr jungen Eunuchen, der noch keine zwanzig war, und dieser hatte ihr die gesamte Magnaura und die Webstühle gezeigt. Der Palast war ihr schier erdrückend erschienen in seiner unermeßlichen Größe und Pracht, und sie war außerstande gewesen, den Erläuterungen des Eunuchen über die komplizierten Protokolle und Rangordnungsvorschriften, die das Leben und den Tagesablauf seiner Bediensteten regelten, zu folgen, obwohl sie sich bemüht hatte, aufmerksam zuzuhören. Am Ende dieses anstrengenden und ereignisreichen Tages hatte sie das kleine Schlafzimmer, das Alleinsein und die Stille als wahre Erlösung empfunden.

Sie stand auf, öffnete das Fenster und schaute hinaus. Ein Vorhang aus Regen hing vor ihr wie Perlenschnüre; dahinter konnte sie Bäume erkennen, die sich im Wind bogen, und das graue, regengepeitschte Wasser des Bosporus. Sie machte das Fenster wieder zu und kleidete sich langsam an.

Der Kaiser hatte sie vor Chrysaphios gerettet – fürs erste jedenfalls. Aber sie hatte aus dem Vortrag des Webstuhlverwalters genug herausgehört, um zu wissen, daß der Kämmerer des Kaisers oberster Herr über das gesamte Palastpersonal und damit ihr Vorgesetzter war, solange sie im Palast Dienst tat. Ihr Entrinnen war also solange keine Flucht, wie es ihr nicht gelang, auch aus dem Palast herauszukommen. Und selbst wenn sie das irgendwie bewerkstelligen konnte, brachte sie das nicht viel weiter. Wenn Nomos erwischt wurde, würde man wahrscheinlich auch sie wieder einfangen und bestrafen.

Der Kaiser scheint ein freundlicher Mann zu sein, dachte sie, während sie ihre Tunika gürtete. *Wenn ich eine Gelegenheit bekomme, mit ihm zu sprechen, kann ich ihn vielleicht dazu überreden, mich wieder nach Hause zu schicken. Schließlich war ich vorher seine Sklavin, und jetzt bin ich wieder seine Sklavin. Er würde also nichts dadurch verlieren, und ich kann ihm in Tyros ebenso gut dienen wie in Konstantinopel. Sogar besser – nachdem, was ich gestern gesehen habe, machen sie hier im Palast nicht viel Tapisserie. Ich werde ihn fragen, sobald sich die Gelegenheit bietet. Bei Gott, ich werde ihn schamlos anflehen: Ich werde ihm etwas von meinem armen kleinen Sohn vorweinen, wie er jetzt mutterlos dasteht, allein und schutzlos der bösen Welt ausgeliefert, und wenn es sein muß, werde ich vor ihm auf dem Boden kriechen wie eine drittklassige Schauspielerin. Bitte, lieber Gott und Heilige Mutter Maria, macht, daß er mir zuhört und mich nach Tyros zurückschickt! Selbst wenn alles herauskommt und ich sterben muß, laßt mich wenigstens zu Hause sterben!*

Sie schnürte gerade ihre Sandalen, als es klopfte und der Webstuhlverwalter hereinkam, aufgeregt und mit rotem Gesicht. »Der Kaiser hat nach dir gefragt«, eröffnete er ihr. »Du mußt sofort zu ihm kommen.«

Theodosius war in seinem privaten Schreibzimmer. Manuskripte abzuschreiben war seine liebste Form der Entspannung, und er saß gerade über einem Text aus der Heiligen Schrift, als Demetrias hereingeführt wurde. Er lächelte, legte seine Feder nieder und wandte sich zu ihr. Sie verbeugte sich bis auf den Boden und erhob sich wieder.

»Da bist du ja, Demetrias«, sagte der Kaiser und bedachte sie mit einem besonders freundlichen Lächeln. »Ich hoffe, du bist gut behandelt worden?«

»Ja, Herr«, antwortete sie bescheiden und überlegte, wie sie mit ihrer Bitte am besten anfangen sollte. »Alle waren sehr freundlich.«

»Gut, gut. Nun, ich habe über dich nachgedacht, meine Liebe, und ... und ich bin zu dem Schluß gekommen, daß es nicht das beste wäre, wenn ich dich hierbehielte.«

Ihr Herz tat einen Sprung, und sie fühlte, wie ihr das Blut in die Wangen schoß. Sie setzte zum Sprechen an, besann sich jedoch rechtzeitig auf die Etikette und hielt inne, ehe sie begonnen hatte. Wenn er nicht die Absicht hatte, sie im Palast zu behalten, dann würde es das beste sein, abzuwarten, was er mit ihr vorhatte, bevor sie irgend etwas sagte.

»Nein«, sagte Theodosius mit sanfter, bedauernder Stimme, »ich sollte dich nicht hierbehalten. Und, ehrlich gesagt, ich glaube auch nicht, daß wir hier im Großen Palast genug

Webarbeiten machen, um dich deinen Fähigkeiten entsprechend zu beschäftigen. Bei meiner Schwester freilich sieht die Sache schon anders aus. Sie ist selbst eine ausgezeichnete Weberin und sitzt jeden Tag eine oder zwei Stunden am Webstuhl. Viele ihrer Frauen sind auch gute Weberinnen, und sie machen die feinsten Sachen draußen in ihrem Palast im Hebdomon. Aus dem Grund dachte ich mir, daß du bei meiner Schwester viel eher am rechten Platz wärst als hier, und deshalb – ah, Chrysaphios, da seid Ihr ja. Ich war gerade dabei, Demetrias zu sagen, daß ich die Absicht habe, sie meiner Schwester Pulcheria zu schenken.«

Der Kämmerer, der just in dem Moment mit seinem rituellen Fußfall begonnen hatte, hielt inne, bevor er ihn vollendet hatte. »Eurer Schwester, Herr?«

»Ja. Ich dachte mir, ich reite heute zum Hebdomon und besuche sie. Es ist Monate her, seit ich sie zum letzten Mal gesehen habe. Ich weiß, wir haben unsere kleinen Differenzen, aber ich finde, ich sollte sie häufiger aufsuchen. Sie ist sehr einsam, seit Marina tot ist.«

Chrysaphios zögerte, den Blick auf die Weberin gewandt, und versuchte, seinen Unwillen zu verbergen. Die Frau sollte also weggegeben werden, wie er gehofft hatte; gut – aber daß sie ausgerechnet zu Pulcheria sollte, darüber war er alles andere als glücklich. Er hatte sie zwar ins Privatleben abschieben können, aber es war ihm nie gelungen, sie in Ungnade zu bringen; sie hatte immer noch alle ihre Titel und ihren Reichtum und konnte sich nach wie vor der Loyalität der meisten Generäle und der herzlichen Zuneigung des Volkes von Konstantinopel sicher sein, dessen Bedürftige sie mit Gold überschüttet hatte. Sie war ebenso fromm wie ihr Bruder, aber genauso hart und pragmatisch, wie er weich und idealistisch war; sie war älter als er und hatte ihn jahrelang beherrscht. Chrysaphios schätzte nüchtern ein, daß alles, was Pulcheria in die Hände kam, seinem Zugriff für immer entzogen sein würde –

und er wollte nicht, daß Theodosius einen so gefährlichen Feind besuchte. Normalerweise hatte er keine Mühe darin, Gründe anzuführen, warum der Kaiser seine Schwester besser nicht aufsuchen sollte; Theodosius fürchtete sich vor der willensstarken, spitzzüngigen Augusta und griff normalerweise bereitwillig jeden Vorwand begierig auf, ihr aus dem Weg zu gehen. Doch jetzt schien er geradezu entzückt von der Idee, seine Schwester mit seiner kostbaren neuen Weberin zu beglücken.

»Das ist eine ausgezeichnete Idee, Herr«, sagte Chrysaphios lächelnd, »aber dürfte ich Euch einen Vorschlag machen? Es regnet heute, und Ihr würdet den halben Tag brauchen, um zum Hebdomon zu kommen. Warum schickt Ihr nicht einfach die Weberin und einen Brief nach dort, und Ihr selbst reitet ein anderes Mal hin, wenn das Wetter freundlicher ist? Auf diese Weise könntet Ihr sehen, wie sich das Mädchen dort eingelebt hat – und Ihr bräuchtet Eure noble Schwester nicht in die Verlegenheit bringen, daß Ihr unangemeldet bei ihr erscheint. Sie ist nicht mehr so jung, wie sie einmal war und verzehrt sich in tiefer Trauer um Marina. Es wäre ihr bestimmt lieber, wenn Ihr Euer Kommen ankündigt, damit sie Zeit hat, sich und ihr Haus für Euren Aufenthalt zu rüsten.«

»Ihr habt recht, natürlich«, sagte Theodosius, bekümmert und erleichtert zugleich. »Das hatte ich nicht bedacht. Nun, Demetrias, dann sende ich dich eben heute morgen allein zu ihr und verabrede für meinen eigenen Besuch einen späteren Zeitpunkt. Chrysaphios wird eine Kutsche und eine Eskorte für dich bereitstellen, und ich schreibe einen Brief an sie, den ich dir mitgebe. Na, was hast du denn?«

»Ich bin sicher, sie ist traurig, daß sie von Eurer Heiligen Majestät scheiden muß«, warf Chrysaphios rasch ein, ehe Demetrias etwas sagen konnte.

»Es ist besser so«, sagte Theodosius und tätschelte zögernd

Demetrias' Schulter. »Meine Schwester wird dich gut behandeln.«

»Ich freue mich, daß Ihr für das Mädchen ein gutes Zuhause gefunden habt«, fuhr Chrysaphios hastig fort, als er sah, daß Demetrias sich erneut zu reden anschickte. *Sie will ihn anflehen, daß er sie hierbehält,* dachte er wütend. *Diese Chance darf sie nicht bekommen.* »Ich will Euch nicht drängen, Herr«, fuhr er glattzüngig fort, »aber es liegt da noch eine wichtige Sache vor, die ich bald mit Euch besprechen müßte – wenn Ihr vielleicht . . .«

»Natürlich«, sagte Theodosius widerstrebend. Er küßte Demetrias sanft auf die Stirn, tätschelte ihr erneut die Schulter und ging dann mit seinem Kämmerer hinaus.

Eine halbe Stunde später fuhr sie in einer reichverzierten, von vier Schimmeln gezogenen Kutsche durch das Bronzetor, begleitet von einer zehn Mann starken Eskorte der Palastwache. Sie kauerte sich gegen das genarbte Leder der Kutschenwand und starrte niedergeschlagen durch das Fenster auf die regendurchweichten Straßen Konstantinopels, die rasch an ihr vorüberflogen. *Also doch nicht das Ende der Reise, sondern bloß eine weitere Poststation,* dachte sie trübsinnig. Sie lehnte sich zurück und schloß die Augen. Die Lider fühlten sich heiß und geschwollen an, und ihre Kehle war wie zugeschnürt. Sie stellte sich vor, daß Symeon neben ihr säße und sie mit jenem sanften, forschenden Blick anschaute, der so typisch für ihn war. Er rührte sich nicht; seine Hand war nur wenige Zoll von ihrer entfernt. Die Vision war so lebensecht, daß sie erschrocken die Augen aufschlug – aber natürlich war der Sitz neben ihr leer.

VII

Der Hebdomon, ein Gebiet in der Küstenebene gleich hinter Konstantinopel, sieben Meilen vom Großen Palast entfernt, war seit alters der Exerzierplatz des Heeres. Theodosius der Große hatte an der Stelle einen kleinen Palast und eine Kapelle errichten lassen, um in der Nähe seiner Männer sein zu können, und seine Enkeltochter Pulcheria hatte beide erweitern lasse, als sie den Hebdomon als Residenz für ihren Ruhestand gewählt hatte. Die Kirche hatte sie sogar noch mehr vergrößern lassen als den Palast – die Augusta war berühmt für ihre Frömmigkeit. Im Alter von sechzehn Jahren hatte sie öffentlich »ihre Jungfräulichkeit Gott dem Herrn geweiht«, indem sie in einem feierlichen Akt im Großen Dom von Konstantinopel in ihrem Namen und dem ihrer beiden Schwestern eine goldene, mit kostbaren Diamanten besetzte Tafel hatte anbringen lassen, in welche der Wortlaut ihres Gelübdes eingraviert war. Keine der Prinzessinnen hatte je geheiratet, und keinem Mann war der Zutritt zu den Palästen gestattet, in denen sie, so hieß es, ihr Leben in klösterlicher Askese, Gebet und – in Pulcherias Fall – mit hoher Politik verbrachten. Ihr einziges weltliches Vergnügen war dem Vernehmen nach die Weberei. Die jüngeren Prinzessinnen, Arcadia und Marina, waren beide tot, aber Pulcheria lebte fort, aus der Macht gedrängt zwar, doch weder entehrt noch vergessen – eine strenge und fromme Institution am Rande des turbulenten politischen Reigens, betete und webte sie im Hebdomon.

Es war kurz nach Mittag, als Demetrias' Kutsche in den Vorhof des Hebdomon-Palastes einfuhr. Demetrias hatte unterwegs nicht viel von der Gegend gesehen. Der Regen vom frühen Morgen war in Schnee übergegangen, dicke, schwere Flocken, die sofort schmolzen, wenn sie den nassen Boden berührten, aber den Himmel mit dichtem weißem Gestöber erfüllten. Sie hatte das Fenster der Kutsche geschlossen, und die Welt draußen war zu einem blassen, verschwommenen Viereck geworden, aus dem das gedämpfte Schlagen von Hufen, das Knirschen und Quietschen von Rädern und die gelegentlichen Rufe der Eskorte die einzigen Geräusche waren, die zu ihr durchdrangen. Als die Kutsche anhielt, hörte sie das Stampfen der Hufe und das Klirren der Panzer: Die Eskorte nahm Aufstellung. Sie öffnete die Tür und sprang aus der Kutsche; es herrschte heftiges Schneetreiben. Der gepflasterte Hof, in dem sie stand, war weiß, und die Pferde dampften. Der Hauptmann ihrer Eskorte, der den Auftrag hatte, sie wohlbehalten abzuliefern, faßte sie beim Arm und hastete mit ihr zu einem steinernen Torhaus. Das Innere des Torhauses erschien ihr fast schwarz nach dem weißen, blendenden Licht, das draußen herrschte. Seine Fensterläden waren zum Schutz gegen die Kälte geschlossen, und das trübe Licht, das durch die Ritzen hereinsickerte, verlor sich in der dunkelroten Täfelung und den schwarzen Vorhängen, die die Wände bedeckten. Das einzige Geräusch war das leise Knistern einer Holzkohlenpfanne. Einen Moment lang glaubte sie, der Raum sei leer – und dann bemerkte sie einen ältlichen, schwarzgekleideten Eunuchen, der neben dem Kohlenbecken saß und sie aus dunklen Augen musterte.

Der Hauptmann verneigte sich vor ihm, flüsterte ihm ein paar Worte der Erklärung zu und überreichte ihm den Brief des Kaisers. Der Eunuch nickte und ging wortlos hinaus. Demetrias und der Hauptmann warteten.

Nach einer Weile kam der Torwächter zurück, begleitet von einer streng dreinblickenden alten Frau, die ebenfalls ganz in Schwarz gekleidet war. Sie warf einen mißbilligenden Blick auf Demetrias' rosafarbenen Umhang und ihren goldenen

Schmuck – dann nickte sie dem Hauptmann zu. Er verbeugte sich vor ihr, grinste Demetrias an und ging zurück in den Hof. Demetrias hörte, wie er seinen Männern den Befehl zum Abmarsch gab und die Eskorte davonritt.

»Kommt er denn nicht mit hinein?« fragte sie die alte Frau überrascht. »Ich dachte, er würde mich der Augusta überbringen.«

»Männer dürfen diesen Palast nicht betreten«, belehrte die Frau sie mit gestrengem Blick.

Demetrias hatte von diesem Verbot gehört, aber es erschreckte sie doch, daß selbst bei einem Hauptmann der kaiserlichen Garde keine Ausnahme gemacht wurde; daß man ihn ungerührt in die Kälte zurückschickte, statt ihm die Möglichkeit zu gewähren, sich wenigstens etwas aufzuwärmen.

»Aber . . . aber ihr müßt doch wenigstens ein paar Männer hier haben«, stammelte sie, »Wachen – Stallknechte –«

»Für die Wachen gibt es die Kaserne, an der du vorbeigefahren bist, und für die Stallknechte sind die Ställe da; für Gäste steht ein Gästehaus zur Verfügung. Aber den Palast selbst darf kein Mann betreten, es sei denn, die heilige Augusta selbst lädt ihn dazu ein. Ich bringe dich jetzt zur heiligen Augusta. Ich hoffe doch, du bist in die Etikette eingewiesen worden und weißt, wie du dich vor einer Kaiserin zu betragen hast?«

Man hatte sie tags zuvor entsprechend belehrt, und sie folgte der alten Frau schweigend in den Palast.

Der Palast war genauso düster und still wie das Torhaus. Er enthielt vieles von dem, was sie schon im Großen Palast gesehen hatte – Vorhänge aus purpurfarbener Seide, prachtvolle Teppiche, herrliche Mosaiken – aber die vorherrschenden Farben waren dunkler Purpur, Schwarz und Indigo, und die einzigen Bilder und Statuen waren solche von Heiligen. Die wenigen Frauen, denen sie in dem Labyrinth von Fluren begegnete, trugen allesamt Schwarz, und keine von ihnen sagte ein Wort zu Demetrias oder ihrer Begleiterin; selbst untereinander redeten sie nur im Flüsterton. Nur einmal, als sie durch einen Seitenflur kamen, hörte Demetrias von irgendwoher leisen Gesang. Sie kannte das Lied: Es war eine Hymne an die Heilige Jungfrau, mit einem kraftvollen, fröhlichen Rhythmus; in Tyros hatten die Weberinnen sie manchmal bei der Arbeit gesungen. Demetrias hielt einen Moment inne und schaute den Gang hinunter, der ebenso dunkel war wie alle anderen.

»Dort geht es zu den Webstühlen«, erklärte ihre Führerin in einem etwas milderen Ton als zuvor und nickte dabei in die Richtung, aus der der Gesang kam. »Wie ich hörte, bist du Weberin; wir gehen später dorthin. Nun komm.«

Die alte Frau blieb schließlich vor einer Tür stehen und klopfte zweimal. Die Tür wurde von einer weiteren schwarzgekleideten Frau geöffnet; sie nickte und trat zur Seite.

Der Raum dahinter war recht groß. Er hatte eine gewölbte Decke, und der Fußboden war mit einem abstrakten Mosaik aus verschiedenen Blautönen ausgelegt. Erwärmt wurde der Raum von einer Anzahl Kohlenbecken, die ringsum an den Wänden standen, und erhellt von drei schweren silbernen Lampenständern sowie dem trüben Licht, das durch die Fenster hereinfiel. Trotz der Kohlenbecken war die Luft feucht und kalt. An den Wänden hingen Vorhänge aus Purpur. Auch hier handelte es sich nicht um den üblichen hellen kaiserlichen Purpur, der durch das Vermengen des Murex-Saftes mit dem der kleineren, Karmesin liefernden Buccina gewonnen wurde, sondern um den Purpur, der aus der Murex allein gewonnen wurde – einen Farbstoff, der wertvoller war, aber etwas Düsteres, Sakrales, fast Beklemmendes an sich hatte. Das einzige Lichte in dem Raum war der goldene Rahmen eines großen Gemäldes von der Heiligen Jungfrau. In der Mitte des Raumes saßen drei Frauen auf niedrigen Stühlen und spannen purpurfarbene Wolle von einer Spindel; unter einem der Lampenständer saß ein Eunuch und las ihnen bei der Arbeit aus einem theologischen Werk vor. Alle waren schwarz gekleidet.

Demetrias' Führerin ging zu den drei Frauen, verharrte kurz vor ihnen und warf sich dann auf den Boden; ihre altersteifen Gelenke knirschten hörbar, und sie hatte sichtlich Mühe, sich wieder zu erheben. Der Eunuch hielt mit dem Lesen inne, kennzeichnete die Textstelle mit dem Mittelfinger, klappte das Buch zu und legte es in den Schoß. »Dies ist die Sklavin, die Euer erhabener Bruder Euch gesandt hat, Herrin«, verkündete die alte Frau, von der Anstrengung immer noch leicht schnaufend.

Demetrias trat vor und machte ihren Fußfall, immer noch im unklaren darüber, vor welcher der drei Frauen sie sich verbeugte. Der Fußboden drückte feucht und kalt gegen ihre Stirn. Sie verharrte einen Moment bewegungslos und wartete.

»Du kannst aufstehen«, sagte eine Stimme, und Demetrias erhob sich. Die Frau, die gesprochen hatte, saß in der Mitte der Gruppe, und nun, da Demetrias sie anschaute, erkannte sie ihr Gesicht sofort wieder; sie hatte es schon auf Hunderten von Münzen und Statuen gesehen. Die Zeit und die Enthaltsamkeit hatten es abgehärmt, hatten die Augen tief in ihre Höhlen sinken lassen und die Mundwinkel heruntergezogen – aber die kantigen, groben Züge waren unverkennbar. Das graue Haar war straff nach hinten gerafft und wurde von einer schmucklosen schwarzen Haube gehalten, und die Spindel ruhte jetzt in den kräftigen, derben Händen. Sie sah viel älter aus als ihr Bruder, obwohl nur zwei Jahre zwischen ihnen lagen.

»Du heißt Demetrias?« fragte Pulcheria. »Du bist eine Weberin aus Tyros?«

»Ja, Herrin«, antwortete sie leise, den Blick demütig zu Boden geschlagen.

Pulcheria seufzte. »Nun denn. Es scheint, daß mein Bruder dich mir zum Geschenk gemacht hat.« Sie setzte die Spindel mit einem leichten Schlag ihres Fingers wieder in Bewegung und begann einen Faden aus feiner Purpurwolle herauszukrempeln. »Wie kommt es, daß er dich aus Tyros hierhergeholt hat, um dich mir zu schenken?«

»Es war nicht er, der mich aus Tyros mitgebracht hat, Herrin. Ein Agent namens Eulogios hat mich der Manufaktur als Geschenk für seinen Gönner Chrysaphios abgekauft.«

Die Kaiserin blickte erneut auf. Sie hielt die Spindel an und warf sie in ihrer Hand auf und ab. »Für Chrysaphios«, sagte sie und lächelte. Es war ein hartes, grimmiges Lächeln. »Und warum wollte dieser Eulogios dich kaufen? Und warum hat Chrysaphios dich an meinen Bruder weiterverschenkt?«

Mit ruhiger, bedächtiger Stimme, jedes Wort sorgsam wählend, erzählte Demetrias ihr, was sie schon Theodosius erzählt hatte. Die Kaiserin hörte ihr schweigend zu – fuhr jedoch nach einem kurzen Moment mit dem Spinnen fort.

»Mädchen«, sagte Pulcheria, als Demetrias fertig war, »du bist ein weit interessanteres Geschenk, als ich dachte.« Sie sah Demetrias nachdenklich an. »Wie reagierte Chrysaphios, als mein Bruder ihm eröffnete, daß er dich mir schenken wolle?«

»Er sagte, das sei eine ausgezeichnete Idee, Herrin, aber er empfahl dem heiligen Augustus sogleich, er solle Euch nicht besuchen, um Euch das Geschenk selbst zu überbringen. Er schlug vor, daß Seine Heilige Majestät Euch zu einem späteren Zeitpunkt aufsuchen solle, wenn das Wetter schön sei und Ihr auf seinen Besuch vorbereitet wäret.«

Wieder lächelte Pulcheria. »Mit anderen Worten: nie. Chrysaphios will nicht, daß mein Bruder mich sieht, und gewöhnlich kann er ihm solche Pläne auch leicht ausreden. Ich gehe meinem Bruder nämlich nicht um den Bart, mußt du wissen. Meine Stimme muß in seinen Ohren wie die einer alten Harpyie klingen, nach dem süßen Gesäusel von Chrysaphios.« Sie zog die Spindel hoch und ließ sie wieder wirbeln. »Aber da läuft irgendein nettes kleines Spielchen, von dem ich nichts wußte. Wieso war Chrysaphios so sicher, daß der Mantel, den du für den Prokurator gewebt hast, purpurn war?«

»Er ... er wurde heimlich angefertigt, Herrin. Und dann nahm der Präfekt ihn mit, und deshalb hat der höchst erlauchte Kämmerer ihn nie zu Gesicht bekommen. Und er erwähnte auch noch etwas von einem anderen Herrn, der ungefähr zur gleichen Zeit seinen Aufenthalt in Tyros verlängerte und den er ebenfalls verdächtigt.«

»Ein anderer Herr? Wer?«

»Ich glaube, der Name, den er nannte, lautete Marcianus, und dem, was sie sagten, entnahm ich, daß er wohl ein Verbündeter von General Aspar sein muß.«

»Flavius Marcianus – ja, er ist Aspars *Domesticus,* ein Thraker und, wie es heißt, ein sehr gescheiter Kopf. Was wollte er in Tyros?«

»Das weiß ich nicht, Herrin. Ich weiß überhaupt nichts von ihm. Es war alles ein Irrtum.«

»Aber Chrysaphios hat es ernst genommen. Das ist interessant.« Pulcheria schürzte die Lippen, dann schüttelte sie den Kopf und ließ die Spindel wieder rotieren. »Er wird langsam nervös. Ihm wird allmählich bewußt, wie sehr er alles verpfuscht hat. Nun, Demetrias, dann muß ich mich also bei Chrysaphios dafür bedanken, daß ich dich bekommen habe. Was für Sachen webst du?«

»In Tyros habe ich hauptsächlich Tapisserien gemacht, Herrin.«

»Und wenn man dir eine solch anspruchsvolle Aufgabe in Tyros anvertraut hat, dann steht außer Zweifel, daß du eine Könnerin bist. Sehr gut. Es freut mich sehr, eine geschickte Weberin mehr in meinem Haus zu haben. Theonoe« – sie nickte der alten Frau zu, die Demetrias zu ihr geführt hatte – »du bist mir für das Mädchen verantwortlich. Zeige ihr den Palast und die Webstühle und beschaffe ihr schwarze Kleidung.« Sie wandte sich wieder Demetrias zu und erklärte: »Wir trauern alle um meine Schwester Marina, die im letzten Juli verstorben ist. Theonoe wird dir unsere Hausordnung erklären und dich mit deinen Pflichten vertraut machen. Wir führen ein karges Leben hier, ein Leben, welches aus Beten und Fasten besteht, aber die beschwerlicheren Bürden der Enthaltsamkeit sind freiwillig, und du brauchst nicht mehr davon auf dich zu nehmen, als du möchtest. Ich darf doch annehmen, daß du eine orthodoxe Christin bist?«

»Ja, Herrin.«

»Gut. Bist du eine Jungfrau?«

Demetrias hielt den Atem an. Sie wußte, daß die Kaiserin dies im Hinblick darauf fragte, ob und wie Demetrias sich in diese Gemeinschaft von Jungfrauen fügen würde; ob sie vielleicht selbst eines Tages das Gelübde der Jungfernschaft ablegen würde. Die Frage traf sie wie ein Hieb in eine offene Wunde. Sie wollte mit Symeon leben, nicht ihr Dasein als schwarzgekleidete Sklavin in diesem düsteren Palast unter diesen verhärmten und freudlosen alten Weibern fristen. »Nein, Herrin«, sagte sie, und ihre Stimme klang schärfer, als sie es gewollt hatte, »ich bin verheiratet, Herrin. Ich habe einen Mann und ein kleines Kind in Tyros.«

Wieder hielt die Kaiserin in ihrem Spinnen inne. Sie schaute Demetrias aufmerksam an. »Ich verstehe«, sagte sie nach langem Schweigen und fuhr mit dem Spinnen fort.

Eine wilde Verzweiflung packte Demetrias. Sie fiel vor der Kaiserin auf die Knie und umklammerte ihre schwarzumhüllten Beine. »Bitte, Herrin«, stieß sie schluchzend hervor, »bitte, mein kleiner Junge ist erst fünf, und mein Mann ...«

»Wenn du vorhast, mich zu bitten, daß ich dich nach Hause zurückschicke, dann weißt du nicht, was du sagst«, fiel ihr Pulcheria scharf ins Wort. »Sobald du außer Sichtweite meines Palasts wärst, würde Chrysaphios dich ergreifen und zum Verhör schleppen – und diesmal würde er dafür sorgen, daß mein Bruder nichts davon erfährt, und danach würde er dich verschwinden lassen. Daran ist überhaupt nicht zu denken – mindestens für die nächsten paar Jahre nicht.«

Demetrias ließ ihre Knie los und senkte den Kopf. Ihre Augen brannten. *Ich werde nicht weinen,* sagte sie sich wütend. *Es ist schlimm genug, von einer Hand zur anderen weitergereicht zu werden wie ein abgetragener Mantel, den keiner will; es ist schlimm genug, um eine Gnade gefleht zu haben, die einem keiner gewähren will: Aber ich werde nicht auch noch vor ihnen heulen; den Gefallen tue ich ihnen nicht!* Sie hob den Kopf wieder und schaute Pulcheria mit festem Blick und trockenen Augen an. Die Kaiserin musterte sie mit einem unerwartet gütigen Gesichtsausdruck, und ihr Herz stockte erneut, als sie sich zu Bewußtsein brachte, daß Pulcheria nicht ausdrücklich nein gesagt hatte. »Aber in ein paar Jahren?« flüsterte sie atemlos, »wenn ich mich zur Zufriedenheit Eurer Heiligen Majestät führe? Darf ich hoffen?«

Pulcheria schaute sie an, den Kopf ein wenig zur Seite geneigt, und lächelte. Es war ein Lächeln, das dem ihres Bruders ähnelte, sanft und gütig, obwohl sie ansonsten überhaupt keine Ähnlichkeit mit ihm hatte. Dann zuckte sie mit den Achseln. »Aber bedenke, was es ist, worauf du hoffst!« rief sie aus. »Fleischliche Genüsse« – sie sprach das Wort mit angewiderter Miene aus – »sind ein hoher Preis für die Mühsal, die die Welt einem Eheweib auferlegt. Der Jungfrauenstand ist bei weitem besser und zudem gottgefälliger.«

»Ich bin doch schon verheiratet«, wandte Demetrias ein und rang verzweifelt die Hände. *Aber sie hat nicht ausdrücklich nein gesagt.*

»Aber die göttliche Fügung hat dich befreit. Bedenke nur, wovon sie dich befreit hat! Von den Schmerzen der Geburt, von der täglichen Mühsal des Gehorchens, von der schweren Last, einen Mann und ein Kind versorgen zu müssen, wenn du mit der täglichen Plackerei, die dir als Sklavin auferlegt ist, endlich fertig bist. Und schließlich: Die verheiratete Frau, so spricht der heilige Apostel, strebt danach, ihrem Mann zu gefallen, während die unverheiratete danach strebt, Gott zu gefallen. Einzig aus diesem Grunde, und nicht aus Furcht vor der Fleischeslust, zog der Heilige die Jungfräulichkeit der Ehe vor. Ich habe, schon als ich noch ein Kind war, begriffen, daß eine Frau, wenn sie sich erst einem Manne untertan macht, nie etwas Besseres ist als eine Sklavin; sie steht sogar noch unter der Sklavin, ist sie doch die Sklavin eines Sklaven, und ihre eigenen Wünsche, ihr eigener Wille, ihre eigenen Fähigkeiten werden von allen mißachtet. Doch frei vom Manne, war es die *Frau*, die dem Gott das Leben schenkte. Bedenke dies, Mädchen. Dein Mann wird sich gewiß eine andere Frau suchen. Die Kirche würde es gutheißen, wenn du deine Freiheit dazu nutztest, ihre Zucht zu wählen, wenn du der Fleischeslust um der Reichtümer und Freuden des Geistes willen entsagtest.«

Demetrias fuhr sich nervös mit der Zunge über die Lippen. Sie zitterte, suchte verzweifelt nach Argumenten, die die Kaiserin akzeptieren würde. »Aber ich bin verheiratet, Herrin, mit dem Segen ebendieser Kirche. Wie kann ich ein anderes Gelübde ablegen, solange das Gelübde der Ehe, das ich im Namen des Herrn abgelegt habe, noch gilt?« Pulcheria schien unbeeindruckt, und Demetrias fuhr stammelnd fort: »Und die Freuden des Fleisches ... waren niemals wirkliche Freuden für mich. Ich liebte nur meinen Mann und meinen kleinen Jungen. Mir war nie bewußt, wie sehr ich sie wirklich liebte, bis ich sie verlor. Bei der Eskorte, die mich nach Konstantinopel brachte, befand sich ein Hunne; er wollte mich heiraten, und ich fand ihn nicht unangenehm, aber allein der Gedanke war mir ein Greuel; alles, was ich wollte, war mein Symeon.« Das Aussprechen seines Namens schnürte ihr die Kehle zu, und sie mußte einen Moment innehalten und sich sammeln, bevor sie weiterreden konnte. »Bitte, Herrin. Gott der Herr beruft nicht jeden zu demselben Platze. Ich habe Hochachtung vor denen, die Gott so sehr zu lieben vermögen, daß sie alles andere für ihn aufgeben, aber was mich betrifft, so bin ich schon mit weniger Erhabenem zufrieden. Wenn ich nur Arbeit für meine Hände habe und genug verdienen kann, um in Ruhe und Frieden mit meinem Mann und meinen Kindern leben zu können, dann ist das Segen genug für mich. Wenn Eure Erlauchtheit mich den Meinen wiedergäbe, dann würde ich Eure Güte gleichermaßen wie die des Herrn selbst bis zum Ende meines Lebens lobpreisen.«

Die Kaiserin seufzte. »Ach, Kind! Du meinst, es sei ein Zeichen von Güte, wenn ich dich deinem Manne zurückgäbe? Ich habe nie begriffen, wie eine Frau den Wunsch haben kann, sich so zu erniedrigen. Aber ich muß anerkennen, du bist ein tugendhaftes Eheweib. Unser Erlöser selbst lehrte uns, daß der Mensch nicht trennen soll, was Gott zusammengefügt hat. Er billigt die Ehe, wenngleich er sie auch geringer schätzt als den Stand des Zölibats. Aber ich sagte dir bereits, noch ist daran nicht zu denken. Wenn du in drei Jahren immer noch diesen Wunsch in dir spürst und wenn dein Mann sich als würdig erweist, indem er in deiner Abwesenheit ledig bleibt, dann gebe ich dir mein Wort, daß ich dich den Deinen zurückgebe. Bis dahin aber erwarte ich, daß du in meinem Palast lebst und arbeitest und dich in Demut unseren Regeln fügst. Wer weiß, vielleicht wird dir dieses Leben eines Tages mehr zusagen als dein altes, und wenn das der Fall sein sollte, werde ich dir die Freiheit schenken und dir anheimstellen, die Gelübde unserer Gemeinschaft abzulegen und bei uns zu bleiben.«

Drei Jahre, dachte Demetrias, vor Freude wie betäubt. *Nur drei Jahre. Dann ist Meli immer noch ein Kind – ob Symeon so lange auf mich warten wird? Gewiß wird er das! Ganz sicher würde er das, wenn ich ihm schreiben könnte! Nur drei Jahre!*

Sie beugte sich erneut tief hinunter und legte ihre Stirn auf den kalten Stein, vor Freude und Glück innerlich glühend.

»Ich danke Euch, Herrin«, stammelte sie. »Ich danke Euch von ganzem Herzen. Ich werde mein Bestes tun, um Euch zufriedenzustellen.«

»Sehr gut«, sagte Pulcheria und bedachte sie noch einmal mit ihrem sanften Lächeln. »Und nun, Theonoe, zeige Demetrias unseren Palast und finde eine Arbeit für sie. Solch geschickte Hände sollten nicht müßig sein.«

Theonoe beschaffte Demetrias eine schwarze Tunika und einen Umhang aus den Beständen des Palasts und führte sie sodann, nach einer kurzen Unterredung mit einer anderen Palastbediensteten, zu einem langen Flur in einem der oberen Stockwerke des Palastes und wies ihr eine Schlafkammer zu. »Am besten, du ziehst dich gleich um«, flüsterte sie, während sie die Tür aufschloß.

»Aber ...« begann Demetrias.

»Pst!« zischte Theonoe streng. »Sprechen ist nicht erlaubt in den Gängen oder in den Schlafkammern.«

Demetrias senkte den Kopf und betrat die Kammer. Sie war klein, sauber und schlicht, mit einem kleinen Glasfenster. Die einzigen Möbel waren ein Bett und eine kleine Kleidertruhe aus Sandelholz. Der Teppich, der den Boden bedeckte, und die Bettspreite waren aus schlichter weißer Wolle, bestickt mit dem christlichen *Chi-Rho*-Symbol in Blau. Ihr kam plötzlich der Verdacht, daß sich alle Zimmer auf dem Flur exakt glichen: die gleichen Bettspreiten, die gleichen Fenster, die gleichen schwarzgekleideten Frauen, die jeden Morgen exakt zur gleichen Zeit aufstanden, sich schweigend ankleideten und schweigend an ihre Arbeit gingen. Sie erschauerte und zog sich ganz langsam aus, faltete sorgfältig ihren rosafarbenen Umhang und die blaue wollene Tunika mit den gemusterten Ärmeln und dem gemusterten Saum. Sie war froh, daß es keine schwarze Untertunika gab; der Gedanke an die triste, düstere Farbe direkt auf ihrer Haut ließ sie erneut zusammenschaudern. Sie zog die neuen Kleider an und legte ihre eigenen Sachen in die Truhe. Als sie zurück auf den Flur kam, wartete Theonoe dort auf sie. Die alte Frau schüttelte den Kopf. »Die Ohrringe, Mädchen!« flüsterte sie tadelnd. »Sie sind weltlicher Tand und passen wahrlich nicht in ein Haus, in dem getrauert wird.«

Demetrias nahm sie wortlos ab, ging zurück in die Kammer und legte sie zu den anderen Sachen in die Truhe. Sie dachte daran, wie Symeon sie damals in Ptolemais für sie ausgesucht hatte, und strich zärtlich mit den Fingern über sie. *Drei Jahre,* dachte sie. *Drei Jahre höchstens, wenn ich mich so führe, daß sie nichts an mir auszusetzen haben.* Sie schloß die Truhe und ging wieder hinaus. Dieses Mal nickte Theonoe. »Nun?« flüsterte sie. »Hast du schon gegessen? Dann komm mit.«

Sie gingen mehrere Treppen hinunter und folgten einem langen Korridor bis zu einer Flügeltür aus massivem Holz; Theonoe stieß die Tür auf und führte Demetrias in die Palastküche. Hier herrschte geschäftiges Treiben, das nach der bedrückenden Stille auf Demetrias geradezu erlösend wirkte. Der Duft von frischem Brot und Erbsensuppe stieg ihr in die Nase. Der Raum war voll von Frauen, die allesamt laut schwatzten und lachten, während sie um die großen Herde und Kessel herumstanden und das Abendessen zubereiteten. Theonoe pochte an die Tür, um sich Aufmerksamkeit zu verschaffen, und eine dicke, rotgesichtige Frau kam zu ihnen herüber, erkundigte sich, was sie wollte, lachte laut und führte sie zu einem Tisch in einer Ecke. »Ich hole dir etwas Brot und Milch, Kind«, sagte sie zu Demetrias, über ihr ganzes rundes, rotes Gesicht strahlend, »und in ein paar Stunden, wenn das Abendessen fertig ist, kriegst du dann eine richtige Mahlzeit. Schau zu, daß du rechtzeitig wieder zurück bist!«

»Dürfen die Köchinnen denn reden?« fragte Demetrias Theonoe. Sie mußte ihre Stimme heben, um sich über den Lärm hinweg verständlich zu machen.

Theonoe warf den schwatzenden Köchinnen einen mißbilligenden Blick zu. »Sprechen ist bei der Arbeit und bei den Mahlzeiten gestattet«, sagte sie pikiert. »Doch sollte es auf Erbauung und Frömmigkeit gerichtet sein und nicht auf Frivolität und Zügellosigkeit.« Sie zog vorwurfsvoll die Brauen hoch, als die rotgesichtige Frau zurückkehrte, in der Hand ein Tablett mit frischem Brot und Honig, Ziegenmilch und einer Handvoll getrockneter Früchte. Die dicke Köchin beachtete sie gar nicht, sondern strahlte Demetrias an und ging wieder zurück an ihre Arbeit; unterdessen erzählte sie einer ihrer Kameradinnen von einem Erlebnis, das sie am Morgen auf dem Marktplatz gehabt hatte: »Und da hab' ich zu ihm gesagt, ›also ich bin wirklich froh, daß ich nicht mit dir verheiratet bin‹, und da sagt der Kerl doch glatt ...«

Was der Kerl gesagt hatte, ging in schallendem Gelächter unter. Demetrias senkte den Kopf, um ein Schmunzeln zu verbergen. Offenbar war der Hebdomon-Palast nicht gar so trostlos, wie es auf den ersten Blick den Anschein gehabt hatte.

Theonoe räusperte sich, schaute Demetrias mit gestrengem Blick an und begann, ihr den Aufbau der Palasthierarchie und den Ablauf des täglichen Lebens zu erklären. Die Organisation des Hebdomon ähnelte der des Großen Palasts, mit dem Unterschied, daß ein weit größerer Teil der Zeit dem Gebet und der Andacht vorbehalten war und daß, abgesehen von ein paar älteren Eunuchen, alle Ämter von Frauen innegehalten wurden. Theonoe selbst war Verwalterin der Webstühle – wobei dieser Titel mit einem höheren Rang und größerer Ehre ausgestattet zu sein schien, als dies im Großen Palast der Fall gewesen war. »Ich bin natürlich mit vielen der Arbeiten vertraut, die in Tyros gemacht worden sind«, sagte die alte Frau und warf ihrer Schutzbefohlenen erneut einen gestrengen Blick zu. »Und die sind von sehr hohem Standard. Aber bevor ich dir einen Platz zuweise, würde ich gern genauer wissen, an welchen Arbeiten du mitgewirkt hast.«

Demetrias rasselte eine Liste von Tapisserie-Arbeiten herunter, an denen sie mitgearbeitet hatte. Die alte Frau hörte ihr schweigend zu bis kurz vor dem Ende, als sie die Vorhänge für den Palast nannte. Bei deren Erwähnung fuhr sie abrupt auf.

»Die sind letzten Monat geliefert worden«, sagte sie. »Ich war zufällig gerade drüben im Großen Palast, um ein paar Wandbehänge zu überbringen, die unsere Herrin für die Kapelle des seligen Märtyrers Stephan ausersehen hatte, und da sah ich sie. Stammen die Tapisserien alle von dir?«

Demetrias schüttelte den Kopf. »Ich habe die Szene mit Christus gemacht, wie er den Blinden sehend macht. Dann wurde ich zu einem anderen Auftrag beordert.«

»Aber das war mit Abstand das Beste von allen!« erklärte Theonoe mit einer Begeisterung in der Stimme, die Demetrias der mürrischen Alten nicht zugetraut hätte. »Ich sah die blinden Augen, wie sie vor Leben funkelten und bat den Webstuhlverwalter um Erlaubnis, den ganzen Vorhang in Augenschein nehmen zu dürfen. Der gesamte Vorhang war von ausgezeichneter Qualität, aber das Einsatzstück mit Christus, wie er den Blinden sehend macht, war das Beste, was ich je gesehen habe. Ganz ausgezeichnet!« Die griesgrämige alte Frau sah Demetrias beinahe so strahlend an, wie es die dicke Köchin getan hatte. »Ein solches Talent müssen wir sogleich an die Arbeit setzen.«

Sie führte Demetrias zum Arbeitsraum des Palasts, einem riesigen langen Saal mit Fenstern an der Nordseite. Er schien sich über die gesamte Länge des Palastes zu erstrecken. Zu beiden Seiten standen Webstühle; einige waren leer, an den meisten jedoch wurde gearbeitet. Die Frauen saßen in Gruppen beisammen und spannen oder webten in dem Licht, das schräg durch die Fenster hereinfiel; das Singen, Lachen und Schwatzen von hundert Stimmen erfüllte den Saal; von den Kohlenpfannen stieg ein warmer, würziger blauer Rauch auf. Am

Ende der Halle hielt Theonoe vor einer Ansammlung von Seidenwebstühlen an, von denen einer, ein besonders großer, der sie um ein gutes Stück überragte, von Edelsteinen funkelte. Eine Anzahl schwarzgekleideter Arbeiterinnen blickte von den kleineren Webstühlen auf.

»Dies ist Demetrias, eine Seidenweberin aus Tyros, die unsere geheiligte Herrin vom Augustus als Geschenk erhalten hat«, verkündete Theonoe. »Sie wird an den Altarvorhängen für Blachernae arbeiten – ich denke, ich lasse sie die Flucht nach Ägypten machen. Agatha« – sie wandte sich einer Frau zu, die damit beschäftigt war, Seide zu sortieren – »ich habe ihr Sophrosynes Kammer gegeben, gleich neben deiner. Du kannst sie ein bißchen im Palast herumführen. Ich muß zurück an meine Arbeit.«

Der Rest des Nachmittags verging im Nu. Demetrias bekam einen Platz an einem der kleinen Webstühle und kriegte den Entwurf für ein Tapisserie-Rondeau, das die Flucht nach Ägypten darstellte, in die Hand gedrückt. Blachernae, erfuhr sie, war der Sitz einer Kirche; Pulcheria hatte dort ein prachtvolles Gebäude errichten lassen, das den Mantel der Mutter Gottes beherbergte – eine besonders kostbare Reliquie, die sie erworben hatte. Es war offenbar eine große Ehre, an den Altarvorhängen mitarbeiten zu dürfen; die meisten der Frauen, die mit dieser Aufgabe betraut waren, waren ältere, ranghohe Hofdamen, und nur ganz wenige waren Sklavinnen. Aber Demetrias merkte rasch, daß weberisches Können einen hohen Stellenwert im Hebdomon einnahm, und selbst diese würdevollen Damen hatten nichts gegen ihr Mitwirken einzuwenden. Fast jeder im Palast webte, von der ältesten Hofdame und dem vornehmsten Eunuchen bis hinunter zur jüngsten Küchenhilfe, und handwerkliche Geschicklichkeit genoß fast ebenso hohe Bewunderung wie Frömmigkeit. Die Kaiserin selbst, so erzählten ihr die Damen, arbeitete jeden Tag zwei bis drei Stunden an einer Ecke eines großen Altartuchs, das dieselbe Kirche in Blachernae zieren sollte. Dieses Altartuch war es, das auf dem großen Webstuhl am Ende der Halle hing. Es war ein prachtvolles Stück, wenngleich nach Demetrias' Empfinden eine Spur zu bunt und protzig: Es bezog seine Wirkung eher aus der verschwenderischen Verwendung von Gold als aus der Feinheit seiner Verarbeitung. Aber nachdem sie sich das Tuch genauer angeschaut hatte, befand sie, daß dieser wuchtige, fast grelle Stil sehr gut zur Augusta paßte und daß handwerkliche Finesse bloß alle diese Mängel und Fehler zum Vorschein treten lassen würde, die aus dem Gewebe auszumerzen Pulcheria nicht die Geduld gehabt hatte. Pulcheria, entschied sie, war eine hitzköpfige, ungeduldige Frau – eine Charaktereigenschaft, die sie zwar in ihrem Habitus recht geschickt zu verbergen wußte, nicht so gut indes in ihrer Art zu weben.

Wie die rotgesichtige Köchin angekündigt hatte, war das Abendessen bald fertig. Demetrias hatte kaum Zeit gehabt, alles auf sich wirken zu lassen, als auch schon die Glocke läutete, die das Palastpersonal zum Gebet und zur Abendmahlzeit rief. Agatha, die Seidensortiererin, kam zu ihr herüber gehastet und führte sie zum Speisesaal der Bediensteten; an den Webstühlen arbeiteten zwar alle – Ranghohe wie Gemeine – gemeinsam, erfuhr Demetrias, aber die Mahlzeiten wurden getrennt eingenommen.

»Die anderen kriegen dünne Suppen und lange Gebete«, erklärte Agatha ihr fröhlich, »und wir kriegen kräftige Mahlzeiten und die Gelegenheit, ein Schwätzchen zu halten.«

Eine einfache, aber kräftige Mahlzeit war es in der Tat, die Demetrias vorgesetzt bekam; und was das »Schwätzchen« anbelangte, hatte Agatha wahrlich nicht untertrieben. Demetrias wurde überaus herzlich aufgenommen. Irgendwie hatten die anderen Sklavinnen zu Ohren bekommen, daß sie ihren Aufenthalt im Hebdomon damit begonnen hatte, daß sie vor der Kaiserin die Ehe gepriesen hatte, ein bis dahin unerhörtes Ereignis, das sie zu schrillen Entzückensschreien veranlaßte und über das sie Demetrias mit unverhohlener Bewunderung immer wieder ausfragten. Einige der Sklavinnen waren mit Stallknechten oder Wachen aus dem Palast verheiratet und wohnten mit ihren Familien in Häusern, die außerhalb des Palastbereichs standen; doch auch einige der unverheirateten Sklavinnen hatten ihre Zweifel an der Überlegenheit des Jungfrauendaseins. Die ehemalige Bewohnerin von Demetrias' Schlafkammer war offenbar eine solche Zweiflerin gewesen: Sie war jetzt schwanger, mit einem Palastwächter verehelicht und lebte außerhalb des Palasts. »Theonoe war stocksauer auf sie«, teilte ihr Agatha vertraulich mit, »und sagte immer wieder, sie wisse nicht, wie Sophrosyne es angestellt habe, aus dem Palast herauszukommen, um sich mit dem Mann zu treffen. Von ihr habe sie jedenfalls nie die Erlaubnis dazu bekommen.« Agatha kicherte. »Aber natürlich weiß jeder, daß sie niemals jemandem die Erlaubnis gibt, den Palast zu verlassen, und schon gar nicht, um irgendwohin zu gehen, wo man möglicherweise Männern begegnen könnte. Deshalb hat auch noch nie jemand sie um Erlaubnis gefragt!«

Eine der anderen flüsterte: »Aber alle wissen, daß es bei den Latrinen einen Weg über die Mauer gibt; man braucht bloß auf das Dach zu klettern und sich auf der anderen Seite wieder runterzulassen. Alle machen das so.«

»Ich glaube nicht, daß ich das tun werde«, sagte Demetrias und dachte an die vielen unüberwindbaren Meilen, die zwischen Konstantinopel und Tyros lagen – doch als sie sah, wie die Mienen ihrer Gefährtinnen plötzlich mißtrauisch wurden, fügte sie rasch hinzu: »Aber trotzdem vielen Dank, daß ihr mir das gesagt habt.«

Als der Tag endlich vorüber war und sie sich in ihre kleine Kammer zurückziehen konnte, legte sie sich im Dunkeln auf ihr Bett und befühlte den Saum ihres schwarzen Umhangs. Er hatte kein Blumenmuster, und ihre Finger glitten ziellos über das glatte, feste Gewebe.

Die drei Jahre werde ich schon überstehen, dachte sie und versuchte, das Gefühl tiefer Niedergeschlagenheit abzuschütteln. *Das Weben wird interessant sein – eine Flucht nach Ägypten: Es sollte mir eigentlich nicht allzu schwer fallen, das Gefühl des Reisens in das Bild hineinzubringen, nachdem ich selbst eine so weite Reise hinter mir habe. Und die Leute hier scheinen freundlich und glücklich zu sein. Vielleicht werde ich es sogar ganz erholsam finden. Ich brauche nichts anderes zu machen als Weben – kein Kochen, kein Wasserschleppen, kein Putzen. Keine Kleider für die Familie weben; keine Lektionen für Meli; kein Symeon.*

Bei dem Gedanken schien die Dunkelheit sich zu vertiefen. Sie lag bewegungslos da, verzehrte sich vor Sehnsucht nach Symeon, und ihr Körper fühlte sich leer an. *Drei Jahre,* sagte sie sich wieder, von tiefer Verzweiflung erfüllt; dann, mit einem Gefühl von Trotz und Entschlossenheit, *nur drei Jahre – vielleicht sogar weniger, wenn ich mich vorbildlich führe und sie mit mir zufrieden sind.*

Es sei denn, Nomos' Komplott schlug fehl, und sie wurde als Lügnerin entlarvt und der Mitwisserschaft und der Vertuschung eines hochverräterischen Anschlags auf den Staat bezichtigt. Sie setzte sich auf, und ihre Finger krallten sich tief in den Stoff ihres Umhangs. Über den Ereignissen der letzten Tage hatte sie diese Gefahr schon fast vergessen.

Wo mochte der Mantel jetzt sein? Ob er schon in Konstantinopel war? Philippos war bestimmt nicht so schnell vorangekommen wie Eulogios, aber er hatte Tyros zwei Wochen eher verlassen. Wenn er nicht schon in der Hauptstadt war, so würde er es doch bald sein. Was würde dann geschehen?

Sie werden den Kaiser nicht töten, versuchte Demetrias sich zum wiederholten Male einzureden. *Niemand würde Nomos als Herrscher akzeptieren, wenn er den Purpur durch blutige Gewalt an sich gebracht hätte.*

Aber was würde sein, wenn Nomos die Sache so einfädelte,

daß ein anderer die Schuld an dem Mord in die Schuhe geschoben bekam, so daß niemand ihn damit in Verbindung brächte? Wenn er Theodosius tatsächlich umbrachte, würde er Pulcheria bestimmt nicht am Leben lassen. Es würde einen weiteren Mord geben – und Pulcherias kichernde, fröhliche Sklavinnen würden in den Besitz des neuen Kaisers übergehen oder einem seiner Helfershelfer zufallen – sie, Demetrias, eingeschlossen. Aus den »drei Jahren« würde wahrscheinlich ein »Lebenslänglich« werden.

Ich könnte Pulcheria die Wahrheit sagen, dachte Demetrias, und neue Hoffnung keimte in ihr auf. *Sie würde vielleicht verstehen, warum ich vorher schweigen mußte – und es ist offensichtlich, daß sie Chrysaphios haßt; sie würde mich nicht an ihn ausliefern. Sie war einmal sehr mächtig; vielleicht ist sie immer noch mächtig genug, um Nomos aus eigener Kraft aufzuhalten.*

Aber was, wenn sie nicht so mächtig war? Sie würde sich in der Not gewiß eher an Chrysaphios um Hilfe wenden als zuzulassen, daß ihr Bruder ermordet wurde. Und wenn die Untersuchung in Chrysaphios' Händen lag, dann würde sie, Demetrias, nicht die einzige sein, die leiden würde. Erneut malte sie sich aus, wie Eulogios nach Tyros zurückeilte und die Manufakturarbeiter mit der Hilfe der Peitsche und der Folterbank »verhörte« – Philotimos, Daniel, Eugenios, Laodiki und viele andere würden sterben oder ihr Leben als Krüppel beenden, weil Demetrias geredet hatte. *Ich kann sie nicht ans Messer liefern!* dachte Demetrias in tiefer Verzweiflung. *Ich kann es nicht!*

Aber wenn Nomos' Komplott fehlschlug – und es war klar, daß der Kämmerer ihn verdächtigte und auf der Hut vor ihm war –, würden sie ebenfalls leiden. Standen ihre Chancen am Ende vielleicht doch besser, wenn sie sich Pulcheria anvertraute?

Demetrias lag fast die ganze Nacht wach und zermarterte

sich das Hirn in fruchtlosen Grübeleien. Als sie schließlich vor Erschöpfung mit schmerzendem Kopf und brennenden Augen einschlief, wurde sie von endlosen Alpträumen geplagt.

Als sie am Morgen aufwachte, herrschte tiefe Stille. Was sie am Tag zuvor noch als bedrückend empfunden hatte, erschien ihr plötzlich als wohltuend und wunderbar friedlich. Es war möglich, in der ruhigen Dunkelheit zu schweben, in den Tag hineinzugleiten, ohne zu denken. Es gelang ihr beinahe zu vergessen, daß sie in ein Komplott gegen den Kaiser verwikkelt war und daß sie sehr bald erfahren würde, ob das Komplott gescheitert war.

Während der nächsten zwei Tage folgte sie dem Alltagstrott des Palastlebens, ließ sich stumpf dahintreiben in der Stille und dem nichtssagenden, anspruchslosen Geplauder. Schon am dritten Tag stellte sie fest, daß sie, fast ohne zu denken, in dem eintönigen, stets gleichbleibend ruhigen Fluß der täglichen Routine mitschwimmen konnte: Aufwachen, Anziehen, Beten, Frühstück, Arbeit; Beten, Mittagessen; Beten, Abendessen; Kirche. Die Arbeit selbst war wie eine Medizin gegen alle Trübsal. Solange sie das Grün für den Wegesrand aussuchte, das blasse Strohgelb für den Pfad unter den Füßen von Maria und Josef, brauchte sie nicht an den Mantel zu denken, den sie gewebt hatte, oder sich den Kopf darüber zu zerbrechen, wo er jetzt sein mochte oder ob er den Mann erreicht hatte, für den er bestimmt war, oder ob er in irgendwelche anderen Hände geraten war.

Soll ich es Pulcheria sagen? fragte sie sich wieder einmal, während sie mit gesenktem Kopf dasaß und durch eine der scheinbar endlosen Gebetsstunden döste. *Ich könnte mir denken, daß sie irgend etwas unternehmen würde, um Nomos aufzuhalten, und daß sie es entweder geheimhalten würde oder sich den Lorbeer selbst anheften würde; daß sie den Ruhm mit Chrysaphios teilen wollen würde, kann ich mir nicht vorstellen. Aber ich weiß von ihr nicht mehr als das, was ich bei dieser einen kurzen Begegnung gesehen habe, was ich an den Webstühlen gesehen habe und was ihre Sklavinnen gesagt haben. Das ist wahrlich nicht viel. Und wie soll ich wissen, ob sie mich verschonen würde, selbst wenn sie Nomos auf eigene Faust entgegentreten könnte?*

Und doch, es besteht die Chance, daß sie es könnte und daß sie es würde – eine gute Chance. Die beste Chance, die ich habe – nein, die einzige Chance. Ich muß es tun; ich muß mit ihr sprechen. Gleich morgen.

Am dritten Morgen ihres Aufenthalts im Palast teilte sie Theonoe mit, daß sie die heilige Augusta unter vier Augen zu sprechen wünschte. Die mürrische alte Frau lächelte. »Hast deine Meinung geändert, nicht?« fragte sie, und Zufriedenheit schwang in ihrer Stimme mit. »Du hattest nicht gedacht, daß Frauen ohne Männer auskommen können, nicht wahr? Und jetzt, wo du gesehen hast, daß wir ohne sie besser zu Rande kommen als mit ihnen, siehst du deinen Ehemann auf einmal in einem anderen Licht. Nun denn, ich werde sie fragen, ob sie dich zu empfangen geruht, und ich rechne damit, daß sie es tut. Sie mag dich, Mädchen: Du verstehst es, dich zu beherrschen.«

Nach den Morgengebeten kam Theonoe zurück und teilte ihr mit, daß die Kaiserin sie am Nachmittag während der Arbeitszeit im blauen Empfangszimmer erwarte. Und so begab sich denn Demetrias nach dem Mittagsmahl zu dem Raum, in dem Pulcheria sie schon beim ersten Mal empfangen hatte. Aber die alte Türwächterin hatte ihren Stuhl nach draußen gestellt, und als Demetrias Einlaß erheischte, schüttelte sie den Kopf.

»Sie hat Besucher aus der Welt draußen«, sagte die Frau und fügte abfällig hinzu: »Männer. Warte, bis sie wieder gegangen sind.«

Demetrias lehnte sich gegen die Wand und wartete. Nach einer Weile hörte sie drinnen erregte Stimmen, Männerstimmen, die sehr wütend klangen. Die Erwiderungen der Kaiserin waren unhörbar, aber offenbar sehr bestimmt: Die Tür flog plötzlich auf, und zwei Männer kamen heraus; sie sahen wütend aus, aber zugleich verschüchtert. Einer von ihnen war Eulogios.

Demetrias drückte sich gegen die Wand und verbarg das Gesicht in den Falten ihres Umhangs. Der Blick des Agenten glitt über sie hinweg, ohne sie wahrzunehmen – für ihn war sie lediglich eine der vielen schwarzgekleideten Palastdamen, die allenthalben lautlos und stumm durch die düsteren Gänge schwebten. Hinter ihm erschien der Torwächter, dunkel und unerbittlich, und geleitete ihn hinaus.

»Jetzt können wir rein«, sagte die Türwächterin; sie nahm ihren Stuhl und marschierte durch die Tür. Demetrias verharrte noch einen Moment draußen, um sich zu sammeln, dann gab sie sich einen Ruck und ging ebenfalls hinein.

Pulcheria und ihre zwei Lieblingsdamen saßen an ihrem gewohnten Platz. Die Damen spannen friedlich, aber Pulcheria saß aufrecht da, ihre Spindel wie einen Dolch umklammert haltend. Sie sah jünger aus, als Demetrias sie von ihrer ersten Begegnung her in Erinnerung hatte, und ihre Wangen waren gerötet – ob vor Zorn oder vor Erregung war nicht zu erkennen. Ihre Augen leuchteten auf, als sie Demetrias sah.

»So« sagte sie. »Ich glaube, ich weiß, worüber du mit mir sprechen willst.«

Noch am Abend desselben Tages – es war der sechste Januar – erhielt Flavius Ardaburius Aspar, ehedem oberster Heerführer für den Osten, für Thrakien und für den Palast; Exoberbefehlshaber für Afrika und Italien; Senator und Exkonsul und seit sechs Jahren Privatmann ohne Ämter, einen Brief von der Augusta Pulcheria.

Als der Bote, einer von Pulcherias Eunuchen, an die Tür des Speisezimmers des Generals klopfte, lag dieser gerade mit seinem Bevollmächtigten Marcianus bei Tisch. Aspar war ein großgewachsener Mann, blond, blauäugig und bärtig wie seine barbarischen Ahnen, und er räkelte sich behaglich auf seiner Liege, in der Hand einen Weinkelch und ein aufgeräumtes Lächeln auf seinem breiten roten Gesicht. Marcianus lag ein wenig förmlicher, aber auch er lächelte. Er war erst knapp zwei Stunden zuvor aus Tyros zurückgekommen und hatte festgestellt, daß Philippos am selben Nachmittag eingetroffen war und genau beschattet wurde.

Pulcherias Eunuch trat auf Aspars Aufforderung hin ein, verbeugte sich tief und überreichte Aspar einen Brief mit dem kaiserlichen Purpursiegel. »Von der heiligen Augusta«, sagte er schlicht.

Aspar richtete sich abrupt auf. Er nahm den Brief, starrte einen Moment auf das Siegel, dann schaute er Marcianus verblüfft an. Marcianus schüttelte den Kopf und zuckte mit den Achseln. Aspar runzelte die Stirn, prüfte das Siegel, dann riß er den Brief auf und las ihn mit seiner tiefen, klaren Stimme laut vor. »Von Aelia Pulcheria Augusta an Ardaburius Aspar. Ich wünsche Euch Gesundheit und ein langes Leben. General! Ich wäre Euch sehr verbunden, wenn Ihr und Euer *Domesticus* Euch morgen so früh als möglich in meinem Palast im Hebdomon einfinden könntet. Es geht um Staatsangelegenheiten von höchster Wichtigkeit, die ich dringend mit Euch besprechen muß.«

Aspar saß einen Moment da und blickte stirnrunzelnd auf die in schwarzer Tinte geschriebene Botschaft, dann schaute er auf und sah den Boten fragend an. »Staatsangelegenheiten von höchster Wichtigkeit?« fragte er. »Was ist damit gemeint?«

»Das, Eure Durchlaucht, wird Euch meine Herrin sagen«, erwiderte der Eunuch geschmeidig. »Welche Antwort soll ich Ihrer Erlauchtheit überbringen?«

Aspar schnaufte, schüttelte abermals verwundert den Kopf

und faltete den Brief sorgfältig wieder zusammen. Er betrachtete einen Moment lang das zerbrochene Siegel, dann neigte er bedächtig das Haupt und drückte das Siegel an seine Lippen. »Richte Ihrer Heiligen Majestät aus, daß es mir eine Ehre ist, meiner Kaiserin zu Diensten zu sein. Marcianus und ich werden uns morgen früh, sobald es uns möglich ist, im Hebdomon einfinden.«

Der Eunuch lächelte. »Meine Herrin hat keine andere Antwort erwartet und mich beauftragt, Euch für Eure Loyalität zu danken.« Er machte erneut eine tiefe Verbeugung und ging hinaus.

Aspar saß einen Moment lang still da und schaute ihm nach, die Augen zu Schlitzen verengt. Dann begann er zu grinsen. Er warf seinen zottigen Kopf zurück und brach in schallendes Lachen aus. »Herr über alles!« rief er und wandte sich Marcianus zu. »Wie in aller Welt hat *sie* es herausgekriegt?«

»Es könnte sich um eine andere wichtige Angelegenheit handeln«, gab Marcianus mit einem Stirnrunzeln zu bedenken.

»Das wäre möglich – aber hätte sie Euch eingeladen, ausdrücklich Euch, wenn es so wäre? Nein, nein; sie hat etwas von Nomos' kleinem Spielchen gehört, und jetzt will sie mitmischen. Wie sie das anstellt, in ihrem Nonnenkloster zu sitzen, mit all den alten Weibern um sich herum, und trotzdem genausoviel über die Komplotte der Minister ihres Bruders zu erfahren wie ich, ist mir allerdings ein Rätsel.« Er schüttelte erneut ungläubig den Kopf. »Ich kenne diese Frau jetzt seit 35 Jahren, seit ich ein kleiner Junge war, der hinter seinem Vater hertrippelte, und ich unterschätze sie immer noch. Eigentlich müßte ich sie inzwischen besser kennen. Herr über alles, sie ist wahrlich ein Phänomen!«

Marcianus lag ruhig da, eine Hand auf seinem gläsernen Weinpokal. Er kannte seinen Dienstherrn sehr gut. Er war vor zwanzig Jahren in Thrakien als Leutnant in Aspars Dienste getreten und hatte in einem Dutzend Kriegen an seiner Seite gekämpft. Er hatte Aspar Feldzüge planen sehen; er hatte ihn betrunken nach einer Schlacht gesehen; einmal hatte er ihn sogar aus einem Bordell geholt, um ihm die Nachricht von einer Niederlage zu überbringen. Auch wenn der General jetzt grinste – hinter seinem Grinsen war immer noch Wut – Wut und noch etwas anderes. Unsicherheit? Mißtrauen? Angst? Warum? Konnte sich denn irgend etwas ändern, wenn die Kaiserin wußte, was sie vorhatten?

»Wird die Augusta sich einmischen?« fragte er schließlich.

»Einmischen?« fragte Aspar. »Was meint Ihr damit?« Er wischte die Frage mit einer grandiosen Geste beiseite. »Sie ist die Kaiserin, und wir sind ihre Diener. Was immer wir tun, wir tun es für sie, und sie kann uns befehlen, wie es ihr beliebt. Aber macht Euch keine Sorgen. Wenn sie an unserem Plan wirklich etwas ändern will, dann nur, um ihn noch besser zu machen.«

»Das habe ich erwartet, nach allem, was ich über sie weiß«, erwiderte Marcianus bedächtig. »Offen gestanden, ich hatte sogar damit gerechnet, daß Ihr den Wunsch haben würdet, sie selbst mit in den Plan einzubeziehen.«

Aspar zuckte die Achseln, aber er fixierte seinen Untergebenen mit einem skeptischen, prüfenden Blick. »Ich wollte sie schon einweihen, als ich Euren Brief bekam«, sagte er nach einem Moment des Zögerns, »aber Chrysaphios läßt sie noch enger überwachen, als er mich überwachen läßt. Und außerdem hat sie sich in den letzten Jahren sehr zurückgezogen, seit ihre Schwestern gestorben sind; sie hat nicht mehr soviel Freude am Spiel wie früher einmal.«

Marcianus nahm seine Hand von dem Weinkelch. »Ihr werdet beschattet«, sagte er scharf. »Sie wird beschattet. Wenn Ihr sie aufsucht, wird dann nicht das ganze Spiel durchkreuzt?«

Aspars Miene zeigte keinerlei Regung, nichts, woraus Marcianus hätte ersehen können, ob er ins Schwarze getroffen hatte oder nicht. Er fuhr fort: »Wenn unser Besuch zu Problemen führt, sollten wir uns dann nicht besser entschuldigen, für den Moment zumindest? Wir wollen jetzt noch keinen Ärger. Es wird auch so noch immer schwierig genug sein, Nomos und Zeno zu packen, erst recht, seit der Kämmerer so mißtrauisch geworden ist. Wenn er glaubt, daß Pulcheria intervenieren wird, ist es dann nicht wahrscheinlich, daß er Nomos sofort festnehmen wird, einfach so aufs Geratewohl?«

Aspar schüttelte den Kopf, und seine Miene war düster. Seine Stimme klang jedoch heiter, als er einwandte: »Wenn Pulcheria so denken würde, hätte sie nicht nach uns geschickt.«

Als er sah, daß er damit die Bedenken seines Bevollmächtigten keineswegs aus dem Wege geräumt hatte, schob er seinen Pokal beiseite und haute auf den Tisch. »Macht Euch keine Sorgen! Pulcheria ist dazu geboren, mit solchen Dingen fertig zu werden. Habe ich Euch jemals erzählt, wie sie zu ihrem Titel gekommen ist?«

Marcianus schüttelte den Kopf und schaute seinen Dienstherrn überrascht an. »Nun, sie ist das älteste Kind ihres Vaters – ich dachte ...«

»Niemand macht eine älteste Tochter zu einer Augusta! Niemand übergibt die Regentschaft einem Mädchen, das nur zwei Jahre älter ist als der Bruder, für den es die Regentschaft übernimmt! Die Sache verhielt sich anders: Als ihr Vater starb, war sie lediglich die ›Höchstedle‹, und keiner erwartete, daß sich daran je etwas ändern würde. Ihr Bruder war acht, aber er war bereits ein Augustus, und zwar schon von Geburt an. Regent war Anthemius – Ihr erinnert Euch an ihn?«

»Er baute Wälle«, sagte Marcianus trocken.

»Was Ihr ihm heute noch nachtragt«, versetzte Aspar mit einem Grinsen.

»Ich habe nichts gegen Wälle«, erwiderte Marcianus ruhig, »vorausgesetzt, sie werden nicht als Ersatz für Männer benutzt. Der Senat schwärmt noch immer von Anthemius, und vielleicht war er ja sogar ein guter Regent. In Thrakien hielten wir jedenfalls nicht sehr viel von ihm.«

Aspar seufzte. »Wir haben in der Armee generell nicht viel von ihm gehalten. Ich erinnere mich, daß mein Vater Anthemius und seine Politik verflucht hat, als ich noch ein kleiner Junge war. Aber man konnte nichts gegen ihn machen. Anthemius saß fest im Sattel, und er war entschlossen, seine Macht zu behalten. Jetzt erzähle ich Euch etwas, das Ihr wahrscheinlich noch nicht gewußt habt: Er wollte seine Familie mit dem kaiserlichen Haus verbünden. Als Pulcheria sechzehn war, wollte er sie mit seinem Enkel vermählen.«

Marcianus starrte ihn verblüfft an.

»Nun ja«, fuhr Aspar fort, nachdem er Marcianus' Überraschung ausgekostet hatte, »natürlich wollte er nicht, daß jemand was davon erfuhr, als die geplante Heirat nicht zustande kam, und Pulcheria vertuschte die Geschichte natürlich auch – so was wirft nicht gerade ein gutes Licht auf eine zarte und heilige Jungfrau. Aber zu der Zeit schien die Sache jedenfalls so gut wie sicher. Anthemius war Regent, ausgestattet mit der Machtfülle des Kaisers; kein Mensch hätte auch nur im entferntesten damit gerechnet, daß eine fromme kleine Prinzessin ihn überlisten würde. Aber wie ich schon sagte, sie hat von Natur aus ein Händchen für solche Dinge. Als sie von Anthemius' Plänen Wind bekam, hat sie nicht etwa geweint oder gejammert oder sich bockig gestellt; sie sagte ihm lediglich, sie brauche einige Zeit, um zu beten und um sich vorzubereiten. Natürlich räumte er ihr diese Zeit ein. Sie nutzte die Zeit, um zu meinem Vater und zu ein paar anderen führenden Ministern zu gehen, die den Regenten nicht mochten, und machte ihnen gegenüber allerlei Andeutungen und vage Versprechungen – ohne sich jedoch klar festzulegen – mit dem

Ergebnis, daß sie am Ende alle überzeugt waren, daß sie in ihre Familie einheiraten würde und daß sie sich eines Tages den Purpur überstreifen könnten, wenn sie sie gegen den Regenten unterstützten.« Aspar ächzte. »Ich war damals zwölf, und mein Vater hatte sich die blödsinnige Idee in den Kopf gesetzt, daß sie am Ende mich heiraten würde. Er hätte es eigentlich besser wissen müssen. Oh, ich will damit nicht sagen, daß mir die Vorstellung nicht gefallen hätte – es gab eine Zeit, da hätte ich nichts lieber getan, als Pulcheria zu heiraten! Aber wenn sie überhaupt je geheiratet hätte, dann bestimmt keinen arianischen Ketzer. Sie hält mir noch heute, jedesmal wenn wir uns treffen, Vorträge über die Wesensgleichheit der Heiligen Dreifaltigkeit und über die Lehre von Athanasios von Alexandrien. Und Ihr wißt ja, daß ich meiner Mutter versprochen habe, daß ich niemals konvertieren werde. Nun, jedenfalls ließ Pulcheria meinen Vater in seinem Glauben und kriegte so seine Unterstützung.«

»Als dann das nächste Mal die Spiele im Hippodrom stattfanden, überredete sie ihren Bruder, zu Hause zu bleiben und zu beten, und sie selbst erschien mit dem Purpur und dem Diadem ihres Vaters in der königlichen Loge. Ihr kennt ja den Pöbel – als sie hinauf zur Loge schauten und eine Prinzessin aus dem Hause Theodosius sahen, noch dazu eine, die ohnehin schon berühmt war wegen ihrer Frömmigkeit, da waren sie nicht mehr zu halten: ›Lang lebe Pulcheria Augusta! Die Fromme, die Heiligmäßige! Möge ihre Herrschaft ewig währen!‹ Sie gaben ihr die Titel freiwillig – sie hätte sich ihre minutiösen Vorbereitungen fast sparen können. Und sie ließ sich den Titel noch am selben Tag vom Senat und von der Palastgarde bestätigen. Dort war natürlich alles von ihren Helfern vorher arrangiert worden. Als nächstes berief sie dann eine Versammlung des kaiserlichen Konsistoriums ein. Sie stand auf und verkündete mit dem unschuldigsten Lächeln, daß Anthemius zu alt sei für die schwere Bürde seines Amtes und daß sie, getrieben von ihrer liebevollen Sorge um den treuen Diener ihres Vaters, beschlossen habe, ihn in seinen wohlverdienten Ruhestand zu entlassen. Sie sei jetzt großjährig und könne die Interessen ihres Bruders selbst wahrnehmen.« Aspar brach in schallendes Lachen aus. »Anthemius war natürlich alles andere als begeistert, aber er begriff rasch, daß er keine andere Wahl hatte, als sich bei ihr zu bedanken und zähneknirschend seinen Posten zu räumen. Aus dem Amt gedrängt von einem sechzehnjährigen Mädchen, stellt Euch nur vor!«

Aspar nahm einen tiefen Schluck aus seinem Weinkelch, dann grinste er wieder. »Aber das war erst der Anfang. Sobald sie alles fest im Griff hatte, ging sie hin und legte ihr berühmtes Gelübde ab, niemals zu heiraten, und überredete ihre Schwestern, das gleiche zu geloben – die armen Mädchen. Dann berief sie eine Versammlung ihrer Helfer ein und beglückwünschte sie zu ihrer Loyalität und Frömmigkeit. Das hätte ich zu gern erlebt! Ich erinnere mich noch, wie mein Vater nach Hause kam, mit Schaum vor dem Mund, ha!, und auf den Übungsplatz hinausritt und sich an den Zielscheiben austobte, bis ihm sein Gaul fast unterm Hintern zusammenbrach. Danach rief er mich zu sich und sagte: ›Merk dir eins, mein Sohn: Vertraue niemals einem Weib!‹ Sie hatte ihm klargemacht, daß seine Karriere beendet wäre, wenn er nicht treu zu ihr stünde. Sie dachte gar nicht daran, irgend jemand anderem die Macht zu übergeben, indem sie sich mit ihm ins kaiserliche Ehebett legte: Sie behielt den Purpur für sich selbst. Und da war sie erst ganze sechzehn! Sie ist jetzt seit 35 Jahren in dem Geschäft, und wenn es irgend jemanden gibt, der auf diesem Gebiet mit allen Wassern gewaschen ist, dann ist sie es. Wenn sie sich für diese Sache interessiert, dann kann ich nur froh sein.«

Marcianus saß einige Minuten schweigend dan. *Das sagt Ihr jetzt, dachte er, aber als Ihr ihren Brief bekommen habt, wart Ihr gar nicht so froh. Ihr fürchtet Euch vor dem, was sie Euch sagen könnte, und Ihr habt mir diese Geschichte erzählt, mehr um Euch selbst zu trösten, als um mich zu beruhigen. Habt Ihr da noch irgendeinen anderen Plan im Hinterkopf, einen, von dem ich nichts weiß und von dem Ihr befürchtet, daß sie ihn Euch durchkreuzt?*

Er lächelte. Er war sich sehr wohl darüber im klaren, daß Aspar ihm nicht alles erzählte. Aspar war arianischer Christ und Barbar von Geburt; er selbst, Marcianus, war orthodoxer Christ und Römer: Schon von daher waren dem Vertrauen natürliche Grenzen gesetzt. Aber Marcianus hatte diese Grenzen niemals als Einschränkung empfunden. Wenn Aspar sich für eine neue Kirche seiner Glaubensbrüder oder für die Beförderung eines seiner Landsleute einsetzte, dann ging das seinen Bevollmächtigten nichts an, und es hatte nichts mit der gegenwärtigen Sache zu tun, in der die Augusta sie nur stärken konnte.

Er war der Gönnerin seines Dienstherrn ein oder zwei Mal vorgestellt worden, er hatte ihrem Ruf Respekt gezollt – aber er hatte nur eine mürrisch dreinblickende, fromme alte Frau gesehen. Er stellte sich jetzt ein junges Mädchen vor, das kaltblütig Intrigen ausbrütete, um an die Macht zu kommen; und er dachte an die alte Frau, die einen Spalt in der goldenen Rüstung des Feindes sah, der ihren Rücktritt erzwungen hatte.

»Ich könnte mir vorstellen, daß das Gespräch morgen interessant wird«, sagte er mit einem Schmunzeln.

Aspar grinste. »Ich würde es um nichts auf der Welt verpassen wollen.«

Aspar und sein Bevollmächtigter trafen um zehn Uhr in der Frühe im Hebdomon ein. Als der Torwächter ihre Ankunft an Theonoe weitermeldete, begab sie sich sofort zu den Webstühlen. Demetrias saß vor ihrem Vorhangsegment und webte zügig und mit den ruhigen, fließenden Bewegungen der Könnerin. Auch wenn sie blaß und hohläugig vom fehlenden Schlaf war, so war ihrer Arbeit nichts davon anzumerken. *Das spricht für sie,* dachte Theonoe. *Auch wenn sie sonst nichts als Unruhe und Aufregung verursacht.*

»Demetrias!« sagte die Aufseherin barsch. Demetrias schrak hoch, schaute sich nervös um, dann steckte sie ihre Tapisserienadel in den Stoff und saß mit gefalteten Händen da. Der schwarze Umhang ließ ihr Gesicht blaß wie Nebel erscheinen; mit großen, ängstlichen Augen starrte sie Theonoe an. Halb gegen ihren Willen empfand die alte Frau ein Gefühl von Rührung. Schließlich konnte das Mädchen auch nichts für all jene beunruhigenden Ereignisse der letzten Tage, die den alltäglichen Gang des Palastlebens durcheinanderbrachten, die Andeutungen von Intrige und Betrug, die Besuche von weltlichen und korrupten Ministern. All das war Demetrias genauso zuwider wie ihr.

»Die ... Besucher ... sind eingetroffen«, sagte Theonoe mit unverhohlenem Abscheu. »Ihre Heilige Majestät wünscht deine Anwesenheit.«

Demetrias verbeugte sich. Pulcheria hatte sie bereits wissen lassen, daß ihre Anwesenheit bei dem Treffen mit dem General erforderlich sei. Am Tage zuvor hatte sie der Kaiserin alles erzählt, was sie über den Mantel wußte; Pulcheria hatte sie weder gefragt, warum sie bisher dazu geschwiegen hatte, noch hatte sie ihr gesagt, was Eulogios von ihr gewollt hatte oder was sie zu unternehmen beabsichtigte; das einzige, was sie gesagt hatte, war, daß sie Aspar zu einer Unterredung bestellen werde. Und nun war Aspar hier, und in wenigen Minuten würde sie wissen, ob sie oder ihre Freunde für das, was sie getan und gesagt hatte, büßen mußten. Sie holte tief Luft und schaute auf ihr gerade begonnenes Tapisseriesegment. Weben war etwas so Einfaches. Seide war, ganz ähnlich wie die Wahl von Handlungen, glatt, heikel, vielgestaltig; sie nahm Farbe leicht an, glitt aber auch leicht von der Stelle, an der sie eingewoben war. Aber Seide konnte man festknüpfen, in ein frei gewähltes Muster zwingen und fixieren – oder herausziehen und neu verweben, wenn das Ergebnis nicht dem entsprach, was man sich vorgestellt hatte. Das Muster, das ihre Handlungen bildeten, schien sich dagegen mit jedem Tag aufs neue zu verschieben und seine Farbe zu ändern, und doch blieben die Handlungen selbst unveränderlich wie Stein.

Sie strich zärtlich mit dem Finger über die seidene Kette auf dem Webstuhl, dann stand sie auf und ging mit Theonoe.

Pulcheria hatte nicht die Absicht, ihren vornehmsten General in ihrem blauen Salon zu empfangen, und sie trug auch kein Schwarz. Theonoe geleitete Demetrias zu einem Saal, der im Palast schlicht der »Thronsaal« genannt wurde. Es war eine kleine Basilika, die zu beiden Seiten von Säulen aus Porphyr gesäumt war und deren Wände mit einem prachtvollen Mosaik verziert waren, welches die Siege von Theodosius dem Großen darstellte. Am hinteren Ende des Saals, unter einem großen Christusgemälde, stand ein goldener Thron, dessen Armlehnen wie liegende Löwen geformt waren, und auf dem Thron saß die Kaiserin. Ihr Purpurmantel war mit Bildern von der Heiligen Jungfrau verziert, und auf dem Haupt trug sie das kaiserliche Diadem, ein Band aus purpurfarbener Seide, das mit Gold plattiert und mit Perlen bestickt war. Sie saß so still und ernst da wie die Gestalt auf dem Gemälde hinter ihr. Die helle Wintersonne, die durch die Fenster hereinfiel, warf schräge Lichtstrahlen durch die Wolken aus blauem Rauch, die von den Kohlenpfannen entlang der Wände aufstiegen. Demetrias kam der Weg durch den Saal unendlich lang vor, und sie spürte, wie ihr das Herz bis zum Halse klopfte, als sie endlich die Stufen vor dem Thron erreichte und sich vor der Kaiserin zu Boden warf.

Pulcheria nickte ihr zu und zeigte auf einen Platz zur Linken des Throns. Demetrias begab sich schweigend dorthin.

Sodann bedeutete die Kaiserin Theonoe mit einer knappen Geste, hinauszugehen. Die alte Frau schien nicht erfreut darüber zu sein, fügte sich aber widerspruchslos der Anordnung ihrer Herrin. Als sie ging, bemerkte Demetrias, daß der Saal ansonsten leer war, abgesehen von Pulcherias Sekretärin Eunomia und einem Eunuchen. Pulcheria nickte dem Eunuchen zu, worauf dieser sich verbeugte und zur Vorderseite des Saals ging, um Aspar und Marcianus einzulassen.

Der General und sein Bevollmächtigter schritten forsch zur Tür herein und durch den Saal und blieben vor der Kaiserin stehen. Aspar vollführte eine tiefe Verbeugung – Exkonsuln war der Fußfall erlassen – während Marcianus sich formvollendet vor der Kaiserin zu Boden warf.

Pulcheria lächelte. »Aspar«, sagte sie in ihrem gewohnt barschen Ton, »es ist lange her.«

»Länger, als mir lieb gewesen sein könnte, Kaiserin«, gab der General zurück und sah sie grinsend an. »Ich habe mehrmals während der letzten Jahre versucht, Euer Interesse für ein paar kleinere Dinge zu erwecken, und keine Antwort auf meine Bemühungen erhalten.«

Pulcheria seufzte. »Ich habe meine Freunde vernachlässigt; Gott jedoch habe ich nicht vernachlässigt. Ich bin Ihm mehr verbunden als Euch. Und die Intrigen, die Ihr mir vorschlugt, waren trivial und Eurer unwürdig, General.«

»Im Gegensatz zu der jetzigen Intrige?« fragte er und schaute sie gespannt aus seinen großen blauen Augen an.

Sie seufzte etwas lauter. »Ihr wißt, warum ich Euch hierher gerufen habe?«

Er kratzte sich den Bart, immer noch grinsend. »Marcellus Philippos, der Präfekt von Syria Phoenice, ist gestern nachmittag aus Tyros eingetroffen«, sagte er, »und ich glaube, daß Eure Erlauchtheit weiß, wohin er gegangen ist und was er dorthin gebracht hat.«

Sie lächelte und neigte huldvoll das Haupt. »Es freut mich

zu sehen, daß ich mich bezüglich Eures Eifers und Eurer Sorgfalt nicht getäuscht habe. Ich bin jedoch neugierig zu erfahren, wie Ihr auf diese Sache gestoßen seid.«

Aspar lachte. »Das gleiche könnte ich Euch fragen, Kaiserin!«

»Aber da ich eine Kaiserin bin, brauche ich darauf nicht zu antworten. Sprecht, Aspar.«

»Das überlasse ich lieber meinem Bevollmächtigten«, versetzte Aspar fröhlich. »Erzählt, Marcianus.«

Marcianus verbeugte sich und ließ seinen Blick rasch durch den Saal schweifen. Ein Eunuch stand an der Tür, und zwei Frauen, eine alte und eine junge, standen zu beiden Seiten des Throns. Sein Blick blieb einen Moment lang auf der jüngeren haften: Sie kam ihm irgendwie bekannt vor. Aber er konnte sich nicht erinnern, wo und wann er sie schon einmal gesehen haben mochte. Auf jeden Fall war klar, daß die Kaiserin sich der Gefahr, daß die Geschichte durch geschwätzige Sklaven an die falschen Ohren geriet, sehr wohl bewußt war und nur einigen wenigen ihrer Leute das Vertrauen erwiesen hatte, der Unterredung beizuwohnen.

»Als ich vor einigen Monaten aufgrund gewisser Geschäfte, die im Zusammenhang mit den Besitzungen meines erhabenen Dienstherrn standen, in Tyros weilte«, begann er, »trat ein Purpurfischer an mich heran und behauptete, er besäße gewisse Informationen von großer Wichtigkeit, die er mir im Gegenzug für eine Schutzgarantie überlassen wolle ...«

Er hörte einen heftigen Atemzug zu seiner Rechten, und als er den Blick dorthin wandte, sah er, daß die junge Frau den Saum ihres Umhangs umklammerte und mit einer Mischung aus Verblüffung und Schmerz zu ihm herüberstarrte. Er war jetzt ganz sicher, daß er sie schon einmal gesehen hatte – aber wo?

»Sprecht weiter«, befahl die Kaiserin nüchtern.

Marcianus zuckte mit den Achseln, wandte zögernd den

Blick von der jungen Frau ab und fuhr mit seiner Erzählung fort. »Ich stellte dem Mann eine Reihe von Fragen, und als ich sicher sein konnte, daß er mich zu nichts Unehrenhaftem verpflichten wollte, gab ich ihm mein feierliches Ehrenwort, daß ich ihn und seine Familie vor ihren Feinden beschützen würde. Daraufhin vertraute er mir an, daß seine Frau, eine Seidenweberin aus der kaiserlichen Manufaktur, vom Prokurator den Auftrag erhalten habe, heimlich einen Purpurmantel für den höchst erlauchten Nomos, den ehemaligen Prinzipal der Offizien, zu weben. Er sagte, daß es ihr verständlicherweise widerstrebe, diese Arbeit auszuführen, aber da sie wisse, daß der Präfekt von Tyros ebenfalls ein Anhänger von Nomos sei, sei sie zu der Überzeugung gelangt, daß sie keine andere Wahl habe, als den Mantel fertigzustellen, so schnell sie könne. Doch da er nun sowohl dem Kaiser treu ergeben als auch um seine Frau besorgt sei, hätte er sich dazu entschlossen, mir die Angelegenheit vorzutragen. Ich kam zu dem Schluß, daß die beste Chance, Nomos und seine Verbündeten zu entlarven, darin läge, abzuwarten, bis der Mantel tatsächlich in ihrer Hand sein würde, doch blieb ich, meines Schwures eingedenk, in Tyros, um sicherzustellen, daß meinem Fischer nichts zustieße. Als der Mantel schließlich fertig und sicher abgeliefert war, ließ der Präfekt Philippos verlauten, daß seine Mutter erkrankt sei, und brach nach Konstantinopel auf. Ich folgte ihm mit einigen meiner Leute im Abstand von einem halben Tagesritt, ließ ihn aber auf dem Weg ständig beschatten. Er begab sich auf direktem Wege nach Konstantinopel und weilt seit seiner Ankunft als Gast im Hause seines Gönners Nomos. Wir glauben, daß Nomos Botschaften an seine Helfer gesandt hat, aber das Haus wird sowohl von den Leuten des Kämmerers als auch von unseren eigenen Leuten scharf beobachtet, und es ist schwer, absolute Gewißheit zu erlangen.«

Pulcheria klopfte mit dem Zeigefinger auf die Armlehne ihres Throns und strich mit der Hand über das Ohr des goldenen Löwen. »Und was gedachtet Ihr zu tun?« fragte sie nach einem Moment nachdenklichen Schweigens.

Aspar sah sie überrascht an. »Müßt Ihr das wirklich noch fragen, Kaiserin? Wir hatten vor, noch heute morgen zu Nomos zu gehen, sein Haus zu umstellen und soviel Beweismaterial wie möglich sicherzustellen. Das könnten wir dann dem Stadtpräfekten vorlegen, und der Verräter müßte für sein ruchloses Tun büßen. Mit Eurer Erlaubnis werden wir denselben Plan heute nachmittag in die Tat umsetzen.«

»Nomos ist nicht Euer Feind«, sagte die Kaiserin gleichmütig. »Was stört Ihr Euch an seinen Intrigen?«

»Ich bin ein treuer Diener Eures heiligen Hauses«, erwiderte Aspar. »Mein Vater nahm seine Befehle von Eurem glorreichen Großvater, von Eurem Vater und von Euch entgegen; und wie er werde ich stets alles, was in meinen Kräften steht, für das Haus Theodosius tun. Und ich gestehe, ich würde mir Hoffnungen machen, wieder zum obersten Heerführer an Zenos Statt ernannt zu werden, wenn es uns gelingen sollte, ihn zusammen mit seinem Freund Nomos in Ungnade zu bringen.«

Pulcheria lächelte säuerlich. »Träumt weiter, mein Freund. Man würde Euch danken und ignorieren – wenn Eure Absichten wirklich die sind, die Ihr vorgebt.«

»Wieso?« fragte Aspar, obgleich er eher nervös denn überrascht schien. »Welche anderen Absichten sollte ich haben, Augusta?«

Sie verzog erneut den Mund zu einem säuerlichen Lächeln. »Ihr könntet zum Beispiel zu Nomos gehen, ihm sagen, was Ihr wißt, und ihm gewisse Versprechungen abringen als Gegenleistung für Euer Stillschweigen – und für Eure Unterstützung. Mir mögt Ihr ja treu gedient haben – aber wir wissen doch beide, wieviel Ihr für meinen Bruder übrig habt.«

Aspar errötete. Marcianus schaute ihn verblüfft und erschrocken an und wußte plötzlich, daß es stimmte. *Und den-*

noch, dachte er, *warum sollte ich es glauben? Er hat sich noch nie der geringsten Untreue schuldig gemacht.* Er schaute Pulcheria an, die regungslos auf ihrem Thron saß und sie beide spöttisch musterte. »Er hat doch gesagt, er hätte Euch in dieser Angelegenheit lieber schon früher um Unterstützung ersucht«, sagte er ruhig, »und er ist Eurem Ruf sofort gefolgt. Habt Ihr irgendeinen Grund, an seiner Loyalität zu zweifeln?«

»Ich habe Grund, an jedermanns Loyalität zu zweifeln«, erwiderte Pulcheria ebenso ruhig, »und wenn mein hochgeschätzter General nicht so überaus scharfsichtig im Hinblick darauf wäre, wo seine besten Chancen liegen, dann würde ich ihn nicht so hoch schätzen, wie ich es tue. Aspar, mein Freund, ich weiß um Eure Loyalität gegenüber meinem Hause – und ich kenne die Grenzen dieser Loyalität. Ich bin alt, ich bin ohne Macht, und mein Bruder und seine Handlanger haben Euch ignoriert und das Heer mißbraucht. Kommt schon, sagt mir: Was hättet Ihr wirklich gemacht? Ihr hattet also vor, zu Nomos zu gehen. Und dann?«

»Ich wollte zu Nomos gehen«, antwortete Aspar mürrisch, »und sein Haus durchsuchen lassen. Und dann ... wollte ich meine Entscheidung treffen.«

Pulcheria nickte huldvoll. »Das hatte ich mir gedacht.«

»Aber ich hätte Euch nicht verraten«, beteuerte Aspar mit finsterem Blick. »Ich hätte einen Handel mit ihm abgeschlossen: Entmachtung Eures Bruders, selbstverständlich ohne ihm ein Haar zu krümmen, und Eure Wiedereinsetzung als Regentin, mit mir als Eurem Obersten General und Nomos als Eurem Amtskollegen und Mitinhaber des Throns.«

»Oder als meinem Ehegemahl? Das meint Ihr doch wohl mit ›Amtskollege‹, nicht wahr? Für Nomos bestünde keine Notwendigkeit, irgend jemanden umzubringen, wenn ich ihn durch eine förmliche Eheschließung zum Mitglied des theodosischen Herrscherhauses machte. Zudem ist er Witwer – es gäbe also keine gesetzlichen Einwände gegen eine eheliche Verbindung, und er würde Euch von ganzem Herzen danken, wenn Ihr ihm versprächet, Euren ganzen Einfluß bei mir geltend zu machen, um mich zu einer solchen Heirat zu bewegen. Etwas Besseres könnte ihm gar nicht widerfahren: Statt durch einen blutigen und höchst risikoreichen Putsch würde er ganz unblutig und legal an die Macht kommen. Und was meine Person betrifft, so dachtet Ihr, es würde ein leichtes für Euch sein, mich zum Mitmachen zu bewegen, wenn ich vor die Wahl gestellt wäre, entweder Nomos zu heiraten oder mitansehen zu müssen, wie mein Bruder umgebracht wird.«

Aspar errötete noch mehr und starrte auf seine Füße. Doch dann blickte er trotzig auf. »Euer Bruder ist nicht fähig zum Regieren«, erklärte er. »Wenn Ihr allein regieren könntet, würde ich versuchen, ihn zu Euren Gunsten aus dem Amt zu entfernen. Aber Ihr wißt, daß weder der Senat noch das Volk noch meine Soldaten eine Frau als alleinige Herrscherin tolerieren würden. Sie würden eine Revolte nach der anderen anzetteln. Und eine Kaiserin, die sich auf einen arianischen Barbaren als Amtskollegen stützt, wäre genauso unmöglich. Sie wollen jemanden wie Nomos – einen Senator, einen Beamten, einen römischen Herrn und orthodoxen Christen. Ja, ich hätte ihm geholfen, Euren Bruder zu entthronen, und dann hätte ich Euch gedrängt, ihn zu akzeptieren – wenn schon nicht als Euren Gemahl, dann zumindest als Euren Amtskollegen. Ich bin nach wie vor der Überzeugung, daß dies der beste Weg wäre. Tut, was Ihr für richtig haltet, Kaiserin. Aber ich werde mich nicht dafür entschuldigen, daß ich eine Lösung in Betracht gezogen habe, die mir nach wie vor als klug und richtig erscheint.«

Pulcheria seufzte vernehmlich. »Natürlich wollt Ihr mich immer noch drängen, diesen irrwitzigen Plan zu akzeptieren. Ihr wärt nicht hier, wenn Ihr nicht glaubtet, ihn mir schmackhaft machen zu können! Aber ich sage Euch geradeheraus,

Euer Plan ist dumm und töricht. Nomos ist kein Kaiser. Er war ein durchaus passabler Oberster Beamter, und er besitzt ein gewisses Geschick als Diplomat – aber als Herrscher wäre er völlig fehl am Platze; da ist mir sogar Chrysaphios noch lieber. Nomos ist ein fanatischer Anhänger des Senats, der alten Traditionen, der reinen und altehrwürdigen römischen Art. Glaubt Ihr im Ernst, er würde sich an Eure Abmachungen halten, wenn er einmal an der Macht wäre? Ihr würdet feststellen, mein lieber Freund, daß es erheblich leichter ist, jemanden zum Kaiser zu machen, als einen Kaiser zu entthronen. Er würde Euch eine Zeitlang in Ruhe lassen, mit Rücksicht auf Eure Verdienste, aber er würde sofort eine großangelegte Säuberungsaktion in der Armee in die Wege leiten und alle barbarischen Befehlshaber aus dem Amt entfernen, bis vielleicht auf eine Handvoll Armenier und Thrakier. Und als erste kämen die dran, die Euch besonders treu ergeben sind. Und dann würde er bald feststellen, daß er die Hunnen weiterhin schmieren müßte, um ungestraft davonzukommen. Er hat auch keine Ahnung von Finanzen. Er würde die Steuern für den Senat kürzen und gleichzeitig die Bevölkerung zum Hungern zwingen.«

Aspar erbleichte, setzte zu einer Erwiderung an und verstummte wieder. Er legte die Stirn in tiefe Furchen und biß sich auf die Lippe. Pulcheria lehnte sich in ihrem Thron zurück und stützte das Kinn auf eine Hand. Nach einem Moment des Schweigens senkte Aspar das Haupt und sagte kleinlaut und demutsvoll: »Augusta, ich glaube, Ihr habt recht.«

»Natürlich habe ich recht!« rief sie ungeduldig. »Und im übrigen – ich kann intrigante, arrogante Männer, die hinter meinem Rücken Ehen für mich arrangieren, nicht ausstehen. Noch ein solches Ding, Aspar, und ich vergesse unsere langjährige Freundschaft, und dann werdet Ihr sehen, wie es ist, mich zum Feind zu haben!«

Er verbeugte sich erneut. Pulcheria legte den Kopf schief, dann nickte sie und sagte, schon wieder in etwas versöhnlicherem Ton: »Der Plan selbst war ganz vernünftig – Ihr habt nur die Folgen nicht richtig bedacht. Sogar die Idee mit der Heirat – so sehr mir die Vorstellung auch widerstrebt – wäre gar nicht einmal so töricht, sofern es uns nicht gelingt, meinen Bruder von der Notwendigkeit zu überzeugen, daß er einen geeigneten Amtskollegen an seine Seite stellt. Aber wenn dies jemals notwendig werden sollte, dann werde ich mir meinen ›Gemahl‹ selbst aussuchen, Aspar, und mir nicht jemanden von Euch unterschieben lassen. Habe ich mich klar genug ausgedrückt?«

Aspar verneigte sich tief. »Jawohl, meine Kaiserin.«

»Gut. Ich werde Euch jetzt erzählen, woher ich von dieser Sache weiß und was ich zu unternehmen gedenke. Gott selbst, meine Herren, hat diese Angelegenheit in meine Hände gelegt. Ihr, Marcianus, habt davon von einem Purpurfischer erfahren, der mit einer Weberin in Tyros verheiratet war; ich aber erfuhr die ganze Geschichte von ebendieser Weberin selbst, die die allwissende göttliche Vorsehung mir hierher in meinen Palast gebracht hat. Demetrias!«

Marcianus erinnerte sich schlagartig wieder, wo er die Frau schon einmal gesehen hatte, als diese nach vorn trat und sich vor der Kaiserin niederwarf: in der Vorhalle der Präfektur in Tyros. Sie hatte der Nomos-Statue die Zunge herausgestreckt und war dann weggelaufen. Er starrte sie ungläubig an. Er hatte sie fast einen Monat vorher in Tyros zurückgelassen und war seitdem ständig unterwegs gewesen; und jetzt stand sie leibhaftig vor ihm, hier im Palast der Kaiserin. Wenn sie plötzlich aus dem Nichts vor seinen Augen Gestalt angenommen hätte, hätte er nicht erstaunter sein können.

»Hast du dem, was du mir erzählt hast, noch irgend etwas hinzuzufügen?« fragte Pulcheria Demetrias streng. »Du hast behauptet, du wüßtest nicht von diesen Herren hier.«

»Ich habe Euch die Wahrheit gesagt, Herrin«, erwiderte Demetrias gefaßt. »Mein Mann hat mir nie etwas von seinem Besuch bei dem Herrn Marcianus erzählt.«

»Nein?« fragte Pulcheria interessiert. Sie warf Marcianus einen Blick zu, dann nickte sie. »Nein, er wußte, daß er ein Risiko einging und wollte dich nicht damit belasten.«

Demetrias senkte den Kopf. Sobald Marcianus zu reden begonnen hatte, war ihr klar gewesen, daß natürlich Symeon es getan hatte; daß Symeon nicht anders gekonnt hatte, als es zu tun, als der, der er war. Sie konnte ihm nicht einmal böse sein, obwohl er zweifellos die Aufmerksamkeit auf sie gelenkt hatte und der Schutz sich als wertlos herausgestellt hatte. *Er hat niemals geglaubt, daß er ein Sklave sei,* dachte sie voller Wärme, *und er würde auch nicht glauben, daß ich eine Sklavin sei.*

»Wie ...«, begann Marcianus, dann schluckte er und versuchte es noch einmal. »Kaiserin, wie kann es sein ... wie in aller Welt kommt diese Frau hierher? Als ich von Tyros abreiste ...«

Pulcheria legte den Kopf zurück und lächelte zu ihm herab. »Nachdem Ihr Tyros verlassen hattet, traf Chrysaphios' Agent Eulogios dort ein. Als er keine Beweise für ein Komplott fand, kaufte er diese Frau dem Staat ab, um seinen Herrn zu beruhigen und milde zu stimmen, und eilte zurück nach Konstantinopel, so schnell er konnte. Sein Herr war indes alles andere als beruhigt – und ich muß Euch sagen, mein lieber Herr Marcianus, das, was ihn mit am meisten beunruhigte, war Euer ausgedehnter Aufenthalt in Tyros, welcher ihm verdächtig genug erschien, um weitere Nachforschungen zu verlangen. Ihr seid zu vielen Leuten bekannt, und Eure Fähigkeiten sind zu sehr in aller Munde, als daß Euer Aufenthalt in Tyros unbemerkt geblieben wäre. Chrysaphios drohte der Weberin in seiner Vermessenheit in seinem eigenen Büro mit der Folter. Geistesgegenwärtig schrie sie sofort aus Leibeskräften um Hilfe;

mein Bruder hörte ihr Schreien und kam sogleich in Chrysaphios' Büro geeilt. Chrysaphios besänftigte ihn, indem er ihm die Sklavin schenkte, und mein Bruder schenkte sie mir. Gestern nun erhielt Chrysaphios die Nachricht, daß Philippos in Chalcedon eingetroffen sei und sich anschicke, nach Konstantinopel überzusetzen, und daß ihr ihm dicht auf den Fersen wäret. Da war er überzeugt, daß sein Verdacht in der Tat wohlbegründet gewesen sei, und sandte sofort seinen Agenten hierher mit dem Angebot, die Sklavin von mir zurückzukaufen. Als ich mich weigerte, sie zu verkaufen, versuchte er, mich mit Drohungen zum Einlenken zu bewegen, und als das nichts fruchtete, gestand er mir schließlich, wovor Chrysaphios sich in Wahrheit fürchtet. Die Sklavin hatte sich jedoch bereits erboten, mir die ganze Wahrheit zu sagen, und ich befahl dem Agenten, mein Haus sofort zu verlassen. Ich bin sehr wohl in der Lage, meinen Bruder selbst zu beschützen und brauche keine Hilfe vom Kämmerer.«

Pulcheria erhob sich, strich die schweren Falten ihres Mantels glatt, dann sah sie lächelnd auf ihre beiden Feldherren herab und sagte: »Ich schätze, Chrysaphios wird Nomos noch bis heute nachmittag unbehelligt lassen, um ihm die Möglichkeit zu geben, Verbindung mit seinen Verbündeten aufzunehmen, ehe er ihn festnimmt – in der Hoffnung, daß er auf diese Weise mehr Beweise für das Komplott in die Hand bekommt. Aber ich habe heute morgen meine eigenen Leute zu Nomos' Haus geschickt, und sie dürften es inzwischen in meinem Namen und Auftrag besetzt haben – meine Autorität hat immer noch Vorrang vor der von Chrysaphios. Und ich habe Anweisung gegeben, daß meine Kutsche und meine Eskorte sich bereithalten. Sie dürften bereits im Hof warten. Wenn ihr wünscht, meine Herren, können wir alle gemeinsam Nomos aufsuchen – und dann werde ich meinen eigenen Handel mit ihm abschließen, Aspar. Ich werde ihm gestatten, am Leben zu bleiben und seinen Rang zu behalten, wenn er uns hilft, Chrysaphios auszubooten. Sobald der Kämmerer aus dem Weg geschafft ist, werde ich einen guten Mann finden, der die Amtsgewalt mit meinem Bruder teilt.«

Aspar starrte sie einen Moment lang verblüfft an, dann brach er in schallendes Lachen aus: »Eure Heilige Majestät«, rief er, den Arm zum Salut erhebend, »Ihr seid ein echter Sproß Eures Großvaters.« Er deutete mit dem ausgestreckten Arm auf das Wandmosaik, das Theodosius den Großen darstellte, wie er, in schimmernder Rüstung auf dem Schlachtfeld stehend, die Arme zum Gebet erhoben, den Blick gen Himmel richtete, aus dem ein wundersamer Sturmwind herabgebraust kam, um den Feind zu vernichten.

Pulcheria warf einen flüchtigen Blick auf das Wandbild, dann setzte sie wieder ihr mürrisches Lächeln auf. »Meine Mutter hat auch ein bißchen dazu beigetragen«, erklärte sie. »Gehen wir?«

»Einen Augenblick!« rief Marcianus mit ernstem Gesicht, den Blick von Demetrias abwendend. »Was die Weberin anbelangt – ich habe einen heiligen Eid geschworen, daß ich sie und ihre Familie schützen würde, soweit es in meiner Macht stünde. Nun muß ich sehen, daß ich meinen Schwur nicht erfüllen konnte. Ich bitte Eure Majestät inständig, gestattet mir, daß ich mein Versagen nach besten Kräften wiedergutmache. Der Fischersmann wird sein Weib gewiß zurückhaben wollen; ich zahle Euch jeden Preis, den Ihr mir nennt, wenn Ihr mir nur gestattet, sie ihm wiederzugeben.«

Pulcheria sah ihn mit kühlem Blick an. »Die Frau gehört weder ihrem Mann noch Euch, sondern mir, und ich habe meine eigenen Pläne mit ihr. Ich denke nicht daran, sie hierhin oder dorthin zu schicken, um ihrem Narren von Mann gefällig zu sein oder um Euch Euer Gewissen wegen Eures Schwurs zu erleichtern. Wenn sie nach Tyros zurückgebracht wird, dann allein auf meine Veranlassung; wenn sie es vorzieht, hierzubleiben, dann kann sie hierbleiben.«

»Aber ich schwor beim Heiligen Geist und beim Haupte Eures Bruders, sie zu beschützen!« rief Marcianus erregt. »Verzeiht mir meine Hartnäckigkeit, Majestät, aber ich habe Angst, mich auf so ein prekäres Unternehmen wie dieses einzulassen, solange ich der Gotteslästerung und des Wortbruchs schuldig bin.«

Pulcheria runzelte die Stirn, zögerte einen Moment, dann schüttelte sie den Kopf. »Die Gefahr, die die Frau bedroht hat, ist jetzt vorbei, und sie ist auch ohne Euren Schutz sicher. Selbst wenn ich sie Euch schenkte, würde das an der Tatsache, daß Ihr Euren Schwur nicht gehalten habt, nicht das geringste ändern. Ich weiß nicht, was für Vorkehrungen Ihr in Tyros getroffen habt, um ihren Schutz zu gewährleisten. Aber wenn Ihr geschworen habt, sie zu beschützen, soweit es in Eurer Macht steht, und das, was sie bedrohte, die Grenzen Eurer Macht überstieg, dann braucht Ihr Euch nichts vorzuwerfen. Meine Eskorte wartet draußen. Kommt Ihr nun mit oder nicht?«

Marcianus zögerte noch einen Moment, dann machte er eine tiefe Verbeugung. »Ich werde natürlich mitkommen. Aber ich hoffe, Eure Heilige Majestät wird mir gestatten, zu gegebener Zeit noch einmal auf dieses Thema zurückzukommen. Ich habe mein Wort noch stets gehalten.«

Pulcheria warf ihm erneut ein säuerliches Lächeln zu, dann schritt sie die Stufen von ihrem Thron herunter und bedeutete Demetrias und ihrer Sekretärin mit einer knappen Handbewegung, sich ihr anzuschließen. Demetrias' und Marcianus' Blicke trafen sich in dem Moment, als sie an ihm vorbeiging und er sich hinter ihr einreihte. Ihr Blick war nicht flehend, aber fragend; in ihm lagen Hoffnung und Sehnsucht, aber auch Zorn. So gut er auch sonst in den Gesichtern von Menschen zu lesen vermochte, hier versagte sein Talent, und er folgte ihr nüchtern und nachdenklich. Er hatte einen heiligen Eid geschworen, und er hatte ihn nicht eingehalten. *Vielleicht sollte ich sogar froh darüber sein,* dachte er, *denn wenn die Weberin nicht aus Tyros verschleppt worden und auf wundersame Weise in Pulcherias Hände geraten wäre, dann stünde ich jetzt vor einem weit schlimmeren Dilemma.* Sein Gönner hatte ernsthaft mit dem Gedanken gespielt, den Kaiser zu verraten und er, Marcianus, hatte es nicht gemerkt, obwohl es jetzt, im nachhinein, so absolut einleuchtend erschien. Welchem Kurs wäre er dann gefolgt? Er hatte sowohl Aspar als auch dem Kaiserhaus den Treueeid geschworen.

Ich hätte mich für den Kaiser entschieden, dachte er, *oder zumindest für diese Kaiserin, die sich ihrer Titel als so würdig gezeigt hat. Aber gottlob ist mir die Entscheidung erspart geblieben. Es ist schon schlimm genug, daß ich mir den Kopf darüber zerbrechen muß, wie ich meinen Schwur gegenüber dem Fischer halten soll. Die Augusta hat recht: Die Gefahr, die die Frau bedroht hat, ist vorüber – wie soll ich sie also beschützen? Der Fischer wird sie gewiß wiederhaben wollen – aber will sie auch zu ihm zurück? Was war das für eine Frage in ihrem Blick? Ich habe geschworen, einen Mann und sein Weib zu beschützen, eine Familie; nun sind es zwei, zwei getrennte Personen, und ich weiß nicht, was ich machen soll. Gott gebe mir Weisheit – und Gott helfe uns.*

Demetrias ging schweigend und mit gesenktem Haupt hinter der Kaiserin her, jeden Schritt, den Marcianus hinter ihr tat, bewußt wahrnehmend. Symeon war also zu ihm gegangen, und er hatte Symeon Schutz zugesagt. *Wenn er einen Eid geschworen hat, dann hätte er sich mehr Mühe geben müssen, ihn auch einzuhalten,* dachte sie wütend. *Wo war er, als Eulogios mich in die Kutsche werfen ließ? Er hat die Gefahr nur noch vergrößert!*

Aber das ist jetzt auch egal; die einzige Frage, die jetzt zählt, ist: Hat er immer noch die Absicht, uns zu helfen? Fühlt er sich noch an seinen Eid gebunden? O Gott, wer sind wir schon, Symeon und ich, hier neben den Herrschern der Welt?

Wir sind nicht mehr als lose Fäden, die man aus dem Gewebe zupft und achtlos zu Boden wirft. Wird er morgen überhaupt noch an uns denken? Wird die Kaiserin sich an ihr Versprechen erinnern? Aber sie ist fromm – gewiß wird sie wollen, daß er einen solch feierlichen Schwur auch hält; sie wird ihm bestimmt helfen, wenn er sie noch einmal darauf anspricht! Heilige Mutter Maria, mach, daß er sie noch einmal fragt; mach, daß ich wieder nach Hause kann, zu meinem Symeon, und daß ich nie mehr von Tyros fort muß!

VIII

Nomos' Haus lag, vom Hebdomon aus gesehen, auf der anderen Seite Konstantinopels, auf dem dritten der sieben Hügel der Stadt, hoch über dem Goldenen Horn. Aus diesem Grunde nahmen Pulcheria und ihre Eskorte nicht den direkten Weg in die Stadt, sondern folgten vom Hebdomon aus zunächst mehrere Meilen der großen Landmauer. Die Januarsonne schien grell auf den tiefen Schnee, der die Ebene bedeckte, und auf den scharfkantigen Zinnen der mächtigen Wälle der Stadt glitzerte hier und da Eis, wo die Sonnenstrahlen auf sie trafen. Pulcherias Eskorte bestand aus etwa fünfzig Reitern; mit ihren roten und purpurfarbenen Uniformen, ihren glänzenden Rüstungen und ihren Helmbüschen, die im Takt des Hufschlags ihrer Pferde auf und ab wippten, während sie neben Pulcherias goldener Kutsche dahintrabten, gaben sie ein eindrucksvolles Bild ab. Im Verein mit den vierzig Reitern, die Aspar und Marcianus mitgebracht hatten, bildeten sie einen durchaus stattlichen Zug. Die Soldaten, die die Stadtmauern bewachten, drängten sich auf den Zinnen und Toren, und das Landvolk, das auf dem Weg zum Markt war, und die Bettler und die Hirten, die außerhalb der Stadtmauern lebten, kamen zum Wegesrand gelaufen, um der Kaiserin und ihrem General zuzujubeln. Ein paar von Aspars Männern ließen ihre Pferde hin und her tänzeln; einige von Pulcherias Männern stimmten eine Hymne auf die Heilige Jungfrau an, und ihre tiefen Stimmen schollen kräftig und melodisch durch die klare Winterluft. *Alle scheinen sich zu freuen*, dachte Demetrias, die der Kaiserin in der Kutsche gegenübersaß, traurig, *und eigentlich sollte auch ich mich freuen. Ich denke, ich habe gut daran getan, Pulcheria zu vertrauen: Ich und meine Freunde sind außer Gefahr, und sie scheint zuversichtlich, gegen die Leute siegen zu können, vor denen ich Angst hatte. O Gott, ich wünschte nur, es wäre schon alles vorbei!*

Sie zupfte nervös an ihrem Mantel, ließ die Finger über den schmucklosen schwarzen Saum gleiten, suchte nach den seidenen Blumen, die nicht mehr da waren. Pulcherias Sekretärin Eunomia, die neben ihr saß, warf ihr einen mißbilligenden Blick zu; Demetrias verschränkte die Hände und versuchte, still zu sitzen. Die Kaiserin schaute aus dem Fenster und lächelte den Soldaten auf den Wällen zu. Ihr Gesicht war gerötet, und ihre Augen leuchteten vor Freude. *Sie ist in ihrem Element*, stellte Demetrias fest. *Wie ein Fischer, der nach langer Krankheit wieder auf das Meer hinausfährt. Aber warum hat sie mich mitgenommen? Was hat sie mit mir vor, wenn diese Sache ausgestanden ist? O Gott, lieber Gott, ich gehöre nicht hierher! Ich wünschte, die Sache wäre schon vorbei!*

Während Demetrias geistesabwesend auf die Wälle von Konstantinopel starrte, stellte sie sich den ägyptischen Hafen in Tyros vor, malte sich in Gedanken aus, wie die Arbeiterinnen jetzt fröhlich von der Manufaktur heimwärts strebten, wie Symeon die *Prokne* auf den Strand zog und den Tagesfang auslud, während Meli um den Bug herumsprang. Was mochten sie jetzt wohl tun? War es windig in Tyros, oder war der Himmel klar? Waren sie mit dem Boot draußen, oder waren sie noch immer damit beschäftigt, die Segel zu flicken und das Boot anzustreichen? Sie spürte, wie ihre Hände sich zusammenkrampften. *Reiß dich zusammen*, ermahnte sie sich. *Du bist jetzt die Sklavin der Kaiserin, und ihre Macht ist absolut. Du verbaust dir alle Hoffnungen, wenn du ihr Mißfallen erregst. Sei demütig und bescheiden und füge dich in dein Schicksal, wie es sich für eine gute Sklavin geziemt.*

Symeon allerdings würde sich nicht widerstandslos ergeben; Symeon würde sich mit aller Macht auflehnen gegen die-

se Kraft, die mich so rasch dahintreibt, fort, immer weiter fort von alledem, was ich einmal war. Symeon würde sich nicht als einen Beweis für Verrat oder göttliche Vorsehung benutzen lassen; Symeon würde aufstehen und sich wehren. Und vernichtet werden. Aber hat er nicht schon Schaden genug damit angerichtet, daß er sich gegen das Schicksal aufgelehnt hat? Warum wünsche ich mir so sehnlich, daß er jetzt hier wäre und noch mehr Schaden anrichtete? Es ist besser, man unterwirft sich und wartet geduldig, daß sich irgendwann ein Ausweg bietet. So habe ich es schließlich mein ganzes Leben lang gehalten. Bei diesem Gedanken überkam sie ein plötzliches Gefühl von tiefer Selbstverachtung, und sie senkte den Kopf, um Eunomias scharfem Blick auszuweichen. *Mein ganzes Leben lang – bis zum Augenblick, als ich von Tyros verschleppt wurde; seitdem versuche ich, mich zur Wehr zu setzen. Aber auch nur, weil ich mußte; hätte ich es nicht getan, hätte ich mehr als nur mein Heim und meinen Mann und mein Kind verloren, ich hätte auch mich selbst verloren.*

Vielleicht ist es das, was Symeon in Tyros gefühlt hat. Er hat mich immer geliebt; er konnte es nicht ertragen, mitanzusehen, wie ich von dem Prokurator benutzt wurde, selbst nachdem ich mich selbst dazu gezwungen hatte, es zu ertragen. Vielleicht liebte er mich mehr, als ich mich selbst geliebt habe. Warum habe ich es nie bemerkt?

Sie erinnerte sich schmerzlich daran, wie er in ihr Zimmer gekommen war, nachdem sie Meletios zur Welt gebracht hatte. Sie hatte kein Kind gewollt: Ein Kind auszutragen war mit Übelkeit und Rückenschmerzen verbunden, und die Geburt selbst war noch schlimmer. Aber es war ein Bestandteil ihrer Pflichten als Eheweib, einen Sohn zu gebären, gleichsam ein Teil des Preises, den sie dafür entrichtete, daß sie den Schutz eines Ehemanns genoß – doch als die Geburt vorbei war und die Hebamme ihr das rote, nasse, krähende Bündel in den Arm legte, da fühlte sie sich von einem unerwarteten Gefühl von Zärtlichkeit durchströmt. Da lag es nun in ihrem Arm, ein neues, junges Leben, gerade ans Licht der Welt gekommen, vollkommen hilflos und abhängig. Wenn sie nicht für es sorgte, würde es sterben: Sie konnte gar nicht anders, als es zu lieben. Sie wiegte den Säugling im Arm, vorsichtig und ein wenig unbeholfen noch, und nickte der Hebamme stolz lächelnd zu, Symeon hereinzulassen. Er hatte den größten Teil der Nacht in der Taverne verbracht, aber seit mehreren Stunden saß er nun schon draußen vor der Tür und wartete; er kam hereingestürmt, schmutzig, zerzaust, mit verstörtem, halb angstvollem, halb hoffendem Blick, nach Wein und nach Meer riechend. Er setzte sich auf den Boden neben ihrem Bett, nahm ihre Hand und sah sie schweigend an. »Du hast einen Sohn«, hatte sie zu ihm gesagt. Er hatte nur einen flüchtigen Blick auf den Säugling geworfen, dann hatte er wieder sie angeschaut und mit erstickter Stimme gemurmelt: »Oh, Demetrias!« Dann hatte er das Gesicht an sie gepreßt.

Daß er fürchterliche Ängste ausgestanden hatte, weil seine eigene Mutter im Kindbett gestorben war, war nur natürlich und verständlich. Aber in jenem Moment hatte sie seine Erleichterung eher als befremdlich empfunden. Sie hatte es regelrecht als Undankbarkeit empfunden, daß er, nachdem sie solche Mühen auf sich genommen hatte, um ihm einen Sohn zu gebären, diesen kaum zur Kenntnis nahm und sich nur für sie interessierte.

Ich darf nicht an ihn denken, ermahnte sie sich und kniff die Lider zusammen, um die Tränen zu verscheuchen, *ich muß mich zusammennehmen. So nützlich und gut das Kämpfen auch ist, jetzt ist nicht der Moment dafür.*

Schließlich rollte die Kutsche in die Stadt ein. Die Soldaten scheuchten die Passanten und Karren aus dem Weg, und Pulcheria fuhr durch ein Spalier von Gaffern durch die Straßen der Stadt zu Nomos' Haus.

Demetrias hatte das Haus noch nie gesehen, aber es fiel ihr nicht schwer, schon von weitem zu erkennen, welches es war. Pulcheria hatte bereits am frühen Morgen eine Truppe ihrer Garde dorthin geschickt, und schon einen Block vor dem Haus, auf der Höhe der Kirche der Heiligen Apostel, drängte sich eine riesige Menge von Soldaten und Gaffern. Pulcheria reckte sich ein wenig in ihrem Sitz hoch, spähte stirnrunzelnd aus dem Fenster und ließ sich mit zufriedenem Lächeln wieder zurücksinken. »Scholarianer vom Großen Palast«, murmelte sie, mehr zu sich selbst. »Chrysaphios hat gehört, was ich getan habe, und seine eigenen Leute geschickt. Zu spät!« Sie grinste katzenhaft, dann wurde sie wieder ernst, bekreuzigte sich und saß ruhig auf ihrem Platz, während ihre Eskorte sich einen Weg durch die Menge bahnte.

Die Kutsche hielt schließlich in einer engen Straße unter einer hohen Mauer, direkt vor einem bronzenen Tor. Aus der Menge der Uniformierten löste sich ein Reiter und kam auf seinem prächtigen Fuchshengst auf sie zu geritten. Pulcherias Gardisten stellten sich ihm in den Weg und wollten ihn abdrängen, aber die Kaiserin öffnete das Fenster ihrer Kutsche und rief ihnen zu, sie wolle mit dem Mann sprechen. Sie gaben den Weg frei, und er ritt an die Seite der Kutsche. Demetrias sah, daß er die goldene Kette eines Hauptmanns um den Hals trug. Er blickte Pulcheria unsicher an.

»Was wünscht Ihr?« fragte sie kühl.

Der Gardist machte ein verblüfftes Gesicht ob dieser unverblümten Frage. »Ihr seid die Augusta?« fragte er nach kurzem Zögern.

Sie musterte ihn wortlos, mit einer Miene höchster Mißbilligung. »Das ist eine sehr törichte Frage«, antwortete sie schließlich. »Ich hätte von einem Hauptmann der Scholarianer ein wenig mehr Verstand erwartet. Wäre ich nicht die Augusta, deren Bild Euch zweifellos bekannt sein dürfte, trüge ich dann wohl den Purpur und das Diadem?«

Der Hauptmann errötete. »Kaiserin, ich muß Euch gleichwohl fragen – mit welcher Befugnis habt Ihr dieses Haus in Beschlag genommen?«

Sie maß ihn mit einem geringschätzigen Blick von oben nach unten. »Mit welchem Recht«, versetzte sie gleichmütig, »maßt Ihr Euch an, einer Kaiserin Fragen zu stellen? Und seid Ihr vom Range eines Konsuls, daß Ihr es versäumt, mich in gehöriger Form zu grüßen?«

Er errötete noch heftiger, zögerte, dann sprang er von seinem Pferd und warf sich widerstrebend vor der Kaiserin nieder. Ungeachtet aller Vorsicht, die er dabei walten ließ, machte er sich dabei seinen Mantel schmutzig, und als er wieder aufstand, hatte die Kaiserin sich aus ihrem Sitz erhoben und blickte streng auf ihn herab. Sein Pferd scheute tänzelnd zur Seite; einer von Pulcherias Männern faßte es beim Zügel und warf dem Hauptmann ein spöttisches Grinsen zu. Der Scholarianerhauptmann schaute noch unglücklicher drein als zuvor, doch dann faßte er sich und erklärte: »Ich wurde vom höchst erhabenen Chrysaphios im Namen des Kaisers Theodosius Augustus hierher gesandt, um die Beschlagnahmung dieses Hauses zu untersuchen. Seine Erlauchtheit läßt dieses Haus seit geraumer Zeit überwachen und wünscht zu wissen, warum Ihr alle Gesetze und Verfügungen ignoriert und Eure Männer angewiesen habt, es zu besetzen. Er gab mir Befehl, Eure Truppen aus dem Hause zu weisen und es mit meinen Männern in Besitz zu nehmen. Aber Eure Gardisten haben sich meinem Befehl widersetzt und meinen Männern den Zugang verwehrt.«

»Es freut mich, das zu hören«, versetzte Pulcheria trocken. »Auch ich lasse dieses Haus seit geraumer Zeit überwachen, und nun, da ich beschlossen habe, seinen Besitzer zu befragen, habe ich meinen Leuten befohlen, niemandem ohne meine Erlaubnis Einlaß zu gewähren. Wenn mein Bruder hiergegen Einwände erhebt, dann soll er kommen und mir diese Einwände persönlich vortragen, und ich werde ihn davon überzeugen, daß ich in seinem eigenen besten Interesse handele. Aber ich bin keinesfalls verpflichtet, Befehlen vom Kämmerer meines Bruders Folge zu leisten – das könnt Ihr Chrysaphios ausrichten, da er es anscheinend vergessen hat. Und sollten Eure Männer den Versuch unternehmen, sich gewaltsam Einlaß zu verschaffen, Hauptmann, dann werden meine Soldaten ihnen mit Gewalt entgegentreten – und Ihr werdet meinem Bruder erklären müssen, warum Ihr gegen seine Schwester, eine souveräne Augusta, Gewalt angewendet habt. Ihr tätet gut daran, Eure Truppen zum nächstgelegenen Marktplatz zurückzuziehen und dort auf weitere Befehle zu waren. Kutscher!« Sie schnippte mit den Fingern, und ihre Gardisten öffneten das Tor; die Kutsche setzte sich mit einem Ruck in Bewegung.

»Aber... Kaiserin!« heulte der Hauptmann. »Ich habe Befehl...«

Das Tor schlug mit einem dumpfen Klirren zu, und sein Gezeter verhallte ungehört. Die Kutsche hielt in einem kleinen, schneebedeckten Hof, in dem es bereits von Soldaten und Pferden wimmelte. Aspar sprang von seinem Pferd und öffnete der Kaiserin die Tür der Kutsche, und Pulcheria raffte ihre Röcke und stieg gelassen aus. Sie blickte sich um, und der Hauptmann der Truppe, die sie am Morgen vorausgesandt hatte, löste sich aus dem Säulengang, der den Hof säumte und schickte sich an, den Fußfall zu machen.

»Nicht im Schnee!« rief sie mit gespieltem Entsetzen. »Denkt an Euren schönen Mantel, Kallinikos!«

Der Hauptmann, ein hagerer, pferdegesichtiger Mann etwa Mitte Vierzig, lächelte betrübt. »Jawohl, Kaiserin.«

»Habt Ihr das Haus durchsucht?«

»Wir sind noch dabei, Kaiserin. Wir haben eine große Anzahl von Briefen gefunden und sind noch damit beschäftigt, sie zu sortieren. Aber wir haben keine Spur von dem Mantel gefunden, den Ihr erwähntet.«

»Er hat ihn sicherlich gut versteckt. Ich vermute, daß die Briefe, die Ihr bis jetzt gefunden habt, vollkommen harmlos sind. Er ist ein erfahrener Mann und gewiß nicht so töricht, verfängliches Material herumliegen zu lassen, wo seine Sklaven es sehen könnten. Aber er ist auch ein alter Aktenkrämer und ehemaliger Prinzipal der Offizien: Er wird alle seine verräterische Korrespondenz irgendwo an einem sicheren Ort aufbewahren, sorgfältig nach Namen und Datum geordnet, und der Mantel wird auch dabeisein. Wahrscheinlich hat er irgendwo im Haus eine geheime Kammer, zu der er leichten Zugang hat. Sucht nach falschen Wänden in seinem Schlafgemach und seinem Arbeitszimmer. Wo sind seine Dienstboten?«

»Wir haben die Sklaven im Arbeitsraum der Männer eingesperrt, Kaiserin; die Tür wird von zwei unserer Leute bewacht. Seine Gefolgsleute sind im Stall und stehen ebenfalls unter scharfer Bewachung. Zwei von ihnen leisteten uns Widerstand, der Rest beugte sich anstandslos Eurer Autorität. Von den zweien, die sich widersetzten, fand einer den Tod, der andere wurde verwundet; und einer meiner Männer erlitt bei dem Kampf eine Verletzung am Bein. Ich habe dafür Sorge getragen, daß beide Verwundeten versorgt werden.«

»Gut. Laßt die Sklaven und die Gefolgsleute einstweilen dort, wo sie sind. Wo ist der Mann selbst?«

»Wir halten ihn in seinem Speisezimmer fest, zusammen mit seinem Gast, dem Präfekten von Phönizien. Soll ich Eure Majestät dorthin geleiten?«

Pulcheria nickte herablassend, und der Hauptmann führte sie und ihr Gefolge ins Haus.

Nomos' Speisezimmer lag an einem zweiten, kleineren Hof, in welchem ein Zierbaum kahl und blattlos in dem plattgetrampelten Schnee neben einem Brunnen stand. Der Raum war groß, verschwenderisch verziert mit Gemälden und Mosaiken, und wurde durch den Fußboden von einem Hypokaustum beheizt. Auf der mittleren von drei Ruheliegen, die den Rosenholzeßtisch flankierten, saßen zwei Männer. In einem von ihnen erkannte Demetrias sogleich den Präfekten Philippos wieder, der bleich und zusammgesunken unter dem Argusblick von Pulcherias Gardisten kauerte; der andere konnte also nur Nomos sein.

Er sah nach Demetrias' Empfinden ganz und gar nicht aus wie ein Mann, der soviel Staub aufgewirbelt hatte. Er war groß und massig, mit einem runden Gesicht, das genauso sanft wirkte wie das seiner Statue: blaue Augen, die ängstlich unter dünnen Brauen hervorlugten, braunes, ergrauendes Haupthaar. Dazu die dezente, unauffällige Kleidung eines Mannes von großem Reichtum und noch größerer Konservativität: der weiße Umhang mit dem breiten purpurfarbenen Querstreifen und eine lange weiße und purpurne Tunika. Er sprang auf, als Pulcheria hereinkam, und starrte sie mit offenem Mund an. Sie machte einige Schritte auf ihn zu und blieb dann stehen, um ihrer Eskorte die Möglichkeit zu geben, zu den Seiten hin auszuschwärmen. Nomos' Blick blieb einen Moment lang auf Aspar haften; Philippos sah stirnrunzelnd Marcianus an – dann gewahrte er Demetrias, und seine Augen weiteten sich.

Einen Moment lang war es still im Raum – so still wie im Hippodrom, dachte Demetrias, in dem Moment, bevor das Rennen beginnt. Dann, langsam und bedächtig, verbeugte sich Nomos vor der Augusta. Philippos sprang auf, als sein Gönner sich zu verneigen begann, vollführte korrekt den Fußfall, der Nomos erlassen war, und nahm alsdann steif hinter seinem Freund Aufstellung.

»Euer Besuch ist eine Ehre für mein Haus, Kaiserin«, sagte Nomos mit gewichtiger Würde, »doch verstehe ich nicht, wieso Ihr es für nötig befandet, es zuvor von Soldaten besetzen zu lassen. Ich war stets ein treuer Diener des theodosianischen Kaiserhauses.«

Pulcheria stieß einen matten Seufzer aus und bedeutete einem ihrer Gardisten, eine Liege für sie zurechtzurücken. Sobald dies geschehen war, setzte sie sich steif hin, mit dem Gesicht zu Nomos, strich die Falten aus ihrer purpurnen Tunika, dann glättete sie die Stirn unter ihrem Diadem. »Nomos«, sagte sie ruhig, »laßt uns eines rasch klarstellen: Unsere Zeit ist kostbar. Ich weiß, daß Ihr ein Komplott gegen mein Haus geplant habt. Ihr wißt, daß meine Macht, die einst den ganzen Staat umfaßte, sich jetzt nur mehr auf meinen Palast und eine Handvoll Gardisten erstreckt. Das wenige von ihr, das mir geblieben ist, habe ich eingesetzt, und allein aus diesem Grund sind Chrysaphios' Männer draußen auf der Straße anstatt hier drinnen, um Euch an meiner Stelle zu befragen. Ich bin bereit, Euer Komplott zu vergessen, wenn Ihr mir dafür versprecht, mir gegen Chrysaphios zur Seite zu stehen; wenn nicht, werde ich mich zurückziehen und seine Männer hereinlassen. Ich befürchte, Ihr würdet feststellen müssen, daß mit ihnen weit schwieriger zu verhandeln ist, als dies mit mir der Fall sein wird.«

Nomos blinzelte einfältig. Dann rümpfte er die Nase und sagte in gekränktem Ton: »Ich vermag Euch nicht zu folgen, Kaiserin. Könnt Ihr im Ernst glauben, daß ich ein Verbrechen gegen Euer Haus auch nur in Erwägung ziehen würde?«

Pulcheria seufzte erneut. »Können wir uns das wirklich nicht ersparen?« – sie hielt einen Moment inne – »Kallinikos, geht und beaufsichtigt die Suche nach den falschen Wänden. Wie gesagt, sein Schlafgemach und sein Arbeitszimmer sind die Orte, die am wahrscheinlichsten sind.«

Der Hauptmann der Garde verbeugte sich und verließ den Raum.

Nomos schluckte. Philippos flüsterte ihm etwas ins Ohr, und Nomos wandte den Blick auf Demetrias. Er wurde blaß.

Pulcheria richtete den Blick ebenfalls auf Demetrias. »Ja«, sagte sie und wandte sich wieder Nomos zu, »ich habe die

Sklavin, die den Mantel gewebt hat, den Ihr als Kaiser getragen hättet. Gott der Herr hat es so gefügt, daß ich von Eurem Komplott erfuhr: Derselbe Gott, der meinen Großvater beschützte und ihm den Sieg über seine Feinde schenkte, hat auch mich beschützt. Müssen meine Leute erst Eure Wände einschlagen, oder können wir jetzt so zu einer Einigung kommen?«

Nun ließ sich Philippos vernehmen. »Sklaven sagen alles, wenn sie sich davon einen Vorteil erhoffen«, erklärte er selbstsicher. »Ich weiß nicht, was dieses Weib hier macht, aber ich kenne es von Tyros her als eine sattsam bekannte Unruhestifterin – eine Fabrikarbeiterin, die mein Kollege Heraklas mehr als einmal wegen ihrer Liederlichkeit und Verlogenheit zu disziplinieren genötigt war. Ich kann mir nicht vorstellen, daß Eure Heilige Majestät im Ernst einen Edelmann vom Range und Ansehen meines Gönners auf die unbewiesene Aussage einer solchen Kreatur hin beschuldigen würde.«

Pulcheria sah ihn scharf an. »Ihr seid Philippos, nicht? Der Sohn von Anthemius Isidoros. Der Regent Anthemius war Euer Großvater, nicht wahr?«

Philippos' Selbstsicherheit fiel jäh in sich zusammen. Er schluckte. »Mein Urgroßvater«, antwortete er leise. Marcianus notierte sich im stillen, daß die Geschichte, die Aspar ihm über den Regenten erzählt hatte, wohl stimmen mußte.

»Natürlich, Euer Urgroßvater. Als ein Nachfahre von Anthemius werdet Ihr gewiß verstehen, daß ich keine hohe Meinung von der Loyalität Eurer Familie habe.«

Philippos straffte sich. »Niemand aus meiner Familie hat sich je des Verrats schuldig gemacht!«

»Bis Ihr kamt, wolltet Ihr sagen?« fragte die Kaiserin ruhig. Sie betrachtete ihn einen Moment mit einem müden Lächeln, dann zuckte sie die Achseln. »Meine Sklavin hat Euer Geheimnis gut gehütet. Sie hat die Wahrheit nur mir enthüllt – ihr Mann war dagegen weitaus gesprächiger und verkaufte die ganze Geschichte dem Bevollmächtigten meines Generals für eine wertlose Schutzzusage. Sie hat sogar Chrysaphios' Agenten davon überzeugt, daß der Mantel, den sie gewebt hat, rot sei – also habt acht, Kamerad, der Agent wird ihn sehen wollen! Ihr werdet ihm einen Mantel präsentieren müssen, der mit Kermes gefärbt ist und zwei Tapisserieeinsatzstücke aufweist. Wenn Ihr keinen Mantel habt, der dieser Beschreibung entspricht, dann werde ich sehen, ob ich einen beschaffen kann. Und außerdem werdet Ihr erklären müssen, wieso Ihr es versäumt habt, Eure kranke Mutter zu besuchen, da es ja angeblich Eure Sorge um ihre Gesundheit war, die Euch veranlaßte, Tyros vor Ablauf Eurer Dienstzeit zu verlassen. Ihr seht, ich bin bereit, Euch zu helfen, wenn wir zu einer Übereinkunft kommen können.«

In diesem Moment kam Kallinikos, der Hauptmann der Garde, zurück und warf sich vor Pulcheria nieder. »Wir haben keine falschen Wände finden können, Kaiserin, aber der Form des Hauses nach zu urteilen, muß noch ein zusätzlicher Raum über dem Arbeitszimmer sein, zu dem es keinen erkennbaren Zugang gibt.«

Pulcheria lächelte. »Danke, Kallinikos. Ihr seid sehr aufmerksam, und Ihr sollt dafür belohnt werden.« Sie wandte sich Nomos zu. »Wo ist der Eingang?«

»Ich weiß nicht, wovon Ihr sprecht!« sagte Nomos – aber seine Stimme war ein heiseres Krächzen, und auf seiner Stirn standen Schweißperlen.

Pulcheria wandte sich wieder Kallinikos zu. »Schlagt ein Loch in die Decke des Arbeitszimmers«, befahl sie.

»Nein!« Nomos ging erregt einen halben Schritt auf Kallinikos zu, so als wolle er ihn zurückhalten, dann blieb er stehen und wandte den Blick auf Pulcheria. »Nein, das ist nicht nötig.«

»Also, wo ist der Eingang?« wiederholte Pulcheria und lehnte sich auf der Liege zurück.

Nomos starrte sie einen Moment lang mit gequältem Blick an. »Es hat« – er stockte – »das heißt ... es gibt da ... einen verborgenen Riegel.« Pulcheria nickte und wartete geduldig. »Er befindet sich hinter der Täfelung über dem Schreibtisch im Arbeitszimmer.« Seine Stimme sank zu einem Flüstern. »Der obere Teil der Wandtäfelung läßt sich herausziehen, und dann kann man das Deckenpaneel aufklappen; darin verbirgt sich eine Leiter, über die man in das Zimmer darüber gelangt...«

Pulcheria nickte Kallinikos zu, der sich verneigte und hinausging. Nomos schluckte mehrere Male, dann ging er langsam zurück zu seiner Liege und ließ sich schwer auf das Polster sinken. Er verbarg das Gesicht in den Händen. Philippos eilte zu ihm und faßte ihn bei den Schultern; dann starrte er Pulcheria an. Sie lächelte mürrisch.

»Bring dem Mann etwas Wein«, befahl Aspar einem der Soldaten – »wenn Ihr gestattet, Eminenz!«

Nomos hob den Kopf und sah ihn mit gebleckten Zähnen an, dann wandte er den Blick abrupt auf den Soldaten und sagte: »Auf dem Büfett steht ein Krug mit lemnischem Wein.«

»Für mich auch welchen!« rief Aspar.

Der Gardist goß den Wein in die goldene Schale, die in der Mitte des Büfetts stand, fügte etwas Wasser hinzu und schöpfte den Trank mit einer kleinen Kelle in die goldenen Becher, die rings um die Schale standen. Er bot den Wein zuerst Pulcheria an; als sie ablehnte, ging er zu Aspar und Marcianus, die annahmen, und zuletzt zu Nomos und Philippos. Nomos leerte seinen Becher in einem Zug und hielt ihn dem Soldaten hin. »Noch einen Becher«, sagte er. Pulcheria nickte dem Soldaten zu, und er schenkte den Becher erneut voll.

»So«, sagte Pulcheria, nachdem Nomos einen weiteren Schluck getrunken hatte, »dann wollen wir jetzt zum Geschäft kommen. Ich werde alles mitnehmen, was Kallinikos in Eurer Geheimkammer findet und es so lange unter Verschluß halten, wie Ihr mir zu meiner Zufriedenheit dient. Mit Eurem Komplott ist es natürlich vorbei: Wenn Ihr an irgendwelche von Euren Verbündeten Botschaften senden müßt, um ihnen mitzuteilen, daß die Absprachen, die Ihr mit ihnen getroffen habt, hinfällig geworden sind, dann will ich Eure Boten zusammen mit meiner Eskorte herausführen und dafür Sorge tragen, daß sie nicht behindert oder abgefangen werden. Ich nehme an, daß die Zeit bereits drängt.«

Nomos nickte matt.

Pulcheria lächelte zufrieden. »Trinkt in Ruhe Euren Wein aus, und dann schreibt die notwendigen Briefe. Sobald ich dieses Haus verlassen habe, werde ich Chrysaphios' Männer nicht mehr daran hindern können, sich Einlaß zu verschaffen; es darf also keinerlei Beweismaterial zurückbleiben. Sobald ich das Haus verlasse, werde ich mich auf direktem Wege zum Palast meines Bruders begeben und ihm erklären, was ich hier zu tun hatte. Ich werde ihm – und Chrysaphios, sollte er mich fragen – erzählen, daß ich wegen einer Geschichte, die Chrysaphios' Agent Eulogios mir gestern erzählt habe, beunruhigt gewesen sei und mich entschlossen hätte, der Sache selbst auf den Grund zu gehen. Ich hätte Euer Haus durchsuchen lassen, aber nichts Belastendes gefunden. Mein Bruder wird dafür sorgen, daß Eure Sklaven nicht gefoltert werden und daß Euer Haus in Ruhe gelassen wird.«

Sie hielt einen Moment inne, dann fuhr sie fort, an Philippos gewandt: »Ihr braucht einen roten Seidenmantel, den Ihr Chrysaphios' Agent präsentieren könnt. Habt Ihr einen, der der Beschreibung, die ich Euch vorhin gegeben habe, einigermaßen entspricht?«

Philippos schüttelte den Kopf und machte ein bestürztes Gesicht. Nomos fuhr sich mit der Zunge über die Lippen. »Ich habe einen roten Mantel«, sagte er leise. »Er ist kaum getragen und in ausgezeichnetem Zustand. Es ist ein guter Mantel.«

»Gut«, sagte Pulcheria. Dann nickte sie einem der Soldaten zu. »Geh in den Arbeitsraum der Männer und sag dem Kammerdiener Seiner Eminenz, er solle den guten roten Mantel Seiner Eminenz holen, den seidenen, und ihn herbringen.«

Der Soldat verneigte sich und ging hinaus. Pulcheria wandte sich wieder Philippos zu. »Ihr müßt sagen, Ihr hättet den Mantel von dem Prokurator – wie hieß er doch gleich? Heraklas? – als Abschiedsgeschenk bekommen, als Ihr von Tyros abgereist seid. Außerdem müßt Ihr sagen, Ihr hättet noch auf dem Wege von Tyros nach hier die Nachricht erhalten, daß Eure Mutter von ihrer schweren Krankheit wieder genesen sei, woraufhin Ihr beschlossen hättet, die Reise zu nutzen, um Euren Freund und Gönner aufzusuchen und mit ihm die Möglichkeiten eines neuen Gouverneurspostens zu erörtern.« Sie hielt nachdenklich inne und fragte Aspar: »Ob das ausreicht, um sie zu decken?«

Aspar verbeugte sich grinsend. »Ich wüßte beim besten Willen nicht, was es sonst noch geben könnte, worüber Chrysaphios beunruhigt sein könnte.«

»Er war beunruhigt wegen Eures Bevollmächtigten«, sagte Pulcheria barsch, »und wir müssen ihn irgendwie glauben machen, daß Marcianus Tyros nach dem Präfekten verlassen hat, weil seine Geschäfte in der Stadt erledigt waren. Und daß er deshalb auf derselben Route zurückgereist ist...«

»Weil die meisten Straßen wegen des Schnees unpassierbar waren.« Aspar riß die Augen weit auf. »Welche anderen Straßen hätte er also nehmen sollen? Kaiserin, es ist wahrlich eine Lust, Euch wieder in Eurem Element zu sehen. Ich hatte schon gedacht, Ihr hättet den Gefallen an dem Spiel verloren.«

Pulcheria warf ihm einen bitterbösen Blick zu. »Das Spiel, wie Ihr diesen Verrat zu nennen beliebt, ist schändlich und Gott dem Herrn ein Greuel. Ich kann nur beten, daß mir mehr davon erspart bleibt.«

»Nomos, als Gegenleistung für diese Gefälligkeiten, die ich Euch erweise, werdet Ihr mir helfen, diesen Blutegel Chrysaphios aus dem Palast meines Bruders zu entfernen.«

Nomos schaute sie an; seine dicke Unterlippe zitterte. »Ich weiß nicht, wie man Chrysaphios loswerden soll«, sagte er leise. »Wenn ich es gewußt hätte, dann hätte ich mich gegen ihn verschworen statt gegen Euren Bruder.«

Sie zog die Brauen hoch. »Vielleicht«, sagte sie, in einem Ton, der verriet, für wie unwahrscheinlich sie das hielt. »Aber Ihr müßt doch irgend etwas wissen, das sich gegen den Kämmerer verwenden ließe. Ihr wart bis zum letzten Sommer ein enger Vertrauter von ihm – und ich glaube nicht, daß er aufrichtig ist.«

In diesem Moment kam Kallinikos zurück. Er sah sehr fröhlich aus. Unter dem einen Arm trug er eine kleine Kiste aus Sandelholz, unter dem anderen eine Schachtel. Er stellte beide auf den Tisch, dann öffnete er die Kiste und zog den Mantel heraus, den Demetrias gewebt hatte. Er breitete ihn auf dem Tisch aus, öffnete die Schachtel und entnahm ihr einen dicken Stoß Briefe sowie ein tönernes Siegel, die er vorsichtig auf den Mantel legte. »Oben ist noch eine Schachtel mit Briefen«, teilte er Pulcheria mit, »allesamt säuberlich nach Namen und Daten geordnet, wie Eure Majestät es vorausgesagt hat. Aber ich schätze, daß dies hier die Abschriften seiner eigenen Briefe sind – und der Mantel spricht für sich selbst.«

»Das tut er in der Tat«, bemerkte Aspar. Er nahm einen Zipfel des Mantels, hob ihn hoch und betrachtete die Tapisserie. Es war die Szene, in der Viktoria Alexander krönte. »Das« – er deutete auf Alexander – »sollt wohl Ihr sein, nicht wahr?« sagte er zu Nomos. »Erst Euren rechtmäßigen Kaiser ermorden und sich dann auch noch von einem Engel krönen lassen! Es war wohl eher ein Teufel denn ein Engel, der Euch eine so niederträchtige Idee in den Kopf gesetzt hat!«

»Ich habe die Motive nicht ausgesucht«, protestierte

Nomos mit weinerlicher Stimme. »Diese Tapisserien waren die Idee des Prokurators – und diese Frau dort hat sie gemacht, nicht ich!« Er warf Demetrias einen bösen Blick zu. »Ich hätte niemals diesem jugendlichen Narren Heraklas vertrauen sollen!«

Pulcheria begutachtete die Wahl des Herakles auf der anderen Tapisserie; sie ließ ihre dünnen, knochigen Finger über die schimmernde Seide gleiten, dann wandte sie den Blick auf Demetrias und bedachte sie mit ihrem seltenen gütigen Lächeln. »Das ist eine sehr feine Arbeit, Mädchen«, sagte sie sanft. »Ich werde dafür beten, daß du nie wieder etwas so Schönes zu einem solch bösen Zweck zu machen brauchst.«

»Dafür bete ich auch, Herrin«, antwortete Demetrias leise, wider ihren Willen gerührt.

Pulcheria seufzte und machte eine schwungvolle Geste mit der Hand. »Bringt die Sachen hinaus«, befahl sie Kallinikos, »und legt sie in meine Kutsche, zusammen mit den anderen verfänglichen Briefen. Nomos, sind da vielleicht noch irgendwelche anderen Dinge, die Euch belasten könnten?«

Er schüttelte den Kopf. »Es war alles in meinem Arbeitszimmer – meinem geheimen Arbeitszimmer.«

»Gut. Kallinikos, überprüft die Geheimkammer noch einmal sorgfältig, bringt alles, was irgendwie belastend sein könnte, in meine Kutsche und laßt ansonsten alles so, wie Ihr es vorgefunden habt.«

Kallinikos verbeugte sich, packte die Briefe zurück in die Schachtel und hob den Mantel auf. Er schüttelte ihn aus und begann ihn zusammenzufalten. Nomos' Blick haftete mit einem Ausdruck sehnsüchtigen Verlangens auf dem prachtvollen Stück.

»Diesen Mantel werdet Ihr niemals tragen«, sagte Pulcheria, die seine begehrlichen Blicke bemerkte, mit einem Unterton von Schadenfreude in der Stimme. »Niemals. Schreibt Euch das hinter die Ohren, und vergeßt, daß Ihr jemals etwas anderes gedacht habt. Dient mir gut, und Ihr könnt den Mantel, den Ihr tragt, behalten, Euch neu verheiraten, wenn Ihr wollt, eine Familie gründen und ein Leben in Wohlstand und Ehre führen. Dient Ihr mir aber schlecht, dann werdet Ihr Euren Kopf verlieren, und Eure Verwandten werden in Lumpen gehen.«

Nomos senkte den Kopf und verbeugte sich. Kallinikos legte den zusammengefalteten Mantel behutsam in die Kiste, verbeugte sich erneut und ging hinaus. Auf der Türschwelle stieß er mit einem Sklaven mittleren Alters zusammen, der einen Mantel aus roter Seide über dem Arm trug. Der Sklave machte einen Knicks und entschuldigte sich, und Kallinikos ging hinaus.

Nomos bedeutete dem Mann einzutreten, und der Sklave brachte seinem Herrn den Mantel. Nomos warf einen flüchtigen Blick auf ihn, dann breitete er ihn auf demselben Tisch aus, den eben noch der Purpurmantel geziert hatte. Er war von einem leuchtenden Scharlachrot, mit breiten goldenen Borten besetzt, und auf den Schultern mit zwei kleinen, aber anschaulichen Tapisserieeinsätzen verziert, welche Eros und eine Aphrodite mit einem Priapus darstellten. Die feine Verarbeitung ließ die Geschmacklosigkeit der Motive besonders scharf hervortreten. Pulcheria musterte die Bilder einen Augenblick naserümpfend, dann wandte sie den Blick demonstrativ ab.

Aspar lachte. »Wie geschaffen für einen Besuch im Hurenhaus!« rief er fröhlich. »Ich glaube Euch gern, daß Ihr den nicht oft getragen habt.«

»Er ist durchaus glaubwürdig als Geschenk von einem jungen Prokurator an einen jungen Präfekten«, befand Pulcheria mit mißbilligendem Blick. »Und er ist in gutem Zustand. Genau das, was wir brauchen.«

Nomos nickte und reichte den Mantel seinem Sklaven zurück. »Der gehört meinem Freund Philippos«, schärfte er ihm ein. »Bring ihn in sein Zimmer und leg ihn zu seinem

Gepäck.« Er wandte sich wieder Pulcheria zu. »Wenn es Eure Billigung findet, Kaiserin!«

Pulcheria lächelte, und der Sklave verließ den Raum. »Die Zeit wird langsam knapp«, sagte sie zu Nomos. »Schreibt jetzt rasch Eure Briefe, und dann erzählt mir alles über den Kämmerer, was irgendwie von Nutzen sein könnte.«

Pulcheria unterhielt sich eine Stunde lang mit Nomos. Als schließlich Kallinikos meldete, daß sich draußen weitere kaiserliche Truppen eingefunden hätten und daß Eulogios bei ihnen sei und auf sein verbrieftes Recht als Agent poche, eingelassen zu werden, wies die Kaiserin Nomos an, seine Boten zu holen und befahl ihren Gardisten, ihre Kutsche bereitzustellen. Ein paar Minuten später schwang das Tor auf, und Pulcherias Kutsche rumpelte hinaus auf die Straße. Sowohl Eulogios als auch der Hauptmann der Scholarianer warteten bereits vor dem Tor, und Pulcheria befahl ihrem Kutscher anzuhalten, um ein paar Worte mit ihnen wechseln zu können. Demetrias hockte zusammengekauert auf dem Platz gegenüber der Kaiserin, neben sich eine Schachtel mit belastenden Briefen und die Sandelholzkiste mit dem Mantel unter ihren Füßen, und lauschte, wie die Kaiserin Eulogios lächelnd die offizielle Version von den Ereignissen im Hause auftischte und ihn mahnte, bei seiner eigenen Durchsuchung nicht gar zu viel Ungestüm walten zu lassen. Dann schnippte die Kaiserin mit den Fingern, der Kutscher ließ seine Peitsche knallen, und die Kutsche setzte sich wieder in Bewegung in Richtung auf den Großen Palast. Sobald sie außer Sichtweite der kaiserlichen Truppen waren, galoppierten Nomos' Boten in Richtung Stadt davon, um die Revolution abzublasen.

Pulcherias Ankunft im Großen Palast löste beträchtliche Aufregung aus. Die Palastgarde drängte sich um die Kutsche; das Palastpersonal wieselte aufgeregt zwischen Kutsche und Magnaura hin und her, und schließlich erschien ein ranghoher

Kammerdiener und überbrachte der Augusta die Einladung ihres Bruders, hereinzukommen und sich mit ihm zu beraten. Pulcheria nahm die Einladung huldvoll an und stieg aus ihrer Kutsche hinunter in die glitzernde Schar der Eunuchen ihres Bruders. »Ich werde wahrscheinlich zum Abendessen bleiben«, sagte sie zu Kallinikos, »aber es ist nicht nötig, daß ihr alle auf mich wartet. Mein Bruder kann mir sicher eine Kutsche für den Heimweg leihen – ich will bloß eine kleine Eskorte. Wählt dreißig Mann aus, die hierbleiben, den Rest nehmt mit nach Hause und sorgt dafür, daß sie für die Mühen dieses Tages belohnt werden.«

Kallinikos machte eine tiefe Verbeugung, und Pulcheria entschwand in die goldenen Gänge des Magnaura-Palastes. Kallinikos wählte die Männer aus, die auf sie warten sollten, um sie nach Hause zu begleiten, dann stieg er auf sein Pferd und gab das Signal zum Abmarsch. Der Kutscher ließ die Peitsche knallen und wendete sein schwerfälliges Gefährt: Chrysaphios' Diener würden keine Gelegenheit haben, seine Fracht zu untersuchen.

Demetrias lehnte sich an die Seitenwand der Kutsche, während diese zurück zum Hebdomon rumpelte. Draußen auf den Straßen jubelte das Volk, als es die Kutsche seiner Kaiserin durch die Stadt rollen sah, aber Demetrias war zu müde, um darauf zu achten; sie war so müde, daß sie nicht einmal die Wunderlichkeit der Situation wahrnahm, das frohe Jubelgeschrei, das ihr von allen Seiten entgegenbrandete, während sie und die Sekretärin Eunomia schweigend in den dunklen Polstern kauerten. *Es ist, als ob ich den ganzen Tag gerannt wäre,* dachte sie – *oder nein, nicht gerannt: als ob ich etwas hielte – etwas hielte, das so schwer ist wie die Welt. Und dabei habe ich nichts anderes getan als gestanden und geschaut – und mich zweimal als Zeugin vorführen lassen. Nun ja, jetzt ist's vorbei, Gott sei Dank! Und vielleicht schickt sie mich ja doch noch nach Hause; vielleicht erfüllt sie ja sogar Marcianus' Bit-*

te und schickt mich sofort wieder heim. Heim. Was gäbe ich darum, wenn ich es jetzt sehen könnte. Wenn ich mir vorstelle, ich würde jetzt an dem Weinstock vorbeigehen, der neben der Tür wächst, und in die Wohnung hineinschauen und Symeon sehen, wie er da sitzt, unter der Lampe, und eine Murexfalle herrichtet, und Meli, wie er mit seinem kleinen Messer schnitzt – wenn ich das bloß noch einmal sehen könnte und dann sterben müßte, dann wäre ich schon zufrieden.

Es war bereits dunkel, als die Kutsche in den Hebdomon rollte, und die Palastbediensteten waren beim Gebet. Eunomia nahm die Sandelholzkiste und die Schachtel mit den Briefen in ihre Obhut und bat Demetrias, ihr zu helfen, sie in die Privatgemächer der Kaiserin zu tragen, bevor sie zu den anderen in die Kapelle ginge. Demetrias folgte ihr langsam durch die dunklen Gänge. In der Kapelle ging Eunomia schweigend an ihren Platz in der vordersten Reihe und lauschte gesenkten Hauptes dem Eunuchen, der aus der Schrift vorlas. Demetrias blieb draußen auf dem dunklen kalten Gang stehen und schaute in das Gebetszimmer hinein. Das Licht der Öllampen tauchte die golden umrahmten Heiligenbilder und Mosaike, die die Wände schmückten, in strahlenden Glanz, aber die Palastbediensteten standen steif und reglos da in ihren schwarzen Trauerkleidern, den Blick starr nach vorn gerichtet. *Was in aller Welt habe ich mit denen zu tun?* fragte sie sich. *O Gott, mach, daß ich fortkomme von diesem Ort!*

»›Wer hat die Wasser in seiner hohlen Hand ermessen‹«, las der Eunuch, »›und die Grenzen des Himmels? . . . Wer hat den Geist des Herrn gelenkt oder ihm zu Rate gestanden, um ihn zu unterweisen? . . . Sehet, die Völker sind gleich einem Tropfen Wasser aus einem Eimer, und sie sind nicht mehr als der feine Staub auf der Waage . . .‹«

Ja, und »Wer hat den Geist der Kaiserin gelenkt oder ihr zu Rate gestanden, um sie zu unterweisen?« dachte Demetrias verbittert. *»Sehet, die Mächtigen der Welt sind wie feiner*

Staub vor ihr.« Selbst Aspar und Nomos. Sie ist wie Gott – ein menschlicher Gott, streng und gnadenlos. Ich will ihr nicht gehören; o Gott im Himmel, ich will nicht! Und doch – tue ich recht daran, Gott anzuflehen, daß ich wieder nach Hause kann? Zurück in ein Leben, das sich um weltliche Dinge dreht, um Arbeit und Fabrikklatsch und meine Familie? Diese Menschen haben sich Gott verpflichtet und der Kaiserin selbst. Aber ich will keine solche Verpflichtung eingehen. Sie sind zu hoch für mich, und sie machen mir angst. Gott hat ein Universum, und Pulcheria will ihr Reich zurückgewinnen – warum sollte einer von beiden sich mit mir behelligen? Ich bin keine Heidin, und ich bin eine treue Untertanin. Meine Liebe war nie sehr groß, das erkenne ich jetzt sehr wohl; ich würde nie eine gute Märtyrerin abgeben, weder für Gott noch für die Kaiserin – aber können sie das wirklich von mir erwarten? Ich könnte niemals nach göttlicher Gunst streben, nach Ruhm oder auch nur nach Glück: Ich war immer schon zufrieden, wenn ich mich einigermaßen durchschlagen konnte. Aber ich liebe Symeon. Und wenn meine Liebe zu Größerem nicht fähig ist, ist sie dann, Herr Gott, Frau Kaiserin, nicht wahrlich besser verwendet, als wenn sie hier in der Dunkelheit verschwendet wird?

Die Gebete verstummten, und die Palastbediensteten lösten sich aus ihrer Starre und strebten unter leisem, fröhlichem Schwatzen zum Speisesaal. Theonoe sah Demetrias vor der Tür stehen und stürzte neugierig zu ihr.

»Du bist zurück!« rief sie aufgeregt. »Wo ist unsere liebe Herrin?«

»Sie ist zu Besuch bei ihrem Bruder im Großen Palast«, antwortete Demetrias. »Ich glaube, sie hat vor, nach dem Abendessen zurückzukommen.«

Theonoe nickte und sah Demetrias stirnrunzelnd an, so als mißfalle ihr die Antwort. »Und du?« fragte sie. »Hat sie dich nicht mehr gebraucht?!«

»Es dürfte mir wohl kaum anstehen, mit der Kaiserin im Großen Palast zu Abend zu speisen«, erwiderte Demetrais mit einem gezwungenen Lächeln.

»Ich nehme an, es ist dir nicht gestattet zu erzählen, was heute passiert ist?« fragte Theonoe, vor Neugier fast platzend.

Demetrais zögerte. *Mehr als das,* dachte sie unglücklich, *ich stecke jetzt so tief in Geheimnissen, und die Geheimnisse sind so brenzlig und gefährlich, daß es wahrscheinlich das beste wäre, ich täte so, als existierten sie gar nicht. Ich darf nicht einmal sagen, daß es mir nicht gestattet ist, irgend etwas zu sagen.* »Es wäre ungehörig von mir, über die Angelegenheiten unserer Herrin zu klatschen«, wich sie geschmeidig aus.

Die Aufseherin schnaufte. »Ja, ja, tadle mich nur«, fauchte sie bissig. »Nun ja, aber deine Zurückhaltung in der Sache ist sicherlich korrekt und im Sinne unserer verehrten Herrin. Geh nun essen.« Sie drehte sich um und rauschte wütend davon, mit kurzen trippelnden Schritten.

»Mach dir nichts draus«, sagte Agatha, die Seidensortiererin, die hinter Demetrias getreten war und sie fröhlich anlächelte. »Sie glaubt, daß öffentliche Angelegenheiten übles Teufelswerk sind und will nicht, daß die Herrin irgend etwas damit zu tun hat. Wenn es nach ihr ginge, wäre unsere Augusta am besten Diakonisse geworden. Komm, laß uns zusammen zu Tisch gehen, und du erzählst mir alles, was du darfst! Ich fände es ganz wunderbar, wenn unsere Herrin ihre Macht zurückbekommen könnte; ich könnte mir nichts Schöneres denken, als wenn sie wieder im Großen Palast regieren könnte, wie es ihr zusteht.«

»Ich weiß nicht, was du meinst«, erwiderte Demetrias, aber sie ließ sich widerstandslos von der Frau in den Speisesaal der Sklavinnen mitschleifen, wo das Küchenpersonal eine deftige Mahlzeit aus Schrotbrot und Graupensuppe aufgetragen hatte. Sie fand sich sogleich von einer kleinen Gruppe von Sklavinnen umringt, die sie mit neugieren und ehrfurchtsvollen Blicken ansahen. *Woher wissen die überhaupt, daß ein Komplott existiert?* fragte sie sich verwundert. *Es hat ihnen doch keiner was erzählt; sie wissen lediglich, daß die Kutsche heute in die Stadt gefahren ist und daß Soldaten zu Nomos' Haus geschickt worden sind. Trotzdem erwarten sie von mir, daß ich ihnen sage, wann ihre Herrin in den Großen Palast zurückkehren und die Staatsgeschäfte wieder in die Hand nehmen wird.*

Sie beantwortete die Fragen, mit denen die anderen Sklavinnen sie bestürmten, mit knappen, dürren Sätzen: Ja, sie sei in Nomos' Haus gewesen. Ja, die Augusta habe es durchsuchen lassen. Nein, sie glaube nicht, daß die Durchsuchung irgend etwas ergeben habe. Nein, sie wisse auch nicht, wonach die Gardisten gesucht hätten; sie persönlich glaube, es habe sich bei der ganzen Sache um einen falschen Alarm gehandelt. Nein, Nomos sei nicht festgenommen worden. Nein, sie habe keine Ahnung, warum sie mitgenommen worden sei.

Die anderen Sklavinnen wechselten ungläubige Blicke, widersprachen ihr jedoch nicht. Von Scham und einem Gefühl tiefer Einsamkeit gepackt, stieß sie ihren Teller beiseite und schaute Agatha hilfesuchend an. Die Seidensortiererin war eine erfahrene Arbeiterin, gut zehn Jahre älter als Demetrias, eine fröhliche und immer gutgelaunte Frau, die stets zum Klatschen und Kichern aufgelegt war. Aber sie wich Demetrias' Blick aus und senkte den Kopf; sofort machte sich tiefes Schweigen am Tisch breit. Demetrias mochte eine Mitsklavin und eine Fremde sein, die neu im Hebdomon war, aber sie genoß besondere Privilegien bei der Herrin und wurde von ihr in Geheimnisse eingeweiht, die sie nicht mit ihnen teilen würde: Gewöhnliche Sklavinnen mußten ihr daher mit Respekt begegnen.

O nein! dachte Demetrais verzweifelt, die die Geste nur allzugut verstand, *nicht auch das noch! Bitte, bitte, nicht auch das noch! Ich bin eine von euch, nicht von denen da oben: Wenn ich irgendwohin in diesem Palast gehöre, dann hierhin. Ich werde verrückt, wenn ich zu allem Überfluß jetzt auch noch von euch allein gelassen werde.*

Eine der anderen Weberinnen brach schließlich das bedrükkende Schweigen. »Ich würde liebend gern wieder im Großen Palast sein«, sagte sie mit wehmütiger Stimme.

Eine andere schüttelte den Kopf. »Ich nicht. Mir gefällt es gut hier draußen. Es ist so friedlich und gemütlich hier. Man kann in Ruhe seine Arbeit machen, ohne von irgend jemandem behelligt zu werden. Ich fänd's schade, wenn wir alle wieder zurück müßten.«

»Aber es ist so langweilig hier!« rief Agatha dazwischen. »Hier passiert doch nie was. Im Großen Palast, da war immer was los – Empfänge, Gäste . . .«

»Ja, aber man wußte nie, wo man dran war und wo man hin sollte«, beschwerte sich die Frau, die gerade ihre Liebe zum Hebdomon bekundet hatte. »Ständig wurden wir umquartiert, damit Platz war für die Sklaven von irgendwelchen Besuchern. Und du hattest nie die Gelegenheit, einen Auftrag ordentlich zu Ende zu bringen: Alle paar Tage mußte umdisponiert werden, weil die hohen Herren plötzlich wieder irgendwas anderes viel wichtiger fanden. Und alles war immer so kompliziert. Ich bin nie richtig mit den ganzen Rangordnungen und Etiketten klargekommen.«

»Ja – aber es war wenigstens was los! Alle diese berühmten Leute kennenzulernen! Und wir waren direkt im Stadtzentrum. Wir konnten an den Feiertagen zu den Rennen im Hippodrom gehen; und die vielen Geschäfte . . .«

»Und du konntest mit den Dienern des Kaisers turteln, wolltest du doch sagen, nicht?«

»Nun, warum auch nicht?« fragte Agatha schmunzelnd. »Ein kleines Schwätzchen ist doch wohl nichts Schlimmes, oder? Also, ich würde gern wieder zurück.« Sie sah erneut

Demetrias an, und diesmal lag etwas Flehendes in ihrem Blick. »Wenn die Herrin tatsächlich zurückgeht, wird sie dich doch bestimmt mitnehmen«, begann sie zögernd. »Meinst du nicht, du könntest sie vielleicht . . .«

»Ich weiß davon nichts!« stieß Demetrias verzweifelt hervor, ehe die andere ihren Satz beenden konnte. »Wieso sollte ich die Kaiserin um etwas bitten können? Wie stellst du dir das vor? Außerdem will ich nur eins: möglichst schnell wieder heim nach Tyros.«

»Natürlich«, sagte Agatha und senkte wieder demutsvoll den Blick. Abermals kehrte Schweigen ein.

Demetrias schluckte und blickte hinunter auf ihre kalte, halb gegessene Suppe, und erneut packte sie ein Gefühl von tiefer Scham. Agatha war hilfsbereit und freundlich zu ihr gewesen, und sie hatte sie nicht einmal ausreden lassen. »Warum meint Theonoe, daß die Augusta besser Diakonisse geworden wäre?« fragte sie, verzweifelt bemüht, ein Gespräch in Gang zu bringen, irgend etwas, das dieses entsetzliche Schweigen um sie herum brach.

»Ach, das!« sagte die Seidensortiererin mit einer gequälten Heiterkeit, die fast noch schlimmer war als ihr Schweigen. »Nun, wie ich schon sagte, sie findet weltliche Macht zutiefst korrupt und meint, daß unsere Herrin sich aus derlei Teufelswerk am besten ganz heraushalten sollte. Und daß sie sagt, sie hätte Diakonisse werden sollen, kommt daher, daß schon die Kaiserin Eudokia unsere Herrin dazu gedrängt hat, in diesen Orden einzutreten. Obwohl es heißt, daß der Vorschlag in Wirklichkeit von Chrysaphios stammte.«

»Die Herrin und Eudokia hatten sich nämlich gestritten«, erläuterte eine andere Frau, als sie Demetrias' Blick sah.

»Eudokia hatte die monophysitische Irrlehre angenommen«, sagte die Hebdomon-Verfechterin mit süffisanter Miene, »die Christi volle und eindeutige menschliche Natur leugnet.«

Demetrias blinzelte. »Ich habe davon gehört«, sagte sie. Sie wußte vage von dem wütenden theologischen Disput, der über das Wesen von Christi Menschsein geführt wurde – ein Bischof aus Tyros war erst jüngst in die Verbannung geschickt worden, weil er einen Standpunkt vertreten hatte, den keine der anderen Parteien gutgeheißen hatte – aber sie hatte sich nicht die Mühe gemacht, die Sache zu verfolgen. Es war ihr alles viel zu abstrakt und akademisch erschienen, viel zu weit weg von ihrem Leben in der Fabrik. Wie konnte überhaupt irgend jemand entscheiden, was die göttliche Natur war oder die menschliche Natur, und bestimmen, in welchem Verhältnis die beiden miteinander standen oder ob sie überhaupt in irgendeinem Verhältnis zueinander standen? Aber sie wußte jedenfalls, daß Pulcheria eine der beiden konkurrierenden Theorien angenommen hatte und Eudokia die andere.

»Eudokia war bis zu ihrer Heirat noch nicht einmal Christin«, erklärte Agatha. »Ich glaube, daß sie sich in Wahrheit überhaupt nichts aus Theologie gemacht hat; ich glaube, sie suchte bloß irgendwas, worüber sie sich streiten konnte. Chrysaphios ist natürlich ein Monophysit, und er hatte schon ein Bündnis mit ihr geschlossen: Man sagt, er habe Eudokia ständig daran erinnert, daß unsere Herrin einen höheren Rang bekleidete als sie – unsere Herrin hatte ihre eigenen Ämter unter sich und ihren eigenen Oberkämmerer, der sie für sie verwaltete, und Eudokia hatte nichts dergleichen. Schließlich verkündete Eudokia öffentlich, daß unsere Herrin in den geistlichen Stand treten solle, da dies sich besser mit ihrer Frömmigkeit vereinbaren ließe, als wenn sie den Staat regiere. Unsere Herrin gelangte zu der Einsicht, daß sie nicht gegen Eudokia und Chrysaphios gleichzeitig ankommen konnte, und sie schickte Eudokia ihren Kämmerer und zog sich aus den Staatsgeschäften zurück. Nun, bekanntlich schaffte es Chrysaphios zwei Jahre später, Eudokia auszubooten, und nun hat er den Großen Palast ganz für sich.«

Aber Pulcheria ließ sich nicht zur Diakonisse ordinieren, dachte Demetrias mit einem bitteren Lächeln. *Natürlich nicht. Als Angehörige eines geistlichen Ordens wäre es ihr streng verboten, weltliche Macht zu besitzen und auszuüben – und die Kaiserin hatte immer die Absicht, ihre Macht irgendwann wiederzuerlangen. Ich frage mich, was für einen Plan sie sich wohl ursprünglich gegen Eudokia ausgedacht hatte und wieso er schiefging.*

»Aber vielleicht nicht mehr lange, wer weiß?« sagte eine der anderen Frauen und warf Demetrias einen forschenden Blick zu.

Demetrias schaute weg. »Ja, wer weiß?« sagte sie bedrückt. Sie war erleichtert, als die Glocke zum Gebet rief und sie vor weiteren Fragen bewahrte. Die Sklavinnen schlangen hastig den Rest ihres Abendessens hinunter, bekreuzigten sich und hasteten aus dem Speisesaal.

Abendessen, Gottesdienst: Der Tag nahm seinen gewohnten, ehernen Gang. Aber die Stille des Hebdomon erschien ihr wieder bedrückend, und sie fühlte sich schrecklich einsam und allein. *Morgen früh geht es mir wieder besser,* dachte sie müde, als sie sich später in ihrer winzigen, ungeheizten Schlafkammer auszog. *Morgen kann ich mich wieder auf meine Arbeit stürzen und versuchen, die Mächtigen der Welt wenigstens für ein Weilchen zu vergessen.* Sie zog ihre Tunika aus und löschte die Lampe.

Sie war gerade im Begriff einzuschlafen, als es an der Tür klopfte und Theonoes Stimme rief: »Demetrias! Ihre Heilige Majestät wünscht dich zu sehen!«

»Was?« fragte Demetrias benommen. Sie setzte sich auf und starrte schlaftrunken auf den dünnen Streifen Licht, der unter der Türritze schimmerte. »Jetzt?«

»Ja, jetzt!« rief Theonoe ungeduldig. »Beeil dich, Mädchen; zieh dich an und komm!«

Pulcheria war in ihrem Schlafgemach. Sie lag auf der Liege

neben dem mit purpurnen Laken bezogenen Bett und badete die Füße in einer goldenen Schüssel mit heißem Wasser, während eine ihrer Zofen die kunstvoll geflochtenen Zöpfe aus ihrem dünnen grauen Haar löste. Das Diadem lag auf ihrem elfenbeinernen Toilettentisch, aber der purpurne Umhang lag immer noch lose um ihre Schultern. Als Demetrias hereinkam und den Fußfall machte, lächelte die Kaiserin.

»Da bist du ja, Mädchen«, rief sie. »Ich wollte mit dir reden. Theonoe, du kannst zu Bett; es ist spät.«

Theonoe verbeugte sich, unverhohlene Mißbilligung im Gesicht, und ging hinaus. Demetrias stand mit gesenktem Haupt vor der Kaiserin, die Hände vor der Brust gefaltet. Pulcheria hob einen knochigen Fuß aus der Schüssel und massierte ihn versonnen. Sie warf einen Blick auf die goldenen Sandalen, die sie tagsüber getragen hatte, und stieß einen Seufzer aus. »Ich bin schon so lange nicht mehr kraftvoll aufgetreten«, bemerkte sie, »daß ich in meinen guten Schuhen Blasen bekomme. Nun, Mädchen«, fuhr sie unvermittelt fort, »und was hältst du von dem, was du heute gesehen hast?«

»Herrin?« sagte Demetrias mit ungläubigem Gesichtsausdruck, völlig überrumpelt von der Frage.

Pulcheria musterte sie mit einem spöttischen Blick. »Ich habe dich gefragt, was du von dem hältst, was du heute gesehen hast. Komm, Mädchen, du hast sehr wohl deine eigene Meinung, auch wenn du dich redlich bemühst, stets die brave, folgsame Sklavin herauszukehren, die keinen anderen Gedanken in ihrem hübschen Kopf hat als den, es ihrem Besitzer recht zu machen. Du hast Eulogios zum Narren gehalten, du hättest es beinahe geschafft, Chrysaphios zum Narren zu halten, du hast meinen Bruder zum Narren gehalten, und mich hast du ebenfalls eingewickelt mit deinen Lügen über den Mantel. Es gehört schon einiges dazu, so geschickte Lügner wie uns an der Nase herumzuführen. Du hast eine Meinung; ich will sie hören.«

Demetrias biß sich auf die Lippe. »Herrin«, sagte sie bedächtig, »meine Meinung ist unerheblich.«

»Mit anderen Worten, du hast Angst, du könntest mich kränken. Natürlich ist deine Meinung irrelevant und ändert nichts; ich will sie trotzdem hören.«

Demetrias schaute hinunter auf den wundgescheuerten Fuß in der Schüssel. Es hätte der Fuß irgendeiner beliebigen alten Frau sein können, die, müde und erschöpft von ihrem harten Tagewerk als Weberin oder Köchin oder Marktfrau, das karge und wohlverdiente Labsal des Feierabends genoß. »Herrin«, sagte sie, »ich habe heute gesehen, wie Ihr den tüchtigsten General und den ersten Minister des Reichs gedemütigt habt. Beides waren Männer von großer Macht und hohem Ansehen, und Ihr habt sie in den Staub gestoßen mit einer Leichtigkeit, als ließet Ihr Eure Spindel wirbeln. Ihr habt mir angst gemacht.«

»Ah«, sagte Pulcheria in einem Ton, der Zufriedenheit ausdrückte. Sie stellte den Fuß zurück in die Schüssel und bewegte die Zehen hin und her. »Und warum macht dir das angst?«

»Weil ich machtlos bin, Herrin, und weil ich Eure Sklavin bin und damit weniger für Euch bedeute als das Wasser in jener Schüssel.«

»Das benutzt und weggeschüttet wird?« fragte Pulcheria und blickte wieder zu ihr auf, ein leises Lächeln im Gesicht. »Wieso glaubst du, du seist machtlos, Mädchen? Nach dem heutigen Tag wirst du feststellen, daß du sehr gefragt bist, daß man dich bittet, deinen Einfluß geltend zu machen. Vielleicht hast du das sogar schon festgestellt. Ah, ich sehe, ich habe recht! Und das macht dir auch angst, nicht wahr? Und ich habe es auch abgelehnt, dich Marcianus zu geben, nicht wahr? Damit er dich deinem Narren von Ehemann zurückgibt und dich zurückstößt in das triste kleine Dasein, das du vorher gefristet hast. Das hat dir sogar noch mehr angst gemacht, nicht wahr?« Sie streckte sich und fuhr sich mit den Fingern durch das Haar. Ihre Zofe nahm eine Haarbürste zur Hand und begann, die entflochtenen Zöpfe auszukämmen. »Um die Wahrheit zu sagen, ich denke, Marcianus war das interessanteste Element in der ganzen Angelegenheit heute. Es war ganz offensichtlich, daß Aspar ihm nicht ein Wort von seinen Plänen gesagt hatte, und er war alles andere als erfreut darüber. Interessant, daß er nicht erfreut war; noch interessanter aber ist, daß Aspar gewußt hatte, daß er nicht erfreut sein würde und daß er sich nicht darauf verlassen hat, Marcianus' Bedenken kraft seiner Autorität schon irgendwie verscheuchen oder zumindest mildern zu können. Überraschend fand ich auch, daß er sich so sorgte wegen seines Schwurs. Ein Mann, der zu beachten ist, dieser Marcianus, sollte es jemals notwendig sein, Aspar wieder auf Kurs zu bringen. Und das wird notwendig sein. Nein, meine Liebe, ich habe ihn nicht gedemütigt; das liegt selbst mir fern. Ich habe ihm lediglich klargemacht, daß er nicht weit genug vorausgeplant hatte, und er war sehr erleichtert, daß seine alte Gönnerin ihren politischen Instinkt noch nicht verloren hatte, und fügte sich taktvoll. Er ist ein loyaler Mann, dieser Aspar, auf seine Weise – aber er setzt gern seinen Kopf durch und sieht sich gern als einen Königsmacher. Chrysaphios, nun«, Pulcheria neigte den Kopf zu der Bürste hin. »Chrysaphios hält Aspar für einen groben, ungebildeten Barbaren, der nur was vom Krieg versteht – ein Glauben, in dem Aspar die Leute nur allzugern läßt. Das größte Problem von Chrysaphios ist, daß er nicht mit Menschen umgehen kann und daß er keine Menschenkenntis hat. Er weiß nicht, wem er trauen kann oder wieweit, und das führt dazu, daß er niemandem traut; man muß aber irgend jemandem trauen, wenn man ordentlich regieren will. Ich kann Aspar weitgehend trauen, immer vorausgesetzt, er vergißt nicht, wer die Führung hat. Und ich kann Nomos von jetzt an vertrauen – weil ich ihn jetzt mit ein paar Worten vernichten kann. Du findest mich also furchterregend, Mädchen? Grausam, rücksichtslos, zynisch und machthungrig? Nun, vielleicht hast du recht.«

Demetrias ballte die Hände zusammen. »Das habe ich nicht gesagt, Herrin.«

»Das ist auch nicht nötig.« Pulcheria seufzte und legte den Kopf zurück. Die Zofe bürstete ihr Haar mir ruhigen, gleichmäßigen Strichen, mit ernster, aber regungsloser Miene. »Ich tat vor langer Zeit einmal ein Gelübde«, sagte Pulcheria leise und mehr zu sich selbst als zu Demetrias »– vor sehr langer Zeit. Ich dachte damals, ich täte es aus Liebe zu Gott. Ich brauchte fast zwanzig Jahre, um zu begreifen, daß ich es aus Liebe zur Macht getan hatte. Aber ich begriff es immerhin. Ich mußte. Gott muß mich erhört haben, und er nahm mich beim Wort: Macht erscheint mir jetzt als nichtig und wertlos – nachdem ich sie benutzt habe, zumindest. Was für einen Sinn hat es, Sklaven zu tyrannisieren und törichte alte Senatoren wie Nomos zu erschrecken? Trotzdem habe ich es genossen, ihn vor mir zittern zu sehen, und ich schwatze immer noch von der heiligen Majestät des Hauses des Theodosius. Heilige Majestät! Wenn jemals jemand wirklich ein Recht auf diesen Ehrentitel gehabt hat, dann war es die Frau des Zimmermanns aus Palästina! ›Er hat die Mächtigen von ihrem Thron gestürzt, und er hat die Niedrigen erhöht; er hat den Hungrigen zu essen gegeben, und die Reichen hat er mit leerem Magen davongeschickt.‹«

Pulcheria richtete sich abrupt auf, und die Zofe ließ ihre Bürste sinken. Die Kaiserin löste die smaragdene Spange ihres Umhangs und reckte sich hoch, so daß die Zofe ihn unter ihr wegziehen konnte. Sie schüttelte ihn aus und begann ihn abzubürsten. »Und vom heiligen Purpur schwatze ich auch immer noch«, sagte Pulcheria, den Mantel mit mürrischem Blick beäugend. »Ich habe den Mantel bekommen, der einmal der Mutter Gottes gehörte. Wir haben ihn in einen Schrein aus Gold und Juwelen eingeschlossen, und du hilfst uns, die Kirche, die ich zu seinen Ehren gebaut habe, mit Purpur auszuschmücken – aber der Mantel, ihr Mantel, ist aus schlichter blauer Wolle. Blau und machtlos wie der Himmel. Aspar hat recht: Ich bin des Spiels überdrüssig. Und trotzdem kann ich nicht davon lassen.«

Es trat ein langes Schweigen ein. Die Zofe faltete den Mantel zusammen und legte ihn weg, dann machte sie sich daran, die Bettspreite glattzuziehen.

»Warum erzählt Ihr mir das alles, Herrin?« fragte Demetrias.

Pulcheria zuckte die Achseln. »Weil du jung und unverdorben bist und heute morgen so jämmerlich dreingeschaut hast. Außerdem wollte ich auch über deine Position hier mit dir sprechen, im Lichte dessen, was geschehen ist. Willst du das Gelübde der Jungfernschaft ablegen?«

»Aber ich bin doch schon verheiratet«, erinnerte Demetrias sie hastig.

Pulcheria zog die Augenbrauen hoch. »Ach ja – und dein törichter Mann brachte dieses ganze Unheil über dich, indem er sich in Dinge einmischte, von denen er besser die Finger gelassen hätte.«

»Er sagte Marcianus die Wahrheit. Ich dachte, Eure Majestät wäre wütend, weil ich Euch angelogen habe.«

»Du hast eine vernünftige Einschätzung deiner Chance, daß man dir Glauben schenken würde, und deines wahrscheinliches Schicksals, *wenn* man es würde, vorgenommen und entsprechend gehandelt. Als du sahst, daß du bei mir sicher warst, hast du nicht gezögert, sofort mit der ganzen Wahrheit herauszurücken. Warum sollte ich deswegen böse sein? Hingegen hast du, wie ich meine, sehr wohl ein Recht, auf deinen Mann wütend zu sein. Oder übst du Nachsicht mit ihm, aus dem Pflichtgefühl einer christlichen Ehefrau heraus?«

Demetrias starrte einen Moment auf den Boden, dann blickte sie auf. »Ich bewundere ihn. Er hat vielleicht falsch gehandelt, aber er hat sich wenigstens nicht kampflos ergeben. Und ich glaube, wenn man wirklich liebt, geht man auch Risiken ein. Dann denkt man nicht nur an die eigene Sicherheit und wägt behutsam jeden Schritt ab.«

»Unsinn! Ein kluger Mann weiß, wann er kämpfen und wann er nachgeben muß. Mädchen, mir gefällt die Besonnenheit, die du gezeigt hast, mir gefällt deine Klugheit, und ich schätze dein Können hoch ein. Du hast etwas Besseres verdient als ein karges Leben als Staatssklavin, und als mit einem Mann verheiratet zu sein, der nicht den Grips besitzt, zu wissen, wann er den Mund halten muß.«

Demetrias tat einen tiefen, stockenden Atemzug. »Herrin, es ist nichts Schändliches daran, ein karges Leben zu führen. Ihr selbst habt eben noch gesagt, daß die Mutter unseres Herrn eine Zimmermannsfrau war.«

Pulcheria kicherte leise. »Gut geantwortet! Dennoch glaube ich, daß wir eine Pflicht haben, uns klug zu verhalten und die Talente, die Gott uns geschenkt hat, so gut wie möglich zu nutzen. Sieh dir meinen armen Bruder an. Er ist ein guter Mensch und alles andere als dumm, aber weil er Angst hat zu handeln, hat er dem Reich mehr Unglück und Probleme gebracht, als er es hätte, wenn er wirklich böse und schlecht gewesen wäre. Es sollte nicht so sein, daß ein schlechter Mensch ein guter Herrscher ist – aber der Teufel ist genauso in der Welt wie Gott, und oft ist es so. Ich würde sogar Chrysaphios' Herrschaft tolerieren, wenn er nicht so ein schrecklicher Ketzerfreund wäre und wenn er die Macht nur mit halb soviel Geschick benutzen könnte, wie er an den Tag gelegt hat, um sie zu erlangen. Aber der Kerl denkt nur an sich und stolpert von einer Krise in die andere. Nun, bald ist es aus mit ihm.«

Demetrias neigte den Kopf; wieder verspürte sie Angst. Pulcheria fuhr fort, und ihre Stimme klang wieder sanfter:

»Aber du wurdest nicht dazu geboren, irgendein großes Amt zu erben, geschweige denn ein ganzes Reich. Du besitzt nur dich selbst – und das auch nur treuhänderisch für den Staat. Dennoch fände ich es bedauerlich, wenn du dich verschenktest. Ich sage dir ganz offen: Du könntest mit meinem Wohlwollen rechnen, wenn du dich dazu entschlössest, zu bleiben und das Gelübde abzulegen. Willst du immer noch nach Hause zurück?«

Demetrias schaute auf. Pulcherias Gesichtsausdruck war sanft, beinahe zärtlich. »Ja, Herrin«, antwortete sie ruhig. »Es tut mir leid, wenn ich mich Eurer Gunst als unwürdig erweise.«

Die Kaiserin seufzte. »Diese Antwort habe ich erwartet. Nun ja, Treue ist auch eine Tugend. Lassen wir also alles so, wie es war: Du hast drei Jahre Zeit, darüber nachzudenken.«

Demetrias verbeugte sich. »Und Marcianus, Herrin? Er wollte ...«

»Marcianus hatte Gelegenheit, seinen Schwur zu halten, bevor du von Tyros weggingst. Soll er sich damit beschäftigen, für deinen Mann zu sorgen, wenn er das wünscht: Mein Haushalt ist meine Sache. Geh nun zu Bett, Mädchen, und schlaf dich aus. Deine Rolle in diesem Spiel ist erfüllt, und du kannst heute nacht in Ruhe schlafen.«

Demetrias machte den Fußfall und ging. Die Kaiserin hatte recht: Sie schlief in der Tat ruhig und fest. In ihren Träumen aber segelte sie – segelte sie dahin mit Symeon und Meli, über ein Meer so blau wie der Mantel der Jungfrau, hinter einem Delphin, der seine Bahn vor ihnen zog und immer wieder ausgelassen aus dem glänzenden Wasser emporschoß. Selbst als sie allein in der kalten Kammer vom Läuten der Palastglocken, die zum Gebet riefen, erwachte, war die Freude des Delphins noch in ihr, und zu ihrem eigenen Erstaunen war sie glücklich.

IX

Am Nachmittag des zweiten April kamen Symeon und Meletios in Konstantinopel an.

Die Reise hatte mehr als drei Monate gedauert. Der rote Sonnenaufgang an jenem Morgen, als sie von dem Dorf südlich von Antioch aufgebrochen waren, hatte sich in der Tat als Vorbote eines Unwetters erwiesen, und als sie gegen Mittag versucht hatten, Land anzulaufen, war das Steuerruder gebrochen. Symeon wußte, daß er diesen Moment bis ans Ende seines Lebens nicht mehr vergessen würde: die schwere, wogende See, grünschwarz und mit weißen Schaumkronen überzogen; der tosende, kupferfarbene Himmel und die dunkle Küste; die *Prokne* mit schwerer Schlagseite, die Segel wie Wäsche auf einer Leine flatternd – und dann brach das Ruder, eine Sturzsee donnerte über das Boot hinweg, und Meletios fiel mit einem hellen Schrei über Bord, und wurde unter das Boot gespült. Zum Glück war er geistesgegenwärtig genug, um sofort zu tauchen, und Symeon hatte es irgendwie geschafft, mit Hilfe des anderen Ruders das Boot zu wenden und seinen Sohn aus dem Wasser zu fischen. Aber nach diesem Zwischenfall hatten sie es nicht mehr gewagt, erneut gegen den Wind und die Wellen anzukämpfen, um einen zweiten Landungsversuch zu unternehmen, und waren den ganzen Tag und die ganze darauffolgende Nacht hindurch vor dem Sturm gesegelt. Das nächste Land, das sie gesehen hatten, war die Insel Zypern, wo sie einige Tage geblieben waren und die Schäden am Ruder und an den Segeln ausgebessert hatten. Als nächstes hatte sie der Sturm zwei Wochen lang in einem winzigen Fischerdorf nahe bei Syedra festgehalten, danach weitere zehn Tage jeweils auf Rhodos und auf Chios, und schließlich hatten sie in Ephesus die *Prokne* ein weiteres Mal instandsetzen müssen. Das andere Steuerruder war bei einem Streit im Hafen von Rhodos zu Bruch gegangen; nicht weit von Patara war eine Planke geborsten, und sie hatten die ganze Nacht bei tosendem Sturm verzweifelt das durch das Leck hereinströmende Wasser aus dem Rumpf geschöpft. In Ephesus hatten sie sich neue Segel kaufen müssen. In Mytilene waren sie von Räubern aus dem Schlaf geschreckt worden und hatten um ihr Leben kämpfen müssen; in der Nähe von Alexandria Troas waren sie auf ein kleines Boot gestoßen, das vollgepackt mit Schiffbrüchigen gewesen war, und hatten es in den nächsten Hafen geschleppt. Und nun, endlich, nach mehr als drei Monaten abenteuerlicher Fahrt, passierte die *Prokne*, arg mitgenommen und dutzendfach geflickt, aber stolz und geschmeidig dahingleitend wie eh und je, die Spitze der Halbinsel von Konstantinopel – vorbei am tiefen Doppelhafen der Flotte, vorbei an den Getreideschiffen, vorbei an den marmorgepflasterten Häfen des Großen Palastes – und glitt in das Goldene Horn.

Das Wasser der Bucht war unruhig, und es wimmelte von Schiffen und Booten aller Art: Handelsschiffe, Fähren, unzählige kleinere Boote; Symeon geite das Hauptsegel so weit auf, bis die *Prokne* gerade noch so viel Fahrt machte, daß sie dem Steuer gehorchte, dann setzte er sich, nahm beide Steuerruder in die Hand und spähte mißmutig auf das verwirrende Treiben des Hafens hinaus. Vorne im Bug sprang Meletios aufgeregt hin und her und rief seinem Vater zu, was er sah.

»Da ist eine große Boje an Steuerbord, Papa! Da – Achtung, wir werden sie verfehlen! Oh, schau doch mal dort, die Löwenstatue! Sie ist ganz aus Gold! Paß auf, da kommt ein anderes Boot an Backbord voraus – nein, der Bootsführer hat uns gesehen, er hat abgedreht! Siehst du die Brücke? Sie geht quer über den Hafen! Der mittlere Bogen ist frei – nein, ist er nicht. Dreh nach Steuerbord, Papa, wir können hinter der

Schute durch. Schau nur, die Stadt geht auf der anderen Seite der Brücke noch weiter! Die ist ja sogar noch größer als Ephesus! Wo sind wohl die anderen Fischerboote?«

»Der Mann in Heraklea hat gesagt, kurz vor dem Ende der Bucht wäre ein Strand«, antwortete Symeon und machte eine scharfe Halse, um einem Fährboot auszuweichen; dann gab er eine Handbreit mehr Segel, um wieder Druck auf das Steuerruder zu bekommen. »Kannst du ihn noch nicht sehen?«

»Nein – guck mal, da ist noch eine Brücke! Oh, sieh doch mal, die Seepferdchen darauf, und die goldenen Delphine!«

»Ist sie offen?« fragte Symeon ungeduldig, ohne auf die Seepferdchen und die Delphine zu achten.

»Der Steuerbordbogen ist frei – nein, doch nicht – doch, jetzt ja! Glaubst du, daß wir Ärger mit dem Zoll kriegen, Papa?«

»Der Mann in Heraklea hat gesagt, sie kümmern sich nicht um Fischerboote. Wenn sie uns doch fragen sollten, Meli, dann vergiß nicht, wir sind hergekommen, um die Äschen zu verkaufen, die wir gefangen haben. Sie könnten uns womöglich doch Ärger machen, wenn wir ihnen sagen, daß wir wegen deiner Mutter hier sind. Sie werden denken, daß wir in Tyros hätten bleiben sollen.«

»Ja, weil wir Sklaven sind – jedenfalls so eine Art«, rief Meli, der vor Aufregung immer noch ganz zappelig war. »Guck doch, da ist ein Strand! Da, an Backbord! Da liegen ganz viele Fischerboote, schau doch! Alle mit Sprietsegeln. Ich finde, Sprietsegel sehen albern aus. Und ich wette, die sind auch alle aus Kiefernholz, nicht aus gutem, hartem Zedernholz wie unseres. Die könnten bestimmt nicht so weit segeln, wie wir mit der *Prokne* gesegelt sind.«

»Pst«, mahnte Symeon, während er das Segel wieder aufgeite und die *Prokne* auf den Strand zusteuerte. »Erzähl denen bloß nicht, daß wir von so weit herkommen. Die *Prokne* wird schon so genug Aufsehen erregen. Denk dran, Meli, wir müssen sagen, daß wir bloß von Troas kommen und daß wir unsere

Fische verkaufen und die große Stadt besichtigen wollen. Erwähn niemandem gegenüber deine Mutter, hörst du? Wir sind hier in fremden Gewässern, und wir müssen auf der Hut sein, bis wir wissen, wie die Dinge stehen.«

Meletios nickte gehorsam, und Symeon setzte das Boot auf eine freie Stelle an dem schmutzigen Strand, dann sprang er heraus und schob es ein Stück weiter aus dem Wasser. Meletios rannte nach achtern, holte die Ruder ein, dann sprang auch er auf den Strand und half seinem Vater, das Boot zu sichern. Die anderen Fischer hielten in ihrer Arbeit inne und beobachteten sie mit stummem Argwohn.

»Ich grüße euch«, sagte Symeon und wandte sich lächelnd zu ihnen um. »Was dagegen, daß wir auf diesem Platz anlegen?«

Einer der Fischer spie aus. »Das ist der Liegeplatz vom Schwarzen Johannes.«

»Der Schwarze Johannes ist die ganze Woche weg«, sagte ein anderer freundlich. »Wird schon nichts dagegen haben, wenn ein Fremder sich auf seinen Platz legt. Bleibst du lange hier, Fremder?«

»Ach, ich glaube, nicht«, antwortete Symeon. »Mein Sohn und ich hatten mal Lust, uns die Stadt anzuschauen, von der wir schon soviel gehört haben, und wir wollen ein paar Fische verkaufen. Wenn wir sie heute abend losschlagen können, bleiben wir vielleicht noch einen oder zwei Tage hier und klappern die Sehenswürdigkeiten ab, dann machen wir uns wieder auf den Heimweg.«

Der sympathische Fischer nickte. Konstantinopel zog viele Besucher an. »Ihr seid von unten von der Küste?« fragte er. »Ihr sprecht so merkwürdig – und so ein Boot wie eures hab' ich auch noch nie gesehen. Kommt es von den Inseln?«

»Von südlich der Inseln«, erwiderte Symeon in unbefangenem Ton. »Mein Vater war Syrer und kam nach Norden in dem Boot. Ich heiße Symeon.«

»Simon?« fragte der unsympathische Fischer mißtrauisch. »Das ist aber ein seltsamer Name.«

»Nein, Symeon«, sagte der andere vorsichtig, »wie jener heilige Mann – du weißt schon, der Bursche, der auf einer Säule lebt. Also, ich bin Matthaios. Wie segelt es sich mit so einem Lateinsegel?«

Symeon fachsimpelte ein paar Minuten über die relativen Vorzüge und Nachteile von Lateinsegeln, Sprietsegeln und Rahsegeln und bekam Ratschläge, wo er seinen Fisch am besten verkaufen konnte, wieviel er dafür verlangen sollte und was er sich in Konstantinopel alles anschauen sollte, sobald er ihn verkauft hätte. Meletios wartete ungeduldig, trat von einem Fuß auf den andern und mischte sich in die Unterhaltung der Erwachsenen mit der Bemerkung ein, Sprietsegel sähen »albern« aus. Schließlich luden sie den Weidenkorb mit den Äschen aus, die sie am Morgen gefangen hatten, und gingen mit ihm hinauf zu dem Markt direkt beim Seewall der Stadt. Symeon legte die Fische auf dem Deckel des Korbes aus und setzte sich daneben auf die Erde.

»Wann suchen wir nach Mama?« wollte Meletios wissen.

»Wir müssen uns erst einmal hier ein bißchen zurechtfinden«, bremste Symeon seinen Eifer. »Jetzt verkaufen wir erst einmal unsere Fische. Außerdem ist es schon spät. Wir schlafen diese Nacht hier, und morgen gehen wir in die Stadt und sehen, ob wir Aspars Haus finden.«

»Meinst du, wir können die *Prokne* einfach so hierlassen?«

»Ich denke, schon. Die Männer dort wissen ja jetzt, wer wir sind. Ich werde einen schönen großen Krug Wein für unser Abendessen kaufen und unseren Nachbarn was davon abgeben: Das wird sie schon freundlich stimmen. Außerdem sind da drüben Wächter.« Symeon zeigte auf die gelangweilt herumlungernden Gardisten, die Wacht über das Fischmarkttor in der Stadtmauer hielten.

Meletios zog eine Flunsch und setzte sich neben seinen Vater auf die Erde. Die Reise war viel, viel länger gewesen, als er es in seinen kühnsten Träumen für möglich gehalten hätte: In Tyros hatte er sich nicht vorstellen können, daß man so weit segeln konnte, ohne von der Erde herunterzufallen. Aber er hatte brav auf dem Boot gearbeitet, hatte, so gut er konnte, beim Steuern und beim Fischen mitgeholfen und sich nach Kräften bemüht, seinem Vater eine echte Stütze zu sein, immer von dem Gedanken beseelt, daß sie irgendwann Konstantinopel erreichen und seine Mutter finden würden. Seit einer Woche hatte er jeden Tag damit gerechnet, noch vor dem Abend Konstantinopel am Horizont auftauchen zu sehen. Und nun waren sie endlich da – und er mußte immer noch brav und vorsichtig sein und sich in Geduld üben. Er nestelte nervös an dem Riemen seiner Sandale herum. Das Leder war ausgefranst und brüchig vom Salzwasser; es würde wahrscheinlich reißen, wenn er weiter daran herumzerrte, und dann würde sein Vater mit ihm schimpfen. Er ließ den Riemen los und schlang die Finger ineinander. Wenn er die Augen zumachte, konnte er seine Mutter vor sich sehen, warm und kräftig und rosig, die Arme ausgebreitet, um ihn an sich zu ziehen und fest zu drücken. Sie war nicht immer fröhlich oder zum Schmusen aufgelegt gewesen, aber sie war dagewesen, zuverlässig, unerschütterlich, liebevoll und fürsorgend und notwendig wie Nahrung. Die Welt war jetzt zerbrochen; sie war fortgeschleppt worden, und er und sein Vater waren von den vertrauten Scherben, die übriggeblieben waren, fortgesegelt, um sie zurückzuholen und die Welt wieder heil zu machen. Und sie war hier, irgendwo in dieser Stadt, eingesperrt in einem der Häuser hinter dieser finsteren, abweisenden Mauer, und wartete auf sie. Warum in aller Welt saßen sie dann hier und verkauften eine Handvoll alberner Fische an irgendwelche Fremden?

Meletios blickte trotzig auf und erklärte grimmig entschlossen: »Ich will Mama jetzt finden, jetzt sofort! Du kennst doch den Namen von dem Mann, der sie mitgenommen hat. Wieso müssen wir dann erst zu diesem Aspar? Wo wohnt Eulogios?«

Symeon seufzte und wiederholte geduldig die Erklärung, die er Meli so oft während der Reise gegeben hatte: »Wir können ohne Marcianus' Hilfe nicht viel ausrichten; wir müssen erst mit ihm und seinem Herrn Aspar sprechen, bevor wir sie besuchen können. Eulogios hat eine Verkaufsurkunde, Meli, in der steht, daß er der Besitzer deiner Mama ist, und irgend jemand muß sie zurückkaufen oder die Urkunde für ungültig erklären lassen, bevor wir sie mit nach Hause nehmen können. Wir können gern nach Eulogios' Haus suchen, aber die Person, auf die es ankommt, ist Aspar. Wenn wir Zeit haben, können wir uns ja heute abend noch erkundigen, wo sein Haus liegt, sobald wir den Fisch verkauft haben – jawohl, Herr, frische Rotäsche, heute morgen gefangen, nur zwanzig *Drachmae* das Stück!«

Die Konstantinopolitaner mochten Fisch, und Symeon hatte keine Schwierigkeiten, die paar Äschen rasch an den Mann zu bringen, auch wenn sie etwas klein geraten waren. So blieb ihnen noch genügend Zeit für einen kleinen Bummel in die Stadt und ein paar diskrete Erkundigungen, bevor sie zu Abend aßen und sich zum Schlafen ins Boot begaben.

Am nächsten Morgen verstauten sie alles sicher im Boot und machten sich auf den Weg in die Stadt. Symeon nahm seinen guten Mantel mit, aber er hatte Bedenken, ihn vor den Augen der einheimischen Fischer anzuziehen und sie so womöglich auf dumme Gedanken zu bringen. Er verstaute ihn sorgfältig in einem der Weidenkörbe und gab ihn Meletios zum Tragen. Das Pergament mit Marcianus' Schwur steckte er säuberlich zusammengefaltet in seine Gürteltasche.

Hinter dem Fischmarkt stieg die Stadt steil an. Gleich hinter dem Seewall führte eine größere Straße am Hafen entlang, aber von ihr zweigten lediglich ein paar kleinere Gassen ab. Am Abend zuvor hatte man Symeon geraten, die Anhöhe hinauf bis zur Mittelstraße zu gehen und sich von dort aus weiter durchzufragen, und so bogen denn Vater und Sohn in die erste Gasse, an die sie kamen, und stiegen den Hügel hinauf. Der gepflasterte Pfad schlängelte sich eng und dunkel unter den vorspringenden Balkonen der Häuser bergan; mehrfach gabelte er sich. Gelegentlich mündete er in das kurze Sonnenlicht eines der winzigen öffentlichen Plätze, die sich alle exakt glichen: ein Brunnen, ein paar Bäume und die steinerne Treppe, auf der das öffentliche Brotalmosen ausgeteilt wurde. Schon nach wenigen Minuten hatten sie die Orientierung verloren, aber sie gingen einfach weiter bergauf und kamen schließlich an einer größeren Straße aus. Es war eine breite, prachtvolle Hauptstraße, die mit großen Fliesen gepflastert war; auf der einen Seite wurde sie von einem Säulengang flankiert, auf der anderen von einem mächtigen Aquädukt. Unzählige Passanten und Verkäufer drängten sich in der milden Frühlingsmorgensonne. Sobald Symeon sich vergewissert hatte, daß dies in der Tat die Mittelstraße war, fragte er einen Passanten nach dem Haus von General Aspar und wurde nach links Richtung Taurusmarkt geschickt. Er ging langsam und versuchte, die emsigen, teilnahmslosen Gesichter um sich herum zu lesen. Meletios trottete hinter ihm her, mit leuchtenden Augen und offenem Mund bestaunte er die Auslagen der Geschäfte und brach gelegentlich in Entzückungsrufe über die Statue eines Helden oder irgendeines Fabeltiers aus.

Der Taurusmarkt war ein riesiger öffentlicher Platz, und sie waren an dem Tag gekommen, an dem auf ihm der Schafmarkt abgehalten wurde. Der gesamte Platz war voll von Schafen und ihren Besitzern und hallte wider vom Geblöke der Tiere und dem Geschrei der Händler, die ihre Ware lautstark anpriesen. Als Symeon erneut einen Passanten nach dem Hause

Aspars fragte, stellte sich heraus, daß der erste Mann, den er gefragt hatte, ihn mißverstanden hatte: Auf dem Markt stand wohl eine Statue des Generals – aber sein Haus befand sich weitere vier Meilen westlich, in der Nähe des Goldenen Tors. Aspars Standbild, eine wuchtige Bronzestatue, die ihn gepanzert auf seinem Kriegsroß sitzend zeigte, starrte mit trutzigem Blick gen Westen, über die blökend umherirrenden Schafe hinweg, und bedrohte sie mit einem gezückten Schwert. Meletios war lange Fußmärsche nicht gewohnt. Er setzte seinen Korb am Fuß der Statue ab und setzte sich ermattet darauf. Symeon hockte sich neben das Kind und klopfte ihm aufmunternd auf die Schulter.

»Ich will zu meiner Mama«, quengelte Meletios unglücklich. »Du hast gesagt, sie ist in Konstantinopel, und ich dachte, ich würde sie sehen. Aber es ist immer noch so schrecklich weit.«

»Wir werden sie bald sehen, Meli. Nur noch ein paar Tage, nur noch ein paar Meilen. Es ist schwer für Leute wie uns, gegen die Herrscher der Welt anzukämpfen; es braucht Zeit.«

Meli schüttelte den Kopf und wischte sich die Nase mit dem Handrücken ab. »Wir könnten doch vielleicht nachschauen, ob Eulogios' Haus hier in der Nähe ist«, schlug er mit erwartungsvollem Blick vor. »Und dann könnten wir zu Aspar gehen. Ich will doch meine Mama wiedersehen.«

Symeon seufzte. »Wir wissen ja nicht einmal, ob Eulogios sie überhaupt noch hat. Sie sagten, er habe vor, sie seinem Gönner zu schenken.«

»Das können wir aber doch rauskriegen!« beharrte Meletios. »Bitte, bitte, Papa!«

Symeon zögerte, sah seinen Sohn an, der ihn mit flehendem Blick anstarrte. *Schaden würde es nichts, das Haus zu suchen,* dachte er. *Und es würde auch nichts schaden, wenn wir uns ein bißchen mit den Sklaven unterhalten und viel-*

leicht rauskriegen, wo sie jetzt ist und wie es ihr geht. Wir hätten dann ein paar Informationen mehr, die wir Aspar geben könnten – und es würde uns beide ein wenig auf andere Gedanken bringen.

»Also gut. Dann wollen wir mal sehen, ob Eulogios' Haus hier in der Nähe ist«, sagte er zu Meletios, »und wenn ja, ob wir vielleicht jemanden finden, der uns sagen kann, was mit ihr geschehen ist. Aber denk dran, wir dürfen niemandem sagen, wer wir wirklich sind. Wenn wir Eulogios' Haus finden und es schaffen, reinzukommen, dann sagen wir einfach ... dann sagen wir, wir verkaufen Farbstoffe für einen Einfuhrhändler im Hafen. Wir können sagen, mein Mantel wäre ein Musterstück aus dem Stoff, der damit gefärbt wird. Dann können wir uns mit den Haushaltssklaven über Weben und über Weberinnen unterhalten, ohne daß einer von ihnen Verdacht schöpft, wer wir wirklich sind.«

Meletios' Gesicht begann zu leuchten, und er sprang flink von seinem Korb auf und sah sich neugierig auf dem Marktplatz um. Symeon lächelte und begann, sich nach dem Weg zum Haus des Agenten Eulogios zu erkundigen.

Die ersten beiden Passanten, die er fragte, hatten keine Ahnung: Ein *Princeps* der *Agentes in rebus* war keine so herausragende Persönlichkeit des öffentlichen Lebens, daß sein Haus ein Wahrzeichen der Stadt gewesen wäre. Doch wie es der Zufall wollte, war das Haus nicht weit vom Marktplatz entfernt, und die dritte Person, die Symeon fragte, eine Frau mit einem Blumenstand, wußte von dem Agenten.

»Ein eingebildeter Großkotz«, sagte sie wenig respektvoll. »Kommt hier immer mit seinen Barbaren durchgeritten, herausgeputzt wie ein Tetrarch, und wehe, es kommt ihm einer in die Quere! Einer von seinen Wilden hat meine kleine Tochter einmal mit seiner Reitpeitsche geschlagen, weil sie stehenblieb, um ihre Puppe aufzuheben. Soll ihn der Blitz erschlagen, diesen Dreckskerl! Warum willst du zu Eulogios?«

»Ich habe gehört, er wäre vielleicht daran interessiert, Farbstoffe zu kaufen«, erwiderte Symeon freundlich. »Wo ist das Haus denn?«

Die Frau beschrieb ihm den Weg, und Symeon bedankte sich, nahm den Korb von Meletios, faßte den Jungen bei der Hand und machte sich Richtung Süden auf.

Das Haus war nicht schwer zu finden. Es machte einen abweisenden, fast abschreckenden Eindruck. Die hohe, fensterlos aufragende Wand blickte düster auf die Straße hinunter, und das vergitterte Eichenholztor war fest verschlossen. Das einzige Fenster des Pförtnerhauses war ebenfalls fest verriegelt und starrte drohend auf die stille Straße, einem blinden Auge gleich. Symeon verharrte einen Moment vor dem Fenster und schaute es unschlüssig an. Er hatte mit einem großzügig angelegten herrschaftlichen Wohnhaus gerechnet, wo er zwanglos zur Hintertür hereinschlüpfen konnte, dem Hauswart sein angebliches Musterstück vorlegen konnte und die Sklaven in ein unverfängliches Gespräch verwickeln konnte. Dieses düster-verschwiegene Gebäude mit seiner dräuenden, gesichtslosen Fassade verunsicherte und entmutigte ihn. Als er auf das verriegelte Fenster schaute, beschlich ihn plötzlich das Gefühl, daß es gefährlich sein würde, es zu öffnen. Es war, als wäre irgendein gefährliches Tier da drinnen eingesperrt. Wenn sich jene eisenbeschlagenen Torflügel jemals hinter ihm schlossen, würde er nie wieder herauskommen.

Er schüttelte sich und trat einen Schritt von dem Pförtnerhaus zurück. Er konnte anklopfen, er konnte sich als Geschäftsmann ausgeben und ganz legitim Einlaß erbitten – aber so, wie er es sich ausgemalt hatte, unauffällig und durch die Hintertür, kam er nicht in dieses Haus hinein, soviel stand fest. Der Pförtner würde ihn nach seinem Namen fragen, und sein Kommen und Gehen würden nicht unbemerkt bleiben. Was, wenn irgend jemand den wahren Grund seines Besuchs erriet? Der Ehemann von Eulogios' neuer Sklavin würde wahrscheinlich als Ausreißer festgenommen und sofort nach Tyros zurückgeschickt werden. *Ich würde alles aufs Spiel setzen,* dachte er, *bloß, um sie ein paar Tage früher wiederzusehen. Das können wir nicht machen. Das ist das Risiko nicht wert.*

»Ist das nicht das Haus?« fragte Meletios erwartungsvoll.

»Meli, ich glaube nicht, daß wir da reinkönnen«, erwiderte Symeon. »Es ist zu gefährlich; sie könnten rauskriegen, wer wir wirklich sind.«

Meli starrte seinen Vater einen Moment lang an. Dann verzog sich sein Gesicht, und er begann zu weinen. »Aber ... aber ich dachte ...« schluchzte er.

»Pst!« rief Symeon und ergriff die Hand seines Sohnes.

Hinter dem Fenster war das Quietschen eines Riegels zu vernehmen; offenbar hatte der Pförtner ihre Stimmen gehört. Meletios schluckte erschrocken, und Symeon machte auf dem Absatz kehrt und hastete zurück Richtung Marktplatz, seinen immer noch schluchzenden Sohn hinter sich her zerrend. Ein grauer Kopf reckte sich aus dem Fenster und schaute ihnen nach, aber Symeon ging bloß noch schneller. Er verfiel erst wieder in normalen Schritt, als der Markt vor ihnen auftauchte.

»Aber ich wollte doch meine Mama sehen!« protestierte Meletios unter Tränen, als sie an der Ecke innehielten. »Du hast versprochen, daß wir sie in Konstantinopel sehen würden, und jetzt ist schon soviel Zeit vergangen, und wir sind um die halbe Welt gesegelt, und noch immer ...«

»Pst!« sagte Symeon erneut. »Ich halte es einfach nicht für klug, in Eulogios' Haus zu gehen. Er ist ein böser Mann, Meli. Glaub mir, ich möchte sie genausogern wiedersehen wie du, und ich tue, was ich kann, um sie zu finden. Schau – heute nachmittag gehen wir zu Aspar, und er wird uns helfen, daß wir sie wiederbekommen. Jetzt gehen wir erst einmal in eine

Taverne, und du bekommst was zu trinken und ein Stück Kuchen, ja?«

Meletios zog die Nase hoch, wischte sich die Tränen aus den Augen und trottete schicksalsergeben hinter seinem Vater her.

An einer Ecke des Marktplatzes fanden sie einen kleinen Weinladen. Vor dem Laden waren Bänke aufgestellt, die dicht besetzt waren mit Schafhändlern in ihren wollenen Umhängen und einem kleinen Haufen Bewaffneter – offenbar die Privatgarde irgendeines örtlichen hohen Herrn. Symeon nahm seinen Sohn auf den Arm und bahnte sich einen Weg ins Innere des Ladens. Er kaufte eine dickbauchige Flasche verdünnten Weines und einen Honigkuchen für Meletios, dann ging er wieder hinaus in die Sonne und suchte sich einen Platz auf einer der Bänke. Er fand ein freies Eckchen und setzte sich, Meletios auf den Schoß nehmend. Meletios nahm den Honigkuchen, war aber immer noch so unglücklich, daß er ihn nicht essen mochte. Er zog erneut die Nase und und wischte sich die Augen. Einer der anderen Gäste bemerkte es und grinste den kleinen Jungen freundlich an. Meletios starrte ihn mit offenem Mund an: Der Mann war ein Barbar mit einem furchterregenden Narbengesicht und einem grotesk deformierten Kopf, und er trug einen schmutzigen Fellmantel.

Der Hunne grinste noch breiter und entblößte eine klaffende Zahnlücke. »Puh!« rief er und schüttelte den Kopf. »Warum du nicht essen guten Kuchen, kleiner Mann? Du ihn nicht mögen? Du wollen ihn mir geben?«

Meletios machte den Mund zu und umklammerte den Kuchen. Nervös schaute er zu seinem Vater.

Der Hunne lachte, stand auf und kam herüber. Sein Fellmantel, den er wegen der warmen Frühlingssonne geöffnet hatte, strich mit leisem Rascheln über den Griff seines Dolches. Aber sein Gesicht unter den Narben war freundlich, wie das eines übertrieben zärtlichen Vaters, der sich gern einen kleinen Spaß daraus macht, die Kinder von anderen auf harmlose Weise zu necken. Seine Kameraden, allesamt bewaffnete Barbaren, schauten etwas verlegen drein, so als fänden sie sein Verhalten ein wenig peinlich und unter seiner Würde. »Du nicht mögen Kuchen?« fragte er Meletios und kauerte sich grinsend vor ihn hin.

Meletios blickte erneut hilfesuchend zu seinem Vater. Der Hunne grinste Symeon an, und Symeon lächelte zurück. »Er ist ein bißchen enttäuscht«, sagte er zu dem Hunnen mit dem resignierten Achselzucken eines Vaters, der weiß, daß er mit dem schmunzelnden Verständnis seines Gegenübers rechnen kann.

Der Hunne nickte. »Große Enttäuschung?« fragte er. »Komm schon; du braver großer Junge. Lieb sein und deinen Kuchen essen.«

»Aber ich wollte meine Mama sehen!« platzte Meletios heraus, in seiner Not alles vergessend, was Symeon ihm eingeschärft hatte. »Und das geht nicht!«

»Deine Mama?« fragte der Hunne überrascht. »Warum geht nicht?«

»Weil dieser Eulogios ein böser Mann ist«, stieß Meletios heftig hervor. »Er will nicht, daß wir sie sehen!«

Die anderen Bewaffneten blickten abrupt auf; der Ausdruck von Verlegenheit wich schlagartig aus ihren Gesichtern. *Das sind Eulogios' Gefolgsleute,* wurde Symeon plötzlich klar. Natürlich. Sie hatten dienstfrei und saßen beim Frühschoppen in ihrer Stammtaverne. Er packte Meletios hart beim Arm, und der kleine Junge schaute überrascht zu ihm auf.

»Eulogios?« fragte der Hunne. »Er mein Herr. Er nicht so böse, wie du denken – deine Mama, sie arbeiten in seinem Haus?«

Meletios schaute verwirrt und hilfesuchend zu seinem Vater.

»Sie arbeitet gelegentlich als Aushilfe in seinem Haus«, sagte Symeon in beschwichtigendem Ton zu dem Hunnen. »Springt hier und da ein, wenn seine Sklaven überlastet sind. Wir haben heute unseren freien Morgen und hatten gehofft, sie könnte sich vielleicht mit uns treffen, das ist alles. Es lag bestimmt nicht in unserer Absicht, uns abträglich über Euren Herrn zu äußern.«

Aber der Hunne war stutzig geworden, und einer der anderen Soldaten, ein großer blonder Mann mit einem harten, grimmigen Gesicht, war aufgestanden und zu ihnen getreten. »Wie sie heißen?« fragte der Hunne. »Ich frage Herrn, ob sie kann frei bekommen. Jetzt nicht soviel Arbeit im Haus; jetzt gut, wenn sie zu euch kommen.«

Symeon drückte Meletios' Arm noch fester. »Sie heißt Maria«, sagte er nach einem kurzen Zögern. Es war ziemlich wahrscheinlich, daß es in Eulogios' Haus irgendeine Maria gab; der Name kam so häufig vor, daß es in jedem größeren Haushalt eine Maria gab. Er konnte nur hoffen und beten, daß es eine gab, die altersmäßig zu ihm paßte, und daß die Gardisten sie nicht allzugut kannten. Letzteres war ziemlich wahrscheinlich. Es war nicht anzunehmen, daß die Gefolgsleute eines Edelmanns die Geschichte jeder Aushilfsmagd kannten, die ihr Herr ins Haus brachte.

»Ich wußte gar nicht, daß die schwarzäugige Maria verheiratet ist«, sagte der andere Gefolgsmann überrascht. »Ich dachte, die wäre viel zu jung, um schon einen Mann zu haben, ganz zu schweigen von einem Kind.«

»Sie ist älter, als sie aussieht«, sagte Symeon hastig und dankte im stillen der Heiligen Jungfrau.

Aber der Hunne runzelte noch immer die Stirn. »Wir jetzt zu dem Haus gehen«, sagte er. »Ich werden für dich bitten, und sie deine Frau rausschicken. Ist gut. Ich kann machen. Komm.«

»Danke – aber man sagte uns ja schon, daß sie viel zu tun hat. Bemühe dich nicht, Freund.«

»Ist keine Mühe«, wehrte der Hunne ab; er stand auf und legte die Hand auf den Gürtel. »Komm.«

Symeon blieb still auf seinem Stuhl sitzen, Meletios auf dem Schoß festhaltend. *Das ist hier eine öffentliche Taverne,* überlegte er. *Sie können mir hier nichts tun.* »Nein«, sagte er ganz ruhig, »ich will sie heute morgen lieber nicht stören.« Er nahm einen Schluck von dem Wein und versuchte, eine unbekümmerte Miene zu machen. Der Wein schmeckte bitter auf der Zunge, und er hatte Schwierigkeiten, ihn herunterzuschlucken; selbst als er herunter war, hatte er das Gefühl, als liege er ihm wie ein Klumpen im Magen.

»Er ist ein Spitzel«, sagte der andere Mann in bedrohlich leisem Ton. »Er ist zum Haus gegangen, um den Herrn zu bespitzeln. Das Kind ist nur eine Tarnung.« Symeon hörte ein hartes, metallisches Schaben, und als er von seinem Wein aufblickte, sah er, daß der Blonde sein Schwert gezückt hatte. Die anderen Gardisten waren aufgestanden und kamen langsam auf ihn zu. Die übrigen Gäste verfolgten die Szene in gebanntem Schweigen.

Meletios klammerte sich angstvoll an seinen Vater. »Ich bin kein Spitzel«, sagte Symeon. Behutsam löste er die Arme seines Sohns von seinem Hals und stellte den Jungen neben sich auf den Boden.

»Komm mit uns«, sagte der großgewachsene Gardist mit dem harten Gesicht. Obwohl er blond, zottig und eindeutig barbarischer Herkunft war, war sein Griechisch weit besser als das des Hunnen, der zurückgewichen war und die Szene mit einem unglücklichen Ausdruck in seinem zernarbten Gesicht verfolgte. »Wenn du kein Spitzel bist, hast du nichts zu befürchten.«

Symeon schüttelte den Kopf. »Ich bin nicht der Ansicht, daß euer Herr irgendein Recht hat, mich zu verhören. Wer regiert diese Stadt, ein *Princeps* der *Agentes* oder der Magistrat? Wenn ihr irgendeine Beschwerde gegen mich habt, dann tragt sie dem Magistrat vor, und ich will euch gerne dorthin begleiten.« Er traute sich nicht, den Blick zur Seite zu wenden, um zu sehen, ob die Schafhändler das gehört hatten und ihm beipflichteten; er wagte es nicht, Eulogios' Gefolgsleute aus dem Auge zu lassen.

»Du kommst mit uns, Spitzel, und du wirst unserem Herrn Rede und Antwort stehen, und nicht den verdammten Ratsherren!« schrie der Blonde. »Steh auf!«

Symeon neigte den Kopf. Er stützte sich mit den Händen auf, so als wolle er aufstehen – und sprang mit einem Satz rückwärts über die Bank, riß sie hoch und schleuderte sie den Gefolgsleuten entgegen. Dann packte er Meletios und stürzte sich mit dem Mute der Verzweiflung geradewegs in die gaffende Menge. Hinter sich hörte er die wütenden Schreie der Gefolgsleute. Er bahnte sich mit den Ellenbogen einen Weg durch die Gaffer und stürmte auf den Marktplatz. Dicht hinter sich hörte er die Schreie und Schritte seiner Verfolger. Meletios weinte. Plötzlich vernahm er ein pfeifendes Geräusch, seine Füße verhedderten sich in irgend etwas, und er schlug der Länge nach auf das harte Pflaster. Noch im Fallen warf er sich instinktiv herum, um nicht auf Meletios zu landen. Schritte dröhnten neben ihm; er raffte sich mühsam auf die Knie und sah sich von einem Ring von gezückten Schwertern eingekreist. Er verharrte regungslos, das Kind fest an sich drükkend. Meletios hielt seinen Hals umklammert und schluchzte herzzerreißend.

»Steh auf und komm mit uns«, befahl der Blonde.

Symeon rührte sich nicht. Einer der Männer hob sein Schwert und versetzte ihm einen Schlag mit der flachen Seite der Klinge. Es gab ein lautes, klatschendes Geräusch, und obwohl der Mann nicht mit voller Kraft zugeschlagen hatte, schmerzte der Hieb höllisch, und Blut sickerte aus einer Platzwunde. Meletios schrie laut auf und preßte das Gesicht an Symeons Hals. Symeon gab einen erstickten Schmerzenslaut von sich und blickte zu den grimmigen Gesichtern auf, die ihn umringten. Es waren sechs Mann. Ganze sechs. Trotzdem rührte die Menge, die hinter ihnen stand, keinen Finger, nahm es schweigend hin, ohne den geringsten Protest. »Ich bin kein Spitzel, und euer Herr hat kein Recht, mich festzunehmen!« protestierte er wütend.

Einer der Männer trat ihm mit voller Kraft in die Seite; die Wucht des Tritts wurde abgemildert durch den Geldgürtel, den er unter seinen Kleidern trug, und er schaffte es, das Gleichgewicht zu bewahren. Er versuchte aufzustehen, aber seine Beine hingen immer noch fest.

»Ist nicht gut«, sagte der Hunne und trat zu ihm, sich unter den Schwertern hinwegduckend. »Er noch Bola um Beine, kann nicht aufstehen. Komm, Spitzel, setz dich. Ich sie machen weg.«

Symeon lehnte sich zurück, und da seine Beine festhingen und gleichzeitig Meletios' Gewicht gegen seine Brust drückte, verlor er das Gleichgewicht und kippte auf die Seite. Einer der Männer lachte. Der Hunne beachtete ihn nicht und begann, Symeons Füße von dem Gewirr von Lederriemen zu befreien, die sich um seine Knöchel geschlungen hatten. Das Gewirr löste sich schließlich zu einem Lederband auf, das an beiden Seiten mit einem Gewicht versehen war. Der Hunne wickelte es auf und befestigte es an seinem Gürtel.

»Eine hübsche Waffe, Chelchal«, bemerkte der große Blonde. »Und hübsch geschwungen wie eine syrische Hure.«

Chelchal grinste. »Ist eine gute Waffe. Bei den Acatziri wir sie benutzen, um Schafe und Pferde einzufangen.«

Symeon erhob sich. Meletios klammerte sich noch immer an ihm fest, das Gesicht unter seiner Schulter vergraben. Der Junge zitterte am ganzen Leibe. *Ich auch,* dachte Symeon. Er hatte weiche Knie, und ihm war übel. Sobald sie erst in dem Haus waren, würden die Männer wissen, daß er gelogen hatte; der Torwächter würde ihn wiedererkennen und den Männern sagen, daß er draußen gestanden, aber nach niemandem gefragt hatte. Und wenn sie sich vor Spitzeln fürchteten, würden sie ihn verhören.

Der Hunne nickte wieder und grinste Symeon an. »Ist gut. Du jetzt mit uns kommen, Spitzel.«

»Ich bin kein Spitzel«, protestierte Symeon erneut, außer sich vor Zorn. »Ich war beim Haus eures Herrn, um meine Frau zu sehen – aber dann habe ich es mir noch einmal anders überlegt, weil ich euren Herrn als einen Halunken und üblen Schurken kennengelernt habe. Ich verlange, daß ich mit dem Magistrat reden kann. Ihr habt kein *Recht*, mich so zu behandeln!«

Der Hunne zog seine wulstigen Brauen hoch und grinste noch breiter. »Das du dem Herrn erzählen«, schlug er vor. Sein Blick fiel auf Meletios, und das Grinsen verschwand. »Was wir machen mit dem Kind?« fragte er seine Kumpane.

Der große Blonde zuckte mit den Achseln. »Seine Eminenz will bestimmt kein kreischendes Kind in seinem Haus haben. Du magst doch Kinder – kümmere du dich um ihn. Ich bringe den Mann zum Verhör ins Haus.«

Chelchal nickte, und ohne ein weiteres Wort zu verlieren, packte er Meletios und zog ihn von seinem Vater weg. Der Junge schrie und wehrte sich aus Leibeskräften, aber der Hunne schenkte ihm keine Beachtung, sondern warf sich das zappelnde Bündel kurzerhand über die Schulter und machte sich mit ihm auf den Weg zum Haus seines Herrn. Zwei der anderen Gefolgsleute drehten Symeon die Arme auf den Rücken und bugsierten ihn unsanft vorwärts, hinter Chelchal her. Die Menge verfolgte die Szene in stummer Empörung. Die Gefolgsleute eines Mächtigen konnten schalten und walten, wie es ihnen beliebte; ein Dummkopf, wer sich da einmischte. Gott würde sie schon bestrafen. Und außerdem waren sie hier, um ihre Schafe zu verkaufen und nicht, um sich mit Bewaffneten herumzuprügeln.

Das Tor schloß sich hinter ihnen, und der schwere eiserne Riegel glitt quietschend vor. Symeon wurde an den Händen gefesselt und zur Vernehmung durch den Herrn ins Haus geführt; Chelchal trug Meletios in den Stall und warf ihn auf einen Strohballen.

Meli sprang auf, immer noch schluchzend, aber jetzt mehr vor Wut denn vor Angst. Er zog das kleine Messer mit dem Horngriff hervor, das er in Tyros so stolz in seinen Gürtel gesteckt hatte. Es war ihm wieder eingefallen, als der Hunne ihn zum Haus getragen hatte, aber es war so unglücklich zwischen seinem Bauch und Chelchals Schulter eingeklemmt gewesen, daß er es nicht hatte erreichen können. Jetzt fuchtelte er wild damit in der Luft herum und schrie: »Laß sofort meinen Papa frei, sonst bringe ich dich um!«

Chelchal trat einen Schritt zurück und zog erneut die Lederbola aus seinem Gürtel. Er ließ sie langsam kreisen und schaute Meletios mit schmunzelndem Blick an. »Tapferer Junge«, sagte er anerkennend, »aber das hier nicht gut. Ich tu dir nicht weh. Steck Messer wieder weg.«

Meletios hatte beide Eltern verloren und war tausend Meilen weit weg von zu Hause. Diese Männer hatten ihm Leid angetan, und wenn er sich nicht gegen sie wehrte, würden sie ihm noch mehr Leid antun. Er stürzte sich in wilder Verzweiflung auf den Hunnen. Chelchal schwang blitzschnell seine Bola. Sie wickelte sich wie eine Schlange um den Arm des Kindes. Ein kurzer Ruck, und das Messer fiel zu Boden. Chelchal hob es auf. Meletios brach erneut in Tränen aus und legte sich auf den Strohballen, in Erwartung seines sicheren Todes.

»Ist ja gut, Kleiner«, sagte Chelchal mitfühlend. Er hatte die Unterhaltung in der Taverne angefangen, weil er Kinder mochte; und diesen kleinen Jungen mochte er ganz besonders. Ihm imponierte die Unerschrockenheit, mit der dieser kleine Knirps seinen Vater verteidigte. Er hockte sich neben Meletios und tätschelte ihm die Schulter. Meletios stieß seine

Hand wütend weg, dann bedeckte er den Kopf mit den Händen und wartete schluchzend auf den Todesstoß. »Komm, sei brav«, sagte Chelchal freundlich. »Weinen nicht gut; helfen nichts.«

Meletios gab keine Antwort.

»Sag mir die Wahrheit«, sagte Chelchal und hob die Stimme, um das Schluchzen des Jungen zu übertönen. »Ist dein Papa ein Spitzel?«

Meletios fuhr hoch und starrte ihn wütend an. »Mein Papa hat noch nie jemanden bespitzelt!« schrie er mit tränenerstickter Stimme.

»Warum er mich dann anlügen? Warum er erst versuchen, ins Haus zu kommen, und dann doch nicht hineingehen?«

»Weil ihr alle böse Männer seid! Er hat gesagt, ihr seid böse, und wir sollen nicht reingehen! Ihr seid böse, böse, böse! Ihr habt mir meine Mama weggenommen, und jetzt habt ihr mir auch noch meinen Papa weggenommen!« Der Gedanke überstieg seine kindliche Auffassungskraft. Er hatte alles verloren, stand mutterseelenallein auf der Welt, überall lauerten schreckliche Gefahren, und er konnte sich nicht einmal mehr wehren. Er warf sich schreiend auf den Boden und schluchzte herzzerreißend.

Chelchal sah ihn nachdenklich an. Er wartete, bis die Heftigkeit seines Schluchzens ein wenig nachgelassen hatte, und fragte: »Wer deine Mama weggenommen?«

»Eulogios!« antwortete Meli sofort, in seiner Not und Verzweiflung alle Vorsicht vergessend. »Er ist nach Tyros gekommen und hat sie mitgenommen. Alles wegen diesem Mantel. Ich hasse diesen Mantel! Ich hasse ihn, ich hasse den Prokurator, und euch hasse ich auch, euch alle!«

»Du aus Tyros?« fragte Chelchal verblüfft. »Du Sohn von Demetrias? Wie du hierherkommen?«

Der Klang des Namens seiner Mutter drang sogar durch den hysterischen Kummer des Jungen hindurch. Er starrte den

Hunnen mit weit aufgerissenen, tränengeröteten Augen an. Sein Schluchzen wurde unregelmäßig, verstummte. Es fiel ihm schwer, die Tränen zurückzuhalten, bei all der Verzweiflung und Hoffnungslosigkeit, die sein kleines Herz zusammenkrampften, aber er bemühte sich tapfer. »Kennst du meine Mama?« fragte er schließlich. »Ist sie hier?«

Chelchal schüttelte den Kopf. »Sie nicht hier. Aber ich diesen Winter mit meinem Herrn nach Tyros gehen und wir mit ihr zurückkommen. Ich viel mit ihr sprechen auf der Reise; sie eine gute, tapfere Frau. Wie ihr hierherkommen, du und dein Vater? Ist ein langer, langer Weg – tausend Meilen. Und ist Winter. Wie ihr hierherkommen?«

Meletios sah ihn mißtrauisch an; die Ermahnungen seines Vaters fielen ihm wieder ein.

»Ist gut, wenn du mir erzählen«, drängte Chelchal. »Ich Freund deiner Mutter. Ich helfen wollen, wenn möglich. Du mir sagen, wie ihr hierherkommen.«

Meletios blinzelte ihn verwirrt an. Dieses mißgestaltete Monstrum sollte ein Freund seiner Mutter sein? Er konnte es nicht glauben. Aber er wollte es glauben; er brauchte Hilfe, und hier war jemand, der ihm Hilfe anbot. Und außerdem war ohnehin schon alles verloren; indem er die Wahrheit sagte, konnte er auch nichts mehr schlimmer machen. »Wir sind mit der *Prokne* gekommen«, sagte er. »Sie kann sogar im Winter segeln. Sie ist ein sehr gutes Boot, viel besser als die, die die Leute hier haben.«

Chelchal pfiff durch die Zähne. »Ihr stehlen ein Boot?«

»Die *Prokne* gehört meinem Papa!« protestierte Meletios aufgebracht. »Wir haben nichts gestohlen. Ihr habt gestohlen. Ihr habt meine Mama gestohlen. Ihr hattet kein Recht dazu; wir sind Staatssklaven, uns darf niemand verkaufen.«

Chelchal musterte ihn einen Moment lang mit offener Bewunderung. Er war ein Reiter, von seiner Kindheit an mit Pferden großgeworden; geboren und aufgewachsen in einem

Land aus Gras, Steppe und Hügeln: Er hatte das Meer zum ersten Mal in seinem Leben gesehen, als er nach Konstantinopel gekommen war. Sich den zerbrechlichen, schwankenden Planken eines Boots anzuvertrauen und darin das Meer zu überqueren, den Launen der Strömungen und des Windes ausgeliefert, erschien ihm als ein Wagestück, das schier an Wahnsinn grenzte. Wann immer er gezwungen gewesen war, im Gefolge seines Herrn in ein Boot zu steigen, hatte er sich dazu nur überwinden können, nachdem er sich zuvor Mut angetrunken hatte. Und er wußte, daß sogar erfahrene Seemänner sich scheuten, das Mittelmeer im Winter zu besegeln. Doch dieses Kind und sein Vater waren die riesige Strecke von Tyros nach Konstantinopel gesegelt, um eine Frau zurückzuholen. *Ich hätte das nicht getan,* dachte Chelchal bei sich, in seiner eigenen Sprache. *Ich bin ja nicht einmal bereit, zu Attila zu reiten und meine Frau zurückzuverlangen. Aber ich hätte mir denken können, daß eine so tapfere Frau wie Demetrias auch einen tapferen Mann hat – er ist ein echter Kämpfer, und er hätte es heute morgen ja auch um ein Haar geschafft, uns zu entkommen. Und das Kind steht seinen Eltern an Mut in nichts nach, ganz so, wie ich es von Demetrias' Sohn erwartet habe. Dennoch, sie werden Demetrias genausowenig zurückbekommen, wie ich Kreka zurückbekommen würde. Selbst wenn Eulogios sie noch hätte, würde er sie nicht herausgeben. Und was wird jetzt aus dem Mann werden? Ob er auch ein Sklave ist?* »Was arbeiten dein Papa?« fragte er Meletios.

»Mein Papa ist Purpurfischer«, sagte Meletios stolz. »Ich werde auch Purpurfischer, wenn ich groß bin.«

»Vielleicht«, sagte Chelchal und zuckte die Achseln. Die Sitten und Bräuche der Römer waren ihm immer noch ein Buch mit sieben Siegeln, und er hatte keine Ahnung, was ein Purpurfischer machte, geschweige denn, ob er ein Sklave oder ein Freier war. Das ganze Konzept des Staatssklaventums war ihm fremd und unverständlich. Aber er vermutete, daß der Mann einer Sklavin ebenfalls Sklave sein mußte. Wenn ein Sklave bei seinem Volk soviel Mut bewiesen hätte, wäre er mit der Freiheit und dem Rang eines Kriegers belohnt worden. *Aber die Römer mögen es nicht, wenn ihre Sklaven mutig sind,* dachte Chelchal resigniert. *Sie ziehen Gehorsam vor. Wenn der Mann ein Sklave ist, wird man ihn wahrscheinlich seinem Eigentümer zurückgeben. Nun ja, wenigstens wird er das Kind wieder mitnehmen können; der Junge wird nicht ganz elternlos dastehen.*

»Er ist ein tapferer Mann, dein Papa, kommen von so weit her, um zu holen seine Frau wieder nach Hause«, sagte er zu Meletios – dann, immer noch rätselnd über das seltsame Verhalten Symeons am Morgen, fügte er hinzu: »Aber ihr kommen von so weit her, kommen zu dem Haus – und dann ihr nicht gehen hinein. Warum nicht?«

»Mein Papa hat gesagt, sie schicken uns sofort nach Tyros zurück, wenn wir hineingehen«, antwortete der Junge mit kummervollem Blick. »Er hat gesagt, wir müssen erst... nein, das sag' ich dir nicht. Mein Papa hatte einen Plan, und er wollte Mama befreien und sie wieder mit nach Hause nehmen. Aber jetzt...« Er hielt inne und dachte darüber nach, wie schrecklich dieses »Jetzt« war. Sie würden seine Mutter nicht befreien. Sie würden sie für immer verlieren. Und sein Vater war auch in Gefahr; er war gefesselt und in der Hand der bösen Männer. »Was werden sie meinem Papa tun?« fragte er Chelchal verzweifelt. »Werden sie ihn... töten?«

Chelchal zuckte die Achseln. »Sie ihm viele, viele Fragen stellen, was er hier machen. Dann... wir werden sehen. Ich glaube, er sagen richtig: Sie euch beide wieder nach Hause schicken.«

Meletios wischte sich die Tränen vom Gesicht. Seine Augen waren dick geschwollen, und sein Gesicht fühlte sich heiß an, und irgend etwas tief in ihm zitterte noch immer, so heftig, daß er an sich halten mußte, um nicht sofort wieder laut loszuschluchzen. Aber zumindest schien es jetzt so, daß niemand die Absicht hatte, ihn oder seinen Vater zu töten. Er versuchte, sich zusammenzunehmen, um bereit zu sein, seinem Vater zu helfen, wenn sich die Chance bot. *Und es war alles meine Schuld,* dachte er niedergeschlagen, *es war alles meine Schuld, daß das passiert ist. Papa hat mir doch extra gesagt, daß wir erst zu Aspar gehen sollten. Ich will es auch nicht mehr wieder tun, Papa, ich will jetzt immer ganz brav sein und auf dich hören.*

Aber natürlich war sein Vater nicht da und konnte sein stummes Versprechen nicht hören. Und seine Mutter auch nicht. Der einzige, der da war, war dieses furchterregende Monstrum – aber der schien doch nicht so schlimm zu sein. Nach dem, was er sagte, schien er es gut mit ihm zu meinen. »Wo ist meine Mama?« fragte er nervös. »Du hast gesagt, sie ist nicht hier.«

»Sie in Sicherheit«, antwortete Chelchal mit beruhigender Stimme. »Sie Sklavin von alter Königin Pulcheria Augusta, im Hebdomon-Palast, außerhalb der Stadt.«

»Oh«, sagte Meli nur. Das hörte sich nicht gar so furchtbar an, aber es verwirrte ihn. »Warum ist sie dort?« fragte er unsicher.

Chelchal lachte. »Mein Herr schenken sie seinem Herrn Chrysaphios; Chrysaphios schenken sie König Theodosius, König Theodosius schenken sie seiner Schwester, der alten Königin Pulcheria. Deswegen ist großer, großer Krach hier, viel Geschrei, mein Herr und sein Herr sehr, sehr wütend. Sie wollen, daß die Augusta deine Mutter zurückgeben, damit sie können ihr mehr Fragen stellen. Aber ist nicht gut für sie: Augusta ist sehr große Königin, geben niemals etwas zurück.«

Meletios saß einige Minuten schweigend da und dachte nach. Er hatte Pulcherias Standbild in Tyros und in den anderen Städten, durch die sie auf ihrer Reise gekommen waren, gesehen; ihr Bild war ihm vertraut, und er wußte nebelhaft, daß sie sehr fromm sein sollte. Wenn dieses Monstrum die Wahrheit sagte, dann war seine Mama wirklich in Sicherheit. Und eine fromme Kaiserin würde sie bestimmt ihren Angehörigen zurückgeben, wenn sie erfuhr, daß sie sie wiederhaben wollten. Meletios fühlte sich jetzt schon viel besser. »Wann werde ich meinen Papa wiedersehen?« fragte er Chelchal.

»Noch ein bißchen warten, dann ich gehe fragen. Du ein guter, braver Junge sein und ruhig warten? Wenn du versprechen, daß brav sein und nicht weglaufen, ich dich bringen jetzt in die Küche und dich abgeben bei der Haushälterin. Dann ich kann gehen und sehen, was ist mit deinem Papa.«

»Ich werde ganz ruhig warten, bis du wiederkommst und mir erzählst, was mit meinem Papa ist«, versprach Meletios feierlich. »Ich schwöre es beim Heiligen Tyrannion.«

Chelchal nickte schmunzelnd und brachte Meletios zur Küche; dann machte er sich rasch auf zu seinem Herrn.

Eulogios hatte einen Empfangsraum hinter dem Hof seines Hauses. Es war ein großer Raum, ausgestattet mit dem verschwenderischen, grellen Luxus, den er so liebte. Die Ausstattung war alles andere als geschmackvoll. Die Farbe der Wandtäfelung biß sich in eklatanter Weise mit den Bildern, die dort hingen; die Grüntöne der Mosaiklandschaft auf dem Fußboden standen in disharmonischem Kontrast zu den zarten Orange- und Rosttönen des seidenen Teppichs. Die teuren, reich verzierten Möbel waren häßlich und unbequem, und das Licht, das durch die Glasfenster hereinfiel, ließ die Geschmacklosigkeit des Raums unbarmherzig zutage treten. Eulogios liebte den Raum nichtsdestoweniger, und er saß gerade an dem goldenen Tisch und ging die Abrechnung einer der Poststationen, für die er verantwortlich war, durch, als seine Gefolgsleute ihren Gefangenen hereinführten.

Der Agent hatte schlechte Laune. Er hatte nun schon seit

drei Monaten schlechte Laune. Als Philippos in Konstantinopel angekommen war, hatte Chrysaphios nach Eulogios geschickt und ihm »eine allerletzte Chance« gegeben, sich für sein Versagen zu rehabilitieren. Eulogios hatte sich sofort zum Hebdomon begeben, aber bei der Kaiserin auf Granit gebissen, was seine Laune nicht gerade gehoben hatte. Entsprechend groß war der Eifer gewesen, den er bei der Durchsuchung von Nomos' Haus hatte walten lassen: Er hatte getobt und gedroht und die Sklaven geschlagen, aber gefunden hatte er trotzdem nichts. Als er diesen Mißerfolg Chrysaphios gemeldet hatte, war der Kämmerer überzeugt gewesen, daß Pulcheria das Beweismaterial für Nomos' Komplott hatte verschwinden lassen und es nun dazu benutzte, den Beamten dazu zu erpressen, ihn, Chrysaphios, zu denunzieren. Er hatte Eulogios wütend entlassen, und seitdem hockte der Agent in seinem Haus und schmollte und machte seinen Sklaven das Leben zur Hölle; selbst seine Gefolgsleute waren vor seinen Wutausbrüchen nicht sicher. Aber inzwischen waren drei Monate ins Land gegangen, und noch immer war nichts passiert. Und allmählich begann Eulogios, sich bestätigt zu fühlen: Er hatte deshalb nichts gefunden, weil es nichts zu finden gab, und Marcianus' Aufenthalte in Tyros war ebenso wie sein Eintreffen kurz nach Philippos nichts weiter als purer Zufall gewesen. Der Mantel war unbestreitbar rot gewesen: Er hatte ihn selbst gesehen. *Vielleicht,* sagte er sich jetzt immer häufiger, da das Wetter wärmer und seine Zuversicht größer wurde, *vielleicht ruft Chrysaphios mich ja heute zu sich und gibt zu, daß ich doch kein Versager bin und vertraut mir eine neue Aufgabe an. Er kann doch nicht im Ernst die Absicht gehabt haben, mich für immer zu entlassen. Dann hätte er mir doch bestimmt den Hunnen, den er mir letztes Jahr geliehen hat, wieder abgenommen. Wer weiß, vielleicht kann ich sogar auf eine baldige Beförderung hoffen?*

Vielleicht. Vielleicht aber auch nicht. Die Heiligen Offizien waren voll von ehrgeizigen Männern, und Eulogios war sich nur allzu deutlich darüber im klaren, wie leicht er zu ersetzen war. Was Chelchal betraf, so würde seine Anstellung bei ihm in ein paar Monaten auslaufen, und wenn er nicht woandershin abkommandiert wurde, würde er wieder in den Großen Palast zurückkehren und sich dem Gefolge des Kämmerers anschließen. Und er, Eulogios, würde dann wieder wie ehedem von seinen eigenen Einkünften leben müssen und sich mit seinen eigenen Gefolgsleuten bescheiden müssen, ohne Hoffnung auf eine Beförderung oder irgendein neues Amt. *Es war nicht meine Schuld!* würde er sich dann wütend sagen – und seine Enttäuschung und seine Wut an seinen Sklaven auslassen, wie er es immer getan hatte. Um so erfreuter war er daher, als seine Gefolgsleute einen Mann hereinbrachten, den sie angeblich beim Spionieren ertappt hatten.

»Er kam zum Haus und trieb sich dort in verdächtiger Weise herum«, meldete Berich, der Anführer seiner Privatgarde. »Der Torwächter hat ihn dabei beobachtet. Dann ging er in die Taverne am Markt. Chelchal fing eine Unterhaltung mit seinem Jungen an, und er und sein Sohn äußerten sich abfällig über Eure Durchlaucht, da sie nicht wußten, wer wir waren. Als der Bursche begriff, wer wir waren, versuchte er, sich mit Lügen herauszureden, indem er behauptete, er sei der Ehemann einer Dienstmagd, die hier im Haus als Aushilfe arbeite. Als wir ihm auf den Kopf zusagten, daß er ein Spitzel sei, und darauf bestanden, ihn Euch vorzuführen, versuchte er zu fliehen, und er wäre auch entkommen, wenn Chelchal ihn nicht mit seiner Bola eingefangen hätte. Er weigert sich beharrlich, zu sagen, wer er ist und was er wirklich hier wollte.«

Eulogios musterte Symeon mit zufriedenem Blick. *Es hält mich also irgend jemand noch immer für wichtig genug, um mich bespitzeln zu lassen. Aber wer? Einer meiner Rivalen vielleicht? Einer von Chrysaphios' Rivalen? Oder Chrysa-*

phios selbst – mein Gott, Gott, nur das nicht! Wenn der Bursche einer von Chrysaphios' Männern ist, dann bekomme ich Ärger, weil ich ihn behelligt habe. Aber warum sollte Chrysaphios mich bespitzeln lassen?

Und wenn doch, dann wird er irgendeinen Grund dafür haben. Besser, ich behandle den Burschen mit Vorsicht, bevor ich nicht weiß, wer ihn bezahlt.

Symeon stand breitbeinig da, mit hängendem Kopf, die Hände auf den Rücken gefesselt. Ihm war elend vor Angst. Der Grund für seine Angst waren freilich nicht so sehr die Gefolgsleute, und schon gar nicht dieser herausgeputzte, miese kleine Wicht, der da vor ihm stand – er empfand Eulogios als so lächerlich, daß er sich fast wunderte, wie er vor dieser Jammergestalt einmal hatte zittern können. Nein, auf irgendeine unerklärliche Weise fürchtete er sich vor dem Haus selbst, vor den verrammelten Fenstern, die ihn wie blinde Augen angestarrt hatten, und den eisenbeschlagenen Torflügeln, die hinter ihm zugeschnappt waren wie die Zähne eines Haifisches. Er konnte sich nicht wehren. Von dem Moment an, als Chelchals Bola sich um seine Füße gewickelt hatte, hatte er sich gefühlt wie ein Schaf, das zum Markt geführt wird.

Er hatte, während man ihn vom Marktplatz zu Eulogios' Haus geführt hatte, genug Zeit zum Nachdenken gehabt, genug Zeit, um zu dem Ergebnis zu gelangen, daß seine einzige Chance darin lag, zu lügen. Er log nicht gern, und er war ein schlechter Lügner, aber jede andere Taktik würde ihn ins sichere Verderben führen. Er mußte irgendeine überzeugend klingende Geschichte finden, die all die seltsamen Umstände erklärte, die ihn belasteten. *Herr über alles,* sandte er ein verzweifeltes Stoßgebet zum Himmel, *gib mir einen wachen Geist und Schlagfertigkeit; mach, daß er mir glaubt! Und beschütze meinen kleinen Meli! Und wenn ich Demetrias schon nicht retten kann, dann mach, daß ich ihr durch meine Anwesenheit wenigstens nicht noch mehr schade!*

Er räusperte sich und sagte in dem einschmeichelnden Tonfall eines sidonischen Händlers, der einmal versucht hatte, ihm illegal Purpurschnecken abzukaufen: »Eure Durchlaucht, ich bedaure zutiefst, einen Edelmann wie Euch zu inkonvenieren, aber Eure Männer irren sich. Ich bin kein Spitzel.«

Einer der Gefolgsmänner rammte ihm den Ellenbogen in die Magengrube, und Symeon sackte mit schmerzverzerrtem Gesicht auf die Knie. Mühsam rappelte er sich wieder auf.

Eulogios lächelte und gebot seinen Männern mit einer abwehrenden Handbewegung Einhalt. »Wenn du kein Spitzel bist, dann wird dir hier kein Haar gekrümmt werden«, sagte er beschwichtigend. »Was wolltest du hier?«

Symeon brachte mit einiger Anstrengung ein schwaches Lächeln zustande. »Ich wollte mit Euch ins Geschäft kommen, Eure Exzellenz. Ich hatte vor, über Eure Sklaven mit Euch ins Gespräch zu kommen, Eure Hoheit – ich verkaufe nämlich Farbstoffe, von einem Lieferanten unten im Hafen – aber als ich sah, wie verschlossen Euer Haus war, da dachte ich mir, daß ich wohl nicht willkommen sei. Das ist doch kein Verbrechen, Herr, oder?«

Die Augen des Agenten verengten sich. »Du bist kein Konstantinopolitaner, nicht wahr?« fragte er nach einem kurzen Zögern. »Du sprichst mit einem syrischen Akzent. Wieso reist du so einen weiten Weg, bloß um Farbstoffe zu verkaufen? Und wieso hast du das meinen Leuten nicht gleich gesagt, als sie dich fragten?«

»Sein Kind hat gesagt, sie wären gekommen, um eine Frau zu sehen«, schaltete sich Berich ein. »Ich denke mir, die Geschichte mit den Farbstoffen hat er sich erst jetzt ausgedacht.«

»Also, Syrer, weswegen bist du hierhergekommen?« fragte Eulogios.

»Um Farbstoffe zu verkaufen«, wiederholte Symeon. »Aus

meinem Volk handeln viele mit Farbstoffen, Herr, in allen Städten des Reiches. Wir lassen uns da nieder, wo wir ein Auskommen finden. Nun, ich gebe zu, mein Sohn hatte den Einfall, daß seine Mutter vielleicht hier wäre. Sie ... sie ist vor einem Jahr mit einem anderen Mann durchgebrannt. Sie hat manchmal für einen gewissen Eulogios gearbeitet – vielleicht war das ein anderer Herr des gleichen Namens. Sie hat mir nie viel von dem erzählt, was sie gemacht hat, Herr – ich vermute, weil das meiste davon schlecht war. Nun, jedenfalls hatte mein Sohn sich in den Kopf gesetzt, hier nach ihr zu suchen. Ich habe das Euren Männern nicht gesagt, weil es mir natürlich peinlich ist, daß meine Frau mit einem anderen durchgebrannt ist. Welcher Mann gibt schon gerne zu, daß seine Frau ihm Hörner aufgesetzt hat?« *O Gott, ich klinge wie ein Sklave, ich lüge wie ein Sklave. Bitte, bitte, mach, daß er mir glaubt!*

»Du verstehst es sehr geschickt, zu lügen«, sagte Eulogios, und zum ersten Mal schwang Ärger in seiner Stimme mit. »Aber ich werde die Wahrheit schon noch aus dir herauskriegen. Wenn du wirklich Farbstoffe verkaufen wolltest, dann müßtest du auch Proben bei dir haben.«

»Hab' ich auch«, sagte Symeon sofort. »Natürlich nicht die Farben selbst, die sind nicht geeignet zum Herumtragen; man macht sich zu leicht schmutzig. Aber ich habe einen Mantel bei mir, der mit den Farben gefärbt ist, die ich verkaufe. Ich hatte ihn in einem Korb bei mir. Einer Eurer Männer muß ihn wohl haben.«

Eulogios starrte ihn gereizt an, dann blickte er zu seinen Gefolgsleuten. Einer von ihnen holte den Weidenkorb hervor, den er aus der Taverne mitgenommen hatte. Eulogios öffnete ihn und nahm den Mantel heraus. *Rot,* dachte er grimmig, und *gefärbt mit – ja, ich glaube, es ist Kermes. Mutter Gottes, langsam glaube ich, diese Farbe verfolgt mich!* Er wandte den Blick auf Symeon. »Das soll also eine Probe sein?«

»Jawohl, Eure Hoheit!« sagte Symeon, und seine Stimme

klang fast fröhlich. Jeder, der in den Manufakturen von Tyros arbeitete, kannte sich mit Farbstoffen aus und konnte eine überzeugende Imitation eines Farbenhändlers liefern. »Das Blau ist Indigo; ich habe einen Lieferanten an der Hand, der Euch jede gewünschte Menge davon beschaffen kann – beste Qualität, Herr, und ungemein preisgünstig. Und das Rot ist Kermes – eine wunderschöne Farbe, nicht wahr?«

»Eine abscheuliche Farbe, geschmacklos wie nur etwas!« brüllte Eulogios. Er knüllte den Mantel zusammen und stopfte ihn zurück in den Korb.

»Es tut mir leid, wenn ich Eure Eminenz erzürne«, sagte Symeon demutsvoll.

Eulogios starrte ihn wütend an. »Warum hast du das meinen Männern nicht erzählt?«

»Wie ich schon sagte, Herr, niemand erzählt gerne herum, daß er Hörner aufgesetzt bekommen hat. Und ich bin ein Mensch, der leicht in Wut gerät, Herr, besonders dann, wenn ich es besser nicht sollte. Ich lasse mir nicht gern von Barbaren Befehle erteilen. Nun, ich habe dafür büßen müssen.«

Und du wirst auch noch ein bißchen mehr büßen, dachte Eulogios, *dafür, daß du mir meine Zeit gestohlen hast.* »Durchsucht ihn!« befahl er seinen Männern barsch.

Berich sah die Wut in den Augen seines Herrn und grinste. Es wurmte ihn, als Trottel dazustehen, und er brannte darauf, seine Laune an diesem Syrer auszulassen, Spitzel hin, Spitzel her. Er versetzte Symeon einen Tritt gegen das Schienbein, so daß dieser vornüber auf die Knie sackte, und schlug ihn dann ins Gesicht. Einer der anderen Männer packte Symeon bei den Haaren und zerrte ihn hoch, und Berich löste Symeons Gürtel und zog die Börse heraus. Er hielt einen Moment inne, dann trat er Symeon mit voller Wucht in den Magen, bevor er den Inhalt der Börse auf dem Tisch vor seinem Herrn ausschüttete. Eine Handvoll Kleingeld und ein Brief fielen heraus. Eulogios nahm den Brief und las ihn laut vor, nichts Besonderes erwartend.

»›Ich, Flavius Marcianus von Thrakien ...‹«, begann er – und hielt inne.

Dann las er weiter, und seine Stimme klang wie die des Racheengels, der am Tage des Jüngsten Gerichts eine schreckliche, lange verborgene Sünde des Angeklagten enthüllt. Mit schmerzverzerrtem Gesicht auf dem seidenen Teppich kniend, verzweifelt gegen das Würgegefühl in seiner Brust ankämpfend, hörte Symeon den Urteilsspruch seiner Verdammnis auf sich herniederdröhnen. Er hob das Gesicht, das unter der Sonnenbräune leichenblaß geworden war, zu Eulogios, und sagte nichts.

»Flavius Marcianus von Thrakien«, wiederholte Eulogios in grimmigem Triumph. »›Ich, Flavius Marcianus von Thrakien, schwöre hiermit feierlich beim Heiligen Geist und beim Haupte von Kaiser Theodosius Augustus, Symeon und Demetrias ...‹« – er hielt inne und blickte triumphierend auf – »›vor der Rache oder der Arglist ihrer Feinde zu beschützen ...‹, und so weiter und so fort.« Er legte den Brief nieder und blickte auf. »Und Demetrias!« rief er in einem Ton höchster Genugtuung. »Ich kenne eine kleine Schlampe dieses Namens, und Marcianus schien sehr interessiert an einem Geschäft zu sein, mit dem sie zu tun hatte.« Er sprang auf, baute sich vor Symeon auf und grinste ihn mit gebleckten Zähnen an. »So, Bursche, du wirst mir jetzt die Wahrheit erzählen«, fauchte er. »Die ganze und die reine Wahrheit. Warum hat Marcianus dir und dieser Demetrias seinen Schutz versprochen? Häh?« Er packte Symeons Tunika, drehte sie langsam herum und zog ihn ganz nah an sich heran, so daß sein Gesicht ganz dicht an seinem war. »Du sagst es mir besser freiwillig und ganz schnell, sonst werde ich es auf der Folterbank aus dir herauspressen«, zischte er. Er ließ die Tunika los. Symeon schwieg. Eulogios schlug ihm hart ins Gesicht, einmal, zweimal. »Sag mir die Wahrheit! Keine Lügengeschichten mehr, Symeon – so heißt du doch, nicht wahr? Und hoffe nicht auf Hilfe von deinem Gönner. Marcianus hat hier nichts zu sagen.«

Symeon biß sich auf die Lippen. Sein Geist war vor Angst wie gelähmt; das einzige, was er denken konnte, war, *ich habe Demetrias ins Verderben gestürzt!* Er versuchte verzweifelt, einen klaren Gedanken zu fassen. *Ich darf nichts sagen!* hämmerte er sich ein. *Alles, was ich sagen würde, würde sie belasten. Das einzige, was ich jetzt noch tun kann, ist, sie decken. Oh, Herr im Himmel, was habe ich getan! Sie werden uns beide auf die Folterbank zerren, und alles nur, weil ich so stur war, weil ich nicht einsehen wollte, daß es Leute gibt, gegen die ich nicht ankommen kann. Wie konnte ich nur so töricht und vermessen sein! Oh, Herr, vergib mir, und gib mir die Kraft, zu schweigen!*

Chelchal erreichte den Raum einige Minuten später. Er war gerade im Begriff anzuklopfen, als er das Geräusch eines Schlages hörte, gefolgt von dem unverkennbaren Geräusch eines Würgens. Er hielt überrascht inne. Er erkannte sofort, was in dem Raum vor sich ging, aber konnte nicht verstehen, wieso sein Herr es für nötig befand, Demetrias' Mann schlagen zu lassen.

Er klopfte hart an die Tür und ging hinein. Der seidene Teppich war zur Seite gerollt worden, und Symeon lag zusammengekrümmt in einer Lache von Erbrochenem, die Hände immer noch auf dem Rücken gefesselt, und rang keuchend nach Luft. Aus seiner Nase lief Blut. Berich und die anderen standen im Kreis um ihn herum; Eulogios saß auf der Liege, darauf wartend, daß sein Opfer sich so weit erhole, daß es in der Lage war zu sprechen.

»Was hier los, Herr?« fragte Chelchal. Er war aufgrund seiner Sonderstellung unter den Gefolgsmännern der einzige, der sich herausnehmen konnte, seinem Herrn eine solche Frage zu stellen.

»Ah, Chelchal!« rief Eulogios mit einem katzenhaften Grinsen. »Ich höre, du warst es, der unseren Spitzel hier schnappen konnte. Du sollst dafür belohnt werden. Unser Spitzel ziert sich noch ein bißchen – aber du arbeitest doch für Marcianus, nicht wahr, Symeon?«

Symeon rang noch immer nach Luft. Seine Nase war voll von Blut und Erbrochenem, und er konnte kaum aufnehmen, was Eulogios sagte.

»Der?« sagte Chelchal. »Das der Mann von Demetrias aus Tyros. Er segeln hierher mit ihrem kleinen Sohn, um zurückzuholen seine Frau. Er kein Spitzel. Ist nicht nötig, ihn zu schlagen.«

Eulogios starrte ihn einen Moment lang mit offenem Mund an, dann fragte er scharf: »Was weißt du von dieser Sache?«

»Ich sprechen mit dem kleinen Jungen. Er sagen, sie kommen, um zu holen seine Mama, und haben einen Plan, sie zu befreien und wieder nach Tyros zurückzugehen.«

»Einen Plan!« rief Eulogios höhnisch. »Er hat ein Dokument mit der Unterschrift von Flavius Marcianus von Thrakien, in dem dieser ihm und seinem Weib Schutz verspricht! Sie waren alle beide die ganze Zeit über in Aspars Diensten!«

Chelchal schüttelte zweifelnd den Kopf. »Vielleicht er gehen zu Marcianus und bitten um Hilfe, als er hier in die Stadt kommen, und versprechen ihm dafür, später zu spionieren. Oder vielleicht er schreiben den Brief selbst oder stehlen ihn. Er kommen nach hier, zu holen seine Frau. Kleiner Junge nicht kann große Lügen erfinden; ist noch zu klein.«

Berich hatte erwähnt, daß ein Kind dabeigewesen sei, aber Eulogios hatte es vergessen. Der bestimmende Ton, mit dem Chelchal die Aufrichtigkeit des Jungen attestierte, mißfiel ihm, und er starrte seinen Gefolgsmann wütend an; Chelchal erwiderte seinen Blick mit seinem üblichen Grinsen. *Barbaren haben keinen Respekt vor ihren Vorgesetzten,* dachte Eulogios wütend.

Gleichwohl, vielleicht war ja doch etwas dran an dem, was der Hunne sagte. Ein Kind würde bestimmt nicht so geschickt im Lügen sein wie ein Erwachsener, und schon gar nicht so störrisch – Symeon hatte kein Wort gesagt, seit sie den Brief bei ihm gefunden hatten. Vielleicht war aus dem Kind etwas mehr herauszukriegen.

»Der Junge scheint jedenfalls gesprächiger zu sein als sein Vater«, sagte Eulogios mürrisch. »Wie alt ist er?«

»Fünf, vielleicht sechs. Ein guter, braver Junge. Ich komme, um zu fragen, ob Eure Exzellenz den Jungen mit seinem Vater nach Tyros zurückschicken. Aber vielleicht nicht so gut jetzt.«

»Bring ihn her«, sagte Eulogios. »Ich werde selbst mit ihm sprechen.«

Symeon stöhnte und versuchte aufzustehen. Chelchals Grinsen verschwand. Er blickte zu der hilflosen Gestalt auf dem Boden, dann sah er wieder seinen Herrn an. Er kannte diesen verbissenen, unduldsamen Blick nur zu gut. Eulogios würde keine Widerrede akzeptieren; jeder Versuch, ihn von seinem Vorhaben abzubringen, würde lediglich einen seiner Wutausbrüche heraufbeschwören. Chelchal zuckte mit den Achseln und ging hinaus, um Meletios zu holen.

Der kleine Junge saß still auf dem Boden in der Küchenecke, wo Chelchal ihn zurückgelassen hatte, und hielt das Gesicht an die Knie gepreßt. Die Sklaven bereiteten das Mittagessen zu. Jemand hatte versucht, Meletios ein Stück frisches Brot zu geben, aber ihm war nicht nach Essen zumute, und das Brot lag unberührt neben ihm. Als Chelchal auftauchte, sprang er auf und sah dem Hunnen mit einem Ausdruck von fast verzweifelter Hoffnung entgegen. Chelchal fuhr zusammen. Er selbst hätte nicht gewollt, daß sein eigener Sohn mit ansehen mußte, wie sein Vater zusammengeschlagen und gedemütigt wurde; er fand, ein Junge sollte fest auf die Kraft und den Mut seines Vaters vertrauen können. Aber er konnte nichts dagegen machen. Er hatte feierlich gelobt, Chrysaphios zu dienen, der ihn davor bewahrte, Attila dienen zu müssen, und Chrysaphios hatte ihn angewiesen, Eulogios zu gehorchen.

»Pst«, sagte Chelchal leise und nahm die Hand des Jungen. »Du jetzt ein braver Junge sein. Mein Herr immer noch denken, dein Vater ein Spitzel; er befehlen dem dummen Berich, ihn zu schlagen. Dein Vater ein tapferer Mann und nichts sagen. Jetzt mein Herr will auch dich fragen, ob dein Vater Spion ist. Du ihm die Wahrheit sagen. Ist gut?«

Meletios blinzelte. »Wird das meinem Papa helfen?«

»Ich glaube. Komm jetzt, und nicht vergessen: Du tapfer sein!«

Symeon hatte es geschafft, wieder auf die Knie zu kommen, als Meletios hereingebracht wurde. Aber er konnte nicht stehen. Dreimal hatte man ihm nun schon in den Magen getreten, und er kniete zusammengekrümmt da, und aus seiner Nase tropfte Blut auf die grünen Steine des Mosaiks. Als die Tür mit einem Knarren aufging und sein Sohn hereinkam, hätte er am liebsten laut geschrien. Dies war kein Ort für Meletios. *O Gott, was habe ich getan?* dachte er wieder. *Es ist nur gerecht, wenn ich nun für meine Dummheit büßen muß. Aber es wäre schrecklich, wenn auch meine Frau und mein Sohn dafür büßen müßten. Wüßte ich nur einen Ausweg! Ganz gleich, was ich tue, ich mache es nur noch um so schlimmer für sie. Hilf mir, Herr!*

Als Meletios seinen Vater sah, wie er da auf dem Boden kauerte, blutverschmiert und über und über mit Erbrochenem besudelt, fuhr er entsetzt zurück und versuchte, sich loszureißen und aus dem Raum zu rennen. Chelchal hielt ihn am Arm fest und flüsterte ihm zu: »Ist nicht so schlimm, wie aussieht. Hat nur Nasenbluten. Nichts gebrochen.«

Meletios fing an zu weinen; er wischte sich die Nase mit dem Handrücken ab und blickte in starrem Entsetzen auf seinen Vater. Symeon erwiderte seinen Blick schweigend.

»So, Junge«, sagte Eulogios. »Du siehst, was mit Spitzeln passiert.«

»Mein Papa hat noch nie jemanden bespitzelt!« schrie Meletios zurück, außer sich vor Zorn. »Du – du scheußlicher Teufel! Du läßt ihn sofort gehen!«

»Ich lasse ihn gehen, wenn du mir sagst, wozu ihr hierhergekommen seid«, fauchte Eulogios zurück.

»Wir wollten meine Mama abholen«, sagte Meletios. »Du hast sie gestohlen, du Teufel! Du hattest kein Recht, sie zu kaufen, aber du hast sie trotzdem mitgenommen. Mein Papa wollte sie zurück nach Hause bringen.«

Eulogios gab Berich einen Wink; der Gote drehte sich um und schlug Symeon mit der Faust so heftig ins Gesicht, daß er hintenüber kippte. Dann trat er ihm in die Seite. Meletios kreischte auf und versuchte, sich auf den Goten zu stürzen. Chelchal packte ihn bei den Schultern und hielt ihn zurück.

»Sag mir, was für einen Plan dein Vater hatte«, schnaubte Eulogios wütend, »oder ich lasse ihn töten.«

Meletios schrie hysterisch und versuchte wild strampelnd, sich Chelchals Griff zu entwinden; der Hunne hob ihn kurzerhand auf und nahm ihn auf den Arm. »Tu, was er sagen!« flüsterte er ihm ins Ohr. »Er denken schlimme Dinge. Was du sagen, kann deinem Vater helfen.«

Meletios hörte auf zu schreien, schluchzte aber heftig. Seine Augen waren weißgerändert. Chelchal setzte ihn wieder ab. »Sag ihm«, drängte er.

»Mein Papa hatte ein Stück Pergament mit einem Versprechen darauf.« Meletios stockte einen Moment, ehe er fortfuhr: »Er hat es von einem Mann gekriegt, der Marcianus heißt und ein großes Haus in der Altstadt hat und sehr mächtig ist. Er hat versprochen, meinem Vater zu helfen, wenn er

Ärger kriegt wegen dem blöden Mantel, aber er hat sein Versprechen nicht gehalten. Mein Papa wollte das Pergament dem Aspar zeigen; der hat ein großes Standbild hier auf dem Markt, mit einem Schwert. Aspar ist der Herr von Marcianus, und mein Papa hat gesagt, er würde Marcianus sagen, daß er sein Versprechen halten soll, und dann würden sie die ... die Kaufurkunde ... für meine Mama ... ungültig machen, und dann könnte meine Mama mit uns nach Hause fahren.«

Symeon stöhnte und versuchte erneut, aufzustehen. Meletios sah ihn unglücklich an. »Es tut mir leid, Papa!« schluchzte er und brach wieder in Tränen aus.

»Meli«, preßte Symeon mühevoll heraus und spie Blut aus. »Meli ... ich bin es, der dich um Verzeihung bitten muß. Deine Mutter ... sag ihm, daß deine Mutter von alledem nichts wußte. Sie hat nichts gewußt!« Er sah Eulogios an. »Ja, es stimmt, ich war bei Marcianus, aber ich habe ihr nichts davon erzählt. Sie hatte nicht die geringste Ahnung. Bitte, tut ihr nichts, bitte ...« Er fühlte, wie ihm die Tränen in die Augen schossen, und er versuchte verzweifelt, sie niederzukämpfen. Er hatte noch nie jemanden um etwas angefleht. Und er wußte, daß Flehen bei einem Mann wie Eulogios nichts nutzen würde, aber er konnte nicht anders. »Bitte, tut meinem Sohn nichts. Tut meiner Frau nichts. Es war nicht ihre Schuld..«

Aber Eulogios interessierte nicht, wessen Schuld es war, und ob Demetrias von Symeons Besuch bei Marcianus wußte. Es ging ihm einzig darum, herauszufinden, ob da eine Verschwörung im Gange war oder nicht; er wollte irgend etwas in der Hand haben, das er Chrysaphios vorweisen konnte, um sich bei ihm ins rechte Licht zu setzen.

»Aber Papa«, sagte Meletios, »Mama ist nicht hier. Sie ist ...«

»Ruhe!« schrie Eulogios. »Du elender Sklavenbengel! Du verfluchte kleine Rotznase! Ich werde dich lehren, zu reden, bevor du gefragt wirst! Chelchal!«

Der Hunne zuckte die Achseln, eine Hand auf Meletios' Schulter. »Was sagen er falsch, Herr? Er beantworten Eure Frage.«

Eulogios stieß ein angewidertes Schnauben aus. »Gar nichts hat er beantwortet. Junge, warum hat Marcianus deinem Vater Schutz versprochen? Sag's mir, aber schnell!«

Meletios sah ihn verwirrt und unsicher an. »Er... es war wegen diesem Mantel, glaube ich. Nicht wahr, Papa?«

Symeon biß die Zähne zusammen und schwieg.

»Was für ein Mantel?«

»Der Mantel, den meine Mama in der Färberei gewebt hat. Der Prokurator hat ihr den Auftrag gegeben, und mein Papa war nicht froh darüber, weil der Prokurator ein böser Mensch ist. Und sie hat gearbeitet, jeden Tag, bis es dunkel war. Und... und ich glaube, mein Papa hat dem Marcianus gesagt, was für ein schlechter Mensch der Prokurator ist, und da hat Marcianus versprochen, daß er ihm hilft. Aber dann bist du gekommen, und du warst auch wütend wegen dem blöden Mantel, und dann hast du meine Mama mitgenommen...«

»Welche Farbe hatte der Mantel?« fragte Eulogios.

»Das weiß ich nicht«, antwortete Meletios. »Sie hat ihn doch in der Färberei gewebt. Bitte, Herr, Mein Papa...«

Eulogios gab Berich erneut einen Wink; Berich trat Symeon in die Hoden. Symeon knickte zusammen und gab einen erstickten Schmerzensschrei von sich, und Meletios schrie erneut auf. »Ich weiß es doch nicht!« rief er mit tränenerstickter Simme. »Ich weiß es nicht! Papa!«

Eulogios nickte Berich zu. Diesmal schlug der Gote Symeon mit der Faust ins Gesicht.

»Papa!« schrie Meletios und versuchte erneut, sich von Chelchal loszureißen. Aber der Hunne hielt ihn fest.

»Er nicht wissen«, sagte Chelchal wütend. »Herr, das ist schlecht, ist sehr schlecht. Ist nicht gut, zu schlagen einen Mann vor seinem Kind. Ich das Kind wegbringen.«

»Gleich«, sagte Eulogios. »Wenn das Kind es nicht weiß, dann weiß es bestimmt der Vater. Welche Farbe hatte der Mantel, den deine Frau in der Färberei gewebt hat? Häh? Es war bestimmt keine gewöhnliche Farbe, sonst hätte dir Marcianus gewiß keinen Schutz versprochen, als du es ihm erzählt hast. Also! Heraus mit der Sprache!«

Symeon lag auf dem Boden, halb ohnmächtig vor Schmerzen. *Wenn ich die Wahrheit sage,* dachte er, *wird Demetrias dafür büßen müssen.* Er schüttelte den Kopf. »Ich . . . habe ihn . . . nie gesehen«, keuchte er.

Eulogios starrte ihn einen Moment an, dann wandte er sich an Berich. »Berich«, sagte er langsam, »nimm das Kind.«

»Nein!« schrie Symeon und versuchte aufzustehen. »Um Gottes willen!« Durch den Tränenschleier vor seinen Augen konnte er den Goten nicht sehen, konnte er nicht einmal Meletios sehen.

Berich machte einen Schritt auf Meletios zu. Chelchal nahm eine Hand von der Schulter des Jungen und griff nach der Bola an seinem Gürtel. Er hatte in seinem Leben schon viele Menschen getötet; bei Überfällen hatte er alte Männer und Frauen erschlagen; einmal, nachdem seine Leute ein Dorf gebrandschatzt hatten, war er sogar gezwungen gewesen, ein dreijähriges Waisenmädchen zu töten. Aber das war im Krieg gewesen; das Mädchen war zu klein gewesen, um es in Gefangenschaft zu nehmen, und wenn sie es zurückgelassen hätten, wäre es verhungert. Aber er würde nicht zulassen, daß ein Kind um irgendeines eingebildeten politischen Vorteils willen gefoltert wurde. Sein Blick traf den Berichs, und er schüttelte den Kopf. Der Gote blieb stehen. Chelchal wandte sich seinem Herrn zu. »Nein«, sagte er. »Herr, das ist sehr schlecht. Bringen Unglück. Ist nicht gut, Kinder zu foltern, Herr, nicht gut. Gott bestrafen es. Ich kenne Männer, Herr, Hunnen, die schlagen Kinder, bevor töten sie. Sie alle bald darauf sterben. Sehr, sehr schlechte Sache, Herr.«

Eulogios zögerte. Er war sicher, daß Symeon alles gestehen würde, wenn sie das Kind vor seinen Augen folterten – aber Symeon würde wahrscheinlich auch so alles gestehen. Vielleicht war es besser, zu warten und lieber Chrysaphios die ganze Wahrheit aus ihm herauspressen zu lassen; das würde Chrysaphios freuen. Ja, es war vermutlich sogar taktisch klüger, wenn er es dem Kämmerer überließ, die Wahrheit selbst herauszufinden. Und vielleicht brachte es ja wirklich Unglück, Kinder zu foltern. Besser, er unterließ es, zumal es ohnehin unnötig war.

»Na gut, meinetwegen«, knurrte er mürrisch. »Dann behalte du den Jungen, Chelchal. Verkauf ihn, wenn du willst und wenn du einen Käufer für ihn findest, betrachte es als deine Belohnung dafür, daß du seinen Vater geschnappt hast. Berich, ich will, daß du zum Großen Palast gehst und seine Erlauchtheit von diesem Spitzel in Kenntnis setzt – ich gebe dir einen Brief für ihn mit. Ihr anderen bringt den Burschen raus und sperrt ihn in den Speicher. Bindet ihm die Hände los und gebt ihm zu essen und zu trinken: Wir wollen, daß er bei Kräften ist, wenn er morgen verhört wird. Und schickt die Frauen her zum Putzen – es stinkt hier ganz erbärmlich.«

Chelchal hob Meletios auf und trug ihn hinaus; die anderen Gefolgsmänner schleppten Symeon hinaus. Eulogios setzte sich an seinen Tisch, um den Brief an Chrysaphios zu schreiben, während die Sklavinnen hereinkamen und den Fußboden zu schrubben begannen. *Was für ein Glücksfall!* dachte er, als er seine Feder spitzte. *Seine Erlauchtheit wird hochzufrieden mit mir sein. Diesmal werde ich bestimmt befördert!*

Beschwingt tauchte er die Feder in die Tinte und begann zu schreiben.

Meletios war vollkommen außer sich. Chelchal trug ihn mit düsterem Gesicht zurück in den Stall und setzte ihn sanft auf den Strohballen. Dann ging er zu den Boxen an der Seite des flachen Gebäudes und begann sein Pferd zu satteln. Als er fertig war, führte er das Pferd zu Meletios und hockte sich, die Zügel über dem Arm, neben dem Jungen auf den Boden. »Wir jetzt gehen«, sagte er.

»Mein Papa!« schluchzte Meletios.

»Es ist sehr schlimm, ja, ich verstehen. Aber er deinen Vater nicht töten. Ist gut jetzt, er deinen Papa heute in Ruhe lassen. Er warten bis morgen, was Chrysaphios sagen. Wir gehen jetzt.«

Meletios blickte zu dem Hunnen auf. Sein Gesicht war rot und geschwollen vom Weinen, und seine Nase lief. Er sah vollkommen anders aus als das Kind, das noch vor wenigen Stunden in der Taverne auf dem Schoß seines Vaters gesessen hatte. »Wo gehen wir hin?« fragte er nach kurzem Zögern. »Wirst du mich verkaufen?«

»Nein«, sagte Chelchal bestimmt. »Ich habe einen kleinen Jungen. Er so alt wie du, als ich ihn zuletzt sehen. Er jetzt ein Sklave. Das mir nicht gefallen, und ich dich auch nicht verkaufen wollen. Ist nicht gut, zu verkaufen kleine Jungen an fremde Männer in großten Städten. Ich ein Freund von deiner Mutter, und ich dich nicht verkaufen. Ich dich bringen ... ich dir gleich sagen. Komm.«

Meletios stand auf, und Chelchal hob ihn hoch und setzte ihn auf das vordere Ende des großen hölzernen Sattels; dann saß er selbst auf, nahm die Zügel, und das Pferd trabte hinaus in den Hof. Meletios hatte immer davon geträumt, einmal zu reiten, aber traurig und unglücklich, wie er war, nahm er es kaum wahr.

Chelchal rief nach dem Torwächter. »Ich in die Stadt reiten und kleinen Jungen mitnehmen«, erklärte er. »Ich spät zurückkommen, vielleicht erst, wenn schon dunkel ist. Ist gut? Gut.«

Der Torwächter öffnete brummend das Tor. Chelchal trabte hindurch, hinaus auf die offene Straße und zurück zum Taurusmarkt. Meletios begann wieder zu weinen, still und hoffnungslos. »Mein Papa«, wiederholte er mit tränenerstickter Stimme.

»Ist sehr schlecht«, stimmte ihm Chelchal zu.

»Eulogios ist ein Teufel«, sagte Meletios, und seine Wut flackerte für einen kurzen Augenblick wieder in ihm auf. »Er ist schlecht, schlecht, schlecht! Mein Papa!«

»Dein Papa ein tapferer Mann«, sagte Chelchal. »Er nicht sagen, was mein Herr hören wollen. Besser, du weg von ihm; dann er stärker sein, wenn er keine Angst um dich haben.«

»Es war meine Schuld«, schluchzte Meli. »Ich wollte meine Mama sehen. Ich habe zu ihm gesagt, daß wir zu dem Haus gehen sollen. Er wußte, daß es gefährlich ist, aber ich habe so lange gebettelt, bis wir hingegangen sind!«

»Aber er nicht gehen ins Haus hinein«, gab Chelchal zu bedenken. »Ist Pech, daß ich anfangen, mit dir zu sprechen, das ist alles. Du dir keine Vorwürfe machen.« Er lenkte sein Pferd Richtung Westen, ritt an den Schafhändlern vorbei, die nach dem morgendlichen Geschäft den Marktplatz verließen, und fiel in Trab.

»Wo reiten wir hin?« fragte Meletios nach langem Schweigen, das nur von erstickten Schluchzern unterbrochen war.

Chelchal setzte wieder sein Grinsen auf. »Wir reiten zum Hebdomon. Ist gut für Kinder, wenn bei ihrem Papa und ihrer Mama. Du nicht bei Papa, also ich dich zu deiner Mama bringen. Ist gut.«

»Zu meiner Mama?« fragte Meli mit ungläubigem Staunen.

»Du warten«, erwiderte Chelchal grinsend. »Du gut sitzen? Ist noch weiter Weg, müssen schnell machen.«

Er verstärkte seinen Griff um die Schulter des Jungen und trieb sein Pferd zu einem leichten Galopp an. Geschickt lenkte er sein Pferd durch den Verkehr auf der Mittelstraße und schlug die Richtung zum Goldenen Tor ein. Meletios klammerte sich am Sattel fest. Er keuchte vor Aufregung. Sie ritten zu seiner Mama! Vielleicht war die Welt doch nicht ganz so schlimm und schrecklich, wie es den Anschein hatte. Vielleicht konnte irgend jemand seine Mutter befreien und die abscheulichen Teufel, die die Macht hatten, vernichten, und sie konnten heim nach Tyros fahren, und alles würde wieder so sein wie früher.

Aber sein kindliches Vertrauen war an den Wurzeln zerstört, und tief in seinem Innern wußte er, daß nichts je wieder so sein würde, wie es einmal gewesen war.

X

Es war um die Mitte des Nachmittags, als Theonoe zu Demetrias kam und ihr sagte, daß sie am Torhaus verlangt werde.

Demetrias steckte die Teppichnadel vorsichtig in das eben begonnene Bild von der Hochzeit zu Kanaan und bekreuzigte sich, bevor sie sich erhob. Jeder im Hebdomon machte diese Geste ein dutzendmal am Tag – immer wenn eine Aufgabe erledigt war oder wenn eine neue in Angriff genommen wurde, vor dem Essen, nach dem Essen, oder wenn zufällig der Name des Herrn oder der Seiner Mutter fiel, bekreuzigten sich Pulcherias Sklavinnen. Demetrias hatte diese Gewohnheit übernommen, fast ohne es zu merken – es war einfach eine weitere in der Reihe der vielen kleinen Anpassungen an das Leben im Hebdomon, ein Leben, das sie mittlerweile nicht mehr als fremd empfand. Sie hatte sich an die schwarzen Kleider ebenso gewöhnt wie an die Stille und den gemessenen, stets gleichförmigen Ablauf des Palastalltags. Der tagtägliche Trott aus Arbeit und Gebet hatte etwas Beruhigendes, die Stille war geradezu Balsam nach den Schrecknissen, die ihr vorangegangen waren. Ihre Sonderstellung war allgemein anerkannt und respektiert, und obwohl sie sich noch immer nicht ganz wohl darin fühlte, hatte sie sich damit abgefunden. Die anderen Weberinnen waren zumindest immer noch freundlich ihr gegenüber. Und die Arbeit nahm sie wie immer voll und ganz in Anspruch. Ihre Tapisserie von der Flucht nach Ägypten war von allen im Palast bewundert worden – »Mir tun allein beim bloßen Hingucken die Knochen vom Reisen weh«, hatte Agatha geschwärmt. Die Hochzeit zu Kanaan, hatte sie sich vorgenommen, würde vor Lebendigkeit und Glückseligkeit geradezu aus dem Vorhang herausspringen. Einmal mehr hatte sie das Gefühl, daß das Leben als Sklavin von Pulcheria durchaus erträglich war – bis eines Tages das wirkliche Leben wiederbeginnen würde. Aber noch sicherer als dieses Gefühl war das, daß Pulcherias Palast, selbst wenn sie in ihm den Rest ihres Lebens verbringen würde, niemals ihr Zuhause sein könnte.

»Wer verlangt nach mir?« fragte sie Theonoe überrascht.

Die alte Frau runzelte mißbilligend die Stirn. »Da ist ein Mann, ein Barbar, wie man mir sagte, der ans Tor gekommen ist und gesagt hat, er müsse dich dringend sprechen. Ich werde dich begleiten, Mädchen, und eure Unterhaltung beaufsichtigen. Ich hoffe doch, du hast nichts Ungehöriges getan?«

»Natürlich nicht«, erwiderte Demetrias. »Ich habe noch nie mit Absicht etwas Ungehöriges getan und mag diesen Ort so besonders gern, weil mich hier noch nie irgend jemand dazu gedrängt hat.« Wieder bekreuzigte sie sich. Theonoe nickte beifällig, und sie gingen zusammen durch die stillen Flure zum Tor.

Was ich gesagt habe, entspricht eigentlich doch auch der Wahrheit, meine ich, dachte Demetrias mit ein wenig Unbehagen, *auch wenn ich es natürlich in erster Linie gesagt habe, um Theonoe zu gefallen. Aber ich frage mich, was für ein Barbar das wohl sein mag, der hierherkommt, um mich zu sprechen. Doch wohl hoffentlich nicht Chelchal! Er war nett zu mir, und ich möchte ihm nicht weh tun – was ich wohl tun muß, wenn er immer noch was von mir will. Warten wir's ab.*

Chelchal wartete nicht direkt im Torhaus, sondern auf dem Hof. Der Pfirsichbaum trug bereits Knospen, und in den Blumenbeeten, die im Schutz der Mauer lagen, blühte purpurn und golden der Krokus. Der Hunne war gerade dabei, sein Pferd am Brunnen zu tränken und stand mit dem Rücken zum Torhaus, aber Demetrias erkannte den schmutzigen Murmeltiermantel sofort wieder. Sie sah Theonoe an; die alte Frau zog fragend die Augenbrauen hoch. Demetrias seufzte, raffte ihren schwarzen Umgang und trat hinaus in die Nachmittagssonne. »Chelchal?« rief sie.

Er drehte sich um – und ein Kind kam hinter dem Pferd hervorgestürmt und rannte auf sie zu. Es stockte kurz, als es den ungewohnten schwarzen Umhang sah; doch dann richtete es den Blick auf ihr Gesicht und stürzte ihr entgegen. »Mama!« schrie Meli und flog ihr in die Arme.

Demetrias fiel auf die Knie, um sein Gewicht abzufangen, und schloß die Arme um ihn. In ungläubigem Staunen schaute sie hinunter auf die dichten bronzefarbenen Locken. Sein kleiner kräftiger Körper preßte sich zitternd an sie, und seine Arme waren fest um ihren Hals geschlungen. Sie hatte diesen Körper zur Welt gebracht, ihn genährt, in den Schlaf gewiegt, gewaschen, gefüttert, ihn aufwachsen sehen. Jeder Zoll an ihm war ihr vertraut – und doch schon halb wieder fremd, so verändert hatte er sich in den wenigen Monaten. Sie hatte das Gefühl, als sei ein Bann gebrochen, als habe die stille, resignierte Frau, die vor wenigen Augenblicken aus dem Palast getreten war, sich mit einem Schlag verwandelt: Prokne, die von einem Vogel wieder zu einer Frau geworden war. »Meli«, stieß sie atemlos hervor, »Meli, mein Schatz, mein Liebes – wie kommst du hierher?«

»Was geht hier vor?« fragte Theonoe mit eisiger Stimme.

Demetrias antwortete der alten Frau, ohne sich umzudrehen. »Das ist mein Sohn«, erklärte sie. »Das ist Meletios, den ich in Tyros zurücklassen mußte.«

»Bist du sicher?« fragte Theonoe, immer noch kühl.

»Ich kenne doch wohl meinen eigenen Sohn!« fauchte Demetrias sie an. Sie beugte sich ein wenig zurück und nahm Melis Kopf in beide Hände. »Meli, Liebes, sag, wie kommst du hierher?«

»Chelchal hat mich gebracht«, antwortete Meletios. »Eulogios hat ihm gesagt, er soll mich verkaufen, aber das hat er nicht gemacht, weil er selbst einen kleinen Jungen hat, der Sklave ist, und er meint, das wäre schlecht.«

Demetrias blickte zu Chelchal auf, der herübergeschlendert war und sie angrinste. Der Hunne bestätigte Melis Wiedergabe mit einem Nicken. »Kinder müssen bei ihren Eltern sein«, erklärte er bestimmt.

»Aber wie ... wie hast du ihn hierhergebracht, nach Konstantinopel?«

Meli kam dem Hunnen zuvor. »Nein! Papa und ich sind mit der *Prokne* hierhergekommen. Aber ich wollte zu dem Haus von Eulogios gehen und gucken, ob du noch da bist, und Papa wollte nicht reingehen, und dann sind wir zu einer Taverne gegangen, und Papa hat mir einen Honigkuchen gekauft, und da waren viele böse Männer, und die haben uns gefangen, und dann haben sie uns zum Haus von dem Eulogios zurückgebracht, und sie haben gesagt, wir wären Spione, und ... und ...« Meletios mußte wieder daran denken, wie sein Vater geschrien hatte, und sofort schossen ihm wieder die Tränen in die Augen. Jetzt konnte er getrost weinen, jetzt, in den Armen seiner Mutter, war er sicher. Er schmiegte sich in ihren Schoß und weinte still und hemmungslos, seinen Tränen freien Lauf lassend.

»Dein Mann wird haben großen Ärger«, sagte Chelchal zu Demetrias. Er blickte mitleidsvoll zu ihr hinunter. In ihren grünen Augen spiegelten sich Bestürzung und Verwirrung. Sie kniete auf dem Pflaster vor den Blumen, die Nachmittagssonne hob das Gold in ihrem Haar und in dem des Kindes auf ihrem Arm hervor. *Eine feine Frau*, dachte er wieder. *Wenn ich daran denke, wie sie Eulogios zum Narren gehalten hat! Welcher Mann würde eine solche Frau nicht gern heiraten? Nun, sie ist nicht für mich, nicht jetzt: Sie ist für Gott oder für den Mann, den sie in den Speicherraum gesperrt haben.*

Chelchal glaubte fest daran, daß alle Frauen heiraten, für

ihre Männer sorgen und Kinder gebären sollten. Dafür waren sie ja schließlich da. Der Jungfräulichkeitskult der Römer verwirrte ihn vollkommen. Was sollte Gott mit einer Frau anfangen? Gewiß, wenn die Römer recht hatten mit dem, was sie über ihren Gott sagten, dann hatte er tatsächlich einmal einen Sohn von einer Jungfrau bekommen – aber sie alle behaupteten steif und fest, daß das ein einmaliges Ereignis gewesen sei, welches sich niemals wiederholen werde. Warum klatschten alle begeistert Beifall, wenn eine hübsche Frau sich von der Welt abwandte und gelobte, niemals mit einem Mann zu schlafen? So eine Frau wie Demetrias gehörte doch ins Leben, nicht in dieses Kloster, eingesperrt zwischen alten Weibern in schwarzen Kleidern! So eine Frau gehörte zu einem Mann, selbst wenn dieser ein anderer als er, Chelchal, war. *Aber ich bezweifle, daß Demetrias' Mann je wieder freikommen wird,* dachte er traurig. *Mein Herr und Chrysaphios werden ihn so lange verhören, bis er nur noch ein Häufchen zerrissener Haut und gebrochener Knochen ist, und dann werden sie ihn töten. Sie werden ihn töten müssen. Es muß gegen ihre eigenen Gesetze verstoßen, was sie tun, also werden sie es sich nicht leisten können, ihn laufenzulassen. Und Pulcheria wird Demetrias daran hindern, sich wieder zu verheiraten: Sie wird ihr Leben hier beschließen, nur mit Gott und alten Weibern als Gesellschaft – außer dem Kind. Und er wird wahrscheinlich als Priester oder als Mönch enden, wenn er in solcher Gesellschaft aufwächst. Was für ein Trauerspiel!*

»Als mein Herr deinen Mann durchsuchen«, fuhr er fort, »er finden ein Pergament; darin stehen, daß Marcianus versprechen, zu schützen dich und deinen Mann. Deshalb er deinen Mann schlagen lassen und stellen deinem Sohn viele Fragen. Dann er schicken nach seinem Herrn Chrysaphios. Warum Marcianus dieses Pergament unterschreiben? Dein Mann, er nichts sagen, und ich glauben, er auch Chrysaphios nichts sagen.«

»Mein Mann ist in Eulogios' Haus?« fragte Demetrias und errötete. »Als Gefangener? Und sie haben ihn geschlagen?«

Chelchal nickte und warf die Zügel über den Hals seines Pferdes. »Eulogios mir sagen, ich deinen Sohn verkaufen. Aber ich ihn hierherbringen. Jetzt ich zurückgehen zu meinem Herrn.« Er setzte einen Fuß auf den Steigbügel.

»Warte!« Demetrias sprang auf, obwohl sie Meletios noch immer umklammerte. »Ich ... ich muß dir danken. Aber mein Mann ... wie ...«

Sie steht treu zu ihrem Mann, dache Chelchal ohne Bitterkeit. *Ich könnte ebensogut nicht dasein.* Er grinste sie an, stieg aber in seinen Sattel. »Ist schon gut. Ich jetzt zurückreiten. Ich deinem Mann sagen, daß du hier sicher, ja? Er nicht müssen sich Sorgen machen um dich?«

»Ja ... ja. Sag ihm, ich werde irgendeinen Weg finden, wie ich ihm helfen kann. Und noch einmal vielen, vielen Dank, Chelchal! Wie kann ich dir meinen Dank zeigen?«

»Du mir vielleicht eines Tages einen Mantel machen? Einen, der noch besser als Mantel von König Attila, ha! Ist gut. Alles Gute! Meli, du ein braver Junge, immer lieb sein zu deiner Mutter, ja?« Er wendete grinsend sein Pferd und sprengte zum Hof hinaus und davon.

»Nun!« rief Theonoe, starr vor Zorn und Empörung. »Was hat das zu bedeuten? Was hat dieser Barbar mit dir zu tun, Mädchen?«

»Er ist einer der Gefolgsleute des Agenten Eulogios«, erwiderte Demetrias ruhig. »Er war mit bei der Gruppe, die mich von Tyros hierhergebracht hat – der einzige, der mich freundlich behandelt hat. Und jetzt hat er bewiesen, daß er wirklich ein feiner Kerl ist.« Sie drückte und herzte Meletios, der aufgehört hatte zu weinen und seinen Kopf an ihre Schulter schmiegte, ein schlaffes und erschöpftes Bündel in ihren Armen. *Mein Sohn*, dachte sie triumphierend, *mein Meletios! Und Symeon ist hier in Konstantinopel; er ist gekom-*

men, um mich zu suchen. Eulogios hat ihn festgenommen und mißhandelt – aber ich habe Gönner, die mächtiger sind als Eulogios, und alle glauben, daß ich Einfluß habe. Nun gut, wenn ich wirklich Einfluß habe, dann werde ich ihn nutzen, und Eulogios wird bereuen, was er getan hat. »Theonoe, du hast gehört, was er gesagt hat. Mein Mann ist nach Konstantinopel gekommen und von Chrysaphios' Leuten festgenommen worden. Das betrifft nicht nur mich persönlich, das könnte weitreichende Konsequenzen ... das heißt, die Augusta wird davon Kenntnis haben wollen. Wir müssen es ihr sofort sagen.«

Theonoe starrte sie zornig an. »Und was hast du mit dem Jungen vor?«

»Er ist mein Sohn; er bleibt bei mir.«

»Er ist ein Knabe. Er darf nicht in den Palast.«

»Mach dich nicht lächerlich!« rief Demetrias entrüstet. »Er ist gerade einmal sechs Jahre alt! Und er wird schließlich nicht das einzige Kind im Hebdomon sein.«

Theonoes Miene wurde noch eine Spur grämlicher. Drei Monate waren vergangen seit jenen beunruhigenden Ereignissen, die auf Demetrias' Erscheinen im Hebdomon gefolgt waren, und sie hatte schon zu hoffen begonnen, daß ihre Befürchtungen grundlos waren; daß keine Pläne ausgeheckt wurden, ihrer Herrin wieder zu einer Macht zu verhelfen, die Theonoe selbst als unweigerlich korrupt ansah. Und jetzt mußte sie zu ihrem Entsetzen erkennen, daß sie sich doch nicht getäuscht hatte. Die Nachricht, die der Barbar gebracht hatte, konnte allem Anschein nach – wenn Demetrias' Andeutungen stimmten – »weitreichende Konsequenzen« für irgend etwas haben, das die Kaiserin betraf. Vielleicht würde sie, noch ehe das Jahr herum war, die beschauliche Stille des Hebdomon verlassen müssen und wieder in die lärmende und verderbte Welt des Großen Palasts zurückkehren. Außerdem hatte Theonoe mit der Zeit eine große Zuneigung für Demetrias entwickelt und setzte große Hoffnungen auf sie. Und nun zeigte sich das Mädchen versessener denn je darauf, wie eine gewöhnliche Frau zu sein, und schien sogar allen Ernstes entschlossen, ein kreischendes Balg in die geweihten Hallen des Palasts zu holen! »Die Mägde, die verheiratet sind, wohnen alle außerhalb des Palasts«, sagte sie mit angewidertem Naserümpfen, »bei ihrem Stallburschen-Gesocks. Das dürfte wohl kaum der rechte Ort für dich sein, Mädchen.«

»Dann muß eben irgend jemand einen geeigneten Ort finden, wo ich mit meinem Jungen hin kann! Theonoe, bitte! Er ist sehr jung und völlig verängstigt. Du wirst ihn doch nicht im Ernst von mir trennen wollen! Geh zur Herrin und sag ihr, was passiert ist: Ich bin sicher, sie wird schon alles irgendwie richten.«

Theonoe rümpfte erneut die Nase, dann senkte sie widerstrebend den Kopf. Was immer sie von den Plänen der Kaiserin halten mochte, ihre allererste und oberste Pflicht war es, sie zu respektieren. »Aber bleib hier«, befahl sie, »und bring den Jungen ja nicht in den Palast, bevor ich wiederkomme.« Sie drehte sich um und stapfte beleidigt von dannen.

»Ich mag diese Frau nicht«, sagte Meletios, während er ihr nachschaute.

»Pst, Liebes«, mahnte ihn seine Mutter, »das darfst du nicht sagen. Sie ist Aufseherin und Kammerfrau von Kaiserin Pulcheria. Sie ist eigentlich ganz nett; sie mag bloß keine Männer oder Kinder.« Sie setzte sich auf das Pflaster, Meletios immer noch fest an sich drückend. »Ach, Meli, mein Schatz! Warte, gleich wird die Kaiserin uns zu sich rufen. Sie ist eine alte Frau, und sie ist manchmal ein bißchen brummig, aber sie mag uns. Sie ist sehr, sehr mächtig. Prokuratoren und Präfekten sind für sie nicht mehr, als du und ich für Prokuratoren sind. Wenn du in ihr Gemach kommst, mußt du dich vor ihr auf den Boden werfen und dann wieder aufstehen, und du mußt ganz still sein und darfst nur sprechen, wenn sie dich was fragt, und dann mußt du ihr sofort antworten – und du darfst sie auf keinen Fall anlügen. Wir wollen doch, daß sie deinem Papa hilft, mein Schatz; du mußt also ganz artig sein und einen guten Eindruck machen. Hast du verstanden?«

Meletios nickte und sah sie mit großen Augen an. »Sie ist noch mächtiger als Eulogios?« fragte er.

»Noch viel, viel mächtiger.«

»Eulogios ist ein böser Mann!« stieß der kleine Junge leidenschaftlich hervor. Er begann wieder zu zittern. »Er hat den Männern befohlen, Papa zu schlagen – und er war ganz voll Blut und hat geschrien, und sie haben mich immer wieder nach dem Mantel gefragt, und sie haben gesagt, daß sie Papa töten, wenn ich ihnen nicht sage, welche Farbe er hatte, aber ich wußte es doch nicht, Mama, ich wußte es doch nicht!«

»Pst, ganz ruhig«, sagte Demetrias in begütigendem Ton und begann, ihn sanft hin und her zu wiegen, um ihn zu beruhigen. Aber das Bild von Symeon, wie er schreiend und blutend vor dem Agenten lag, gewann eine schreckliche Lebendigkeit in ihrem Geist, und noch während sie das Kind in ihren Armen wiegte, spürte sie, wie eine grausige Angst sie packte. *Symeon, schreiend? Symeon! Lieber Gott, was haben sie ihm angetan? Was werden sie ihm noch antun?*

Das Bild ihres blutenden, geschundenen Mannes erfüllte sie mit einem solch unbändigen Zorn, und schlagartig wurde ihr bewußt, daß sie lieber die Folter selbst erdulden würde als sich auszumalen, wie er sie erduldete. *O Symeon, du Narr!* dachte sie. *Wie konntest du so töricht sein, dich auch nur in die Nähe von Eulogios zu trauen? Oh, mein lieber, armer, dummer Symeon! Bitte, lieber Gott, mach, daß Pulcheria ihm beisteht!*

Sie wiegte Meletios, bis er ruhig war, dann wusch sie sein schmutziges, tränenverschmiertes Gesicht am Brunnen, setzte ihn auf den Rand und bat ihn, ihr alles in Ruhe zu erzählen, was an dem Tag passiert war. Er war gerade damit fertig, als Theonoe zurückkam und ihr mitteilte, daß die Kaiserin sie erwarte.

Pulcheria war wieder in ihrem blauen Empfangszimmer und trug ihren schwarzen Umhang. Sie war dabei, einer ihrer Sekretärinnen einen Brief zu diktieren, als Demetrias hereingelassen wurde, aber sie hörte sofort mit dem Diktieren auf und entließ die Sekretärin mit einem Nicken und einer knappen Handbewegung. Demetrias wartete, bis die Sekretärin ihre Schreibtafel zugeklappt, sich verbeugt und die Tür hinter sich geschlossen hatte, dann trat sie vor und warf sich vor der Kaiserin nieder. Dabei galt ihre Aufmerksamkeit mehr Meletios, der hinter ihr stand, als der Kaiserin; der Junge legte sich auf den Boden, wie sie es ihm gesagt hatte, dann sprang er auf und sah sich neugierig um. Demetrias erhob sich langsamer, gerade noch rechtzeitig, um den Anflug von Lächeln zu gewahren, der beim Anblick des kleinen Jungen um Pulcherias Lippen spielte.

»Das ist also dein Sohn«, sagte Pulcheria. »Mir ist noch nicht ganz klar, wie er hierhergekommen ist. Kläre mich auf.«

Demetrias holte tief Luft und berichtete der Kaiserin, was Meletios ihr soeben erzählt hatte. Während sie erzählte, saß Pulcheria regungslos da, mit verhülltem Blick, die kräftigen, dünnen Hände klauenartig um die Armlehnen ihres Throns gekrallt. Als Demetrias fertig war, stieß die Kaiserin einen tiefen, langen Seufzer aus. »Dein Mann ist ein Narr«, beschied sie Demetrias barsch.

Demetrias senkte den Kopf. »Es war töricht von ihm, so nahe an Eulogios' Haus zu gehen. Aber er wollte mich sehen, Herrin; mein Sohn wollte mich sehen und bedrängte ihn. Er hatte irgendeinen Plan, sich von den Sklaven Informationen zu beschaffen, ohne zu verraten, wer er wirklich ist – und dann überlegte er es sich anders und ging erst gar nicht in das Haus hinein. Bitte, Herrin, urteilt nicht zu hart über ihn.«

»Es war meine Schuld!« meldete sich Meletios zu Wort und vergaß in seinem Eifer die Anweisung seiner Mutter, den Mund zu halten. »Ich wollte meine Mama sehen, und ich dachte, sie wäre da.«

»Es war töricht von ihm, Tyros überhaupt erst zu verlassen!« erklärte Pulcheria unwirsch. »Marcianus hatte dort einen Mann zurückgelassen, der sich um eure Sache kümmern sollte. Dieser Bursche war auch durchaus gewillt, euch zu helfen, aber er konnte nicht mehr rechtzeitig einschreiten. Offenbar versprach er deinem Mann, Eulogios hierher zu folgen und zu sehen, was er für euch tun kann. Er kam vor sechs Wochen an – ach ja, Marcianus hat mir einen Brief geschickt, in dem er mir all dies mitteilt und sich erbietet, dich zurückzukaufen. Sein Schwur liegt ihm offenbar schwer auf der Seele. Was hat sich dein Mann eigentlich dabei gedacht? Hat er im Ernst geglaubt, er könne irgend etwas erreichen, das ein Marcianus nicht erreichen kann?«

Es mag ja sein, daß sich Symeon dumm verhalten hat, dachte Demetrias, *aber welches Recht habt Ihr, hat irgend jemand, ihm jetzt dafür Vorwürfe zu machen, jetzt, wo er für seine Dummheit mit der Folter bezahlt?«* »Warum hätte er Marcianus glauben sollen?« fragte sie hitzig und schaute Pulcheria fest in die Augen. »Marcianus war fort, und wenn er jemanden in Tyros zurückgelassen hat, so hat dieser Mann uns jedenfalls nicht geholfen, als es darauf ankam und wir seine Hilfe nötig gehabt hätten. Symeon glaubte, was jeder Sklave glauben muß: daß man sich als Sklave nicht auf seinen Herrn verlassen kann, sondern auf seine eigene Kraft vertrauen muß.« Sie biß sich auf die Zunge, wie als wolle sie nachträglich ihren Worten die Schärfe nehmen. Aber Pulcheria schien ihre Offenheit zu gefallen.

»Mir scheint freilich, daß dein Mann seiner eigenen Kraft ein wenig zu sehr vertraut hat«, bemerkte sie. »Aber er hatte wohl keine andere Wahl, wenn er dich wiedersehen wollte.

Und es sieht ganz so aus, als ob er an dir genauso stark hinge wie du an ihm, sonst wäre er wohl kaum bereit gewesen, eine so weite Reise auf sich zu nehmen und so viel zu riskieren, um dich nach Hause zurückzuholen. Ich glaube, wenn er direkt zu Marcianus gegangen wäre, dann wäre ich so beeindruckt von der Stärke eurer gegenseitigen Zuneigung gewesen, daß ich dich ihm zurückgegeben hätte.«

Demetrias starrte die Kaiserin gespannt an. Das Herz klopfte ihr bis zum Halse. Meletios trat einen Schritt vor und ergriff die Hand seiner Mutter. Ungeduldig wartete er darauf, daß seine Mutter etwas sagte, daß sie um die Freiheit seines Vaters bat. Aber Demetrias sagte nichts, sondern sah ihre Herrin bloß mit einem Ausdruck banger Hoffnung an. Sie zu bitten war zwecklos. Pulcheria ließ sich nicht drängen.

Die müden Augen blinzelten sie aus ihren tiefen Höhlen an; der Mund zuckte kaum merklich und verzog sich zu einem flüchtigen Ausdruck, der weder als freundlich noch als unfreundlich bezeichnet werden konnte. »Du erwartest von mir, daß ich mich für die Freilassung deines Mannes einsetze«, sagte Pulcheria.

Demetrias machte eine tiefe Verbeugung und kniete nieder, ohne den Blick von Pulcheria abzuwenden. »Herrin, ich kann nur dafür beten, daß Ihr uns die Güte erweist, uns zu retten. Das Gebet ist das einzige, was ich habe, um Euch gewogen zu stimmen.«

Pulcheria seufzte. Sie begann den Kopf zu schütteln, dann machte sie eine wütende, unwirsche Handbewegung. »Ich kann es nicht, Mädchen«, sagte sie. »Ich würde es gern, aber ich kann es nicht.«

Demetrias starrte sie mit einem Ausdruck ungläubigen Entsetzens an. Meletios trat noch einen Schritt vor, dann blieb er stehen und schaute seine Mutter an; er konnte noch nicht begreifen, daß Pulcheria ihnen soeben ihre Hilfe verweigert hatte.

»Du bist nicht dumm, und du weißt, um was für ein Geschäft es hier geht«, sagte Pulcheria bedächtig. »Denk doch einmal nach. Meine Absicht ist es, den Kämmerer meines Bruders zu entmachten. Mein Bruder ist willensschwach und gutherzig. Chrysaphios hat ihn vollständig im Griff: Niemand kommt an ihn heran, nicht einmal ich, ohne durch das Büro des Kämmerers zu gehen. Wenn ich jetzt mit den Beweisen, die Nomos mir für die Verbrechen des Kämmerers gegeben hat, zu meinem Bruder ginge, könnte Chrysaphios mich natürlich nicht daran hindern – aber er wüßte Bescheid. Vieles von dem, was Nomos mir erzählt hat, weiß er selbst nur vom Hörensagen: Die eigentlichen Beweisstücke, die Chrysaphios zweifelsfrei überführen würden, befinden sich in der Hand des Kämmerers selbst. Wenn er nun aber wüßte, was ich vorhabe, würde er diese Beweise sofort vernichten. Sodann würde er den reuigen Sünder mimen und für die Vergehen, die ihm zweifelsfrei nachzuweisen sind, tränenreich Abbitte tun und händeringend schwören, er hätte dies doch alles nur zum Wohle meines Bruders getan und würde es gewiß auch nie wieder tun, und mein armer Bruder würde vor Mitleid zerfließen und ihm vergeben und ihn wieder in sein Amt einsetzen. Und was dann mit uns passieren würde, kannst du dir wohl denken.«

»Doch es gibt eine Möglichkeit, wie wir ihn packen können. Nomos war Prinzipal der Offizien bis zum letzten Frühling. Er stellte viele Kontakte zu den Barbaren her, und viele seiner Agenten bei den Hunnen halten noch immer ihm die Treue und nicht seinem Nachfolger. Von diesen Agenten nun hat Nomos erfahren, daß unser wackerer Kämmerer jemanden dazu bestochen hat, König Attila umzubringen. Ich finde daran im Grunde nichts Anstößiges, außer daß Chrysaphios offenbar wieder einmal seiner schlechten Menschenkenntnis aufgesessen ist und sich den falschen Mann dafür ausgesucht hat. Jedenfalls hat Attila alles erfahren. Er dürfte schon sehr bald einen Boten zum Hof schicken, mit Sicherheit noch in diesem Monat. Es wird natürlich eine Szene geben, und es werden schwere Beschuldigungen erhoben werden, und Chrysaphios wird zweifellos von seinen Amtspflichten entbunden werden, solange der Abgesandte am Hofe weilt, und ebenso zweifellos wird er wieder in sein Amt eingesetzt werden, sobald der Abgesandte, versehen mit einer hübschen Geldsumme, wieder abgereist ist. Aber solange Chrysaphios seines Amtes enthoben ist, kann ich zuschlagen. Ich muß meine Beschuldigungen gegen ihn so hieb- und stichfest beweisen, daß mein Bruder keine andere Wahl hat, als Chrysaphios endgültig aus dem Amt zu entfernen und ihn wegen Staatsgefährdung in die Verbannung zu schicken. Verstehst du jetzt? Wir müssen uns in Geduld üben, bis es soweit ist und dürfen vorher auf keinen Fall irgendwelchen Staub aufwirbeln. Chrysaphios wird sich an fünf Fingern abzählen können, weshalb ich bei Nomos war und was ich von ihm wollte, aber er weiß es nicht mit Bestimmtheit, und er hat nichts gegen mich in der Hand, womit er mir zuvorkommen könnte. Wenn unser Plan erfolgreich sein soll, darf sich an dieser Situation nichts ändern.«

»Aber Symeon weiß von dem Mantel!« wandte Demetrias verzweifelt ein. »Ich habe es ihm erzählt – er weiß alles. Bestimmt ...«

»Natürlich weiß er es! Warum sollte er sich wohl sonst an Marcianus gewandt haben? Aber das beweist überhaupt nichts. Ein Sklave aus Tyros sagt unter Folter aus, daß Nomos ein Purpurmantel zugesandt wurde – na und? Was beweist das? Nomos' Haus wurde durchsucht, aber ein Purpurmantel wurde nirgends gefunden. Wen interessiert da noch die Aussage eines gefolterten Sklaven? Wenn nun aber der Sklave unter Folter aussagt, daß da ein Purpurmantel gewebt worden ist, und wenn dann derselbe Sklave von der Augusta, die die erste Durchsuchung von Nomos' Haus durchgeführt hat, festgenommen wird – das wirft sofort ein ganz anderes Licht auf die Sache. Chrysaphios könnte verlangen, daß mein Palast durchsucht wird und – wenn ich mich weigerte – meinen Bruder ersuchen, mich wegen des Verdachts auf Hochverrat meiner Titel und meines Ranges zu entheben.«

»Ihr verlangt also von mir, daß ich tatenlos hinnehme, daß mein Mann zu Tode gefoltert wird«, erwiderte Demetrias mit erstickter Stimme. »Herrin, es muß doch irgendeine Möglichkeit geben ...«

»Es geht hier um ein ganzes Reich, Mädchen! Ich kann doch nicht eine Regierung, die für das Wohl von Hundertausenden von Menschen verantwortlich ist, um des Ehemanns einer Seidenweberin willen in Gefahr bringen! Wie stellst du dir das vor? Es tut mir leid, aber wir müssen ihn seinem Schicksal überlassen.«

Meletios hatte an dem Tag schon so viel geweint, daß er keine Tränen mehr übrig hatte. Er stand regungslos da und starrte die Kaiserin stumm an. Demetrias weinte. Das Schluchzen konnte sie unterdrücken, aber die Tränen nicht. Sie wischte sie wütend weg. *Ich hätte genausogut wie Symeon wissen müssen, daß man sich nicht auf die da oben verlassen darf,* dachte sie. *Was bedeutet für die schon ein Sklave? Aber ich werde Symeon nicht aufgeben, nicht, solange er noch am Leben ist. Wenn Pulcheria nichts tun kann, dann werde ich sehen, was ich tun kann, aus eigener Kraft. Es wird ihre Pläne bestimmt nicht gefährden, wenn eine tyrische Seidenweberin versucht, ihren Mann zu befreien.*

»Du hast doch noch deinen Sohn«, sagte Pulcheria, und ihre Stimme klang ein wenig sanfter. »Ich gebe dir die Erlaubnis, ihn einstweilen hierzubehalten. Wenn er älter ist, muß du mit ihm aus dem Palast ausziehen, aber fürs erste kann er mit bei dir in deiner Kammer wohnen. Wir werden bestimmt eine passende Arbeit für ihn finden. So, nun geh und kümmere dich um ihn. Du bekommst für den Rest des Tages frei.«

Demetrias machte schweigend ihren Fußfall und ging mit Meletios hinaus. Pulcheria schaute ihr mitleidig nach. *Ich habe dem Mädchen zuviel erzählt*, dachte sie. *Jetzt werde ich noch rührselig, und das in meinem Alter. Aber ich wollte ihr doch wirklich helfen. Armes Ding – mißbraucht und mißachtet von allen, mich selbst eingeschlossen. Dabei ist sie tüchtig und intelligent und zu viel mehr fähig, als ihr jemals in ihrem Leben zugetraut worden ist. Ich wollte, daß sie versteht, warum ich ihr keine andere Antwort geben konnte. Sie müssen ein gutes Paar gewesen sein, sie und ihr Mann – aber wie konnte der Kerl nur so töricht sein, geradewegs in Eulogios' Fänge zu marschieren! Heilige Maria Mutter Gottes, steh ihm bei in der Stunde seiner Not!*

Pulcheria bekreuzigte sich, dann klatschte sie in die Hände, um ihre Sekretärin mit dem angefangenen Brief zurückzuholen.

Es war später Nachmittag, als Demetrias von ihrer Audienz bei Pulcheria zurückkam, und die meisten Palastbediensteten gingen noch ihrer Arbeit nach, wenngleich einige sich bereits zum Gebet versammelten. Sie nahm Meletios mit in die Küche und bat um etwas Brot für ihn, dann führte sie den kleinen Jungen in ihre Schlafkammer und hieß ihn, auf ihrem Bett Platz zu nehmen. Er schaute sie mit angstvollem Blick an. »Wird Papa sterben?« fragte er.

Sie küßte ihn. »Mein Liebster«, sagte sie zärtlich, »ich will nicht, daß er stirbt. Aber wenn er am Leben bleiben soll, dann sind wir es, die ihn retten müssen. Die Kaiserin kann es nicht.«

»Ich habe nicht verstanden, warum«, flüsterte er.

»Mach dir nichts draus. Denk nicht darüber nach und erzähl niemandem, was sie gesagt hat, weil es ganz, ganz streng geheim ist. Aber sie kann deinen Papa nicht retten. Und weil sie es nicht kann, muß ich es eben versuchen. Meli, ich möchte, daß du ein Weilchen allein hier bleibst, ohne mich. Versprichst du mir, daß du brav bist?«

Er starrte sie mit angsterfüllten Augen an. »Geh nicht weg!« flüsterte er. »Laß mich nicht allein. Mama, bitte, geh nicht zu dem Haus von Eulogios, bitte, bitte nicht!«

»Ich will zu Marcianus«, beruhigte sie ihn, »nicht zu Eulogios, Meli, zu Marcianus. Papa hat ihn schon einmal gebeten, uns zu helfen, und nach dem, was die Augusta gesagt hat, wollte er das auch wirklich tun. Vielleicht kann er uns jetzt helfen. Ich ... ich habe eine Idee, Meli. Es ist die einzige Chance, die wir haben, deinen Papa zu retten.«

Er verzog das Gesicht und drückte sich stürmisch an sie. »Ich will nicht alleine bleiben!« stieß er weinend hervor.

»Pst, Liebes.« Sie streichelte ihm über das Haar. »Ich verspreche dir, ich gehe nur zu Marcianus' Haus. Es ist nur ein paar Meilen von hier und in einer ganz anderen Richtung als das Haus von Eulogios. Ich erzähle Marcianus von meiner Idee, und vielleicht ... vielleicht sind wir morgen früh, wenn du aufwachst, wieder alle zusammen, und alles ist bloß ein schlimmer Traum. Versuch dir vorzustellen, daß das alles bloß ein böser Traum ist, Liebes. Iß was, leg dich schlafen, und wenn du aufwachst, bin ich wieder da.«

Er war tausend Meilen weit weg von zu Hause, und sein Vater wurde irgendwo gerade zu Tode gefoltert. Es war nicht bloß ein böser Traum, es war Wirklichkeit. Die Welt war ein schrecklicher und furchteinflößender Ort, und die Menschen, die er für stark und klug gehalten hatte, waren nicht einmal imstande, sich selbst zu beschützen, geschweige denn ihn. Die Vorstellung, wieder von seiner Mutter getrennt zu sein, selbst für einen kurzen Augenblick, war schrecklich. Aber irgendwie sah er ein, daß er sie nicht festhalten durfte und konnte. Das Leben seines Vaters stand auf dem Spiel, und er erkannte, ohne zu verstehen, wie oder warum, daß sie die Pflicht hatte, alles zu tun, was in ihren Kräften stand, um es zu retten. Er hob den Kopf und sah sie mit ernstem Blick an. »Versprichst du mir, daß du wiederkommst?«

»Ich verspreche es. Und jetzt sei ein braver Junge und lege dich schlafen. Falls du mußt, steht ein Nachttopf unter dem Bett, und wenn du heute nacht Angst kriegen solltest, dann kannst du an die Tür der Kammer nebenan klopfen. Die Frau, die dort schläft, heißt Agatha; sie ist Seidensortiererin. Sie ist nett; sie hat keine eigenen Kinder und kümmert sich gern ein bißchen um dich. Niemand im Palast wird dir was tun; du brauchst also keine Angst zu haben, Liebes. Ich muß jetzt gehen, solange die anderen noch alle beim Gebet sind. Ich mache die Lampe aus, und wenn jemand klopfen sollte, tust du so, als würdest du schlafen.«

»Und wenn mich einer fragt, wo du bist?«

»Dann mußt du ihm die Wahrheit sagen. Keiner wird uns was tun, mein Liebling, du brauchst also wirklich keine Angst zu haben. Aber wenn sie merken würden, daß ich weggehe, würden sie versuchen, mich aufzuhalten, und es ist besser, wenn du bis morgen früh mit niemandem sprichst. Bist du jetzt brav und gehst ins Bett?«

Meletios nickte unsicher. Demetrias hob ihn auf und küßte ihn, dann setzte sie ihn wieder ab, streichelte ihm über das Haar und ging schweigend hinaus.

Marcianus besaß ein Haus ganz in der Nähe von dem seines Dienstherrn Aspar, in dem Viertel von Konstantinopel, das Psamathia genannt wurde, unweit der großen Festung des Goldenen Tores. Aspars Haus nahm den gesamten gegenüberliegenden Block ein; Marcianus' Haus war von weit bescheideneren Ausmaßen. Es war eines von einer Reihe von großen Stadthäusern, die hauptsächlich Heeresoffizieren gehörten, deren Truppen in der Region stationiert waren. Er besaß anderswo Ländereien und hielt sich dort häufiger auf als in Konstantinopel selbst, aber er betrachtete dieses Haus noch immer als sein eigentliches Heim. Seine sechzehnjährige Tochter, sein jüngstes und einziges noch lebendes Kind, wohnte dort und führte während seiner häufigen Abwesenheiten zusammen mit einer Hausdame den Haushalt und das aus zehn Sklaven und Sklavinnen bestehende Personal. Bis zu ihrem Tode hatte seine Frau das Haus geführt: Sie hatte die Bilder ausgewählt, die an den Wänden hingen; sie hatte den farbenfrohen rot-blauen Teppich ausgesucht, der im Empfangszimmer lag, und sie hatte auch den kleinen Garten hinter dem Haus anlegen lassen. Die niedrigen Rosmarin- und Lavendelhecken hatte sie eigenhändig gepflanzt. Marcianus liebte es, an seinen Feierabenden in diesem Garten zu sitzen, dem Zirpen der Grillen zu lauschen, vor dem Hintergrund der gedämpften Geräusche, die von der Stadt herüberdrangen, und den würzigen Duft der Kräuter und der Holzkohlenfeuer einzuatmen. Trotz der Kühle des Frühlingsabends saß er auch jetzt wieder dort, eingehüllt in seinen Mantel, als einer seiner Sklaven zu ihm trat, um ihm zu melden, daß eine junge Frau an die Tür geklopft habe und dringend verlange, ihn zu sprechen.

Marcianus seufzte; es widerstrebte ihm, den Frieden und die Ruhe des Gartens zu verlassen. »Was will sie?« fragte er.

»Sie sagt, es ginge um den Purpurfischer Symeon, Herr«, antwortete der Sklave entschuldigend. »Sie sagt, Ihr würdet sie gewiß empfangen wollen.«

Marcianus fuhr hoch. »Da hat sie wohl recht. Wo ist sie? Im Empfangszimmer?«

Der Sklave nickte, und Marcianus begab sich sofort dorthin.

Demetrias stand ruhig in der Mitte des blau-roten Teppichs, ganz in die Betrachtung der Bilder vertieft, die im Licht der Lampen besonders wirkungsvoll zur Geltung kamen. Marcianus erkannte sie sofort wieder und blieb im Türrahmen stehen. Sie wandte den Blick von den Bildern und sah ihn an. Ihr Gesicht war ruhig und entschlossen – *wie das eines Soldaten vor der Schlacht*, dachte Marcianus, selbst von dem Gedanken überrascht.

»Dein Name ist Demetrias«, sagte er und trat in den Raum. »Ich bin erfreut, dich hier zu sehen. Weiß deine Herrin, daß du gekommen bist?« Er deutete auf eine der Kirschbaumholzliegen und setzte sich selbst auf eine andere.

Sie schüttelte den Kopf und ignorierte seine Einladung, sich zu setzen. »Wenn meine Herrin wüßte, daß ich zu Euch wollte, hätte sie mich daran gehindert«, erwiderte sie gleichmütig. »Aber ich habe von ihr erfahren, daß Ihr immer noch bemüht seid, den Eid zu erfüllen, den Ihr meinem Mann geschworen habt. Ebendies ist der Grund meines Kommens. Ich möchte Euch bitten, mir zu helfen.«

Er zögerte, wurde blaß. Jetzt war sie da, die Situation, die er befürchtet hatte. Sie wollte nun also doch zu ihrem Mann zurück. Aber sie gehörte der Kaiserin, der zu dienen er geschworen hatte. »Ich kann dich ihr nicht stehlen, wenn es das ist, was du willst«, antwortete er mit unglücklicher Miene.

»Das ist es nicht«, erwiderte sie scharf. Sie hielt einen Moment inne, dann fuhr sie in ruhigem Ton fort: »Ich habe heute nachmittag erfahren, daß mein Mann hierher nach Konstantinopel gekommen ist – in seinem Fischerboot, mit unserem kleinen Sohn. Er hatte vor, zu Euch zu gehen und Euch zu zwingen, Euren Schwur einzuhalten.«

Marcianus starrte sie verblüfft an; Demetrias nickte und fuhr fort: »Aber er ging zuerst zum Haus des Agenten Eulogios, um sich nach meinem Verbleib zu erkundigen, und wurde festgenommen.«

»Großer Gott«, stieß Marcianus hervor – dann, als ihm die Tragweite des Vorfalls bewußt wurde, fügte er hastig hinzu: »Hat er . . . hat er ihnen irgend etwas gesagt?«

Das Gesicht der Frau blieb ruhig, aber ihre Stimme bekam einen schneidenden Klang, als sie erwiderte: »Er hätte niemals etwas erzählt – es sei denn, Lügen, um sie irrezuführen. Aber als Eulogios ihn verhörte, fand er ein Schriftstück, von Euch unterzeichnet, mit einer Schutzzusage. Sie wissen jetzt, daß Ihr in der Sache mit drinsteckt, und sie wissen, daß es um den Mantel geht. Jetzt foltern sie Symeon, um alles aus ihm herauszupressen.«

Marcianus zuckte zusammen und saß einen Moment lang still da, die Situation rasch überdenkend. Wieviel konnte Symeon sagen, wenn sie »alles« aus ihm herauspreßten? Er wußte, daß der Mantel purpurn gewesen war und daß Marcianus und Aspar vorgehabt hatten, zu warten, bis der Mantel in Konstantinopel ankam, bevor sie etwas gegen Nomos unternahmen. Er wußte jedoch weder etwas von Pulcherias Intervention, noch was Nomos ihr gesagt hatte, noch kannte er irgendwelche Einzelheiten des Plans. Nachdem Chrysaphios »alles« von Symeon erfahren haben würde, würde er entweder annehmen müssen, daß Symeon gelogen hatte und noch immer log, was die Farbe des Mantels betraf, oder daß das, was Nomos Pulcheria erzählt hatte, nicht ausreichte, um gegen ihn loszuschlagen: Er würde sich Gedanken machen und allerlei Mutmaßungen anstellen, aber mit ziemlicher Sicherheit nichts unternehmen, was den Erfolg des Plans gefährden würde.

Aber dieser Erfolg war jetzt nur mehr um den Preis zu erlangen, daß sie Symeon seinem Schicksal überließen – und damit einem qualvollen Tod – und daß er, Marcianus, sein Wort schändlich brach.

»Es tut mir sehr leid«, sagte er leise und zerknirscht.

»Euer Schutz hat uns bisher nichts als Unglück und Leid gebracht«, sagte Demetrias verbittert. »Aber ich bin gekommen, Euch aufzufordern, das zu ändern.« Ihr Blick, fest auf seine Augen geheftet, war gnadenlos: Justitia, die seinen

Schwur wog und schweigend wartete, nach welcher Seite die Waage ausschlagen würde.

Marcianus wandte abrupt den Blick ab. »Mich überrascht, daß du dich nicht erst einmal an deine Herrin gewandt hast«, sagte er.

»Ich habe mich an sie gewandt«, erwiderte Demetrias sofort, »aber sie weigerte sich, mir zu helfen. Ihr werdet wahrscheinlich wissen, warum, auch ohne daß ich es Euch sage; sie hat Euch zweifellos über ihre Pläne unterrichtet.«

Marcianus zuckte erneut zusammen, dann zwang er sich, ihr wieder in die Augen zu sehen. »Ich habe auch ihrem Haus gegenüber einen Schwur einzuhalten«, erklärte er Demetrias ruhig. »Ich kann selbst um den Preis meiner eigenen Ehre nicht das Gelingen unseres Plans aufs Spiel setzen und die Sicherheit des Reiches gefährden.«

»Das braucht Ihr auch nicht!« rief sie in einem plötzlichen Ausbruch von Leidenschaft und machte einen Schritt auf ihn zu. »Ich habe eine Idee – das einzige, worum ich Euch bitte, ist, daß Ihr mich anhört! Ich glaube, daß Symeon sich noch immer in Eulogios' Haus befindet, daß er noch nicht zu Chrysaphios gebracht worden ist. Wenn er morgen früh verschwunden ist, und wenn der Anschein dafür spricht, daß es ihm gelungen ist, seine Bewacher zu bestechen, ihm bei seiner Flucht zu helfen, bleibt dann nicht der Plan ungefährdet? Wäre nicht denkbar, daß dann nichts weiter geschehen wird, als daß Chrysaphios Eulogios für seine Unfähigkeit bestraft, ansonsten aber nichts weiter unternimmt?«

Marcianus starrte sie einen Moment lang an. Das helle, hübsche Gesicht über dem Umhang war gerötet, die Augen waren von einem lodernden, harten Glanz erfüllt. Es war das Gesicht eines jungen Soldaten, der im Begriff war, seine Truppen in sein erstes Gefecht zu führen – oder das eines Freiwilligen für eine selbstmörderische Mission. *Intelligenz,* dachte Marcianus, sie plötzlich und unwillkürlich so abschätzend, wie er jenen Soldaten abschätzen würde, *Intelligenz und Entschlußkraft und Mut. Aber keine Tollkühnheit, kein Ungestüm: Sie ist von der besonnenen Art, eine, die lange überlegt, bevor sie sich entschließt, aber wenn sie ihren Entschluß erst einmal gefaßt hat, fest und konsequent dazu steht. Sie hat alle Möglichkeiten und alle Kosten sorgfältig abgewägt und hat nicht vor, blindlings zuzuschlagen. Sie ist aus dem Holz geschnitzt, aus dem man Offiziere macht – wenn sie ein Mann wäre. Ich habe sie unterschätzt. Ich hätte mir denken müssen, daß eine Frau, auf die Pulcheria große Stücke hält, kaum ein dummes Mädchen sein kann. Und konnte ich wirklich bezweifeln, daß sie ihren Mann zurückhaben will?*

Aber ist dieser Plan vernünftig? Sie mag die Kosten abgewägt haben, aber der Preis, den sie zu zahlen bereit zu sein scheint, ist ein sehr hoher – ihr Leben ganz sicher, und meins möglicherweise ebenfalls. Gleichwohl: Die Idee ist grundsätzlich nicht schlecht. Ob irgendeiner der Bewacher bestechlich ist? Sie muß Grund haben zu glauben, daß zumindest einer von ihnen es ist – und sie hat während der Reise von Tyros nach hier ausreichend Zeit und Gelegenheit gehabt, einige von Eulogios' Gefolgsleuten näher kennenzulernen. Vielleicht – er spürte, wie die mögliche Aussicht, aus seiner eigenen, unauflöslich erscheinenden Verstrickung einander widersprechender Loyalitäten zu entrinnen, unbeschadet an seiner Ehre und Selbstachtung, jähe Hoffnung in ihm entfachte – *vielleicht besteht ja tatsächlich eine Chance.* »Wie sieht dieser Plan aus?« fragte er. »Erzähle mir alles davon, und sage mir, was für seine Vorbereitung und Durchführung vonnöten ist: Wenn irgendeine Chance besteht, daß er funktionieren könnte, werde ich alles tun, was in meiner Macht steht, um dir dabei zu helfen.«

Chelchal kehrte zeitig von seinem Ausflug zum Hebdomon zurück; obgleich er es sich nicht nehmen ließ, auf dem Rückweg anzuhalten, um einer Bärenhatz und einem Hahnenkampf in der Nähe des Tors zuzuschauen, erreichte er Eulogios' Haus immer noch vor Einbruch der Dunkelheit und kam nur ein paar Minuten zu spät zum Abendessen. Alle anderen Gefolgsleute bis auf zwei saßen bereits auf ihren Plätzen auf der Bank im Gesinde-Speiseraum, aber das Essen war gerade erst aufgetragen worden. Die anderen Gefolgsleute waren in ausgelassener Stimmung. »Der Spion war reich!« berichtete Berich Chelchal auf Gotisch, als dieser neben ihm auf der Bank Platz nahm. »Er hatte 62 *Solidi* in einem Gürtel unter seiner Tunika eingenäht! Und das gehört jetzt alles uns!«

Chelchal sah ihn überrascht an. »Das ist eine Menge Geld!« rief er. »Wann habt ihr es gefunden? Ich dachte, er sollte den ganzen Nachmittag über auf dem Speicher eingeschlossen bleiben.«

Berich schnaufte. »Als wir dem Herrn des Herrn von dem Burschen berichteten, war er außer sich vor Freude und konnte es gar nicht abwarten, ihn zu verhören. Er schickte sofort einen seiner Verhörspezialisten her, will aber, daß wir den Spitzel einstweilen noch hier bei uns behalten. Vermutlich hat er Angst, daß irgend jemand dem Augustus erzählt, was hier im Gange ist, wenn der Bursche zum Palast geht; er will wohl nicht zweimal in die gleiche Falle tappen. Wir haben übrigens die Aufgabe, den Spitzel zu bewachen, und das heißt Schichtarbeit – verdammter Mist auch! Im Moment bewachen ihn Maximus und Athalarich; du und ich übernehmen die zweite Schicht, von Mitternacht bis zum Morgengrauen. Nun, jedenfalls hat der Spezialist eine Streckbank aufgebaut und dem Spitzel heute nachmittag schon mal eine Kostprobe seiner Verhörmethode gegeben. Das Geld haben wir entdeckt, als wir ihn für die Streckbank ausgezogen haben.«

Chelchal knurrte und schob sein Essen beiseite. *Der arme Kerl*, dachte er, *da kommt er von so weit her mit seinen ganzen Ersparnissen, um seine süße Demetrias heimzuholen, und statt dessen wird er geprügelt und nackt ausgezogen und auf die Folterbank gezerrt. Und wenn ich nachher mit Berich Schicht habe, kann ich dem Burschen nicht einmal mitteilen, daß seine Frau in Sicherheit ist, ohne Gefahr zu laufen, dafür bestraft zu werden: Berich würde es sofort dem Herrn petzen. Maximus und Athalarich hätten dafür Verständnis gehabt. Warum werde ich immer mit diesem kreuzdummen Scheusal von einem Goten zusammen eingeteilt?* »Hat er irgendwas gesagt auf der Streckbank?« fragte er Berich.

Der Gote zuckte die Achseln. »Nicht ein Wort. Hat ein bißchen geschrien, das ist alles. Der Spezialist hat ihn aber auch nicht lange gepiesackt. Wollte ihm bloß einen kleinen Vorgeschmack auf morgen geben. Er meint, es klappt immer am besten, wenn man die Kerle erst ein bißchen weichklopft, damit sie sich während der Nacht schon mal ausmalen können, was sie am nächsten Tag so alles erwartet. Hast du das Kind verkauft?«

Chelchal knurrte erneut. Er hatte keine Lust, dem Goten auf die Nase zu binden, was er mit Meletios gemacht hatte, wußte er doch nur allzugut, daß er trotz der Sonderstellung, die er bei Eulogios genoß, dafür bestraft werden würde.

»Hast du viel für ihn gekriegt?« wollte einer der anderen Gefolgsmänner wissen. »Du warst lange weg.«

Chelchal zuckte die Achseln und schüttelte den Kopf. »Sobald ich den Jungen in sicherer Obhut wußte, bin ich losgezogen und habe einen neuen Mantel in Auftrag gegeben.« Er grinste, als er daran dachte, wie sehr das stimmte.

»Einen neuen Mantel? Was willst du denn mit einem neuen Mantel?«

Chelchal schaute auf seine verdreckten Murmeltierfelle hinunter. »Der hier ist alt«, erwiderte er.

Die Feststellung war von so augenfälliger Richtigkeit, daß die anderen Gefolgsmänner kicherten. »Kriegt man denn hier überhaupt Pelzmäntel?« fragte einer von ihnen.

»Ich kriege einen Webmantel«, antwortete Chelchal. »Einen ganz feinen, mit Tapisserieeinsätzen. Das bedeutet hier dasselbe, wie bei meinem Volk ein Mantel aus Murmeltierfell.«

»Wenn du für das Kind genug gekriegt hast, um dir einen Mantel mit Tapisserieeinsätzen leisten zu können, dann brauchst du ja wohl keinen Anteil von dem Geld seines Vaters«, bemerkte Berich, und ein gieriges Funkeln trat in seine Augen.

Chelchal grinste nur. »Das Kind war eine Belohnung. Ich habe den Spitzel geschnappt, nicht du. Im übrigen war ich nicht darauf aus, viel für den Jungen zu kriegen; es ging mir hauptsächlich darum, daß er in gute Hände kommt. Natürlich krieg' ich meinen Anteil. Es müßten ... warte mal ... genau zehn *Solidi* und ein *Tremissis* sein.«

Berich und die anderen Gefolgsmänner verzogen das Gesicht und schüttelten den Kopf. »Nein. Es sind nur sieben«, sagte einer mürrisch. »Der Spezialist hat den größten Anteil für sich selbst reklamiert. Nun ja, wir können noch froh sein, daß der Herr nicht das ganze Geld für sich haben wollte.«

Chelchal runzelte die Stirn. »Der Folterknecht hat zwanzig *Solidi* genommen? Bloß dafür, daß er einen Mann gestreckt hat, der gefesselt war und sich nicht wehren konnte?«

Die anderen nickten mürrisch. *Manchmal denke ich, daß sogar König Attila noch besser wäre als Eulogios,* dachte Chelchal verbittert. *Zwanzig* Solidi *für das Foltern eines Sklaven, und das zusätzlich zu dem, was der Kerl ohnehin schon an Entgelt kriegt! Diese verdammten Griechen!* Er spie verächtlich aus. »Die wissen hier den Wert eines Kriegers nicht zu würdigen«, sagte er laut. »Wir müßten mehr bekommen als der Spezialist; schließlich haben wir den Burschen geschnappt, nicht er!«

Die anderen nickten erneut heftig, noch mürrischer als zuvor.

Aber die Griechen waren wenigstens neutral, und Attila war ein Feind: Alles war besser, als ihm zu dienen, selbst, einem Folterknecht den Vorrang lassen. Chelchal zuckte einmal mehr die Achseln und nahm sich ein Stück von dem Ziegenbraten, der den Hauptgang des Abendessens der Gefolgsmänner bildete – eine Extravaganz, die bei den Römern geradezu als Ausschweifung gegolten hätte, aber als Zugeständnis an die Eßgepflogenheiten der Barbaren zähneknirschend gewährt wurde, um sie bei Laune zu halten. Er aß es ohne rechten Genuß, in Gedanken wieder bei dem armen Purpurfischer. »Das ist eine Menge Geld für einen Sklaven«, bemerkte er einen Moment später.

»Er hat es wahrscheinlich von Marcianus gekriegt«, sagte Berich. »Ich frage mich, ob er nicht vielleicht noch mehr hat.«

Chelchal schüttelte den Kopf. »Bestimmt nicht. Soviel kann kein Sklave haben.«

»Aber er ist mit einem Boot gekommen«, ließ Berich nicht locker. »Vielleicht hat er noch irgendwelche anderen Dinge von Wert auf dem Boot zurückgelassen. Manche von diesen Staatssklaven verdienen ein Vermögen, und für einen reichen Mann wie Aspar als Spitzel zu arbeiten dürfte auch nicht gerade wenig einbringen.«

Chelchal ächzte. »Dann geh doch zu dem Boot und guck nach, ha! Vielleicht kannst du ja sogar einen kleinen Ausflug damit machen!« Berich war genauso eine Landratte wie er selbst.

Der Gote starrte ihn wütend an. »Du hast es gerade nötig, dich über mich lustig zu machen, Hunne!« fauchte er giftig zurück. »Du hättest dich bloß einmal sehen müssen, wie du dich mit dem Balg angestellt hast! Wie du mit ihm herumgeturtelt und herumgegurrt hast! Wie eine tattrige alte Oma!«

Chelchal grinste ihn gelassen an. »Meine Oma war alles

andere als tattrig, Gote, wahrscheinlich im Gegensatz zu deiner. Die Frauen der Acatziri verstehen es es ausgezeichnet, ihre Kinder zu Kriegern heranzuziehen. Das müßte dein Volk inzwischen eigentlich wissen. Ha! Warum sollte ich Kinder nicht mögen? Schließlich bin ich ein Mann, und als solcher mag ich es ja auch sehr, sie zu machen!«

Berich legte die Hand auf den Knauf seines Schwerts – und zog sie wieder weg. »Ich habe selbst Kinder«, erklärte er wütend. »Aber ich mache mich ihretwegen nicht zum Schlappschwanz, und schon gar nicht wegen irgend so eines hergelaufenen Bastards von einer tyrischen Schlampe und einem stinkenden Fischer.«

Chelchal lachte und schnalzte mit der Zunge. »Beim Haupte meines Großvaters, du bist mir wahrlich ein feiner Held! Du hast wohl schon vergessen, daß die ›Schlampe‹ dir in die Eier getreten hat und der ›stinkende Fischer‹ dich mit einer Kneipenbank umgehauen hat.«

»Dich hat er auch umgehauen«, giftete Berich zurück.

Chelchal zuckte die Achseln. »Stimmt, das hat er. Aber ich habe ihn eingefangen, ihn und das Kind. Ich habe die ganze Geschichte aus dem Kind herausgeholt. Das einzige, was du zuwege gebracht hast, war, den Vater zu schlagen, und das auch erst, als er gefesselt war und sich nicht wehren konnte. Wer von uns ist denn nun der Schlappschwanz?«

Berichs Gesichtsausdruck wurde hart. »Willst du behaupten, ich hätte Angst, dem Kerl in fairem Kampf entgegenzutreten – einem stinkenden Sklaven?«

»Nein, das hättest du wohl nicht«, entgegnete Chelchal verächtlich. »Der Fischer wäre wahrscheinlich kein Gegner für dich, selbst mit ungebundenen Händen; er hat vermutlich noch nie im Leben ein Schwert in den Händen gehalten. Aber ich würde einiges darauf wetten, daß du nicht ohne Schrammen aus so einem Kampf hervorgehen würdest; er war ganz schön schnell auf den Beinen. Manchmal, Berich, manchmal sehne ich mich nach einem guten fairen Kampf – ich gegen ... einen anderen Krieger.« Er schaute dem Goten in die Augen und fixierte ihn einen Moment lang; Berichs Hand glitt erneut zum Griff seines Schwerts, und diesmal verharrte sie dort.

»Ich bin es leid, Sklaven zu schlagen«, fuhr Chelchal fort, in ganz ruhigem, gelassenem Ton. »Ich würde gern einmal wieder einen richtigen Kampf erleben. Manchmal glaube ich sogar, ich würde gern einmal wieder erproben, wie sich die Bola und der Bogen gegen ein Schwert schlagen. So ein Schlappschwanz bin ich, Gote.« Berich verharrte ruhig auf seiner Bank, abwartend, aber er begann zu schwitzen. Er hatte den Hunnen schießen sehen, und er hatte großen Respekt vor der Bola. Chelchal grinste über sein ganzes entstelltes Narbengesicht. Es war ganz offensichtlich, daß er die Situation genoß.

»Aber«, brach er schließlich die Spannung, »ich bin entweder der treue Diener unseres Herrn und seines Herrn, oder der Diener von König Attila. Den Folterern die Ehre, die ihnen gebührt: Ich will mich nicht gegen sie stellen, und ich kämpfe nicht gegen Kameraden.« Er warf den abgenagten Schenkelknochen der Ziege zurück auf das Tablett und stand auf. »Ich gehe jetzt mein Pferd absatteln; wir sehen uns um Mitternacht, Berich, zur Schicht.«

Symeon lag auf der Seite auf dem Fußboden des Speicherraums und starrte auf den schmalen Lichtspalt unter der Tür. Er versuchte, sich nicht zu bewegen. Jedesmal, wenn er seine Lage veränderte, schoß ein höllischer Schmerz durch seine Schulter – und seine Hüftgelenke – die Folgen der Streckbank. Auch sein Magen und seine Lenden schmerzten fürchterlich – und sein Gesicht, besonders die linke Seite, wo ihn Berichs Faust getroffen hatte. Die Schmerzen in den Knien, auf die er mehrmals hart gefallen war, erschienen ihm dagegen geradezu läppisch. *Trotz alledem,* dacht er er bitter, *noch bin ich einigermaßen heil – noch. Morgen . . .*

Er preßte die Stirn gegen die kühlen Ziegel des Bodens und versuchte, nicht an den morgigen Tag zu denken. Der Fußboden hatte etwas Beruhigendes, fast Tröstliches; er roch wie der ganze Raum nach Staub, Lampenöl, Bienenwachs und Talgseife, den Dingen, die dort aufbewahrt wurden, wenn der Raum nicht als Gefängnis benutzt wurde. An den Wänden hingen noch Putzlappen und Lampendochte, und in einer Ecke lagen Reisigbesen auf einem Haufen. Es schien ihm unwahrscheinlich, daß man ihn wirklich an so einem gewöhnlichen Ort foltern würde. Aber Chrysaphios' Folterknecht, jene bleiche, haarlose Kreatur, die das Foltergerüst mit so beängstigend flinken und geübten Handgriffen aufgestellt hatte, hatte ihm eine ganze Anzahl von Möglichkeiten ins Ohr geflüstert, während sie ihm am Nachmittag die Bleigewichte an den Armen und Beinen befestigt hatte: die Peitsche, die glühenden Zangen und das Feuer, kochendes Öl, Kastration und Verstümmelung und Blendung. *O Gott,* dachte er, während er sich gegen seinen Willen jede einzelne der geflüsterten Drohungen zurück in die Erinnerung rief, *das werde ich nicht durchhalten. Ich werde ihnen alles gestehen, und dann werden sie Demetrias ebenfalls foltern. Wo immer sie sein mag. Meli wollte es mir sagen, aber sie hinderten ihn daran. Mein armer Meli. Hoffentlich hat der Hunne ihn an jemanden verkauft, der freundlich zu ihm ist und ihn gut behandelt. Gott segne den Mann dafür, daß er seinen Herrn davon abgehalten hat, diese blonde Bestie auf meinen Jungen loszulassen! Wo immer er jetzt auch sein mag, er ist dort auf jeden Fall besser aufgehoben als in der Hand dieser Scheusale!*

Er schloß die Augen. Er war erschöpft vor Schmerzen und Kummer, aber die Angst vor den Schrecknissen des nächsten Tages hielt ihn wach. *Was soll ich ihnen morgen nur sagen?* fragte er sich wieder. *Die Wahrheit darf ich ihnen nicht sagen;*

aber irgend etwas muß ich ihnen sagen. Sie müssen davon überzeugt sein, daß Demetrias unschuldig ist. Sie müssen sie in Ruhe lassen. Sein Geist füllte sich mit Bildern – die Art und Weise, wie das Licht auf ihr Haar fiel und es zum Schimmern erweckte, das verträumte Glück in ihren Augen, wenn sie arbeitete, die glatte, samtige Weichheit ihrer Haut unter seinen Händen, die warmen Rundungen ihres Körpers an seinem. Die Abende in ihrer Wohnung, der Duft von Fisch, der in einer Soße aus Wein und Kräutern schmorte; ihre gemeinsamen Spaziergänge zum Strand am frühen Morgen, der Wind, der weiße Gischtflocken über die Brandung trieb und an den Mänteln zerrte, die sie gewebt hatte. *Ich wollte sie zurückhaben,* dachte er müde. *Ich habe alles riskiert, um sie wiederzukriegen, und jetzt habe ich alles verloren – und nicht bloß für mich, sondern auch für sie und für Meli. Und wahrscheinlich hätte sie nicht einmal mehr nach Hause zurück gewollt! Was immer ihr auf ihrer langen Reise zugestoßen sein mag, sie ist jetzt seit Monaten in Sicherheit. Sie muß jetzt Chrysaphios' Sklavin sein und einen guten, sicheren Platz in seinem Hause haben. Sicher schätzt man sie dort – jeder schätzt sie, schon allein wegen ihrer Tüchtigkeit. Wahrscheinlich fühlt sie sich dort ganz glücklich. Sie hat mich nie geliebt. Ich konnte ihr nie das geben, was sie wollte, und ich nahm, was sie nicht gerne gab. Ich wollte sie um meinetwillen zurückholen, nicht um ihretwillen. Weil sie mir gehörte – nur, daß sie mir niemals wirklich gehört hat, jedenfalls nicht in der Weise, wie es sich ein Mann wünscht, daß seine Frau ihm gehört. Ich habe sie geheiratet, mit ihr geschlafen, mit ihr gelebt, einen Sohn mit ihr gehabt, aber das hat nie wirklich gezählt, ist nie wirklich an ihr Innerstes gedrungen. Ich könnte nicht einmal behaupten, daß ich sie wirklich kenne. Und jetzt bin ich im Begriff, ihr wieder alles zu zerstören. O Gott, das darf nicht geschehen! Was soll ich ihnen nur sagen?*

Herr über alles, Ewiger Gott, ich bitte dich nicht um meine

Freiheit, ja nicht einmal um mein Leben – ich bitte dich nur um die Kraft, eine gute Lüge zu finden und eisern an ihr festzuhalten, auf daß meiner Frau nichts geschehe.

Vor der Tür hallten Schritte, und ein paar Worte wurden auf Gotisch gewechselt: Seine Bewacher wurden abgelöst. Die neuen Bewacher ließen sich unter Grunzlauten vor der Tür nieder; einer von ihnen klopfte. »Du da drin!« rief er. Es war die Stimme des Hunnen. Symeon stemmte sich mühsam und unter Schmerzen auf die Ellenbogen.

»Ich bin hier«, rief er zurück. »Bist du es, Chelchal? Um der Liebe Gottes willen, kannst du mir sagen, was du mit meinem Sohn gemacht hast?«

»Er in Sicherheit«, antwortete die Stimme fröhlich und unbekümmert. »Ich dafür sorgen, daß er gut aufgehoben. Ist gut?«

»Aber wo ist er?«

»Ist egal, oder? Er in der Stadt, er in Sicherheit, und er in guten Händen. Ist gut, du ruhig schlafen.«

Symeon ließ sich auf den Boden zurücksinken und starrte auf die Tür. Der Hunne begann ein Gespräch mit seinem Kameraden auf Gotisch, und sie unterhielten sich eine ganze Weile.

Ich kann ihnen sagen, daß ich den Mantel nie gesehen habe, dachte Symeon und schloß die Augen wieder. *Das entspricht sogar der Wahrheit; ich habe ihn nie zu Gesicht bekommen. Und ich kann ihnen sagen, daß ich nicht weiß, welche Farbe er hatte, daß Demetrias es mir nie gesagt hat; ich kann sagen, daß ich mißtrauisch wegen des Mantels wurde, weil ich eifersüchtig auf den Prokurator war, daß ich ihm Schwierigkeiten bereiten wollte – da ist sogar etwas Wahres dran. Ich kann sagen, daß ich meinen Verdacht Marcianus gegenüber aufgebauscht habe, um seine Unterstützung gegen Heraklas zu bekommen. Werden sie mir das abnehmen?* Er lag ruhig da, halb weggedämmert, ohne daß er es merkte, fand komplizierte Schwachstellen in seiner Geschichte und suchte nach immer neuen möglichen und unmöglichen Alternativen. Die beiden Wachtposten hinter der Tür plauderten unablässig weiter.

Symeon erwachte erst wieder voll aus seinem Dämmerschlaf, als er über das Gemurmel der beiden Wachtposten hinweg plötzlich Schritte nahen hörte. Die Unterhaltung der beiden verstummte schlagartig. Der Lichtstreifen unter der Tür erschien wieder, als die beiden Wachtposten sich erhoben – und in seinem Schein bemerkte Symeon ein Stück Pergament, das neben ihm auf dem Fußboden lag, in der Ecke der Tür. Er starrte es verblüfft an. Hatte es vorher schon dort gelegen?

»Chelchal«, sagte eine neue Stimme – Griechisch mit konstantinopolitanischem Akzent, mit dem leicht näselnden Tonfall der Überschicht: Eulogios' Stimme – »ich habe über das nachgedacht, was du mir eben gesagt hast...«

»Ach ja?« sagte der Hunne, und seine Stimme klang mißtrauisch.

»Ich denke, ich könnte dir vielleicht einen kleinen Extraverdienst verschaffen, als kleinen Ausgleich dafür, daß du so wenig für den Jungen bekommen hast... sagen wir, zehn Goldstücke...«

»Ist nicht gut!« sagte Chelchal. »Ich fange den Spitzel mit meiner Bola, ich ganz allein. Ohne mich, er laufen weg. Ist gut. Du mir geben Kind zum Verkaufen. Du wissen, daß ich Kinder gern haben und ihn nicht verkaufen an schlechten Mann. Ich ihn verkaufen billig, zwei *Solidi* nur, damit er bekommen gutes Heim. Wo meine Belohnung für Gefangennehmen? Dieser Spitzel haben Geld, viel Geld. Der Spezialist, er nehmen doppelten Anteil – fast dreifachen Anteil! Wofür? Für daß er foltern einen Mann, den ich fangen, der gefesselt sein und sich nicht kann wehren! Das Arbeit für einen Feigling, für einen schlechten Mann, für einen Sklaven! Ich bin ein Krieger. Du mir geben den Anteil von dem Folterer.«

»Aber er ist *Chrysaphios'* Spezialist!« wandte Eulogios ein. »Ich kann ihm das Geld nicht einfach abnehmen. Wenn ich dir elf *Solidi* gebe, hast du genausoviel bekommen wie er . . .«

»Genausoviel, genausoviel! Ich bin mehr wert! Ha! Genausoviel wie ein feiger Folterer. Ist nicht gut. Ich ein tapferer Krieger vom Volk der Acatziri, ich fangen den Spitzel allein, ich bin mehr wert!«

»Ja, mehr wert für Attila!« fauchte Eulogios, der die Geduld verlor. »Vergiß nicht, wir können dich gern nach Thrakien zurückschicken, wenn du meinst, du wärst hier unterbewertet – und König Attila wäre höchst erfreut, dich zu bekommen, obwohl ich bezweifle, daß er dir soviel bezahlen würde wie ich!«

Chelchal erwiderte nichts.

»Ich gebe dir einen Bonus von zehn *Solidi* als Belohnung für die Ergreifung des Spitzels«, sagte Eulogios. »Und nicht einen mehr. Gute Nacht.«

Seine Schritte entfernten sich wieder und verhallten; die Wachtposten setzten sich, und der Lichtstreifen verschwand wieder. Symeon tastete vorsichtig nach dem Pergament und hob es auf. Es stand etwas darauf geschrieben. Er hielt es in das trübe Licht, kniff die Augen zusammen – und die Worte, geschrieben mit schwarzer Tinte, sprangen ihm scharf und klar entgegen: »Behaupte, du hättest einen großen Schatz auf deinem Boot und würdest den, der dir zur Flucht verhilft, zu diesem Schatz führen. Vernichte dieses Pergament sofort.«

Symeon las es ein zweites Mal durch, dann ließ er es sinken und starrte verblüfft. *Es war vorher nicht hier,* dachte er, noch immer wie betäubt. *Es war noch nicht hier, als der Folterknecht wegging. Einer der Wachtposten muß es unter der Tür durchgeschoben haben. Welcher? Wann? Die Schrift . . . die Schrift kommt mir irgendwie bekannt vor. Marcianus! Ja, es ist Marcianus' Schrift!* Die Erkenntnis, die Erinnerung an den anderen Brief, ließ eine solch heftige Woge von Hoffnung in ihm hochbranden, daß er einen Moment lang befürchtete, er falle in Ohnmacht. Er stopfte sich das Pergament in den Mund und begann darauf herumzukauen; sein Kiefer schmerzte höllisch, und der bittere Geschmack von Lauge und Tinte erzeugte ein solches Würgegefühl in ihm, daß er glaubte, sich übergeben zu müssen. Chelchal und sein Kamerad unterhielten sich jetzt wieder auf Gotisch. Ihre Stimmen klangen erregter als vorher. Sie wogten auf und ab wie Wellen im Sturm; gelegentlich fiel Eulogios' Name. Symeon gab sich einen Ruck und schluckte den Klumpen aus aufgeweichtem Pergament herunter. Die Stimmen wurden lauter, und dann veränderte sich das Licht wieder. Ein Schatten huschte unter der Türritze her; der andere Bewacher stand auf. Symeon setzte sich auf; eine Woge aus heißem Schmerz schoß durch seinen geschundenen Körper. In dem Moment ging die Tür auf.

Er erkannte in dem anderen Bewacher sofort das Scheusal Berich wieder, das solchen Spaß daran gehabt hatte, ihn zu schlagen; jetzt sah der Mann ihn grinsend an. Chelchal grinste ebenfalls, und er hielt seine Bola in der Hand und schwang sie lässig hin und her. »Wir haben ein paar Fragen an dich, Spitzel«, sagte Berich. Die Laterne auf dem Gang warf seinen Schatten schwarz und drohend an die hintere Wand des Speicherraums.

Symeon stöhnte auf und ließ sich vorsichtig ein wenig zurücksinken. »Ihr habt alle immer nur Fragen an mich«, stieß er mürrisch hervor.

»Wir haben ein paar private Fragen«, sagte Berich, »die du uns vielleicht beantworten möchtest. Wo hast du all das viele Geld her, das wir bei dir gefunden haben?«

Symeon zögerte, außerstande, sofort zu entscheiden, ob er lügen oder die Wahrheit sagen sollte. »Was macht das aus?« fragte er, um Zeit zu gewinnen.

»War das dein ganzes Geld?« fragte Berich und hockte sich vor ihn. Er zog einen Dolch aus seinem Gürtel und begann, sich die Fingernägel sauberzumachen, ein häßliches Grinsen im Gesicht.

Symeon fuhr sich nervös mit der Zunge über die Lippen. »Nein«, sagte er, »Ich habe mehr. Warum willst du das wissen?«

»Wir wollen den Rest«, sagte Berich ruhig und hielt ihm die Dolchspitze ans Kinn. Seine blauen, ausdruckslosen Augen waren nur ein paar Zoll von Symeons entfernt. »Wenn du es uns sagst und nicht dem Folterer . . . dann wären wir vielleicht bereit, dir zu helfen.«

Symeon leckte sich erneut die Lippen und fuhr sich mit der Zunge über seine schmerzenden Zähne. »Ich habe den größten Teil meines Geldes auf meinem Boot versteckt«, flüsterte er. »Es müßte noch dasein. Es ist dreimal soviel wie das, was ich bei mir trug – eher noch mehr.«

Der Mund des Goten klappte auf; seine schiefen Zähne blitzten weiß. »Hundertfünfzig *Solidi?* Zweihundert? Marcianus muß sehr großzügig gewesen sein.«

»Wer sagt denn, daß ich es von ihm habe?« rief Symeon hastig aus, von der plötzlichen Furcht gepackt, daß dies eine Falle sein könnte. »Ihr könnt es haben, wenn ihr mir zur Flucht verhelft.«

»Wo ist das Boot?«

»Bringt mich hier raus, und ich zeige es euch.«

»Du kannst es uns auch sagen«, flüsterte Berich mit gierig funkelnden Augen.

»Nein. Damit ihr euch das Geld holt und mich hier sitzenlaßt! Ich bin doch nicht dumm!«

Berich schlug ihm auf die geschwollene Wange; der Schmerz durchzuckte ihn wie eine glühende Klinge. Er stöhnte auf und hielt sich das Gesicht. Vor seinem linken Auge war es zuerst schwarz, dann blitzten grellweiße Sterne auf. »Sag uns, wo das Boot ist«, zischte der Gote, »oder du wirst es bereuen.«

»Was könntet ihr mir Schlimmeres antun als das, was mich morgen erwartet?« erwiderte Symeon wütend. »Und Chrysaphios' Mann wird es gar nicht mögen, wenn du mich mit deinem Messer stichst; er hat seine eigenen Pläne mit mir.«

Berich ließ sich zurück auf seine Fersen sinken, überlegte, dann grinste er erneut. »Sag's mir«, flüsterte er, »und ich gebe dir das hier.« Er hielt den Dolch hoch.

Ein schmerzloser Tod, dachte Symeon und starrte nachdenklich auf die Klinge, die golden im Licht der Lampe schimmerte. *Ja, das könnte in der Tat zweihundert* Solidi *wert sein. Und ich würde mich auch auf diesen Handel einlassen – wenn man mir nicht Grund gegeben hätte, auf mehr zu hoffen.*

»Das Boot liegt in dem Hafen am Fischmarkt«, flüsterte er. »Führt mich dorthin, und ich werde es euch zeigen.«

»Wie sieht es aus?« fragte Berich und beugte sich gespannt wieder vor. »Sag's mir, und du kannst ...«

In dem Moment ertönte ein sirrendes Geräusch, unmittelbar gefolgt von einem dumpfen Aufprall. Noch ehe Symeon recht begriffen hatte, was geschehen war, lag Berich am Boden, und Chelchal kniete auf ihm und hielt ihm den Dolch an die Kehle.

»Keinen Laut«, sagte der Hunne grinsend. »Ich nicht wollen einen Kameraden töten, Berich – aber ich dich nie leiden können.«

Berich lag halb benommen auf dem Rücken und starrte Chelchal ungläubig an. Erst jetzt bemerkte Symeon, daß die Hände des Goten fest eingeschnürt waren von dem Lederriemen der Bola. Mühsam, mit schmerzverzerrtem Gesicht, stand er auf. Chelchal blickte grinsend zu ihm hoch. »Du mich bringen zu dem Boot«, sagte er. »Nur mich. Ich dir helfen, ich kriegen das ganze Geld. Ja?«

»Ja«, erwiderte Symeon verwirrt. War es demnach Chelchal, der das Pergament unter die Tür geschoben hatte? Aber wenn er es gewesen war, warum dann dieses Mimenstück?

»Hol Strick«, befahl Chelchal, »und Lappen für einen Knebel.«

Hastig sah sich Symeon in dem Lagerraum um. Er fand eine Rolle Lampendocht – nicht stark genug, um einen Mann damit zu fesseln, entschied er, aber zum Festhalten eines Knebels mochte es schon reichen. Sodann wählte er aus der Fülle von Putzlappen einen aus, der ihm gut als Knebel geeignet schien. Hinter den Putzlappen fand er ein Stück Tau, das um ein Seifenfaß gewickelt war; er wickelte es ab und brachte es Chelchal. Der Hunne deutete mit einer knappen Kinnbewegung auf Berich. »Zuerst den Knebel«, befahl er.

»Chelchal«, flüsterte Berich wütend, »du kannst mich doch nicht einfach ...«

»Ich konnte dich noch nie leiden, Berich«, sagte Chelchal auf Gotisch, »und Eulogios auch nicht. Er ist soviel wert wie ein feiger Folterknecht, ha! Er weiß nicht, was ein Krieger wert ist. Du bist still, oder ich mache dich für immer still. Mund auf!«

Berich starrte ihn wild an; Chelchal grinste zurück. Er sah im flackernden Schein der Lampe wie ein furchterregendes Monstrum aus; mit seinem mißgestalteten Kopf und seinem narbenübersäten Gesicht erschien er wie ein Fabelwesen, auf dessem menschlichem Körper der Kopf eines Affen stak. Berich machte den Mund auf, und Symeon stopfte den Lappen hinein. Chelchal schlug dem Goten den Helm vom Kopf, und Symeon verschnürte den Knebel fest mit dem Lampendocht. Sodann nahm Chelchal den Strick und band Berich die Füße zusammen. Sobald er damit fertig war, löste er den Gürtel des Goten, zog das Schwert heraus und stellte den Fuß darauf; dann befreite er Berichs Hände von dem Riemen der Bola und fesselte sie mit dem Gürtel, den er so fest zog, daß er tief ins Fleisch schnitt. Als er fertig war und Berich sicher verschnürt hatte, hockte er sich auf die Fersen und musterte Symeon einen Moment prüfend.

»Du nehmen diesen Helm«, befahl er und begann, seine Bola wieder aufzuwickeln. »Und den Mantel auch. Wir gehen im Dunkeln durchs Vordertor, und keiner dich erkennen.«

Symeon nahm den Helm und setzte ihn auf; er war eine Spur zu groß, aber nicht so, daß es auffällig ausgesehen hätte. Dann streifte er Berich den Umhang ab und legte ihn sich um die Schultern. Es war ein Reiterumhang, der ihm knapp bis zu den Knien reichte; seine nackten Beine mit den tyrischen Sandalen, die darunter hervorlugten, standen in einem geradezu lächerlich anmutenden Kontrast zu dem martialischen Ensemble aus Helm und Umhang. Chelchal musterte ihn mit kritischem Blick und schüttelte den Kopf. Er nahm Berichs Schwert und legte es mit vielsagendem Blick quer über den Unterleib des Goten und löste seine Fußfesseln. Berich rührte sich nicht. Chelchal zog seinem Kameraden die Stiefel aus, nahm das Schwert weg und zog ihm die Hose aus. Er reichte sie Symeon, dann legte er Berich wieder die Fesseln an. Symeon stieg in die Hose, und Chelchal nickte. »Du mich bringen zu dem Boot«, befahl er. »Kannst du reiten?«

»Ich habe noch nie in meinem Leben auf einem Pferd gesessen, und ich kann vor Schmerzen kaum gehen«, erwiderte Symeon.

»Dann wir müssen zu Fuß gehen. Dauert sowieso zu lange, wenn wir holen Pferde; außerdem wir jemand begegnen – nicht gut. Komm.«

Chelchal marschierte zur Tür hinaus; Symeon folgte ihm. Der Hunne schloß die Tür und schob den Riegel vor. Dann schaute er Symeon grinsend an. »Ich den dummen Berich nie leiden können. Komm, schnell!«

Symeon kam, wenngleich die Befolgung des zweiten Teils der Aufforderung mit einigen Problemen verbunden war: Seine Hüftgelenke fühlten sich an, als wären sie von glühenden Nieten zusammengehalten, die sich bei jedem Schritt drehten.

Das Haus lag in tiefem Schlaf. Humpelnd folgte er Chelchal durch einen langen Korridor, durch eine Tür und auf einen Hof. Die Nachtluft war frostig kalt, der Himmel sternenklar. Symeon holte tief Luft und kämpfte gegen die Tränen an: Jetzt war nicht der rechte Moment zum Weinen. »Schnell!« drängte Chelchal und nahm ihn beim Arm.

Sie kamen an das Pförtnerhaus neben dem eisenbeschlagenen Tor; der Hunne klopfte ans Fenster. Einen Moment später ging es auf, und der grauhaarige Torwächter streckte wütend den Kopf heraus. »Was gibt's? Es ist mitten in der Nacht!« polterte er.

»Berich und ich gehen huren«, erwiderte Chelchal seelenruhig. »Mach das Tor auf!«

Der Torwächter hatte keine Ahnung, wer von den Gefolgsleuten wann Dienst hatte, und er war an solche mitternächtlichen Ausflüge gewöhnt. Er brummelte etwas Unverständliches, kam aber herausgeschlurft und schloß das Tor auf. Chelchal und Symeon schlenderten hindurch; schlaftrunken, wie er war, und erpicht darauf, möglichst schnell wieder in sein warmes Bett zu kommen, merkte der Torwächter nicht, daß Berich ein ganzes Stück kleiner war als gewöhnlich und daß er ziemlich steifbeinig und unsicher ging, wie ein alter Mann, der eine vereiste Straße überquert. Er schloß das Tor hinter ihnen, verriegelte es und beeilte sich, wieder in sein Bett zu kommen.

Sie gingen schweigend einen Block weit; Symeon setzte blind einen Fuß vor den anderen, wie betrunken von der kalten, klaren Luft und dem Anblick der Sterne über ihm. Worte gingen ihm durch den Kopf, ein Wirrwarr von Versen aus den Psalmen, die in der Kirche von Tyros gesungen wurden: »Dann hatten die Wasser uns unter sich begraben, die Flut war über unsere Köpfe hinweggegangen; gelobt sei der Herr, der uns ihren Klauen entrissen hat.« *O Demetrias, ich lebe, und ich werde auch dich irgendwie herausholen!* »Unsere Seele ist entflohen wie ein Vogel aus der Schlinge des Vogelfängers; die Schlinge ist zerrissen, und wir sind entflohen.« *Entflohen aus der Schlinge des Todes, des sicheren Todes, in diese Nacht, diese Luft, diese Freiheit.*

Ein höllischer Schmerz fuhr ihm durch die Hüfte, und er geriet ins Taumeln; Chelchal hielt ihn am Arm fest. Er lachte. »Ist sehr gut, ja?« sagte er und strahlte Symeon an.

»Ich habe nicht eine Kupferdrachme auf dem Boot«, platzte Symeon heraus und lächelte ihn verwirrt an – und hätte sich im selben Moment an liebsten die Zunge herausgerissen. »Das heißt . . .«, verbesserte er hastig, verzweifelt nach einer Ausrede suchend.

Aber Chelchal lachte nur. »Ich verstehen. Ist gut. Komm jetzt, schnell, ist nicht viel Zeit.«

Verwirrter denn je ging Symeon weiter. Nach ein paar Schritten taumelte er erneut und fiel um ein Haar hin. Chelchal faßte ihn unter, legte Symeons Arm über seine Schulter und half ihm die restlichen Blocks bis zum Marktplatz.

Auf dem Marktplatz herrschte Stille. Alle Geschäfte waren zu, und sogar die Nachtschwärmer waren schon in ihren Betten. Die Fackeln an den großen Wohnhäusern waren größtenteils heruntergebrannt. Chelchal half Symeon über den Platz, zielstrebig auf ein großes Wohnhaus zusteuernd. In dem Moment, als sie in den Lichtkreis vor dem Haus traten, ging das Tor auf. Eine Gestalt in einem schwarzen Umhang kam heraus und rannte auf sie zu, gefolgt von einer zweiten. Symeon blieb stehen; die schwarze Gestalt verharrte einen Moment und musterte sein Gesicht unter dem Helm; dann stürzte sie zu ihm und ergriff seinen freien Arm.

»Symeon!« stieß sie atemlos hervor. »Komm, wir müssen uns beeilen. Hierher; wir haben einen Wagen.«

Es war Demetrias – ihre Stimme, ihr Gesicht, ihr Körper, der ihn jetzt vorwärtsdrängte –, aber wie konnte das möglich sein? Er blieb erneut stehen. »Demetrias«, flüsterte er verblüfft. Er zog seinen Arm von Chelchal weg, faßte sie bei den Schultern und starrte ihr ins Gesicht. Er war mehr als tausend Meilen gefahren und durch die tiefsten Tiefen von Schmerz und Verzweiflung gegangen, um sie zu finden, und nun, da sie leibhaftig vor ihm stand, war er wie vor den Kopf geschlagen und wußte nicht, was er tun sollte.

Sie schlang die Hände um seinen Hals und küßte ihn; dann verharrte sie einen Moment und schaute ihm ins Gesicht. Ihr Mund drückte Entschlossenheit und Zorn aus, aber ihre Augen waren groß und dunkel und von einer tiefen, intensiven Stille erfüllt. Seine Kraft schwand unvermittelt unter diesem Blick, und er taumelte gegen sie, den Tränen, die er vorher so mannhaft unterdrückt hatte, freien Lauf lassend. »Demetrias!« flüsterte er wieder, immer noch ungläubig.

»Komm, wir müssen los«, drängte sie und nahm wieder seinen Arm. »Nicht auszudenken, wenn jemand merkt, daß du geflohen bist; und wir haben noch einiges zu erledigen bis zum Morgen.«

Die Gestalt, die ihr aus dem Tor gefolgt war, winkte jemandem zu, der hinter dem Tor stand, und ein Wagen kam aus dem Tor gerumpelt. Symeon erkannte Marcianus erst, als dieser ihn beim Arm faßte und ihm in den Wagen half.

XI

Pulcheria war gerade dabei, nach dem morgendlichen Gebet ihr karges Frühstück einzunehmen, als Theonoe an der Tür erschien, aufgelöst vor Erregung.

»Herrin!« rief sie atemlos, während sie in den Raum stürmte und sich vor dem Frühstückstisch zu Boden warf. »Herrin! Eure Sklavin Demetrias ist fort!«

»Fort?« fragte Pulcheria erschrocken und legte das Brot zurück auf den Teller. Es war noch früh am Morgen, und sie war lediglich mit ihrer schwarzen Tunika und einem Paar schwarzer Strümpfe bekleidet. Ihr graues Haar hing in dünnen Strähnen über ihre knochigen Schultern. »Bist du sicher?«

»Ja, Herrin. Ihre Nachbarin Agatha wurde von ihrem Sohn geweckt, der schier von Sinnen ist und sich wie hysterisch gebärdet. Er sagt, sie sei gestern abend fortgegangen und habe ihm gesagt, sie wolle Aspars Vertrauten, Marcianus, aufsuchen, aber sie sei nicht zurückgekommen. Der Junge glaubt, daß sie tot ist.«

»Oh, diese verfluchte Närrin!« rief Pulcheria hitzig und hieb mit der Faust auf den Tisch. »Heilige Maria, schenke mir Nachsicht! Oh, diese Närrin! Wie konnte ich nur so dumm sein – natürlich ist sie losgerannt, um ihren törichten Mann zu befreien, natürlich! Jeder Blinde hätte erkennen müssen, daß sie das vorhatte! Theonoe, hol sofort Eunomia und Marius von der Botentruppe! Ich brauche Pergament, schnell! Ich muß Marcianus so rasch wie möglich benachrichtigen – vielleicht läßt sich das Unheil noch verhindern! Gott sei Dank hatte das Mädchen genügend Hirn, um nicht geradewegs zu Eulogios zu rennen wie ihr blöder Mann!«

Sie setzte eine kurze, geharnischte Nachricht an Marcianus auf und war gerade im Begriff, sie ihrem schnellsten Boten zu überreichen, als die Kammerfrau, die an diesem Morgen als Zofe Dienst tat, in der Tür erschien. »Herrin«, rief sie, nachdem sie hastig ihren Fußfall absolviert hatte, »ich erhielt soeben die Meldung, daß Flavius Marcianus mit einer Eurer Sklavinnen am Tor wartet und Eure Durchlaucht dringend um Audienz ersucht.«

Pulcheria schloß einen Moment die Augen und gab einen tiefen Seufzer der Erleichterung von sich. »Heilige Maria Mutter Gottes; Heiliger Jesus Christus, ich danke euch«, murmelte sie voller Inbrunst. Sie bekreuzigte sich, schlug die Augen auf und warf einen Blick auf das Pergament, das sie immer noch in der Hand hielt. »Ich brauche dich jetzt nicht mehr, Marius«, beschied sie den Boten. »Du kannst zurück in deine Unterkunft gehen und dort auf weitere Befehle warten.« Der Bote verneigte sich, und Pulcheria wandte sich ihrer Zofe zu. »Führe Marcianus sofort herein. Ich werde ihn im blauen Salon empfangen.«

Marcianus und Demetrias standen kaum eine Minute im blauen Empfangszimmer, als die Augusta auch schon hereingestürmt kam, schwarzgewandet und barhäuptig, das dünne graue Haar hastig hinter dem Kopf zusammengerafft, in ihrem Schlepptau Theonoe und ihre Sekretärin. Die beiden Bittsteller warfen sich unverzüglich vor ihr nieder. Pulcheria musterte sie mit grimmigem Blick und setzte sich in eisigem Schweigen auf ihren Thron.

»So«, sagte sie, nachdem sie einen festen und bequemen Sitz eingenommen hatte, »da seid ihr also. Demetrias, du hast dir eine Tracht Prügel verdient, schon allein dafür, daß du weggelaufen bist – obgleich ich befürchte, daß das noch der geringste Verstoß ist, den du dir geleistet hast. Darf ich erfahren, wie groß der Schaden ist, den unsere Sache genommen hat, Marcianus?«

Marcianus verbeugte sich. »Unsere Sache hat überhaupt keinen Schaden genommen, Kaiserin.«

Sie stieß einen tiefen Seufzer aus. »Da bin ich ja sehr erleichtert. Ich hatte gehofft, daß auch Ihr vernünftig genug sein würdet, von irgendwelchen überstürzten und fruchtlosen Streichen Abstand zu nehmen, aber ich habe nicht gewagt, mich darauf zu verlassen. Meine Sklavin ist also zu Euch gekommen und hat Euch um Euren Beistand bei der Befreiung ihres törichten Mannes gebeten?«

»Jawohl, Eure Majestät. Darüber hinaus berichtete sie mir, daß Ihr Euch geweigert hättet, ihr bei dieser Sache zu helfen, und deutete mir auch an, warum. Sodann erzählte sie mir von einem Plan, den sie ersonnen hatte, ihren Mann zu befreien, ohne daß Eure Heilige Majestät in irgendeiner Weise darin verwickelt sein würde, und da mir der Plan durchführbar erschien, machte ich ihn mir zu eigen, nahm im Interesse der Sicherheit ein paar geringfügige Veränderungen an ihm vor, und dann führten wir ihn gemeinsam aus.«

Pulcheria musterte ihn einen Moment lang wie erstarrt. Dann wandte sie den Blick auf Demetrias. »Wo ist der Mann jetzt?« fragte sie scharf.

»Er befindet sich in meinem Haus, in einem sicheren Versteck«, antwortete Marcianus ruhig. »Ich möchte Eurer Heiligen Majestät noch einmal versichern, ich bin absolut gewiß, daß nichts von dem, was wir in der letzten Nacht getan haben, in irgendeiner Weise die Sicherheit unseres Plans bedroht. Chrysaphios wird glauben, daß Eulogios' Gefangener seine Bewacher bestochen hat und aus eigenen Stücken geflohen ist, und einzig Eulogios bestrafen. Was den Mann Symeon anbetrifft, so schwor ich ihm einen Eid, und ich habe mein Bestes getan, ihn zu erfüllen. Aber ich bringe Euch Eure Sklavin zurück, da ich die, denen ich zu dienen mich verpflichtet habe, nicht bestehlen kann.«

Pulcheria warf Demetrias einen vernichtenden Blick zu,

dann schaute sie wieder Marcianus an. »Erzählt mir genau, was geschehen ist«, forderte sie ihn auf. »Ich möchte mir mein eigenes Urteil bilden.«

Marcianus stand einen Moment lang regungslos und sammelte seine Gedanken, dann hob er den Blick, schaute der Kaiserin in die Augen und begann zu erzählen.

»Eure Sklavin Demetrias erzählte mir, daß die meisten von Eulogios' Gefolgsleuten für Bestechung empfänglich seien und daß einer von ihnen, ein Hunne, ihr nicht nur sehr gewogen, sondern darüber hinaus zutiefst unzufrieden mit seiner Situation als Diener des Agenten Eulogios sei. Sie äußerte mir gegenüber die Vermutung, daß er bereit sein würde, uns zu helfen, wenn er sicher sein könne, daß man ihn nicht zur Strafe dafür als Fahnenflüchtigen an König Attila ausliefern würde. Sie sagte ferner, besagter Hunne hasse den König der Hunnen und brenne geradezu darauf, in einem Krieg gegen ihn auf unserer Seite zu dienen. Es war übrigens derselbe Hunne, der ihr Kind zu Eurem Palast brachte und ihr überhaupt erst berichtete, was geschehen war. Sie sagte, bei jenem Anlaß habe er sie gebeten, ihm einen Mantel zu weben, der noch schöner sein solle als jener, den sie für den König der Hunnen gewebt habe, und sie schlug vor, daß wir eine Botschaft an ihn in Eulogios' Haus senden sollten, angeblich von einem Mitglied der Weberzunft, mit der Bitte um eine exakte Beschreibung der Motive für den neuen Mantel, den er in Auftrag gegeben habe – eine Botschaft, die er sofort verstehen würde, die gleichwohl kein Mißtrauen erwecken würde, sollte sie irgendeinem anderen aus Eulogios' Haushalt in die Hände geraten. Sie hatte zunächst die Absicht, die Botschaft selbst zu überbringen, aber ich ließ sie statt dessen von einem meiner Sklaven besorgen, wollte ich doch um keine Preis eine Frau in Gefahr bringen, die Ihr, Majestät, mit Eurem Vertrauen beehrt hattet.« Marcianus machte eine höfliche Verbeugung vor Pulcheria.

Die Kaiserin stöhnte verächtlich. »Dieses Vertrauen habe ich ihr zu Unrecht geschenkt, wie es scheint«, bemerkte sie mißmutig.

»Das glaube ich nicht, Kaiserin«, erwiderte Marcianus ruhig. »Die List war voll und ganz erfolgreich. Offenbar hatte der Hunne seinen Kameraden gegenüber bereits erwähnt, daß er einen neuen Mantel bestellt habe, und er kam sofort, nachdem er die Botschaft empfangen hatte.«

»Kam wohin?« fragte Pulcheria scharf. »Hat euch jemand beobachtet?«

»Eure höchst noble Schwester Marina besaß ein Haus am Taurusmarkt, welches seit ihrem beklagenswerten Ableben leer steht: Wir trafen den Hunnen im Hof dieses Hauses und schlossen das Tor. Bevor wir miteinander sprachen, vergewisserte ich mich, daß dem Hunnen niemand vom Hause seines Herrn gefolgt war.«

»Marinas Haus?« fragte Pulcheria überrascht. »Wie seid Ihr dort hineingekommen?«

Marcianus hüstelte verlegen. »Ich habe das Schloß aufgebrochen – ein Kunstgriff, den ich einst von einem kleinen Dieb in einem vandalischen Gefängnis in Afrika erlernte und der sich gelegentlich als überaus nützlich erweist.«

Pulcheria sah ihn mit ausdruckslosem Gesicht an. »Ich verstehe«, sagte sie schließlich. »Nun denn, und es gelang Euch also, den Hunnen dazu zu bringen, Euch zu helfen?«

»In der Tat, Kaiserin. Ich überzeugte ihn, daß kein Feind von Attila Chrysaphios dienen dürfe, dessen Politik den König der Hunnen unterstütze, und ich bot ihm eine Belohnung und einen Posten als Gefolgsmann von mir, wenn er Eulogios verließe – er ist in der Tat ein wertvoller Mann, und ich freue mich, ihn für mich gewonnen zu haben. Ich hatte jedoch nicht blind auf seinen guten Willen vertraut und für den Fall, daß er sich als unzuverlässig erweisen sollte, vorsichtshalber einen meiner Bogenschützen auf dem Dach des Hauses Eurer

Schwester postiert – eine Vorsichtsmaßnahme, die sich zu meiner Freude als unnötig herausstellte.«

Demetrias, die ihren Verbündeten während seiner Rede beobachtet hatte, wandte den Blick ab. Sie dachte mit Schaudern an jene alptraumhafte Situation auf dem Hof zurück, als sie schweigend im Mondschein neben dem ausgetrockneten Brunnen gewartet hatte, während Marcianus und Chelchal miteinander verhandelten, letzterer ständig im Visier des verborgenen Bogenschützen auf dem Dach, der keinen Moment zögern würde, den Hunnen zu töten, sollte dieser seine Hilfe verweigern. Marcianus hatte auf dem Bogenschützen bestanden. »Ich werde wohl nicht umhinkommen, deinen Freund wissen zu lassen, daß wir beabsichtigen, uns des Kämmerers zu entledigen«, hatte er zu ihr gesagt. »Und ich kann ihn unmöglich mit diesem Wissen zu seinem Herrn zurückkehren lassen.« Und sie hatte schließlich eingewilligt. *Macht stumpft die Menschen ab,* dachte sie jetzt, als sie das teilnahmslose Gesicht der Kaiserin sah. *Man erklärt sich nicht nur dazu bereit, für das zu bezahlen, was man will; man ist auch dazu bereit, andere Menschen dafür bezahlen zu lassen. Ich hätte es für niemand anderen als Symeon getan – aber das wäre ein schwacher Trost für Chelchal gewesen. Wie dem auch sei, er hat eingewilligt, uns zu helfen – Gott sei Dank! Hätte ich mit meiner Schuld weiterleben können, wenn er es nicht getan hätte?*

»Wir erfuhren von dem Hunnen«, fuhr Marcianus fort, »daß Chrysaphios bereits einen Folterspezialisten zu Eulogios geschickt hatte, um den Purpurfischer Symeon zu verhören, aber daß er offenbar nicht die Absicht hatte, ihn in den großen Palast zu verbringen, vermutlich weil er befürchtete, daß irgend jemand die Ungesetzlichkeit dieses Vorgehens entdekken könne. Eulogios' Gefolgsmänner sollten den Gefangenen jeweils paarweise bewachen; der Hunne und ein Gote waren für die zweite Schicht eingeteilt worden, von Mitternacht bis zum Morgengrauen. Eure Sklavin schlug dem Hunnen vor, mit seinem Herrn einen Streit wegen Geldes vom Zaun zu brechen, um so bereits im voraus einen nachvollziehbaren Grund für seine geplante Desertion herzustellen, und sodann seinem Kameraden den Vorschlag zu machen, daß sie den Fischer fragen sollten, ob er über Geldmittel verfüge. Diese Aufgabe wurde offenbar erleichtert durch die Tatsache, daß man bereits zuvor bei dem Gefangenen eine beträchtliche Summe Geldes entdeckt hatte, so daß die Gier des Goten bereits ohne das Dazutun des Hunnen hinreichend angestachelt war. Ich schrieb dem Gefangenen eine Nachricht, die der Hunne ihm heimlich zuschob, in welcher ich ihn aufforderte, zu behaupten, daß er eine immense Summe auf seinem Boot versteckt halte, welche der als Belohnung erhalten solle, der ihn befreien würde, und genau das tat der Purpurfischer. Im Zuge der Verhandlungen über die Modalitäten dieser Befreiung überwältigte der Hunne den Goten, fesselte und knebelte ihn und ließ ihn an Symeons Statt zurück. Symeon selbst verließ das Haus mit dem Helm und im Mantel des Goten und ging zu Fuß zum Taurusmarkt, wo wir einen Wagen für ihn bereithielten. Wir hatten vermutet, daß er sich kaum auf den Beinen würde halten können, und unsere Vermutung hatte uns nicht getrogen: Weiter hätte er es kaum geschafft.«

Er war fürchterlich zugerichtet, dachte Demetrias, und der Zorn, den sie in jenem Moment empfunden hatte, flackerte wieder in ihr auf. Sie dachte daran, wie er über den Marktplatz gewankt war, auf Chelchal gestützt wie ein alter Mann, der sich auf seinen Enkel stützte; sie dachte an sein Gesicht, daran, wie er sie wortlos angestarrt hatte im bleichen Schein des Mondes. Es war geschwollen gewesen von Schlägen, und sein Bart war verfilzt gewesen von geronnenem Blut; er hatte nach Schmutz und Erbrochenem gestunken. Als sie ihm in den Wagen geholfen hatte, hatte er ganz still auf dem Stroh gelegen, und während der Fahrt hatte er jedesmal vor Schmerz aufgestöhnt, wenn der Wagen über eine Unebenheit gerumpelt war. Hin und her gerissen zwischen ihrem Zorn darüber, wie er hatte leiden müssen, und ihrer Furcht, daß der Plan am Ende doch noch mißlingen könnte, hatte sie nicht gewußt, was sie ihm sagen sollte. Es war wahrhaftig nicht das freudige Wiedersehen gewesen, das sie sich erträumt hatte.

»Und das war alles deine Idee?» fragte Pulcheria Demetrias.

»Ja, Herrin«, erwiderte sie leise.

Die Kaiserin musterte sie einen Moment lang mit halb zusammengekniffenen Augen, mit einem Finger die spiralförmige Windung der Schnitzerei auf der Armlehne ihres Throns entlangfahrend. »Und hat dein Mann nun ein Boot im Hafen am Fischmarkt liegen?« fragte sie.

»Ja, Herrin, das heißt, er hatte. Aber darauf war natürlich kein Schatz. Das Geld, das die Gefolgsmänner von Eulogios bei ihm fanden, waren schlicht die Ersparnisse, die er mitgebracht hatte, um unsere gemeinsame Rückreise nach Tyros zu bezahlen. Aber ich dachte mir, es würde unserem Täuschungsmanöver dienlich sein, wenn Eulogios erfahren würde, daß das Boot dort gelegen hatte, aber inzwischen verschwunden war.«

»Und ist es verschwunden?«

»Ja, Herrin. Wir fuhren auf direktem Weg zum Hafen am Fischmarkt, und einer von Herrn Marcianus' Sklaven half Symeon, es hinaus aufs Goldene Horn zu segeln.«

Marcianus lächelte. »Symeon stieg ein Stückchen vorher aus dem Wagen«, warf er ein, »und ging hinunter zum Hafen, begleitet nur von dem Hunnen: Die Wachen am Fischmarkttor werden sich gewiß an ihn erinnern. Dann taten die zwei unter großem Palaver, als suchten sie das Boot. Sie machten dabei einen solchen Wind, daß viele der Bewohner der anliegenden Häuser sie dabei bemerkt haben müssen; und sie ließen die Abdeckung des Boots auf dem Strand zurück, zusammen mit ein paar Kleinigkeiten, die zu dem Boot gehörten. Während der Fischer mit dem Boot hinausfuhr, kehrte der Hunne durch das Tor zum Wagen zurück, auf der Schulter eine große Kiste, die in Wirklichkeit lediglich Kleidungsstücke aus dem Boot enthielt.«

Demetrias erinnerte sich gut an den Moment, als Chelchal zurückkam, fröhlich wie immer, und ihr eine Auswahl ihrer eigenen Kleider aus Tyros überreichte. »Aber das Boot *sehr klein*!« hatte er kopfschüttelnd ausgerufen, als sie wieder in dem Wagen saßen und zurück durch die Stadt polterten. »So kleines Boot! Ich nicht möchten in so kleines Boot das Horn hinaufsegeln. Er fahren damit weiten Weg von Tyros bis hierher? Ich nicht kann glauben!«

»Symeon segelte um die Stadt herum bis zum Hafen von Psamathia auf der anderen Seite«, fuhr Marcianus fort. »Wie Eure Majestät zweifellos weiß, wird dieser Hafen kaum noch benutzt, seit Euer heiliger Bruder den ganz in der Nähe gelegenen Hafen von Eleutheria ausbauen ließ; zudem ist es von dort nicht weit bis zu meinem eigenen Haus. Meine Sklaven warteten ein Stück außerhalb des Hafens in einem größeren Fischerboot, das sie sich unter dem Vorwand, einen nächtlichen Fischzug unternehmen zu wollen, bereits früher am Abend von meinem Gönner ausgeliehen hatten. Symeon und sein Gehilfe stiegen in besagtes Boot um, und sodann wurde sein eigenes Boot mit Steinen gefüllt, leckgeschlagen und versenkt.«

Auch daran erinnerte sich Demetrias, obwohl sie nicht dabeigewesen war. Aber in ihrer Phantasie vermochte sie sich lebhaft auszumalen, wie die *Prokne* mit einem leisen Gurgeln in die schwarzen Fluten hinabglitt und nur ein paar Schaumkronen an der Oberfläche noch eine kurze Zeit den Ort ihres schmählichen Untergangs markierten. Symeon hatte geweint; er war immer noch in Tränen aufgelöst, als die anderen ihn an Land brachten und ihm in den wartenden Wagen halfen. »Sie war ein gutes Boot!« stieß er wütend hervor. Er sagte nicht, daß er sie geliebt hatte; er schämte sich, seine Liebe zu sechzehn Fuß Zedernholz, Tau und Farbe offen zu gestehen. Aber Demetrias erinnerte sich, mit wieviel Liebe er sie angestrichen hatte, wie er die Verzierungen am Achtersteven fast zärtlich mit dem Pinsel gestreichelt hatte, mit welchem Besitzerstolz er sie über die Wellen hatte dahinfliegen lassen. Sie hatte seine Hand in dem grauen Halbdunkel der Morgendämmerung berührt und ihn stumm gebeten, er möge verstehen. Es war wichtig gewesen, den Anschein zu erwecken, daß Symeon und sein Boot spurlos verschwunden waren, um Chrysaphios glauben zu machen, daß sie auf und davon gesegelt seien.

»Alsdann gingen wir in mein Haus zurück«, kam Marcianus zum Ende seines Berichts. »Ich sorgte dafür, daß der Fischer gut versorgt wurde, und belohnte den Hunnen für seine Mithilfe; dann machte ich mich sofort auf den Weg zu Eurem Palast, um Euch Eure Sklavin zurückzubringen und um Euch alles zu berichten, was ich getan habe, auf daß Ihr darüber Euer kaiserliches Urteil fällen möget.«

Pulcheria saß eine ganze Weile schweigend da, die Stirn nachdenklich gerunzelt. »Wie lange hielt sich dieser Purpurfischer schon in der Stadt auf, als Eulogios ihn festnahm?« fragte sie schließlich.

»Er war erst am Abend zuvor angekommen«, erwiderte Marcianus mit Genugtuung. »Chrysaphios' Nachforschungen werden zweifelsfrei ergeben, daß er die Nacht im Hafen am Fischmarkt verbracht hat und daß er keine Zeit gehabt hat, mit irgend jemandem Kontakt aufzunehmen. Der Hunne hat niemandem gegenüber irgend etwas von seinem Besuch hier im Palast am darauffolgenden Nachmittag verlauten lassen. Es gibt also nicht den geringsten Hinweis darauf, daß er irgend etwas mit einem von uns zu tun haben könnte.«

Pulcheria seufzte und schwieg noch eine Weile. »Die Sache war gut geplant und gut durchgeführt«, sagte sie schließlich.

»Ich glaube, Ihr seid mit Recht zuversichtlich, Marcianus. Chrysaphios wird sich davon in die Irre führen lassen.«

Er verneigte sich tief.

»Gleichwohl«, fuhr Pulcheria fort, »scheint es mir doch ein nicht zu rechtfertigendes Risiko gewesen zu sein.«

»Es bestand zu keinem Zeitpunkt irgendeine Gefahr für den Staat, Kaiserin. Mein Name war bereits im Zusammenhang mit dem Purpurfischer genannt worden, und wenn wir ertappt worden wären, hätte ich die ganze Sache selbstverständlich auf mich genommen. Ich habe weder irgendeinen von den Leuten meines Gönners mit hineingezogen, noch irgendeinen von Euren Leuten, Majestät.«

»Außer Demetrias – welche mehr weiß, als sie sollte.«

»Sie hätte man nicht gefangengenommen, Kaiserin«, sagte Marcianus ruhig. »Wenn diese Gefahr gedroht hätte, hätte ich sie getötet.«

Demetrias starrte ihn einen Moment lang entsetzt an. Ihr kam plötzlich zu Bewußtsein, daß er sich während der ganzen langen Nacht stets in ihrer unmittelbaren Nähe aufgehalten und sie keinen Moment aus den Augen gelassen hatte. Bei dem Gedanken daran lief ihr ein kalter Schauer über den Rükken.

Pulcheria maß Marcianus mit einem spöttischen Blick. »Und wie hättet Ihr *das* mit Eurem Eid vereinbart?« fragte sie.

Er neigte den Kopf und öffnete die Hände in einer Geste der Kapitulation. »Kaiserin, ich hätte es nicht mit meinem Eid in Einklang bringen können; ich hätte mich für den Rest meines Lebens des Wortbruchs und des Mordes schuldig gemacht. Aber es nicht zu tun wäre ein Verstoß gegen den Treueeid gewesen, den ich Eurem Heiligen Hause geschworen habe, und ich hätte mich des Verrats und wiederum des Wortbruchs und Meineids schuldig gemacht. Meine Eide und Treuepflichten haben in jüngster Zeit des öfteren in Widerspruch zueinander gestanden. Angesichts dieses unlösbaren Konflikts beschloß ich denn, daß ich meine persönliche Ehre bewahren würde, so gut ich eben konnte, daß ich sie aber opfern müsse, sobald sie mit dem öffentlichen Wohl in Widerstreit geraten würde. Die Mönche haben recht, wenn sie behaupten, daß im öffentlichen Leben sich niemand frei von Sünde halten kann. Die Welt ist korrupt und verderbt, und niemand, der versucht, sich von Sünde freizuhalten, kann in ihr Macht innehaben. Und doch, wie kann einer, dem die Gerechtigkeit am Herzen liegt, alle Macht denen überlassen, von denen er weiß, daß sie böse und verderbt sind, korrupt herrschen und Verderben und Tod über die Unschuldigen bringen? Ich war überzeugt, das tun zu müssen, was ich für das Beste hielt, und darauf zu vertrauen, daß Gott der Herr die redliche Absicht in meinem Herzen sehen und gerecht über mich urteilen wird.«

»Das habt Ihr schön gesagt«, erwiderte Pulcheria leise. Sie saß noch einen Moment schweigend da und musterte ihn mit prüfendem Blick, dann sagte sie: »Es ist sehr gut möglich, daß Euer Haus durchsucht wird. Wie Ihr selbst bemerkt habt, wurde Euer Name bereits im Zusammenhang mit dem Fischer genannt, und nun, da Chrysaphios ihn verloren hat, wird er herauszufinden versuchen, was er von Euch erfahren kann. Ihr werdet den Fischer und den Hunnen an einen anderen Ort schaffen müssen.«

»In genau diesem Problem wollte ich Euch um Eure erlauchte Hilfe ersuchen, Majestät.«

Pulcheria setzte ein säuerliches Lächeln auf. »Ich habe ein Haus in der Stadt, nahe am Horn gelegen, das ich manchmal benutze, wenn ich meine Kirchen besuche. Ich werde sofort einen Brief an seinen Verwalter schicken, und Ihr müßt alle nötigen Vorkehrungen treffen, um die beiden unverzüglich und unter strengster Geheimhaltung dorthin zu bringen. Wenn Ihr wollt, kann ich dafür Sorge tragen, daß ein Wagen mit einer Ladung Vorhänge für die Kirche in Blachernae zuerst an Eurem Hause hält und dann an meinem. Das wäre eine Möglichkeit, die beiden auf diskrete Art zu transportieren.«

Er verneigte sich. »Das wäre äußerst hilfreich, Kaiserin. Vielen Dank.«

Sie hielt erneut einen Moment inne, dann sagte sie bedächtig: »Ihr sagtet, Ihr hättet den Hunnen davon überzeugt, daß er, als ein Feind Attilas, nicht Chrysaphios dienen sollte, da dessen Politik den König der Hunnen unterstütze. Ich hätte gern, wenn Ihr Euch zu diesem Thema ausführlicher ausließet.«

Marcianus sah sie verblüfft an. »Ich bin ein Thraker, Kaiserin«, sagte er nach einem Moment des Zögerns. »Ich habe erleben müssen, wie meine Heimat zerstört wurde. Ich hasse den König der Hunnen und sein Reich, und ich hasse die Politik der Beschwichtigung, die unsere Feinde stark macht. Der Kämmerer Chrysaphios hat ihnen mehr gegeben und sich dabei weniger gesträubt als jeder römische Herrscher vor ihm, und das habe ich Chelchal deutlich gemacht. Es war nicht schwer, ihn zu überzeugen: Die Hunnen wissen alle, wie lebenswichtig die römischen Zahlungen für Attilas Herrschaft sind.«

»Aber die Einstellung der Zahlungen würde einen sofortigen Krieg mit König Attila zur Folge haben«, wandte Pulcheria ein. »Wir haben schon gegen sie gekämpft, in der Zeit vor Chrysaphios. Wir haben Schlachten verloren, Herr Marcianus, und Tausende von Männern, und waren am Ende gezwungen, mehr zu bezahlen, um unsere Provinzen zu schützen. Wenn Ihr Kaiser wärt, würdet Ihr es dann wirklich über Euch bringen, die Zahlungen einzustellen und mit anzusehen, wie Eure eigenen Provinzen, Eure Heimat, wieder schutzlos dem Schwert preisgegeben werden?«

»Wir verloren die meisten Schlachten nur sehr knapp«,

erwiderte Marcianus unwirsch, »und zahlten das Geld aus reiner Trägheit, weil wir nicht bereit waren, mehr Truppen auszuheben und den Kampf fortzusetzen. Und was die Preisgabe Thrakiens an das Schwert betrifft – das ist doch ohnehin schon längst geschehen: Thrakien ist ein geteiltes Land, zerschnitten durch ebenjenes Schwert. Der Norden der Diözese gehört gänzlich Attila, und die Mitte ist verwüstet; wenn die gegenwärtige Politik fortgesetzt wird, dauert es nicht mehr lange, und der Süden geht ebenfalls verloren. O ja, wenn ich Kaiser wäre, würde ich die Zahlungen sofort einstellen. Mehr noch: Ich würde alle Märkte schließen, auf denen die Hunnen unsere guten Waffen mit unserem guten Geld kaufen, und jeden Handel mit ihnen unter Todesstrafe stellen. Die Hunnen können ja nicht einmal ihre eigenen Schwertklingen schmieden! Ich würde jedoch den Untertanen der Hunnen gute Bedingungen anbieten, wenn sie sich mit uns verbünden. Ihre Duldsamkeit gegenüber den Hunnen würde sehr rasch enden, wenn den Hunnen das Geld ausginge und sie selbst wegen Attila vom Handel mit uns ausgeschlossen wären. Ich würde eine neue Armee aufstellen und sie mit dem Geld für die Hunnen finanzieren. Dann würden wir ja sehen, wie erpicht Attila dann noch auf einen Krieg mit uns wäre! Wir bräuchten ihn nur für ein paar Monate in Schach zu halten, und ich bin sicher, er hätte die schönste Rebellion am Hals.«

Pulcheria sah ihn einen Moment lang an, ein Lächeln auf dem Gesicht. »Eine sehr interessante Strategie«, sagte sie schließlich. »Ich würde mich gern ausführlicher mit Euch darüber unterhalten, Marcianus, zu einem späteren Zeitpunkt. Die Zeit drängt jetzt. Theonoe« – sie schnippte mit den Fingern – »sorg dafür, daß sofort ein Wagen für die Vorhänge für die Kirche in Blachernae bereitgestellt wird, für die, die schon fertig sind; sag dem Kutscher, er soll gleich in die Stadt aufbrechen und am Hause des edlen Marcianus vorbeifahren, um dort ein paar Sachen abzuholen, die für mein Haus am Horn bestimmt sind. Eunomia, ich werde dir einen Brief diktieren, und Marius soll ihn zu meinem Stadthaus bringen. Marcianus, braucht Ihr ein frisches Pferd für den Rückweg?«

»Nein danke, Kaiserin«, erwiderte er mit einer Verbeugung. »Darf ich fragen, ob Demetrias hierbleiben soll? Mein Wunsch, sie Euch abzukaufen, besteht nach wie vor.«

»Jetzt bleibt sie erst einmal hier«, erwiderte Pulcheria bestimmt. »Ich werde zu gegebener Zeit entscheiden, was mit ihr geschehen soll – aber frühestens, wenn ich Chrysaphios abgesetzt habe. Ihr könnt gehen.«

Er machte den Fußfall und ging. Demetrias, die noch nicht entlassen war, stand schweigend und mit gefalteten Händen vor der Kaiserin. Sie fragte sich, wo Meletios sein mochte und ob er inzwischen wußte, daß sie in Sicherheit war.

Pulcheria streckte sich mit einem zufriedenen Lächeln; sie gähnte, schloß den Mund und sah Demetrias nachsichtig an. »Nun, Mädchen«, sagte sie, und ihre Stimme nahm einen fast zärtlichen Klang an, »daß du weggelaufen bist, war in der Tat das geringste deiner Vergehen, und, wie ich schon sagte, du hättest eigentlich allein dafür eine Tracht Prügel verdient – aber die Sache ist ja noch einmal gutgegangen, und ich will ausnahmsweise darüber hinwegsehen. So, dann hast du ja nun deinen kostbaren Gatten gerettet. Was soll ich jetzt mit dir anfangen?«

Demetrias senkte den Blick zu Boden und versuchte, ihre Gedanken zu ordnen; sie war konfus und erschöpft nach den aufwühlenden Ereignissen der vergangenen Nacht. »Herrin«, begann sie ganz ruhig und bedächtig, und sah gerade in das harte, zynische Gesicht der Frau auf dem Thron, »Ihr wart einmal so großmütig, mir zu gestehen, daß Ihr Euren Jungferneid zum größten Teil aus den falschen Gründen abgelegt habt und nur zum geringen Teil aus Liebe zu Gott. Aber Gott, so sagtet Ihr, nahm Euch beim Wort, und mit der Zeit traten die anderen Gründe in den Hintergrund und verloren ihre Bedeutung, so daß jetzt nur mehr die Liebe zu Gott zählt. Ganz ähnlich, Herrin, verhielt es sich mit meiner Ehe. Als ich sie einging, war zweifellos ein gewisses Maß an Liebe mit dabei, aber auch viel Angst, ein Verlangen nach Sicherheit und Schutz und das Bedürfnis, den Erwartungen der Welt gerecht zu werden. Ich glaube, damals hätte ich ebensogut das Gelübde der Jungfräulichkeit ablegen und ein Leben anfangen können wie jenes, das Eure Erlauchtheit mir angeboten hat. Wahrscheinlich wäre ich damit auch glücklich geworden. Aber nun bin ich seit über sechs Jahren verheiratet, und mein Leben hat sich zusammen mit dem Symeons gestaltet und weiterentwickelt. Ich weiß jetzt, daß wir einander nicht beschützen können und daß Gehorsam und Fügsamkeit mir nicht helfen werden. Aber die Liebe ist gewachsen. Sie hat mich geformt, Herrin, und ist zum wesentlichen Bestandteil meines Seins geworden; solange mein Mann lebt, kann ich ihn nicht verlassen. Wenn ich auf dem Webstuhl einen Mantel mit einem schlichten, ungemusterten Saum mache, und mitten in der Arbeit kommt jemand und sagt: ›Ich wollte aber eigentlich eine gemusterte Borte!‹ Was soll ich dann machen? Ich kann ja schlecht mittendrin auf halbem Saum eine Schmuckborte ansetzen. Ich müßte also den ganzen Saum wieder auftrennen und noch einmal von vorn anfangen. Mein Leben aber kann ich nicht einfach auftrennen wie einen Saum: Der Saum ist nun einmal da, und ich kann nicht nachträglich eine Schmuckborte daraus machen. Ich bin eine verheiratete Frau und kann schlechterdings kein Jungfernschaftsgelübde mehr ablegen. Ich bitte Euch daher inständig, Herrin, erlaubt mir, wieder zu dem zu werden, was ich bin und immer sein werde, und schickt mich und meinen Mann wieder nach Hause.«

»Du kannst nicht mehr nach Hause, mein Mädchen«, sagte Pulcheria sanft. »Dein Zuhause, so wie es war, gibt es nicht mehr. Dein Mann hat Tyros um deinetwillen verlassen, und ich glaube, wenn ihr nach dort zurückkehrtet, würdet ihr beide feststellen müssen, daß das Leben, das ihr dort hattet, daß es unwiederbringlich verloren ist. Aber ich kann und werde dich deinem Manne zurückgeben: Gott sei davor, daß ich auseinanderreiße, was Sein Wille zusammengefügt hat. Doch du mußt dich noch ein wenig in Geduld üben. Du mußt warten, bis ich Chrysaphios aus dem Amt entfernt habe, damit sein Verdacht nicht erregt wird, aber sobald das geschehen ist, darfst du den Palast mit deinem Kind verlassen, zu deinem Symeon zurückkehren und deinen ›schlichten Saum‹ in Frieden zu Ende weben. Geh nun. Dein Sohn vermißt dich sehr.«

Demetrias vollführte den Fußfall und verließ den Raum. Auf der Türschwelle hielt sie inne. »Ich danke Euch, Herrin«, sagte sie, und die fromme und gestrenge Kaiserin lächelte sie an wie ein junges Mädchen.

Drei Tage später begab sich Eulogios krank vor Angst zu seinem Gönner im Großen Palast, um über das Ergebnis seiner Suche nach dem Purpurfischer Symeon zu berichten.

Er wurde sofort in das Büro des Kämmerers vorgelassen, aber diesmal war er nicht sicher, ob er dies als ein gutes Zeichen deuten konnte. Der Eunuch saß an seinem Schreibtisch und las murmelnd einen Bericht. Er hob nicht einmal den Blick, als sein Agent die Tür hinter sich schloß, und Eulogios mußte bange fünfzehn Minuten warten, bis sein Vorgesetzter den Bericht endlich zu Ende gelesen hatte.

Chrysaphios klappte die Seiten zusammen und musterte Eulogios kühl. »Und?« fragte er mit schneidender Stimme. »Habt Ihr Neuigkeiten?«

Eulogios räusperte sich nervös. »Es gibt keine Spur von den beiden, Erhabener. Ich... ich habe eine Belohnung ausgesetzt...«

»Es gibt keine Spur von den beiden!« äffte ihn Chrysaphios höhnisch nach. »Und Ihr habt eine Belohnung ausgesetzt! Ist das alles?«

Eulogios trat unbehaglich von einem Bein auf das andere. »Ich habe getan, was ich konnte, Durchlaucht. Ich habe festgestellt, wo das Boot lag; ich habe herausgefunden, daß sie sich dort hinbegeben haben und daß der Hunne den Schatz an sich genommen hat und zurück in die Stadt gegangen ist, während der Fischer in See gestochen ist. Ich habe Boten in alle Städte in der Umgebung gesandt, um zu ermitteln, ob einer von den beiden gesehen worden ist, ich bin persönlich zu allen Stadttoren gegangen und habe mich nach dem Hunnen erkundigt. Man hätte ihn zumindest bemerken müssen, so auffällig, wie er aussieht. Und der Fischer kann nicht weit gekommen sein; er konnte sich kaum auf den Beinen halten.«

»Das brauchte er auch nicht«, versetzte Chrysaphios. »Er hatte schließlich ein Boot. Ihr hättet das Boot noch am selben Tag sicherstellen müssen, als Ihr den Mann festgenommen habt! Und was den Hunnen betrifft – welchen Sinn hatte es, an den Stadttoren nach ihm zu fragen? Er war kein Dummkopf; er wußte mehr als einen Weg, aus einer Stadt heraus oder in eine Stadt hinein zu gelangen. Er dürfte mittlerweile schon fast in Sardica sein. Sie kommen schnell voran, diese Hunnen, wenn sie es darauf anlegen, und mit dem Geld, das er nach Aussage des Goten von dem Fischer zu erwarten hatte, konnte er sich so viele Pferde kaufen, wie er wollte.«

»Ich wußte doch nicht, daß das Boot so wichtig war!« wehrte sich Eulogios. »Woher sollte ich wissen, daß er überhaupt eines hatte?« Chrysaphios musterte ihn mit ausdrucksloser Miene. Eulogios ereiferte sich noch mehr. »Und wie in aller Welt sollte ich ahnen können, daß er einen Schatz auf dem Boot versteckt hatte? Der Bursche erzählte mir lauter Lügen, als ich ihn das erste Mal verhörte, und dann, als wir das Dokument fanden, sagte er überhaupt nichts mehr! Nicht einmal Euer Spezialist konnte ihm ein Wort entlocken! Alle Informationen, die ich bekommen habe, habe ich von dem Kind – und das Kind habe ich lediglich geschont, um dem Hunnen einen

Gefallen zu tun. Und was den Hunnen anbelangt, so war er *Euer* Mann; Ihr habt ihn mir geliehen.«

»Aber nicht, damit Ihr ihn mir ruiniert!« sagte Chrysaphios schneidend. »Ihr unfähiger Tölpel, Ihr knickriger, arroganter Klotzkopf! Ich weiß, was Eure Untergebenen von Euch halten! Ihr mißgönnt ihnen schon das kleinste bißchen Geld und fahrt bei jeder Kleinigkeit gleich aus der Haut und droht ihnen – ist es da verwunderlich, daß sie sich am Ende Euch gegenüber unloyal verhalten? Er war ein wertvoller Mann, dieser Hunne, und Ihr gehörtet schon allein dafür bestraft, daß Ihr ihn vergrault habt – und das ist noch der geringste von all den Fehlern, die Ihr gemacht habt! Ich hatte einen Zeugen, mit dessen Aussage ich die Augusta schon so gut wie in der Hand gehabt hätte« – er schüttelte seine schlanke, feingliedrige Hand drohend vor seinem Agenten – »und Ihr laßt ihn entkommen!«

Eulogios stand wie ein Häufchen Elend da, mit ängstlich hochgezogenen Schultern, den Blick zu Boden gesenkt. *Du wolltest den Mann ja unbedingt bei mir lassen, dachte er; du hättest ihn in den Palast bringen können, wo du Tausende von Wächtern hast, nicht bloß ganze sechs, wie ich. Aber du wolltest, daß er in meinem Haus bleibt, weil du deinen eigenen Dienern nicht über den Weg trautest, weil du Angst hattest, sie könnten vielleicht der Augusta treu ergeben sein oder zum Kaiser gehen und es ihm erzählen. Und wie du es auch drehst und wendest, es war letztlich immer noch dein Mann, der dem Fischer zur Flucht verhalf, und nicht einer von meinen Gefolgsleuten. Ganz abgesehen davon – selbst wenn der Fischer zugegeben hätte, daß der Mantel, den seine Frau gemacht hat, purpurn war und wir absolut sicher wären, daß die Augusta diese Tatsache nicht ans Licht kommen lassen wollte, was würde uns das nützen? Es beweist gar nichts. Er wußte nichts von Pulcheria. Wenn er irgend etwas von Pulcheria gewußt hätte, hätte er sich niemals in die Nähe meines*

Hauses gewagt. Und was deinen sogenannten »Beweis« betrifft: Du glaubst doch nicht im Ernst, daß die unter der Folter erpreßte Aussage eines Sklaven ausreicht, um eine Augusta anzuklagen, geschweige denn zu überführen! Und die Frau wollte Pulcheria uns nicht wieder herausgeben.

Aber Eulogios wußte, es würde ihm nichts nützen, wenn er diese Gedanken laut aussprach. Er zog es daher vor, gar nichts zu sagen.

»Ihr habt Marcianus' Haus sehr gründlich durchsucht?« bemerkte Chrysaphios nach einem kurzen Moment des Schweigens.

»Jawohl, Durchlaucht«, erwiderte Eulogios, der seine Chancen wieder steigen sah, eifrig nickend. »Wir haben das Unterste zuoberst gekehrt, und die Sklaven so in die Mangel genommen, daß ihnen Hören und Sehen verging. Leider ohne jedes Ergebnis. Und Marcianus selbst ... habt Ihr aus dem was herausbekommen können?« Eulogios hatte das Haus tags zuvor durchsucht und Marcianus unter Bewachung zum Palast bringen lassen, wo Chrysaphios ihn persönlich hatte verhören wollen.

Chrysaphios stieß ein mißmutiges Stöhnen aus. Es verstieß eindeutig gegen das Gesetz, einen Mann, der dem Senatorenstand angehörte, zu foltern. Dessen ungeachtet hatte er Marcianus in den Kerker der Wachmannschaften werfen lassen und ihn dort bis zum späten Nachmittag ohne Nahrung und Wasser schmoren lassen, ehe er zu ihm gegangen war, ihm das Pergament, das Eulogios bei Symeon gefunden hatte, präsentiert hatte und ihm mit dem Tode gedroht hatte, wenn er nicht die Wahrheit sagte. Marcianus schien jedoch nicht im geringsten beunruhigt gewesen zu sein. »Er hat gesagt, er hätte das Pergament einem Pächter von einem der Anwesen seines Dienstherrn in Syrien ausgehändigt«, sagte der Kämmerer mürrisch. »Er sagte, er habe keine Ahnung, wie es hierhergelangt sei. Ich sagte ihm, es sei bei einem Verbrecher und

Spitzel gefunden worden. Daraufhin fragte er mich, woher ich wissen wolle, daß der Mann, dem ich es abgenommen hätte, ein Verbrecher und ein Spitzel sei. Sei er als solcher überführt worden? wollte er wissen. Und sei er überhaupt vor Gericht gestellt und angeklagt worden, wie es das Gesetz vorschreibe? Wer sei er überhaupt? Und warum würden wir nicht ihn fragen, wie er an das Pergament gelangt sei? Er wußte ganz genau, daß ich nichts beweisen konnte. Und es kam noch ärger. Ob ihm selbst irgend etwas vorgeworfen werde? Warum er dann verhaftet worden sei? Er könne ja wohl nicht verantwortlich gemacht werden für jeden hergelaufenen kleinen Dieb, der einen Fetzen Papier bei sich hätte, auf dem sein Name stehe. Er sei ein Senator, unser Freund Marcianus, ein Edelmann, rieb er mir mit jedem dritten Wort unter die Nase. Mein Verhalten ihm gegenüber, gab er mir zu verstehen, sei ungehörig, ungesetzlich und verstoße gegen die Wüde meines Amtes, und er werde dies zum Thema einer Rede vor dem Senat machen.« Er hieb mit der flachen Hand auf den Bericht auf seinem Schreibtisch. »Und er hat die Rede gehalten! Heute früh hat er sie gehalten!«

Wütend schlug er den Bericht in der Mitte auf und las laut vor: »›Aber das war noch längst nicht alles! Am späten Abend wurde ich endlich freigelassen und nach Hause geschickt, zu Fuß und unbegleitet, wie ein gemeiner Bettler! Und als ich ankomme, finde ich mein Haus in einem Zustand der Verwüstung vor – und ich gebrauche diesen Begriff als einer, der den Krieg erlebt hat, verehrte Kollegen, ich gebrauche ihn mit Bedacht. Sie hatten die Sträucher im Garten ausgegraben und die Täfelung von den Wänden gerissen, und darüber hinaus alles weggeschleppt, was irgend von Wert war. Alle meine Sklaven, vom Küchenmädchen bis zum Kammerdiener, waren geschlagen und mißhandelt worden; der Gärtner hatte den Arm gebrochen. Meine Tochter war bedroht worden und mit Schimpfwörtern belegt worden, die ein Mädchen von Stand nicht einmal vom Hörensagen kennen sollte. Und warum? Weil irgendein unbekannter Kerl, der angeblich ein Spitzel sein soll – auch dies offenbar völlig unbewiesen – ein Pergament hatte, das meine Unterschrift trägt! Ist das neuerdings ein Verbrechen, für das die Sklaven eines Edelmannes, eines Senators von Konstantinopel, dem Neuen Rom, mißhandelt und gefoltert werden dürfen? Was steht uns allen noch bevor, wenn man uns mit derart fadenscheinigen und irrwitzigen Begründungen auf eine solche Weise tyrannisieren darf? Kennt der Kämmerer die Gesetze nicht? Ist er verrückt geworden? Oder war er schon immer verrückt – besessen von der ungezügelten und unstillbaren Gier nach unumschränkter Macht? O ja, ich sehe, Ihr seid mit mir einer Meinung in diesem Punkt, verehrte Mit-Senatoren. Chrysaphios sollte bedenken, daß die Macht zuallererst Gott gehört, und an zweiter Stelle dem Kaiser, den Gott auserwählt hat, und daß er, Chrysaphios, der Sklave dieses Kaisers und der Diener des Senats ist; das scheint er vergessen zu haben. Er glaubt, wir wären seine Lakaien, und das ganze Reich gehöre ihm.‹«

Chrysaphios klappte den Bericht wieder zu, legte ihn zurück auf den Tisch und sah Eulogios mit freudlosem Blick an. »Die Rede hat großen Wirbel verursacht«, sagte er düster. »Der Senat ist in hellem Aufruhr.« Er hieb in einer plötzlichen Aufwallung von Jähzorn auf den Tisch. »Ich habe Euch doch gesagt, daß wir nicht genügend Beweise hatten, um Marcianus des Hochverrats zu bezichtigen!« brüllte er. »Ihr wißt ganz genau, daß wir aus den Sklaven eines Mannes keine Beweise gegen ihn herauspressen können, wenn er nicht angeklagt ist! Mit sowas könnt Ihr vielleicht beim gemeinen Pöbel durchkommen, aber doch nicht bei einem Senator! Ihr verdammter Narr, was habt Ihr Euch bloß dabei gedacht?«

»Wir haben sie ja nicht gefoltert«, protestierte Eulogios kläglich. »Wir haben sie bloß ein bißchen geschlagen. Der Gärtner hat sich den Arm unglücklich bei einem Handgemenge gebrochen. Und Ihr habt ausdrücklich gesagt, ich solle bis an die Grenzen des gesetzlich Erlaubten gehen, Durchlaucht; Ihr wolltet Ergebnisse. Das habt Ihr gesagt; daran kann ich mich genau erinnern. Abgesehen davon, was spielt es schon für eine Rolle, was Marcianus vor dem Senat gesagt hat? Die hassen Eure Durchlaucht doch schon seit Jahren, und es hat bisher noch nie irgendeine Rolle gespielt. Das ist doch sowieso bloß ein Haufen von Narren, ohne jede Autorität.«

Der Eunuch starrte Eulogios mit loderndem Blick an. In seinen dunklen Augen glomm unverhüllter Haß. »Dieser Haufen von Narren ohne jede Autorität setzt sich immer noch aus den reichsten und mächtigsten Männern des Reiches zusammen! Es kann gefährlich sein, wenn man sie zu tief kränkt – besonders jetzt, wo die Kaiserin irgend etwas im Schilde führt.« Er holte tief Luft. Die Finger seiner Hand ballten sich zur Faust, öffneten sich wieder und ballten sich erneut zusammen, so heftig, daß die Knöchel weiß hervortraten. Er starrte auf den Bericht, dann blickte er ruckartig auf; sein Gesichtsausdruck war wieder etwas gefaßter. Als er sprach, hatte seine Stimme wieder ihren üblichen affektierten, einschmeichelnden Ton. »Und Nomos hat vor einigen Monaten eine ganz ähnliche Rede gehalten. Der Senat beschloß daraufhin, eine Abordnung zum Kaiser zu entsenden, um sich über die Behandlung seiner Mitglieder zu beschweren und Genugtuung und Wiedergutmachung für sie zu verlangen. Es ist sehr schwierig, selbst für mich, eine ganze Abordnung von Senatoren abzuwimmeln; und es wird noch schwieriger sein, Seiner Heiligen Majestät die Situation zu erklären, wenn die Abordnung tatsächlich mit ihm spricht.«

»Ich... es tut mit leid«, stammelte Eulogios, von der schrecklichen Gewißheit erfüllt, daß seine Entschuldigung auf taube Ohren fiel. *Ich bin fertig,* dachte er, *ich bin am Ende. Er wird mich degradieren; er wird mich bei den Agenten rauswerfen.*

Chrysaphios nickte. »Ich kann die Sache nur noch abwenden, indem ich der Forderung nach Wiedergutmachung sofort nachgebe, mich in aller Form entschuldige und ... ihnen versichere, daß der Mann, der für die gesetzwidrigen Übergriffe verantwortlich ist, aus dem Dienst entlassen und bestraft wird.«

»Und das bin ich«, sagte Eulogios mit belegter Stimme.

Chrysaphios lächelte. Sein Lächeln erschreckte den Agenten mehr als sein Wutausbruch, mehr als das haßerfüllte Lodern in seinen Augen: Es hatte etwas so Unnatürliches an sich, daß ihm bei seinem Anblick das Blut in den Adern gefror. »So sieht es wohl aus,« sagte der Kämmerer leise, »und außerdem sieht es auch ganz so aus,« – er zog einen zweiten Bericht hervor, der verdeckt unter dem ersten gelegen hatte – »daß Ihr Euch der Annahme von Bestechungsgeldern schuldig gemacht habt.«

Eulogios schaute ihn bestürzt an. Er war bei weitem nicht der Schlimmste unter den Agenten, wenn es um die Annahme von Bestechungsgeld ging. »Nicht von Euren Feinden, Erhabener«, erwiderte er nach einigem Zögern, halb wütend, halb erschrocken. »Wenn das jemand behauptet hat, dann hat er gelogen, Herr, schändlich gelogen. Ich habe Euch immer als meinen Gönner betrachtet und stets allein für Euch gearbeitet; ich würde Euch niemals verraten, in der Hoffnung, daraus von irgend jemand anderem belohnt zu werden.«

Das Lächeln des Kämmerers bekam etwas Raubtierhaftes. Er schlug den Bericht auf. »Dennoch habt Ihr gröblich Eure Pflichten verletzt«, sagte er in einem Ton gekränkter Überraschung, und seine Stimme klang noch glatter, noch einschmeichelnder als gewohnt. »Ihr habt die Pflichten verletzt, die Euch vom Staat anvertraut wurden. Ich habe hier die Aussage« – er schaute auf den Bericht – »von einem Inspektor für die Poststationen in Kappadokien, der zu Protokoll gegeben hat, der Vorsteher der Poststation in einem Ort namens Naze, zwölf Meilen von Caesarea entfernt, habe im Namen des Staats Pferdefutter von erstklassiger Güte gekauft, es mit Gewinn weiterverschoben und die staatlichen Postpferde mit Kost von minderer Qualität abgespeist; er sagt ferner aus, Ihr hättet Euch mit einer Summe von acht *Solidi* dazu bestechen lassen, über diesen Amtsmißbrauch hinwegzusehen.«

Eulogios starrte ihn verblüfft an, während er versuchte, sich an die fragliche Poststation zu erinnern. Es gelang ihm, und seine Verblüffung wurde noch größer. Der Vorfall hatte sich in der Tat ereignet, und es hatte sich alles exakt so abgespielt, wie der Kämmerer es vorgetragen hatte – aber es hatte wirklich nichts weiter dahintergesteckt, keine irgendwie gearteten Interessen oder Verwicklungen von womöglich folgenschwerer Tragweite. Acht *Solidi*! Die Summe, die ganze Affäre, war lächerlich und unbedeutend. Wenn Chrysaphios sowieso vorhatte, ihn zu entlassen und mit einer Geldstrafe zu belegen, warum mußte er dann noch diese lächerliche Geschichte ausgraben?

»Wollt Ihr es abstreiten?« fragte Chrysaphios, immer noch lächelnd.

»Nun ... Erlauchter, ich ... aber Ihr wollt doch nicht im Ernst ...«

»Ich kann Ausschreitungen gegen die Häuser und Sklaven von Senatoren nicht dulden, Eulogios, und ich kann Bestechung nicht durchgehen lassen. Ich werde dafür Sorge tragen müssen, daß Ihr Eure Stellung und Euren Rang verliert – und mit der Strafe belegt werdet, welche das Gesetz für Beamte vorsieht, die Bestechungsgelder annehmen.«

Eulogios wurde kreidebleich. »Aber ... aber, Durchlaucht, das ist das Abhacken einer Hand! Das ist noch nie gemacht worden ... ich habe noch nie gehört, daß einem Agenten die Hand abgehackt worden ist, geschweige denn einem *Princeps!* Ihr wollt doch nicht im Ernst ...«

»Es ist die Strafe, die das Gesetzbuch für dieses Vergehen

vorsieht, Eulogios«, erwiderte der Eunuch, dessen Lächeln jetzt unverhohlene Gehässigkeit und Schadenfreude ausdrückte. Er stand auf, ging rasch um den Tisch herum und öffnete die Tür seines Büros.

»Allerhöchste Durchlaucht!« Eulogios stürzte zu ihm. »Bitte, Herr, bitte, Ihr könnt mir doch nicht einfach . . .«

Chrysaphios drehte sich blitzschnell um und schlug ihm mit der flachen Hand ins Gesicht. Er schnippte mit den Fingern, und seine Sekretäre erschienen, hurtig und aufmerksam wie immer.

»Nein!« kreischte Eulogios und warf sich vor Chrysaphios nieder. »Bitte, Durchlaucht, nicht meine Hand, bitte! Werft mich aus dem Amt und erlegt mir eine Geldstrafe auf, meinetwegen, wenn es denn sein muß, das habe ich verdient, aber um Gottes willen nicht das, nicht meine Hand!«

Der Kämmerer beugte sich über ihn und nahm ihm die goldene Halskette ab, an der die amtliche Onyxplakette seines Dienstgrades hing. Er wirbelte sie ein paarmal im Kreis herum und ließ sie dann krachend auf den gekachelten Fußboden niederschmettern. Die Plakette brach entzwei, und er stieß sie verächtlich mit dem Fuß beiseite. »Ich kann nicht mit Schonung rechnen, wenn ich scheitere«, zischte er Eulogios zu, »und ich werde dich nicht schonen. Ich werde zumindest die Genugtuung haben, dich weinen zu sehen für das, was du getan hast, und zwar bitterlich!« Er wandte sich zu seinen Sekretären um und schnarrte: »Schafft den Kerl hinaus!«

Eulogios weinte, als die Sekretäre ihn hinaustrugen. Er ließ es geschehen, ruhig, willenlos, vollkommen schlaff – bis auf seine Hände, die einander verzweifelt umklammerten, wie als wollten sie sich gegenseitig vor dem herabsausenden Beil beschützen.

Chrysaphios setzte sich wieder an seinen Schreibtisch. *Endlich bin ich diesen Stümper los,* dachte er. *Ich hätte von Anfang an wissen müssen, daß der Kerl zu nichts taugt.*

Aber der Gedanke konnte ihn nicht trösten. Er hatte Angst.

Da ist immer noch mein Plan, Attila zu töten, dachte er. *Wenn mir das gelingt, kann mir keiner mehr etwas anhaben. Und vielleicht gab es ja wirklich keinen Mantel, und nichts, das Nomos hätte zwingen können, auszusagen. Oder vielleicht hatte Nomos gar nichts Brauchbares in der Hand. Wenn es etwas gäbe und er es auf den Tisch gelegt hat, warum hat dann die Kaiserin bis jetzt gezögert, es zu benutzen? Ich bin noch außer Gefahr. Ich genieße die Gunst des Kaisers, also muß ich außer Gefahr sein.*

Er begab sich wieder an seine Arbeit, doch als sein Blick auf das zerbrochene Dienstsiegel fiel, kroch erneut die Angst in ihm hoch. Das Bild von Eulogios, wie er jetzt dastand, die Hand auf dem Richtblock festgeschnallt, verwandelte sich in das Bild, wie er selbst vor dem Richtblock kniete, mit gesenktem Haupt den tödlichen Streich des Scharfrichters erwartend; im Geiste sah er seinen bluttriefenden Kopf auf dem Spieß eines Soldaten tanzen. Er schloß schaudernd die Augen, aber das machte das Bild nur noch klarer.

Das wird nicht geschehen! versuchte er sich verzweifelt zu beruhigen. Der Kaiser würde es niemals zulassen. Ich werde nicht in Panik geraten! Ich kann mich noch immer gut selbst beschützen. Niemand kommt an den Kaiser heran, es sei denn, durch mich, und ich werde niemanden an mir vorbeilassen, der mir Schaden zufügen könnte. Ich bin außer Gefahr. Mir kann nichts passieren.

Er klatschte in die Hände und befahl seinem Sekretär, das zerbrochene Siegel wegzuschaffen. Dann machte er sich wieder an die Arbeit.

XII

Eine Woche später saßen Aspar uand Marcianus im Hebdomon mit der Augusta Pulcheria beim Mittagessen zusammen.

Das Mahl war einfach, aber es zog sich hin. Sie hatten Marcianus' Theorien über die beste Strategie eines Krieges mit den Hunnen diskutiert; sie hatten sich ausgiebig über die inzwischen ad acta gelegten Steuerreformen des Prätorianerpräfekts Antiochos ausgelassen; und sie hatten über theologische Fragen diskutiert. Es war inzwischen später Nachmittag geworden, und Aspar hockte mit leicht glasigem Blick über seinem Weinkelch und verdaute einen an seine Adresse gerichteten Vortrag Pulcherias über die Wesensgleichheit Gottvaters und Gottsohnes, während Pulcheria und Marcianus leidenschaftlich die Beschlüsse des Zweiten Konzils von Ephesos, das Chrysaphios einberufen hatte, kritisierten, und übereinstimmten, daß es unbedingt notwendig sei, ein weiteres Konzil abzuhalten, sobald Chrysaphios und seine religiösen Berater abgesetzt seien. Die Kaiserin hatte entdeckt, daß Marcianus' Ansichten hinsichtlich des Verhältnisses zwischen der Menschlichkeit und der Göttlichkeit Jesu Christi »fromm und gottesfürchtig« seien, wie sie es ausdrückte, und exakt mit den ihrigen übereinstimmten.

»Habt Ihr Euer Haus wieder einigermaßen hergerichtet?« nutzte Aspar eine Pause in der Diskussion, um das Thema zu wechseln.

Marcianus schaute ihn an; die Begeisterung wich aus seinem Gesicht, und seine Züge verdüsterten sich. »Nein«, antwortete er kurz angebunden. Sein Haus bot im Innern immer noch ein Bild der Verwüstung; im Garten lagen noch die herausgerissenen Rosmarin- und Lavendelsträucher herum, ihre abgehackten Wurzeln vertrockneten in der Sonne. Er war mit seiner Familie und seinem Personal in das gegenüberliegende Haus von Aspar gezogen und weilte dort als Gast.

»Das mit Eurem Haus tut mir leid«, sagte Pulcheria nach einem Moment betretenen Schweigens. »Chrysaphios muß verzweifelter sein, als wir geglaubt haben, wenn er in Kauf nimmt, den Senat so tief zu kränken. Ich hoffe doch, er hat Euch Wiedergutmachung geleistet?«

Marcianus nickte. »Aber ich habe über ihre Verwendung noch nicht entschieden. Es war das Haus meiner Frau. Es wäre besser für mich, wenn ich ein ganz neues kaufte, als das alte wieder herzurichten.«

»Ich verstehe. War denn die Einhaltung Eures Schwurs den Preis wert, den Ihr dafür bezahlt habt?«

Er lächelte. »Sie war ihn mehr als wert, Kaiserin. Die Information, die ich von dem Fischer gekauft habe, hat ihren Wert bereits unter Beweis gestellt – jedenfalls für mich und für meinen Dienstherrn; Gott selbst hat die Sache in Eure Hände gelegt. Und wenn der Preis auch höher war, als ich erwartet hatte, kann ich doch nicht behaupten, daß er meine Mittel übersteigt.«

Sie nickte beifällig.

»Bleibt die Frage, was aus der Frau wird ...«, fuhr Marcianus fort und sah Pulcheria mit forschendem Blick an.

Pulcheria lachte. »Der Frau habe ich bereits gesagt, daß sie zu ihrem Mann zurückkehren kann, sobald wir Chrysaphios abgesetzt haben. Sie wartet schon ganz ungeduldig darauf – aber sie wartet wenigstens still, was man von ihrem Kind nicht gerade behaupten kann. Seid Ihr jetzt zufrieden?«

Marcianus verneigte sich. »Ich danke Euch, Kaiserin. Ich weiß, daß Ihr große Stücke auf die Frau haltet, und ich danke Euch für Euren Großmut.«

Pulcheria seufzte. Sie blickte auf den Tisch und spielte mit dem Stiel ihres leeren Weinkelches. »So, jetzt müssen wir alle nur noch auf Attilas Abgesandte warten«, erklärte sie, »und dann haben wir freie Bahn.«

»Falls es der Kämmerer nicht so sehr mit der Angst zu tun bekommen hat, daß er die Beweise vernichtet hat«, gab Marcianus zu bedenken.

»Er hat sie noch nicht vernichtet«, erwiderte Pulcheria und sah Marcianus mit einem mürrischen Lächeln an. »Ich habe meine Späher im Palast.«

Marcianus senkte den Kopf mit einem anerkennenden Schmunzeln.

»Gleichwohl, meine Herren«, fuhr die Kaiserin fort, »gibt es da immer noch eine wichtige Frage, die wir noch nicht beantwortet haben – das Problem eines Amtskollegen für meinen Bruder.«

Aspar zuckte mit den Achseln. »Braucht er denn einen, Kaiserin? Wenn er nur den Senat und die Armee bei Laune hält, bin ich bereit und willens, meine Befehle von Euch entgegenzunehmen.«

»Ich bin eine alte Frau«, versetzte sie barsch. »Meine Gesundheit ist nicht mehr die allerbeste – und, was diesen Punkt angeht, mein Bruder war schon immer ein kränkliches und zartbesaitetes Seelchen. Von diesen Erwägungen abgesehen, ich habe kein Verlangen, mir einen neuen Chrysaphios ins Nest setzen zu lassen. Mein Bruder würde sich am liebsten einen kultivierten Gelehrten zum Amtskollegen wählen, einen unpraktischen Feingeist, der ein Schwert nicht von einem Speer unterscheiden kann und dessen Vorstellung vom Wirtschaften sich darin erschöpft, den prompten Nachschub von Pergament für die Palastbibiliothek sicherzustellen. Wir müssen unseren eigenen Kandidaten für den Purpur auswählen, und zwar je eher, desto besser.«

Aspar grinste. »Wir, Kaiserin? Habt Ihr mir nicht erst

jüngst zu verstehen gegeben, daß ich solche Angelegenheiten gefälligst Eurer eigenen erlauchten Entscheidung zu überlassen hätte? Ihr könnt mir ja sagen, wen Ihr Euch ausgesucht habt, und ich werde meine Kritik vorbringen, wenn mir Eure Wahl nicht gefällt.«

»Würde Euer Bruder denn einen von Euch auserkorenen Amtskollegen akzeptieren?« fragte Marcianus.

Sie zuckte mit den Achseln. »Ich weiß es nicht. Es gab einmal Zeiten, da hätte ich es Euch sagen können – da hätte ich sagen können, ja, mein Bruder wird meinen Rat beherzigen. Und es gab auch schon einmal Zeiten, da hätte ich sagen müssen, nein, mein Bruder hört nur auf seine Frau oder auf seinen Kämmerer. Wie er mich empfangen wird, nachdem ich seine hohe Meinung über seinen heißgeliebten Kämmerer Chrysaphios zerstört habe, zumal da die Erinnerung an meine Auseinandersetzungen mit seiner Frau noch immer an ihm nagt, vermag ich nicht vorauszusagen. Gleichwohl, wir müssen unseren Kandidaten auswählen – und wenn mein Bruder sich nicht dazu bewegen läßt, ihn zu akzeptieren, dann werde ich ihm den Purpur eben selbst verleihen müssen. Wie Ihr bemerktet, General, ich habe diese Möglichkeit – obwohl es mir lieber wäre, meinen Bruder zu überzeugen.«

Aspar grinste erneut. »Also, welchem wohlhabenden Senator bietet Eure Heilige Majestät denn nun die Hand zur Ehe an?«

Pulcheria warf ihm einen gestrengen Blick zu. »Das wäre nur der letzte Ausweg, General! Ich habe nicht den Wunsch, mein Leben zu ändern, und ich würde von jedem Mann, den ich mir zum Gemahl auserwähle, verlangen, daß er mein Gelübde respektiert. Aber was den Amtskollegen für meinen Bruder anbelangt, da habe ich schon jemanden ausersehen: Marcianus.«

Marcianus fuhr auf, nahm eine kerzengerade Haltung ein und starrte sie ungläubig an. Aspar schaute ihn zuerst überrascht an, dann nachdenklich, mit prüfendem, abschätzendem Blick.

»Eure Majestät hat eine gute Wohl getroffen«, sagte der General nach einem Moment des Schweigens. »Ich kann wohl kaum etwas gegen meinen eigenen Bevollmächtigten einzuwenden haben.« An Marcianus gewandt, fuhr er fort: »Ihr genießt hohes Ansehen beim Senat nach Eurer bemerkenswerten Rede, Marcianus, und die Armee kennt Euch. Das Volk ließe sich leicht für Euch einnehmen – Ihr könntet ein Hospital oder dergleichen gründen. Die Augusta hat recht; ihre Wahl ist sehr klug: Es wäre leicht zu bewerkstelligen, und es wäre für uns alle ein Gewinn.«

Marcianus errötete. »Meint Ihr diesen Vorschlag ernst, Augusta?«

»Selbstverständlich meine ich ihn ernst«, erwiderte sie ungehalten. »Erschreckt Euch der Gedanke?«

Seine Miene wurde hart. »Als ich in diese Stadt kam, Kaiserin, mußte ich mir von einem Kollegen Geld borgen, um mir eine Wohnung kaufen zu können. Meine Familie ist nicht ohne Ansehen, aber schon damals waren unsere Besitzungen geplündert, und jetzt sind sie zerstört. Ich habe seither auf Grund meines Dienstes bei Eurem General mehrere Ländereien erworben – aber ich bin nicht reich, und ich bin nur der Bevollmächtigte eines anderen Mannes.«

»Ausflüchte, Haarspaltereien«, erwiderte Pulcheria. »Ihr wißt, daß der Senat und die Armee Euch akzeptieren würden, und mit meiner Hilfe ließe sich auch das Volk leicht überzeugen. Es bedarf nur noch Eurer Einwilligung.«

Marcianus schwieg.

»Lehnt ab, wenn Ihr wollt!« sagte Pualcheria mit einem Achselzucken und einer unwirschen Geste. »Ich kann einen anderen nehmen, wenn Ihr es mit Eurem Gewissen nicht vereinbaren könnt oder wenn Ihr Angst habt. Aber verschont mich mit Eurer Bescheidenheit und Eurem vornehmen Geziere, spart Euch das für den Pöbel auf. Ihr habt Euch erwiesen als ein Mann, der prinzipienfest, aber in gleichem Maße auch praktisch und flexibel ist; Ihr habt Scharfsinn und Intelligenz bewiesen ... und auch gewisse ... sagen wir, unerwartete Fähigkeiten.« Sie sah ihn mit einem augenzwinkernden Schmunzeln an, und er begriff die amüsierte Anspielung auf das geknackte Schloß am Haus ihrer Schwester. »Ich glaube, daß Ihr ein fähiger Herrscher wäret, und ich glaube, daß ich gut mit Euch zusammenarbeiten könnte. Noch einmal: Ich kann Euch das Diadem und den heiligen Purpur geben, das Erbe meines Hauses; es liegt in meiner Macht, sie Euch anzutragen. Nehmt Ihr sie an?«

Er starrte sie ernst an. »Die Macht, den Staat zu lenken ... und Krieg zu führen, wie ich es wünsche?«

»Tragt Ihr erst den Purpur, ist es sehr schwierig, ja so gut wie unmöglich, ihn Euch wieder abzunehmen. Wenn Ihr erst einmal an der Macht seid, kann nicht einmal ich Euch mehr Einhalt gebieten, wenn Ihr Eure Entscheidungen trefft.«

Er schwieg eine Weile. Dann richtete er sich mit entschlossener Miene auf und bekreuzigte sich. »Ich nehme an.«

Zwei Wochen später saßen Symeon und Chelchal wieder einmal abends beim Würfeln zusammen. Sie hatten viel gewürfelt seit ihrer gemeinsamen Flucht: Es gab nicht viel, das sie tun konnten, außer, aus dem Fenster zu starren. Sie lebten hinter verschlossenen Türen in den drei Zimmern von Pulcherias Haus am Goldenen Horn, versorgt und bekocht von einer griesgrämigen alten Dienstmagd. Die einzige Abwechslung in ihrem eintönigen Dasein waren die gelegentlichen Besuche des Hausverwalters, eines feisten und stets fröhlichen Eunuchen. Der Verwalter wußte, wovor sie sich in Sicherheit gebracht hatten, und da er ein ausgemachtes Klatschmaul war, versorgte er sie wenigstens mit den neuesten Nachrichten.

Und anfangs waren das nicht gerade wenige: Eulogios'

fruchtlose Suche, Marcianus' Verhaftung und Freilassung und seine aufsehenerregende Rede vor dem Senat, Eulogios' öffentliche Entlassung und Bestrafung. Aufgerüttelt durch Marcianus' Rede, hatte der Senat sich wie ein Mann hinter sein so schmählich gedemütigtes Mitglied gestellt und diesen einstimmig in den Rang eines Konsuls erhoben, aber da das Amt für den Rest der Amtsperiode besetzt war, würde er sich noch eine Weile in Geduld üben müssen, ehe er den Posten antreten konnte. Überdies scheine Marcianus, ließ der Verwalter Chelchal und Symeon mit wichtigtuerischer Miene wissen, neuerdings in hoher Gunst bei seiner Herrin, der Augusta, zu stehen; er werde fast täglich zum Hebdomon gerufen, um sich mit ihr zu beraten. »Sie ist beeindruckt von seinem erwiesenen Mut und seiner Entschlossenheit«, sagte der Verwalter beifällig, »und sie belohnt ihn dafür – meine Herrin versteht es, Tüchtigkeit zu belohnen. Zu alledem hat sie die Erkenntnis gewonnen, daß Marcianus den korrekten und frommen Standpunkt bezüglich des Wesens unseres Herrn und Erlösers Jesus Christus vertritt, und sie ist eine glühende Anhängerin von Orthodoxie und Frömmigkeit.«

»Nun, niemand hat ihn für einen Arianer gehalten«, erwiderte Symeon etwas verständnislos. »Das ist Aspar.«

Der Eunuch musterte ihn mit seinem nachsichtigen Blick. »Natürlich ist er kein Arianer, aber er ist auch kein Alexandrianer oder gar Nestorianer: Er vertritt den wahren Glauben hinsichtlich des Verhältnisses zwischen dem menschlichen und dem göttlichen Wesen in der Person unseres Herrn und verabscheut zutiefst jenes Konzil von Räubern in Ephesos, das unserer Heiligen Kirche die Irrlehre vom einzigen Wesen aufgezwungen hat.«

»Ach so«, sagte Symeon matt. Er hatte die theologischen Dispute mit noch weniger Aufmerksamkeit verfolgt als seine Frau. Der Verwalter hingegen war wie seine Herrin extrem gottesfürchtig und fromm, und Symeons offenkundige

Unkenntnis hinsichtlich der theologischen Kernfragen, um die es bei dem Streit ging, veranlaßten ihn, ihm einen langatmigen Vortrag zu halten. Symeon begriff nur sehr wenig davon. Chelchal, der mit breitem Grinsen zuhörte, verstand überhaupt nichts, nickte aber jedesmal beflissen, wenn der Eunuch eine Pause einlegte. Seine eigenen Landsleute verehrten die Geister der Toten und der Erde, und gelegentlich auch den Gott des Krieges, den Spender des Sieges; hatte er schon beträchtliche Schwierigkeiten, den Unterschied zwischen Geistern, Göttern und Dämonen zu verstehen, so überstiegen die komplexen Unterscheidungen, die im Zusammenhang mit Inkarnation und Dreieinigkeit gemacht wurden, ganz entschieden sein Begriffsvermögen. Er fand die griechische Theologie bewundernswert, aber unbegreiflich und trug sich oft mit dem Gedanken, zu konvertieren, falls er irgendwann einmal klug aus ihr werden sollte. Aber dieser Vortrag überzeugte ihn davon, daß dieser Tag noch in weiter Ferne lag. Wie auch immer, jedenfalls stand fest, daß Marcianus sie verstanden haben mußte und daß ihn das beträchtlich in seinem Ansehen bei Pulcheria hatte steigen lassen, und das, dachte Chelchal, konnte nur gut sein.

All dies hatte sich indes in der ersten Woche nach der Flucht zugetragen, während Symeon sich von der Folter erholte. Zu der Zeit war der Verwalter noch zwei oder drei Mal am Tag erschienen und hatte vergnügt kichernd den neuesten Klatsch und Tratsch zum Besten gegeben, während er dem Genesenden allerlei übelschmeckende Tinkturen und Tränke einflößte, die angeblich den Heilungsprozeß seiner malträtierten Gelenke befördern sollten. Jetzt gab es keine Neuigkeiten mehr, Symeon war wieder vollauf gesundet, und das untätige Herumsitzen ging ihm so auf die Nerven, daß er sogar einen theologischen Vortrag als willkommene Abwechslung begrüßt hätte. Aber der Verwalter kam jetzt nur noch ganz selten auf Besuch, und die einzigen Beschäftigungen, die es gab, waren, im Zimmer auf und ab zu gehen, aus dem Fenster auf den Hafen zu schauen und mit Chelchal zu würfeln.

»Drei«, sagte Symeon, mißmutig seine Punktzahl verkündend. Chelchal nahm die Würfel, schüttelte sie kräftig in den Händen und warf sie über die Tischplatte. »Sechs«, rief er mit zufriedenem Grinsen.

Das war etwas, was Symeon am Würfelspiel störte: daß Chelchal immer gewann. Symeon stand mißmutig auf und schlenderte ans Fenster; wenn er den Kopf in einem bestimmten Winkel neigte, konnte er den Fischmarkthafen sehen. Es war ein klarer, wolkenloser Abend; eine frische Brise wehte vom Meer her. Nur ein oder zwei Boote lagen auf dem Strand, aber das Goldene Horn war dicht gesprenkelt von den Segeln zurückkehrender Schiffe. Ein Lastkahn, voll beladen mit Holzkohle, bewegte sich langsam über das Horn zu einem der Handelshäfen; seine Ruderer kämpften mühsam gegen den Wind an, und er kroch über das schimmernde Wasser wie ein riesiger Käfer. Symeon seufzte.

»Wind ist gut?« fragte Chelchal, fröhlich wie immer trotz Symeons abrupter Unterbrechung des Spiels. *Dieser verdammte Hunne ist immer gutgelaunt,* dachte Symeon trübsinnig. *Ich glaube, der ist noch nie in seinem Leben aus der Haut gefahren.*

»Bläst fest und beständig von Osten«, antwortete er. »Sie werden es morgen schwer haben, die großen Schiffe aus dem Hafen zu kriegen, wenn er so anhält.« Er wandte sich vom Fenster ab: Was interessierte ihn, aus welcher Richtung der Wind kam? Er hatte ja nicht einmal mehr ein Boot. »Ich frage mich, wie es wohl Meli geht«, sagte er, nur um irgend etwas zu sagen.

Chelchal zuckte die Achseln. »Meli bei seiner Mutter im Hebdomon. Das ich doch schon sagen – *gesagt haben*.« Er hatte Symeon gebeten, seine Fehler zu korrigieren, und kämpfte zur Zeit tapfer mit den verschiedenen Formen des Verbs.

»Will er dort bleiben? Oder will er lieber zu mir kommen? Ein Palast voller alter Weiber ist kein Platz für einen Jungen.«

»Natürlich er will zu dir kommen. Deine Frau auch kommen. Marcianus sagt – *hat gesagt.*«

»Marcianus hat auch gesagt, daß die Kaiserin große Stücke auf sie hält« sagte Symeon betrübt. »Ob sie überhaupt noch vom Hebdomon weg will?«

Chelchal sah keinen Sinn in diesen beständigen fruchtlosen Grübeleien. »Warum sie nicht weg wollen? Sie ist deine Frau.«

Symeon lehnte sich mürrisch an den Fensterrahmen. »Sie war nie glücklich mit mir in Tyros. Dort im Hebdomon kann sie nach Herzenslust weben und genießt darüber hinaus die Gunst einer Kaiserin, mit allem, was das an Vorteilen und Privilegien mit sich bringt. Da wäre sie doch blöd, wenn sie zu mir zurückwollte.«

»Ich wundern – *habe gewundert,* als du mir das zum ersten Mal sa –, *gesagt haben,* daß sie nicht glücklich gewesen in Tyros«, sagte Chelchal ungehalten. »Den ganzen Weg nach Konstantinopel sie immer gesagt: ›Ich will heim nach Tyros zu meinem Mann.‹ Der Berich, der versucht haben, sie zu nehmen wie eine Hure; sie ihm getreten in die Eier und weggerennen – *weggerannt,* ich meine. Ich ihr angeboten, sie zu heiraten. ›Nein‹, sie gesagt, sofort, ohne Nachdenken, ›ich habe schon einen Mann.‹ Und als ich ihr gesagt, du im Gefängnis, sie ausgedacht einen Plan, wie sie dich kann sofort befreien, und hat auch ausgeführt. Also. Wie du kannst sagen, sie will nicht zurück zu dir?«

»Ich kenne sie überhaupt nicht – nicht mehr«, antwortete Symeon betrübt. »Eigentlich glaube ich, ich habe sie von Anfang an nie richtig verstanden.«

»Niemand versteht Frauen«, erklärte Chelchal im Brustton der Überzeugung. »Niemand Frauen je verstanden. Du es gar nicht erst versuchen.«

»Es heißt: *hat* verstanden. Mag sein. Aber verstehst du denn nicht, daß ich mich jetzt obendrein auch noch zum Narren gemacht habe? Ich bin aufgebrochen, um sie zu retten, und am Ende hat sie mich gerettet. Wie kann sie mich da noch achten – geschweige denn lieben?« In Bitternis und Scham dachte er daran zurück, wie der Wagen ihn im Grau der Morgendämmerung im Hafen von Psamathia aufgelesen hatte. Er war völlig erschöpft gewesen, den Tränen nahe vor Schmerzen und vor Trauer um den Verlust der *Prokne*, kaum noch in der Lage, sich auf den Beinen zu halten nach der qualvollen Fahrt um die Stadt. Marcianus' Leute hatten ihn wie ein Kind von ihrem Boot zum Wagen getragen. Demetrias hatte ihm beim Einsteigen geholfen und sich dann neben ihn gesetzt. Sie war blaß gewesen unter ihrem schwarzen Umhang, aber ruhig und gefaßt – und darunter, das hatte er genau gespürt, sehr wütend. Mit Ausnahme von ein paar hinter vorgehaltener Hand geflüsterten Worten mit Marcianus, die ihren gemeinsamen Plan betrafen, hatte sie in jener Nacht überhaupt nichts gesagt. Gewiß, sie hatte ihn, als sie ausstieg, um zum Hebdomon zurückzukehren, noch einmal geküßt, aber was hatte das schon zu bedeuten? Es hatte bei ihrem ersten Wiedersehen einen Moment gegeben, da hatte er geglaubt, daß sie ihn so ansah, wie sie es noch nie getan hatte, auf eine Weise, wie er es sich immer erträumt hatte – aber das war nur für einen kurzen Moment gewesen, und er war wie benommen gewesen vor Schmerz und vor Erleichterung, und in diesem Zustand hätte er sich wohl alles Mögliche einbilden können. »Ich weiß nicht mehr weiter«, sagte er verzweifelt zu Chelchal. »Ich habe mein Boot und mein ganzes Geld verloren, ich stehe bei einem ihrer Freunde in der Schuld, ich habe keine Möglichkeit, sie nach Hause zu bringen, ich kann sie hier nicht einmal unterstützen, und ich darf gar nicht daran denken, was sie jetzt von mir halten muß.«

Chelchal warf müßig die Würfel in die Luft und fing sie wieder auf. Er sah Symeon an und runzelte die Stirn. »Du sie willst wiederhaben oder nicht?«

»Natürlich will ich sie wiederhaben! Warum sollte ich mir wohl sonst so den Kopf zermartern?«

»So? Ist klug, daß du sie willst wiederhaben. Sie dich auch wiederhaben will. Marcianus gesagt, sie wird kommen. Und Marcianus hat einen Eid geschwört. Er dir kaufen ein neues Boot, alle deine Schulden zurückzahlen und dafür sorgen, daß du wieder auf die Beine kommen. Also, wir jetzt weiter würfeln?«

Symeon ließ sich schwer auf den Stuhl fallen und nahm die Würfel auf. In dem Moment klopfte es an der Tür, und er legte sie wieder hin. Der Verwalter kam hereingestürmt.

»Wie geht es euch beiden?« rief er mit seiner hohen Eunuchenstimme und strahlte sie an. »Meine lieben Freunde, wenn ihr hört, was für Neuigkeiten ich habe! Chrysaphios ist aus dem Amt entfernt worden!«

Chelchals Grinsen wurde so breit, daß seine Backenzahnlücke sichtbar wurde. »Ist gut! Du uns alles erzählst, ja?«

Vor Aufregung und Freude bebend, setzt sich der Verwalter neben dem Hunnen auf den Boden. »Die ganze Stadt weiß es schon!« rief er vergnügt aus. »Gestern abend trafen Abgesandte von König Attila in Konstantinopel ein und erhielten heute morgen Audienz beim Kaiser. Seine Heilige Majestät empfing sie im Großen Thronsaal im Magnaura-Palast, auf dem neuen mechanischen Thron, den er von Chrysaphios geschenkt gekommen hat – ihr wißt schon, der, der in die Lüfte emporschwebt.«

»Ich ihn nicht gesehen«, sagte Chelchal mit einem Ausdruck des Bedauerns. »Aber ich davon gehört. Er ist sehr schön, ja?«

»Oh, er ist wunderschön! König Salomo selbst hätte keinen prächtigeren haben können! An seinem Fuße sind goldene Löwen, die knurren und fauchen und mit dem Schweif wedeln, wenn der Thron sich in die Lüfte erhebt; und die goldenen Vögel auf den Lampenständern singen. Mit dem, was das gekostet hat, hätte Chrysaphios ein Dutzend Kirchen auf das feinste ausstatten können. Aber der Thron wirkt sehr beeindruckend auf die Barbaren – oh, Verzeihung! Je nun, Attilas Abgesandte waren freilich nicht beeindruckt. Was glaubt ihr wohl, weswegen sie gekommen sind?«

Chelchal und Symeon schüttelten beide den Kopf. Wie der Verwalter wußten auch sie nichts von den komplizierten Verschlingungen und Verflechtungen von Pulcherias Plan.

»Es scheint«, schnatterte der Verwalter, vor Aufregung ganz atemlos, »daß Chrysaphios versucht hat, einen der Abgesandten, die letztes Jahr hier waren, zu bestechen, den König der Hunnen zu ermorden!«

Für einen Moment kehrte Schweigen ein; Chelchal fingerte neidisch an seinem Dolch. »Aber es nicht geklappt«, sagte er, den Dolch enttäuscht wieder loslassend.

»Nein. Er hat sich den falschen Mann ausgesucht; der Abgesandte hat Attila alles erzählt und ihm das Geld gegeben, mit dem Chrysaphios ihn bestechen wollte. Als die Abgesandten heute morgen vorgelassen wurden, holte einer von ihnen sogleich die Tasche hervor, in der das Geld gewesen war, hielt sie dem Kämmerer unter die Nase und fragte ihn, ob er sie wiedererkenne!«

»Unsterblicher Gott!« entfuhr es Symeon.

Der Verwalter strahlte. »Er hatte keine Chance, sich herauszureden. Der Abgesandte wandte sich sofort an den heiligen Augustus und enthüllte ihm das ganze Komplott. Und dann« – sein Lächeln verschwand – »beschimpfte er in übler, rüpelhafter und gotteslästerlicher Weise den heiligen Augustus höchstselbst, schmähte und verunglimpfte ihn auf das gröblichste und schrie ihn an, er sei ein verruchter Unhold, daß er es wage, sich heimlich gegen seinen Herrn zu verschwören! Seinen Herrn! Attila! Als wäre der höchst fromme und heilige

Augustus nicht der Herr der Welt und von Gott auserwählt! Unser heiliger Kaiser zog sich in großem Kummer zurück und sagte den Abgesandten, er werde sie wieder empfangen, sobald er zweifelsfrei ermittelt habe, ob ihre ungeheuerlichen Beschuldigungen berechtigt seien. Aber er hat Chrysaphios für die Dauer der Untersuchung sofort von seinem Amte suspendiert.« Sein Lächeln kehrte zurück, verschwand jedoch ebenso schnell wieder. »Aber die Leute in der Stadt sagen, daß es Chrysaphios nicht schwerfallen wird, sogar den Augustus davon zu überzeugen, daß der Plan, Attila zu meucheln, gut und tugendmäßig gewesen sei und daß der einzige Nachteil der sei, daß er gescheitert sei.«

Chelchal zeigte erneut seine Zahnlücke. »Aber deine Herrin – sie geht doch – *hat gegangen,* ich meine – zum Kaiser Theodosius, ja? Sie ihm wird erzählen all die bösen Dinge, die Chrysaphios hat getan, ja?«

»Meine Herrin berät sich in der Tat schon seit dem Nachmittag mit dem heiligen Augustus«, bestätigte der Verwalter überrascht. »Aber ich habe nicht geglaubt, daß es Beweise gibt... das heißt...« Er hielt inne. »Du weißt etwas darüber?«

Chelchal zuckte mit den Achseln, immer noch grinsend. »Marcianus weiß etwas, ich glaube. Er weiß es von Nomos; er hat mitgeholfen bei der Durchsuchung von Nomos' Haus. Ist gut.« Er grinste Symeon an. »Ist sehr gut. Ich glaube, wir morgen vielleicht werden sehen Marcianus, und« – er hielt inne – »*es uns gestattet werden,* zurückzukehren in die Stadt.« Er grinste so breit, daß seine Narben wie Wülste hervorsprangen, und Symeon rätselte einen Moment, ob er sich mehr über sein gelungenes Passiv freute oder über die Aussicht, endlich wieder aus dem Haus heraus zu können.

Chelchals Voraussage erwies sich jedenfalls als richtig: Marcianus erschien am darauffolgenden Abend.

Er wies keine große Ähnlichkeit mehr mit dem schmucklosen und nüchternen Soldaten auf, den Symeon in Tyros kennengelernt hatte. Er trug eine lange Tunika, ganz in Weiß und Gold, und einen weißen Mantel mit dem schmalen purpurnen Querstreifen eines Senators; er sah aus wie ein römischer Adliger aus einem früheren und strengeren Zeitalter. Das erste, was er tat, als er den Raum betreten hatte, war, sich auf die Liege am Fenster zu setzen und die Beine hochzulegen mit einem Ausdruck der Erschöpfung, der ebenfalls untypisch für ihn war.

»Du heute gesprochen mit König Theodosius, Herr?« fragte Chelchal und grinste ihn zuversichtlich an.

Marcianus maß ihn mit einem scharfen Blick. »Ich war bei einer Audienz zugegen, ja«, antwortete er mit einem seltsamen Unterton von Argwohn in der Stimme. Er musterte Chelchal noch einen Moment, dann schien er beruhigt. »Chrysaphios ist aus dem Amt entfernt worden«, sagte er nüchtern. »Der Augustus hat ihm gestattet, sich in sein Haus in der Stadt zurückzuziehen und Irenaios, den Schatzmeister der Kaiserlichen Privatschatulle, zum neuen Kämmerer ernannt. Die Augusta Pulcheria hat ihn ausgewählt, da er ihrer Meinung nach von den Eunuchen aus dem Stab ihres Bruders derjenige ist, dem sie am ehesten zutraut, daß er seine Pflichten korrekt erfüllt.«

»Ihr meint, weil er derjenige ist, bei dem es am unwahrscheinlichsten ist, daß er Chrysaphios den Zugang zum Kaiser gestattet?« fragte Symeon mürrisch.

Marcianus schüttelte den Kopf. »Nein. Er ist bloß der am wenigsten eingebildete von allen. Keiner der anderen Kämmerer konnte Chrysaphios leiden. Kaum hatten sie von seiner Entmachtung gehört, da kamen sie auch schon einer nach dem anderen hereingestürmt, um noch alle möglichen anderen Missetaten zu enthüllen, in die Chrysaphios sie mit hineingezogen hatte. Irgendwie tat mir die jämmerliche Kreatur schon fast leid. Zwar hätte ich, wenn ich für seine Bestrafung verantwortlich gewesen wäre, ihn auf der Stelle enthaupten lassen – dem Kerl kann man wirklich erst trauen, wenn er tot ist –, aber trotzdem tat er mir leid. Er flennte wie ein Kind und flehte den Augustus an, er solle ihn nicht wegschicken.«

»Aber der Augustus ihn weggeschickt, nicht?« fragte Chelchal gespannt.

Marcianus nickte. »Er hat. Ihm blieb gar nichts anderes übrig. Wir lieferten ihm gestern die Beweise, und sie wurden heute allesamt durch Chrysaphios' eigene Akten bestätigt. Unterschlagung; Annahme von Bestechungsgeldern; Erpressung von Schmiergeldern durch Androhung von Gewalt; Ämterpatronage – das zählt natürlich kaum, obwohl das meiste davon illegal war; Rechtsbeugung – hier konnten ihm gleich Dutzende von Fällen nachgewiesen werden, sowohl solche, in denen er Schuldige straffrei ausgehen ließ, als auch solche, in denen er Unschuldige im Kerker schmachten ließ; Pfründenschacher; Mißbrauch der Heiligen Offizien, insbesondere der *Agentes in rebus*; Zurückhaltung von Informationen, die für seinen Herrn, den Kaiser, bestimmt waren. Das, so glaube ich, gab letztlich den Ausschlag. Man fand bei ihm einen ganzen Ordner mit Briefen an den Kaiser von der einstmaligen Kaiserin Eudokia. Der Augustus hatte diese Briefe nie zu Gesicht bekommen. Sie können der armen Frau jetzt auch nicht mehr helfen, aber ihr Gemahl weinte bittere Tränen, als er sie las. Nein, selbst Theodosius wird Chrysaphios jetzt nicht mehr halten. Er hat sein Amt ein für allemal verwirkt, und seine Finanzen werden einer eingehenden Überprüfung unterzogen werden. Es ist aus mit ihm.«

»Und jetzt wir werden kämpfen gegen Attila, ja?« fragte Chelchal freudig erregt.

Marcianus lächelte, schüttelte aber den Kopf. »Das wird leider nicht so bald geschehen, wie ich gehofft hatte. Ich hatte den Zustand unseres Heeres beträchtlich überschätzt: Die

Truppen befinden sich in einer bejammernswerten Verfassung. Wir werden mehrere Monate brauchen, bis wir so weit sind, daß wir einen Krieg riskieren können; wir müssen neue Leute rekrutieren und ausbilden. Dabei freilich könnte ich deine Hilfe sehr gut brauchen, mein Freund. Ich möchte, daß du den Rekruten beibringst, wie deine Leute kämpfen.«

»Attilas Gesandte warten noch auf die Antwort, die der Kaiser ihnen auf ihre Beschwerde geben wird. Sie fordern Chrysaphios' Kopf, tausend Pfund Gold zusätzlich zu den jährlichen Tributzahlungen und die Auslieferung aller hunnischen Deserteure. Wir werden jedoch im Gegenzug eine eigene Gesandtschaft zu Attila schicken, um ihm persönlich ein Gegenangebot zu unterbreiten: Wir bieten ihm an, die üblichen Zahlungen weiter zu entrichten und die Märkte nicht zu schließen, wenn er sich bereit erklärt, alle seine Truppen bis nördlich der Donau zurückzuziehen und auf seine Forderung nach Auslieferung der Deserteure und auf Chrysaphios' Kopf zu verzichten. Mal sehen, was er dazu sagen wird! Egal was dabei herauskommt, es verschafft uns zumindest einen Zeitgewinn. Der Hauptunterhändler dieser Delegation ist übrigens Nomos; die Augusta glaubt, daß er für solche Machenschaften genau der richtige Mann ist.« Er lächelte erneut.

»Ist gut!« rief Chelchal erfreut aus. »Ist sehr gut. Der Krieg wird beginnen dieses Jahr, ja?«

»In diesem Jahr oder im nächsten«, sagte Marcianus. »Ich hoffe, im nächsten; dann ist unsere Siegeschance beträchtlich größer.«

»Ich bin jedoch nicht hierhergekommen, um über Kriege mit den Hunnen zu diskutieren; ich wollte euch eigentlich nur mitteilen, daß Chrysaphios entmachtet ist – zusammen mit all seinen Agenten und Anhängern, versteht sich – und es deshalb keinen Grund mehr gibt, warum ihr zwei in eurem Versteck bleiben solltet. Ihr habt vermutlich gehört, daß auf eure Ergreifung eine Belohnung ausgesetzt war, aber die habe ich bereits aufheben lassen. Chelchal, wenn du immer noch den Wunsch hast, mir zu dienen, dann bin ich bereit, dir den Rang eines Fähnrichs in meiner Privattruppe zu verleihen; der Sold beträgt fünfunddreißig *Solidi* pro Jahr, zuzüglich diverser Pfründe und Sondervergünstigungen. Ist das annehmbar?«

»Ist gut, Herr«, sagte Chelchal mit seinem unvermeidlichen Grinsen. »Besser als bei Eulogios.«

»Ich wähle meine Leute sorgfältiger aus, als er es getan hat«, erwiderte Marcianus mit freundlichem Lächeln, »und wenn ich sehe, daß jemand tüchtig ist, dann weiß ich das sehr wohl zu schätzen und auch entsprechend zu honorieren. Ich freue mich, dich für mich gewinnen zu können, Chelchal. Nun, also dann, ich schicke dir morgen früh Dalmatius vorbei, meinen Stellvertretenden Befehlshaber; er wird dich abholen.« Er holte tief Luft und schaute Symeon an. Symeon erwiderte seinen Blick freudlos und schweigend.

»Deine Situation ist komplizierter«, sagte Marcianus nach einem Moment des Schweigens. »Genau genommen bist du ein entlaufener Staatssklave und müßtest daher von Rechts wegen an die Manufaktur in Tyros zurückgegeben werden. Ich bin jedoch der Ansicht, daß mein Eid mich dazu verpflichtet, dafür zu sorgen, daß du zumindest nicht schlechter gestellt bist, als du es warst, bevor ich dich kennenlernte. Ich könnte dafür Sorge tragen, daß dein Prokurator Nachsicht walten läßt, was deine Flucht betrifft – und ich könnte dir dein Boot ersetzen und dir das Geld zurückerstatten, das du durch deine Reise nach Konstantinopel verloren hast. Die Augusta hat versprochen, dein Weib und dein Kind freizulassen: Du könntest also nach Hause zurückkehren, sobald du die nötigen Vorkehrungen für die Reise getroffen hast. Es gäbe da freilich auch noch eine andere Möglichkeit, von der ich hoffe, daß du sie in Erwägung ziehen wirst. Ich bin der Meinung, daß deine Fähigkeiten zu groß sind, als daß du sie als Purpurfischer vergeuden solltest.«

»Warum?« fragte Symeon unverblümt. »Es gibt viele, die mich um diesen Beruf beneiden; es ist ein guter Beruf. Und die Arbeit gefällt mir.«

»Du taugst nicht zum Sklaven«, erwiderte Marcianus ebenso unverblümt. »Du hast ein Maß an Mut, an Einfallsreichtum, an Willenskraft und an Selbständigkeit bewiesen, welches dich geradezu prädestinieren würde zu einem guten Soldaten – oder, obwohl ich gestehen muß, daß ich von der Seefahrerei nicht viel verstehe – zu einem Kapitän. Ich würde diese Qualitäten weit lieber zur Verteidigung des Staates verwendet sehen als für die Suche nach Schalentieren. Ich könnte dich freilassen und zum Kapitän eines kleinen Kriegsschiffes ernennen. Ich habe jetzt einigen Einfluß in der neuen Regierung, und ... man hat mir zu verstehen gegeben, daß mein Einfluß in Kürze seinen Niederschlag in einem hohen Amt finden wird. Die Augusta, mußt du wissen, glaubt, daß sie gut mit mir zusammenarbeiten könnte. Ich brauche in allen Bereichen Männer, auf die ich mich verlassen kann, und ich würde sie natürlich entsprechend befördern und belohnen, wenn sie ihre Tüchtigkeit unter Beweis stellen.«

Symeon schwieg eine ganze Weile. Dann sagte er mit müde klingender Stimme: »Ich will nach Hause zurück. Was weiß ich schon von der Kriegsmarine – oder von Leuten in hohen Ämtern? Ihr wart schon zu hoch und zu mächtig für mich als Aspars Bevollmächtigter; was sollte ich dann erst mit Versprechen von einem Obersten Heerführer – oder wie auch immer der Euch versprochene Titel lautet – anfangen? Ich habe genug von Intrigen und Komplotten und Kriegen; ich will nichts mehr zu schaffen haben mit den Mächtigen der Welt! Ich will nach Hause; ich will, daß alles wieder so wird, wie es war – und schon das ist nicht mehr möglich. Ihr sagtet, Ihr könntet mir mein Boot ersetzen. Aber die *Prokne* kann mir keiner wiedergeben; ich habe mein halbes Leben auf ihr zugebracht, und jetzt liegt sie auf dem Grund des Hafens von Psamathia. Meine Frau und mein Kind werden freigelassen – schön und gut; aber ich weiß kaum, was ich meiner Frau sagen soll, und was meinen Sohn angeht, so bin ich vor seinen Augen gefesselt und geschlagen worden, und was auch immer er jetzt von mir denken mag, es wird nicht mehr das gleiche sein, was er noch vor einem Monat von mir gedacht hat. Und wenn ich jetzt nach Tyros zurückkehre ... mein Gott, was soll ich den Leuten bloß sagen? Ich stände da mit einem neuen Boot und mit einer Frau, die Eigentum einer Kaiserin wäre, mit einem Beutel voller Gold – Eurem Gold – und einem von der Augusta höchstselbst ausgefertigten Erlaß, in dem steht, daß der Prokurator nur ja schön lieb zu mir sein soll! Ich gehöre dort nicht mehr hin. Ich wäre ein Fremdling unter meinen eigenen Leuten; alle meine alten Freunde würden mich schief ansehen und sich kaum noch mit mir zu reden trauen!«

Marcianus seufzte. »Du bist verbittert«, sagte er, »und das kann ich gut verstehen. Du hast auf mich vertraut, und ich habe dich enttäuscht. Es tut mir leid; ich kann nur versuchen, es wiedergutzumachen, so gut ich kann.«

»Oh, das glaube ich Euch – und es tut mir leid wegen Eures Hauses und wegen der Mißhelligkeiten, die Eure Sklaven um meinetwillen erduldet haben. Aber Euer Mann in Tyros hat gar nicht erst versucht, mir zu helfen. Er hatte Männer und Geld, aber getan hat er überhaupt nichts. Er dachte, daß ein Sklavenpaar weit unter ihm stehe und daß es sich nicht lohnen würde, dafür auch nur eine *Drachma* aufs Spiel zu setzen, geschweige denn, irgendwelche Reibereien zwischen seiner Person und der Obrigkeit zu riskieren!«

»Er hatte nicht viel Zeit«, nahm Marcianus seinen Mann in Schutz. »Er unterrichtete mich sehr wohl über das, was deiner Frau zugestoßen war – obwohl ich einräumen muß, daß sein Brief länger unterwegs war als deine Frau, was freilich nicht seine Schuld war –, und er versuchte sehr wohl, Eulogios zu folgen und aufzupassen, daß ihr nichts geschehe. Ich stimme dir jedoch zu, daß er dich höflicher hätte empfangen können, daß er dir die Lage sorgfältiger hätte erklären können und daß er mehr hätte unternehmen können, um euch zu helfen; und ich habe ihn deswegen auch gerügt – wenngleich es wenig gab, was irgend jemand in der kurzen Frist, die zur Verfügung stand, für deine Frau hätte tun können. Willst du mein Angebot nicht doch noch einmal überdenken?»

Symeon zog ein finsteres Gesicht. Die Schiffe der kaiserlichen Flotte waren schlanke Triremen mit großen Segeln, auf denen Adler oder Drachen prangten, und mit bronzebeschlagenen Schnäbeln, die in der Sonne schimmerten wie Gold. Sie hatten gelegentlich in Tyros angelegt, und als kleiner Junge hatte er sie ungeheuer bewundert. Aber als er älter wurde, hatte er auf Schiffe, die nicht gegen den Wind segeln konnten, nur noch verächtlich herabgeschaut und sich lustig gemacht über die flachen Decks der Triremen, die schon beim leisesten Sturm überflutet wurden. Und doch – tief in seinem Herzen liebte er sie noch immer. Sie waren schnell und von atemberaubender Schönheit; sie kamen aus einer anderen Welt, einer Welt, die glänzender und prächtiger war als seine. Das Höchste, was er als Purpurfischer je erreichen konnte, war ein Sitz im Stadtrat und ein bescheidenes Maß an Wohlstand und Achtung bei seinen Mitbürgern. Ein erfolgreicher Flottenkapitän konnte es zu weit mehr bringen. Aber was für ein Leben hatte er bei der Kriegsflotte zu erwarten? Ein Leben fern der Heimat, über Monate, manchmal Jahre; ein Leben, das geprägt war von Einsamkeit und langen Seefahrten; und voller Gefahren, die ihm nicht nur von Stürmen und widrigen Winden drohten, sondern von Feinden – ein Leben mit Rammen, Brennen, Schießen. Er war es satt, in Gefahr zu schweben; er wollte Ruhe und Frieden. Und doch – die Vorstellung, Kapitän auf einem Kriegsschiff zu sein ... »An was für eine Art von Schiff denkt Ihr?« fragte er.

»Ich verstehe nur sehr wenig von Schiffen. Es gibt da einen

Bootstyp, den wir früher auf der Donau benutzt haben; die Schiffe hatten eine Besatzung von etwa einem Dutzend Mann, hatten sowohl Segel als auch Ruder und galten als außerordentlich wendig; die Männer nannten sie ›Froschfänger‹. Sie waren sehr wertvoll als Erkundungs- oder als Botenschiffe, weil sie fast auf jedem Gewässer und bei jedem Wetter eingesetzt werden konnten. Dann gibt es da noch einen Schiffstyp, der auf dem Mittelmeer eingesetzt wird; er ist ein bißchen größer als der Froschfänger, sieht aber ganz ähnlich aus; ich glaube, sie nennen ihn ›Renner‹. An einen von diesen beiden Typen habe ich gedacht.«

Symeon fuhr sich mit der Hand durch das Haar. Er hatte die Renner auf seiner Fahrt von Tyros nach Konstantinopel gesehen – und sie hatten ihm sehr gefallen. Sie waren eine Art Kreuzung zwischen einer Trireme und einem mit Rahsegeln getakelten Fischerboot. *Du könntest am Fockmast problemlos ein Lateinsegel takeln,* dachte er, *und gegen den Wind kreuzen; der Kiel würde das ohne weiteres aushalten, er ist tief genug. Und hübsch anzusehen sind diese Renner allemal, mit ihrem hohen Bug und den schmucken Rahsegeln.* Gegen seinen Willen begann er sich auszumalen, wie es sein würde, ein solches Schiff zu haben, es zu segeln, die Benutzung der Ruder zu lernen; es kostete ihn Mühe, sich von diesen Gedanken loszureißen. »Ich will Euer Angebot nicht ausschlagen«, sagte er schließlich, »aber ich kann es noch nicht annehmen. Ich brauche Bedenkzeit.«

Marcianus hob beschwichtigend die Hände. »Du brauchst dich selbstverständlich nicht sofort zu entscheiden. Es besteht keine Eile. Du kannst heute nacht hierbleiben – die Kaiserin hat angeordnet, daß du mit deiner Frau so lange hier bleiben kannst, wie du möchtest. Die Augusta will morgen Demetrias und deinen Jungen hierherschicken. Besprich es mit ihr und teile mir deine Entscheidung mit, sobald du sie getroffen hast.«

Es war fürwahr eine stattliche und glanzvolle Riege, die da am nächsten Tag vor dem Haus eintraf: Die Kaiserin Pulcheria hatte sich entschlossen, die Kirche, die sie für die Heilige Jungfrau in Blachernae gestiftet hatte, zu besuchen und auf dem Weg dorthin in ihrem Stadthaus eine Rast einzulegen. Symeon, nun nicht länger dazu verdammt, sich ausschließlich in den drei Zimmern mit Blick auf das Horn aufzuhalten, beobachtete von einem der oberen Fenster aus, wie die Kutsche in den Hof rollte, eskortiert von den funkelnden Reitern der kaiserlichen Garde. Chelchal war bereits weg; er war am frühen Morgen von Marcianus' Stellvertreter abgeholt worden. Der Abschied von dem Barbaren war Symeon sehr schwer gefallen; es war ihm vorgekommen wie die Trennung von einem engen und langjährigen Freund.

»Du wirst nehmen das Schiff von Marcianus, ja?« hatte der Hunne gesagt, und er hatte Symeon fest die Hand gedrückt und ihn mit seinem breiten Grinsen angestrahlt. »Du mußt eintreten in die Marine, ja? Du bist ein tapferer Mann, hast gesegelt so einen weiten Weg in dem kleinen, kleinen Boot; ist nicht gut, wenn ein so tapferer Mann bleibt Sklave und weiter Fische jagt. Ich dich noch werde sehen in der Stadt, ja? Ich werde kommen zum Essen und deinem Sohn zeigen, wie man umgeht mit der Bola. Er wird ein guter, tapferer Krieger, ja? Ist gut?«

»Vielleicht«, hatte Symeon erwidert und zurückgegrinst. »Wir werden sehen. Viel Glück!«

Vielleicht, dachte er jetzt wieder, als die kaiserlichen Gardisten absaßen und strammstanden und der Verwalter die vergoldete Kutschentür aufriß. *Aber ich will nicht auf dieses Schiff. Ich will in Ruhe und Beschaulichkeit mit meiner Familie leben. Ich wünschte, wir könnten nach Hause zurück – aber ich glaube nicht daran.*

Der Verwalter warf sich auf die Erde, als die Kaiserin, in ihren gleißenden Staat aus Purpur und Gold gehüllt, in der

Tür erschien und mit majestätischer Würde der Kutsche entstieg. Symeon verfolgte das Spektakel von seinem Fenster aus. Einen Moment später kletterte eine weitere Frau, ganz in Schwarz gekleidet, aus der Kutsche: die Kammerzofe der Kaiserin. Der Verwalter erhob sich und geleitete seine Herrin ins Haus. Erst als die wichtigen Leute sich entfernt hatten, tat sich wieder etwas an der Kutschentür: Eine weitere Frau stieg aus, eine junge Frau in einem Mantel aus rosafarbener Wolle, und sie hob ein Kind aus der Kutsche. Die beiden blickten einen Moment unsicher umher, dann nahm die Frau das Kind bei der Hand und folgte der Kaiserin und ihrer Zofe ins Haus.

Symeon fühlte, wie seine Kehle sich zusammenzog. Seine Knie begannen zu zittern. Er wandte sich vom Fenster ab und stieg wie benommen die Treppe hinunter zum Empfangszimmer im Erdgeschoß. *Was soll ich ihr nur sagen?* überlegte er mit klopfendem Herzen. *Ob sie wohl ins Empfangszimmer gegangen ist, zur Kaiserin – oder sucht sie nach mir? Will sie mich wiederhaben – oder verachtet sie mich und ist bloß aus Pflichtgefühl gekommen?*

Sie war nicht ins Empfangzimmer gegangen; sie wartete vor dessen Tür und unterhielt sich mit ernster Miene mit einem der Haushaltssklaven. Er blieb am Fuß der Treppe stehen und betrachtete sie: Ihr Haar schimmerte braun und dunkel im Dämmerlicht des Flures; ihr Gesicht, halb von ihm abgewandt, war schmaler, als er es in Erinnerung hatte; ihr Körper unter dem rosafarbenen Mantel war von stiller, natürlicher Anmut. Meletios schaute mit ernstem, ängstlicherwartungsvollem Blick zu dem Sklaven auf. Der Junge schien ihm bei weitem vertrauter. Jetzt wandte Meletios den Blick von dem Sklaven ab; er schaute sich in der Eingangshalle um – und sah seinen Vater. Er stutzte, schaute ihn einen Moment lang verblüfft an – dann kam das Erkennen, und es traf ihn mit der Gewalt eines Blitzschlags.

»Papa!« schrie er; er riß sich von seiner Mutter los, rannte quer durch die Eingangshalle und flog seinem Vater mit solchem Ungestüm in die Arme, daß dieser fast das Gleichgewicht verlor.

»Meli!« rief Symeon und drückte seinen Sohn überglücklich an sein Herz.

»Sie haben dich nicht umgebracht!« rief Meletios und schlang die Arme fest um den Hals seines Vaters. »Mama hat gesagt, daß sie dich nicht umbringen. Sie haben dem bösen Eulogios die Hand abgehackt, hast du schon gehört? Er ist für immer weg, und Mama hat gesagt, daß wir alle wieder zusammenbleiben können! Und das stimmt!« Er jubelte es voller Wonne hinaus. »Das stimmt! Wir bleiben jetzt alle zusammen, nicht?«

»Aber sicher«, erwiderte Symeon besänftigend. Demetrias war inzwischen zu ihnen herübergekommen, und er sah sie über den Kopf des Kindes hinweg an. Sie erwiderte seinen Blick mit ernstem Gesichtsausdruck.

Ich habe auf diesen Moment solange gewartet, dachte sie. *Ich habe mir so oft ausgemalt, wie es sein würde – und jetzt weiß ich nicht, was ich sagen soll. Mir war nicht bewußt gewesen, wieviel sich geändert hat. Bin ich noch dieselbe Person wie die Frau, die er in Tyros liebte? Ist er wütend auf mich? Ich habe ihn soviel gekostet – die lange, beschwerliche Reise, unser ganzes Geld, Folter, die* Prokne, *und ich glaube, auch seinen Stolz. Und die Zukunft ist noch immer unklar. Doch hier stehen wir nun, ich und der Mann, der mich geliebt hat. Was soll ich ihm nur sagen?*

»Du siehst wieder besser aus«, sagte sie. »Wie geht es dir? Sind deine Verletzungen wieder ausgeheilt?«

»Ja – fast vollständig«, antwortete er, begierig nach jedem Wort schnappend, das die Kluft zwischen ihnen überbrücken würde. »Ich spüre aber immer noch dann und wann so ein Reißen.«

Sie schauten sich einen Moment lang schweigend an. Meletios gab seinem Vater einen Kuß. »Jetzt geht's dir doch wieder gut, nicht, Papa?« sagte er glücklich.

»Ja, Meli, es geht mir wieder gut«, antwortete Symeon nachsichtig und strich dem Jungen über das Haar, ohne den Blick von Demetrias zu wenden.

»Ich bin freigelassen worden«, sagte Demetrias unvermittelt. »Ich bin jetzt eine freie Frau – die Augusta hat die Urkunde aufsetzen lassen. Sie ist jetzt meine Gönnerin, nicht mehr meine Herrin.«

»Oh.« *Freifrau der Kaiserin,* dachte er und spürte einen Stich. *Das ist schon fast ein Titel. Freifrau der Kaiserin – was soll eine solche Frau in einer Fabrik in Tyros?* »Was bedeutet das?« fragte er unsicher. »Wenn ich Sklave bliebe, müßtest du dann auch wieder Sklavin werden?«

»Das weiß ich nicht. Danach habe ich nicht gefragt.« Sie zögerte. »Die Kaiserin hat gesagt, wenn wir in Konstantinopel blieben, würde sie mich zum Mitglied der Weberzunft machen, und ich könnte selbständig Auftragsarbeiten gegen Entgelt durchführen. Sie hat gesagt, sie könne mir sofort Aufträge versprechen.«

»Und möchtest du das?« fragte er.

Sie blickte zu Boden. Sie hatte versucht, es sich vorzustellen. Eine Seidenweberin, die die Gunst der Kaiserin genoß, würde eine große Wohnung oder gar ein kleines Haus in der Stadt ihr eigen nennen und drei oder vier Sklaven haben, die ihr den Haushalt besorgten; sie würde ausschließlich für die reichsten und feinsten Mitglieder des Konstantinopolitaner Adels arbeiten, sie würde sich zum Einkaufen der Seide in einer Sänfte zu den Importeuren tragen lassen und in gelangweiltem, herablassendem Ton mit ihnen und den anderen Mitgliedern der Zunft über die Preise und die Qualität der Ware diskutieren. Ein solches Leben erschien ihr so unaussprechlich fremd, so vollkommen anders als alles, was sie je gekannt hatte, was sie je gewesen war, daß sie bei aller Phantasie außerstande war, sich selbst als eine solche Weberin vorzustellen. Dennoch, der Gedanke, frei zu sein, niemandes Sklavin mehr zu sein, keinen Aufseher mehr über sich zu haben, der sie bevormundete, geschweige denn einen Prokurator, einen Auftrag nach eigenem Gutdünken annehmen oder ablehnen zu können und ihn selbst entwerfen zu können, ohne sich von irgend jemandem hereinreden lassen zu müssen – dieser Gedanke übte eine schier unwiderstehliche Anziehungskraft aus. »Ich weiß es nicht«, sagte sie. »Es . . . es fällt mir schwer, mir vorzustellen, wieder in Tyros zu sein, nach allem, was geschehen ist. Ich weiß nicht, ob ich mich in der Manufaktur wieder zu Hause fühlen könnte – obwohl ich sie vermisse.«

»Marcianus hat auch mir die Freiheit angeboten«, eröffnete er ihr und ließ in einer Aufwallung von Entschlossenheit seine Zurückhaltung fallen, »und den Posten eines Kapitäns auf einem kleinen Kriegsschiff. Ich habe die Wahl zwischen diesem Angebot und der Rückkehr nach Tyros.«

»Oh«, sagte sie, mit dem gleichen Erstaunen und dem gleichen unsicheren, ängstlich-erwartungsvollen Blick wie er einen Moment zuvor. »Was wirst du tun?«

»Ich habe mich noch nicht entschieden. Ich wollte dich erst sehen. Sag, Demetrias, wolltest du hierherkommen? Ich meine, zurück zu mir?«

»Aber natürlich!« Ihre Augen wurden groß, loderten wie grünes Feuer in ihrem blassen Gesicht. *Meine Frage hat sie überrascht,* dachte er, noch nicht ganz sicher, ob er sich nicht verhört hatte. *Ist sie sich wirklich so sicher, daß sie tatsächlich über meine Frage überrascht ist?*

»Natürlich?« fragte er, zaghaft, tastend, mit klopfendem Herzen.

»Ich habe die Augusta seit dem Tag, an dem ich zu ihr kam, angefleht, sie möge mich zu dir zurückschicken. Ich habe die ganz Zeit über nichts anders gewollt. Was glaubst du denn, was ich gewollt hätte?«

»Ich weiß nicht . . . bei ihr bleiben vielleicht, das Gelübde ablegen . . . Demetrias, ich weiß, daß du eigentlich nie wirklich heiraten wolltest; du hast mich nur genommen, damit die anderen dich in Ruhe ließen. Und wenn ich je ein Anrecht auf dich hatte, dann habe ich es längst verwirkt; ich habe so ziemlich alles falsch gemacht, was man nur falsch machen konnte, seit du den Auftrag bekamst, diesen verdammten Mantel zu machen. Du brauchst mich nicht anzulügen. Wenn du nicht bei mir bleiben willst, dann sag's mir ruhig; ich bin Manns genug, damit fertig zu werden.«

Sie schüttelte den Kopf; Tränen standen ihr in den Augen. Symeons Gesichtsausdruck war starr; er sah sie mit jenem gespannten, ernsten Blick an, den sie sich sooft in Erinnerung gerufen hatte. *Warum sollte er auch glauben, daß ich ihn liebe?* fragte sie sich. *Ich habe ihn doch früher nie geliebt. Warum sollte er mir vertrauen, mich wollen, mich lieben, wenn ich ihm in der Vergangenheit doch immer nur Enttäuschung und Schmerz bereitet habe? Aber trotz alledem will er mich – selbst auf die Gefahr hin, daß es nur wieder neuen Schmerz für ihn bringen würde. Er hat mir großherzig angeboten, ihn zu verlassen – das letzte auf der Welt, was ich will –, aber er hat schreckliche Angt, daß ich darauf eingehe. Er ist ein Narr, wie Pulcheria es gesagt hat – und dem Herrn sei Dank dafür!*

»Ich weiß, daß ich eine schlechte Ehefrau war«, sagte sie, nur mit Mühe das Zittern in ihrer Stimme verbergend, »ich weiß das . . . aber ich habe gelernt, ich könnte weiter lernen . . . dich zu lieben.«

Der Blick, mit dem sie ihn dabei ansah, war nicht der, den er sich immer vorgestellt hatte, jene ruhige, lächelnde Stille. Die Intensität des Blickes war die gleiche, aber der Ausdruck in ihren Augen war einer, den er noch nie bei ihr gesehen hatte – und es war unverkennbar Liebe. Er setzte Meletios ab, schlang die Arme um sie und küßte sie. Da war nichts von Kühle, von pflichtgetreuer Ergebenheit; sie legte die Arme um ihn und erwiderte seinen Kuß. Er zog den Kopf zurück und blinzelte sie erstaunt an. *Warum?* dachte er. *Warum gerade jetzt, wo ich alles falsch gemacht habe? Warum kriege ich jetzt umsonst, wofür ich so lange und so hart vergeblich gekämpft habe? Chelchal hatte recht: Es ist zwecklos, auch nur zu versuchen, die Frauen zu begreifen. Ehre sei Gott und allen Engeln des Himmels!*

Meletios packte beide gleichzeitig am Arm und zerrte. »Ich will auch einen Kuß!« forderte er. Die Situation hatte etwas dermaßen Komisches, daß sie beide gleichzeitig zu lachen anfingen, und die tiefe Spannung, die sich in ihnen angestaut hatte, löste sich. Sie beugten sich zu ihm hinunter, hoben ihn hoch und küßten ihn, und er strahlte sie in stolzer Selbstzufriedenheit an: Die Welt war wieder im Lot, alles war wieder am richtigen Platz, mit Mama und Papa und ihm im Mittelpunkt. Jemand klatschte in die Hände; sie wandten sich um und sahen Pulcherias Kammerzofe mit tadelndem Blick im Türrahmen des Empfangszimmers warten.

»Die heilige Augusta wünscht euch zu sprechen«, verkündete sie. »Beide.«

Pulcheria lag zurückgelehnt auf der goldenen Liege im Empfangszimmer, flankiert von ihrer Sekretärin und einer ihrer Zofen; der Verwalter stand mit stolzgeschwellter Brust abwartend hinter ihr, und vor ihr stand ein Tisch, der mit edlem Wein und feinen Leckerbissen beladen war. Ihr Mund verzog sich zu einem leisen Schmunzeln, als Symeon und Demetrias eintraten, zwischen ihnen ein fröhlich hüpfender Meletios, der den rituellen Fußfall mit einem Elan vollführte, als wäre er Teil eines Kinderspiels.

»So«, sagte Pulcheria, als sie sich wieder erhoben hatten. Sie musterte Symeon mit einem kritischen Blick. »Du bist also der Mann, der soviel Staub aufgewirbelt hat.«

Symeon verbeugte sich tief. »Augusta, ich tat, was ich für richtig erachtete«, antwortete er fröhlich, ganz erfüllt von seinem neuen, unverhofften Glück. »Wenn ich damals gewußt hätte, was ich jetzt weiß, hätte ich mein Wissen für mich behalten – aber ich tat es nicht, und daß ich es nicht tat, war ja, wie sich jetzt herausstellt, nicht zum Nachteil für Marcianus, Aspar und den Staat.«

»Womit du mich meinst«, vollendete sie trocken. »Da muß ich dir wohl recht geben. Nun, du kannst dich wirklich glücklikch schätzen, eine so treue und kluge Frau zu haben; wenn du sie schlecht behandelst, verdienst du Schlimmeres als das, was du bereits erlitten hast. Soviel ich weiß, hat Marcianus dir ein großzügiges Angebot gemacht; ich darf doch annehmen, daß du es akzeptiert hast?«

»Er hat sich noch nicht entschieden«, warf Demetrias rasch ein. »Was mich anbetrifft, so kann ich Euer großzügiges Angebot nur dann annehmen, wenn er Marcianus' Angebot annimmt.«

Pulcheria runzelte die Stirn. »Und warum hat er sich noch nicht entschieden? Du hast die Wahl zwischen Sklaverei und Freiheit, Kerl: Willst du ernsthaft die Sklaverei wählen und dein Weib da mit hineinzerren? Wenn sie in der Stadt bleibt, habe ich eine Stellung für sie, eine Stellung, die ihren Fähigkeiten entspricht. Willst du wirklich halsstarrig darauf bestehen, in deine Fabrik zurückzukehren und sie mitzunehmen?«

Symeon schluckte und sah Demetrias an. »Wir hatten ein Heim in Tyros – Freunde, Verwandte ...« Er wandte den Blick wieder auf die Augusta. *Jetzt stehe ich tatsächlich hier und debattiere mit einer Kaiserin,* dachte er in ungläubigem Staunen. *Und sie kennt meine Frau und meinen Namen und hat Wünsche, die mich betreffen.*

Mehr als alle Argumente bedrückte ihn ein Gedanke, ein Gedanke, der ihm immer wieder durch den Kopf gegangen war: Es gab kein Zurück. Nichts würde mehr so sein, wie es einmal gewesen war. Er würde es nicht ertragen, sich ständig den schiefen Blicken der anderen Fischer ausgesetzt zu sehen, dem Mißtrauen der Aufseher, der versteckten Bevorzugung durch die Prokuratoren. Zuviel hatte sich verändert, um sie herum und in ihnen selbst, als daß sie so hätten weiterleben können, als wäre nichts geschehen. Sie würden versuchen müssen, gemeinsam noch einmal von vorn anzufangen.

»Nun ja, den Freunden und Verwandten könnten wir auch schreiben«, vollendete er matt.

Die Kaiserin lehnte sich zufrieden zurück. »Ausgezeichnet. Du hast die richtige Entscheidung getroffen. Demetrias, ich möchte sofort einen Mantel bei dir in Auftrag geben. Beginne damit, sobald du kannst: Es eilt. Du hast ungefähr sechs Monate Zeit – vielleicht noch weniger. Er soll für den Mann sein, den ich als Amtskollegen für meinen Bruder auserkoren habe.«

»Jawohl, Herrin.« Demetrias verbeugte sich demütig. »Darf ich fragen, ob dieser Mantel mit der Zustimmung Eures Bruders gemacht wird?«

Die Augusta lächelte sarkastisch. »Keine Angst, dieser Mantel wird vollkommen legal sein. Seine Anfertigung geschieht in meinem Auftrag; das genügt, um dich notfalls sogar gegen meinen Bruder zu schützen. Aber um deine Frage zu beantworten: Nein, mein Bruder weiß noch nicht, daß ich einen Amtskollegen für ihn ausgewählt habe. Es kann sein, daß ich dem Mann den Titel ohne die Einwilligung meines Bruders verleihen muß; wenn sich das als notwendig erweisen sollte, kann und werde ich es tun. Ja. Der Mantel soll aus Purpur sein, ein *Paludamentum*, mit zwei Tapisserieeinsätzen. Der eine soll König Davids Sieg über die Philister darstellen, der andere König Salomo, wie er auf seinem Throne sitzt. Aber halte es geheim, Mädchen, bis der Mantel fertig ist.«

Demetrias hob den Kopf und sah den spöttischen, listigen Gesichtsausdruck der Kaiserin. Pulcheria war sich der Ironie der Situation voll bewußt. Symeon neben ihr blickte alarmiert auf und begann unruhig hin und her zu zappeln. Demetrias konnte sich eines Schmunzelns nicht erwehren.

»Und die Maße, Herrin?« fragte sie. »Wie lang soll der Mantel sein?«

»Da mußt du Marcianus fragen, Mädchen«, antwortete Pulcheria mit einer Miene größter Zufriedenheit.

»Marcianus!« stieß Symeon hervor.

»Er ist hervorragend für dieses Amt geeignet«, erwiderte die Augusta. »Er ist rechtgläubig, anerkannt und tüchtig, und er genießt zur Zeit hohes Ansehen beim Senat und bei der Armee. Ich habe die Angelegenheit mit ihm besprochen, und er hat meinen Vorschlag angenommen.« Sie raffte ihre purpurfarbenen Gewänder und stand auf, nach ihrer Sekretärin Ausschau haltend. »Eunomia, besorge Demetrias und ihrer Familie eine Wohnung in der Stadt; sie soll geräumig sein und zusätzlich Platz für einen Webstuhl bieten. Den Webstuhl und die Seide, die sie benötigt, läßt du aus dem Palast dorthin bringen. Ich will, daß sie so schnell wie möglich mit der Arbeit beginnen kann. Demetrias, Symeon, ihr könnt so lange hier in meinem Haus bleiben, bis Eunomia eine Unterkunft für euch gefunden hat. Ich werde nun meine Kirche in Blachernae aufsuchen und der Heiligen Mutter Gottes dafür danken, daß sie meine Gebete erhört und den Feind des Staates und der wahren Religion niedergeworfen hat. Aber ihr könnt hierbleiben; ihr habt euch gewiß viel zu erzählen.«

Die Kaiserin rauschte von dannen, gefolgt von ihrem Troß von Damen und Leibwächtern, und die drei waren allein. Demetrias schaute Symeon an.

»Marcianus wird also Kaiser!« wiederholte Symeon mit ungläubigem Kopfschütteln. »Mein eigener Gönner ...« Er stutzte. »Gönner«, wiederholte er langsam. »Jetzt benutze ich schon wie selbstverständlich diese Sprache: Gönner und Günstling. Begriffe aus dem Vokabular der Macht. Ich habe dergleichen nie gewollt!«

»Und ich wollte nie wieder einen Purpurmantel anrühren.«

»Aber diesmal wird es doch kein böser Mantel, oder?« fragte Meletios ängstlich.

»Nein, Meli, diesmal wird es ein guter«, beruhigte ihn Demetrias. Aber ihre Miene war traurig. Der Teufelskreis aus Intrige und Gewalt würde sich nicht wiederholen – aber das war keine Garantie für ihre Sicherheit. Neue Dinge konnten geschehen: neue Komplotte, neue Kriege.

Aber solche Dinge könnten ebensogut in Tyros geschehen, dachte sie. *Schließlich hat dort alles angefangen. Und selbst wenn es keine neuen Intrigen mehr gäbe, wären da noch immer die ganz normalen, alltäglichen Gefahren: lüsterne Prokuratoren; Stürme und Unwetter, in denen Boote untergehen und Fischer ertrinken; Krankheiten. Es gibt niemals irgendwo eine Garantie für absolute Sicherheit: Wir sind uns nur mal weniger, mal mehr der Tatsache bewußt, daß wir in jedem Moment unseres Daseins von Gefahren umgeben sind.*

Sie nahm Symeons Hand, und er drückte ihre fest, wobei er sie unsicher musterte. »Wir können uns daran gewöhnen«, sagte sie, »wenn wir uns die Zeit dazu lassen.«

»Ja, das denke ich auch«, erwiderte er. Sie sahen sich erneut an, und nach einigem Zögern begannen sie zu lächeln.

Epilog

Es existiert eine Fülle von historischen Quellen für das vierte Jahrhundert nach Christi Geburt; für das sechste gibt es ebenfalls noch eine beträchtliche Anzahl. Das fünfte Jahrhundert hingegen liegt weitgehend im Dunkel: Keine der politischen oder militärischen Geschichtsdarstellungen, die in jener Epoche geschrieben wurden, hat die Zeit unbeschadet überstanden, und die Gelehrten tasten sich mühsam voran durch ein Gewirr aus Dichtung, Legende und Kirchengeschichte, hier und da unterstützt durch eine Handvoll historischer Fragmente, die ebenso faszinierend wie frustrierend sind. Die Sache wird noch komplizierter dadurch, daß vieles von dem, was in den vorhandenen Quellen steht, höchstwahrscheinlich falsch ist, sei es aufgrund von schlechter Information oder böswilliger politischer Absicht, sei es aus echtem Mißverständnis heraus. Das Ausmaß unserer Unkenntnis wird durch die Tatsache veranschaulicht, daß der Ursprung der Hunnen – einer der bedeutendsten Mächte jenes Jahrhunderts – wahlweise in der Mongolei, in Korea, in Afghanistan oder in Mittelasien vermutet wird und sowohl die Türken als auch die Ungarn sie als Urahnen für sich reklamieren. Bis heute weiß niemand genau, wie groß ihr Reich war und welche Völkerschaften zu ihm gehörten, wie sie lebten oder was nach dem Zerfall ihres Reiches aus ihnen wurde; von ihrer Sprache hat nur ein einziges Wort überlebt, und das ist wahrscheinlich auch noch verfälscht. Um einiges fester ist der Grund, auf dem sich die Historiker bewegen, in den zwei Hälften des Römischen Reiches – dem griechischen Osten und dem lateinischen Westen. Aber selbst dort, wo wir eine Darstellung der geschichtlichen

Ereignisse vorliegen haben, kommen wir oftmals nicht an der Erkenntnis vorbei, daß das, was wir wissen, uns keine Erklärung liefert für das, was geschehen ist – mit anderen Worten, daß sich irgendwelche seltsamen Dinge hinter den Kulissen abgespielt haben müssen, von denen nichts überliefert ist. Ein gutes Beispiel hierfür ist Pulcherias Rolle als Regentin für ihren Bruder Theodosius II. So – oder so ähnlich –, wie ich es dargestellt habe, könnte es durchaus gewesen sein, aber es ist natürlich – notwendigerweise – reine Spekulation.

Ein ähnlicher Schleier aus Geheimnissen und Zweifeln liegt auch über den letzten Lebensjahren von Theodosius II. Chrysaphios und Nomos waren historische Figuren; beide, so heißt es, sollen nach der Verbannung von Kaiserin Eudokia großen Einfluß ausgeübt haben. Während jedoch Chrysaphios im Frühling des Jahres 450 in Ungnade gefallen zu sein scheint, taucht Nomos' Name auch in den Annalen der darauffolgenden Jahre auf. Theodosius II. brach sich bei einem Reitunfall im Juli 450 das Rückgrat; unmittelbar nach seinem Tod, der ihn wenige Tage später ereilte, krönte seine Schwester Pulcheria Flavius Marcianus mit dem kaiserlichen Diadem und bekräftigte dieses Geschenk einige Zeit später durch einen formellen Ehevertrag, der den neuen Kaiser mit dem unschätzbaren Prestige der theodosianischen Dynastie ausstattete. Eine der ersten Amtshandlungen von Marcianus war die Hinrichtung von Chrysaphios.

Daß Nomos mit Chrysaphios in Hader lag und einen Staatsstreich plante, ist, wie die meisten Intrigen in diesem Buch, eine freie Erfindung von mir. (Das Mordkomplott gegen Attila bildet freilich eine Ausnahme; es hat wirklich stattgefunden und ist dokumentiert in einem Fragment von Priscus.) Das Äußerste, was ich zur Verteidigung dieser dichterischen Freiheit vorbringen kann, ist, daß niemand weiß, was wirklich geschehen ist, und daß das, was wir wissen, auf Machtkämpfe und Intrigen hindeutet, die für immer im Dunkel der

Geschichte versunken sind. Ich habe mich bemüht, nicht in Widersprüche zu historischen Tatsachen zu geraten und im Rahmen des Möglichen zu bleiben, aber wo so vieles unklar und zweifelhaft ist, muß jede historische Erzählung letztlich größtenteils Dichtung bleiben – und mein Hauptanliegen als Romanschriftstellerin ist nun einmal, eine Geschichte zu erzählen.

Marcianus war ein ungeheuer beliebter Herrscher; noch ein halbes Jahrhundert nach ihm wurden neue Kaiser mit dem Ruf begrüßt: »Regiere wie Marcianus!« Er stellte die Tributzahlungen an die Hunnen ein, was im Grunde einer Kriegserklärung gleichkam, aber zum Krieg selbst sollte es nie kommen. König Attila war abgelenkt durch neue Möglichkeiten im Westen, die ihn bis zu seinem Tode im Jahre 453 beschäftigt hielten; so blieb der Osten von weiteren Einfällen verschont. Thrakien erholte sich wieder einigermaßen und existierte noch für ein weiteres Jahrhundert als römische Diözese fort, blieb aber bis zu seiner späteren Wiederbesiedlung durch die Bulgaren stets eine sehr arme Region. War Marcianus' Ruf schon hervorragend, so wurde er freilich noch bei weitem übertroffen von dem seiner Gemahlin. Pulcheria starb im selben Jahr wie Attila, vier Jahre vor ihrem Mann. Sie wurde fast unmittelbar nach ihrem Tode heiliggesprochen und wird von beiden christlichen Kirchen, der westlichen wie der östlichen, als Heilige verehrt. Sie wäre zweifellos entzückt gewesen, es zu erfahren.

Gillian Bradshaw

Der Leuchtturm von Alexandria

400 Seiten, gebunden, mit Schutzumschlag

Der Untergang des Römischen Reiches ist unabwendbar, politische Wirren und Intrigen sind am Ende des 4. Jahrhunderts nach Christus an der Tagesordnung. In dieser unruhigen Zeit wächst das Mädchen Charis in Ephesus auf. Charis scheint über geheimnisvolle, ja magische Fähigkeiten zu verfügen, die ihr Bewunderung ebenso wie Neid eintragen. Dabei ist es nicht Zauberei, sondern fürsorgliche Liebe zur Kreatur, die ihr die wunderbare Kraft des Heilens und Pflegens verleiht.

Das friedvolle Leben ihrer angesehenen Familie wird jäh zerstört, als der neue machtgierige Statthalter Festinus seine Aufmerksamkeit der zur Frau aufblühenden Charis zuwendet. Sie entzieht sich seinen Nachstellungen durch eine tollkühne Flucht nach Alexandria als Eunuch verkleidet. In dieser Maske gelingt es ihr, was einer Frau im Römischen Reich versagt war: Sie läßt sich in der Hochburg der Medizin zur Heilkundigen ausbilden. Als Charon avanciert sie zum Militärarzt im wilden Thrazien; wegen ihrer Heilkunst wird sie von den Goten entführt – bis der Mann, den sie seit langem liebt, sie errettet und ihre wahre Identität erkennt.

Als hinreißend erzählter historischer Frauenroman, der eine turbulente Epoche farbenprächtig und abenteuerlich spannend vergegenwärtigt.

Gillian Bradshaw – Die Fantasy-Trilogie

Der Falke des Lichts

352 Seiten, gebunden, mit Schutzumschlag

In einem düsteren, nebelverhangenen Inselreich, den Orkneys, wächst Gawain auf der Burg seines Vaters auf. Seine Mutter, die gefürchtete Zauberin Morgas, weiht ihn in die geheimnisvollen Kräfte der Finsternis ein: Gawains Vater Lot verachtet den Jungen wegen seiner Neigung zur Poesie, zur Musik und Natur. Gawain flieht von zu Hause und beginnt eine mühevolle Irrfahrt ...

»... ein Buch, das jeden faszinieren muß, der sich gern von dem geheimnisvollen Reiz der Heldensagen gefangennehmen läßt.«

Hamburger Abendblatt

Das Königreich des Sommers

336 Seiten, gebunden, mit Schutzumschlag

In jene geheimnisvolle Welt der Phantasie, wo ein Zauberspruch noch mächtig war und wo die wenigen, die sich trauten für Licht und Gerechtigkeit zu kämpfen, besser daran taten, Geisterroß und Zauberschwert nicht von der Seite zu lassen – dorthin entführt uns dieser zweite Roman.

»... ein sorgsam geknüpftes, in allen Farben schimmerndes Bild des frühen Mittelalters.«

Österreichischer Rundfunk

Die Krone von Camelot

416 Seiten, gebunden, mit Schutzumschlag

»Die Krone von Camelot krönt und vollendet die bewegende und bewegte Sagenwelt – und ist auch für sich allein ein Meisterwerk ›fantastischer‹ Fabulierkunst.«

»... ein Fantasy-Roman, der zum besten und wertvollsten gehört, was diese Gattung zu bieten hat.«

Deutsche Tagespost, Würzburg

Gillian Bradshaw

Die Tochter des Bährenzähmers

320 Seiten, gebunden, mit Schutzumschlag

Die neue Bradshaw, packend, brillant, liest sich wie ein historischer Thriller in Konstantinopel (1. Hälfte 6. Jh. n. Chr.) zur Zeit der glanzvollen Herrschaft Justinians I. des Großen und der Kaiserin Theodora – Zeit der Feldzüge gegen Goten, Vandalen und Slawen, Zeit der Pest.
Bradshaw gelingt es, das Zentrum byzantinischer Machtentfaltung von innen her aufzurollen. Schneller Handlungsverlauf, farbige Szenarien und starke Figuren zeichnen das Werk vor allem aus. Da sind:
– Theodora, eine der wirklich großen, unabhängigen Frauen der Weltgeschichte, einst Zirkusmädchen und Prostituierte, gnadenlos, wo es gilt, Ausbeuter zu verfolgen, vom Volk geliebt, von Justinian verehrt;
– Narses, höchster Palastbeamter des Kaisers, begnadeter Feldherr, zugleich Eunuch, als Kind armer Bauern einst verkauft und – wie zu dieser Zeit häufig üblich – kastriert;
– Johannes, dem es gelingt, trotz Konkurrenzneid und Verdächtigungen zu Einfluß zu kommen und dabei Integrität zu bewahren;
– Euphemia, trotzige, hochintelligente Tochter eines von Theodora gestürzten Präfekten, schließlich Johannes' große Liebe . . .
Inmitten der Turbulenz von Kriegszügen, Aufständen und Intrigen gelingt es einer Kaiserin, sich die Liebe ihres Mannes, des Volkes und ihres aus dunkler Vergangenheit wiederaufgetauchten Sohnes zu erringen. Die Enthüllung seiner wahren Herkunft gestaltet Bradshaw zum absoluten Höhepunkt ihres durch und durch fesselnden Romans.

ECON Verlag · Postfach 30 03 21 · 4000 Düsseldorf 30